MARCEL
PROUST

IMAGEM DE CAPA
Claude Monet, *Nature morte*, 1872
Óleo sobre tela, 53 × 73 cm
Museu Calouste Gulbenkian, Lisboa, Portugal
Reprodução: Bridgeman Images/ Easypix Brasil

MARCEL PROUST

À procura do tempo perdido

VOLUME 2

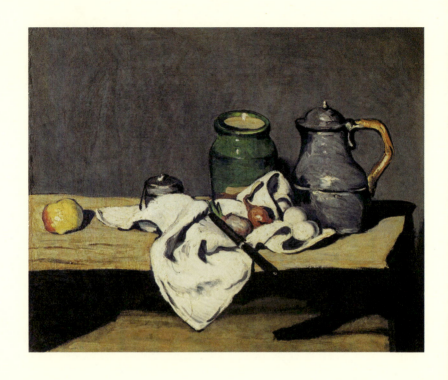

IMAGEM DE QUARTA CAPA
Paul Cézanne, *Nature morte à la bouilloire*, 1869
Óleo sobre tela, 64,5 × 81 cm
Musée d'Orsay, Paris, França
Reprodução: Bridgeman Images/ Easypix Brasil

MARCEL PROUST

À procura do tempo perdido

VOLUME 2

À sombra das moças em flor

TRADUÇÃO,
INTRODUÇÃO E NOTAS
Rosa Freire d'Aguiar

COMPANHIA DAS LETRAS

Copyright da tradução e introdução © 2022 by Rosa Freire d'Aguiar

Grafia atualizada segundo o Acordo Ortográfico da Língua Portuguesa de 1990, que entrou em vigor no Brasil em 2009.

Título original
À l'Ombre des jeunes filles en fleurs

Capa e projeto gráfico
Elaine Ramos e Julia Paccola

Preparação
Márcia Copola

Revisão
Isabel Cury
Fernando Nuno

Dados Internacionais de Catalogação na Publicação (CIP)
(Câmara Brasileira do Livro, SP, Brasil)

Proust, Marcel, 1871-1922
 À sombra das moças em flor / Marcel Proust ; tradução, introdução e notas Rosa Freire d'Aguiar. — 1ª ed. — São Paulo : Companhia das Letras, 2022. — (À procura do tempo perdido ; v. 2)

Título original: À l'Ombre des jeunes filles en fleurs.
ISBN 978-65-5921-141-8

1. Ficção francesa I. Título. II. Série.

22-128808   CDD-843

Índice para catálogo sistemático:
1. Ficção : Literatura francesa 843

Cibele Maria Dias – Bibliotecária – CRB-8/9427

[2022]
Todos os direitos desta edição reservados à
EDITORA SCHWARCZ S.A.
Rua Bandeira Paulista, 702, cj. 32
04532-002 — São Paulo — SP
Telefone: (11) 3707-3500
www.companhiadasletras.com.br
www.blogdacompanhia.com.br
facebook.com/companhiadasletras
instagram.com/companhiadasletras
twitter.com/cialetras

SUMÁRIO

Introdução

9

À sombra das moças
em flor

PRIMEIRA PARTE

Em torno de madame
Swann

13

SEGUNDA PARTE

Nomes de terras: a terra

215

Indicações de leitura

507

Sobre o autor

509

INTRODUÇÃO

No dia 10 de dezembro de 1919, no final de um almoço no restaurante Drouant, os jurados da Academia Goncourt atribuíram seu prêmio anual ao romance *À sombra das moças em flor*, de Marcel Proust. Já seis anos antes ele fora indicado, com *Para o lado de Swann*, mas não conseguira nem um voto. Na segunda tentativa, seis acadêmicos se manifestaram a favor daquela obra "vigorosa, nova, cheia de riquezas, algumas inteiramente originais", como diria um deles, Léon Daudet. Mas foi uma vitória contestada. Fazia apenas um ano que terminara a Primeira Guerra Mundial e ainda se vivia na França o rescaldo do patriotismo triunfante. O livro do contendor de Proust, *Les Croix de bois*, era justamente sobre o cotidiano nas trincheiras. Como premiar um romancista que, enquanto a guerra exterminava mais de um milhão de franceses, escrevia sobre nobres e burgueses, fru-frus e cocotes? Roland Dorgelès, o perdedor, era o favorito dos meios literários, e dias a fio os jornais repercutiram protestos de ex-combatentes e revolucionários indignados com a recompensa a Proust.

O prêmio lhe foi anunciado por seu editor, Gaston Gallimard, que na mesma tarde subiu os andares da rua Hamelin, bateu à sua porta e soube que Proust estava dormindo. Anos depois, a governanta Céleste Albaret diria que o escritor ficou muito feliz com o Goncourt — "Ah?", teria dito ao saber da notícia —, e também com as homenagens e as 870 cartas de felicitações que teria recebido. Exagero ou não, o fato é que o prêmio aplainou as reticências dos que julgavam Proust um escritor hermético e voltado para o passado. E deu visibilidade não só ao livro laureado como também aos que vieram em seguida.

Marcel Proust morreu aos 51 anos, no dia 18 de novembro de 1922.

Cem anos depois, já ninguém lê Roland Dorgelès, mas o romancista mundano, esnobe e asmático teve como destino póstumo ser admirado, se não idolatrado, com igual fervor por devotos de todos os idiomas e continentes. Proust tornou-se o grande escritor francês, talvez mais conhecido que Molière ou Victor Hugo. E foi o Goncourt que o divulgou também no Brasil. No número de 21 de agosto de 1920, a revista carioca *Fon-Fon* publicava uma nota bem-humorada sobre o novo premiado, que "pertence à cathegoria dos escriptores que não procuram o successo immediato mas à daquelles que sabem esperar com paciência, na sombra, pelo seu dia de luz".

Esse dia pode ter sido o 21 de junho de 1919, quando *À sombra das moças em flor* chegou às livrarias. Era um livro de 443 páginas com o selo editorial da *Nouvelle Revue Française*, composto em letra miudinha e com tiragem de 3300 exemplares. Proust se queixou: "Ninguém, nem sequer os que têm olhos bons, conseguirá lê-lo". De início, esse segundo tomo da obra projetada sob o título geral de *À procura do tempo perdido* custou a escoar, mas ainda antes do prêmio apareceram artigos na imprensa inglesa, como o do *Times* — uma crítica "fria", dirá Proust —, italiana e espanhola. Em abril de 1920 a editora publicou uma edição de luxo, com foto do autor e trechos do manuscrito. Em julho já tinham sido vendidos 23 mil exemplares.

Em carta a Gaston Gallimard, de 9 de dezembro de 1919, Proust expressava sua incredulidade para com o êxito do livro: "Se o senhor se lembra, eu tinha lhe dito que estava um pouco envergonhado de publicar isoladamente esse intermédio languescente". Mais que um intermezzo a unir dois movimentos distintos, *À sombra das moças em flor* evoca uma sinfonia pela multiplicidade de intérpretes e diversidade de registros. O romance se passa em Paris e em Balbec, praia imaginária da Normandia. Proust é avaro em datas, e as parcas indicações que fornece costumam ser contraditórias. Ainda assim, é possível inferir que tudo acontece entre o início de 1895 e o verão de 1897.

O Narrador já não é a criança que no volume anterior passava a Páscoa em Combray. Agora é um adolescente em tempo de descobertas. A paixão por Gilberte Swann, cujas brincadeiras nas alamedas floridas dos Champs-Élysées perdem a inocência e lhe despertam mais que arrepios. Os salões mundanos, frequentados por damas mais ou menos respeitáveis, diplomatas e acadêmicos. O apelo dos corpos, saciado como possível. As emoções da arte, ora no teatro ora num ateliê em Balbec. E a descoberta maior: o bando de jovens espevitadas e insolentes que passeiam pelo dique à beira-mar. As moças em flor. Em sua companhia o Narrador descobrirá o ciúme corrosivo, a sensualidade, a ambiguidade dos sentimentos.

É também em *À sombra das moças em flor* que entram em cena três *premiers rôles* da obra monumental de Proust. O primeiro é Albertine, a morena de olhos claros que com prováveis quinze anos vai se tornar uma obsessão para o Narrador. E para seu criador, pois Albertine será o personagem mais citado dos sete volumes de *À procura do tempo perdido* e protagonista de dois deles: *A prisioneira* e *Albertine desaparecida*. É ainda na imaginária Balbec que o Narrador conhece o nobre Robert de Saint-Loup, que se tornará seu maior amigo. E no balneário terá as primeiras conversas com o extravagante barão de Charlus, um dos mais fascinantes personagens de Proust.

O título do livro teria sido sugestão de um jovem de dezenove anos, Marcel Plantevignes, que Proust conheceu no verão de 1908 no Grand-Hôtel de Cabourg. Numa noite em que ele fez um gracejo sobre a *écharpe de jeunes filles* que o rapaz usava, dele ouviu que assim se sentia ao abrigo, à sombra das "confidências floridas" das moças encontradas ao acaso. Daí para *À sombra das moças em flor* foi um pulo. Nesse mesmo verão Proust fizera, ao que tudo indica, um esboço do romance, incluindo cenas no dique e no cassino de Balbec, e adolescentes que despertariam no Narrador um "amor quíntuplo". A expressão pode fundamentar o título original em que se lê *en fleurs*, no plural. Uma sutileza do francês estabelece que "em flor", no singular, se refere a flores de uma mesma espécie, como as de uma cerejeira florida, mas "em flores", no plural, remete a espécies diferentes, como as de um campo em floração. A opção de Proust traduziria, assim, a hesitação amorosa do Narrador diante da variedade de moças com quem cruza na praia.

Moças ou meninas? Se as cronologias estabelecidas por exegetas do romance variam de dois a três anos para um mesmo episódio, é de supor que no verão em Balbec o Narrador teria dezoito ou dezenove anos. As jovens que encontra, embora ainda façam criancices, teriam entre quinze e dezessete anos, hipótese corroborada pelas referências à série da escola que elas cursavam. Seja como for, não é de infância que se trata, e sim de mocidade. Daí o título deste volume: *À sombra das moças em flor*.

O estilo de Marcel Proust é marcado por metáforas, quase sempre analíticas, vez por outra líricas. Sua linguagem, tradicional, mesmo quando ajustada às nuances de personagens das várias camadas sociais, é feita de um léxico acessível. Nem sempre Proust segue à risca o cânone gramatical. Usa poucas vírgulas, muitos parênteses e pontos e vírgulas, aqui respeitados. Também estão mantidos os substantivos que o autor, como era corrente em escritores do século xix, inicia com maiúscula. Conservou-se em especial a ordem indireta preferida por Proust. A respeito de suas frases longas, que os primeiros leitores rejeitavam por serem árduas, tudo já se disse. Sumidades garantem que o período em Proust é duas vezes mais longo que o de seus contemporâneos, tendo em média 43 palavras. Os mais extensos, que costumam se desdobrar em intercaladas e incisos, em geral correspondem às inquietações do Narrador que parece ir descobrindo — e o leitor ao lado dele — a melhor definição, a palavra mais adequada, a mais bela. É como se Proust falasse por escrito.

À sombra das moças em flor pode ser lido como uma crônica da vida mundana e intelectual em Paris e num balneário da Belle Époque. Como o retrato de uma sociedade em decomposição, de cortesãos sem corte, de salões rivais com que ainda sonham burgueses e parvenus. Seria, porém, uma leitura redutora. Pois este segundo volume da obra magna *À procura do tempo perdido* revela um observador excepcional que desmonta as engrenagens de todos os aspectos de nossa vida, impressões e emoções, palavras e gestos, cheiros e suspiros. Burilando o tempo e a memória — matéria-prima de sua obra —, Marcel Proust é esse imenso criador que, ao libertar a essência escondida das coisas e das pessoas, abre o espírito para novas percepções. Que o leitor chegue ao final destas páginas certo de que elas acrescentaram algo à sua vida: é a aposta desta tradução.

PRIMEIRA PARTE

Em torno de madame Swann

Quando pela primeira vez falou-se em convidar o senhor de Norpois para jantar, e tendo minha mãe lamentado que o professor Cottard estivesse viajando e que ela mesma já não frequentasse Swann, pois com certeza um e outro teriam interessado o ex-embaixador, meu pai respondeu que um convidado eminente, um sábio ilustre como Cottard, jamais poderia fazer feio num jantar, mas que Swann, com sua ostentação, seu jeito de anunciar aos quatro ventos suas mais insignificantes relações, era um fanfarrão vulgar que o marquês de Norpois certamente acharia, segundo sua expressão, "fétido". Ora, essa resposta de meu pai requer umas palavras de explicação, porque certas pessoas talvez se lembrem de um Cottard bem medíocre e de um Swann que, em assuntos mundanos, levava a modéstia e a discrição à mais extrema delicadeza. Mas quanto a Swann, acontece que ao "Swann filho" e também ao Swann do Jockey* o outrora amigo de meus pais acrescentara uma personalidade nova (e que não deveria ser a última), a de marido de Odette. Adaptando às humildes ambições dessa mulher o instinto, o desejo, a astúcia que sempre

---

* Com exceção da família Rothschild, o Jockey Clube de Paris tinha um único sócio judeu, Charles Haas, famoso dândi filho de um rico agente de câmbio e em quem Proust teria se inspirado para o personagem de Swann.

Esta nota e todas as seguintes são da tradutora, algumas adaptadas da edição de *À l'Ombre des jeunes filles en fleurs* (Paris: Gallimard, 1987, Bibliothèque de la Pléiade), que retoma o texto da edição original de 1919.

tivera, ele se empenhara em construir, muito abaixo da antiga, uma posição nova e adequada à companheira com quem a ocuparia. Ora, nisso ele se mostrava outro homem. Já que era uma segunda vida que ele começava, junto com sua mulher, em meio a pessoas novas (embora continuando a frequentar sozinho seus amigos pessoais, a quem não queria impor Odette quando não lhe pediam espontaneamente para conhecê-la), ainda se compreenderia que, para avaliar o nível dessas pessoas, e por conseguinte o prazer que seu amor-próprio podia sentir em recebê-las, ele se servisse, como um termo de comparação, não das criaturas mais brilhantes que formavam seu círculo antes do casamento mas das relações anteriores de Odette. Porém, ainda que se soubesse que ele desejava se ligar a funcionários deselegantes ou a mulheres depravadas, ornamentos de bailes de ministérios, causava espanto ouvi-lo, a ele que outrora e mesmo ainda hoje dissimulava tão graciosamente um convite de Twickenham* ou do Buckingham Palace, anunciar em alto e bom som que a mulher de um subchefe de gabinete fora fazer uma visita a madame Swann. Provavelmente se dirá que isso se devesse a que a simplicidade do Swann elegante fora apenas uma forma mais requintada de vaidade e que, como certos israelitas, o outrora amigo de meus pais conseguira apresentar, um após outro, os estados sucessivos pelos quais haviam passado os de sua raça, desde o esnobismo mais ingênuo e da mais grosseira descortesia até a mais fina polidez. Mas a principal razão, e aplicável à humanidade em geral, é que nem nossas próprias virtudes são algo livre, flutuante, de que conservemos a disponibilidade permanente; em nosso espírito, elas acabam se associando tão estreitamente às ações em que nos impusemos a obrigação de exercê-las que, caso nos surja uma atividade de outra ordem, esta nos pega desprevenidos e sem que nos ocorra sequer a ideia de que poderia comportar o recurso a essas mesmas virtudes. Swann, pressuroso diante dessas novas relações e citando-as com orgulho, era como esses grandes artistas modestos ou generosos que, se no fim da vida resolvem praticar a culinária ou a jardinagem, exibem uma satisfação ingênua com os elogios feitos a seus pratos ou a seus canteiros, a que não admitem a crítica que

---

* Foi em Twickenham, distrito de Londres, que se hospedou a família do rei Luís Filipe d'Orléans durante seu exílio na Inglaterra, a partir de 1848.

aceitam facilmente quando se trata de suas obras-primas; ou que dão de graça uma de suas telas mas em contrapartida não conseguem perder sem mau humor quarenta vinténs no dominó.

Quanto ao professor Cottard, vamos revê-lo, longamente, muito mais tarde, na casa da Patroa, no castelo de La Raspelière. Por ora, basta, a seu respeito, observar primeiro o seguinte: em Swann, a rigor a mudança pode surpreender, visto que estava feita mas era insuspeita para mim quando eu via o pai de Gilberte nos Champs-Élysées, onde, aliás, sem me dirigir a palavra, não podia exibir na minha frente suas relações políticas (é verdade que, se o tivesse feito, talvez eu não percebesse de imediato sua vaidade, pois a ideia que por muito tempo fizemos de uma pessoa tapa-nos os olhos e os ouvidos; durante três anos minha mãe não percebeu o batom que uma de suas sobrinhas passava nos lábios como se aquilo estivesse invisível, inteiramente diluído num líquido, até o dia em que um pouquinho a mais, ou alguma outra causa, produziu o fenômeno chamado supersaturação; toda a maquiagem não percebida se cristalizou, e diante daquela súbita orgia de cores minha mãe declarou, como se teria feito em Combray, que aquilo era uma vergonha e praticamente cortou relações com a sobrinha). Mas quanto a Cottard, ao contrário, já ia bem longe a época em que o vimos assistir aos primeiros tempos de Swann na casa dos Verdurin; ora, as honrarias e os títulos oficiais chegam com os anos. Em segundo lugar, é possível ser analfabeto, fazer trocadilhos estúpidos e possuir um dom especial que nenhuma cultura geral substitui, como o dom do grande estrategista ou do grande clínico. De fato, não era apenas como um médico obscuro, transformado com o tempo em notoriedade europeia, que seus confrades consideravam Cottard. Os mais inteligentes dentre os jovens médicos declararam — ao menos por alguns anos, pois as modas mudam, tendo elas mesmas nascido da necessidade de mudança — que se algum dia adoecessem, Cottard era o único mestre a quem confiariam a própria pele. É claro que preferiam o convívio com certos mestres mais letrados, mais artistas, com quem podiam falar de Nietzsche, de Wagner. Quando se fazia música na casa de madame Cottard, nos saraus em que ela recebia os colegas e alunos do marido na esperança de que um dia se tornasse decano da Faculdade, ele, a escutar, preferia jogar cartas num salão ao lado. Mas elogiava-se a prontidão, a profundidade, a segurança de seu olho clínico, de seu diagnóstico. Em terceiro lugar, no que respeita ao conjunto de facetas que o professor Cottard mostrava a um homem como meu pai, observemos que a natureza que revelamos na segunda parte de nossa vida nem sempre é, embora o seja com frequência, nossa natureza primeira desenvolvida ou definhada, aumentada ou atenuada; às vezes é uma natureza inversa, uma verdadeira roupa pelo avesso. Exceto em casa dos Verdurin, que haviam se encantado com ele, o ar hesitante de Cottard, sua timidez e sua amabilidade excessivas tinham lhe valido, na juventude, eternas zombarias. Que amigo caridoso lhe aconselhou o ar glacial? A importância de sua posição tornou-lhe mais fácil assumi-lo. Em toda parte, a não ser na casa dos Verdurin, onde instintivamente voltava a ser ele mesmo, tornou-se frio, voluntariamente calado, peremptório quando devia falar, não esquecendo de dizer coisas desagradáveis. Pôde ensaiar essa nova atitude diante de pacientes que, ainda não o tendo visto, não estavam em condições de fazer comparações, e muito se espantariam em saber que ele não era homem de rudeza natural. Era sobretudo na impassibilidade que ele se empenhava, e até mesmo em seu serviço no hospital, quando soltava alguns daqueles trocadilhos de que todos achavam graça, desde o chefe da clínica até o externo mais recente, sempre o fazia sem mexer um músculo do rosto, aliás irreconhecível desde que raspara barba e bigodes.

Digamos, para terminar, quem era o marquês de Norpois. Fora ministro plenipotenciário antes da guerra e embaixador no Dezesseis de Maio* e, apesar disso, para grande espanto de muitos, encarregado várias vezes, depois, de representar a França em missões extraordinárias — e até mesmo como gestor da Dívida, no Egito,** onde graças a suas grandes aptidões financeiras prestara relevantes serviços — por gabinetes radicais que um simples burguês rea-

---

* Em 16 de maio de 1877, o presidente da República, marechal Mac-Mahon, monarquista, desencadeou uma crise institucional que o opôs à Câmara dos Deputados, eleita um ano antes e majoritariamente republicana. A campanha eleitoral que se seguiu ficou marcada pelo famoso discurso de Léon Gambetta, deputado republicano, convidando Mac-Mahon a "se submeter ou se demitir" (*se soumettre ou se démettre*). Mac-Mahon se submeteu, consolidou-se o regime republicano, e houve grande renovação dos quadros políticos e diplomáticos.
** Referência à dívida contraída pelo Egito junto à França e à Inglaterra para a construção do canal de Suez.

cionário teria se recusado a servir, e para os quais o passado do senhor de Norpois, suas relações e suas opiniões deveriam torná-lo suspeito. Mas aqueles ministros avançados pareciam se dar conta de que mostravam, com tal designação, a amplidão de espírito que tinham quando se tratava dos interesses superiores da França, e colocavam-se num nível superior ao dos políticos, merecendo do próprio *Journal des Débats* o qualificativo de estadistas, e por fim se beneficiavam do prestígio que se liga a um nome aristocrático e do interesse que desperta, como num lance teatral, uma escolha ines- perada. E também sabiam que, recorrendo ao senhor de Norpois, podiam obter essas vantagens sem precisar temer uma deslealdade política dele contra a qual o nascimento do marquês iria, não pô- -los de sobreaviso, mas garanti-los. E nisso o governo da República não se enganava. Primeiro, porque uma certa aristocracia, educada desde a infância para considerar seu nome como uma vantagem interior que nada é capaz de lhe arrancar (e cujo valor seus pares, ou aqueles de berço ainda mais elevado, conhecem com absoluta exatidão), sabe que pode se esquivar, pois nada lhe acrescentariam os esforços que, sem resultado posterior apreciável, fazem tantos burgueses para professar apenas opiniões convenientes e só fre- quentar pessoas bem-pensantes. Em contrapartida, preocupada em se engrandecer aos olhos das famílias principescas ou ducais abai- xo de quem está imediatamente situada, essa aristocracia sabe que só o pode fazer acrescentando ao seu nome o que ele não continha, aquilo que, diante de nomes iguais, faz o seu prevalecer: uma in- fluência política, uma reputação literária ou artística, uma grande fortuna. E os esforços de que se isenta em relação ao inútil fidalgo- te requestado pelos burgueses e à estéril amizade que um príncipe não lhe agradeceria, vai prodigalizá-los junto aos políticos, mesmo se maçons, que podem fazê-la chegar às embaixadas ou patrociná- -la nas eleições, aos artistas ou aos sábios cujo apoio ela ajuda a "cavar" no campo em que se distinguem, a todos, enfim, que estão em condições de lhe conferir mais uma honraria ou conseguir um casamento rico.

Mas quanto ao senhor de Norpois, ocorria sobretudo que, numa longa prática da diplomacia, ele se imbuíra desse espírito negativo, rotineiro, conservador, o chamado "espírito de governo" que é, de fato, o de todos os governos e, mais ainda, em todos os governos, o espírito das chancelarias. Imbuíra-se na Carreira da aversão, do temor e do desprezo por esses procedimentos mais ou menos revolucionários, e no mínimo incorretos, que são os procedimentos das oposições. Salvo entre alguns iletrados do povo e da sociedade, para quem a diferença dos gêneros é letra morta, o que aproxima não é a comunidade das opiniões mas a consanguinidade dos espíritos. Um acadêmico do gênero de Legouvé e que fosse partidário dos clássicos teria aplaudido com mais boa vontade o elogio de Victor Hugo por Maxime Du Camp ou por Mézières que o de Boileau por Claudel.* Um só nacionalismo basta para aproximar Barrès de seus eleitores, que não devem fazer grande diferença entre ele e o senhor Georges Berry, mas não o aproxima de seus colegas da Academia que, tendo suas opiniões políticas mas outro gênero de espírito, lhe preferirão até mesmo adversários como os senhores Ribot e Deschanel, de quem, por sua vez, fiéis monarquistas se sentem muito mais próximos do que de Maurras e de Léon Daudet que, no entanto, também desejam a volta do rei.** Avaro de palavras, não só por hábito profissional de prudência e reserva, mas também porque elas têm mais valor, mais nuances aos olhos de homens cujos esforços de dez anos para aproximar dois países se resumem, se traduzem — num discurso, num protocolo — por um simples adjetivo, banal na aparência mas em que eles veem todo um mundo, o senhor de Norpois passava por ser muito frio na Comissão, onde sentava ao lado de meu pai, a quem todos felicitavam pela amizade que lhe demonstrava o ex--embaixador. Meu pai era o primeiro a surpreender-se com ela. Pois sendo em geral pouco amável, habituara-se a não ser procurado fora do círculo dos íntimos, o que confessava com simplicidade. Tinha consciência de que havia nos acercamentos do diplomata um efeito

---

* Ernest Legouvé (1807-1903), autor de teatro, ocupou por quase cinquenta anos uma cadeira da Academia Francesa. Alfred Mézières (1826-1915), autor de estudos sobre escritores estrangeiros, foi eleito para a Academia em 1874. Maxime Du Camp, ao ser recebido na casa em 1880, pronunciou o elogio a Victor Hugo, e Paul Claudel (1868-1955) escreveu um elogio a Boileau em 1911.

** Os deputados Maurice Barrès e Georges Berry eram direitistas e monarquistas; Alexandre Ribot e Paul Deschanel, republicanos moderados; Charles Maurras e Léon Daudet, ultranacionalistas, fundaram o movimento monarquista de extrema direita L'Action Française. O rei seria o pretendente ao trono, Filipe d'Orléans (1869-1926).

desse ponto de vista totalmente individual em que cada um se situa para escolher suas simpatias, e a partir do qual todas as qualidades intelectuais ou a sensibilidade de uma pessoa não serão para um de nós a quem ela aborrece ou irrita uma recomendação tão boa como a franqueza e a alegria de outra pessoa que, para muitos, passaria por vazia, frívola e nula. "De Norpois convidou-me de novo para jantar; é extraordinário; todos estão perplexos na Comissão, onde ele não tem relações íntimas com ninguém. Tenho certeza de que ainda vai me contar coisas palpitantes sobre a guerra de 70." Meu pai sabia que talvez só o senhor de Norpois avisara o Imperador do poderio crescente e das intenções beligerantes da Prússia, e que Bismarck tinha por sua inteligência uma estima especial. Ainda recentemente, no Opéra, durante a cerimônia de gala oferecida ao rei Teodósio, os jornais observaram a entrevista prolongada que o soberano concedera ao senhor de Norpois. "Preciso saber se essa visita do rei tem realmente importância, disse-nos meu pai, que se interessava muito pela política externa. Bem sei que o velho Norpois é muito fechado, mas comigo se abre gentilmente."

Quanto à minha mãe, talvez o embaixador não tivesse o gênero de inteligência que mais a atraía. E devo dizer que a conversa do senhor de Norpois era um repertório tão completo de formas antiquadas de linguagem, peculiares a uma carreira, a uma classe, a um tempo — um tempo que, para essa carreira e essa classe, poderia não estar totalmente abolido — que às vezes lamento não ter guardado, pura e simplesmente, as frases que o ouvi proferir. Teria assim obtido um efeito de antiquado, em troca de quase nada e da mesma maneira que aquele ator do Palais-Royal a quem perguntavam onde conseguia encontrar seus chapéus surpreendentes e que respondia: "Eu não encontro meus chapéus. Guardo-os". Em suma, acho que minha mãe considerava o senhor de Norpois um pouco "velhusco", o que estava longe de lhe parecer desagradável do ponto de vista das maneiras mas a encantava menos no terreno, se não das ideias — pois as do senhor de Norpois eram muito modernas —, das expressões. Simplesmente, sentia que era lisonjear o marido falar-lhe com admiração do diplomata que lhe manifestava tão rara predileção. Reforçando no espírito de meu pai a boa opinião que tinha do senhor de Norpois, e assim levando-o a formar também uma boa de si, tinha consciência de cumprir aquele de seus deveres que consistia em tornar a vida agradável ao esposo, como fazia quando zelava para que a cozinha fosse esmerada e o serviço, silencioso. E como era incapaz de mentir a meu pai, exercitava-se pessoalmente em admirar o embaixador para poder louvá-lo com sinceridade. Aliás, apreciava naturalmente seu ar de bondade, sua polidez um pouco antiquada (e tão cerimoniosa que quando, ao andar empertigando sua alta estatura, ele avistava minha mãe que passava de carro, antes de cumprimentá-la com o chapéu jogava longe um charuto apenas começado); sua conversa tão comedida, em que falava o menos possível de si e sempre levava em conta o que podia ser agradável ao interlocutor, sua pontualidade a tal ponto surpreendente em responder a uma carta que o primeiro impulso de meu pai, quando acabava de lhe enviar uma e reconhecia a letra do senhor de Norpois num envelope, era acreditar que, por falta de sorte, a correspondência deles se cruzara: parecia que, para ele, existiam no correio coletas suplementares e de luxo. Minha mãe se maravilhava de que ele fosse tão pontual embora tão ocupado, tão amável embora tão relacionado, sem pensar que os "embora" sempre são "porquês" desconhecidos e que (assim como os velhos são espantosos por sua idade, os reis são cheios de simplicidade, e os provincianos estão cientes de tudo) eram os mesmos hábitos que permitiam ao senhor de Norpois dar conta de tantas ocupações e ser tão ordenado em suas respostas, agradar na alta--roda e ser amável conosco. Além disso, o erro de minha mãe, como o de todas as pessoas demasiado modestas, é que ela punha as coisas que lhe diziam respeito abaixo e, por conseguinte, isoladas das outras. A resposta que ela achava que o amigo de meu pai tivera tanto mérito em nos enviar rapidamente, visto que escrevia muitas cartas por dia, para ela era uma exceção, apenas uma entre o grande número de cartas; da mesma maneira, não considerava que um jantar em casa fosse, para o senhor de Norpois, um dos inúmeros atos de sua vida social: não pensava que o embaixador se habituara outrora, na diplomacia, a considerar que jantar fora fazia parte de suas funções, e a exibir nisso uma graça inveterada, da qual seria muito pedir-lhe que abrisse mão excepcionalmente quando vinha a nossa casa.

O primeiro jantar do senhor de Norpois em casa, num ano em que eu ainda brincava nos Champs-Élysées, ficou em minha memória porque naquela mesma tarde fui enfim ver a Berma,* numa matinê, em *Fedra*, e também porque, conversando com o senhor de Norpois, de súbito me dei conta, e de uma maneira nova, de como os sentimentos despertados em mim por tudo o que se referia a Gilberte Swann e seus pais eram diferentes dos que qualquer outra pessoa nutria por aquela mesma família.

Foi sem dúvida observando o abatimento em que me mergulhava a aproximação das férias de Ano-Novo, durante as quais, como ela me anunciara, eu não devia ver Gilberte, que um dia, para me distrair, minha mãe me disse: "Se você ainda tem o mesmo grande desejo de ouvir a Berma, acho que seu pai talvez permita que vá: sua avó poderia levá-lo".

Mas era porque o senhor de Norpois lhe dissera que deveria me deixar ouvir a Berma, e que isso era para um rapaz uma lembrança a conservar, que meu pai, até então muito hostil a que eu fosse perder meu tempo e arriscar-me a pegar uma doença devido ao que ele chamava, para grande escândalo de minha avó, de inutilidades, já não estava longe de considerar aquele espetáculo preconizado pelo embaixador como que fazendo vagamente parte de um conjunto de receitas preciosas para o êxito de uma carreira brilhante. Minha avó, que ao renunciar por minha causa ao proveito que, a seu ver, eu tiraria ao ouvir a Berma, fizera um grande sacrifício no interesse de minha saúde, admirava-se que isso se tornasse insignificante devido a uma só palavra do senhor de Norpois. Depositando suas esperanças invencíveis de racionalista no regime de ar livre e deitar cedo que me fora prescrito, ela deplorava como um desastre essa infração que eu ia cometer, e em tom consternado dizia a meu pai: "Como você é leviano", e ele, furioso, respondia: "Como assim, agora é a senhora que não quer que ele vá! Essa é um pouco forte, a senhora que nos repetia o tempo todo que isso podia lhe ser útil".

Mas o senhor de Norpois mudara, num ponto bem mais importante para mim, as intenções de meu pai. Este sempre desejara que eu fosse diplomata, e eu não podia suportar a ideia, mesmo se devesse ficar algum tempo agregado ao ministério, de me arriscar a ser

---

* Personagem inspirado a Proust por Sarah Bernhardt, a cujas interpretações de *Fedra* o escritor assistiu no Opéra em 1892 e, em seguida, em 1893, no Teatro de la Renaissance, que a atriz acabava de comprar.

enviado um dia como embaixador a capitais onde Gilberte não morasse. Preferiria voltar aos projetos literários que outrora concebera e abandonara durante meus passeios para o lado de Guermantes. Mas meu pai fizera constante oposição a que eu me destinasse à carreira das letras, que ele estimava muito inferior à diplomacia, recusando-lhe mesmo o nome de carreira, até o dia em que o senhor de Norpois, que não gostava muito dos agentes diplomáticos das novas gerações, lhe garantira que era possível, como escritor, atrair tanta consideração, exercer tanta influência e manter mais independência do que nas embaixadas.

"Pois é! Eu não acreditaria nisso, mas o velho Norpois não tem nada contra a ideia de que você faça literatura", me dissera meu pai. E como ele mesmo era bastante influente, pensava que não havia nada que não se arranjasse, que não encontrasse solução favorável na conversa com gente importante: "Vou trazê-lo para jantar uma noite dessas, ao sairmos da Comissão. Você conversará um pouco com ele, para que ele possa apreciá-lo. Escreva alguma coisa que preste para poder mostrar-lhe; ele se dá muito bem com o diretor da *Revue des Deux Mondes*, fará entrá-lo lá, resolverá isso, é uma velha raposa; e, palavra, parece achar que a diplomacia, hoje em dia...!".

A felicidade que eu sentira em não ser separado de Gilberte me deixava desejoso mas não capaz de escrever uma bela coisa para ser mostrada ao senhor de Norpois. Depois de algumas páginas preliminares, o tédio me fez cair a caneta das mãos, eu chorava de raiva pensando que nunca teria talento, que não tinha dotes e não poderia nem sequer aproveitar a chance que a próxima visita do senhor de Norpois me oferecia de ficar para sempre em Paris. Apenas a ideia de que iam me deixar ouvir a Berma me distraía de minha tristeza. Mas assim como só desejava ver tempestades nos litorais onde eram mais violentas, assim também só gostaria de ouvir a grande atriz num desses papéis clássicos em que Swann me dissera que ela atingia o sublime. Pois quando desejamos receber certas impressões da natureza ou da arte na esperança de uma descoberta preciosa, temos algum escrúpulo em deixar nossa alma acolher em seu lugar impressões menores que poderiam nos enganar sobre o valor exato do Belo. A Berma em *Andrômaca*, em *Os caprichos de Mariana*, em *Fedra*, era dessas coisas famosas que minha imaginação tanto desejara. Eu sentiria o mesmo arrebatamento do dia em que uma

— 24 —

gôndola me levasse ao pé do Ticiano dos Frari ou dos Carpaccio de San Giorgio dei Schiavoni se algum dia ouvisse a Berma recitar os versos:

Dizem que uma súbita partida vos afasta de nós,
Senhor etc.*

Eu os conhecia pela simples reprodução em preto e branco que lhes dão as edições impressas; mas meu coração batia quando eu pensava, como na realização de uma viagem, que enfim os veria mergulhar efetivamente na atmosfera e na luz solar da voz dourada. Um Carpaccio em Veneza, a Berma em *Fedra*, obras-primas da arte pictórica ou dramática que o prestígio ligado a elas tornava tão vivas dentro de mim, isto é, tão indivisíveis, que se tivesse ido ver Carpaccio numa sala do Louvre ou a Berma em alguma peça de que jamais tivesse ouvido falar, já não sentiria o mesmo delicioso espanto de ter enfim os olhos abertos diante do objeto inconcebível e único de tantos milhares de meus sonhos. Além disso, esperando do desempenho da Berma revelações sobre certos aspectos da nobreza da dor, parecia-me que o que havia de grande, de real nesse desempenho devia sê-lo ainda mais se a atriz o sobrepusesse a uma obra de verdadeiro valor em vez de, em suma, bordar a verdade e o belo sobre uma trama medíocre e vulgar.

Por fim, se fosse ouvir a Berma numa peça nova, não me seria fácil julgar sua arte, sua dicção, visto que não poderia fazer a separação entre um texto que não conheceria antecipadamente e aquele que lhe acrescentariam entonações e gestos que me pareceriam formar um conjunto com ele; ao passo que as obras antigas, que eu sabia de cor, me apareciam como vastos espaços reservados e já prontos em que eu pudesse apreciar em plena liberdade as invenções com que a Berma os cobriria, como que num afresco, com eternos achados de sua inspiração. Infelizmente, desde os anos em que abandonara os grandes palcos e fazia a fortuna de um teatro de bulevar do qual era a estrela, já não representava peças clássicas, e por mais que eu consultasse os cartazes, nunca anunciavam senão

---

* *"On dit qu'un prompt départ vous éloigne de nous, Seigneur, etc."* é o início da declaração de Fedra a Hipólito. *Fedra*, Racine, ii, 5.

peças bem recentes, fabricadas expressamente para ela por autores na moda; foi quando uma manhã, procurando na coluna dos teatros as matinês da semana do dia de Ano-Novo, vi pela primeira vez — em final de espetáculo, depois de uma abertura provavelmente insignificante cujo título me pareceu opaco, pois continha toda a particularidade de uma ação que eu ignorava — dois atos de *Fedra* com madame Berma, e, nas matinês seguintes, *Le Demi-Monde* e *Os caprichos de Mariana*, nomes que, como o de *Fedra*, eram para mim transparentes, cheios somente de claridade, de tal forma a obra me era conhecida, iluminados até o fundo por um sorriso de arte. Eles me pareceram acrescentar nobreza à própria madame Berma quando li nos jornais, depois do programa desses espetáculos, que era ela que resolvera mostrar-se de novo ao público em algumas de suas antigas criações. Portanto, a atriz sabia que certos papéis têm um interesse que sobrevive à novidade de sua estreia ou ao sucesso de sua reprise, e considerava-os, interpretados por ela, como obras-primas de museu, podendo ser instrutivo recolocá-los diante dos olhos da geração que a admirara, ou da que não a vira naqueles papéis. Assim, pondo em cartaz, entre peças destinadas apenas a fazer passar o tempo de uma tarde, *Fedra*, cujo título não era mais longo que os delas e não estava impresso em letras diferentes, ela lhe acrescentava como que o subentendido de uma dona de casa que, apresentando-nos a seus convivas no momento de passar à mesa, nos diz entre os nomes de convidados que não passam de convidados, e no mesmo tom em que citou os outros: senhor Anatole France.

O médico que tratava de mim — aquele que me proibira qualquer viagem — desaconselhou a meus pais deixarem-me ir ao teatro; eu voltaria doente, talvez por muito tempo, e no final das contas teria mais sofrimento que prazer. Esse temor poderia me deter se o que eu esperasse de tal representação fosse somente um prazer que, afinal, um sofrimento posterior pode anular, por compensação. Mas — assim como na viagem a Balbec, e na viagem a Veneza que eu tanto desejara — o que eu pedia àquela matinê era coisa muito diferente de um prazer: verdades pertencentes a um mundo mais real que aquele em que eu vivia, e cuja aquisição, uma vez feita, não me poderia ser retirada por incidentes insignificantes de minha ociosa existência, ainda que fossem dolorosos para meu corpo. No máximo, o prazer que eu teria durante o espetáculo me aparecia como a forma porventura necessária da percepção dessas verdades; e era o bastante para eu desejar que as indisposições previstas só começassem depois de terminada a representação, a fim de que o prazer não fosse por elas comprometido e alterado. Implorei a meus pais, que desde a visita do médico não queriam mais me permitir ir a *Fedra*. Recitei incessantemente, para mim mesmo, a tirada:

Dizem que uma súbita partida vos afasta de nós...

buscando todas as entonações que era possível lhe atribuir, a fim de melhor medir o inesperado daquela que a Berma encontraria. Escondida como o Santo dos Santos pela cortina que a esquivava de mim, e atrás da qual eu lhe atribuía a todo instante um novo aspecto, segundo as palavras de Bergotte — na plaqueta encontrada por Gilberte — que me vinham ao espírito: "Nobreza plástica, cilício cristão, palidez jansenista, princesa de Trezena e de Clèves, drama micênico, símbolo délfico, mito solar",* a divina Beleza que devia me revelar o desempenho da Berma, noite e dia, sobre um altar eternamente aceso, imperava no fundo de meu espírito, de meu espírito que meus pais severos e leviuanos iam decidir se conservaria ou não, e para sempre, as perfeições da Deusa revelada naquele mesmo lugar em que se erguia sua forma invisível. E de olhos fixos na imagem inconcebível, eu lutava de manhã à noite contra os obstáculos que minha família me criava. Mas quando eles caíram, quando minha mãe — embora aquela matinê acontecesse justamente no dia da sessão da Comissão depois da qual meu pai devia levar o senhor de Norpois para jantar — me disse: "Pois bem, não queremos entristecê-lo, se acha que terá tanto prazer, então vá"; quando aquela ida ao teatro, até então proibida, só dependeu de mim, então, pela primeira vez, já não precisando me preocupar por ela deixar de ser impossível, perguntei-me se era desejável, se outras razões além da proibição de meus pais não deveriam me levar a desistir. Primeiro, depois de ter detestado a crueldade deles, seu consentimento tornava-os tão queridos que a ideia de dar-lhes um desgosto causava-me outro, em

---

*   Essas palavras são diretamente inspiradas numa crítica feita por Jules Lemaitre da representação de *Fedra* do dia 27 de novembro de 1893, com Sarah Bernhardt, no Teatro de la Renaissance.

que a vida já não me surgia como tendo a verdade por objetivo, e sim a ternura, e só me parecia boa ou má dependendo de meus pais serem felizes ou infelizes. "Eu preferiria não ir, se isso deve afligi-los", disse à minha mãe, que, ao contrário, esforçava-se para me tirar da cabeça o pensamento de que ela pudesse se entristecer, o que, dizia, estragaria o prazer que eu teria na *Fedra*, e em cuja consideração ela e meu pai tinham voltado atrás na proibição. Mas então essa espécie de obrigação de sentir prazer pareceu-me muito pesada. Além disso, se eu voltasse doente para casa, estaria curado a tempo de poder ir aos Champs-Élysées quando as férias terminassem, assim que Gilberte regressasse? A todas essas razões eu confrontava, para decidir qual deveria vencer, a ideia da perfeição da Berma, invisível atrás de seu véu. Punha num dos pratos da balança "sentir mamãe triste, arriscar-me a não poder ir aos Champs-Élysées", no outro, "palidez jansenista, mito solar"; mas até essas palavras terminavam se obscurecendo diante de meu espírito, não me diziam mais nada, perdiam todo o peso; aos poucos minhas hesitações tornavam-se tão dolorosas que agora, se eu optasse pelo teatro, teria sido só para liquidá-las e delas me livrar de uma vez por todas. Seria para abreviar meu sofrimento, e não mais na esperança de um benefício intelectual, e cedendo ao atrativo da perfeição que eu me deixaria levar, não para a Sábia Deusa, e sim para a implacável Divindade sem rosto e sem nome que a substituíra sub-repticiamente atrás de seu véu. Mas, de súbito, tudo se alterou, meu desejo de ir ouvir a Berma recebeu uma nova chicotada que me permitiu esperar na impaciência e na alegria aquela "matinê": tendo ido fazer diante da coluna dos teatros minha estação cotidiana de estilita, ultimamente tão cruel, eu vira, ainda todo úmido, o cartaz detalhado de *Fedra* que acabavam de colar pela primeira vez (e no qual, a bem da verdade, o resto do elenco não me trazia nenhum novo atrativo capaz de me decidir). Mas o cartaz dava a um dos objetivos entre os quais oscilava minha indecisão uma forma mais concreta e — como era datado não do dia em que o lia, mas daquele em que a representação ocorreria, e da própria hora da subida do pano — quase iminente, já em vias de realização, tanto assim que pulei de alegria diante da coluna pensando que naquele dia, exatamente naquela hora, estaria prestes a ouvir a Berma, sentado no meu lugar; e temendo que meus pais não tivessem mais tempo de encontrar dois bons lugares para minha avó e para mim, fui num salto até em casa, fustigado que estava por aquelas palavras mágicas que haviam substituído em meu pensamento "palidez jansenista" e "mito solar": "As senhoras não serão admitidas na plateia de chapéu, as portas serão fechadas às duas horas".

Ai de mim! Essa primeira matinê foi uma grande decepção. Meu pai propôs levar-nos ao teatro, minha avó e eu, quando fosse para a sua Comissão. Antes de sair de casa, ele disse à minha mãe: "Trate de fazer um bom jantar; lembra-se de que devo trazer De Norpois?". Minha mãe não esquecera. E desde a véspera, Françoise, feliz de se dedicar àquela arte da culinária para a qual certamente tinha um dom, estimulada, aliás, pelo anúncio de um novo convidado, e sabendo que teria de preparar, segundo métodos só dela conhecidos, uma galantina de carne, vivia na efervescência da criação; como atribuía extrema importância à qualidade intrínseca dos materiais que deviam entrar na fabricação de sua obra, ia pessoalmente ao Halles para conseguir os mais belos cortes de alcatra, de jarrete de vaca, de mocotó de vitela, assim como Michelangelo passava oito meses nas montanhas de Carrara a escolher os blocos de mármore mais perfeitos para o monumento de Júlio II. Françoise punha nessas idas e vindas tamanho ardor que mamãe, ao ver seu rosto congestionado, temia que nossa velha criada caísse doente de estafa, como o autor do túmulo dos Médici nas pedreiras de Pietrasanta. E já na véspera Françoise mandara assar no forno do padeiro, protegido por miolo de pão, como por mármore rosado, o que ela chamava de presunto de Nev'York. Julgando a língua menos rica do que é, e seus próprios ouvidos pouco seguros, com certeza a primeira vez que ouvira falar de presunto de York pensara — considerando uma inacreditável prodigalidade de vocabulário que pudesse existir ao mesmo tempo York e New York — que ouvira mal e que queriam dizer o nome que já conhecia. Por isso, desde então a palavra "York" era precedida em seus ouvidos ou diante de seus olhos, caso lesse um anúncio, de New, que ela pronunciava Nev'. E era com a maior boa-fé do mundo que dizia à sua ajudante de cozinha: "Vá me buscar presunto no *Olida*. A senhora me recomendou muito que tem de ser o do Nev'York". Naquele dia, se Françoise tinha a ardente certeza dos grandes criadores, meu quinhão era a cruel inquietação do pesquisador. É claro que, enquanto não tinha ouvido a Berma, senti prazer. Senti-o na pracinha em frente ao teatro e onde, duas horas depois, os castanheiros nus iriam brilhar com reflexos metálicos assim que os bicos de gás acesos iluminassem as minúcias de suas ramagens; diante dos empregados da bilheteria, cuja escolha, promoção e destino dependiam da grande artista — única que detinha o poder naquela administração à frente da qual se sucediam obscuramente diretores efêmeros e meramente nominais — e que pegaram nossos ingressos sem nos olhar, aflitos que estavam para saber se todas as prescrições de madame Berma tinham sido mesmo transmitidas ao pessoal novo, se estava bem claro que a claque nunca devia aplaudi-la, que as janelas deviam estar abertas enquanto ela não estivesse em cena e que depois a menor porta devia estar fechada, que devia haver um jarro de água quente disfarçado perto dela para que a poeira do palco não subisse; e, de fato, dali a pouco seu carro atrelado a dois cavalos de crina longa iria parar na frente do teatro, ela desceria enrolada em peles e, respondendo com um gesto enfarado às saudações, mandaria uma de suas aias informar-se sobre o camarote de boca que tinham reservado para seus amigos, a temperatura da sala, o arranjo dos camarins, a aparência das vaga-lumes, pois teatro e público eram para ela apenas uma segunda roupa mais exterior que ela vestiria e o meio mais ou menos bom condutor que seu talento teria de atravessar. Também me senti feliz na própria sala; desde que sabia que — contrariamente ao que por tanto tempo me representaram minhas imaginações infantis — havia um só palco para todos, eu pensava que os outros espectadores nos impediriam de ver direito, como no meio de uma multidão; ora, dei-me conta de que, ao contrário, graças a uma disposição que é como o símbolo de qualquer percepção, cada um se sente o centro do teatro; o que me explicou como Françoise, uma vez que a mandaram ver um melodrama na terceira galeria, garantira na volta que seu lugar era o melhor que se poderia ter, e em vez de se achar longe demais, sentira-se intimidada pela proximidade misteriosa e viva do pano de boca. Meu prazer aumentou quando comecei a distinguir atrás daquela cortina descida ruídos confusos como ouvimos dentro de uma casca de ovo quando o pintinho vai sair, e que logo cresceram e de repente, daquele mundo impenetrável ao nosso olhar mas que nos via do seu, dirigiram-se indubitavelmente a nós, na forma imperiosa de três batidas tão emocionantes como sinais vindos do planeta Marte. E — uma vez erguido aquele pano —

quando no palco uma escrivaninha e uma lareira aliás um tanto comuns significaram que os personagens que iam entrar seriam, não atores vindos para recitar como eu vira uma vez num sarau, mas homens vivendo em sua casa um dia de sua vida na qual eu penetrava por efração sem que pudessem me ver, meu prazer continuou a existir; foi interrompido por uma curta inquietação: justamente quando eu apurava o ouvido antes que a peça começasse, dois homens entraram no palco, muito zangados, pois falavam bem alto para que naquela sala onde havia mais de mil pessoas se distinguissem todas as suas palavras, ao passo que num pequeno café somos obrigados a perguntar ao garçom o que dizem dois indivíduos que se engalfinham; mas no mesmo instante, admirado de ver que o público os ouvia sem reclamar, submerso que estava num silêncio unânime sobre o qual logo veio marulhar um riso aqui, outro ali, compreendi que aqueles insolentes eram os atores e que a pequena peça, chamada de abertura de espetáculo, acabava de começar. Foi seguida por um intervalo tão longo que os espectadores que voltaram para seus lugares se impacientaram, bateram os pés. Eu estava assustado; pois assim como na notícia de um processo, quando eu lia que um homem de coração nobre ia testemunhar, em prejuízo de seus interesses, em favor de um inocente, sempre temia que não fossem muito gentis com ele, que não lhe demonstrassem suficiente gratidão, que não o recompensassem generosamente, e que, repugnado, ele se pusesse do lado da injustiça, assim também, aí aproximando o gênio e a virtude, eu temia que a Berma, ressentida com os maus modos de um público tão mal-educado — no qual eu gostaria, ao contrário, que ela pudesse reconhecer com satisfação certas celebridades a cujo julgamento atribuísse importância —, lhe expressasse seu descontentamento e seu desdém representando mal. E olhava com ar suplicante aqueles brutamontes tripudiantes que iam quebrar com sua fúria a impressão frágil e preciosa que eu fora buscar. Por fim, os últimos momentos de meu prazer foram durante as primeiras cenas de *Fedra*. O personagem de Fedra não aparece naquele início do segundo ato; no entanto, assim que o pano subiu e um segundo pano, este em veludo vermelho, se abriu, desdobrando a profundidade do palco em todas as peças em que a estrela representava, entrou pelo fundo uma atriz com o rosto e a voz que me haviam dito ser os da Berma. Deviam ter mudado o elenco, todo o cuidado que eu tivera em estudar o papel da mulher de Teseu tornara-se inútil. Mas outra atriz deu a réplica à primeira. Devia ter me enganado, confundindo aquela com a Berma, pois a segunda parecia-se ainda mais com ela e, mais que a outra, tinha a sua dicção. Aliás, as duas acrescentavam a seus papéis nobres gestos — que eu distinguia claramente e cuja relação com o texto eu compreendia, enquanto erguiam seus belos peplos — e também entonações engenhosas, ora apaixonadas, ora irônicas, que me faziam compreender o significado de um verso que eu lera em casa sem prestar muita atenção no que queria dizer. Mas de repente, no espaço formado pela cortina vermelha do santuário, como numa moldura, apareceu uma mulher e logo — pelo medo que senti, bem mais ansioso do que podia ser o da Berma de que a atrapalhassem abrindo uma janela, alterassem o som de suas palavras amassando um programa, a indispusessem aplaudindo seus colegas, e sem aplaudi-la o suficiente; pelo meu jeito, ainda mais absoluto que o da Berma, de considerar, desde esse instante, sala, público, atores, peça, e meu próprio corpo como um meio acústico importante somente na medida em que era favorável às inflexões daquela voz — compreendi que as duas atrizes que eu admirava desde alguns minutos não tinham nenhuma semelhança com quem eu fora ver. Mas ao mesmo tempo todo o meu prazer cessara; por mais que dirigisse à Berma meus olhos, meus ouvidos, meu espírito, a fim de não deixar escapar uma migalha das razões que ela me daria para admirá-la, não consegui uma única sequer. Nem mesmo podia, como acontecia com suas colegas, perceber em sua dicção e em seu desempenho entonações inteligentes, belos gestos. Ouvia-a como teria lido *Fedra*, ou como se a própria Fedra tivesse dito naquele momento as coisas que eu ouvia, sem que o talento da Berma parecesse lhes acrescentar algo. Gostaria — para poder aprofundá-las, para tentar descobrir o que tinham de belo — de parar, imobilizar diante de mim, longamente, cada entonação da atriz, cada expressão de sua fisionomia; quando nada, tentei, à custa de agilidade mental, já antes de um verso e tendo minha atenção totalmente a postos e preparada, não distrair em preparativos uma parcela da duração de cada palavra, de cada gesto, e graças à intensidade de minha atenção conseguir penetrar neles tão profundamente como faria se tivesse longas horas para mim. Mas como foi breve essa duração! Mal chegava ao meu ouvido, um som era substituído por outro. Numa cena em que a Berma fica um instante imóvel, com o braço levantado na altura do rosto banhado numa luz esverdeada, graças a um artifício de iluminação, defronte do cenário que representa o mar, a sala prorrompeu em aplausos, mas já a atriz mudara de lugar e o quadro que eu gostaria de estudar não existia mais. Disse à minha avó que não estava vendo bem, ela me passou seu binóculo. Só que, quando se acredita na realidade das coisas, usar de um meio artificial para vê-las não equivale propriamente a senti-las perto. Pensei que eu já não via a Berma, mas sua imagem na lente de aumento. Larguei o binóculo; mas talvez a imagem que meu olho recebia, diminuída pela distância, já não fosse exata; qual das duas Berma era a verdadeira? Quanto à declaração a Hipólito, eu contava muito com esse trecho em que, a julgar pelo significado engenhoso que suas colegas me revelavam a todo instante nas partes menos belas, certamente ela teria entonações mais surpreendentes do que aquelas que em casa, ao ler, eu tentara imaginar; mas não atingiu nem sequer as que Enone ou Arícia encontrariam, passou pela plaina de uma melopeia uniforme toda a tirada em que se viram confundidos em conjunto contrastes, no entanto tão marcados, cujo efeito até uma atriz trágica apenas inteligente e mesmo alunas de liceu não teriam desprezado; aliás, disse-a tão depressa que só quando chegou ao último verso é que meu espírito tomou consciência da monotonia desejada que impusera aos primeiros.

Finalmente, explodiu o meu primeiro sentimento de admiração: foi provocado pelos aplausos frenéticos dos espectadores. A eles misturei os meus, tentando prolongá-los, a fim de que a Berma, por gratidão, superasse a si mesma e eu tivesse a certeza de tê-la ouvido num de seus melhores dias. Por sinal, o curioso é que, como soube depois, o momento em que o entusiasmo do público se desencadeou foi aquele em que a Berma teve um de seus mais belos achados. Pelo visto, certas realidades transcendentes emitem ao redor ondas a que a multidão é sensível. É assim que, por exemplo, quando se produz um acontecimento, quando na fronteira um exército está em perigo, derrotado ou vitorioso, as notícias muito obscuras que recebemos e das quais o homem culto não sabe tirar maiores consequências provocam nas massas uma emoção que o surpreende e em que ele reconhece, depois de os especialistas o porem a par da verdadeira situação militar, a percepção pelo povo dessa "aura" que envolve os grandes acontecimentos e é visível a centenas de quilômetros. Sabe-se da vitória, ou depois que a guerra terminou, ou imediatamente, pela alegria do porteiro. Descobre-se um rompante genial no desempenho da Berma oito dias depois de ouvi-la, pela crítica, ou na hora, pelas aclamações da plateia. Mas como esse conhecimento imediato das massas mistura-se a cem outros totalmente errôneos, no mais das vezes os aplausos caíam em falso, sem contar que eram mecanicamente provocados pela força dos aplausos anteriores, como numa tempestade, quando o mar já está suficientemente agitado e continua a engrossar, embora o vento não recrudesça. Pouco importa, pois à medida que eu aplaudia ia me parecendo que a Berma representara melhor. "Pelo menos, dizia a meu lado uma mulher bastante vulgar, essa aí se mexe, bate em si mesma até doer, corre, e olhe só, isto sim é representar." E feliz de encontrar essas razões da superioridade da Berma, embora duvidando que a explicassem, assim como não explicava a da *Gioconda*, ou a do *Perseu* de Benvenuto, a exclamação de um camponês: "É mesmo muito bem-feito! É tudo de ouro, e do bonito! Que trabalho!", partilhei inebriado o vinho grosseiro daquele entusiasmo popular. Nem por isso deixei de sentir, quando caiu o pano, um desapontamento por não ter sido maior aquele prazer que eu tanto almejara, mas ao mesmo tempo senti necessidade de prolongá-lo, de não deixar para sempre, ao sair da sala, aquela vida do teatro que por umas horas fora a minha, e de que me teria arrancado como numa partida para o exílio, ao voltar diretamente para casa, se não esperasse ali aprender muito sobre a Berma graças a seu admirador, a quem eu devia a permissão de ir à *Fedra*, o senhor de Norpois. Fui-lhe apresentado antes do jantar por meu pai, que para isso me chamou ao seu gabinete. Quando entrei, o embaixador levantou-se, estendeu-me a mão, inclinou sua alta estatura e fixou atentamente em mim seus olhos azuis. Como os estrangeiros de passagem que lhe eram apresentados, na época em que representava a França, eram mais ou menos — até os cantores conhecidos — gente de escol e de quem ele sabia então que poderia dizer mais tarde, quando alguém pronunciasse o nome deles em Paris ou em Petersburgo, que se lembrava perfeitamente da noite que passara a seu lado em Munique ou em Sófia, acostumara-se a demonstrar com sua afabilidade a satisfação que tivera em conhecê-los: mas, além disso, convencido de que na vida das capitais, em contato a um só tempo com individualidades interessantes que as cruzavam e com os costumes do povo que as habita, adquire-se um conhecimento aprofundado, que os livros não dão, da história, da geografia, dos costumes das diferentes nações, do movimento intelectual da Europa, exercia sobre cada recém-chegado suas aguçadas faculdades de observador a fim de logo saber com que espécie de homem iria tratar. Fazia tempo que o governo já não lhe confiara posto no estrangeiro, mas assim que lhe apresentavam alguém, seus olhos, como se não tivessem recebido notificação de que ele fora posto em disponibilidade, começavam a observar com proveito, enquanto ele, por toda a sua atitude, tentava mostrar que o nome do estrangeiro não lhe era desconhecido. Por isso, enquanto me falava com bondade e com o ar de importância de um homem ciente de sua vasta experiência, não parava de me examinar com uma curiosidade sagaz e para seu próprio proveito, como se eu fosse algum costume exótico, algum monumento instrutivo, ou alguma estrela em turnê. E assim demonstrava comigo, ao mesmo tempo, a majestosa amabilidade do sábio Mentor e a curiosidade estudiosa do jovem Anacársis.*

Não me ofereceu absolutamente nada na *Revue des Deux Mondes*, mas me fez algumas perguntas sobre o que tinham sido minha vida e meus estudos, sobre meus gostos de que ouvi falar pela primeira vez como se pudesse ser sensato segui-los, quando até então eu pensara que era um dever contrariá-los. Já que eles me inclinavam para o lado da literatura, não me desviou; ao contrário, dela falou com deferência como de uma pessoa venerável e encantadora de cujo círculo seleto, em Roma ou em Dresden, guardamos a melhor lembrança e lamentamos encontrar tão raramente, devido às circunstâncias da vida. Parecia invejar-me, sorrindo com um ar quase indecoroso, os bons momentos que, mais feliz que ele e mais livre, ela me proporcionaria. Mas os próprios termos que empregava mostravam-me a Literatura como demasiado diferente da imagem que eu criara em Combray, e compreendi que tivera redobrada razão em renunciar a ela. Até então, apenas percebera que não tinha o

---

*   Alusão ao romance educativo *Voyage du jeune Anacharsis* (1788), do abade Barthélémy, em que o herói encarna a pureza e o retorno à natureza.

dom de escrever; agora, o senhor de Norpois me tirava até mesmo o desejo de escrever. Quis lhe expressar o que havia sonhado; trêmulo de emoção, tinha o escrúpulo de que todas as minhas palavras fossem o equivalente mais sincero do que eu sentira e jamais tentara formular para mim mesmo; o que significa que minhas palavras não tiveram a menor clareza. Talvez por hábito profissional, talvez em virtude da calma adquirida por todo homem importante a quem se pede conselho e que, sabendo que manterá o domínio da conversa, deixa o interlocutor se agitar, se esforçar, sofrer à vontade, talvez também para realçar as características de sua cabeça (segundo ele, grega, apesar das grandes suíças), o senhor de Norpois, enquanto lhe expunham alguma coisa, mantinha uma imobilidade fisionômica tão absoluta como se estivéssemos falando diante de um busto antigo — e surdo — numa gliptoteca. De repente, caindo como o martelo do leiloeiro, ou como um oráculo de Delfos, a voz do embaixador que nos respondia impressionava mais ainda porque nada em seu rosto nos deixava suspeitar o tipo de impressão que tínhamos produzido nele, nem a opinião que ia emitir.

"Justamente", disse-me de súbito como se a causa estivesse julgada e depois de me deixar gaguejar diante dos olhos imóveis que não me largavam um instante, "tenho um amigo cujo filho, mutatis mutandis, é como você" (e recorreu, para falar de nossas disposições em comum, ao mesmo tom sereno como se fossem disposições, não para a literatura, mas para o reumatismo, e como se quisesse me mostrar que disso não se morre). "Por isso, preferiu deixar o Quai d'Orsay, onde porém o caminho lhe estava já traçado pelo pai, e, sem se preocupar com o disse me disse, pôs-se a produzir. Não tem, sem dúvida, motivo para se arrepender. Há dois anos publicou — aliás, é muito mais velho que você, naturalmente — uma obra relativa ao sentimento do Infinito na margem ocidental do lago Victoria Nyanza, e este ano, um opúsculo menos importante, mas conduzido com pena ágil, às vezes até afiada, sobre o fuzil de repetição no exército búlgaro, obras que o puseram numa posição realmente ímpar. Já trilhou um lindo caminho, não é homem de parar na estrada e sei que, sem que a ideia de uma candidatura tenha sido aventada, mencionaram seu nome numa conversa duas ou três vezes, e de um modo que nada tinha de desfavorável, na Academia de Ciências Morais. Em suma, sem ainda poder dizer que está nos píncaros, conquistou com muita garra uma belíssima posição, e o sucesso, que nem sempre recompensa apenas os irrequietos e trapalhões, ou os intrigantes que quase sempre são uns trapaceiros, o sucesso recompensou seu esforço."

Meu pai, já me vendo acadêmico dali a uns anos, transpirava uma satisfação que o senhor de Norpois levou ao auge quando, depois de um instante de hesitação em que pareceu calcular as consequências de seu ato, disse-me entregando-me o seu cartão: "Então vá vê-lo, de minha parte, ele poderá lhe dar conselhos úteis", causando-me com essas palavras uma agitação tão dolorosa como se me anunciasse que no dia seguinte me embarcariam como grumete a bordo de um veleiro.

Minha tia Léonie me fizera herdeiro, junto com vários objetos e móveis enormes, de quase toda a sua fortuna líquida — revelando assim, depois da morte, uma afeição por mim de que eu pouco desconfiara durante sua vida. Meu pai, que devia gerir essa fortuna até minha maioridade, consultou o senhor de Norpois sobre determinadas aplicações. Ele aconselhou títulos de baixo rendimento, que considerava especialmente sólidos, sobretudo os Consolidados Ingleses e o 4% Russo.* "Com esses valores de primeiríssima ordem, disse o senhor de Norpois, se o rendimento não é muito alto, ao menos tem-se a garantia de jamais ver o capital declinar." Quanto ao resto, meu pai lhe disse, grosso modo, o que havia comprado. O senhor de Norpois deu um imperceptível sorriso de felicitações: como todos os capitalistas, considerava a fortuna uma coisa invejável, mas achava mais delicado não cumprimentar quem a possuísse senão por um sinal de compreensão apenas insinuado; por outro lado, como ele mesmo era colossalmente rico, considerava de bom gosto assumir ares de quem julga respeitáveis os rendimentos menores dos outros, porém com uma reflexão alegre e confortável sobre a superioridade dos seus. Em compensação, não hesitou em felicitar meu pai pela "composição" de sua carteira "de um gosto muito seguro, muito de-

---

* Os "Consolidados" eram todos os títulos públicos da dívida da Inglaterra que garantiam os empréstimos e estavam reunidos num só fundo. Vários empréstimos foram feitos pela Rússia junto à França a partir de 1880. Os números da *Revue des Deux Mondes* de 1890 sublinhavam a "excelente situação financeira" tanto da Rússia como do Banco da Inglaterra.

licado, muito fino". Parecia atribuir às relações dos valores da bolsa entre si, e até aos valores da bolsa em si, algo como um mérito estético. De um deles, bastante recente e ignorado, e de que meu pai lhe falou, o senhor de Norpois, parecendo essas pessoas que leram livros que você pensava ser o único a conhecer, disse-lhe: "Mas é claro, diverti-me por algum tempo em segui-lo na Cotação, era interessante", com o sorriso retrospectivamente cativado de um assinante que leu o último romance de uma revista, por partes, em folhetim. "Não o desaconselharia a subscrever a emissão que vai ser lançada proximamente. É atraente, porque oferecem os títulos a preços tentadores." Quanto a certos valores antigos, ao contrário, meu pai, como já não se lembrava exatamente dos nomes, fáceis de confundir com os de ações similares, abriu uma gaveta e mostrou os próprios títulos ao embaixador. Vê-los me encantou; eram enfeitados com agulhas de catedrais e figuras alegóricas como certas velhas publicações românticas que outrora eu folheara. Tudo o que é de um mesmo tempo se parece; os artistas que ilustram os poemas de uma época são os mesmos que as Sociedades Financeiras chamam para trabalhar. E nada faz mais pensar em certas edições de *Notre-Dame de Paris* e de obras de Gérard de Nerval, tais como estavam penduradas na vitrine da quitanda de Combray, do que, no seu enquadramento retangular e florido sustentado por divindades fluviais, uma ação nominativa da Companhia das Águas.

Meu pai tinha por meu gênero de inteligência um desprezo suficientemente corrigido pela ternura para que, afinal, sentisse uma indulgência cega por tudo o que eu fazia. Por isso, não hesitou em me mandar buscar um pequeno poema em prosa que eu escrevera outrora em Combray, ao voltar de um passeio. Compusera-o com uma exaltação que me parecia dever comunicar aos que o lessem. Mas ela não deve ter conquistado o senhor de Norpois, que o devolveu sem me dizer uma palavra.

Minha mãe, cheia de respeito pelas ocupações de meu pai, veio perguntar, timidamente, se podia mandar servir. Temia interromper uma conversa em que não devia se meter. E, de fato, a todo momento meu pai lembrava ao marquês alguma medida útil que tinham decidido apoiar na sessão seguinte da Comissão, e o fazia no tom particular que assumem num ambiente diferente — nisso parecendo dois colegiais — dois amigos cujos hábitos profissionais lhes criam lembranças comuns a que os outros não têm acesso e de cuja menção na frente deles pedem desculpas.

Mas a perfeita independência dos músculos do rosto a que o senhor de Norpois chegara permitia-lhe escutar sem aparentar que estava ouvindo. Meu pai acabou se perturbando: "Eu havia pensado em pedir o parecer da Comissão...", disse ao senhor de Norpois depois de longos preâmbulos. Então, do rosto do aristocrático virtuose que mantivera a inércia de um instrumentista que ainda não chegou ao momento de executar sua parte, saía numa cadência regular, num tom agudo e como que apenas concluindo, mas dessa vez confiando-a a outro timbre, a frase iniciada: "Que, é claro, o senhor não hesitará em reunir, tanto mais que conhece pessoalmente os membros e eles podem facilmente se deslocar". É evidente que não era, em si mesma, uma conclusão das mais extraordinárias. Mas a imobilidade anterior a fazia destacar-se com a clareza cristalina, o imprevisto quase malicioso dessas frases com que o piano, até então silencioso, replica, no momento desejado, ao violoncelo que se acaba de ouvir, num concerto de Mozart.

"E então, está contente com a sua matinê?", perguntou meu pai enquanto passávamos à mesa, para me fazer brilhar pensando que meu entusiasmo levaria o senhor de Norpois a me julgar melhor. "Ele foi há pouco ouvir a Berma, como se lembra que nós dois tínhamos comentado", disse virando-se para o diplomata, no mesmo tom de alusão retrospectiva, técnica e misteriosa, como se se tratasse de uma sessão da Comissão.

"Você deve ter se encantado, sobretudo se era a primeira vez que a ouvia. O senhor seu pai se alarmava com a consequência que essa pequena escapada poderia ter sobre seu estado de saúde, pois você é um pouco delicado, um pouco frágil, creio. Mas o sosseguei. Hoje em dia os teatros já não são o que eram há apenas vinte anos. Temos cadeiras mais ou menos confortáveis, um ar renovado, embora ainda tenhamos muito a fazer para alcançar a Alemanha e a Inglaterra, que nesse ponto, como em muitos outros, têm um formidável avanço sobre nós. Não vi madame Berma em *Fedra*, mas ouvi dizer que estava admirável. E, naturalmente, você ficou radiante, não ficou?"

O senhor de Norpois, mil vezes mais inteligente que eu, devia possuir essa verdade que eu não soubera extrair do desempenho da Berma, e ia revelá-la a mim; ao responder à sua pergunta, ia lhe pedir

que me dissesse em que consistia essa verdade; e assim ele justifica-
ria o desejo que eu tivera de ver a atriz. Eu só dispunha de um momento, devia aproveitar e levar meu interrogatório aos pontos essenciais. Mas quais eram? Fixando inteiramente a atenção em minhas
impressões tão confusas, não imaginando de modo algum ser admirado pelo senhor de Norpois, mas dele obter a verdade desejada, não
tentei substituir as palavras que me faltavam por frases feitas, balbu-
ciei e finalmente, para tentar provocá-lo e fazê-lo declarar o que a
Berma tinha de admirável, confessei-lhe que me decepcionara.

"Mas como!", exclamou meu pai, aborrecido com a desagradável
impressão que minha incompreensão confessa pudesse causar no
senhor de Norpois, "como pode dizer que não gostou? Sua avó nos
contou que você não perdia uma palavra do que a Berma dizia, que
seus olhos lhe saltavam da cara, que na sala só você estava assim.

— Ah, pois é, eu escutava o melhor que podia, para saber o que
tinha de tão notável. Sem dúvida, ela é muito boa...

— Se é muito boa, o que mais quer?

— Uma das coisas que certamente contribuem para o sucesso de
madame Berma", disse o senhor de Norpois virando-se atencioso para
minha mãe e para não deixá-la fora da conversa, e a fim de cumprir
conscienciosamente seu dever de cortesia com uma dona de casa, "é
o gosto perfeito que demonstra na escolha dos papéis e que sempre
lhe vale um franco e estimável sucesso. Raramente representa textos
medíocres. Veja, atirou-se no papel de Fedra. Aliás, demonstra esse
bom gosto nas toaletes, no modo de representar. Embora tenha feito
turnês frequentes e frutíferas pela Inglaterra e pela América, a vulgaridade, não direi de John Bull, o que seria injusto, pelo menos para
a Inglaterra da era vitoriana, mas do Tio Sam não a contaminou.
Nada de cores muito espalhafatosas, gritos exagerados. E, além disso,
aquela voz admirável que lhe cai tão bem e com a qual joga às mil
maravilhas, eu quase ficaria tentado a dizer como musicista!"

Meu interesse pelo desempenho da Berma não deixara de crescer
desde o final da representação porque já não sofria a compressão e
os limites da realidade; mas sentia a necessidade de encontrar-lhe
explicações; além disso, enquanto a Berma representava, ele recaíra
com igual intensidade sobre tudo o que ela, na indivisibilidade da
vida, oferecia a meus olhos, a meus ouvidos; nada separara ou distinguira; por isso, esse interesse alegrou-se ao descobrir uma causa

razoável naqueles elogios feitos à simplicidade, ao bom gosto da atriz, e atraiu-os para si por seu poder de absorção, deles se apoderando como o otimismo de um homem embriagado se apodera das ações de seu vizinho nas quais encontra um motivo de enternecimento. "É verdade, eu me dizia, que bela voz, que ausência de gritos, que figurinos simples, que inteligência ter escolhido *Fedra*! Não, não me decepcionei."

A carne fria com cenouras fez sua aparição, deitada pelo Michelangelo de nossa cozinha sobre enormes cristais de gelatina semelhantes a blocos de quartzo transparente.

"A senhora tem um chef de primeiríssima grandeza, disse o senhor de Norpois. E não é pouca coisa. Eu, que no estrangeiro precisei manter um certo padrão doméstico, bem sei como costuma ser difícil encontrar um perfeito mestre-cuca. Foi para um verdadeiro ágape que nos convidou."

E, de fato, Françoise, superexcitada com a ambição de triunfar para um convidado de classe num jantar afinal semeado de dificuldades dignas dela, dera-se a um trabalho a que já não se dava quando estávamos sozinhos, e reencontrara seu incomparável toque de Combray.

"Isto é o que não se pode encontrar numa baiuca, e digo nas melhores: um estufado de carne em que a gelatina não cheire a cola, e em que a carne pegou o perfume das cenouras, admirável! Permitam-me repetir, acrescentou fazendo sinal de que queria mais gelatina. Teria curiosidade de julgar o seu Vatel, agora, num prato totalmente diferente, gostaria, por exemplo, de encontrá-lo às voltas com uma carne à Stroganof."

A fim de também contribuir para o deleite do jantar, o senhor de Norpois serviu-nos diversas histórias com que costumava regalar seus colegas de carreira, citando, ora uma frase ridícula dita por um político contumaz em dizê-las e que as tornava longas e repletas de imagens incoerentes, ora tal fórmula lapidar de um diplomata cheio de aticismo. Mas, a bem da verdade, o critério que para ele distinguia essas duas ordens de frases em nada se assemelhava ao que eu aplicava à literatura. Muitas nuances me escapavam; as palavras que recitava rindo às gargalhadas não me pareciam muito diferentes das que considerava notáveis. Pertencia ao gênero de homens que quanto às obras que eu amava diria: "Então você compreende? Eu confesso que não compreendo, não sou iniciado", mas eu poderia lhe pagar na mesma moeda, pois eu não captava o espírito ou a tolice, a eloquência ou a afetação que ele encontrava numa réplica ou num discurso, e a ausência de qualquer razão perceptível para que isto fosse ruim e aquilo fosse bom fazia com que essa espécie de literatura me parecesse mais misteriosa, mais obscura que qualquer outra. Deslindei apenas que repetir o que todo mundo pensava não era em política sinal de inferioridade mas de superioridade. Quando o senhor de Norpois servia-se de certas expressões que se alastravam pelos jornais e as proferia com força, sentia-se que elas se tornavam uma ação pelo simples fato de que as empregara, e uma ação que despertaria comentários.

Minha mãe contava muito com a salada de ananás e trufas. Mas o embaixador, depois de exercitar um instante sobre o prato a penetração de seu olhar de observador, comeu-a permanecendo envolto em discrição diplomática e não nos revelou seu pensamento. Minha mãe insistiu para que repetisse, o que fez o senhor de Norpois, mas dizendo apenas, em vez do elogio que se esperava: "Obedeço, senhora, pois vejo que de sua parte é um verdadeiro ucasse.

— Lemos nas 'folhas' que o senhor conversou longamente com o rei Teodósio, disse-lhe meu pai.

— De fato, o rei, que tem uma rara memória de fisionomias, teve a bondade de se lembrar, ao me avistar na plateia, de que eu merecera a honra de vê-lo várias vezes na corte da Baviera, quando ele não pensava em seu trono oriental (como sabem, foi convocado por um congresso europeu e até hesitou muito em aceitá-lo, julgando essa soberania um pouco inferior à sua raça, a mais nobre, heraldicamente falando, de toda a Europa). Um ajudante de ordens veio me pedir que fosse saudar Sua Majestade, ordem a que naturalmente apressei-me em obedecer.

— Ficou satisfeito com os resultados de sua visita?

— Encantado! Era legítimo conceber alguma apreensão sobre como um monarca ainda tão jovem se sairia daquela situação tão difícil, mais ainda em conjunturas tão delicadas. De minha parte, tinha plena confiança no senso político do soberano. Mas confesso que minhas esperanças foram ultrapassadas. O brinde que ele pronunciou no Élysée, e que, segundo informações que me chegam de fonte perfeitamente autorizada, foi escrito por ele da primeira à última palavra, era absolutamente digno do interesse que despertou por toda parte. É, pura e simplesmente, um golpe de mestre; um pouco ousado, admito, mas de uma audácia que, afinal, o acontecimento justificou plenamente. As tradições diplomáticas têm por certo um lado bom, mas no caso terminaram fazendo seu país e o nosso viverem numa atmosfera abafada que já era irrespirável. Pois bem! Uma das maneiras de renovar o ar, evidentemente uma dessas que não é possível recomendar mas que o rei Teodósio podia se permitir, é quebrar as vidraças. E ele o fez com um belo humor que encantou a todos, e também com uma exatidão nos termos em que se reconheceu de imediato a raça dos príncipes letrados a que pertence pelo lado da mãe. É certo que, quando falou das 'afinidades' que unem seu país à França, a expressão, por inusitada que seja no vocabulário das chancelarias, foi singularmente feliz. Como vê, a literatura não prejudica, nem mesmo na diplomacia, nem mesmo num trono, acrescentou dirigindo-se a mim. Era algo que já se observava havia muito tempo, concordo, e as relações entre as duas potências eram excelentes. Mas precisava ser dito. A palavra era esperada, foi maravilhosamente escolhida, e o senhor viu como produziu efeito. De minha parte, aplaudo com as duas mãos.

— Seu amigo, o senhor de Vaugoubert, que preparava a aproximação fazia anos, deve ter se alegrado.

— Tanto mais que Sua Majestade, que é afeita a esse costume, quis lhe fazer uma surpresa. Essa surpresa foi completa, aliás, para todos, a começar pelo ministro das Relações Exteriores, que, pelo que me disseram, não a achou de seu agrado. A alguém que lhe falava disso, teria respondido muito claramente, e bastante alto para ser ouvido pelas pessoas ao lado: 'Não fui consultado, nem prevenido', indicando nitidamente com isso que declinava toda responsabilidade no acontecimento. Há que admitir que o acontecimento causou grande furor e eu não ousaria afirmar, acrescentou com sorriso malicioso, que certos colegas meus, para quem a lei suprema parece ser a do menor esforço, não tenham sido perturbados em seu sossego. Quanto a Vaugoubert, o senhor sabe que ele foi muito atacado por sua política de aproximação com a França e deve ter sofrido muito mais com isso, porquanto é um sensível, um coração delicado. Posso testemunhar mais ainda porque, embora seja muito mais moço que eu, convivemos bastante, somos amigos de longa data e o conheço bem. Aliás, quem não o conhece? É uma alma de cristal. É até o único defeito de que se poderia acusá-lo, pois o coração de um diplomata não precisa ser tão transparente como o dele. Isso não impede que se fale em enviá-lo a Roma, o que é uma bela promoção, mas é um osso duro de roer. Entre nós, creio que Vaugoubert, tão sem ambição, ficaria muito contente com isso e não pede de jeito nenhum que afastem dele esse cálice. Talvez faça maravilhas por lá; é o candidato da Consulta e, cá por mim, vejo-o muito bem, ele, tão artista, no ambiente do palácio Farnese e na galeria dos Carracci. Parece que pelo menos ninguém poderia odiá-lo; mas há em torno do rei Teodósio toda uma camarilha mais ou menos enfeudada na Wilhelmstrasse,* cujas inspirações ela segue docilmente, e que tentou de todas as maneiras cortar-lhe as asas. Vaugoubert não teve de lidar apenas com as intrigas de corredores mas com injúrias de foliculários a soldo que mais tarde, covardes como todo jornalista estipendiado, foram os primeiros a pedir o amã mas que enquanto isso não recuaram em tramar contra o nosso representante ineptas acusações de gente sem escrúpulos. Durante mais de um mês os amigos de Vaugoubert dançaram a seu redor a dança do escalpo, disse o senhor de Norpois, escandindo enfático essa última palavra. Mas um homem prevenido vale por dois; essas injúrias, ele as repeliu aos pontapés", acrescentou, ainda mais enérgico, e com um olhar tão feroz que paramos um instante de comer. "Como diz um belo provérbio árabe: 'Os cães ladram, a caravana passa'." Depois de soltar essa citação, o senhor de Norpois parou para nos olhar e julgar o efeito que ela produzira em nós. Foi grande, o provérbio nos era conhecido: ele substituíra, naquele ano, entre os homens de muito valor, este outro: "Quem semeia vento colhe tempestade", o qual precisava de descanso, não sendo infatigável e vivaz como: "Trabalhar para o bispo". Pois a cultura dessas pessoas eminentes era uma cultura alternada, e geralmente trienal. Sem dúvida, as citações desse gênero, com que o senhor de Norpois era exímio em embelezar seus artigos na *Revue*, não eram necessárias para que estes parecessem

---

* O palácio da Consulta era, em Roma, a sede do Ministério das Relações Exteriores. No palácio Farnese, já então sede da embaixada da França, há obras de Agostino Carracci. Na Wilhelmstrasse, em Berlim, situava-se o Ministério das Relações Exteriores da Alemanha.

sólidos e bem informados. Ainda que desprovidos do adorno que elas lhes conferiam, bastava que o senhor de Norpois escrevesse no momento oportuno — o que não deixava de fazer —: "O Gabinete de Saint-James não foi o último a sentir o perigo", ou: "Foi grande a emoção no Pont-aux-Chantres onde se seguia com olhos inquietos a política egoísta mas hábil da monarquia bicéfala", ou: "Um grito de alarme partiu de Montecitorio", ou ainda: "Esse eterno jogo duplo que é bem característico do Ballplatz".* Nessas expressões, o leitor profano logo reconhecia e saudava o diplomata de carreira. Mas o que levara a se dizer que ele era mais que isso e que possuía uma cultura superior fora o emprego racional de citações cujo modelo perfeito era então: "Dai-me boa política e vos darei boas finanças, como costumava dizer o barão Louis".** (Ainda não se havia importado do Oriente: "A vitória cabe àquele dos dois adversários que saiba sofrer mais quinze minutos que o outro, como dizem os japoneses".) Essa reputação de grande letrado, junto com um verdadeiro gênio da intriga oculto sob a máscara da indiferença, fizera o senhor de Norpois entrar para a Academia de Ciências Morais. E algumas pessoas até pensaram que não estaria deslocado na Academia Francesa, no dia em que, querendo indicar que era estreitando a aliança russa que poderíamos chegar a um entendimento com a Inglaterra, não hesitou em escrever: "Que bem se saiba no Quai d'Orsay, que a partir de agora se ensine em todos os manuais de geografia incompletos a esse respeito, que se recuse impiedosamente o bacharelado a qualquer candidato que não souber dizer: 'Se todos os caminhos levam a Roma, em contrapartida a estrada que vai de Paris a Londres passa necessariamente por Petersburgo'".

"Em suma, continuou o senhor de Norpois dirigindo-se a meu pai, Vaugoubert conseguiu aí um belo triunfo que supera tudo o

---

* Saint-James ainda designava a corte da Inglaterra, mesmo depois de a rainha Vitória ter se instalado no palácio de Buckingham. O Pont-aux-Chantres designava, na França, o Ministério das Relações Exteriores de São Petersburgo, por extensão a sede da diplomacia russa. Montecitorio é o palácio da Câmara dos Deputados em Roma. Ballplatz, o do Ministério das Relações Exteriores em Viena. A monarquia bicéfala era a austro-húngara.

** O barão Joseph-Dominique Louis, ex-ministro das Finanças de Napoleão e de Luís XVIII, disse essa frase ao Conselho quando era membro do ministério provisório formado em agosto de 1830, depois da Revolução de Julho.

que ele calculara. Com efeito, esperava um brinde correto (o que, depois das nuvens dos últimos anos, já era muito bom), mas nada além disso. Várias pessoas que estavam entre os presentes me garantiram que não é possível, lendo essa saudação, ter uma ideia do efeito que causou, maravilhosamente pronunciada e salientada pelo rei, mestre na arte de dizer, e que sublinhava de passagem todas as intenções, todas as sutilezas. Contaram-me, a propósito, um fato muito instigante e que evidencia mais uma vez no rei Teodósio essa boa graça juvenil que tão bem lhe conquista os corações. Afirmaram-me que justamente na palavra 'afinidades', que era em suma a grande inovação do discurso e, como se verá, ainda por muito tempo dará o que falar nas chancelarias, Sua Majestade, prevendo a alegria de nosso embaixador, que aí encontraria o justo coroamento de seus esforços, de seu sonho, poder-se-ia dizer e, afinal de contas, seu bastão de marechal, virou-se para Vaugoubert e, fixando-lhe esse olhar tão cativante dos Oettingen, destacou essa palavra tão bem escolhida 'afinidades', essa palavra que era um verdadeiro achado, num tom que levava todos a saber que era empregada com plena consciência e conhecimento de causa. Consta que Vaugoubert custou a dominar a emoção e, de certo modo, confesso que o compreendo. Um personagem digno de todo o crédito até me confidenciou que o rei teria se aproximado de Vaugoubert depois do jantar, quando se formou uma rodinha em torno de Sua Majestade, e lhe teria dito a meia-voz: 'Está contente com seu aluno, meu caro marquês?'. É verdade, concluiu o senhor de Norpois, que uma saudação dessas fez mais que vinte anos de negociações para estreitar entre os dois países suas 'afinidades', segundo a pitoresca expressão de Teodósio ii.* É apenas uma palavra, se quiserem, mas vejam que êxito teve, como toda a imprensa europeia a repete, que interesse desperta, que nova sonoridade transmitiu. Aliás, é bem condizente com o soberano. Não irei a ponto de lhes dizer que ele encontre todos os dias diamantes puros como esse. Mas é muito raro que em seus discursos estudados, melhor ainda, no ímpeto da conversa não imprima sua marca — eu ia dizer não aponha sua assinatura — com alguma palavra incisiva. Sou tanto menos suspeito de parcialidade na matéria porque sou

---

*   Única vez em todo o romance em que Proust escreve Teodósio ii, indicando que talvez o modelo desse rei imaginário tenha sido Nicolau ii.

inimigo de toda inovação nesse gênero. Dezenove em cada vinte vezes, são perigosas.

— Sim, pensei que o recente telegrama do imperador da Alemanha não deve ter sido de seu agrado", disse meu pai.

O senhor de Norpois ergueu os olhos para o alto como quem diz: Ah, esse aí! "Primeiro, é um ato de ingratidão. É mais que um crime, é um erro, e de uma tolice que qualificarei de piramidal! Aliás, se ninguém der um basta, o homem que escorraçou Bismarck é bem capaz de repudiar pouco a pouco toda a política bismarckiana, e então será o salto no desconhecido.*

— E meu marido me disse que o senhor talvez o levasse à Espanha, num desses verões; fico muito feliz por ele.

— Sim, sim, é um projeto muito atraente, de que me alegro. Gostaria muito de fazer consigo essa viagem, meu caro. E a senhora, já pensou no destino das férias?

— Talvez vá com meu filho a Balbec, não sei.

— Ah! Balbec é agradável, passei por lá há uns anos. Começam a construir umas residências muito graciosas: acho que o lugar vai lhe agradar. Mas posso lhe perguntar o que a levou a escolher Balbec?

— Meu filho tem um grande desejo de ver certas igrejas da região, sobretudo a de Balbec. Eu receava um pouco por sua saúde em virtude do cansaço da viagem e, mais ainda, da temporada. Mas soube que acabam de construir um excelente hotel que lhe permitirá viver nas condições de conforto requeridas por seu estado.

— Ah! Terei de passar essa informação a certa pessoa, que não é mulher de desprezá-la.

— A igreja de Balbec é admirável, não é, senhor?", perguntei, superando a tristeza de ter sabido que uma das atrações de Balbec consistia nas suas residências formosas.

"Não, não é má, mas, afinal, não consegue sustentar a comparação com essas verdadeiras joias cinzeladas que são as catedrais de Reims, de Chartres e, para meu gosto, a pérola de todas, a Sainte-Chapelle de Paris.

---

* Dois anos depois de sua ascensão (1888), Guilherme II obrigou Bismarck a se demitir. O telegrama a que se faz alusão é certamente aquele que o imperador mandou ao ex-chanceler por seus oitenta anos (1895) e no qual se indignava por sua desgraça.

— Mas a igreja de Balbec é em parte românica?

— De fato, é em estilo românico, que já é por si só extremamente frio e em nada deixa pressagiar a elegância, a fantasia dos arquitetos góticos que esculpem a pedra como uma renda. A igreja de Balbec merece uma visita caso se esteja na região, é bastante curiosa; se um dia de chuva você não souber o que fazer, entre lá para ver o túmulo de Tourville.

— O senhor estava ontem no banquete das Relações Exteriores? Não pude ir, disse meu pai.

— Não, respondeu o senhor de Norpois com um sorriso, confesso que o troquei por uma noitada bem diferente. Jantei na casa de uma mulher de quem talvez tenham ouvido falar, a bela madame Swann."

Minha mãe reprimiu um estremecimento, pois, tendo uma sensibilidade mais rápida do que a de meu pai, alarmava-se com o que só devia contrariá-lo um instante depois. As contrariedades que lhe aconteciam eram percebidas primeiro por ela, como essas más notícias da França que são conhecidas mais cedo no estrangeiro do que entre nós. Mas, curiosa de saber que gênero de gente os Swann recebiam, indagou do senhor de Norpois quem havia encontrado.

"Meu Deus... é uma casa a que, tudo indica, vão sobretudo... cavalheiros. Havia alguns homens casados, mas naquela noite suas mulheres estavam adoentadas e não foram", respondeu o embaixador com uma finura velada de bonomia e jogando ao redor olhares cuja doçura e discrição fingiam temperar e exageravam habilmente a malícia.

"Devo dizer, acrescentou, para ser perfeitamente justo, que, no entanto, vão mulheres, mas... pertencentes mais..., como diria, ao mundo republicano do que à sociedade de Swann (ele pronunciava Svann). Quem sabe? Talvez um dia vá ser um salão político ou literário. Aliás, consta que estão contentes assim. Creio que Swann o demonstra com um certo exagero. Citava as pessoas que os tinham convidado, a ele e à mulher, para a próxima semana e de cuja intimidade não há porém motivo de se orgulhar, com uma falta de reserva e de gosto, quase de tato, que me surpreendeu num homem tão fino. Repetia: 'Não temos uma só noite livre', como se isso fosse uma glória, e ele um verdadeiro arrivista, o que no entanto não é. Pois Swann tinha muitos amigos e até amigas e, sem me arriscar demais nem querer cometer indiscrição, creio poder afirmar que nem todas, nem sequer a maioria, mas que pelo menos uma, que é uma senhora de primeira categoria, talvez não tivesse se mostrado inteiramente refratária à ideia de travar relações com madame Swann, caso em que, tudo indica, mais de um carneiro de Panúrgio a seguiria. Mas, pelo visto, Swann não esboçou nenhum gesto nesse sentido... Como? Ainda um pudim à Nesselrode! Não será excessiva a cura em Carlsbad para me recuperar desse festim de Lúculo... Talvez Swann tenha sentido que haveria muitas resistências a vencer. O casamento, isso é certo, não agradou. Falou-se da fortuna da mulher, o que é uma grande lorota. Mas, afinal, nada disso agradou. E depois, Swann tem uma tia podre de rica e admiravelmente sensata, mulher de um homem que, em termos financeiros, é uma potência. E ela não só se recusou a receber madame Swann como fez uma campanha em regra para que suas amigas e conhecidas fizessem o mesmo. Não insinuo com isso que algum parisiense de bem tenha faltado ao respeito a madame Swann... Não! Cem vezes não! Aliás, o marido é homem de apanhar a luva. Em todo caso, há algo curioso, é ver como Swann, que conhece tanta gente, e da mais seleta, mostra-se tão solícito junto a uma sociedade da qual o mínimo que se pode dizer é que é muito mesclada. Eu, que o conheci outrora, confesso que me sentia tão surpreso como divertido ao ver um homem tão bem-educado, tão em moda nos círculos mais seletos, agradecer efusivamente ao chefe de gabinete do ministro dos Correios por ter ido à sua casa e perguntar-lhe se madame Swann poderia *se permitir* ir visitar a mulher dele. No entanto, deve se achar deslocado; não é, evidentemente, o mesmo mundo. Mas não creio que Swann seja infeliz. Houve, é verdade, nos anos anteriores ao casamento, manobras de chantagem bem desonestas por parte da mulher; toda vez que ele lhe recusava alguma coisa, ela privava Swann da filha. O pobre Swann, tão ingênuo quanto requintado, sempre acreditava que o sequestro de sua filha era uma coincidência e não queria enxergar a realidade. Aliás, ela lhe fazia cenas tão repetidas que se pensava que, no dia em que tivesse enfim alcançado seus objetivos e conseguisse que se casasse com ela, nada mais a deteria e a vida deles seria um inferno. Pois bem! Foi o contrário que aconteceu. Brinca-se muito com o jeito de Swann falar de sua mulher, faz-se até chacota. Sem dúvida, não se poderia pedir que, mais ou menos consciente de ser um... (conhecem a palavra de Molière), ele fosse proclamá-lo urbi et orbi; mas isso não impede que o achem exagerado quando diz que sua mulher é excelente esposa. Ora, isso não é tão falso como se crê. À sua maneira, que não é a que todos os maridos prefeririam — mas, afinal, entre nós, parece-me difícil que Swann, que a conhecia fazia tempo e está longe de ser um burro chapado, não soubesse com que contar —, é inegável que parece ter afeto por ele. Não digo que não seja volúvel, e o próprio Swann não deixa de sê-lo, a se acreditar nas boas línguas que, como podem imaginar, trabalham a toda. Mas ela lhe é grata pelo que fez por ela e, ao contrário dos temores sentidos por todos, tudo indica que se tornou uma pessoa de doçura angelical." Essa mudança talvez não fosse tão extraordinária como pensava o senhor de Norpois. Odette não acreditara que Swann terminaria se casando com ela; sempre que lhe anunciava tendenciosamente que um homem desses comme il faut acabava de se casar com a amante, via-o manter um silêncio glacial e, no máximo, caso o interpelasse diretamente perguntando-lhe: "Pois é, você não acha que é muito certo, que é muito bonito o que esse aí fez por uma mulher que lhe dedicou sua juventude?", via-o responder secamente: "Mas não lhe digo que esteja errado, cada um age como entende". Nem sequer estava longe de crer que, como ele lhe dizia em momentos de raiva, a abandonaria de vez, pois havia pouco ouvira de uma escultora: "Pode-se esperar tudo dos homens, são tão malandros", e impressionada com a profundidade dessa máxima pessimista, dela se apropriara, repetia-a a todo instante de um jeito desanimado que parecia dizer: "Pensando bem, nada seria impossível, é minha sorte". E por conseguinte toda virtude desapareceu da máxima otimista que até então guiara Odette na vida: "Podemos fazer tudo com os homens que nos amam, são tão idiotas", e que se expressava em seu rosto pela mesma piscadela que poderia acompanhar palavras como: "Não tenham medo, ele não vai quebrar nada". Enquanto isso, Odette sofria com o que iria pensar sobre o comportamento de Swann uma de suas amigas, casada com um homem que ficara menos tempo com ela do que ela mesma com Swann, e não tinha filhos, e agora era relativamente considerada, convidada para os bailes do Élysée. Um consultor mais profundo que o senhor de Norpois poderia, sem dúvida, ter diagnosticado que era esse sentimento de humilhação e vergonha que deixara Odette amarga, que o temperamento infernal que ela mostrava não lhe era essencial,

— 50 —

não era um mal sem remédio, e facilmente teria previsto o que acontecera, a saber, um regime novo, o regime matrimonial, poria um fim com rapidez quase mágica àqueles incidentes penosos, cotidianos, mas em nada orgânicos. Quase todos se surpreenderam com aquele casamento, e só isso já é surpreendente. Sem dúvida, poucas pessoas compreendem o caráter meramente subjetivo do fenômeno que é o amor, e que o amor é uma espécie de criação de uma pessoa suplementar, distinta daquela que usa em sociedade o mesmo nome, e cujos elementos são em maioria tirados de nós mesmos. Por isso, há poucas pessoas que possam achar naturais as enormes proporções que acaba tomando para nós uma criatura que não é a mesma que elas veem. No entanto, parece que, quanto a Odette, seria possível perceber que se com certeza jamais compreendera totalmente a inteligência de Swann, ao menos conhecia os títulos e todos os pormenores de seus trabalhos, a ponto de o nome de Vermeer lhe ser tão familiar como o de seu costureiro; de Swann, conhecia a fundo esses traços de caráter que o resto do mundo ignora ou ridiculariza e de que só uma amante, uma irmã possuem a imagem análoga e amada; e nos apegamos tanto a eles, mesmo aos que mais gostaríamos de corrigir, que se as velhas relações têm algo da doçura e da força dos afetos de família é porque uma mulher acaba se habituando a eles, indulgente e amigavelmente brincalhona, assim como nos habituamos a olhá-los e como os olham nossos pais. Os laços que nos unem a uma criatura são santificados quando ela se coloca no mesmo ponto de vista que nós para julgar um de nossos defeitos. E entre essas peculiaridades, também havia as que pertenciam tanto à inteligência como ao caráter de Swann e que, porém, em razão de aí terem suas raízes, Odette distinguira mais facilmente. Queixava-se de que quando Swann se metia a escritor, quando publicava ensaios, não se reconhecessem essas suas peculiaridades como nas cartas ou em sua conversa, em que eram tão abundantes. Aconselhava-o a conferir-lhes espaço mais importante. Gostaria que assim fosse porque eram os traços que nele preferia, mas como os preferia por serem os mais próprios dele talvez não estivesse errada ao desejar que fossem encontrados no que ele escrevia. Talvez também pensasse que as obras mais vivas, ao lhe proporcionarem enfim o êxito, permitiriam que ela tivesse aquilo que com os Verdurin aprendera a pôr acima de tudo: um salão.

Entre os que achavam ridículo esse tipo de casamento, gente que se indagaria em seu próprio caso: "Que pensará o senhor de Guermantes, que dirá Bréauté, quando eu me casar com a senhorita de Montmorency?", entre as pessoas com esse gênero de ideal social, teria figurado, vinte anos antes, o próprio Swann, Swann que tivera tanto trabalho para ser admitido no Jockey e contara, naquele tempo, fazer um deslumbrante casamento que consolidasse sua posição e acabasse por torná-lo um dos homens mais em evidência de Paris. Simplesmente, as imagens que tal casamento representa ao interessado precisam, como todas as imagens, para não desbotar e se apagar por completo, ser alimentadas do exterior. Digamos que nosso sonho mais ardente seja humilhar o homem que nos ofendeu. Mas se nunca mais você ouvir falar dele, tendo mudado de país, seu inimigo acabará por já não ter a mínima importância para você. Se por vinte anos perdermos de vista todas as pessoas por causa das quais desejaríamos entrar para o Jockey ou para o Instituto, a perspectiva de ser membro de um ou de outro já em nada nos tentará. Ora, assim como um retiro, como uma doença, como uma conversão religiosa, uma relação prolongada substitui as imagens antigas por outras. Ao se casar com Odette não houve por parte de Swann renúncia às ambições mundanas, pois dessas ambições fazia tempo que Odette o havia afastado, no sentido espiritual do termo. Aliás, não tivesse sido assim, ele teria ainda mais mérito. É porque em geral implicam o sacrifício de uma posição mais ou menos lisonjeira a uma doçura puramente íntima que os casamentos infamantes são os mais estimáveis de todos (de fato, não se pode entender por casamento infamante um casamento por dinheiro, pois não há exemplo de casal em que a mulher ou o marido tenha se vendido e que não acabe sendo recebido em sociedade, quando nada por tradição e com base em tantos exemplos, e para não haver dois pesos e duas medidas). Por outro lado, talvez como artista, se não como dissoluto, Swann tivesse sentido certa volúpia em se acasalar, num desses cruzamentos de espécies tal como praticam os *mendelistas* ou como conta a mitologia, com um ser de raça diferente, arquiduquesa ou cocote, contraindo uma aliança principesca ou fazendo um mau casamento. No mundo havia uma só pessoa com quem se preocupasse, sempre que pensara em seu casamento possível com Odette, e era, e não por esnobismo, a duquesa de Guermantes. Com essa aí, ao contrário, Odette pouco se preocupava, pensando somente nas pessoas situadas imediatamente acima de si mesma e não tanto num tão vago empíreo. Mas quando Swann, em suas horas de devaneio, via Odette transformada em sua mulher, invariavelmente imaginava o momento em que a levaria, a ela e sobretudo a sua filha, à casa da princesa des Laumes, que logo se tornaria a duquesa de Guermantes com a morte do sogro. Não desejava apresentá-las em nenhum outro lugar, mas se enternecia quando inventava, enunciando as próprias palavras, tudo o que a duquesa diria a Odette a seu respeito, e Odette a madame de Guermantes, a ternura com que esta trataria Gilberte, mimando-a, deixando-o orgulhoso de sua filha. Representava para si mesmo a cena da apresentação com a mesma exatidão de pormenores imaginários das pessoas que examinam como gastariam, se ganhassem, um prêmio cujo montante fixam arbitrariamente. Na medida em que acompanha uma de nossas resoluções a imagem que a motiva, pode-se dizer que, se Swann se casou com Odette, foi para apresentá-la, a ela e Gilberte, sem a presença de ninguém, e se necessário sem que ninguém jamais soubesse, à duquesa de Guermantes. Veremos como essa única ambição mundana que ele desejara para a mulher e a filha foi justamente aquela cuja realização lhe seria proibida, e por um veto tão absoluto que Swann morreu sem supor que a duquesa algum dia poderia conhecê-las. Veremos também que, ao contrário, a duquesa de Guermantes ligou-se a Odette e Gilberte depois da morte de Swann. E talvez fosse sensato de sua parte — na medida em que pudesse conferir importância a tão pouca coisa — não fazer do futuro uma ideia muito sombria a esse respeito, e não excluir que o encontro desejado bem poderia acontecer quando ele já não estivesse aqui para saboreá-lo. O trabalho da causalidade que acaba produzindo mais ou menos todos os efeitos possíveis, e por conseguinte também os que imaginamos menos possíveis, esse trabalho é às vezes lento e torna-se ainda um pouco mais lento por nosso desejo — que, tentando acelerá-lo, o entrava —, por nossa própria existência, e só se realiza quando deixamos de desejar, e às vezes de viver. Acaso Swann não o sabia por experiência própria? E já não teria sido em sua vida — como prefiguração do que iria ocorrer depois de sua morte — uma felicidade póstuma aquele casamento com Odette a quem amara apaixonadamente — embora ela não lhe tivesse agradado à primeira vista — e desposara quando não mais a

— 53 —

amava, quando já estava morto o ser que, em Swann, tanto desejara, sem esperanças, viver para sempre com Odette?

Pus-me a falar do conde de Paris, a perguntar se ele não era amigo de Swann, pois temia que a conversa se desviasse deste último. "Sim, de fato", respondeu o senhor de Norpois, virando-se para mim e fixando sobre minha modesta pessoa o olhar azul em que flutuavam, como em seu elemento vital, suas grandes faculdades de trabalho e seu espírito de assimilação. "E, meu Deus, acrescentou, dirigindo-se novamente a meu pai, não creio ultrapassar os limites do respeito que manifesto ao Príncipe (sem no entanto entreter com ele relações pessoais que minha posição, por pouco oficial que seja, dificultaria) contando-lhes esse fato bastante saboroso quando, não faz mais de quatro anos, numa estaçãozinha de trem de um dos países da Europa Central, o Príncipe teve ocasião de avistar madame Swann. É verdade que nenhum de seus familiares permitiu-se indagar a Sua Alteza como a achara. Não ficaria bem. Mas quando por acaso a conversa trazia seu nome à baila, por certos sinais, imperceptíveis digamos assim mas que não enganam, o Príncipe parecia dar a entender de bom grado que sua impressão estava, em suma, longe de ser desfavorável.

— Mas não teria havido possibilidade de apresentá-la ao conde de Paris?, indagou meu pai.

— Pois é, não se sabe; com os príncipes, nunca se sabe, respondeu o senhor de Norpois; os mais gloriosos, os que mais sabem fazer com que lhes deem o que lhes é devido, são também às vezes os que menos se embaraçam com os decretos da opinião pública, mesmo os mais justificados, por pouco que se trate de recompensar certas afeições. Ora, é verdade que o conde de Paris sempre aceitou com muita benevolência a dedicação de Swann, que é, por sinal, um rapaz de espírito, a bem dizer.

— E qual foi sua impressão pessoal, senhor embaixador?", perguntou minha mãe, por cortesia e curiosidade.

Com uma energia de velho conhecedor, que destoava da habitual moderação de suas palavras, respondeu o senhor de Norpois:

"Simplesmente excelente!"

E sabendo que confessar uma forte sensação causada por uma mulher entra, contanto que seja feita com jovialidade, numa determinada forma especialmente apreciada na arte da conversação, explodiu numa risadinha que se prolongou por alguns minutos, umedecendo os olhos azuis do velho diplomata e fazendo vibrar as aletas de seu nariz nervuradas de fibrilas vermelhas.

"Ela é absolutamente encantadora!

— Nesse jantar estava um escritor chamado Bergotte, senhor?", perguntei timidamente para tentar reter a conversa no assunto dos Swann.

"Sim, Bergotte estava lá", respondeu o senhor de Norpois, inclinando a cabeça para o meu lado, cortês, como se em seu desejo de ser amável com meu pai ele desse a tudo o que lhe dizia respeito uma verdadeira importância, e até às perguntas de um rapaz da minha idade que não estava acostumado a ser alvo de tanta cortesia por pessoas da idade dele. "Conhece-o?", acrescentou, fixando em mim aquele olhar claro cuja penetração Bismarck admirava.

"Meu filho não o conhece, mas o admira muito, disse minha mãe.

— Meu Deus, disse o senhor de Norpois (que me inspirou sobre minha própria inteligência dúvidas mais graves que as que costumavam me atormentar, quando vi que o que eu punha mil e mil vezes acima de mim, o que achava de mais elevado no mundo, estava para ele no mais baixo nível da escala de suas admirações), não partilho esse modo de ver. Bergotte é o que chamo de tocador de flauta; é preciso reconhecer, aliás, que a toca agradavelmente, embora com muito maneirismo, com afetação. Mas, afinal, é apenas isso, e isso não é grande coisa. Nunca encontramos em suas obras sem músculos o que se poderia chamar de arcabouço. Nenhuma ação — ou tão pouca —, mas sobretudo nenhum alcance. Seus livros pecam pela base, ou melhor, não há nenhuma base. Numa época como a nossa, em que a complexidade crescente da vida mal deixa tempo para ler, em que o mapa da Europa sofreu remanejamentos profundos e está às vésperas de sofrer outros talvez ainda maiores, em que tantos problemas ameaçadores e novos surgem por todo lado, hão de admitir que temos o direito de pedir a um escritor que seja outra coisa além de um belo espírito que nos faz esquecer, em discussões ociosas e bizantinas sobre méritos de pura forma, que podemos ser invadidos a qualquer momento por uma dupla onda de Bárbaros, os de fora e os de dentro. Sei que é blasfemar contra a Sacrossanta Escola disso que esses senhores chamam de Arte pela Arte, mas em nossa época há tarefas mais urgentes do que arrumar palavras de um modo har-

— 55 —

monioso. O de Bergotte é às vezes bastante sedutor, não discordo, mas no conjunto tudo isso é bem piegas, bem diminuto, e bem pouco viril. Agora compreendo melhor, referindo-me à sua admiração absolutamente exagerada por Bergotte, as linhas que me mostrou há pouco e sobre as quais eu passaria a contragosto a esponja, já que você mesmo disse, com toda a simplicidade, que eram apenas uns rabiscos de criança (de fato eu dissera, mas estava longe de pensar). Para todo pecado há misericórdia, e mais ainda para os pecados de juventude. Afinal de contas, outros além de você têm pecados parecidos na consciência, e você não é o único que a certa altura acreditou ser poeta. Mas vê-se no que me mostrou a má influência de Bergotte. Evidentemente, não o surpreenderei ao lhe dizer que ali não havia nenhuma das qualidades dele, já que ele é mestre na arte, de resto totalmente superficial, de um certo estilo de que na sua idade você não pode possuir nem sequer os rudimentos. Mas já é o mesmo defeito, esse contrassenso de alinhar palavras bem sonoras e, só em seguida, preocupar-se com o fundo. É pôr o carro na frente dos bois, mesmo nos livros de Bergotte. Todas aquelas chinesices de forma, todas aquelas sutilezas de mandarim deliquescente me parecem bastante inúteis. Diante de alguns fogos de artifício agradavelmente lançados por um escritor, grita-se de imediato que é uma obra-prima. As obras-primas não são tão frequentes assim! Bergotte não tem em seu ativo, em sua bagagem, se posso dizer, um romance de voos mais altos, um desses livros que colocamos no melhor canto de nossa biblioteca. Não vejo um só desses em sua obra. O que não impede que sua obra seja infinitamente superior ao autor. Ah! Aí está alguém que dá razão ao homem de espírito que afirmava que só devemos conhecer os escritores por seus livros. Impossível ver um indivíduo que menos corresponda aos seus, que seja mais pretensioso, mais solene, menos homem de boas maneiras. Vulgar por instantes, falando a outros como um livro, e nem sequer como um livro seu, mas como um livro enfadonho, o que pelo menos os seus não são, assim é esse Bergotte. É um espírito dos mais confusos, alambicado, o que nossos pais chamavam de abstruso e que torna ainda mais desagradáveis, por seu modo de enunciá-las, as coisas que diz. Não sei se é Loménie ou Sainte-Beuve que conta que Vigny afugentava pelo mesmo defeito. Mas Bergotte jamais escreveu *Cinq-Mars*, nem *Le Cachet rouge*, em que certas páginas são verdadeiras peças de antologia."

Aterrorizado com o que o senhor de Norpois acabava de me dizer sobre o fragmento que eu lhe submetera, pensando, por outro lado, nas dificuldades que sentia quando queria escrever um ensaio ou apenas me entregar a reflexões sérias, senti mais uma vez minha nulidade intelectual e que não tinha nascido para a literatura. É verdade que outrora, em Combray, certas impressões muito humildes ou uma leitura de Bergotte me haviam deixado num estado de devaneio que me parecera ter grande valor. Mas esse estado, meu poema em prosa o refletia: nenhuma dúvida de que não fora apenas por uma miragem totalmente enganadora que o senhor de Norpois não captara nem descobrira de imediato o que nele eu achava belo, pois o embaixador não se deixava enganar. Ao contrário, acabava de me indicar o lugar insignificante que era o meu (quando eu era julgado de fora, objetivamente, pelo conhecedor mais predisposto e mais inteligente). Senti-me consternado, diminuído; e meu espírito, como um fluido cujas dimensões são apenas as do vaso que lhe é fornecido, assim como outrora se dilatara até preencher as capacidades imensas do gênio, agora contraído cabia inteiro na mediocridade estreita em que o senhor de Norpois de súbito o trancara e restringira.

"Nosso enfrentamento, entre mim e Bergotte, acrescentou virando-se para meu pai, não deixou de ser bastante espinhoso (o que, afinal de contas, também é uma maneira de ser saboroso). Bergotte, já se vão alguns anos, fez uma viagem a Viena, quando eu lá era embaixador; foi-me apresentado pela princesa de Metternich, veio inscrever-se e desejou ser convidado para as recepções. Ora, sendo eu no estrangeiro representante da França, a qual em suma ele honra em certa medida com seus escritos, e digamos, para ser exatos, numa medida bastante tênue, eu teria passado por cima da triste opinião que tenho de sua vida privada. Mas ele não viajava sozinho e, bem mais, pretendia não ser convidado sem sua companheira. Creio não ser mais pudibundo que qualquer outro e, sendo solteiro, talvez pudesse abrir um pouco mais amplamente as portas da embaixada do que se fosse casado e pai de família. Mas confesso que há um grau de ignomínia com que não conseguiria me acomodar, e que se tornou mais repugnante ainda pelo tom, mais que moral, empreguemos a palavra, moralizador, que Bergotte assume em seus livros, em que só vemos análises perpétuas e, aliás, entre nós, um pouco lânguidas, de escrúpulos dolorosos, de remorsos doentios, e, para simples pecadilhos, de verdadeiras lições de moral, ao passo que ele mostra tanta inconsciência e cinismo em sua vida privada. Em suma, esquivei a resposta, a princesa voltou à carga, sem maior êxito. De modo que suponho que eu não deva estar em cheiro de santidade junto ao personagem, e não sei a que ponto ele apreciou a atenção de Swann de convidá-lo ao mesmo tempo que eu. A não ser que ele é que tenha pedido. Não se pode saber, pois no fundo é um doente. É, aliás, sua única desculpa.

— E a filha de madame Swann estava nesse jantar?", perguntei ao senhor de Norpois, aproveitando para fazer essa pergunta num momento em que, quando passávamos ao salão, eu podia disfarçar mais facilmente minha emoção do que o teria feito à mesa, imóvel e em plena luz.

O senhor de Norpois pareceu por um instante tentar se lembrar: "Estava, uma jovem criatura de catorze a quinze anos? De fato, lembro-me de que me foi apresentada antes do jantar como filha de nosso anfitrião. Vou lhe dizer que a vi pouco, ela foi se deitar cedo. Ou ia à casa das amigas, não me lembro bem. Mas vejo que está bem informado sobre a casa dos Swann.

— Brinco com a senhorita Swann nos Champs-Élysées, ela é deliciosa.

— Ah! Aí está! Aí está! Mas a mim, de fato, me pareceu um encanto. Confesso-lhe, porém, que não creio que jamais chegará perto da mãe, se posso dizer isso sem ferir algum sentimento muito profundo em você.

— Prefiro o rosto da senhorita Swann, mas também admiro enormemente a mãe, vou passear no Bois só na esperança de vê-la passar.

— Ah! Mas vou lhes contar isso, ficarão muito lisonjeadas."

Enquanto dizia essas palavras, o senhor de Norpois estava, por mais uns segundos, na situação de todas as pessoas que, ao me ouvirem falar de Swann como de um homem inteligente, de seus parentes como de respeitáveis agentes de câmbio, de sua casa como de uma bela casa, acreditavam que de bom grado eu falaria de outro homem tão inteligente, de outros agentes de câmbio tão honrados, de outra casa tão bela; é o momento em que um homem são de espírito que conversa com um louco ainda não percebeu que se trata de um louco. O senhor de Norpois sabia que nada era tão natural como o prazer de olhar as mulheres bonitas, que é de bom-tom, quando alguém nos fala calorosamente de uma delas, fingir que se acredita que ele está apaixonado, brincar a respeito e prometer ajudá-lo em seus desígnios. Mas ao dizer que falaria de mim a Gilberte e à sua mãe (o que me permitiria, como uma divindade do Olimpo que tomou a fluidez de um sopro, ou melhor, o aspecto do velho cujas feições Minerva assume, penetrar em mim mesmo, invisível, no salão de madame Swann, atrair sua atenção, ocupar seu pensamento, estimular seu reconhecimento por minha admiração, aparecer como o amigo de um homem importante, ser visto no futuro como digno de ser convidado por ela e entrar na intimidade de sua família), esse homem importante que ia usar em meu favor o grande prestígio que devia ter aos olhos de madame Swann inspirou-me de súbito uma ternura tão grande que custei a me conter para não beijar-lhe as mãos suaves, brancas e enrugadas, que pareciam ter ficado muito tempo na água. Quase esbocei o gesto, que pensei ser o único a notar. De fato, é difícil para cada um de nós calcular exatamente em que escala nossas palavras ou nossos gestos aparecem para os outros; por medo de exagerar nossa importância e aumentando em enormes proporções o campo em que são obrigadas a estender-se as lembranças dos outros no correr de suas vidas, imaginamos que as partes acessórias de nossa fala, de nossas atitudes, mal penetram na consciência daqueles com quem conversamos, e com mais razão ainda não permanecem em sua memória. Aliás, é a uma suposição desse gênero que obedecem os criminosos quando retocam posteriormente uma frase que disseram e cuja variante pensam ser impossível confrontar com alguma outra versão. Mas é bem possível que, mesmo no que se refere à vida milenar da humanidade, a filosofia do folhetinista que pensa que tudo está fadado ao esquecimento seja menos verdadeira que uma filosofia contrária que previsse a conservação de todas as coisas. No mesmo jornal em que o moralista do "Premier Paris"* fala-nos de um acontecimento, de uma obra-prima, e com mais razão de uma cantora que teve "sua hora de celebridade": "Quem se lembrará de tudo isso daqui a dez anos?", na terceira página a resenha da Academia das Inscrições não

---

* Chamava-se "Premier Paris" o editorial de primeira página dos jornais parisienses. Linhas adiante: a Academia das Inscrições e Belas-Letras, criada no século XVII, é uma das cinco que formam o Instituto de França.

costuma falar de um fato menos importante em si mesmo, de um poema de pouco valor, que data do tempo dos faraós e que ainda se conhece integralmente? Talvez não ocorra exatamente o mesmo na curta vida humana. No entanto, alguns anos mais tarde, numa casa onde o senhor de Norpois estava de visita, e onde me parecia o mais sólido apoio que eu pudesse encontrar, porque era amigo de meu pai, indulgente, inclinado a querer bem a todos nós, habituado aliás, por sua profissão e suas origens, à discrição, depois que o embaixador partiu contaram-me que ele aludira a uma noite de outrora em que "vira o momento em que eu ia lhe beijar as mãos", e não só enrubesci até as orelhas como fiquei estupefato ao saber que tanto a maneira como o senhor de Norpois falava de mim como também a composição de suas lembranças eram tão diferentes do que eu imaginara. Esse "mexerico" me esclareceu sobre as doses inespera- das de distração e presença de espírito, de memória e esquecimento de que é feito o espírito humano; também fiquei maravilhosamente surpreso no dia em que li pela primeira vez, num livro de Maspero, que se sabia exatamente a lista dos caçadores convidados por Assur- banípal para as suas batidas, dez séculos antes de Cristo.

"Oh, senhor, disse eu ao senhor de Norpois, quando me anun- ciou que comunicaria a Gilberte e à sua mãe a admiração que eu tinha por elas, se fizesse isso, se falasse de mim a madame Swann, toda a minha vida não seria suficiente para demonstrar-lhe minha gratidão, e essa vida lhe pertenceria! Mas devo observar que não conheço madame Swann e nunca lhe fui apresentado."

Acrescentei essas últimas palavras por escrúpulo, e para não pare- cer ter me gabado de uma relação que não tinha. Mas ao pronunciá- -las, sentia que já haviam se tornado inúteis, pois desde o início de meu agradecimento, de um ardor refrigerante, vira passar pelo rosto do embaixador uma expressão de hesitação e descontentamento, e em seus olhos aquele olhar vertical, estreito e oblíquo (como, no de- senho em perspectiva de um sólido, a linha de fuga de uma de suas faces), olhar que se dirige a esse interlocutor invisível que temos em nós mesmos, no momento de lhe dizer alguma coisa que o outro in- terlocutor, o senhor com quem falávamos até agora — eu, no caso —, não deve ouvir. Logo percebi que essas frases que eu pronunciara e que, fracas ainda para a efusão agradecida que me invadia, julgara que deviam tocar o senhor de Norpois e acabar por decidi-lo a uma intervenção que lhe daria tão pouco trabalho e a mim tanta alegria talvez fossem (entre todas as que as pessoas que me quisessem mal poderiam procurar diabolicamente) as únicas cujo resultado seria fazê-lo desistir. De fato, ao ouvi-las, assim como quando um desconhecido, com quem acabamos de trocar agradavelmente impressões que julgamos semelhantes sobre passantes que concordávamos em achar vulgares, nos revela de repente o abismo patológico que o separa de nós acrescentando negligentemente enquanto apalpa o bolso: "É uma pena que não tenha aqui o meu revólver, não teria sobrado um só", assim também o senhor de Norpois, que sabia que nada era menos precioso nem mais fácil do que ser recomendado a madame Swann e introduzido em sua casa, e que viu que para mim, ao contrário, isso apresentava tanto valor e por conseguinte, sem dúvida, grande dificuldade, pensou que o desejo, normal na aparência, que eu expressara devia dissimular algum pensamento diferente, algum desígnio suspeito, alguma falta anterior, razão pela qual, na certeza de desagradar a madame Swann, ninguém quisera até agora se encarregar de lhe transmitir um recado de minha parte. E compreendi que jamais daria nenhum recado meu, que poderia ver madame Swann diariamente durante anos, sem por isso lhe falar de mim uma única vez. Dias mais tarde, porém, pediu-lhe uma informação que eu desejava e encarregou meu pai de transmiti-la a mim. Mas não pensou que devia lhe dizer para quem a pedia. Portanto, ela não saberia que eu conhecia o senhor de Norpois e desejava tanto ir à sua casa; e talvez não tenha sido uma desgraça tão grande como eu pensava. Pois a segunda dessas notícias provavelmente não teria acrescentado muito à eficácia, aliás duvidosa, da primeira. Para Odette, como a ideia de sua própria vida e de sua casa não despertava nenhuma misteriosa perturbação, uma pessoa que a conhecia, que ia à casa dela, não lhe parecia um ser fabuloso como parecia para mim, que teria atirado uma pedra nas janelas de Swann se nela pudesse escrever que conhecia o senhor de Norpois: estava convencido de que uma mensagem dessas, mesmo transmitida de modo tão brutal, me daria muito mais prestígio aos olhos da dona da casa do que a indisporia contra mim. Mas ainda se conseguisse verificar ser inútil a missão que o senhor de Norpois não cumprira e que, bem mais, poderia me prejudicar junto aos Swann, não teria a coragem, se o embaixador tivesse se mostrado compreensivo, de desincumbi-lo disso e de renunciar à volúpia, por mais funestas que fossem as consequências, de que meu nome e minha pessoa estivessem assim por um instante junto de Gilberte, em sua casa e sua vida desconhecidas.

Quando o senhor de Norpois foi embora, meu pai deu uma olhada no jornal vespertino; tornei a pensar na Berma. O prazer que sentira em ouvi-la exigia ser completado, tanto mais por estar longe de igualar o que eu me prometera; por isso, ele assimilava imediatamente tudo o que era capaz de alimentá-lo, por exemplo aqueles méritos que o senhor de Norpois reconhecera na Berma e que meu espírito bebera de um só gole como um prado muito seco em que se despeja água. Ora, meu pai passou-me o jornal apontando-me uma notícia local redigida nestes termos: "A representação de *Fedra*, apresentada diante de uma sala entusiasta em que se observaram as principais notabilidades do mundo das artes e da crítica, foi para madame Berma, que desempenhava o papel de Fedra, ocasião de um triunfo como raramente conheceu outro mais estrondoso em sua prestigiosa carreira. Voltaremos longamente a essa representação que constitui um verdadeiro acontecimento teatral; digamos apenas que os juízes mais autorizados concordaram em declarar que tal interpretação renovou por inteiro o papel de Fedra, que é um dos mais belos e mais dissecados de Racine, e constituiu a mais pura e mais alta manifestação de arte a que nos foi dado assistir em nossa época". Logo que meu espírito concebeu essa ideia nova de "a mais pura e alta manifestação de arte", esta se aproximou do prazer imperfeito que sentira no teatro, acrescentou-lhe um pouco do que lhe faltava e sua união formou alguma coisa de tão exaltante que exclamei: "Que grande artista!". Sem dúvida pode-se achar que eu não era absolutamente sincero. Mas que se pense, antes, em tantos escritores que, descontentes com o texto que acabam de escrever, ao lerem um elogio ao gênio de Chateaubriand, ou ao evocarem tal grande artista que desejaram igualar, cantarolando por exemplo dentro de si uma frase de Beethoven cuja tristeza comparam à que quiseram pôr em sua prosa, de tal maneira imbuem-se dessa ideia de gênio que a acrescentam às próprias produções ao repensar nelas e já não as veem como tinham lhes parecido de início, e arriscando um ato de fé no valor de sua obra dizem: "Apesar de tudo!", sem se dar conta de que, na soma que determina essa satisfação final, incluíram a lembrança de maravilhosas páginas de Chateaubriand que assimilaram às suas mas que, afinal, não escreveram; recordem-se tantos homens que acreditam no amor de uma amante de quem só conhecem as traições; também todos os que esperam alternativamente, seja uma sobrevida incompreensível quando pensam, maridos inconsoláveis, numa mulher que perderam e ainda amam, ou, artistas, na glória vindoura que poderão saborear, seja um vazio tranquilizador quando sua inteligência, ao contrário, se concentra nos pecados que, sem ele, teriam de expiar depois da morte; pense-se ainda nos turistas exaltados ante a beleza do conjunto de uma viagem em que, dia após dia, só sentiram tédio; e diga-se então se na vida em comum vivida pelas ideias no seio de nossa alma há uma só das que nos tornam mais felizes que não tenha primeiro ido pedir a uma ideia alheia e vizinha, como verdadeira parasita, o melhor da força que lhe faltava.

Minha mãe não pareceu muito satisfeita quando meu pai deixou de pensar na "carreira" para mim. Acho que, preocupada antes de tudo que uma regra de vida disciplinasse os caprichos de meus nervos, o que lamentava era menos me ver renunciar à diplomacia do que me dedicar à literatura. "Mas deixe, ora, exclamou meu pai, antes de mais nada é preciso sentir prazer no que se faz. Ora, ele já não é criança. Agora sabe muito bem do que gosta, é pouco provável que mude, e é capaz de se dar conta do que o fará feliz na vida." Na espera de que, graças à liberdade que me concediam, eu fosse ou não feliz nesta vida, as palavras de meu pai me causaram naquela noite bastante pesar. Desde sempre suas gentilezas imprevistas tinham me dado, quando se manifestavam, tamanha vontade de beijar suas faces coradas acima de sua barba, que se não chegava a fazê-lo era apenas por medo de desagradá-lo. Hoje, assim como um autor se apavora ao ver que os próprios devaneios, que lhe parecem sem grande valor porque não os separa de si mesmo, obrigam um editor a escolher um papel, caracteres talvez belos demais para eles, eu me perguntava se meu desejo de escrever era algo tão importante para que meu pai desperdiçasse com isso tanta bondade. Mas, sobretudo, ao falar de meus gostos que não mudariam mais, daquilo que estava fadado a tornar feliz minha existência, ele insinuava em mim duas terríveis suspeitas. A primeira era que (quando todo dia eu me considerava no umbral de minha vida ainda intacta e que só começaria na manhã seguinte) minha existência já começara, e bem mais, o que iria acontecer não seria muito diferente do que havia acontecido. A segunda suspeita, que a bem da verdade era apenas outra forma da primeira, é que eu não estava situado fora do Tempo, mas submetido às suas leis, assim como esses personagens de romance que justamente por isso jogavam-me em tamanha tristeza quando eu lia suas vidas no fundo de minha cadeira de vime em Combray. Teoricamente sabemos que a terra gira, mas na verdade não nos damos conta, o chão em que pisamos não parece se mexer e vivemos tranquilos. O mesmo acontece com o Tempo na vida. E para tornarem sua fuga sensível os romancistas são obrigados a acelerar loucamente o avanço do ponteiro e a fazer o leitor saltar dez, vinte, trinta anos em dois minutos. No alto de uma página deixamos um amante cheio de esperança, e ao pé da seguinte o encontramos octogenário, dando seu passeio diário, a duras penas, no pátio de um asilo, mal respondendo às palavras que lhe dirigem, tendo esquecido o passado. Meu pai, ao dizer de mim: "Não é mais criança, seus gostos já não mudarão etc.", acabava de subitamente me mostrar a mim mesmo no Tempo, e causava-me o mesmo tipo de tristeza que causaria se eu fosse, não ainda o interno decrépito, mas esses heróis de quem o autor, em tom indiferente que é especialmente cruel, nos diz no fim de um livro: "Sai cada vez menos do campo. Acabou se fixando ali definitivamente etc.".

No entanto, meu pai, para se antecipar às críticas que poderíamos fazer ao nosso convidado, disse à mamãe:

"Confesso que o velho Norpois foi um pouco 'chavão', como vocês dizem. Quando disse que 'não ficaria bem' fazer uma pergunta ao conde de Paris, temi que começassem a rir.

— Mas qual o quê, respondeu minha mãe, adoro que um homem desse valor e dessa idade tenha conservado essa espécie de ingenuidade que apenas prova um fundo de honradez e boa educação.

— Acho que sim! Isso não o impede de ser astuto e inteligente, como bem sei eu, que o vejo na Comissão muito diferente do que foi aqui", exclamou meu pai, feliz ao ver que mamãe apreciava o senhor de Norpois e querendo convencê-la de que tinha ainda mais mérito do que ela pensava, pois a cordialidade sente o mesmo prazer em sobrevalorizar os méritos que a implicância em depreciá-los. "Como foi mesmo que ele disse... 'com os príncipes nunca se sabe...'

— Isso mesmo, é como você diz. Eu tinha observado, ele é muito arguto. Vê-se que tem profunda experiência da vida.

— É extraordinário que tenha jantado com os Swann e afinal encontrado gente correta, funcionários... Onde é que madame Swann terá ido pescar todo esse mundo?

— Notou com que malícia fez essa reflexão: 'É uma casa aonde vão sobretudo os homens'?"

E os dois tentavam imitar o jeito do senhor de Norpois ao dizer essa frase, conforme fariam imitando uma entonação de Bressant ou de Thiron em *L'Aventurière* ou em *Le Gendre de M. Poirier*.* Mas quem mais saboreou uma de todas as suas frases foi Françoise que, ainda muitos anos depois, não conseguia "conter o riso" quando lhe lembravam que fora chamada pelo embaixador de "chef de primeiríssima grandeza", o que minha mãe lhe transmitiu como um ministro da Guerra transmite à tropa as felicitações de um soberano de passagem depois da "revista". Aliás, eu chegara à cozinha antes dela. Pois tinha obrigado Françoise, pacifista mas cruel, a prometer que não deixaria sofrer muito o coelho que tivera de matar, e fui saber notícias daquela morte; Françoise me garantiu que tudo correra o melhor possível e muito depressa: "Nunca vi um bicho como aquele; morreu sem dizer uma só palavra, até parece que era mudo". Pouco informado da linguagem dos bichos, aleguei que o coelho talvez não gritasse como um frango. "Espere só para ver, me disse Françoise, indignada com a minha ignorância, se os coelhos não gritam tanto como os frangos. Têm até a voz bem mais forte." Françoise recebeu os parabéns do senhor de Norpois com a orgulhosa simplicidade, o olhar alegre e — ainda que momentaneamente — inteligente de um artista a quem se fala de sua arte. Minha mãe mandara Françoise outrora a certos grandes restaurantes para ver como se cozinhava. Tive naquela noite, ao ouvi-la chamar de pés-sujos aos mais famosos, o mesmo prazer de antigamente, ao saber que para os artistas dramáticos a hierarquia de seus méritos não era a mesma que a de suas reputações. "O embaixador, disse-lhe minha mãe, garante

---

* *L'Aventurière*, comédia de Émile Augier representada a partir de 1860 na Comédie-Française. *Le Gendre de M. Poirier*, de Émile Augier e Jules Sandeau, estreou no Théâtre du Gymnase em 1854. Jean-Baptiste Prosper Bressant (1815-86) e Charles-Jean Joseph Thiron (1830-91) eram atores muito conhecidos na época.

que em nenhum lugar se come carne fria e suflês como os seus." Françoise, com um ar de modéstia e de prestar homenagem à verdade, concordou, sem, aliás, se impressionar com o título de embaixador; dizia do senhor de Norpois, com a amabilidade que se deve a alguém que a considerara um "chef": "É um bom velho, como eu". Bem que tentara vê-lo quando ele chegou, mas sabendo que mamãe detestava que se ficasse atrás das portas ou das vidraças, e imaginando que os outros empregados ou os porteiros lhe contariam que ela ficara à espreita (pois Françoise só via por toda parte "ciumeiras" e "futricas" que exerciam em sua imaginação o mesmo papel permanente e funesto que, para outras pessoas, as intrigas dos jesuítas ou dos judeus), contentara-se em olhar pela janela da cozinha, "para não ficar discutindo com a Patroa", e por trás da visão sumária que teve do senhor de Norpois pensou estar "vendo o senhor Legrandin", por causa de sua *agiledade*, embora não houvesse nada de comum entre eles. "Mas afinal, perguntou-lhe minha mãe, como se explica que ninguém faça a gelatina tão bem como você (quando quer)? — Não sei donde é que convém isso", respondeu Françoise (que não estabelecia demarcação muito nítida entre o verbo "vir", pelo menos em certas acepções, e o verbo "convir"). Aliás, falava parcialmente a verdade, e não se sentia muito mais capaz — ou desejosa — de revelar o mistério que fazia a superioridade de suas gelatinas ou de seus cremes do que uma figura elegante quanto às suas toaletes ou uma grande cantora quanto ao seu canto. Suas explicações não nos dizem muito; do mesmo modo, as receitas de nossa cozinheira. "Eles cozinham tudo na pressa, respondeu, falando dos grandes restaurantes, e além disso não cozinham tudo junto. A carne tem que ficar que nem uma esponja, então ela bebe todo o suco, até o fim. Mas havia um daqueles Cafés onde acho que, pelo visto, entendiam direitinho de cozinha. Não digo que fosse exatamente a minha gelatina, mas era feita bem devagarinho, e os suflês tinham bastante creme. — Será o Henry?", perguntou meu pai, que se juntara a nós e muito apreciava o restaurante da praça Gaillon onde em datas fixas tinha jantares corporativos. "Ah, não!, disse Françoise com uma doçura que ocultava um profundo desdém, eu falava de um restaurantezinho. Nesse Henry tudo é muito bom, é claro, mas não é restaurante, é mais… uma baiuca! — O Weber? — Ah! Não, senhor, eu queria dizer um bom restaurante. O Weber fica na rua Royale, não é um restaurante, é uma cervejaria. Nem sei se eles têm serviço para aquilo que oferecem. Acho que não têm nem toalha, põem aquilo de qualquer jeito em cima da mesa, e que se arranjem. — O Cirro?" Françoise sorriu: "Ah! Nesse aí, eu acho que em matéria de cozinha eles têm mesmo são umas mulheres do mundo ('do mundo' significava para Françoise 'mundanas'). Que diachos, a juventude precisa disso". Íamos percebendo que com seu ar de simplicidade Françoise era para os cozinheiros famosos uma "colega" mais terrível do que pode ser a atriz mais invejosa e enfatuada. Percebemos, porém, que tinha um sentimento justo de sua arte e respeito às tradições, pois acrescentou: "Não, eu estou falando de um restaurante que parecia com jeito de ter uma cozinha burguesa bem boazinha. Ainda é uma casa correta pra chuchu. Lá, sim, se trabalhava à beça. Ah! Lá dentro o pessoal juntava uns bons vinténs (Françoise, econômica, contava em vinténs, e não em luíses, como os depenados). A senhora sabe direitinho onde é: ali à direita, nos grandes bulevares, um pouco para trás...". O restaurante de que falava com essa equidade mesclada de orgulho e bonomia era o... Café Anglais.

Quando chegou o Primeiro de Janeiro, fiz inicialmente visitas de família, com mamãe que, para não me cansar, as classificara de antemão (com a ajuda de um itinerário que meu pai traçou) por bairro e não tanto pelo grau exato de parentesco. Mas mal entrávamos no salão de uma prima bem afastada, cuja razão para passar à frente era o fato de sua casa não ser distante da nossa, minha mãe se apavorava ao ver, com os seus marrons-glacês ou frutas recheadas de amêndoa nas mãos, o melhor amigo do mais suscetível de meus tios, a quem ele iria contar que não tínhamos começado por ele a nossa turnê. Esse tio certamente ficaria ofendido; acharia muito natural que fôssemos da Madeleine ao Jardin des Plantes, onde morava, antes de pararmos em Saint-Augustin, para tornar a pegar a rua de L'École-de-Médecine.

Terminadas as visitas (minha avó dispensava que lhe fizéssemos uma, pois jantávamos lá nesse dia), corri aos Champs-Élysées para levar à nossa vendedora, a fim de que entregasse à pessoa da casa dos Swann que várias vezes por semana ia comprar-lhe pão de mel, a carta que desde o dia em que a minha amiga me causara tanto desgosto eu decidira lhe enviar no Ano-Novo, e na qual lhe dizia que nossa amizade antiga desaparecia com o ano terminado, que eu esquecia meus motivos de queixa e minhas decepções e que a partir de Primeiro de Janeiro era uma amizade nova que íamos construir, tão sólida que nada a destruiria, tão maravilhosa que eu esperava que Gilberte tivesse alguma coqueteria para lhe conservar toda a sua beleza e me avisar a tempo, como eu mesmo prometia fazê-lo, tão logo aparecesse o menor perigo capaz de estragá-la. Na volta, Françoise me fez parar, na esquina da rua Royale, diante de uma bancada ao ar livre onde escolheu, para seu próprio presente de Natal, fotografias de Pio ix e de Raspail, e eu, por minha vez, comprei uma da Berma. As tantas admirações que a artista despertava conferiam um toque um pouco pobre àquele rosto único que tinha para responder-lhes, imutável e precário como esse vestuário de quem não tem outra muda de roupa, e nesse rosto ela só podia exibir, sempre, a ruguinha acima do lábio superior, as sobrancelhas arqueadas, outras peculiaridades físicas, sempre as mesmas que, em suma, estavam à mercê de uma queimadura ou de uma pancada. Aliás, aquele rosto não me pareceu belo por si só, mas me dava a ideia, e por conseguinte a vontade, de beijá-lo por causa de todos os beijos que devia ter aturado e que, do fundo daquele "postal de álbum", ainda parecia convocar com o olhar galantemente meigo e o sorriso artificialmente ingênuo. Pois de fato a Berma devia sentir por muitos rapazes esses desejos que confessava sob o disfarce do personagem de Fedra, e que, até pelo prestígio de seu nome que lhe aumentava a beleza e lhe prorrogava a juventude, devia ser tão fácil satisfazer. Caía a noite e parei diante de uma coluna de cartazes teatrais em que estava afixada a representação da Berma naquele Primeiro de Janeiro. Soprava um vento úmido e suave. Era um tempo que eu conhecia; tive a sensação e o pressentimento de que o dia do Ano-Novo não era um dia diferente dos outros, não era o primeiro de um mundo novo em que eu poderia, com uma sorte ainda intacta, refazer a amizade com Gilberte como no tempo da Criação, como se ainda não existisse passado, como se tivessem sido aniquiladas as decepções que ela por vezes me causara e os indícios que delas se pudessem deduzir para o futuro: um novo mundo em que nada subsistisse do antigo... nada a não ser uma coisa: meu desejo de que Gilberte me amasse. Compreendi que se meu coração ansiava por essa renovação em torno dele de um universo que não o satisfizera, era porque meu coração não mudara, e pensei que não havia razão para que o de Gilberte tivesse mudado; senti que essa nova amizade era a mesma, assim como não estão separados dos outros por um fosso os anos novos que nosso desejo reveste, sem poder atingi-los e modificá-los, com um nome diferente sem que eles saibam. Por mais que eu tivesse dedicado a Gilberte este ano que começava e, como uma religião se superpõe às leis cegas da natureza, tentasse imprimir ao dia de Ano-Novo a ideia especial que dele fizera, tudo era em vão; sentia que ele não sabia que o chamavam de dia de Ano-Novo, que ele terminava no crepúsculo de um modo que para mim não era novo: no vento suave que soprava em volta da coluna dos cartazes, eu reconhecera, sentira reaparecer a matéria eterna e comum, a umidade familiar, o ignorante fluir dos dias antigos.

Voltei para casa. Acabava de viver o Primeiro de Janeiro dos homens velhos que nesse dia diferenciam-se dos moços, não porque já não lhes dão presentes, mas porque já não acreditam no novo ano. Presentes eu havia recebido, mas não o único que me alegraria, e que teria sido um bilhete de Gilberte. Mas afinal eu ainda era novo, pois lhe escrevera contando-lhe os sonhos solitários de minha ternura, esperando nela despertar outros parecidos. A tristeza dos homens que envelheceram é nem sequer pensar em escrever essas cartas cuja ineficácia eles aprenderam.

Quando fui me deitar, os ruídos da rua, que se prolongavam até mais tarde nessa noite de festa, me mantiveram acordado. Pensava em todas aquelas pessoas que acabariam a noite nos prazeres, pensava no amante, no grupo de devassos que porventura teria ido procurar a Berma no final daquela representação que eu vira anunciada para a noite. Não conseguia sequer me dizer, para acalmar a agitação que essa ideia fazia nascer em mim nessa noite de insônia, que a Berma talvez não pensasse no amor, pois os versos que recitava, que estudara longamente, lembravam-lhe a todo instante que ele era delicioso, o que aliás sabia tão bem que mostrava suas conhecidas perturbações — mas dotadas de uma violência nova e de uma doçura insuspeita — a espectadores maravilhados e que já as haviam sentido, porém, por conta própria. Acendi minha vela apagada para olhar seu rosto mais uma vez. Ante o pensamento de que, com certeza, nesse momento ele era acariciado por aqueles homens que eu não podia impedir de darem à Berma, e dela receberem, alegrias sobre-humanas e vagas, senti uma comoção mais cruel que voluptuosa, uma nostalgia agravada pelo som da trompa, como a ouvimos na noite da Mi-Carême, e volta e meia em outras festas, quando, por não ter então nenhuma poesia, ao sair de uma taberna é mais triste do que "à noite, no fundo dos bosques".* Naquele momento, talvez não fosse de um bilhete de Gilberte que eu precisasse. Nossos anelos vão interferindo uns nos outros, e na confusão da vida é raro que uma felicidade venha justamente pousar sobre o desejo que a exigira.

Eu continuava indo aos Champs-Élysées nos dias de bom tempo, por ruas cujas casas elegantes e cor-de-rosa banhavam-se num céu movediço e leve, pois era o momento da grande moda das Exposições de Aquarelistas. Mentiria se dissesse que naquele tempo os palácios de Gabriel** me pareciam de maior beleza ou de época diferente dos palacetes vizinhos. Achava com mais estilo e julgaria ter mais antiguidade se não o palácio da Indústria, pelo menos o do Trocadéro.*** Mergulhada num sono agitado, minha adolescência envolvia num mesmo sonho todo o bairro por onde eu passeava, e nunca havia pensado que pudesse existir um edifício do século xviii na rua Royale, da mesma maneira que ficaria surpreso se soubesse que a Porte Saint-Martin e a Porte Saint-Denis, obras-primas da época de Luís xiv, não eram contemporâneas dos edifícios mais recentes desses bairros sórdidos. Uma só vez um dos palácios de Gabriel me fez parar longamente; é que, chegada a noite, suas colunas desmaterializadas pelo luar pareciam recortadas em papelão e, lembrando um cenário da opereta *Orfeu nos infernos*, deram-me pela primeira vez uma impressão de beleza.

---

* *"J'aime le son du cor, le soir, au fond des bois"* (Gosto do som da trompa, à noite, no fundo dos bosques), *Le Cor*, Alfred de Vigny. A Mi-Carême é uma festa carnavalesca celebrada na quinta-feira da terceira semana da Quaresma.

** Ange-Jacques Gabriel (1698-1782), arquiteto do rei, responsável pelos edifícios da praça de La Concorde e de vários outros nas redondezas dos Champs-Élysées.

*** O palácio da Indústria, construído nos Champs-Élysées para a Exposição Universal de 1855, foi destruído de 1897 a 1900 para dar lugar ao Grand e ao Petit Palais. O palácio do Trocadéro, erguido para a Exposição Universal de 1878, na colina de Chaillot, tinha uma fachada semicircular de estilo mourisco e duas torres retangulares. Foi destruído em 1937 para dar lugar ao palácio de Chaillot.

Mas Gilberte continuava sem voltar aos Champs-Élysées. Eu precisava muito vê-la, não me lembrava sequer de seu rosto. A maneira inquisitiva, ansiosa, exigente que temos de olhar a quem amamos, nossa expectativa da palavra que nos dará ou nos tirará a esperança de um encontro para o dia seguinte e, até que essa palavra seja dita, nossa imaginação alternada, se não simultânea, entre a alegria e o desespero, tudo isso torna nossa atenção perante o ser amado excessivamente trêmula para que possamos obter uma imagem bem nítida. Talvez também essa atividade de todos os sentidos ao mesmo tempo, e que tenta conhecer só com os olhares o que está acima deles, seja excessivamente indulgente diante das mil formas, de todos os sabores, dos movimentos da pessoa viva que, em geral, nós imobilizamos quando não amamos. O modelo querido, pelo contrário, se move; dele nunca temos mais que fotografias falhas. Eu já não sabia realmente como eram as feições de Gilberte, a não ser nos momentos divinos em que se abriam para mim: só me lembrava de seu sorriso. E sem conseguir rever aquele rosto bem-amado, por mais esforços que fizesse para recordá-lo, irritava-me ao encontrar, desenhados em minha memória com exatidão definitiva, os rostos inúteis e surpreendentes do homem dos cavalinhos de pau e da vendedora de pirulitos: assim como os que perderam um ente amado que nunca reveem quando dormem e exasperam-se ao encontrar constantemente nos sonhos tantas pessoas insuportáveis e a quem já seria demais terem conhecido em estado de vigília. Na impotência de imaginar o objeto de sua dor, elas quase se acusam de não sentir dor. E eu não estava longe de crer que, sem conseguir me lembrar das feições de Gilberte, a esquecera, já não a amava. Afinal, ela voltou para brincar quase todos os dias, pondo diante de mim novas coisas a desejar, a lhe pedir, para o dia seguinte, e nesse sentido fazendo de minha ternura, todo dia, uma ternura nova. Mas uma coisa mudou mais uma vez, e abruptamente, a maneira como todas as tardes, pelas duas horas, apresentava-se o problema do meu amor. Acaso o senhor Swann flagrara a carta que eu escrevera à sua filha, ou Gilberte apenas me confessava muito tempo depois, e para que eu fosse mais prudente, um estado de coisas já antigo? Como eu lhe dissesse o quanto admirava seu pai e sua mãe, ela assumiu esse ar vago, cheio de reticências e segredo que mostrava quando lhe falavam do que tinha a fazer, de seus passeios e visitas, e acabou me dizendo de repente: "Eles não

— 71 —

engolem você, sabe?", e, escorregadia como uma ondina — ela era assim —, caiu na gargalhada. Muitas vezes seu riso, em desacordo com suas palavras, parecia, como a música, descrever em outro plano uma superfície invisível. O senhor e a senhora Swann não pediam a Gilberte que parasse de brincar comigo, mas adorariam, pensava ela, que aquilo não tivesse começado. Não viam com bons olhos minhas relações com ela, não me atribuíam grande moralidade e imaginavam que eu só podia exercer sobre a filha deles uma influência má. Esse tipo de rapazes pouco escrupulosos com quem Swann me julgava parecido, eu os imaginava como se detestassem os pais da moça a quem amam, adulando-os quando estão presentes mas caçoando deles quando estão com ela, induzindo-a a desobedecer-lhes, e, uma vez conquistada a filha, até mesmo privando-os de vê-la. A essas características (que nunca são aquelas com que vemos o maior dos miseráveis), com que violência meu coração opunha os sentimentos de que estava imbuído em relação a Swann, tão apaixonados, ao contrário, que eu não duvidava que, se deles suspeitasse, ele teria se arrependido de seu julgamento a meu respeito como de um erro judiciário! Tudo o que eu sentia por ele ousei lhe escrever numa longa carta que passei a Gilberte pedindo-lhe que a entregasse. Ela aceitou. Pobre de mim! Com que então ele me julgava um impostor maior ainda do que eu pensava; duvidara dos sentimentos que eu imaginara pintar em dezesseis páginas com tanta veracidade: a carta que lhe escrevi, tão ardorosa e tão sincera como as palavras que dissera ao senhor de Norpois, não fez o menor sucesso. Gilberte me contou no dia seguinte, depois de me puxar à parte para trás de uma mata de loureiros, numa pequena alameda onde nos sentamos cada um numa cadeira, que ao ler a carta, que ela me trazia de volta, seu pai dera de ombros, dizendo: "Tudo isso não significa nada, apenas prova que tenho razão". Eu, que conhecia a pureza de minhas intenções, a bondade de minha alma, estava indignado que minhas palavras não tivessem sequer aflorado o erro absurdo de Swann. Pois foi um erro, eu então não duvidava. Sentia que escrevera com grande exatidão certas características irrecusáveis de meus sentimentos generosos; para que a partir delas Swann não as tivesse logo reconstituído, não tivesse vindo me pedir perdão e confessar que se enganara, era só mesmo porque ele jamais teria tido esses nobres sentimentos, o que devia torná-lo incapaz de compreendê-los nos outros.

Ora, talvez simplesmente Swann soubesse que a generosidade não costuma ser mais do que o aspecto interior que tomam nossos sentimentos egoístas quando ainda não lhes demos um nome nem os classificamos. É possível que tivesse reconhecido na simpatia que eu lhe expressava um simples reflexo — e uma confirmação entusiasta — de meu amor por Gilberte, o qual mais adiante — e não minha veneração secundária por ele — fatalmente orientaria meus atos. Eu não podia partilhar suas previsões, pois não conseguira abstrair de mim mesmo meu amor, incluí-lo na generalidade dos outros e suputar-lhe experimentalmente as consequências; estava desesperado. Tive de deixar Gilberte um instante, pois Françoise me chamara. Precisei acompanhá-la a um pequeno pavilhão de persianas verdes, muito parecido com os postos de coletoria abandonados da velha Paris, e no qual fazia pouco estavam instalados o que na Inglaterra se chama um lavabo e na França, por uma anglomania mal informada, water closets. As paredes úmidas e antigas da entrada, onde fiquei esperando Françoise, exalavam um cheiro recente de ambiente fechado que, logo me aliviando das preocupações que acabavam de fazer nascer em mim as palavras de Swann relatadas por Gilberte, impregnou-me de um prazer não da mesma espécie dos outros, os quais nos deixam mais instáveis, incapazes de retê-los, de possuí-los, mas, ao contrário, de um prazer consistente em que podia me apoiar, delicioso, sereno, repleto de uma verdade duradoura, inexplicada e segura. Eu gostaria, como outrora em meus passeios para o lado de Guermantes, de tentar penetrar no encantamento dessa impressão que me agarrara e ficar imóvel interrogando a emanação envelhecida que me propunha, não o gozo do prazer que só me dava por acréscimo, mas a descida à realidade que não me revelara. Porém, a zeladora do pavilhão, velhota de faces de gesso e peruca ruiva, começou a falar comigo. Françoise a achava "bem da sua terra, completamente". Sua menina se casara com o que Françoise chamava "um moço de família", por conseguinte alguém que ela achava mais diferente de um operário do que Saint-Simon achava diferente um duque de um homem "saído da escória do povo". Com toda a certeza a zeladora, antes de sê-lo, enfrentara reveses. Mas Françoise garantia que ela era marquesa e pertencia à família de Saint-Ferréol. Essa marquesa me aconselhou a não ficar no sereno e até me abriu um gabinete dizendo-me: "Não quer entrar? Tem um aqui limpinho, para o senhor será de graça". Talvez apenas o fizesse a exemplo das senhoritas da confeitaria Gouache que, quando íamos fazer uma encomenda, me ofereciam balas que tinham em cima do balcão, dentro de campânulas de vidro e que mamãe me proibia de aceitar, hélas!; talvez, também, menos inocentemente, como certa velha florista que ia encher as "jardineiras" de mamãe e me dava uma rosa revirando seus olhos meigos. Seja como for, se a "marquesa" tinha queda pelos rapazinhos abrindo-lhes a porta hipogeia daqueles cubos de pedra onde os homens estão agachados como esfinges, devia procurar em suas generosidades menos a esperança de corrompê-los do que o prazer que sentimos em nos mostrarmos inutilmente pródigos com aqueles de quem gostamos, pois nunca vi ao lado dela outro visitante além de um velho guarda-florestal do jardim.

Um instante depois eu me despedia da "marquesa", acompanhado por Françoise, e deixei-a para ir encontrar Gilberte. Avistei-a de imediato, numa cadeira, atrás da mata de loureiros. Era para não ser vista por suas amigas: brincavam de esconde-esconde. Fui me sentar ao seu lado. Ela usava um gorrinho achatado que descia bem baixo sobre os olhos dando-lhe aquele mesmo olhar "por baixo", sonhador e matreiro, que eu tinha visto nela pela primeira vez em Combray. Perguntei-lhe se não havia como eu ter uma explicação verbal com seu pai. Gilberte me disse que lhe propusera uma, mas que ele a julgava inútil. "Olhe, acrescentou, não deixe comigo a sua carta, tenho de ir me juntar aos outros, porque não me encontraram."

Se Swann tivesse chegado naquele momento, antes mesmo que eu pegasse de volta a carta de cuja sinceridade eu achava insensato ele não se deixar convencer, talvez ele tivesse visto que estava com a razão. Pois ao me aproximar de Gilberte que, inclinada em sua cadeira, me dizia para pegar a carta e não a entregava, senti-me tão atraído por seu corpo que lhe disse:

"Vejamos, me impeça de apanhá-la, vamos ver quem é o mais forte."

Ela a escondeu nas costas, passei as mãos pelo seu pescoço, levantando as tranças que lhe caíam nos ombros, ou porque isso ainda fosse de sua idade, ou porque sua mãe quisesse que ela parecesse criança por muito tempo, a fim de ela mesma rejuvenescer; lutávamos, segurando-nos com força. Eu tentava atraí-la, ela resistia; suas maçãs do rosto, esfogueadas pelo esforço, estavam vermelhas e redondas como cerejas; ela ria como se eu lhe tivesse feito cócegas; eu a prendia agarrada entre minhas pernas como um arbusto em que eu quisesse trepar; e em meio à ginástica que fazia, sem sequer acelerar a respiração ofegante que me causavam o exercício muscular e o ardor da brincadeira, espalhei o meu prazer, como algumas gotas de suor arrancadas pelo esforço, prazer em que nem mesmo pude me demorar a tempo de saboreá-lo; logo peguei a carta. Então Gilberte me disse com bondade:

"Sabe, se quiser, podemos lutar mais um pouco."

Talvez ela tivesse sentido obscuramente que meu jogo tinha outro objetivo além do que eu confessara, mas não soubera perceber que eu o atingira. E eu, que receava que ela se apercebesse (e certo movimento retrátil e contido de pudor ofendido que fez logo depois levou-me a pensar que meu receio não era infundado), aceitei lutar mais, temeroso de que ela pudesse acreditar que eu não me propusera outro objetivo além daquele, depois do qual só me apetecia ficar quieto a seu lado.

Ao voltar para casa, entrevi, lembrei-me abruptamente da imagem, até então escondida, da qual o ar fresco, quase cheirando a fuligem, do pavilhão gradeado me aproximara, sem contudo deixar-me vê-la nem reconhecê-la. Aquela imagem era a da salinha de meu tio Adolphe, em Combray, que de fato exalava o mesmo cheiro de umidade. Mas não consegui compreender e adiei para mais tarde o trabalho de investigar por que a lembrança de uma imagem tão insignificante me proporcionara tamanha felicidade. Enquanto isso, pareceu-me que merecia de verdade o desprezo do senhor de Norpois; até então eu preferia, a todos os escritores, aquele a quem ele chamava de simples "tocador de flauta", e uma verdadeira exaltação me fora comunicada, não por alguma ideia importante, mas por um cheiro de mofo.

Fazia algum tempo que, em certas famílias, o nome Champs-Élysées, se pronunciado por alguma visita, era recebido pelas mães com o ar maledicente que reservam a um médico reputado que teriam visto fazer muitos diagnósticos errados para ainda confiarem nele; garantia-se que aquele jardim não fazia bem às crianças, que se podia citar mais de uma dor de garganta, mais de um sarampo e inúmeras febres de que era responsável. Sem porem abertamente em dúvida a ternura de mamãe, que continuava a me mandar para lá, certas amigas dela deploravam, no mínimo, sua cegueira.

Os neuropatas talvez sejam, apesar da expressão consagrada, os que menos "se escutam": ouvem em si mesmos tantas coisas com que em seguida percebem que estavam errados em se alarmar que acabam não prestando atenção em mais nenhuma. Seu sistema nervoso tantas vezes lhes gritou: "Socorro!", como se fosse uma doença grave, quando muito simplesmente ia nevar ou iam mudar de apartamento, que se acostumam a não mais levar em conta essas advertências, como um soldado que, no calor da ação, as percebe tão pouco que, já moribundo, ainda é capaz de continuar levando alguns dias a vida de um homem em boa saúde. Certa manhã, quando trazia dentro de mim, coordenadas, minhas indisposições habituais, de cuja circulação constante e intestina eu sempre mantinha meu espírito afastado, tanto quanto da circulação de meu sangue, eu corria alegremente para a sala de jantar onde meus pais já estavam à mesa, e — pensando como de costume que estar com frio pode significar, não a necessidade de se aquecer, mas por exemplo o fato de termos sido repreendidos, e que estar sem fome pode significar que vai chover e não que não se deva comer —, ia me sentar à mesa quando, no momento de engolir o primeiro naco de uma apetitosa costeleta, uma náusea, uma tontura me paralisaram, resposta febril de uma doença iniciada cujos sintomas o gelo de minha indiferença mascarara, retardara, mas que recusava obstinadamente o alimento que eu não estava em condições de absorver. Então, no mesmo segundo, o pensamento de que me impediriam de sair caso percebessem que eu estava doente deu-me, tal como o instinto de conservação dá a um ferido, a força de me arrastar até meu quarto, onde vi que estava com quarenta graus de febre, e em seguida de me preparar para ir aos Champs-Élysées. Através do corpo abatido e permeável que o envolvia, meu pensamento sorridente reencontrava, exigia o prazer tão suave de apostar uma corrida com Gilberte, e uma hora depois, mal me aguentando, mas feliz ao lado dela, ainda tinha forças de saboreá-lo.

Na volta, Françoise declarou que eu tinha me "sentido indisposto", que eu devia ter apanhado "quente e frio", e o doutor, logo chamado, declarou "preferir" a "severidade" e a "virulência" do acesso de febre que acompanhava minha congestão pulmonar e que não passaria de um "fogo de palha" a formas mais "insidiosas" e "larvares". Já fazia muito tempo que eu era dado a sufocações e nosso médico, apesar da desaprovação de minha avó, que já me via morrendo alcoólico, me aconselhara, além da cafeína prescrita para me ajudar a respirar, a tomar cerveja, champanhe ou conhaque quando sentisse uma crise chegar. Estas abortariam, dizia ele, na "euforia" causada pelo álcool. Para que minha avó permitisse que me dessem a bebida, muitas vezes era obrigado a não disfarçar, a quase exibir meu estado de sufocação. Aliás, tão logo o sentia aproximar-se, sempre inseguro sobre as proporções que tomaria, ficava aflito por causa da tristeza de minha avó, que eu temia muito mais que meu sofrimento. Mas, ao mesmo tempo, meu corpo, fosse por ser muito fraco para manter sozinho o segredo desse sofrimento, fosse por temer que na ignorância do mal iminente exigissem de mim um esforço que lhe seria impossível ou perigoso, impunha-me a necessidade de avisar minha avó de minhas indisposições com uma precisão em que eu acabava pondo uma espécie de escrúpulo fisiológico. Se descobrisse em mim um sintoma desagradável que ainda não percebera, meu corpo entrava em desespero enquanto eu não o comunicasse à minha avó. Se ela fingisse não prestar a menor atenção nisso, meu corpo me pedia para insistir. Às vezes eu ia longe demais; e o rosto amado, que já nem sempre era dono de suas emoções como no passado, deixava transparecer uma expressão de piedade, uma contração dolorosa. Então meu coração se torturava diante do pesar que ela sentia; como se meus beijos devessem apagar esse desgosto, como se minha ternura pudesse dar à minha avó tanta alegria quanto minha felicidade, jogava-me em seus braços. E como, por outro lado, os escrúpulos eram apaziguados pela certeza de que ela conhecia o mal-estar sentido, meu corpo não se opunha a que eu a sossegasse. Eu protestava que aquela indisposição nada tinha de sofrida, que não tinha do que me queixar, que ela podia ter certeza de que estava feliz; meu corpo obtivera exatamente a compaixão que merecia, e contanto que se soubesse que sentia uma dor no lado direito, não via inconveniente em que eu declarasse que aquela dor não era um mal e não era para mim um obstáculo à felicidade, pois meu corpo não tinha pretensões à filosofia; esta não era de sua alçada. Durante a convalescença, quase diariamente eu tinha essas crises de sufocação. Uma noite em que minha avó me deixara bastante bem, voltou ao meu quarto muito tarde da noite, ao perceber que me faltava ar: "Ah, meu Deus! Como você está sofrendo", exclamou, com as feições transtornadas. Logo me deixou, ouvi o barulho do portão, e ela voltou um pouco mais tarde com conhaque que foi comprar, pois não havia em casa. Logo comecei a me sentir bem. Minha avó, um pouco corada, tinha um jeito constrangido, e seus olhos, uma expressão de cansaço e desânimo.

"Prefiro deixá-lo, e que você aproveite um pouco essa melhora", disse-me, deixando-me abruptamente. Beijei-a, porém, e senti em suas faces frescas algo molhado que não soube se era a umidade do ar da noite que ela acabava de enfrentar. No dia seguinte só veio ao meu quarto à noite porque, disseram-me, teve de sair. Achei que era uma demonstração de grande indiferença por mim, e me contive para não criticá-la.

Como minhas sufocações persistissem quando minha congestão havia muito terminada já não as explicava, meus pais recorreram ao professor Cottard para consultá-lo. Nesses casos não basta a um médico ser bem preparado. Em presença de sintomas que podem ser de três ou quatro enfermidades diferentes, é, no final das contas, seu faro, seu olho clínico que decidem com qual, apesar das aparências mais ou menos semelhantes, há probabilidade de estar lidando. Esse dom misterioso não implica superioridade das outras partes da inteligência e uma criatura de grande vulgaridade, amante da pior pintura, da pior música, sem nenhuma curiosidade de espírito, pode perfeitamente possuí-lo. Em meu caso, o que era materialmente observável podia igualmente ser causado por espasmos nervosos, por um início de tuberculose, pela asma, por uma dispneia tóxico-alimentar com insuficiência renal, pela bronquite crônica, por um estado complexo em que entrariam vários desses fatores. Ora, os espasmos nervosos deviam ser tratados pelo desprezo, a tuberculose, com grandes cuidados e um tipo de superalimentação que seria má para um estado artrítico como a asma e poderia se tornar perigosa em caso de dispneia tóxico-alimentar, a qual exige um regime que, em contrapartida, seria nefasto para um tuberculoso. Mas as hesitações de Cottard foram breves e suas prescrições imperiosas: "Purgantes violentos e drásticos, leite por vários dias, só leite. Nada de carne, nada de álcool". Minha mãe murmurou que eu bem precisava, contudo, recuperar minhas forças, que eu já estava bastante nervoso, que essa purga de cavalo e esse regime me derrubariam. Vi pelos olhos de Cottard, tão inquietos como se estivesse com medo de perder o trem, que ele se perguntava se não deixara arrastar-se por sua doçura natural. Tentava lembrar se cogitara vestir uma máscara impassível, como quem procura um espelho para ver se não esqueceu de dar o nó na gravata. Na dúvida, e, nunca se sabe, como compensação respondeu grosseiramente: "Não costumo repetir duas vezes minhas receitas. Dê-me uma caneta. E, acima de tudo, leite. Mais tarde, quando tivermos jugulado as crises e a agripnia, aceito que tome algumas sopas, e depois uns purês, mas sempre *au lait, au lait*. Você vai gostar, já que a Espanha está na moda, *olé, olé*! (Seus alunos conheciam muito bem esse trocadilho que ele fazia no hospital toda vez que punha um cardíaco ou um hepático sob regime lácteo.) Depois você voltará progressivamente à vida normal. Mas sempre que a tosse e as sufocações recomeçarem, purgantes, lavagens intestinais, leito e leite". Ouviu com um ar glacial, sem responder, às últimas objeções de minha mãe e, como nos deixou sem ter se dignado a explicar as razões desse regime, meus pais o consideraram sem relação com o meu caso, inutilmente debilitante, e não me obrigaram a segui-lo. Procuraram naturalmente esconder do professor a desobediência, e para consegui-lo com mais segurança evitaram todas as casas onde poderiam encontrá-lo. Depois, como meu estado se agravou, resolveram me fazer seguir à risca as prescrições de Cottard; no fim de três dias eu não tinha mais roncos, nem tosse, e respirava bem. Então compreendemos que Cottard, embora me achando, como disse mais adiante, bastante asmático e sobretudo "doidinho",* notara que o que predominava em mim naquele momento era a intoxicação, e que drenando meu fígado e lavando meus rins, ele descongestionaria meus brônquios, me devolveria o fôlego, o sono, as forças. E compreendemos que aquele imbecil era um grande clínico. Consegui afinal me levantar. Mas falavam em não mais me mandar aos Champs-Élysées. Diziam que era por causa do ar insalubre; eu bem que pensava que aproveitavam o pretexto

---

* Geneviève Halévy (1849-1926), esposa do compositor Georges Bizet e um dos modelos do personagem da duquesa de Guermantes, teria chamado Proust de "doidinho", como ele se queixou em carta de dezembro de 1892 ou janeiro de 1893 (cf. M. Proust, *Correspondance*, t. VIII, p. 329).

para que não pudesse mais ver a senhorita Swann, e me obrigava a repetir o tempo todo o nome de Gilberte, como essa língua materna que os vencidos se esforçam em manter para não esquecer a pátria que não tornarão a ver. Às vezes minha mãe passava a mão em minha testa dizendo-me:

"E então, os garotinhos já não contam para a mamãe as tristezas que sentem?"

Françoise se aproximava de mim todos os dias dizendo: "O senhor está com uma cara! É porque não se olhou, parece um defunto!". É verdade que se eu tivesse tido um simples resfriado, Françoise teria feito o mesmo ar fúnebre. Esses lamentos tinham mais a ver com a sua "classe" que com o meu estado de saúde. Eu então não distinguia se esse pessimismo era em Françoise de dor ou de satisfação. Concluí provisoriamente que era social e profissional.

Um dia, na hora do carteiro, minha mãe pôs uma carta em cima de minha cama. Abri-a distraído já que não podia trazer a única assinatura que me faria feliz, a de Gilberte, com quem não mantinha relações fora dos Champs-Élysées. Ora, ao pé da folha, timbrada com um selo prateado representando um cavaleiro de elmo contornado com esta divisa: *Per viam rectam*, e no final de uma carta escrita com letra grande, e em que quase todas as frases pareciam sublinhadas, simplesmente porque o traço dos *tt* não os cortava mas ficava solto acima, pondo um risco sob a palavra correspondente da linha superior, foi justamente a assinatura de Gilberte que vi. Mas como sabia que era uma visão impossível numa carta endereçada a mim, senão acompanhada pela fé, isso não me alegrou. Por um instante apenas incutiu irrealidade em tudo o que me cercava. Numa velocidade vertiginosa, aquela assinatura inverossímil brincava de quatro cantos com minha cama, minha lareira, minha parede. Vi tudo vacilar como alguém que cai do cavalo e me perguntei se não havia uma vida totalmente diferente da que eu conhecia, em contradição com ela mas que fosse a verdadeira, e que, me tendo sido mostrada de repente, infundia-me essa hesitação que os escultores que representaram o Juízo Final deram aos ressuscitados que se encontram no umbral do outro Mundo. "Meu caro amigo, dizia a carta, soube que esteve muito doente e que não ia mais aos Champs-Élysées. Também já quase não vou porque lá existe um monte de doentes. Mas minhas amigas vêm lanchar todas as segundas e sextas aqui em casa.

Mamãe me encarrega de lhe dizer que nos dará imenso prazer se vier também assim que se restabelecer, e poderíamos retomar em casa nossas boas conversas dos Champs-Élysées. Adeus, meu caro amigo, espero que seus pais lhe permitirão vir lanchar várias vezes, e lhe envio toda a minha amizade. Gilberte."

Enquanto lia essas palavras, meu sistema nervoso recebia com admirável diligência a notícia de que me chegava uma grande felicidade. Mas minha alma, isto é, eu mesmo, em suma o principal interessado, ainda a ignorava. A felicidade, a felicidade por Gilberte, era uma coisa em que eu pensara constantemente, uma coisa toda de pensamentos, era, como dizia Leonardo da pintura, *cosa mentale*. Uma folha de papel coberta de caracteres é coisa que o pensamento não assimila de imediato. Mas assim que terminei de ler a carta, pensei nela, que se tornou um objeto de devaneio, e tornou-se, ela também, *cosa mentale*, que eu já amava tanto que a cada cinco minutos precisava relê-la, beijá-la. Então, conheci minha felicidade.

A vida é semeada desses milagres que as pessoas que amam podem sempre esperar. É possível que este tivesse sido provocado artificialmente por minha mãe que, vendo que fazia algum tempo eu perdera todo o ânimo de viver, talvez tivesse pedido a Gilberte para me escrever, assim como, no tempo de meus primeiros banhos de mar, para me dar prazer em mergulhar, o que eu detestava porque me cortava a respiração, ela entregava escondido a meu guia-banhista maravilhosas caixas de conchinhas e ramos de coral que eu pensava ter encontrado pessoalmente no fundo das águas. Aliás, para todos os acontecimentos que na vida e em suas situações contrastantes referem-se ao amor, o melhor é não tentar entender, pois no que têm de inexorável, como de inesperado, parecem regidos por leis mais mágicas que racionais. Quando um multimilionário, homem encantador apesar disso, é despachado por uma mulher pobre e sem atrativo com quem vive, e recorre no seu desespero a todos os poderes do ouro e põe em ação todas as influências da terra, sem conseguir ser novamente aceito, mais vale diante da invencível teimosia da amante supor que o Destino quer esmagá-lo e fazê-lo morrer de uma doença do coração do que buscar uma explicação lógica. Esses obstáculos contra os quais os amantes têm de lutar e que sua imaginação excitada pelo sofrimento tenta em vão adivinhar residem às vezes em alguma singularidade de caráter da mulher que eles não conseguem trazer de volta, na estupidez dela, na influência que criaturas que o amante não conhece conquistaram sobre ela e nos temores que lhe sugeriram, no gênero de prazeres que ela pede momentaneamente à vida, prazeres que nem seu amante nem a fortuna de seu amante podem lhe oferecer. Em todo caso, o amante está mal colocado para conhecer a natureza dos obstáculos que a astúcia da mulher lhe esconde e que seu próprio julgamento falseado pelo amor o impede de apreciar perfeitamente. Assemelham-se a esses tumores que o médico acaba por reduzir mas sem saber sua origem. Como eles, esses obstáculos permanecem misteriosos, mas são temporários. Só que em geral duram mais que o amor. E como este não é uma paixão desinteressada, o apaixonado que já não ama não tenta saber por que a mulher pobre e leviana que ele amava recusou-se obstinadamente, anos a fio, a que continuasse a sustentá-la.

Ora, quando se trata de amor, o mesmo mistério que costuma ocultar de nossos olhos a causa das catástrofes, frequentemente também envolve o aspecto repentino de certas soluções felizes (tal como essa que me trouxe a carta de Gilberte). Soluções felizes ou pelo menos que assim parecem, pois não há muitas que o sejam realmente quando se trata de um sentimento de tal natureza que qualquer satisfação que lhe seja dada apenas desloca a dor. Mas às vezes uma trégua é concedida e temos por algum tempo a ilusão de estarmos curados.

Quanto àquela carta que trazia embaixo o nome que Françoise se negou a reconhecer como o de Gilberte porque o G muito trabalhado, apoiado num *i* sem ponto parecia um A, ao passo que a última sílaba era prolongada indefinidamente por um rabisco rendilhado, se quisermos buscar uma explicação racional da mudança que ela traduzia e tanto me alegrava, porventura se poderá pensar que, em parte, eu a devi a um incidente que pensei, ao contrário, que me perderia para sempre no juízo dos Swann. Pouco tempo antes, Bloch viera me visitar, quando o professor Cottard, que desde que eu seguia o seu regime fora chamado de novo, estava em meu quarto. A consulta terminara e Cottard estava apenas como uma visita, porque meus pais o convidaram para jantar e por isso deixaram Bloch entrar. Quando estávamos todos conversando, Bloch contou que ouvira dizer que madame Swann gostava muito de mim, por uma pessoa com quem jantara na véspera e que, por sua vez, era muito ligada a madame Swann; quis responder que certamente ele se enganava, e esclarecer, com o mesmo escrúpulo que me fizera declarar isso ao senhor de Norpois, e temendo que madame Swann me tomasse por um mentiroso, que eu não a conhecia e nunca tinha falado com ela. Mas não tive coragem de retificar o engano de Bloch, porque compreendi que era voluntário, e que se ele inventava alguma coisa que madame Swann não pudesse ter dito de fato era para ostentar que jantara ao lado de uma das amigas dessa senhora, o que ele achava lisonjeiro e não era verdade. Ora, aconteceu que enquanto o senhor de Norpois, sabendo que eu não conhecia e gostaria de conhecer madame Swann, se abstivera de lhe falar de mim, Cottard, que era seu médico, induziu do que ouvira de Bloch que ela me conhecia muito e me apreciava, e pensou que quando a encontrasse diria que eu era um rapaz encantador com quem tinha relações, o que em nada poderia ser útil para mim e seria lisonjeiro para ele, duas razões que o decidiram a falar de mim a Odette assim que teve ocasião.

Conheci então aquele apartamento de onde exalava até a escada a fragrância que madame Swann usava, mas ainda mais perfumada pelo charme peculiar e doloroso que emanava da vida de Gilberte. Quando eu perguntava se podia subir, o implacável porteiro, transformado numa benevolente Eumênide, se habituou a me indicar, levantando o boné com mão propícia, que ouvira a minha prece. As janelas que, do exterior, interpunham entre mim e os tesouros que não me eram destinados um olhar brilhante, distante e superficial, que me parecia o próprio olhar dos Swann, aconteceu-me, depois de ter passado uma tarde inteira com Gilberte em seu quarto, abri-las eu mesmo para que entrasse um pouco de ar e até debruçar-me a seu lado, se fosse dia em que sua mãe recebia, para ver chegar as visitas que, levantando a cabeça ao descer do carro, costumavam me cumprimentar com um aceno de mão, confundindo-me com algum sobrinho da dona da casa. Naqueles momentos, as tranças de Gilberte me tocavam a face. Pareciam-me, pela delicadeza de sua grama a um só tempo natural e sobrenatural, pela força de suas folhagens artísticas, uma obra única para a qual tinham utilizado a própria relva do Paraíso. Que herbário celeste eu não daria de relicário a um fragmento delas, ainda que ínfimo! Mas não esperando obter um pedaço verdadeiro daquelas tranças, se eu pudesse pelo menos possuir-lhes a fotografia, quão mais preciosa não seria do que a das florezinhas desenhadas por Da Vinci! Para consegui-la, fiz, junto a amigos dos Swann e mesmo de fotógrafos, baixezas que não me proporcionaram o que eu queria mas me ligaram para sempre a pessoas muito maçantes.

Os pais de Gilberte, que por tanto tempo tinham me impedido de vê-la, agora — quando eu entrava na sombria antecâmara onde pairava eternamente, mais formidável e mais desejada que outrora em Versailles a aparição do Rei, a possibilidade de encontrá-los, e onde habitualmente, depois de ter esbarrado num enorme cabide de sete braços como o Candelabro das Escrituras, eu me desmanchava em saudações diante de um mordomo sentado, com sua comprida saia cinza, sobre a arca de madeira e que na escuridão eu confundia com madame Swann — os pais de Gilberte, se por acaso um deles passasse no momento de minha chegada, longe de ter o ar irritado me apertavam a mão sorrindo e me diziam:

"*Comment allez-vous?* (que ambos pronunciavam "commen allez--vous" sem fazer a ligação do *t* com a vogal seguinte, ligação que, como se imagina, assim que eu chegava em casa fazia um incessante e voluptuoso exercício de suprimir). Gilberte já sabe que está aqui? Então fique à vontade."

Mais ainda, os próprios lanches que Gilberte oferecia às amigas e que por tanto tempo me pareceram a mais intransponível das separações acumuladas entre nós tornavam-se agora uma oportunidade para nos unir e que ela me anunciava num bilhete, escrito (porque eu era uma relação ainda bem recente) em papéis de carta sempre diferentes. Uma vez era ornamentado com um cãozinho azul em relevo sobre uma legenda humorística escrita em inglês e seguida de um ponto de exclamação, outra vez, timbrado com uma âncora marítima, ou com o monograma G.S., exageradamente alongado num retângulo que ocupava toda a altura da folha, ou ainda com o nome "Gilberte" ora traçado de viés num canto em letras douradas que imitavam a assinatura de minha amiga e terminavam num rabisco, abaixo de um guarda-chuva aberto impresso em preto, ora fechado num monograma em forma de chapéu chinês que continha todas as letras em maiúsculas sem que fosse possível diferenciar uma única. Por fim, como a série de papéis de carta que Gilberte possuía, por numerosa que fosse, não era ilimitada, no final de algumas semanas eu via retornar aquele que levava, como na primeira vez que me escrevera, a divisa *Per viam rectam* acima do cavaleiro de elmo, dentro de um medalhão de prata brunida. E cada um era escolhido em tal dia e não em outro em virtude de certos ritos, pensava eu então, mas agora acredito que era porque ela tentava se lembrar daquele que usara nas outras vezes, de modo a nunca enviar o mesmo a um de seus correspondentes, pelo menos àqueles por quem era capaz de fazer essas despesas, senão a intervalos bem afastados. Como, devido à diferença das horas de suas lições, algumas das amigas que Gilberte convidava para aqueles lanches tinham de partir quando as outras mal chegavam, já na escada eu ouvia escapar da antecâmara um murmúrio de vozes que, na emoção que me causava a cerimônia imponente a que ia assistir, rompia abruptamente, bem antes que eu alcançasse o patamar, os elos que ainda me ligavam à vida anterior e me subtraíam até a lembrança de ter de retirar minha echarpe quando estivesse dentro de casa e de olhar as horas para não me atrasar na volta. Aliás, aquela escada toda de madeira, como então se fazia em certos prédios de apartamentos desse estilo Henrique II que fora por tanto tempo o ideal de Odette e de que em breve ela iria se afastar, tinha um cartaz sem equivalente em nossa casa, no qual se liam estas palavras: "Proibido usar o elevador para descer", que me parecia algo tão prestigioso que eu disse a meus pais que era uma escadaria antiga trazida de muito longe pelo senhor Swann. Meu amor pela verdade era tão grande que não hesitaria em dar-lhes essa informação mesmo se soubesse que era falsa, pois só ela lhes permitiria ter pela dignidade da escadaria dos Swann o mesmo respeito que eu. É assim que, frente a um ignorante incapaz de compreender em que consiste o gênio de um grande médico, acreditamos correto não confessar que ele não sabe curar uma coriza. Mas como eu não tinha nenhum espírito de observação, como em geral não sabia nem o nome nem a espécie das coisas que se achavam diante de meus olhos e somente compreendia que, quando estavam perto dos Swann, deviam ser extraordinárias, não me pareceu certo que advertindo meus pais do seu valor artístico e da procedência longínqua daquela escadaria eu dissesse uma mentira. Não me pareceu certo; mas deve ter me parecido provável, pois senti que fiquei muito vermelho quando meu pai me interrompeu dizendo: "Conheço esses edifícios aí; vi um, são todos parecidos; simplesmente Swann ocupa vários andares, foi Berlier quem os construiu".* Acrescentou que quisera alugar um apartamento num deles mas desistira por achá-los pouco funcionais e com a entrada meio escura; ele disse isso; mas senti instintivamente que meu espírito devia fazer ao prestígio dos Swann e à minha felicidade os sacrifícios necessários, e por um gesto de autoridade interior, apesar do que eu acabava de ouvir, afastei de mim para sempre, como um devoto da *Vida de Jesus*, de Renan, o pensamento dissolvente de que o apartamento deles era um apartamento qualquer onde poderíamos ter morado.

No entanto, nos dias de lanche, elevando-me pela escada degrau a degrau, já despojado de meu pensamento e de minha memória, não sendo mais que o joguete dos reflexos mais vis, eu chegava à área em que o perfume de madame Swann se fazia sentir. Já acreditava ver a majestade do bolo de chocolate, cercado por uma roda de pratos com petits-fours e pequenos guardanapos adamascados cinzentos com desenhos, exigidos pela etiqueta e próprios dos Swann. Mas aquele conjunto imutável e regrado parecia, assim como o universo necessário de Kant, suspenso a um ato supremo de liberdade. Pois quando nós todos estávamos no salãozinho de Gilberte, de repente, olhando as horas, ela dizia:

"Ora vejam, meu almoço já vai longe, e só janto às oito horas, bem que estou com vontade de comer alguma coisa. O que diriam?"

E fazia-nos entrar na sala de jantar, escura como o interior de um Templo asiático pintado por Rembrandt, e onde um bolo arquitetural, tão bonachão e familiar como imponente, parecia reinar ali por mero acaso como num dia qualquer, para a eventualidade de Gilberte ter a fantasia de despojá-lo de sua coroa de ameias de chocolate e derrubar suas muralhas de rampas fulvas e íngremes, cozidas ao forno como os bastiões do palácio de Dario. Mais ainda, para proceder à destruição da pastelaria ninivita, Gilberte não consultava apenas sua fome; informava-se também da minha, enquanto extraía para mim, do monumento desmoronado, toda uma parede envernizada e compartimentada de frutas escarlates, ao gosto oriental. Até me perguntava a que horas meus pais jantavam, como se eu

---

* Jean-Baptiste Berlier (1843-1911), engenheiro francês que inventou o *pneumatique*, um sistema de envio de cartas por meio de uma rede postal de tubos de ar comprimido, é menos conhecido como arquiteto.

ainda soubesse, como se a perturbação que me dominava deixasse persistir a sensação de inapetência ou de fome, a noção de jantar ou a imagem da família, em minha memória vazia e em meu estômago paralisado. Uma pena que essa paralisia fosse apenas momentânea. Chegaria um instante em que eu teria de digerir os bolos que comia sem perceber. Mas esse momento ainda estava longe. Gilberte preparava o "meu chá". Eu o bebia infinitamente, quando uma só xícara me impedia de dormir por vinte e quatro horas. Por isso, minha mãe costumava dizer: "Que amolação, esse menino não pode ir aos Swann sem voltar doente!". Mas sabia eu, quando estava nos Swann, que era por causa do chá que bebia? Tivesse sabido, o teria tomado do mesmo jeito, pois admitindo que houvesse recuperado um instante o discernimento do presente, isso não me teria devolvido a lembrança do passado e a previsão do futuro. Minha imaginação não era capaz de alcançar o tempo distante em que poderia ter a ideia de me deitar e a necessidade do sono.

As amigas de Gilberte não estavam todas mergulhadas nesse estado de embriaguez em que uma decisão é impossível. Algumas recusavam o chá! Então Gilberte dizia, frase muito corriqueira nessa época: "Decididamente, meu chá não faz sucesso!". E para suprimir ainda mais a ideia de cerimônia, desarrumava a ordem das cadeiras em torno da mesa e dizia: "Até parece um casamento; meu Deus, como os criados são idiotas".

Beliscava alguma coisa, sentada de banda numa cadeira em forma de x e posta atravessada. E como se pudesse ter à disposição tantos petits-fours sem precisar pedir licença à mãe, quando madame Swann — cujo "dia" em geral coincidia com os lanches de Gilberte —, depois de acompanhar à porta uma visita, entrava um momentinho, correndo, às vezes vestida de veludo azul, quase sempre num vestido de cetim preto coberto de rendas brancas, dizia com ar surpreso:

"Nossa, parece gostoso o que vocês estão comendo aí, me dá fome vê-los comer um cake.

— Pois é, mamãe, nós a convidamos, respondia Gilberte.

— Ah, não, meu tesouro, o que diriam as minhas visitas, ainda tenho madame Trombert, madame Cottard e madame Bontemps, você sabe que a querida madame Bontemps não faz visitas muito curtas, e acaba de chegar. O que todas essas boas almas diriam se não me vissem voltar? Se não vier mais ninguém, volto para conversar com vocês (o que vai me divertir muito mais) quando elas forem embora. Acho que mereço ficar um pouco tranquila, tive quarenta e cinco visitas, e das quarenta e cinco houve quarenta e duas que falaram do quadro de Gerôme!* Mas venha um dia desses, disse-me, tomar o *seu* chá com Gilberte, ela o preparará como você aprecia, como o toma no seu pequeno 'studio'",** acrescentou, escapulindo para ir ver suas visitas, como se o que eu tivesse ido buscar naquele mundo misterioso fosse tão conhecido de mim quanto meus próprios hábitos (mesmo o de tomar chá, se é que algum dia o tomara; quanto a um "studio", eu não tinha muita certeza se tinha um ou não). "Quando virá? Amanhã? Faremos toasts tão boas como as do Colombin. Não? Você é muito mau!", ela dizia, pois desde que também começara a ter um salão, assumira as maneiras de madame Verdurin, seu tom de despotismo dengoso. De resto, como as toasts me eram tão desconhecidas como Colombin, essa promessa nada poderia acrescentar à minha tentação. Como todos falam assim, e agora talvez até em Combray, pode parecer estranho que eu não tenha compreendido no primeiro minuto a quem madame Swann se referia quando a ouvi me elogiar nossa velha "nurse".*** Eu não sabia inglês, mas logo entendi que essa palavra designava Françoise. Eu que, nos Champs-Elysées, tive tanto medo da desagradável impressão que ela iria causar, soube por madame Swann que fora tudo o que Gilberte lhe contara sobre minha "nurse" que despertara nela e no marido simpatia por mim. "Sente-se que lhe é tão dedicada, que é tão boa!" (Logo mudei inteiramente de opinião sobre Françoise. A consequência foi que ter uma preceptora com capa de chuva e penacho já não me pareceu coisa tão necessária.) Finalmente, compreendi por algumas palavras que escaparam de madame Swann

---

* Jean-Léon Gerôme (1824-1904), inimigo declarado dos impressionistas, é escolhido aqui como pintor favorito dos "mundanos", mas nesse momento já tinha abandonado a pintura, dedicando-se apenas à escultura.

** *Studio* era então apenas um ateliê de artista, e não um pequeno apartamento.

*** O termo, introduzido na França nos anos 1870 para designar uma governanta inglesa, só no fim do século foi empregado como "enfermeira" ou "babá". Madame Swann recorre a expressões inglesas de vanguarda em sua época.

sobre madame Blatin, cuja bondade ela reconhecia mas cujas visitas temia, que relações pessoais com essa senhora não me teriam sido tão preciosas como eu acreditara e em nada melhorariam minha situação com os Swann.

Se eu já começara a explorar com esses estremecimentos de respeito e alegria o terreno feérico que contra toda expectativa abrira diante de mim suas avenidas até então fechadas, era, porém, apenas como amigo de Gilberte. O reino em que era recebido estava, por sua vez, contido em outro ainda mais misterioso, em que Swann e sua mulher levavam sua vida sobrenatural, e para o qual se dirigiam depois de terem me apertado a mão quando atravessavam a antecâmara ao mesmo tempo que eu, em sentido contrário. Mas logo também penetrei no coração do Santuário. Por exemplo, Gilberte não estava lá, o senhor ou a senhora Swann estavam em casa. Tinham perguntado quem tocara a campainha, e, ao saber que era eu, me haviam pedido para entrar um instante e ir ter com eles, desejando que eu exercesse neste ou naquele sentido, para uma ou outra coisa, minha influência sobre a filha. Lembrava-me daquela carta tão completa, tão persuasiva, que outrora eu escrevera a Swann e a que ele nem mesmo se dignara a responder. Admirava a impotência do espírito, do raciocínio e do coração em operar a menor conversão, em resolver uma só dessas dificuldades, que depois a vida, sem que se saiba sequer como o faz, tão facilmente resolve. Minha nova posição de amigo de Gilberte, dotado de excelente influência sobre ela, agora me fazia beneficiar-me da mesma simpatia que se teria por um colega, num colégio em que me classificassem em primeiro lugar, do filho de um rei, e devesse a esse acaso minhas pequenas incursões ao Palácio e audiências na sala do Trono; Swann, com infinita benevolência e como se não estivesse sobrecarregado de gloriosas ocupações, fazia-me entrar em sua biblioteca e ali me deixava por uma hora responder com balbucios, silêncios de timidez cortados de breves e incoerentes ímpetos de coragem, a considerações de que minha emoção me impedia de compreender uma só palavra; mostrava-me objetos de arte e livros que ele achava capazes de me interessar e que de antemão eu não duvidava que ultrapassassem em beleza, infinitamente, todos os que o Louvre e a Biblioteca Nacional possuíssem mas que me era impossível olhar. Nesses momentos, teria sido um prazer se seu mordomo me pedisse que lhe desse meu relógio, meu alfinete de gravata, minhas botinas e que assinasse um termo reconhecendo-o como meu herdeiro; segundo a bela expressão popular, cujo autor não se conhece mas que como as mais célebres epopeias, e contrariamente à teoria de Wolf, certamente teve um (um daqueles espíritos inventivos e modestos que aparecem todo ano e fazem achados como "pôr um nome numa cara" mas que não dão a conhecer seus próprios nomes), *eu já não sabia o que estava fazendo.* No máximo, espantava-me, quando a visita se prolongava, a que vazio de realização, a que ausência de conclusão feliz, levavam aquelas horas vividas na mansão encantada. Mas minha decepção não decorria da insuficiência de obras-primas mostradas nem da impossibilidade de fixar-lhes um olhar distraído. Pois não era a beleza intrínseca das coisas que tornava milagroso para mim estar no gabinete de Swann, era a aderência a essas coisas — que poderiam ser as mais feias do mundo — do sentimento particular, triste e voluptuoso que ali eu localizava fazia tantos anos e que ainda o impregnava; da mesma maneira, a profusão de espelhos, escovas de prata, altares a santo Antônio de Pádua esculpidos e pintados pelos maiores artistas, seus amigos, nada tinham a ver com o sentimento de minha indignidade e de sua benevolência régia que me era inspirado quando madame Swann me recebia um instante em seu quarto onde três belas e imponentes criaturas, sua primeira, sua segunda e sua terceira camareira preparavam, sorridentes, toaletes maravilhosas, e quando, obedecendo à ordem proferida pelo lacaio de calções curtos de que madame desejava me dar uma palavrinha, eu me dirigia a esse quarto pelo caminho sinuoso de um corredor todo perfumado à distância por essências preciosas que exalavam incessantemente do toucador seus eflúvios cheirosos.

Depois que madame Swann voltava para junto de suas visitas ainda a ouvíamos falar e rir, pois mesmo diante de duas pessoas, e como se tivesse de enfrentar todos os "camaradas", ela alteava a voz, lançava os motes, como tantas vezes ouvira a "patroa" fazer no pequeno clã nos momentos em que esta "dirigia a conversa". Como as expressões que recentemente tomamos emprestadas aos outros são as que, ao menos por certo tempo, mais gostamos de usar, madame Swann escolhia, ora as que aprendera com pessoas distintas que seu marido não conseguira evitar apresentar-lhe (era dessa gente que ela imitava o maneirismo que consiste em suprimir o artigo ou o pronome demonstrativo antes de um adjetivo que qualifica uma pessoa), ora outras mais vulgares (por exemplo: "É um nada!", expressão favorita de uma de suas amigas), e tentava introduzi-las em todas as histórias que, segundo um hábito contraído no "pequeno clã", gostava de contar. Depois, dizia de bom grado: "Adoro essa história", ou "Ah! Confessem, é uma história muito *bela*!"; o que lhe vinha, pelo marido, dos Guermantes que ela não conhecia.

Madame Swann deixara a sala de jantar, mas seu marido, que acabava de entrar, fazia por sua vez uma aparição junto a nós. "Sabe se sua mãe está sozinha, Gilberte? — Não, ela ainda tem gente, papai. — Como assim, ainda? Às sete horas! É terrível. A pobre mulher deve estar alquebrada. É odioso. (Em casa eu sempre ouvira, em *odioso*, pronunciar o *o* longo — *odiooso* —, mas o senhor e a senhora Swann diziam *odioso*, com o *o* breve.) Imagine, desde as duas da tarde!, ele recomeçou, virando-se para mim. E Camille me dizia que entre quatro e cinco vieram bem umas doze pessoas. Que digo, doze, acho que ele me disse catorze. Não, doze; bem, já não sei. Quando voltei, não pensava que fosse o dia dela, e ao ver todos esses carros diante da porta, imaginei que havia um casamento no edifício. E desde que estou em minha biblioteca os toques de campainha não pararam; palavra de honra, estou com dor de cabeça. E ainda há muita gente perto dela? — Não, duas visitas apenas. — Sabe quem? — Madame Cottard e madame Bontemps. — Ah! A mulher do chefe de gabinete do ministro das Obras Públicas. — Eu sei que o marido dela é funcionário dum ministério mas não sei o que é que ele faz lá não — disse Gilberte fazendo-se de criança.

— O que é isso, bobinha, está falando como se tivesse dois anos. O que está dizendo: funcionário de um ministério? Ele é simplesmente chefe de gabinete, chefe de todo o negócio, e mais, onde estou com a cabeça, palavra, sou tão distraído como você, ele não é chefe de gabinete, é *diretor* de gabinete.

— Sei lá eu; então é muito ser diretor de gabinete?", respondeu Gilberte, que nunca perdia ocasião de manifestar indiferença por tudo o que motivava a vaidade dos pais (podia, aliás, pensar que assim apenas realçava uma relação tão brilhante, dando a impressão de não lhe atribuir muita importância.)

"E como é muito!", exclamava Swann, que preferia a essa modéstia, que poderia ter me deixado na dúvida, uma linguagem mais explícita. "Mas é, simplesmente, o primeiro depois do ministro! É até mais que o ministro, pois é quem faz tudo. Aliás, consta que é uma sumidade, um homem de primeira categoria, um indivíduo muitíssimo distinto. É oficial da Legião de Honra. É um homem delicioso, e até mesmo um bonito rapaz."

Sua mulher, aliás, casara-se com ele contra tudo e contra todos porque era um "encanto de criatura". Tinha, o que pode bastar para constituir um conjunto raro e delicado, uma barba loura e sedosa, bonitas feições, uma voz anasalada, a respiração forte e um olho de vidro.

"Vou lhe dizer, acrescentava dirigindo-se a mim, que me divirto muito em ver essas pessoas no governo atual, porque são os Bontemps, da casa Bontemps-Chenut, o tipo da burguesia reacionária, clerical, de ideias tacanhas. Seu pobre avô conheceu bem, ao menos de reputação e de vista, o velho Chenut, que só dava aos cocheiros um vintém de gorjeta, embora fosse rico para a época, e o barão Bréau-Chenut. Toda a fortuna naufragou no craque da Union Générale,* você ainda é muito jovem para ter conhecido isso, e, diachos, todos se recuperaram como puderam.

— É o tio de uma pequena que frequentava o meu colégio, numa turma bem abaixo da minha, a famosa 'Albertine'. Ela com toda a certeza vai ser muito 'fast',** mas enquanto isso tem um jeito muito engraçado.

— Ela é espantosa, essa minha filha, conhece todo mundo.

— Não a conheço. Apenas a via passar, gritavam Albertine para cá, Albertine para lá. Mas conheço madame Bontemps, e ela também não me agrada nada.

— Está muito enganada, ela é um amor, bonita, inteligente. É até espirituosa. Vou lá cumprimentá-la, perguntar-lhe se seu marido acredita que vamos ter guerra, e se podemos contar com o rei Teodósio. Ele deve saber isso, não é, ele que está no segredo dos deuses?"***

---

* Referência ao craque da Société de l'Union Générale, em 1882, que provocou por muitos anos a desconfiança dos poupadores com os investimentos industriais.

** *Fast*, em inglês "rápido", na época significava "muito livre", "na moda", e seria o equivalente de *in*.

*** Transposição de uma situação da época, quando os franceses indagavam se haveria guerra contra a Alemanha e se poderiam contar com o tsar Nicolau II.

Não era assim que Swann falava antigamente; mas quem não viu princesas reais muito simples que se deixaram sequestrar por um criado de quarto e dez anos depois, quando tentam rever pessoas da sociedade e sentem que os outros não vão de bom grado à casa delas, adotam espontaneamente a linguagem de velhas enjoadas? E quando se cita uma duquesa na moda quem não as ouviu dizer: "Ela estava ontem em casa", e: "Vivo muito retirada"? Por isso, é inútil observar os costumes, pois é possível deduzi-los das leis psicológicas.

Os Swann faziam parte desses cuja casa não é muito frequentada; a visita, o convite, uma simples palavra amável de pessoas um pouco marcantes eram para eles um acontecimento a que desejavam dar publicidade. Se por falta de sorte os Verdurin estivessem em Londres quando Odette oferecera um jantar um bocado brilhante, dava-se um jeito para que, por algum amigo comum, a notícia lhes fosse telegrafada para o outro lado da Mancha. Nem sequer as cartas e os telegramas lisonjeiros recebidos por Odette, os Swann eram capazes de guardar para si. Falavam deles aos amigos, faziam-nos passar de mão em mão. O salão dos Swann parecia, assim, esses hotéis de estações de águas onde se afixam os telegramas de notícias.

Aliás, as pessoas que tinham conhecido o antigo Swann não só fora da alta-roda, como eu o conhecera, mas também na alta-roda, naquele círculo dos Guermantes onde, com exceção das altezas e duquesas, todos eram de uma exigência infinita quanto ao espírito e ao encanto, onde se proferia a exclusão de homens eminentes considerados enfadonhos ou vulgares, aquelas pessoas poderiam se espantar ao verificar que o antigo Swann deixara de ser não apenas discreto quando falava de suas relações, como difícil quando se tratava de escolhê-las. Como madame Bontemps, tão vulgar, tão maledicente, não o exasperava? Como podia ele declarar que era agradável? Parecia que a lembrança do círculo dos Guermantes deveria tê-lo impedido de fazer isso; na verdade, ajudava-o. Sem dúvida, entre os Guermantes, ao contrário do que ocorre em três quartos dos ambientes mundanos, havia bom gosto, um bom gosto até mesmo requintado, mas também esnobismo, donde a possibilidade de uma interrupção momentânea no exercício do gosto. Quando se tratava de alguém não indispensável a esse círculo, de um ministro das Relações Exteriores, republicano um pouco solene, de um acadêmico tagarela, o bom gosto se exercia a fundo contra ele, Swann lamentava que madame de Guermantes tivesse jantado ao lado de tais convivas numa embaixada, e a eles preferia mil vezes um homem elegante, isto é, um homem do meio dos Guermantes, um inútil mas que possuísse o espírito dos Guermantes, alguém da mesma capela. Simplesmente, uma grã-duquesa, uma princesa de sangue, se jantasse muitas vezes na casa de madame de Guermantes, então terminava também fazendo parte dessa capela, sem ter nenhum direito a isso, sem em nada possuir seu espírito. Mas com a ingenuidade dos mundanos, já que a recebiam eles se empenhavam em achá-la agradável, pois não podiam dizer que era porque a achavam agradável que a recebiam. Swann, indo socorrer madame de Guermantes, dizia-lhe quando a alteza saía: "No fundo é uma boa mulher, e tem até um certo sentido do cômico. Meu Deus, não penso que tenha aprofundado a *Crítica da razão pura*, mas não é desagradável.

— Sou inteiramente de sua opinião, respondia a duquesa. E ainda estava intimidada, mas verá que pode ser um encanto. — É bem menos maçante que madame xj (a mulher do acadêmico tagarela, a qual era notável), que nos cita vinte volumes. — Mas não há sequer comparação possível". A faculdade de dizer tais coisas, de dizê-las sinceramente, Swann a adquirira na casa da duquesa, e a conservara. Agora empregava-a a respeito das pessoas que recebia. Esforçava-se para distinguir, para apreciar as qualidades que todo ser humano revela se é examinado com um sentimento favorável e não com a aversão dos exigentes; valorizava os méritos de madame Bontemps, como outrora os da princesa de Parma, a qual deveria ter sido excluída do círculo dos Guermantes se neste não houvesse entrada de favor para certas altezas e se, mesmo quando delas se tratasse, só se houvesse considerado de verdade o espírito e um certo charme. Já se viu, aliás, que outrora Swann tinha o gosto (de que agora fazia apenas uma aplicação mais duradoura) de trocar sua posição mundana por outra que em certas circunstâncias mais lhe convinha. Só as pessoas incapazes de decompor, em sua percepção, o que à primeira vista parece indivisível acreditam que a situação forma um só corpo com a pessoa. Um mesmo ser, considerado em momentos sucessivos de sua vida, mergulha, nos diferentes graus da escala social, em ambientes que não são forçosamente cada vez mais elevados; e sempre que em outro período da vida estabelecemos, ou restabelecemos, laços com certo meio em que nos sentimos muito estimados, começamos naturalmente a nos apegar a ele, onde deitamos raízes humanas.

No que respeita a madame Bontemps, também creio que Swann, falando dela com essa insistência, não se aborreceria ao pensar que, assim, meus pais ficariam sabendo que ela costumava visitar sua mulher. A bem da verdade, em casa o nome das pessoas que madame Swann ia pouco a pouco conhecendo despertava mais curiosidade que admiração. Diante do nome de madame Trombert, minha mãe dizia:

"Ah! Mas essa aí é uma nova recruta, e que lhe levará outras."

E quando se comparava com uma guerra colonial o modo um pouco sumário, rápido e violento como madame Swann conquistava suas relações, mamãe acrescentava:

"Agora que os Trombert foram subjugados, as tribos vizinhas não tardarão a se render."

Quando cruzava na rua com madame Swann, dizia-nos ao voltar:

"Avistei madame Swann em pé de guerra, devia estar partindo para alguma ofensiva frutífera contra os masséchutos,* os cingaleses ou os Trombert."

E todas as pessoas novas que eu lhe dizia ter visto naquele meio um pouco heterogêneo e artificial para onde costumavam ser levadas com bastante dificuldade e vindas de mundos um tanto diferentes, ela adivinhava de imediato sua origem e falava delas como teria falado de troféus conquistados a muito custo; dizia:

"Trazido de uma Expedição contra os Fulanos de Tal."

Quanto a madame Cottard, meu pai admirava-se que madame Swann pudesse encontrar alguma vantagem em atrair essa burguesa pouco elegante, e dizia: "Apesar da situação do professor, confesso que não entendo". Já minha mãe, ao contrário, compreendia muito bem; sabia que grande parte dos prazeres que uma mulher encontra em penetrar num meio diferente daquele onde vivia outrora lhe faltaria se não pudesse informar suas antigas relações a respeito das novas, razoavelmente mais brilhantes, pelas quais as substituiu.

---

* Termo provavelmente inventado. Em versão anterior do texto, Proust escreveu: "*les Machutoland*".

Para isso, é necessária uma testemunha que se deixe penetrar nesse mundo novo e delicioso, como numa flor um inseto zumbidor e volúvel, que em seguida, ao acaso de suas visitas, espalhará, pelo menos é o que se espera, a notícia, o germe de inveja e admiração, ali roubado. Madame Cottard, perfeitamente indicada para cumprir esse papel, entrava nessa categoria especial de convidados que mamãe, que herdara certos aspectos do jeito espirituoso de seu pai, chamava de "Estrangeiro, vai dizer aos espartanos!".* Por sinal — além de outra razão que só se soube muitos anos depois —, madame Swann, ao convidar essa amiga bondosa, reservada e modesta, não temera introduzir em sua casa, durante seus "dias" brilhantes, uma traidora ou uma concorrente. Sabia o número enorme de cálices burgueses que aquela ativa operária podia, quando estava armada da egrete e do porta-cartões, visitar numa só tarde. Conhecia seu poder de disseminação e, baseando-se no cálculo das probabilidades, tinha fundamentos para pensar que, muito provavelmente, certo habitué dos Verdurin ficaria sabendo, já dois dias depois, que o governador de Paris deixara cartões em sua casa, ou que o próprio senhor Verdurin ouvira contar que o senhor Le Haut de Pressagny, presidente do Concurso Hípico, os levara, a ela e a Swann, à recepção de gala do rei Teodósio; supunha que os Verdurin estivessem informados apenas desses dois acontecimentos lisonjeiros para ela, porque as materializações específicas que encarnamos e com que perseguimos a glória são pouco numerosas, por culpa de nosso espírito, incapaz de imaginar ao mesmo tempo todas as formas que, aliás, bem esperamos — no conjunto — que essa glória não deixará de revestir para nós.

Aliás, madame Swann só obtivera resultados no que se chamava de "mundo oficial". As mulheres elegantes não iam à sua casa. Não era a presença de notabilidades republicanas que as afugentava. Em meus tempos de criança, tudo o que pertencia à sociedade conservadora era da alta-roda, e num salão bem-visto não se poderia receber um republicano. As pessoas que viviam em tal ambien-

---

* Referência a um verso de Simônides de Ceos, gravado numa pedra do desfiladeiro das Termópilas depois da morte de Leônidas e dos espartanos que tentaram deter o exército de Xerxes: "Estrangeiro, vai dizer aos espartanos que aqui nós repousamos pela lei de Esparta".

te imaginavam que a impossibilidade de algum dia convidar um "oportunista",* com mais razão ainda um terrível "radical", era coisa que duraria para sempre, como as lamparinas a óleo e os ônibus puxados a cavalo. Mas, tal como os caleidoscópios que giram de vez em quando, a sociedade arranja sucessivamente de modo distinto elementos que se imaginavam imutáveis e compõe outra figura. Eu ainda não tinha feito a minha primeira comunhão e senhoras bem-pensantes já ficavam estupefatas ao encontrar, em visita à minha casa, uma judia elegante. Essas arrumações novas do caleidoscópio são produzidas pelo que um filósofo chamaria de mudança de critério. O caso Dreyfus trouxe um novo, numa época um pouco posterior àquela em que eu começava a ir à casa de madame Swann, e o caleidoscópio revirou mais uma vez seus pequenos losangos coloridos. Tudo o que era judeu passou para baixo, mesmo que fosse a senhora elegante, e nacionalistas obscuros subiram, para ocupar seu lugar. O salão mais brilhante de Paris foi o de um príncipe austríaco e ultracatólico. Tivesse, em lugar do caso Dreyfus, sobrevindo uma guerra contra a Alemanha, a volta do caleidoscópio teria sido no sentido contrário. Se os judeus, para surpresa geral, houvessem mostrado que eram patriotas, teriam conservado sua posição e mais ninguém desejaria ir nem sequer confessar ter ido um dia à casa do príncipe austríaco. Isso não impede que sempre que a sociedade está momentaneamente imóvel, os que vivem nela imaginem que nenhuma mudança nunca mais acontecerá, assim como, tendo visto o início do telefone, não querem acreditar no aeroplano. No entanto, os filósofos do jornalismo difamam o período anterior, não só o tipo de prazeres que se cultivavam e lhes parece a última palavra da corrupção, como até as obras dos artistas e filósofos que, a seus olhos, não têm mais nenhum valor, como se estivessem indissoluvelmente ligadas às modalidades sucessivas da frivolidade mundana. A única coisa que não muda é que parece, sempre, que "algo mudou na França". Na época em que eu ia à casa de madame Swann, o caso Dreyfus ainda não havia estourado, e certos grandes judeus eram

---

* Os "oportunistas" foram, no início da Terceira República, os moderados do Partido Republicano que, sob a liderança de Léon Gambetta, colaboraram com os monarquistas para elaborar a Constituição. Opuseram-se aos "radicalistas", do mesmo partido. Governaram a França de 1879 a 1885.

muito poderosos. Nenhum era mais do que sir Rufus Israels, cuja mulher, Lady Israels, era tia de Swann. Ela não tinha, pessoalmente, amigos íntimos tão elegantes como seu sobrinho que, por outro lado, como não a apreciava, jamais a cultivara muito, embora devesse ser seu provável herdeiro. Mas era a única parenta de Swann que tinha consciência da posição mundana dele, pois os outros parentes sempre se mantiveram, a esse respeito, na mesma ignorância que por muito tempo fora a nossa. Quando um dos membros de uma família emigra para a alta sociedade — o que lhe parece um fenômeno único, mas o que a dez anos de distância ele verifica ter sido realizado de outra maneira e por motivos diferentes por mais de um rapaz com quem foi criado —, descreve em torno de si uma zona de sombra, uma *terra incognita*, muito visível em suas menores nuances para todos os que a habitam, mas apenas noite e puro nada para os que nela não penetram e a ladeiam sem desconfiar de sua existência. Como nenhuma Agência Havas informou às primas de Swann sobre as pessoas que ele frequentava, era (antes de seu horrível casamento, bem entendido) com sorrisos de condescendência que umas contavam às outras, nos jantares de família, que tinham "virtuosamente" empregado o domingo indo visitar o "primo Charles", a quem, achando-o um pouco invejoso e parente pobre, chamavam espirituosamente, jogando com o título do romance de Balzac, de "Le Cousin Bête".* Lady Rufus Israels, de seu lado, sabia maravilhosamente bem quem eram essas pessoas que prodigalizavam a Swann uma amizade da qual tinha ciúme. A família de seu marido, que era mais ou menos o equivalente dos Rothschild, cuidava desde várias gerações dos negócios dos príncipes de Orléans. Lady Israels, imensamente rica, gozava de grande influência da qual se servira para que nenhum conhecido seu recebesse Odette. Uma só pessoa desobedecera, às escondidas. Foi a condessa de Marsantes. Ora, quis a má sorte que quando Odette foi fazer uma visita a madame de Marsantes, Lady Israels lá entrou quase ao mesmo tempo. Madame de Marsantes ficou pisando em ovos. Com a covardia das pessoas que, porém, tudo poderiam se permitir, não dirigiu uma só vez a palavra a Odette, que a partir daí não foi encorajada a levar mais longe

---

* "Le Cousin Bête": "O primo besta", ou "estúpido", em alusão ao título de Balzac: *La Cousine Bette* (A prima Bette).

a incursão num mundo que, de resto, não era de modo algum aquele onde gostaria de ser recebida. Nesse seu completo desinteresse pelo Faubourg Saint-Germain, Odette continuava a ser a cocote iletrada bem diferente dos burgueses exímios nos menores meandros da genealogia e que matam na leitura das antigas memórias a sede das relações aristocráticas que a vida real não lhes fornece. E por outro lado, Swann continuava sem dúvida a ser o amante a quem todas essas peculiaridades de uma antiga amante parecem agradáveis ou inofensivas, pois várias vezes ouvi sua mulher proferir verdadeiras heresias mundanas sem que (por um resto de ternura, uma falta de estima, ou preguiça de aperfeiçoá-la) ele tentasse corrigi-las. Talvez também se tratasse de uma forma daquela simplicidade que por tanto tempo nos enganara em Combray e que agora, como continuasse a conhecer, ele pelo menos, pessoas muito brilhantes, o levava a não fazer questão de demonstrar, nas conversas no salão de sua mulher, que lhes dava alguma importância. Aliás, para Swann tinham cada vez menos, pois o centro de gravidade de sua vida se deslocara. Em todo caso, a ignorância de Odette em matéria de alta sociedade era tamanha que, se o nome da princesa de Guermantes surgia na conversa depois do nome da duquesa, sua prima, ela dizia: "Ora veja, esses aí são príncipes, portanto foram promovidos". Se alguém dizia: "o príncipe", referindo-se ao duque de Chartres, ela retificava: "O duque, ele é duque de Chartres, e não príncipe". Quanto ao duque d'Orléans, filho do conde de Paris, dizia: "Que engraçado, o filho é mais do que o pai", acrescentando, como era anglômana: "A gente se atrapalha nessas 'Royalties'"; e a uma pessoa que lhe perguntava de que província eram os Guermantes, ela respondeu: "Do Aisne".*

Aliás, Swann era cego no que se referia a Odette, não só diante dessas lacunas de sua educação mas também diante da mediocridade de sua inteligência. Mais ainda, sempre que Odette contava uma história boba, Swann ouvia a mulher com uma condescendência, um deleite, quase uma admiração em que deviam entrar restos de volúpia; ao passo que, na mesma conversa, o que ele mesmo podia dizer de fino, até mesmo de profundo, costumava ser logo ouvido por Odette sem interesse, bastante depressa, com impaciência e às

---

* O erro de Odette é citar o nome de um departamento francês, o Aisne, quando lhe perguntavam o nome da província.

vezes contraditado com severidade. E há que se concluir que essa sujeição da elite à vulgaridade é a regra em muitos casais, caso se pense, inversamente, em tantas mulheres superiores que se deixam encantar por um casca-grossa, censor implacável de suas mais delicadas palavras, ao passo que elas se extasiam, com a indulgência infinita da ternura, diante de seus gracejos mais banais. Para voltar às razões que nessa época impediram Odette de penetrar no Faubourg Saint-Germain, há que se dizer que a mais recente volta do caleidoscópio mundano fora provocada por uma série de escândalos. Damas a cuja casa se ia com toda a confiança haviam sido reconhecidas, afinal, como mulheres da vida, espiãs inglesas. Por algum tempo iria se pedir às pessoas, pelo menos assim se pensava, para serem, antes de tudo, ponderadas, e com sólida reputação... Odette representava tudo aquilo com que se acabava de romper e, aliás, imediatamente reatar (pois como os homens não mudam de um dia para outro, procuram no novo regime a continuação do antigo), mas de uma forma diferente que permitisse às pessoas serem enganadas e acreditarem que já não era a mesma sociedade de antes da crise. Ora, Odette se assemelhava demais às senhoras "queimadas" daquela sociedade. A gente da alta-roda é muito míope; no momento em que cortam todas as relações com as senhoras israelitas que conhecem, enquanto ficam pensando como preencher esse vazio percebem, trazida ali como que por uma noite de temporal, uma senhora nova, também israelita; mas graças à novidade, seu espírito não a associa, como as anteriores, ao que acreditam que devem detestar. Ela não pede que respeitem seu Deus. Adotam-na. Não se tratava de antissemitismo na época em que comecei a ir à casa de Odette. Mas ela se assemelhava àquilo de que por algum tempo se desejava fugir.

Swann, esse, costumava visitar algumas de suas relações de antigamente e que por conseguinte pertenciam, todas, à mais alta sociedade. Mas quando nos falou das pessoas que acabava de visitar, observei que entre as que conhecera no passado a escolha que fazia guiava-se por essa mesma espécie de gosto, meio artístico meio histórico, que inspirava o colecionador que ele era. Ao observar que costumava ser esta ou aquela senhora desclassificada que o interessava, porque fora amante de Liszt ou porque um romance de Balzac fora dedicado à sua avó (assim como ele comprava um desenho se

Chateaubriand o tivesse descrito), veio-me a desconfiança de que em Combray havíamos substituído o erro de acreditar que Swann era um burguês que não frequentava a sociedade por outro, este o de acreditar que era um dos homens mais elegantes de Paris. Ser amigo do conde de Paris não significa nada. Quantos são esses "amigos de príncipes" que não seriam recebidos num salão um pouco fechado? Príncipes sabem que são príncipes, não são esnobes e, aliás, consideram-se tão acima dos que não são de seu sangue que aristocratas e burgueses lhes parecem quase no mesmo nível, abaixo deles.

Swann, por sinal, não se contentava em procurar na sociedade, tal como ela existe, e apegando-se aos nomes que nela o passado inscreveu e ainda se podem ler, um simples prazer de letrado e artista; saboreava um divertimento bastante vulgar quando formava como que ramalhetes sociais reunindo elementos heterogêneos, juntando pessoas colhidas aqui e acolá. Essas experiências de divertida sociologia (ou que Swann assim considerava) não tinham repercussão idêntica — pelo menos de modo constante — entre todas as amigas de sua mulher. "Tenciono convidar juntos os Cottard e a duquesa de Vendôme", dizia ele, rindo, a madame Bontemps, com o ar guloso de um gourmet que tenciona e quer tentar substituir num molho cravos-da-índia por pimenta-de-caiena. Ora, esse projeto que aos Cottard pareceria de fato risível, no sentido antigo da palavra, tinha o dom de exasperar madame Bontemps. Recentemente ela fora apresentada pelos Swann à duquesa de Vendôme, o que achara tão agradável como natural. Gabar-se junto aos Cottard, contando-lhes isso, não fora a parte menos saborosa de seu prazer. Mas assim como os novos condecorados que, tão logo o são, gostariam de ver fechar-se de vez a torneira das condecorações, madame Bontemps desejaria que, depois dela, ninguém de seu círculo pessoal fosse apresentado à princesa. Amaldiçoava em seu íntimo o gosto depravado de Swann, que para realizar uma miserável esquisitice estética a fazia dissipar de uma só vez toda a poeira que jogara nos olhos dos Cottard ao lhes falar da duquesa de Vendôme. Como ela própria se atreveria a anunciar ao marido que o professor e sua mulher iam, por sua vez, ter sua parte naquele prazer que lhe gabara como sendo único? Ainda se os Cottard pudessem saber que não eram convidados a sério, mas por divertimento! É verdade que os Bontemps o haviam sido da mesma maneira, mas Swann, que adquirira na aristocracia esse eterno donjuanismo que, entre duas mulheres insignificantes, leva cada uma a crer que é a única amada a sério, falara com madame Bontemps, a respeito da duquesa de Vendôme, como de uma pessoa com quem era perfeitamente indicado que ela jantasse. "Sim, contamos convidar a princesa com os Cottard, disse semanas depois madame Swann, meu marido pensa que essa conjunção poderá resultar em algo divertido", pois se ela conservara do "pequeno núcleo" certos hábitos caros a madame Verdurin, como falar muito alto para ser ouvida por todos os fiéis, em contrapartida empregava certas expressões — como "conjunção" — caras ao círculo dos Guermantes, cuja atração assim sofria, à distância e sem saber, tal como o mar a da Lua, sem porém se aproximar muito dele. "Isso mesmo, os Cottard e a duquesa de Vendôme, não acha que vai ser engraçado?", perguntou Swann. "Acho que não vai dar certo e que só lhe trará aborrecimentos, não se deve brincar com o fogo", respondeu madame Bontemps, furiosa. Ela e o marido foram, aliás, assim como o príncipe de Agrigento, convidados para esse jantar que madame Bontemps e Cottard contaram de duas maneiras, conforme as pessoas a quem se dirigiam. A umas, madame Bontemps de seu lado, Cottard do dele, diziam displicentemente, quando lhes perguntavam quem mais estava no jantar: "Só havia o príncipe de Agrigento, foi muito íntimo". Mas havia o risco de outros estarem mais bem informados (houve até uma vez alguém que dissera a Cottard: "Mas então não estavam também os Bontemps? — Eu tinha esquecido", respondera Cottard, enrubescendo, ao enxerido que, dali em diante, ele classificou na categoria das más-línguas). Para esses aí, os Bontemps e os Cottard adotaram, cada um, sem serem consultados, uma versão cujo quadro era idêntico e em que só seus nomes respectivos eram trocados. Cottard dizia: "Pois é, havia somente os donos da casa, o duque e a duquesa de Vendôme — (sorrindo presunçoso) —, o professor e madame Cottard e, palavra, com os diabos se algum dia se souber por quê, pois estavam lá como macaco em loja de louça o senhor e a senhora Bontemps". Madame Bontemps recitava exatamente o mesmo trecho, só que o senhor e a senhora Bontemps é que eram citados com uma ênfase satisfeita, entre a duquesa de Vendôme e o príncipe de Agrigento, e os zés-ninguéns que, no final, ela acusava de terem eles mesmos se convidado, manchando o conjunto, eram os Cottard.

Swann costumava voltar de suas visitas já quase na hora do jantar. Nesse momento, às seis da tarde, quando outrora se sentia tão infeliz, já não se perguntava o que Odette estaria fazendo, e pouco se inquietava que ela tivesse gente em casa, ou que tivesse saído. Às vezes recordava que muitos anos antes tentara um dia ler através do envelope uma carta endereçada por Odette a Forcheville. Mas essa lembrança não lhe era agradável e, mais que aprofundar a vergonha que sentia, preferia recorrer a uma pequena careta de canto de boca completada, se necessário, por um balanço de cabeça que significava: "Que é que isso me interessa?". Sem dúvida, agora considerava que a hipótese em que tantas vezes se fixara no passado, pela qual só as fantasias de seu ciúme enegreciam a vida, na realidade inocente, de Odette, essa hipótese (em suma benéfica, pois enquanto durara sua doença amorosa ela lhe diminuíra os sofrimentos fazendo-os parecer imaginários) não era a verdadeira, que o seu ciúme é que vira claramente, e que se Odette o amara mais do que pensara, também o enganara muito mais. Outrora, quando sofria tanto, jurara a si mesmo que, logo que deixasse de amar Odette e já não temesse aborrecê-la ou levá-la a crer que a amava demais, teria a satisfação de elucidar, por simples amor à verdade e como um ponto de história, se sim ou não Forcheville estava deitado com ela no dia em que tocara e batera na vidraça sem que ninguém lhe abrisse, e em que ela escrevera a Forcheville que fora um tio que chegara. Mas o problema tão interessante que Swann esperava apenas o fim de seu ciúme para tirar a limpo perdera, justamente, todo o interesse a seus olhos quando deixara de ser ciumento. Não imediatamente, porém. Quanto a Odette, ele já não sentia o ciúme que continuava a lhe despertar o dia em que batera em vão, à tarde, na porta do pequeno apartamento da rua La Pérouse. Era como se o ciúme, nisso um pouco semelhante a essas doenças que aparentam ter seu foco, sua fonte de contágio, menos em certas pessoas e mais em certos lugares, em certas casas, não tivesse tanto como objeto a própria Odette mas aquele dia, aquela hora do passado perdido em que Swann batera em todas as entradas da residência de Odette. Era de crer que só aquele dia, só aquela hora é que haviam circunscrito alguns últimos prismas da personalidade amorosa que Swann tivera no passado e que só ali poderia reencontrar. Havia tempo que ele não se preocupava que Odette o tivesse enganado e ainda o enganasse. E no entanto, continuara por alguns anos a procurar antigos empregados de Odette, de tal modo persistira a dolorosa curiosidade de saber se naquele dia, tão antigo, às seis horas, Odette estava deitada com Forcheville. Depois, até essa curiosidade desapareceu, sem porém que suas investigações cessassem. Continuava a tentar saber o que não mais lhe interessava, porque seu antigo eu, chegado à extrema decrepitude, ainda agia mecanicamente, segundo preocupações abolidas, a ponto de Swann já nem sequer conseguir representar essa angústia, tão forte, porém, no passado que não podia imaginar que dela se livraria algum dia, e que só a morte de quem amava (a morte que, como mostrará mais adiante neste livro uma cruel contraprova, em nada diminui os sofrimentos do ciúme) parecia capaz de lhe aplainar a estrada, inteiramente obstruída, de sua vida.

Mas esclarecer um dia os fatos da vida de Odette aos quais devera esses sofrimentos não fora o único desejo de Swann; também deixara de reserva o desejo de vingar-se deles, quando, já não amando Odette, não mais a temeria; ora, justamente, apresentava-se a ocasião de satisfazer esse segundo desejo, pois Swann amava outra mulher, uma mulher que não lhe dava motivos de ciúme mas lhe dava ciúme, porque ele já não era capaz de renovar seu modo de amar, e que o praticado com Odette é que ainda lhe servia para uma outra. Para que o ciúme de Swann renascesse essa mulher não precisava lhe ser infiel, bastava que por uma razão qualquer estivesse longe dele, numa festa por exemplo, e parecesse se divertir. Era o suficiente para despertar-lhe a antiga angústia, lamentável e contraditória excrescência de seu amor, e que afastava Swann do que ela era de verdade, como um objetivo a alcançar (o sentimento real que aquela jovem tinha por ele, o desejo oculto de seus dias, o segredo de seu coração), pois entre Swann e quem ele amava essa angústia interpunha um amontoado refratário de suspeitas anteriores, tendo Odette como causa, ou talvez outra que precedera Odette, e que já não permitiam ao amante envelhecido conhecer sua amante de hoje a não ser através do fantasma antigo e coletivo da "mulher que despertava o seu ciúme" em que ele arbitrariamente encarnava seu novo amor. No entanto, Swann costumava acusar esse ciúme de fazê-lo crer em traições imaginárias; mas então lembrava-se de que ele beneficiara a Odette com o mesmo raciocínio, e erradamente. Assim, tudo o que a jovem que ele amava fazia nas horas em que não estavam juntos deixava de lhe parecer inocente. Mas se no passado jurara, caso um dia deixasse de amar aquela que então não podia supor viesse a ser um dia sua mulher, lhe manifestar implacavelmente sua indiferença enfim sincera para vingar seu orgulho por tanto tempo humilhado, agora essas represálias, que poderia executar sem riscos (pois que lhe importava ser tomado ao pé da letra e privado daqueles encontros a sós com Odette que no passado lhe eram tão necessários?), essas represálias já não lhe interessavam; com o amor, desaparecera o desejo de mostrar que já não tinha amor. E ele que, quando sofria por Odette, tanto desejaria deixá-la ver um dia que estava apaixonado por outra, agora que o poderia fazer tomava mil precauções para que sua mulher não desconfiasse desse novo amor.

Agora eu participava não só daqueles lanches que outrora me entristeciam por ver Gilberte me deixar e regressar mais cedo, mas das saídas que ela dava com a mãe para passear ou para ir a uma matinê, e que, impedindo-a de ir aos Champs-Élysées, tinham me privado dela nos dias em que eu ficava sozinho no gramado ou diante dos cavalinhos de pau; agora, o senhor e a senhora Swann me admitiam nessas saídas, me reservavam um lugar no seu landau e, até mesmo, era a mim que perguntavam se desejava ir ao teatro, a uma aula de dança na casa de uma colega de Gilberte, a uma reunião social em casa dos amigos dos Swann (o que Gilberte chamava "um pequeno meeting"), ou visitar os Túmulos de Saint-Denis.

Nesses dias em que eu devia sair com os Swann, ia à casa deles para o almoço, que madame Swann chamava de lunch; como era convidado só para meio-dia e meia e nessa época meus pais almoçavam às onze e quinze, depois que eles saíam da mesa é que eu me encaminhava para aquele bairro luxuoso, bastante solitário a qualquer hora, mais ainda naquela em que todo mundo ia para casa. Mesmo no inverno e sob a nevada, se fizesse bom tempo, apertando de vez em quando o nó de uma magnífica gravata da loja Charvet e olhando se minhas botinas de verniz não tinham se sujado, eu passeava de um lado para outro pelas avenidas esperando meio-dia e vinte e sete. Avistava de longe, no jardinzinho dos Swann, o sol que fazia brilhar as árvores desnudas como se houvesse geada. É verdade que aquele jardinzinho só possuía duas. A hora imprópria dava um ar novo ao espetáculo. A perspectiva emocionante de almoçar com madame Swann misturava-se a esses prazeres da natureza (avivados pela supressão do hábito, e até pela fome); não os diminuía, e sim, ao dominá-los, os subjugava, tornando-os acessórios mundanos; de modo que, se àquela hora em que de costume eu não os sentia parecia-me descobrir o bom tempo, o frio, a luz hibernal, tudo era como que uma espécie de prefácio aos ovos com creme, como que uma pátina, uma rosada e fresca transparência acrescentadas ao revestimento da capela misteriosa que era a casa de madame Swann, em cujo centro havia, ao contrário, tanto calor, tantos perfumes e flores.

Ao meio-dia e meia, eu me decidia enfim a entrar naquela casa que, como um grande sapatinho de Natal, imaginava que ia me trazer prazeres sobrenaturais. (A palavra "Natal" era, aliás, desconhecida de madame Swann e de Gilberte, que a substituíram por "Christmas", e só falavam do pudding de Christmas, daquilo que lhe tinham oferecido no Christmas, de se ausentar — o que me deixava louco de dor — no Christmas. Mesmo em casa, eu me julgaria desonrado se falasse de Natal, e então só dizia Christmas, o que meu pai achava extremamente ridículo.)

Primeiro, só encontrava um criado de libré que, depois de me fazer atravessar vários salões grandes, me introduzia num bem pequeno, vazio, cuja tarde azul, pelas suas janelas, já fazia sonhar; ficava sozinho em companhia de orquídeas, rosas e violetas que — semelhantes a pessoas que esperam ao nosso lado mas não nos conhecem — guardavam um silêncio ainda mais impressionante por sua individualidade de coisas vivas e recebiam friorentas o calor de um fogo incandescente de carvão, preciosamente colocado atrás de uma vitrine de cristal, numa cuba de mármore branco onde de vez em quando desabavam seus perigosos rubis.

Eu me sentara, mas me levantei precipitadamente ao ouvir abrirem a porta; era apenas um segundo criado de libré, depois um terceiro, e o escasso resultado a que chegaram suas idas e vindas inutilmente emocionantes foi o de repor um pouco de carvão na lareira ou água nos vasos. Foram embora, me vi sozinho depois de fechada a porta que madame Swann acabaria abrindo. E, sem dúvida, ficaria menos perturbado num antro mágico do que naquela saletinha de espera onde o fogo me parecia proceder a transmutações, como no laboratório de Klingsor. Um novo ruído de passos ressoou, levantei-

-me, devia ser mais um criado de libré, e era o senhor Swann. "Como? Está sozinho? Que se há de fazer, minha pobre mulher jamais conseguiu saber o que são horas. Uma menos dez. Cada dia é mais tarde, e verá que ela vai chegar sem se apressar, pensando estar adiantada." E como ele ficara neuroartrítico e tornara-se um pouco ridículo, ter uma mulher tão impontual, que voltava do Bois tão tarde, que perdia a hora na costureira, que nunca chegava a tempo para o almoço, isso inquietava Swann por causa do seu estômago, mas lisonjeava o seu amor-próprio.

Mostrava-me as novas aquisições que fizera e explicava-me o interesse delas, mas a emoção, junto com a falta de hábito de ainda estar em jejum àquela hora, tanto agitava como esvaziava o meu espírito, de modo que eu era capaz de falar, mas não de ouvir. Aliás, para mim, as obras que Swann possuía, bastava que estivessem em sua casa e que fizessem parte da hora deliciosa que precedia o almoço. Estivesse ali a *Gioconda*, e ela não me teria dado mais prazer do que um robe de chambre de madame Swann, ou seus frascos de sais.

Eu continuava esperando, sozinho ou com Swann e, muitas vezes, com Gilberte, que ia nos fazer companhia. A chegada de madame Swann, preparada por tantas majestosas entradas, parecia-me dever ser algo imenso. Eu espiava cada estalido. Mas nunca achamos tão altos como havíamos esperado uma catedral, uma onda na tempestade, o salto de um bailarino; depois daqueles criados de libré, parecidos com os figurantes do cortejo que no teatro prepara, e por isso mesmo rebaixa a aparição final da rainha, madame Swann, ao entrar furtivamente com um paletozinho de lontra, seu veuzinho baixado sobre um nariz avermelhado pelo frio, não cumpria as promessas feitas pela espera à minha imaginação.

Mas se ficasse toda a manhã em casa, quando chegava ao salão estava vestida com um penhoar de crepe da china de cor clara, que me parecia mais elegante que todos os vestidos.

Às vezes os Swann resolviam ficar em casa a tarde toda. E então, como tínhamos almoçado bem tarde, muito depressa eu via no muro do jardinzinho ir declinando o sol daquele dia que me parecera ser diferente dos outros, e por mais que os criados trouxessem candeeiros de todos os tamanhos e formatos, cada um queimando sobre o altar consagrado de um console, de uma jardineira, de uma "cantoneira" ou de uma mesinha, como para a celebração de um culto desconhecido, nada de extraordinário nascia da conversa e eu ia embora decepcionado, como se costuma ficar na infância, depois da missa do galo.

Mas o desapontamento era somente espiritual. Sentia-me radiante de alegria naquela casa onde Gilberte, quando ainda não estava conosco, ia entrar dali a pouco e me concederia, horas a fio, sua palavra, seu olhar atento e sorridente tal como eu o vira pela primeira vez em Combray. No máximo, ficava um pouco ciumento ao vê-la tantas vezes desaparecer em quartos grandes a que se tinha acesso por uma escada interna. Obrigado a permanecer no salão, como o enamorado de uma atriz que tem apenas sua poltrona na plateia e pensa inquieto no que se passa nos bastidores, no foyer dos artistas, eu fazia a Swann, a respeito dessa outra parte da casa, perguntas sabiamente veladas, mas num tom de que não conseguia banir alguma ansiedade. Ele me explicou que a sala aonde ia Gilberte era a rouparia, ofereceu-se para mostrá-la e prometeu-me que toda vez que Gilberte tivesse de ir lá ele a forçaria a me levar. Com essas últimas palavras e o alívio que me proporcionaram, Swann suprimiu abruptamente em mim uma dessas pavorosas distâncias interiores no fim das quais a mulher a quem amamos nos parece tão longe. Nesse momento, senti por ele uma ternura que imaginei mais profunda que minha ternura por Gilberte. Pois, senhor de sua filha, ele me dava Gilberte, e essa aí às vezes se esquivava; eu não tinha diretamente sobre ela o mesmo domínio que tinha, indiretamente, sobre Swann. Além do mais, amava-a e por conseguinte não podia vê-la sem essa perturbação, sem esse desejo de algo a mais, que retira do ser amado a sensação de amar.

Aliás, quase nunca ficávamos em casa; íamos passear. Às vezes, antes de ir se vestir, madame Swann sentava-se ao piano. Saindo de mangas cor-de-rosa ou brancas, quase sempre de cores muito vivas de seu roupão de crepe da china, suas belas mãos alongavam as falanges sobre o piano com essa mesma melancolia que havia em seus olhos e não havia em seu coração. Foi num desses dias que lhe aconteceu tocar-me a parte da Sonata de Vinteuil em que está a pequena frase que Swann tanto amara. Mas muitas vezes não se entende nada, se é uma música um pouco complicada que se escuta pela primeira vez. No entanto, quando mais tarde me tocaram duas ou três vezes essa Sonata, achei que a conhecia perfeitamente. Por isso, não é errado dizer "escutar pela primeira vez". Se realmente nada distinguimos, como tínhamos pensado, na primeira audição, a segunda, a terceira seriam outras tantas primeiras, e não haveria razão para que se compreendesse algo mais na décima. Provavelmente o que falta na primeira vez não é a compreensão, mas a memória. Pois a nossa, relativamente à complexidade das impressões que tem de enfrentar enquanto escutamos, é ínfima, tão curta como a memória de um homem que ao dormir pensa mil coisas que logo esquece, ou de um homem meio caído na infância que não se lembra no minuto seguinte do que acabam de lhe dizer. Dessas impressões múltiplas, a memória é incapaz de nos fornecer imediatamente a lembrança. Mas esta se forma nela pouco a pouco e, em relação às obras que ouvimos duas ou três vezes, somos como o aluno que antes de dormir releu várias vezes uma lição que imaginava não saber e a recita de cor na manhã seguinte. Simplesmente, até aquele dia eu ainda não tinha escutado nada daquela Sonata, e ali onde Swann e sua mulher viam uma frase distinta, esta se mantinha tão longe de minha percepção clara quanto um nome que tentamos relembrar e em cujo lugar só encontramos o nada, um nada do qual uma hora mais tarde, sem que pensemos nisso, vão se lançar por si mesmas, num único salto, as sílabas de início solicitadas em vão. E não só não retemos de imediato as obras verdadeiramente raras, como até mesmo em cada uma delas, e isso me aconteceu com a Sonata de Vinteuil, são as partes menos preciosas que percebemos primeiro. De modo que eu não me enganava apenas ao pensar que a obra não me reservava mais nada (o que fez com que ficasse muito tempo sem tentar ouvi-la), de vez que madame Swann me tocara a sua frase mais famosa (nisso eu era tão estúpido como os que já não esperam se surpreender diante de São Marcos de Veneza porque a fotografia lhes mostrou a forma de suas cúpulas). Porém, bem mais, mesmo quando escutei a Sonata do início ao fim, ela me ficou quase inteiramente invisível, como um monumento de que a distância ou a bruma só deixam perceber umas poucas partes. Daí a melancolia que se prende ao conhecimento de tais obras, como de tudo o que se realiza no tempo. Quando se revelou para mim o que há de mais oculto na Sonata de Vinteuil, aquilo que eu, arrastado pelo hábito mais além das influências de minha sensibilidade, distinguira e preferira de início já começava a me escapar, a fugir de mim. Por só ter conseguido amar em tempos sucessivos tudo o que aquela Sonata me trazia, jamais a possuí inteiramente: ela se assemelhava à vida. Mas, menos decepcionantes que a vida, essas grandes obras-primas não começam por nos dar o que têm de melhor. Na Sonata de Vinteuil as belezas que descobrimos mais depressa são também aquelas de que mais cedo nos cansamos, e provavelmente pela mesma razão de diferirem menos daquilo que já conhecíamos. Mas quando as belezas se afastaram, resta-nos amar determinada frase cuja ordem, excessivamente nova para oferecer a nosso espírito nada mais que confusão, nos tornara indiscernível e conservara intacta; então ela é a última que vem até nós, essa frase diante da qual passávamos todos os dias sem saber e que se resguardara, e só pelo poder de sua beleza se tornara invisível e permanecera desconhecida. Mas também será a última que deixaremos. E a amaremos por mais tempo que as outras, porque teremos levado mais tempo para amá-la. Esse tempo, aliás, necessário a um indivíduo — como me foi necessário em relação àquela Sonata — para penetrar numa obra um pouco profunda, é apenas o resumo e como que o símbolo dos anos, às vezes dos séculos, que decorrem antes que o público consiga amar uma obra-prima verdadeiramente nova. Por isso o homem de gênio, para evitar as incompreensões das massas, talvez pense que falta aos contemporâneos o recuo necessário e que as obras escritas para a posteridade só por ela deveriam ser lidas, como certas pinturas que são mal julgadas se vistas de muito perto. Mas na realidade qualquer covarde precaução para evitar os falsos argumentos é inútil, pois são inevitáveis. O que faz com que uma obra de gênio seja dificilmente admirada de imediato é que quem a escreveu é extraordinário, e que poucas pessoas a ele se assemelham. É sua própria obra que, fecundando os raros espíritos capazes de compreendê-la, os fará crescer e multiplicar. Foram os quartetos de Beethoven (os quartetos xii, xiii, xiv e xv) que levaram cinquenta anos para dar vida ao público dos quartetos de Beethoven e aumentá-lo, realizando assim, como todas as obras-primas, um progresso, se não no valor dos artistas, pelo menos na sociedade dos espíritos, hoje amplamente composta do que era impossível encontrar quando apareceu a obra-prima, isto é, criaturas capazes de amá-la. O que se chama posteridade é a posteridade da obra. É preciso que a obra (sem levar em conta, para simplificar, os gênios que na mesma época podem paralelamente preparar para o futuro um público melhor do qual se beneficiarão outros gênios além dele) crie por si mesma a sua posteridade. Portanto, se a obra se mantivesse de reserva e só fosse conhecida pela posteridade, esta já não seria para essa obra a posteridade, mas uma assembleia de contemporâneos que, simplesmente, teria vivido cinquenta anos mais tarde. Também é preciso que o artista — e assim fizera Vinteuil —, se quer que sua obra possa seguir seu caminho, lance-a, ali onde houver suficiente profundidade, em pleno e longínquo futuro. E no entanto, se o fato de não contar com esse tempo futuro, que é a verdadeira perspectiva das obras-primas, é o erro dos maus juízes, contar com ele é por vezes o perigoso escrúpulo dos bons juízes. Sem dúvida, é fácil imaginar, numa ilusão análoga à que uniformiza todas as coisas no horizonte, que todas as revoluções ocorridas até agora na pintura ou na música respeitavam, afinal, certas regras, e que o que está imediatamente à nossa frente, impressionismo, busca da dissonância, emprego exclusivo da escala chinesa, cubismo, futurismo, difere afrontosamente do que ocorreu antes. É que consideramos o que antes ocorreu sem levar em conta que uma longa assimilação o converteu para nós numa matéria variada, sem dúvida, mas ao fim e ao cabo homogênea, em que Hugo está ao lado de Molière. Pensemos, quando nada, nos disparates chocantes que nos apresentaria, se não considerássemos o tempo futuro e as mudanças que ele traz, certo horóscopo de nossa própria idade madura posto à nossa frente durante nossa adolescência. Só que nem todos os horóscopos são verdadeiros, e ser obrigado por uma obra de arte a integrar no conjunto de sua beleza o fator tempo incorpora ao nosso julgamento algo tão arriscado e, por isso mesmo, tão sem interesse verdadeiro, como qualquer profecia cuja não realização de modo algum implica a mediocridade de espírito do profeta, pois o que convoca à vida as possibilidades ou dela as exclui não é forçosamente da competência do gênio; é possível ter tido gênio e não ter acreditado no futuro das estradas de ferro, nem dos aviões, ou, embora tendo sido grande psicólogo, não ter acreditado na falsidade de uma amante ou de um amigo, cujas traições outros mais medíocres teriam previsto.

Se não compreendi a Sonata, fiquei radiante ao ouvir madame Swann tocar. Sua interpretação me parecia, assim como seu penhoar, como o perfume de sua escada, como seus mantôs, como seus crisântemos, fazer parte de um conjunto individual e misterioso, num mundo infinitamente superior àquele em que a razão pode analisar o talento. "Não é mesmo linda essa Sonata de Vinteuil?, perguntou-me Swann. O momento em que anoitece sob as árvores, em que os arpejos do violino derramam o ar fresco. Confesse que é muito bonito; há aqui todo o lado estático do luar, que é o essencial. Não é inusitado que uma cura de luz como a que minha mulher tem feito aja sobre os músculos, pois a luz do luar impede as folhas de se mover. É isso que é tão bem pintado nessa pequena frase, é o Bois de Boulogne em catalepsia. À beira do mar é ainda mais impressionante, porque há as respostas fracas das ondas que naturalmente ouvimos muito bem, visto que o resto não pode se mover. Em Paris é o contrário; quando muito, notamos esses clarões insólitos sobre os monumentos, esse céu iluminado por um incêndio sem cores e sem perigo, essa espécie de imenso fato trivial pressentido. Mas na pequena frase de Vinteuil, e por sinal em toda a Sonata, não é isso, tudo se passa no Bois, no grupeto ouve-se distintamente a voz de alguém que diz: 'Quase se poderia ler o jornal'." Essas palavras de Swann poderiam falsear, futuramente, minha compreensão da Sonata, pois a música é muito pouco exclusiva para afastar de modo absoluto o que nos sugerem nela procurar. Mas compreendi, por outros comentários dele, que aquelas folhagens noturnas e espessas eram pura e simplesmente as mesmas debaixo das quais, em muitos restaurantes dos arredores de Paris, ele ouvira, várias noites, a pequena frase. Em lugar do sentido profundo que ele tantas vezes lhe pedira, o que a pequena frase levava a Swann eram folhagens arrumadas, enroladas, pintadas em torno de si (e que ela lhe dava o desejo de rever porque lhe parecia um ser interior dessas folhagens, como uma alma), era toda uma primavera de que outrora não pudera desfrutar, pois, febril e triste como era então, faltava-lhe o bem-estar suficiente para isso, e que então (assim como fazemos para um doente coisas gostosas que ele não pode comer) ela lhe guardara. Acerca dos encantos que certas noites no Bois o fizeram saborear e sobre os quais a Sonata de Vinteuil podia informá-lo, ele não poderia interrogar Odette, que no entanto o acompanhava tal como a pequena frase. Mas Odette estava, então, somente ao lado dele (e não nele, como o motivo de Vinteuil), portanto, sem conseguir enxergar — ainda que Odette fosse mil vezes mais compreensiva — o que para nenhum de nós (pelo menos acreditei por muito tempo que essa regra não sofria exceções) consegue exteriorizar. "No fundo, é muito bonito, não é, disse Swann, que o som possa refletir como a água, como um espelho. E observe que a frase de Vinteuil só me mostra tudo aquilo em que eu não prestava atenção na época. De minhas preocupações, de meus amores daquele tempo, ela nada mais me lembra, fez uma troca. — Charles, parece-me que não é muito amável para mim tudo o que você acaba de dizer. — Não é muito amável! As mulheres são magníficas! Eu queria dizer simplesmente a este jovem que o que a música mostra — pelo menos a mim — não é de jeito nenhum a 'Vontade em si' e a 'Síntese do infinito',* mas, por exemplo, o velho Verdurin de casaca no Palmário do Jardin d'Acclimatation. Mil vezes, sem sair deste salão, essa pequena frase me levou para jantar com ela em Armenonville. Meu Deus, é sempre menos maçante do que ir jantar com madame de Cambremer." Madame Swann começou a rir: "É uma dama que passa por ter sido muito apaixonada por Charles", explicou-me no mesmo tom de pouco antes, falando de Vermeer de Delft, que eu me admirara ao ver que ela conhecia, pois respondera: "É que devo lhe dizer que este cavalheiro andava muito ocupado com esse pintor quando me cortejava. Não é, meu pequeno Charles? — Não fale a torto e a direito de madame de Cambremer, disse Swann, no fundo muito lisonjeado. — Mas apenas repito o que me disseram. Aliás, dizem que ela é muito inteligente, não a conheço. Acho-a muito 'pushing',** o que me espanta numa mulher inteligente. Mas todo mundo diz que ela foi louca por você, o que não tem nada de desonroso". Swann manteve um mutismo de surdo, que era uma espécie de confirmação e uma prova de fatuidade. "Já que o que estou tocando lhe lembra o Jardin d'Acclimatation, prosseguiu madame Swann fingindo, de brincadeira, estar zangada, poderíamos escolhê-lo logo como objetivo de um passeio, se isso diverte este menino. Está um tempo lindo e você reencontraria suas queridas impressões! A propósito do Jardin d'Acclimatation, sabe, esse rapaz pensava que gostávamos muito de uma pessoa que, ao

---

*   Prováveis alusões à teoria de Schopenhauer sobre a música, que seria capaz de reproduzir, graças à sua linguagem indefinida, a estrutura da Vontade.

** *Pushing*, em inglês, "empreendedor", "expedito", "arrivista".

contrário, eu 'corto' sempre que posso, madame Blatin! Acho muito humilhante para nós que ela passe por nossa amiga. Imagine que o próprio bom doutor Cottard, que jamais fala mal de ninguém, diz que ela é infecta. — Que horror! Ela só tem a seu favor parecer-se tanto com Savonarola. É igualzinha ao retrato de Savonarola por Fra Bartolomeo." Essa mania que tinha Swann de encontrar assim semelhanças na pintura era defensável, pois até o que chamamos de expressão individual é — como percebemos com tanta tristeza quando amamos e gostaríamos de acreditar na realidade única do indivíduo — algo mais geral, e pode se encontrar em diferentes épocas. Mas se tivéssemos dado ouvidos a Swann, os cortejos dos reis magos, já tão anacrônicos quando Benozzo Gozzoli neles introduziu os Médici,* teriam sido mais ainda, pois incluiriam os retratos de uma quantidade de homens, contemporâneos não de Gozzoli mas de Swann, isto é, posteriores já não só quinze séculos à Natividade, mas quatro ao próprio pintor. Segundo Swann, não haveria nos cortejos um só parisiense de prestígio que faltasse, assim como naquele ato de uma peça de Sardou em que, por amizade ao autor e à principal intérprete, por moda também, todas as sumidades parisienses, famosos médicos, homens políticos, advogados, apareceram em cena, cada um em sua noite, para se divertirem.** "Mas que relação tem ela com o Jardin d'Acclimatation? — Todas! — O quê? Você acha que ela tem um traseiro azul-celeste como os macacos? — Charles, você é de uma inconveniência! — Não, eu pensava na frase que lhe disse o cingalês. — Conte a ele, é realmente uma 'bela tirada'. — É uma coisa idiota. Você sabe que madame Blatin gosta de interpelar todo mundo com um ar que ela pensa ser amável e que é, sobretudo, protetor. — O que nossos bons vizinhos do Tâmisa chamam de *patronizing*, interrompeu Odette. — Recentemente ela foi ao Jardin d'Acclimatation, onde há negros, cingaleses, creio, disse

---

* Os afrescos de Benozzo Gozzoli que decoram a capela do palácio Médici em Florença representam o cortejo dos reis magos e nele se reconhecem vários membros da família, como Lorenzo.

** Na peça *Fédora* (1882), de Victorien Sardou, com Sarah Bernhardt, no fim do primeiro ato, quando a princesa Fédora chora sobre o corpo de seu noivo assassinado, personalidades parisienses, e até o príncipe de Gales, futuro Eduardo VII, fizeram, cada um numa apresentação, o papel do cadáver.

minha mulher, que é muito mais entendida em etnografia do que eu.* — Ora, Charles, não fique caçoando. — Mas não estou em absoluto caçoando. Bem, ela se dirige a um desses negros e diz: 'Bom dia, negro!'. — Isso é uma bobagem! — Seja como for, esse qualificativo não agradou ao negro, que disse furioso a madame Blatin: 'Eu negro, mas você, camelo!'.** — Acho isso muito engraçado! Adoro essa história. Não é mesmo 'linda'? Parece que a gente está vendo a velha Blatin: 'Eu negro, mas você camelo'." Expressei o maior desejo de ir ver esses cingaleses, um dos quais chamara madame Blatin de camelo. Não me interessavam propriamente. Mas pensei que para ir ao Jardin d'Acclimatation e voltar atravessaríamos aquela alameda des Acacias onde eu tanto admirara madame Swann, e que talvez o mulato amigo de Coquelin, a quem jamais pude me exibir cumprimentando madame Swann, me visse sentado a seu lado, no fundo de uma vitória.

Naqueles minutos em que Gilberte, que saíra para se preparar, não estava no salão conosco, o senhor e a senhora Swann tinham a satisfação de me revelar as raras virtudes de sua filha. E tudo o que eu observava parecia provar que falavam a verdade; eu reparava que, como sua mãe me contara, tinha ela não só com as amigas, mas com os empregados, com os pobres, atenções delicadas, longamente meditadas, um desejo de agradar, um medo de descontentar, traduzidos em pequenas coisas que às vezes lhe custavam muito. Fizera um trabalho manual para nossa vendedora dos Champs-Élysées e saiu, na neve, para entregá-lo pessoalmente e sem um dia de atraso. "Você não tem ideia do que é seu coração, pois ela o esconde", dizia seu pai. Tão jovem, parecia muito mais sensata que os pais. Quando Swann falava das grandes relações de sua mulher, Gilberte desviava os olhos e se calava, mas sem ares de censura, pois o pai não lhe pa-

---

* Em 1883, o Jardin d'Acclimatation, que é um pequeno zoológico, exibiu cingaleses e araucanos como curiosidades raras. Na Exposição Universal de 1889 também foram exibidos povos de aldeias africanas e asiáticas.

** Em carta à senhora de Madrazo, Proust conta que no verão de 1914, no hospital de Cabourg lotado de feridos, uma "dama muito idiota" disse a um soldado senegalês ou marroquino: "Bom dia, negro!", e ele respondeu: "Eu negro, mas você camelo!", jogando com o duplo sentido de *chameau*, que é também um insulto dirigido em geral a uma mulher, no sentido de "velhaca", "safada".

recia poder ser alvo da mais leve crítica. Um dia em que eu lhe falara da senhorita Vinteuil ela me disse:

"Não vou nunca conhecê-la, por uma razão, é que ela não era boa com o pai, pelo que dizem fazia-o sofrer. Você, tanto quanto eu, não pode entender isso, não é, você que certamente não conseguiria sobreviver ao seu pai, como eu ao meu, o que aliás é muito natural. Como jamais esquecer alguém a quem amamos desde sempre?"

E uma vez que estava especialmente meiga com Swann, o que lhe observei quando ele se afastou, disse:

"Sim, coitado de papai, o aniversário de morte do pai dele é por estes dias. Compreenda o que deve sentir, você entende isso, sentimos o mesmo sobre essas coisas. Então, tento ser menos má que de costume. — Mas ele não acha você má; acha-a perfeita. — Pobre papai, é porque ele é muito bom."

Seus pais não me fizeram apenas o elogio das virtudes de Gilberte — dessa mesma Gilberte que, mesmo antes de conhecê-la, surgia-me em frente a uma igreja, numa paisagem da Île-de-France, e que em seguida, ao me evocar não mais meus sonhos, mas minhas lembranças, estava sempre diante da cerca de espinheiros rosados, na ladeira que eu pegava ao ir para o lado de Méséglise. Quando eu perguntara a madame Swann, esforçando-me para assumir o tom indiferente de um amigo da família, curioso das preferências de uma criança, quais eram, entre seus colegas, os que Gilberte preferia, madame Swann me respondeu:

"Mas você deve estar mais adiantado do que eu nas suas confidências, você que é o grande favorito, o grande crack, como dizem os ingleses."

Sem dúvida, nessas coincidências tão perfeitas, quando a realidade recua e aplica-se ao que por tanto tempo foi nosso sonho, ela o oculta de nós inteiramente, confunde-se com ele, como duas figuras iguais e superpostas que passam a ser uma só, enquanto, ao contrário, para darmos à nossa alegria todo o seu significado gostaríamos de conservar em todos esses desejos, no exato momento em que os atingimos — e para estarmos mais certos de que são mesmo eles —, o prestígio de sua intangibilidade. E o pensamento não consegue nem sequer reconstituir o estado antigo para confrontá-lo ao novo, pois já não tem o campo livre: a amizade que fizemos, a lembrança dos primeiros minutos inesperados, as palavras que ouvimos, estão ali obstruindo a entrada de nossa consciência e comandam muito mais as saídas de nossa memória que as de nossa imaginação, e retroagem ao nosso passado, que já não somos senhores de ver sem tê-los em conta, mais do que sobre a forma, que permaneceu livre, de nosso futuro. Anos a fio acreditei que ir à casa de madame Swann era uma vaga quimera que jamais alcançaria; depois de ter passado quinze minutos em sua casa, o tempo em que não a conhecia é que se tornara quimérico e vago como uma possibilidade aniquilada pela realização de outra. Como poderia ainda pensar na sala de jantar como um local inconcebível, quando não podia fazer um movimento em meu espírito sem encontrar os raios infrangíveis que a lagosta à americana que eu acabava de comer irradiava ao infinito atrás de si, até ao meu passado mais remoto? E quanto a Swann, devia ter visto pessoalmente produzir-se algo análogo: pois aquele apartamento em que me recebia podia ser considerado o lugar onde tinham ido confundir-se, e coincidir, não só o apartamento ideal que minha imaginação engendrara, mas ainda outro, aquele que o amor ciumento de Swann, tão inventivo quanto meus sonhos, lhe descrevera tantas vezes, aquele apartamento comum a Odette e a ele, que lhe parecera tão inacessível certa noite em que Odette o levara com Forcheville para tomarem uma laranjada em casa; e o que viera absorver-se, para ele, na planta da sala onde almoçávamos era o paraíso inesperado em que outrora ele não podia, sem perturbação, imaginar que iria dizer ao mordomo *deles* estas mesmas palavras: "A senhora está pronta?", que agora eu o ouvia pronunciar com leve impaciência mesclada de alguma satisfação de amor-próprio. Sem dúvida, eu não conseguia, assim como Swann, conhecer a minha felicidade, e quando a própria Gilberte exclamava: "Quem diria que a menina que você olhava brincar de pique, sem falar com ela, seria a sua grande amiga, a cuja casa você iria todos os dias em que lhe apetecesse?", ela falava de uma mudança que, de fato, eu era obrigado a verificar do exterior mas que não possuía interiormente, pois se compunha de dois estados em que eu não conseguia pensar ao mesmo tempo sem que deixassem de ser distintos um do outro.

E no entanto, aquele apartamento, porque fora tão apaixonadamente desejado pela vontade de Swann, devia conservar para ele alguma doçura, a julgar por mim, para quem não perdera todo o mistério. Quando entrei na casa dos Swann, não expulsara inteiramente esse encanto singular que por tanto tempo supus envolver a vida deles; eu o fizera recuar, domesticado que ele estava por esse estranho, esse pária que eu fora e a quem a senhorita Swann avançava agora, graciosamente, para que ele se sentasse, uma poltrona deliciosa, hostil e escandalizada; mas em minha lembrança ainda percebo esse encanto ao meu redor. Será porque, naqueles dias em que o senhor e a senhora Swann me convidavam para almoçar, e em seguida sair com eles e Gilberte, eu imprimia com meu olhar — enquanto esperava, sozinho — no tapete, nas bergères, nos consoles, nos biombos, nos quadros, a ideia gravada em mim de que madame Swann, ou seu marido, ou Gilberte iam entrar? Será porque essas coisas viveram desde então em minha memória ao lado dos Swann e acabaram absorvendo algo deles? Será que, sabendo que passavam sua existência entre elas, eu transformava todas como que em emblemas de sua vida particular, de seus hábitos de que fora excluído por tanto tempo que eles não deixariam de continuar a me parecer estranhos mesmo quando me fizeram o favor de me associar a eles? O fato é que toda vez que penso naquele salão que Swann (sem que essa crítica implicasse de sua parte a intenção de contrariar em nada os gostos de sua mulher) achava tão disparatado — porque, concebido ainda no gosto meio estufa, meio ateliê que era o do apartamento onde conhecera Odette, esta começara porém a substituir naquela confusão inúmeros objetos chineses que agora achava um pouco "chinfrins", bem "velharias", por uma porção de moveizinhos estofados com antigas sedas Luís XVI (sem contar as obras-primas trazidas por Swann da casa do Quai d'Orléans) —, esse salão heteróclito tem, ao contrário, na minha lembrança uma coesão, uma unidade, um encanto individual que jamais alcançam nem os conjuntos mais intactos que o passado nos legou, nem os mais vivos em que se imprime a marca de uma pessoa; pois só pela crença de que têm uma existência própria é que podemos dar a certas coisas que vemos uma alma que depois conservam e desenvolvem em nós. Todas as ideias que eu formara acerca das horas, diferentes das que existem para os outros homens, passadas pelos Swann naquele apartamento, que era para o tempo cotidiano de suas vidas o que o corpo é para a alma e que devia expressar sua singularidade, todas essas ideias estavam repartidas, amalgamadas — igualmente perturbadoras e indefiníveis por toda parte — no lugar dos móveis, na espessura dos tapetes, na orientação das janelas, no serviço dos domésticos. Quando, depois do almoço, íamos tomar o café ao sol, no grande vão envidraçado do salão, enquanto madame Swann me perguntava quantos torrões de açúcar eu queria no café, não era apenas o banquinho de seda que ela empurrava em minha direção que exalava, com o encanto doloroso que eu sentira outrora — sob o espinheiro rosa, e depois ao lado da mata de loureiros — no nome de Gilberte, a hostilidade que seus pais me haviam demonstrado e que aquele movelzinho parecia tão bem ter sabido e compartilhado que eu não me sentia digno e me achava um pouco covarde de impor meus pés ao seu acolchoado sem defesa; uma alma pessoal o ligava secretamente à luz das duas horas da tarde, diferente do que era em qualquer outro lugar no golfo onde fazia brincar aos nossos pés suas ondas douradas dentre as quais os sofás azulados e as vaporosas tapeçarias emergiam como ilhas encantadas; e até o quadro de Rubens pendurado acima da lareira não deixava de também possuir o mesmo gênero e quase o mesmo poder de encanto que as botinas de amarrar do senhor Swann e aquele mantô com pelerine, que eu tanto invejara, e que agora Odette pedia ao marido que substituísse por outro, para ficar mais elegante, quando eu lhes dava a honra de sair com eles. Ela também ia se vestir, embora eu tivesse protestado que nenhum vestido "de passeio" valesse muito mais que o maravilhoso roupão de crepe da china ou de seda, rosa-velho, cereja, rosa-tiepolo, branco, malva, verde, vermelho, amarelo, liso ou estampado, com que madame Swann almoçara e que iria tirar. Quando eu dizia que deveria sair assim, ela ria, de galhofa com minha ignorância ou de prazer com meu cumprimento. Desculpava-se por possuir tantos penhoares porque afirmava que só mesmo dentro de um deles é que se sentia bem, e deixava-nos para ir pôr uma dessas toaletes soberanas que se impunham a todos, e entre as quais, porém, eu era às vezes chamado a escolher aquela que preferia que ela vestisse.

No Jardin d'Acclimatation, quando tínhamos descido do carro, como eu ficava orgulhoso de ir caminhando ao lado de madame Swann! Enquanto com seu andar indolente ela deixava flutuar o mantô, eu lhe jogava olhares de admiração aos quais respondia, faceira, com um longo sorriso. Agora, se encontrávamos um ou outro dos companheiros, menina ou menino, de Gilberte, que nos cumprimentava de longe, eu era, por minha vez, olhado por eles como um desses seres que eu invejava, um desses amigos de Gilberte que conheciam sua família e estavam envolvidos com a outra parte de sua vida, a que não se passava nos Champs-Élysées.

Nas alamedas do Bois ou do Jardin d'Acclimatation, que costumávamos cruzar, éramos cumprimentados por esta ou aquela grande dama amiga de Swann, que lhe acontecia de não ver e que sua mulher lhe mostrava. "Charles, não está vendo madame de Montmorency?", e Swann, com o sorriso amigável devido a uma longa familiaridade, tirava o chapéu, num gesto amplo, com uma elegância que era só dele. Às vezes a dama parava, feliz de fazer a madame Swann uma cortesia sem consequência e de que se sabia que ela não tentaria se aproveitar depois, de tal forma Swann a habituara a manter-se reservada. Nem por isso deixara de adotar todas as maneiras da sociedade, e por mais elegante e nobre de porte que fosse a dama, nisso madame Swann sempre lhe igualava; parada um momento junto da amiga que seu marido acabava de encontrar, apresentava-nos, a Gilberte e a mim, com tanto desembaraço, mantinha tanta liberdade e calma em sua amabilidade, que teria sido difícil dizer da mulher de Swann ou da aristocrática que passava qual das duas era a grande dama. No dia em que fomos ver os cingaleses, no regresso avistamos, vindo em nossa direção e seguida por duas outras que pareciam escoltá-la, uma senhora idosa mas ainda bela, enrolada num mantô escuro e com uma touquinha amarrada sob o queixo por duas fitas. "Ah! Aí está alguém que vai interessá-lo", me disse Swann. A velha senhora, agora a três passos de nós, sorria com uma doçura acariciante. Swann tirou o chapéu, madame Swann curvou-se numa reverência e quis, semelhante a um retrato de Winterhalter, beijar a mão da senhora, que a ergueu e a abraçou. "Ora essa, queira pôr o seu chapéu, cavalheiro", disse ela a Swann, com uma voz grossa um pouco ranzinza, como amiga de família. "Vou lhe apresentar Sua Alteza Imperial", disse-me madame Swann. Swann puxou-me um instante de lado, enquanto madame Swann conversava com a alteza sobre o lindo tempo e os animais recém-chegados ao Jardin d'Acclimatation. "É a princesa Mathilde, disse-me, sabe, a amiga de Flaubert, de Sainte-Beuve, de Dumas. Imagine, é sobrinha de Napoleão i! Foi pedida em casamento por Napoleão iii e pelo imperador da Rússia. Não é interessante? Fale um pouco com ela. Mas eu gostaria que ela não nos deixasse uma hora em pé." "Encontrei Taine, que me disse que a Princesa estava zangada com ele, disse Swann. — Ele se comportou como um porco, um *cauchon*", disse ela com voz dura e pronunciando a palavra como se fosse o nome de Cauchon, o bispo contemporâneo de Joana d'Arc.* "Depois do artigo que escreveu sobre o Imperador mandei-lhe um cartão com PPC."** Eu sentia a surpresa que se sente ao abrir a correspondência da duquesa de Orléans, nascida princesa palatina. E de fato, a princesa Mathilde, animada por sentimentos tão franceses, demonstrava-os com honrada rudeza, como a que havia na Alemanha de antigamente e que sem dúvida ela herdara de sua mãe de Württemberg. Sua franqueza um pouco grosseira e quase masculina, ela a adoçava, assim que sorria, com languidez italiana. E tudo isso vinha envolto numa toalete tão Segundo Império que a princesa, embora com certeza só a vestisse por apego às modas que amara, parecia ter tido a intenção de não cometer um erro de cor histórico e responder à expectativa dos que esperavam dela a evocação de outra época. Cochichei a Swann que lhe perguntasse se conhecera Musset. "Muito pouco, senhor", respondeu com ar de fingida contrariedade, e de fato era de brincadeira que chamava Swann de senhor, tendo muita intimidade com ele. "Tive-o uma vez para jantar. Convidei-o para as sete horas. Às sete e meia, como não estivesse lá, passamos à mesa. Chega às oito horas, cumprimenta-me, senta-se, não abre a boca, parte depois do jantar sem que eu tenha ouvido o som de sua voz. Estava caindo de bêbado. Isso não me encorajou muito a recomeçar." Estávamos um pouco afastados, Swann e eu. "Espero que essa sessãozinha não vá se prolongar, disse-me, minha planta dos pés está doendo. E nem sei por que minha mulher alimenta a conversa. Depois disso é ela que vai se queixar de cansaço e já não suporto essas paradas em pé." De fato, madame Swann, que tinha a informação de madame Bontemps, estava dizendo à princesa que o governo, ao compreender afinal sua grosseria, resolvera lhe enviar um convite para assis-

---

* O "o" de *cochon* (porco) é mais breve que o "au" longo de *Cauchon*, nome do bispo de Beauvais que presidiu ao julgamento de Joana d'Arc.

** *Pour Prendre Congé*: "Para despedir-se", fórmula usada para delicadamente cortar relações com alguém. A história é verídica, e certos jornais da época deram às iniciais o significado de "Princesse Pas Contente" (Princesa Não Contente).

tir numa tribuna à visita que o tsar Nicolau devia fazer dali a dois dias aos Invalides. Mas a princesa que, apesar das aparências, apesar do gênero de seu círculo composto sobretudo de artistas e literatos, no fundo continuava a ser, sempre que devia agir, sobrinha de Napoleão, retrucou: "Sim, senhora, recebi-o de manhã e devolvi-o ao ministro, que já o deve ter a esta hora. Disse-lhe que não precisava de convite para ir aos Invalides. Se o governo deseja que eu vá, não será a uma tribuna, mas ao nosso jazigo, onde está o túmulo do Imperador. Para isso não preciso de convite. Tenho minhas chaves. Entro quando quero. O governo só tem de me comunicar se deseja que eu vá ou não. Mas se for, será lá ou não será". Nesse momento fomos cumprimentados, madame Swann e eu, por um jovem que lhe deu bom-dia sem se deter e que eu não sabia que ela conhecia: Bloch. A respeito de uma pergunta que lhe fiz, madame Swann me disse que ele lhe fora apresentado por madame Bontemps, que era funcionário do Gabinete do ministro, o que eu ignorava. Aliás, não devia tê-lo visto muitas vezes — ou então não quisera citar o nome de Bloch, por achá-lo talvez pouco "chique" —, pois disse que ele se chamava senhor Moreul. Garanti-lhe que estava confundindo, que ele se chamava Bloch. A princesa recolheu uma cauda que se desenrolava atrás dela e que madame Swann olhava com admiração. "É justamente uma pele que o imperador da Rússia me enviou, disse a princesa, e como fui vê-lo há pouco, vesti-a para mostrar-lhe como se podia fazer uma capa com isso. — Consta que o príncipe Luís alistou-se no exército russo,* a princesa ficará desconsolada de já não tê-lo junto de si, disse madame Swann, que não via os sinais de impaciência do marido. — E ele tinha necessidade disso? É como eu lhe disse: Ter tido um militar na família não é razão para ter feito isso", respondeu a princesa, fazendo, com essa simplicidade brusca, alusão a Napoleão i. Swann não aguentava mais ficar parado. "Minha senhora, sou eu que vou me fazer de alteza e pedir-lhe licença para me despedir, pois minha mulher esteve muito adoentada e não quero que fique mais tempo imóvel." Madame Swann fez outra reverência e a princesa abriu para nós todos um divino sorriso que pareceu trazer do passado, das graças de sua mocidade, das noi-

---

* O príncipe Luís (1864-1932) era sobrinho da princesa Mathilde, filho de Napoleão-Jerônimo Bonaparte (1822-91), e foi oficial do exército russo.

tes de Compiègne e que deslizou intacto e suave sobre o rosto ainda pouco antes rabugento; depois se afastou, seguida pelas duas damas de honra que, à guisa de intérpretes, governantas de crianças ou enfermeiras, apenas pontuaram nossa conversa com frases insignificantes e explicações inúteis. "Você deveria ir à casa dela inscrever o seu nome, um dia desta semana, disse-me madame Swann; para essas *royautés*, como dizem os ingleses, não se deixa cartão de canto dobrado, mas ela o convidará se você se inscrever."

Às vezes, naqueles últimos dias de inverno, entrávamos, antes de ir passear, em alguma das pequenas exposições que então se abriam e onde Swann, colecionador de marca, era cumprimentado com especial deferência pelos comerciantes de quadros que ali estavam. E naqueles tempos ainda frios, meus antigos desejos de partir para o Sul e Veneza eram despertados por aquelas salas em que uma primavera já avançada e um sol ardente punham reflexos violáceos nos Alpilles róseos e conferiam ao Grande Canal a transparência escura da esmeralda. Se fazia mau tempo, íamos ao concerto ou ao teatro e em seguida lanchar num "Chá". Sempre que madame Swann queria me dizer alguma coisa que desejava que as pessoas das mesas vizinhas ou até os garçons que serviam não compreendessem, dizia-me em inglês como se fosse uma língua conhecida apenas de nós dois. Ora, todos sabiam inglês, só eu ainda não o tinha aprendido, o que era obrigado a dizer a madame Swann para que ela parasse de fazer sobre as pessoas que tomavam chá ou sobre as que o traziam reflexões que eu adivinhava descorteses sem compreendê-las, enquanto o indivíduo visado não perdia uma só palavra.

Uma vez, a propósito de uma matinê teatral, Gilberte me causou um profundo espanto. Era justamente o dia do aniversário de morte de seu avô, de que me falara de antemão. Devíamos, ela e eu, ir ouvir, com sua preceptora, os fragmentos de uma ópera, e Gilberte se vestira com a intenção de ir a essa apresentação musical, mantendo o ar de indiferença que costumava mostrar pelo que devíamos fazer, dizendo que podia ser qualquer coisa contanto que me fosse prazeroso e agradável para seus pais. Antes do almoço, sua mãe nos chamou à parte para lhe dizer que seu pai se aborrecia ao nos ver ir ao concerto naquele dia. Achei mais que natural. Gilberte ficou impassível, mas empalideceu com uma raiva que não conseguiu esconder e não disse mais uma palavra. Quando o senhor Swann voltou, sua mulher o levou à outra extremidade do salão e lhe falou no ouvido. Ele chamou Gilberte e puxou-a para a sala ao lado. Ouvimos gritos. No entanto, eu não conseguia acreditar que Gilberte, tão submissa, tão carinhosa, tão sensata, resistisse ao pedido de seu pai, num dia daqueles e por um motivo tão insignificante. Finalmente, Swann saiu dizendo-lhe:

"Você sabe o que eu lhe disse. Agora, faça o que quiser."

O rosto de Gilberte ficou contraído durante todo o almoço, e depois fomos para seu quarto. Em seguida, de repente, sem uma hesitação e como se não a tivesse tido em nenhum momento, exclamou: "Duas horas! Mas você sabe que o concerto começa às duas e meia". E disse à sua preceptora para se apressar.

"Mas, eu lhe disse, isso não vai aborrecer seu pai?

— De jeito nenhum.

— No entanto, ele receava que parecesse esquisito por causa desse aniversário.

— O que eu tenho a ver com o que os outros pensam? Acho grotesco preocupar-se com os outros nas coisas do sentimento. Cada um sente para si, não para o público. Para a senhorita, que tem poucas distrações, é uma festa ir ao concerto, não vou privá-la para dar prazer ao público."

E pegou o chapéu.

"Mas, Gilberte, disse-lhe segurando seu braço, não é para dar prazer ao público, é para dar prazer ao seu pai.

— Você não me venha com observações, espero", exclamou, com uma voz dura e soltando-se com vivacidade.

Favor ainda mais precioso que me levarem com eles ao Jardin d'Acclimatation, ou ao concerto, era os Swann não me excluírem nem sequer de sua amizade com Bergotte, origem do encanto que neles eu encontrara quando, antes mesmo de conhecer Gilberte, pensava que sua intimidade com o divino velhote a tornaria, para mim, a mais apaixonante das amigas se o desprezo que eu devesse lhe inspirar não houvesse me privado da esperança de que um dia me levasse a visitar com Bergotte as cidades que ele amava. Ora, um dia madame Swann me convidou para um grande almoço. Eu não sabia quais seriam os convidados. Ao chegar, fiquei desconcer-

— 124 —

tado, no vestíbulo, com um incidente que me intimidou. Raramente madame Swann deixava de adotar os costumes que passam por elegantes durante uma estação e, não conseguindo se manter, logo são abandonados (como, muitos anos antes, ela tivera seu *hansom cab*,* ou mandara imprimir num convite para almoço que era *to meet* um personagem mais ou menos importante). Muitas vezes esses costumes nada tinham de misteriosos e não exigiam iniciação. Foi assim que, pálida inovação daqueles anos e importada da Inglaterra, Odette mandara fazer para o marido cartões em que o nome de Charles Swann era precedido de "Mr.". Depois da primeira visita que eu lhe fizera, madame Swann deixara em minha casa, de canto dobrado, um desses "cartons", como ela dizia. Nunca ninguém me deixara cartões; senti tanto orgulho, emoção, reconhecimento que, juntando todo o dinheiro que eu possuía, encomendei uma maravilhosa cesta de camélias e enviei a madame Swann. Supliquei a meu pai que fosse entregar um cartão na casa dela, mas que primeiro mandasse gravar, depressa, um em que seu nome fosse precedido de "Mr.". Ele não obedeceu a nenhum de meus dois pedidos, por alguns dias fiquei desesperado, e depois me perguntei se ele não estava certo. Mas o uso do "Mr.", conquanto inútil, era claro. O mesmo não ocorria com outro costume que, no dia daquele almoço, me foi revelado, embora sem seu significado. Quando eu ia passar do vestíbulo ao salão, o mordomo entregou-me um envelope fino e comprido em que estava escrito meu nome. Na minha surpresa, agradeci-lhe, porém, enquanto olhava o envelope. Não sabia o que fazer com ele, tanto quanto um estrangeiro com um daqueles pequenos instrumentos que dão aos convidados nos jantares chineses. Vi que estava fechado, temi ser indiscreto ao abri-lo imediatamente e o pus no bolso, fazendo-me de entendido. Madame Swann me escrevera alguns dias antes me chamando para ir almoçar "en petit comité". Havia, porém, dezesseis pessoas, entre as quais eu ignorava totalmente que se encontrasse Bergotte. Madame Swann, que acabava de me "nomear", conforme dizia, a várias delas, de repente, em seguida ao meu nome, assim como acabava de dizê-lo (e como se fôssemos somente dois convidados no almoço que deviam ambos estar igualmente conten-

---

* O *hansom cab*, do nome de seu inventor, Hansom, era um carro leve de duas rodas.

tes de conhecer um ao outro) pronunciou o nome do doce Chantre de cabelos brancos. Aquele nome de Bergotte me fez estremecer como o estampido de um revólver que tivessem descarregado em cima de mim, mas instintivamente, para mostrar presença de espírito, cumprimentei-o; na minha frente, como esses prestidigitadores que vemos incólumes e de casaca no meio da fumaça de um tiro de que levanta voo uma pomba, meu cumprimento me foi retribuído por um homem jovem, rude, baixo, robusto e míope, de nariz vermelho em forma de caracol e barbicha preta. Eu estava mortalmente triste, pois o que acabava de ser reduzido a pó não era apenas o langoroso velhote, de quem nada mais restava, era também a beleza de uma obra imensa que eu conseguira alojar no organismo desfalecente e sagrado que eu construíra, como um templo, expressamente para ela, mas para a qual não estava reservado nenhum lugar no corpo atarracado, cheio de veias, ossos, gânglios, do homenzinho de nariz achatado e barbicha preta que estava na minha frente. Todo o Bergotte que eu mesmo elaborara lenta e delicadamente, gota a gota, como uma estalactite, com a transparente beleza de seus livros, aquele Bergotte se via, de um só golpe, já não podendo servir para nada, do momento em que era preciso conservar o nariz de caracol e utilizar a barbicha preta; assim como já não serve para nada a solução que havíamos encontrado para um problema cujos dados lemos de modo incompleto e sem levar em conta que o total devia perfazer um determinado número. O nariz e a barbicha eram elementos tão inelutáveis e mais incômodos ainda porque, forçando-me a reedificar inteiramente o personagem de Bergotte, também pareciam implicar, produzir, segregar constantemente um certo gênero de espírito ativo e satisfeito consigo mesmo, o que não fazia parte do jogo, pois aquele espírito nada tinha a ver com o tipo de inteligência disseminada nos livros, de mim tão conhecidos e que uma doce e divina sabedoria penetrava. Partindo deles, jamais teria chegado àquele nariz em caracol; mas partindo daquele nariz que não parecia se inquietar com isso, que agia por conta própria e como uma "fantasia", ia eu numa direção totalmente diferente à da obra de Bergotte, e, pelo visto, alcançaria uma mentalidade de engenheiro apressado, da espécie dos que, quando os cumprimentamos, creem que devem dizer: "Bem, obrigado, e o senhor?" antes de termos lhes pedido notícias suas, e se declaramos que tivemos muito prazer em conhecê-los, respondem com uma abreviação que imaginam bem-educada, inteligente e moderna no sentido de que evita perder em fórmulas vãs um tempo precioso: "Igualmente". Os nomes são, sem dúvida, desenhistas fantasiosos, dando-nos das pessoas e dos países esboços tão pouco semelhantes que costumamos sentir uma espécie de estupor quando temos diante de nós, no lugar do mundo imaginado, o mundo visível (que aliás não é o mundo verdadeiro, pois nossos sentidos tampouco possuem o dom da semelhança ou o da imaginação, tanto assim que os desenhos, afinal aproximativos, que se podem obter da realidade são pelo menos tão diferentes do mundo visto como aquele o era do mundo imaginado). Mas quanto a Bergotte, o incômodo do nome prévio não era nada ao lado do que me causava a obra conhecida, à qual eu era obrigado a atar, como a um balão, o homem de barbicha sem saber se ela manteria a força de se elevar. No entanto, parecia ter sido ele que escrevera os livros que eu tanto amara, pois quando madame Swann julgou dever lhe falar de meu gosto por um deles, não mostrou nenhuma admiração que ela lhe comunicasse isso, a ele mais que a outro convidado, e não pareceu julgá-la como resultado de um equívoco; mas, estufando a sobrecasaca que vestira em homenagem a todos os convidados, com um corpo ávido pelo almoço próximo, e tendo sua atenção concentrada em outras realidades importantes, foi apenas como se diante de um episódio encerrado de sua vida anterior, e como se tivessem aludido a uma fantasia usada pelo duque de Guise em tal ano num baile de máscaras, que ele sorriu, reportando-se à ideia de seus livros que, para mim, logo declinaram (arrastando em sua queda todo o valor do Belo, do universo, da vida), até não serem mais que um divertimento medíocre de um homem de barbicha. Dizia a mim mesmo que ele devia ter se empenhado nos livros, mas que se tivesse vivido numa ilha cercada de bancos de ostras perlíferas teria, em vez disso, se dedicado com êxito ao comércio das pérolas. Sua obra já não me parecia tão inevitável. E então me perguntava se a originalidade prova de verdade que os grandes escritores são deuses reinando cada um num reino que é só dele, ou se não há em tudo isso um pouco de fingimento, se as diferenças entre as obras não seriam o resultado do trabalho, mais do que a expressão de uma diferença radical de essência entre as diversas personalidades.

Enquanto isso, tínhamos passado à mesa. Ao lado de meu prato havia um cravo cuja haste estava enrolada em papel prateado. Ele me atrapalhou menos que o envelope entregue na antecâmara e que eu esquecera de vez. O costume, no entanto, também completamente novo para mim, pareceu-me mais inteligível quando vi todos os convivas masculinos pegarem um cravo semelhante que acompanhava seus talheres e introduzi-lo na botoeira da sobrecasaca. Fiz como eles, com esse ar natural de um livre-pensador numa igreja, o qual não conhece a missa mas se levanta quando todos se levantam e se ajoelha um pouco depois que todos se ajoelham. Outro costume desconhecido e menos efêmero me desagradou mais. Ao lado de meu prato havia um menor, cheio de uma substância escura que eu não sabia que era caviar. Ignorava o que devia fazer com aquilo, mas estava decidido a não comê-lo.

Bergotte não estava sentado longe de mim, eu ouvia perfeitamente suas palavras. Compreendi então a impressão do senhor de Norpois. De fato, tinha uma voz estranha; nada altera tanto as qualidades materiais da voz como conter algum pensamento: a sonoridade dos ditongos, a energia das labiais são influenciadas por isso. A dicção também é. A dele parecia-me inteiramente diferente de sua maneira de escrever, e até as coisas que dizia, das que suas obras continham. Mas a voz sai de uma máscara, e debaixo dela a voz não é suficiente para fazer-nos reconhecer à primeira vista um rosto que vimos no estilo, a descoberto. Demorei a descobrir em certas passagens da conversa, quando Bergotte costumava falar de uma maneira que só parecia afetada e desagradável ao senhor de Norpois, uma exata correspondência com os trechos de seus livros em que a forma se tornava tão poética e musical. Via ele então, no que dizia, uma beleza plástica independente do significado das frases, e como a palavra humana está relacionada com a alma, embora sem expressá-la como o faz o estilo, Bergotte quase parecia falar como que em contrassenso, salmodiando certas palavras e com cansativa monotonia, embora através delas perseguisse uma só imagem, encadeando-as sem intervalo como um mesmo som. De maneira que um jeito de falar pretensioso, enfático e monótono era o sinal da qualidade estética de suas palavras e o efeito, em sua conversa, daquela mesma força que em seus livros produzia a sequência das imagens e a harmonia. De início, tanto mais me custou perceber isso porquanto o que ele dizia nesses momentos, justamente por ser o verdadeiro Bergotte, não parecia ser de Bergotte. Era uma profusão de ideias precisas, não incluídas nesse "gênero Bergotte" de que muitos cronistas se haviam apropriado; e essa dessemelhança era provavelmente — vista confusamente através da conversa, como uma imagem atrás de um vidro fosco — outro aspecto do fato de que quando se lia uma página de Bergotte ela jamais era o que teria escrito qualquer um desses banais imitadores que, porém, no jornal ou no livro, ornavam sua prosa com tantas imagens e pensamentos "à Bergotte". Essa diferença no estilo vinha de que "o Bergotte" era antes de mais nada um elemento precioso e verdadeiro, oculto no coração de alguma coisa, e depois dela extraído por esse grande escritor graças a seu gênio, extração que era o objetivo do doce Chantre e não a de fazer como Bergotte. A bem da verdade, ele o fazia, sem querer, já que era Bergotte, e nesse sentido cada nova beleza de sua obra era a pequena quantidade de Bergotte escondida numa coisa e que de lá ele retirara. Mas se por isso cada uma dessas belezas era aparentada às outras e reconhecível, mantinha-se, porém, específica, como a descoberta que a trouxera à luz; nova, por conseguinte diferente do que se chamava o gênero Bergotte, que era uma vaga síntese dos Bergotte já encontrados e redigidos por ele, os quais não permitiam de jeito nenhum a homens sem gênio augurar o que ele descobriria em algum outro momento. Assim acontece com todos os grandes escritores, a beleza de suas frases é imprevisível, como é a de uma mulher que ainda não conhecemos; é criação, já que se aplica a um objeto exterior no qual eles pensam — e não em si — e ainda não expressaram. Um autor de Memórias de hoje, ao querer fazer Saint-Simon, sem muito demonstrar, poderá a rigor escrever a primeira linha do retrato de Villars: "Era um homem bastante alto, moreno... com uma fisionomia viva, aberta, relevante", mas que determinismo poderá levá-lo a encontrar a segunda linha que começa por: "e verdadeiramente um pouco louca"? A autêntica variedade está nessa plenitude de elementos reais e inesperados, no ramo carregado de flores azuis que se ergue, contra toda expectativa, da cerca primaveril que parecia já cheia, enquanto a imitação puramente formal da variedade (e se poderia raciocinar da mesma maneira para todas as outras qualidades do estilo) é apenas vazio e uniformidade, isto é, o contrário da variedade, e nos imitadores só consegue dar a ilusão de si mesma e evocar sua lembrança para quem não a compreendeu nos mestres.

Por isso — assim como a dicção de Bergotte com certeza encantaria se ele mesmo não passasse de um amador recitando um pretenso Bergotte, em vez de estar ligada ao pensamento de Bergotte no trabalho e em ação por laços vitais que o ouvido não distinguia imediatamente —, assim também era por Bergotte aplicar com rigor esse pensamento à realidade que lhe agradava que sua linguagem tinha algo de positivo, de muito nutritivo, que decepcionava quem esperasse ouvi-lo falar somente da "eterna torrente das aparências" e dos "misteriosos frêmitos da beleza". Por fim, a qualidade sempre rara e nova do que escrevia traduzia-se em sua conversa por um modo tão sutil de abordar uma questão, desprezando todos os seus aspectos já conhecidos, que ele parecia tomá-la por um lado menor, estar no caminho errado, criar um paradoxo, e assim suas ideias pareciam, no mais das vezes, confusas, pois cada um chama de ideias claras as que estão no mesmo grau de confusão que as suas próprias. Aliás, tal como toda novidade tem como condição a eliminação prévia do lugar-comum a que estávamos acostumados e nos parecia a própria realidade, toda conversa nova, assim como toda pintura, toda música original, sempre parecerá alambicada e cansativa. Ela repousa em figuras com que não estamos acostumados, o conversador parece nos falar só por metáforas, o que cansa e dá a impressão de uma ausência de verdade. (No fundo, as antigas formas de linguagem também foram, outrora, imagens difíceis de seguir quando o ouvinte ainda não conhecia o universo que descreviam. Mas faz muito tempo que imaginamos que era o universo real, em que nos escoramos.) Por isso, quando Bergotte, o que hoje porém parece muito simples, dizia de Cottard que era um ludião em busca de seu equilíbrio, e de Brichot que "o cuidado com seu penteado lhe dava ainda mais trabalho que a madame Swann, porque com a dupla preocupação de seu perfil e de sua reputação a arrumação da cabeleira devia a todo instante lhe dar o aspecto ao mesmo tempo de um leão e de um filósofo", não demorávamos a sentir cansaço e gostaríamos de tomar pé em alguma coisa mais concreta, dizíamos, para significar algo mais habitual. As palavras irreconhecíveis saídas da máscara que eu tinha diante dos olhos, era de fato ao escritor a quem eu admirava que devia atribuí-las, elas não poderiam se inserir em seus livros como peças de um quebra-cabeça que se encaixam entre outras, estavam em outro plano e necessitavam de uma transposição mediante a qual, num dia em que repetia comigo mesmo frases que ouvira Bergotte dizer, encontrei toda a estrutura de seu estilo escrito, cujas diferentes peças pude reconhecer e designar naquele discurso falado que me parecera tão diferente.

De um ponto de vista mais acessório, o modo especial, minucioso e tão intenso que ele tinha de pronunciar certas palavras, certos adjetivos que costumavam se repetir em sua conversa e que não proferia sem certa ênfase, escandindo todas as suas sílabas e cantando a última (como na palavra "semblante", que ele sempre substituía à palavra "rosto" e à qual acrescentava uma porção de *s*, de *b*, de *t*, que nesses momentos pareciam todos explodir de sua mão aberta), correspondia exatamente ao belo lugar em que na sua prosa ele levava à luz essas palavras amadas, precedidas por uma espécie de margem e compostas de tal maneira no número total da frase, que éramos obrigados, sob pena de cometer um erro de compasso, a contar toda a sua "quantidade". Não se encontrava, porém, na linguagem de Bergotte certa luminosidade que em seus livros, como nos de alguns outros autores, costuma modificar na frase escrita a aparência das palavras. Provavelmente, é que essa luminosidade vem de grandes profundezas e não leva seus raios até nossas palavras nas horas em que, abertos aos outros pela conversação, estamos em certa medida fechados a nós mesmos. A esse respeito, havia mais entonações, mais acentuação em seus livros que em suas palavras; acentuação independente da beleza do estilo, que o próprio autor com certeza não percebeu, pois é inseparável de sua personalidade mais íntima. Era essa acentuação que, nos momentos em que Bergotte se mostrava completamente natural em seus livros, ritmava as palavras volta e meia tão insignificantes que então escrevia. Essa acentuação não é notada no texto, onde nada a indica, mas se acrescenta por si mesma às frases, não se podendo dizê-las de outra maneira, ela é o que havia de mais efêmero e no entanto de mais profundo no escritor, e é o que dará testemunho de sua natureza, que dirá se, apesar de todas as durezas que ele expressou, era suave, e apesar de todas as sensualidades, sentimental.

Certas peculiaridades de elocução que na conversação de Bergotte existiam no estado de tênues traços não lhe pertenciam com exclusividade, pois quando mais tarde conheci seus irmãos e suas irmãs, encontrei-as neles bem mais acentuadas. Era alguma coisa de brusco e de rouco nas últimas palavras de uma frase alegre, alguma coisa de enfraquecido e moribundo no fim de uma frase triste. Swann, que conhecera o Mestre em criança, dissera-me que então ouviam-se nele, tanto quanto em seus irmãos e irmãs, essas inflexões de certa forma familiares, ora gritos de violenta alegria, ora murmúrios de uma lenta melancolia, e que na sala onde brincavam todos juntos ele representava o seu papel melhor do que ninguém, nos seus concertos sucessivamente ensurdecedores e lânguidos. Por mais peculiar que seja, todo esse ruído que escapa das criaturas é fugaz e não lhes sobrevive. Mas não foi assim com a pronúncia da família Bergotte. Pois se é difícil compreender algum dia, mesmo em *Os mestres cantores*, como um artista consegue inventar a música escutando os pássaros chilrearem,* Bergotte porém transpusera e fixara em sua prosa esse modo de arrastar as palavras que se repetem em clamores de alegria ou gotejam em tristes suspiros. Há em seus livros certas terminações de frases em que a acumulação das sonoridades se prolonga, como nos últimos acordes de uma abertura de ópera que não consegue concluir e retoma várias vezes sua suprema cadência antes que o maestro pouse a batuta, nas quais encontrei mais tarde um equivalente musical daqueles metais fonéticos da família Bergotte. Mas quanto a ele, a partir do momento em que as transpôs em seus livros deixou inconscientemente de usá-las em seu discurso. Desde o dia em que começara a escrever e, com mais razão ainda, mais tarde, quando o conheci, sua voz se desorquestrara delas para sempre.

Aqueles jovens Bergotte — o futuro escritor e seus irmãos e irmãs — não eram decerto superiores, muito pelo contrário, a jovens mais hábeis, mais espirituosos, que achavam os Bergotte bem ruidosos, quiçá um pouco vulgares, irritantes em suas brincadeiras que caracterizavam o "gênero" meio pretensioso, meio bobinho, da casa. Mas o gênio, e mesmo o grande talento, vem menos de elementos intelectuais e de refinamento social superiores aos dos outros que

---

* Em *Os mestres cantores*, ópera de Richard Wagner criada em 1868, a mão de Eva é prometida ao vencedor de um concurso de canto, Walther, que ignora as regras da tablatura e entoa um hino à primavera inspirado no canto dos pássaros.

da faculdade de transformá-los, de transpô-los. Para aquecer um líquido com uma lâmpada elétrica, não se trata de ter a lâmpada mais forte possível, mas uma cuja corrente possa deixar de iluminar, ser desviada e produzir, em vez de luz, calor. Para passear pelos ares, não é necessário ter o automóvel mais potente, mas um automóvel que, deixando de correr pelo chão e cortando na vertical a linha que seguia, seja capaz de converter em força ascensional sua velocidade horizontal. No dia em que o jovem Bergotte conseguiu mostrar ao mundo de seus leitores o salão de mau gosto onde passara a infância e as conversas não muito engraçadas que mantinha com seus irmãos, nesse dia subiu mais alto que os amigos de sua família, mais espirituosos e mais distintos: estes, em seus belos Rolls-Royce, poderiam voltar para casa demonstrando um pouco de desprezo pela vulgaridade dos Bergotte; mas ele, em seu modesto aparelho que acabava enfim de "decolar", sobrevoava-os.

Era, não mais com membros de sua família, mas com certos escritores de seu tempo, que tinha em comum outros traços de sua elocução. Alguns mais jovens que começavam a renegá-lo e pretendiam não ter nenhum parentesco intelectual com ele o manifestavam sem querer, empregando os mesmos advérbios, as mesmas preposições que ele repetia incessantemente, construindo as frases da mesma maneira, falando no mesmo tom amortecido, arrastado, em reação contra a linguagem eloquente e fácil da geração anterior. Talvez esses jovens — veremos quem eram, nesse caso — não tivessem conhecido Bergotte. Mas seu modo de pensar, neles inoculado, desenvolvera-lhes essas alterações da sintaxe e da inflexão que têm relação necessária com a originalidade intelectual. Relação que, aliás, exige ser interpretada. Por isso, se Bergotte não devia nada a ninguém em seu modo de escrever, tirava seu modo de falar de um de seus velhos camaradas, maravilhoso conversador cuja ascendência ele sofrera e que imitava sem querer na conversa mas que, sendo menos dotado, jamais escrevera livros verdadeiramente superiores. De modo que se nos ativéssemos à originalidade da maneira de falar, Bergotte seria etiquetado de discípulo, escritor de segunda mão, ao passo que, influenciado por seu amigo no terreno da conversação, fora original e criador como escritor. Com certeza, também para se separar da geração anterior, exageradamente chegada a abstrações, a grandes lugares-comuns, quando Bergotte queria falar bem de um livro, o que valorizava, o que citava era sempre alguma cena que produzisse uma imagem, algum quadro sem significado racional. "Ah! Sim!", dizia. "Está bem! Há uma menina de xale cor de laranja, ah! Muito bem", ou então: "Oh! Sim, tem uma passagem em que há um regimento que atravessa a cidade, ah, sim, muito bom!" Quanto ao estilo, ele não era totalmente de sua época (e, por sinal, mantinha-se muito exclusivamente à sua terra, detestava Tolstói, George Eliot, Ibsen e Dostoiévski), pois a palavra que voltava toda vez que ele queria elogiar um estilo era a palavra "suave". "Sim, apesar de tudo, prefiro o Chateaubriand de *Atala* ao de *René*, parece-me que é mais suave."* Dizia essa palavra como um médico a quem um doente garante que o leite lhe faz mal ao estômago, e que responde: "Mas é tão suave". E é verdade que havia no estilo de Bergotte uma espécie de harmonia semelhante àquela pela qual os antigos teciam louvores a alguns de seus oradores, louvores cuja natureza dificilmente concebemos, habituados que estamos às nossas línguas modernas em que não procuramos esse gênero de efeitos.

Também dizia, com um sorriso tímido, de páginas suas às quais lhe declaravam admiração: "Creio que é bastante verdadeiro, é bastante exato, e isso pode ser útil", mas simplesmente por modéstia, como uma mulher a quem se diz que seu vestido, ou sua filha, é fascinante, e ela responde, quanto ao primeiro: "É confortável", e à segunda: "Tem boa índole". Mas o instinto do construtor era por demais profundo em Bergotte para que ele ignorasse que a única prova que construíra utilmente e de acordo com a verdade residia na alegria que sua obra lhe dera, a ele primeiro, aos outros em seguida. Só muitos anos mais tarde, quando deixou de ter talento, sempre que escreveu alguma coisa que não o satisfez, a fim de não suprimi-la como deveria, a fim de publicá-la repetiu, dessa vez a si mesmo: "Apesar de tudo, é bastante exato, e não é inútil ao meu país". De modo que a frase murmurada outrora diante de seus admiradores por uma astúcia de sua modéstia o foi no final, no segredo de seu coração, pelas inquietações de seu orgulho. E as mesmas palavras

---

* Entre os grandes escritores do século XIX, Anatole France distinguia os que tinham a "suavidade" e os que tinham a "força". Cf. artigo em *Le Temps*, 13 de fevereiro de 1887, publicado em Anatole France, *La Vie littéraire* (1ª série, Paris: Calmann-Lévy, 1888).

que tinham servido a Bergotte de desculpa supérflua para o valor de suas primeiras obras tornaram-se para ele como que um consolo inócuo da mediocridade das últimas.

Uma espécie de severidade de gosto que tinha, de vontade de jamais escrever senão coisas de que pudesse dizer: "É suave", e que o fizera passar tantos anos por artista estéril, precioso, cinzelador de nadas, era ao contrário o segredo de sua força, pois o hábito molda tão bem o estilo do escritor quanto o caráter do homem, e o autor que várias vezes contentou-se em atingir na expressão de seu pensamento uma certa graça, fixa assim para sempre os limites de seu talento, bem como, costumando ceder ao prazer, à preguiça, ao medo de sofrer, nós mesmos desenhamos, num caráter em que o retoque acaba já não sendo possível, o semblante de nossos vícios e os limites de nossa virtude.

Porém, se apesar de tantas correspondências que percebi mais adiante entre o escritor e o homem eu não acreditara no primeiro momento, na casa de madame Swann, que fosse Bergotte, que fosse o autor de tantos livros divinos aquele que estava na minha frente, talvez não estivesse completamente errado, pois ele mesmo (no verdadeiro sentido da palavra) tampouco "acreditava". Não o acreditava, pois mostrava grande solicitude com pessoas da alta-roda (sem, aliás, ser esnobe), com homens de letras, jornalistas que lhe eram bem inferiores. Decerto, agora ficara sabendo pelo sufrágio dos outros que tinha gênio, e ao lado disso a posição na sociedade e os postos oficiais nada são. Soubera que tinha gênio mas nele não acreditava porquanto continuava a simular deferência pelos escritores medíocres para chegar a ser, proximamente, acadêmico, embora a Academia ou o Faubourg Saint-Germain tenham tão pouco a ver com a parte do Espírito eterno que é o autor dos livros de Bergotte quanto com o princípio de causalidade ou a ideia de Deus. Isso ele também sabia, tal como um cleptômano sabe, em vão, que roubar é errado. E o homem de barbicha e nariz em caracol tinha astúcias de gentleman ladrão de garfos, para se aproximar da cadeira acadêmica esperada ou de tal duquesa que dispunha de vários votos nas eleições, mas se aproximar atentando para que nenhuma pessoa que julgasse que era um vício perseguir tal objetivo pudesse ver sua manobra. Só o conseguia em parte, todos ouviam alternarem-se com as palavras do verdadeiro Bergotte as do Bergotte egoísta, ambicioso e que só pensava em falar de certas pessoas poderosas, nobres ou ricas, para se valorizar, ele que em seus livros, quando era verdadeiramente ele mesmo, tinha tão bem mostrado, puro como o de uma nascente, o encanto dos pobres.

Quanto a esses outros vícios a que o senhor de Norpois fizera alusão, a esse amor meio incestuoso que se dizia até mesmo agravado por uma desonestidade em matéria de dinheiro, embora contradissessem de modo chocante a tendência de seus últimos romances, cheios de uma preocupação tão escrupulosa e tão dolorosa com o bem que envenenava as menores alegrias de seus heróis e que para o próprio leitor desprendia um sentimento de angústia pelo qual a mais doce existência parecia difícil de suportar, esses vícios não provavam, porém, supondo que imputados com justiça a Bergotte, que sua literatura fosse mentirosa e que tanta sensibilidade fosse teatro. Tal como em patologia certos estados de aparência semelhante devem-se, uns a um excesso, outros a uma insuficiência de tensão, de secreção etc., assim também pode haver vício por hipersensibilidade como há vício por falta de sensibilidade. Talvez apenas em vidas realmente viciosas é que o problema moral pode se colocar com toda a sua força de ansiedade. E a esse problema o artista dá uma solução, não no plano de sua vida individual, mas do que é para ele sua verdadeira vida, uma solução geral, literária. Como os grandes doutores da Igreja começaram muitas vezes, embora sendo bons, por conhecer os pecados de todos os homens, e daí tiraram sua santidade pessoal, muitas vezes os grandes artistas, embora sendo maus, servem-se de seus vícios para chegar a conceber a regra moral de todos. Foram os vícios (ou somente as fraquezas e os ridículos) do meio onde viviam, as palavras inconsequentes, a vida frívola e chocante da filha, as traições da mulher ou suas próprias faltas, que com mais frequência os escritores aviltaram em suas diatribes sem por isso mudar o modo de vida do casal ou o mau ambiente que reina em seu lar. Mas esse contraste chocava menos antigamente do que no tempo de Bergotte, porque de um lado, à medida que a sociedade se corrompia, as noções de moralidade iam se depurando, e de outro, o público estava mais a par do que até então estivera da vida privada dos escritores; e certas noites, no teatro, apontavam para o autor que eu tanto admirara em Combray, sentado no fundo de um camarote cujos ocupantes já bastavam para que se fizesse um comentário singularmente risível ou pungente, como um desmentido impudente da tese que ele acabava de defender em sua última obra. Não foi o que uns ou outros puderam me dizer que me deu muitas informações sobre a bondade ou a maldade de Bergotte. Alguém chegado a ele fornecia provas de sua dureza, um desconhecido citava um traço (tocante, pois é evidente que destinado a se manter oculto) de sua sensibilidade profunda. Ele agira cruelmente com sua mulher.* Mas num albergue de aldeia onde fora pernoitar, permanecera para velar uma pobre que tentara se atirar na água, e quando fora obrigado a partir deixara muito dinheiro com o estalajadeiro para que não expulsasse aquela coitada e tivesse atenções com ela. Talvez, quanto mais o grande escritor desenvolveu-se em Bergotte à custa do homem de barbicha, mais sua vida individual afogou-se na onda de todas as vidas que ele imaginava, não mais parecendo obrigá-lo a deveres efetivos, os quais ele substituía pelo dever de imaginar essas outras vidas. Mas ao mesmo tempo, por imaginar os sentimentos dos outros tão bem como se fossem os seus, quando surgia a ocasião de ter de se dirigir a um infeliz, pelo menos de modo passageiro, fazia-o partindo não de seu ponto de vista pessoal, mas daquele do próprio ser que sofria, ponto de vista em que lhe teria horrorizado a linguagem dos que continuam a pensar em seus pequenos interesses perante a dor do outro. De modo que estimulou ao seu redor rancores justificados e gratidões inextinguíveis.

Era sobretudo um homem que, no fundo, só amava de verdade certas imagens e (como uma miniatura no fundo de uma caixinha) compô-las e pintá-las com as palavras. Por um nada que lhe tivessem enviado, se esse nada lhe ensejasse entrelaçar algumas imagens, mostrava-se pródigo na expressão de seu reconhecimento, ao passo que não demonstrava nenhum por um luxuoso presente. E se tivesse de se defender perante um tribunal, teria involuntariamente escolhido as palavras, não conforme o efeito que pudessem produzir no juiz, mas buscando imagens que o juiz decerto não perceberia.

---

* Em 1888 Anatole France começou uma relação com Léontine Arman de Caillavet, que mantinha um famoso salão literário. Sua esposa, que teria enfeado muito, teve crises de ciúme que levaram o escritor a deixar de lhe dirigir a palavra e, finalmente, a lhe enviar uma carta de separação. Em 2 de agosto de 1893 o casal se divorciou.

Naquele primeiro dia em que o vi na casa dos pais de Gilberte, contei a Bergotte que ouvira recentemente a Berma em *Fedra*; ele me disse que na cena em que ela fica de braço erguido na altura do ombro — justamente uma das cenas em que tanto se aplaudira —, soubera evocar com arte muito nobre essas obras-primas que talvez jamais tivesse visto, uma Hespéride que faz o mesmo gesto no alto de uma métope de Olímpia, e também as belas virgens do antigo Erecteion.

"Pode ser uma adivinhação, mas imagino que ela vá aos museus. Seria interessante 'detectar' ('detectar' era um desses termos habituais em Bergotte e que certos jovens que jamais o haviam encontrado tinham adotado, falando igual a ele como por uma espécie de sugestão à distância).

— Está pensando nas Cariátides?, perguntou Swann.

— Não, não, disse Bergotte, exceto na cena em que ela confessa a Enone sua paixão e em que faz com a mão o gesto de Hegeso na estela do Cerâmico, é uma arte bem mais antiga que ela reanima. Eu falava das Korai do antigo Erecteion, e reconheço que talvez não haja nada que esteja tão longe da arte de Racine, mas já há tantas coisas em *Fedra*..., uma a mais... Ah! E além disso, sim, é muito bonita a pequena Fedra do século vi, a verticalidade do braço, o cabelo cacheado que 'parece mármore', sim, pensando bem, já é muito ter encontrado tudo isso. Há aí muito mais antiguidade do que em vários livros que este ano se chamam 'antigos'."

Como Bergotte dirigira num de seus livros uma célebre evocação a essas estátuas arcaicas, as palavras que pronunciava naquele momento eram muito claras para mim e davam-me nova razão para me interessar pelo desempenho da Berma. Tentava revê-la em minha lembrança, tal como estivera naquela cena em que me recordava que ela erguera o braço à altura do ombro. E me dizia: "Eis a Hespéride de Olímpia; eis a irmã de uma dessas admiráveis orantes da Acrópole; eis o que é uma arte nobre". Mas para que esses pensamentos pudessem me embelezar o gesto da Berma, seria preciso que Bergotte os tivesse fornecido antes da representação. Então, quando aquela atitude da atriz existia efetivamente diante de mim, naquele momento em que a coisa que acontece ainda tem a plenitude da realidade, eu poderia ter tentado extrair-lhe a ideia de escultura arcaica. Mas o que eu conservava da Berma naquela cena era uma lembrança que já não se podia modificar, diminuta como uma imagem desprovida desses segredos profundos do presente que se deixam escavar e de onde se pode tirar verdadeiramente algo novo, uma imagem à qual não é possível impor retroativamente uma interpretação que já não seria passível de verificação, de sanção objetiva. Para se meter na conversa, madame Swann me perguntou se Gilberte pensara em me dar o que Bergotte escrevera sobre *Fedra*. "Tenho uma filha tão avoada", acrescentou. Bergotte deu um sorriso de modéstia e retrucou que eram páginas sem importância. "Mas é tão bonitinho esse pequeno opúsculo, esse pequeno *tract*", disse madame Swann para mostrar-se boa anfitriã, para dar a entender que lera a brochura, e também porque gostava não apenas de felicitar Bergotte, mas de fazer uma escolha entre as coisas que ele escrevia, dirigi-lo. E a bem da verdade ela o inspirou, de modo diferente do que imaginou, aliás. Mas, afinal, há entre o que foi a elegância do salão de madame Swann e todo um aspecto da obra de Bergotte relações tais que cada uma dessas coisas pode ser para os velhos de hoje, alternadamente, comentário da outra.

Eu me deixava levar relatando minhas impressões. Várias vezes Bergotte não as considerava corretas, mas me deixava falar. Disse-lhe que gostara daquela iluminação verde feita no momento em que Fedra levanta o braço. "Ah! Você daria muito prazer ao cenógrafo, que é um grande artista, vou contar a ele porque tem muito orgulho dessa luz. Devo dizer que não me agrada muito, pois banha tudo numa espécie de máquina glauca, a pequena Fedra, ali dentro, fica excessivamente ramo de coral no fundo de um aquário. Você dirá que isso faz sobressair o lado cósmico do drama. É verdade. Mesmo assim, seria melhor para uma peça que se passasse no reino de Netuno. Bem sei que há ali uma vingança de Netuno. Meu Deus, não peço que só se pense em Port-Royal, mas, bem, o que Racine contou não são os amores dos ouriços-do-mar. Mas afinal, foi o que meu amigo quis, e, pensando bem, tem muita força, e no fundo é muito bonito. Sim, em suma, você gostou, compreendeu, não é? No fundo pensamos o mesmo a respeito, é um pouco insensato o que ele fez, não é, mas, enfim, é muito inteligente." E quando a opinião de Bergotte era assim contrária à minha, de jeito nenhum ele me reduzia ao silêncio, à impossibilidade de nada responder, como teria feito o senhor de Norpois. Isso não prova que as opiniões de Bergotte fossem menos válidas que as do embaixador, ao contrário. Uma ideia forte comunica um pouco de sua força ao contraditor. Como participa do valor universal dos espíritos, ela se insere, se enxerta no espírito daquele a quem refuta, no meio de ideias adjacentes, com o auxílio das quais, recuperando alguma vantagem, ele a completa, a retifica; tanto assim que a sentença final é de certa forma obra das duas pessoas que discutiam. É às ideias que não são propriamente ideias, às ideias que, sem ter onde se escorar, não encontram nenhum ponto de apoio, nenhum ramo fraterno no espírito do adversário, que este, às voltas com o puro vazio, nada encontra para responder. Os argumentos do senhor de Norpois (em matéria de arte) eram irreplicáveis porque eram sem realidade.

Como Bergotte não afastasse minhas objeções, confessei-lhe que tinham sido desprezadas pelo senhor de Norpois. "Mas esse é um velho papagaio, respondeu; deu-lhe umas bicadas porque sempre acredita ter diante de si uma fatia de bolo ou um molusco. — Como? Conhece Norpois?, perguntou-me Swann. — Ah! Ele é maçante como a chuva", interrompeu sua mulher, que tinha muita confiança no julgamento de Bergotte e com certeza temia que o senhor de Norpois nos tivesse falado mal dela. "Quis conversar com ele depois do jantar, não sei se é a idade ou a digestão, mas achei-o tão atarantado. Pelo visto, seria preciso lhe dar um estimulante! — Pois é, isso mesmo, disse Bergotte, muitas vezes ele de fato tem de se calar para não esgotar antes do fim da noite o estoque de tolices que engomam o jabô de sua camisa e lhe mantêm o colete branco. — Acho Bergotte e minha mulher muito severos", disse Swann, que assumira em sua casa o "emprego" de homem de bom senso. "Reconheço que Norpois não pode lhes interessar muito, mas de outro ponto de vista" (pois Swann gostava de colher as belezas da "vida"), "é alguém bastante curioso, bastante curioso como 'amante'. Quando era secretário em Roma, acrescentou, depois de se assegurar de que Gilberte não podia ouvir, tinha em Paris uma amante por quem estava apaixonado e dava um jeito de viajar duas vezes por semana para vê-la por duas horas. Era, por sinal, uma mulher muito inteligente e encantadora, naquele momento, agora é uma velhota rica. E houve várias outras nesse intervalo. Eu teria enlouquecido se a mulher a quem amasse tivesse de morar em Paris enquanto eu estivesse preso em Roma. As pessoas nervosas deveriam sempre amar, como diz o povo, 'gente abaixo delas', a fim de que uma questão de interesse mantenha a mulher que amam à sua disposição." Nesse momento Swann se apercebeu da aplicação que eu podia fazer dessa máxima a ele e a Odette. E como mesmo entre os seres superiores, quando parecem pairar conosco acima da vida, o amor-próprio sempre é mesquinho, ele foi invadido por profundo mau humor comigo. Mas isso só se manifestou pela inquietação de seu olhar. No próprio momento nada me disse. O que não deve surpreender. Quando Racine, de acordo com um relato, aliás, controvertido mas cujo conteúdo se repete todos os dias na vida de Paris, fez alusão a Scarron* perante Luís xiv, o mais poderoso rei do mundo nada disse naquela mesma noite ao poeta. E foi no dia seguinte que este caiu em desgraça.

Mas como uma teoria deseja ser expressa por inteiro, Swann, depois desse minuto de irritação e tendo limpado a lente do monóculo, completou seu pensamento com estas palavras, que deviam mais tarde tomar em minha lembrança o valor de uma advertência profética que eu não soube levar em conta. "O perigo desse gênero de amores é, porém, que a sujeição da mulher acalma um momento os ciúmes do homem mas também o torna mais exigente. Ele chega a fazer sua amante viver como esses prisioneiros que são iluminados dia e noite para serem mais bem vigiados. E isso, geralmente, acaba em dramas."

Voltei ao senhor de Norpois. "Não se fie nele, pois é, ao contrário, muito maledicente", disse madame Swann com uma inflexão que me pareceu significar que o senhor de Norpois falara mal dela, tanto mais que Swann olhou para a mulher com ar de reprimenda e como que para impedi-la de prosseguir.

Enquanto isso, Gilberte, a quem já tinham pedido duas vezes que fosse se arrumar para sair, continuava nos escutando, entre sua mãe e seu pai, em cujo ombro estava carinhosamente encostada. À primeira vista, nada contrastava mais com madame Swann, que era morena, do que aquela mocinha de cabeleira ruiva, pele dourada. Mas um instante depois se reconheciam em Gilberte muitos traços — por exemplo, o nariz cortado com brusca e infalível decisão pelo escultor invisível que trabalha com seu cinzel para várias gerações —, a expressão, os gestos da mãe; para fazer uma comparação em ou-

---

*   Paul Scarron (1610-60) foi o primeiro marido de Françoise d'Aubigné, futura madame de Maintenon, que se casou em segundas núpcias com Luís xiv.

— |4| —

tra arte, parecia um retrato ainda pouco semelhante de madame Swann e que o pintor, por um capricho de colorista, tivesse feito posar meio disfarçada, pronta para ir como uma veneziana a um jantar de "máscaras". E como só tinha uma peruca loura, e todo átomo escuro fora expulso de sua carne, a qual, despida de seus véus morenos, parecia mais nua, coberta apenas pelos raios desprendidos por um sol interior, a caracterização não parecia só superficial, mas feita na própria carne; Gilberte parecia figurar algum animal fabuloso, ou usar um disfarce mitológico. Aquela pele ruiva era a do pai, a ponto de a natureza parecer ter tido de resolver, quando Gilberte foi criada, o problema de refazer pouco a pouco madame Swann, tendo à sua disposição como material apenas a pele do senhor Swann. E a natureza a utilizara perfeitamente, como um mestre fabricante de uchas que insiste em deixar aparentes a textura, os nós da madeira. No rosto de Gilberte, bem no canto do nariz de Odette perfeitamente reproduzido, a pele se levantava para manter intactos os dois sinaizinhos do senhor Swann. Era uma nova variedade de madame Swann que ali se obtivera, ao lado dela, assim como um lilás branco perto de um lilás violeta. No entanto, não se deveria imaginar que a linha de demarcação entre as duas semelhanças fosse perfeitamente nítida. Por instantes, quando Gilberte ria, distinguia-se o oval da face do pai no rosto da mãe, como se alguém os tivesse juntado para ver no que daria a mistura; esse oval se definia assim como um embrião se forma, alongava-se obliquamente, inchava, um instante depois desaparecia. Nos olhos de Gilberte havia o bom olhar franco do pai; era aquele que mostrara quando me dera a bolinha de ágata e me dissera: "Guarde-a como lembrança de nossa amizade". Mas caso se fizesse a Gilberte uma pergunta sobre o que tinha feito, então se viam naqueles mesmos olhos o embaraço, a incerteza, a dissimulação, a tristeza que outrora tinha Odette quando Swann lhe perguntava aonde fora, e quando ela lhe dava uma dessas respostas mentirosas que desesperavam o amante e agora o faziam abruptamente mudar de conversa como marido sem curiosidade e prudente. Volta e meia, nos Champs-Élysées, eu ficava inquieto vendo esse olhar em Gilberte. Mas quase sempre, sem razão. Pois nela, sobrevivência totalmente física de sua mãe, aquele olhar — pelo menos aquele — já não correspondia a nada. Era quando tinha ido às suas aulas, quando devia voltar para uma lição que as pupilas de

Gilberte executavam aquele movimento que antigamente nos olhos de Odette era causado pelo medo de revelar que recebera de dia um de seus amantes ou estava apressada para ir a um encontro. Assim se viam essas duas naturezas do senhor e da senhora Swann ondularem, refluírem, colocarem-se alternadamente uma sobre a outra, no corpo daquela Melusina.

Sem dúvida, bem sabemos que uma criança tem coisas do pai e da mãe. Ainda assim, a distribuição das qualidades e dos defeitos que herda faz-se tão estranhamente que, de duas qualidades que pareciam inseparáveis num dos pais, já não se encontra senão uma na criança, e aliada àquele defeito do outro progenitor que parecia inconciliável com ela. Até a encarnação de uma qualidade moral num defeito físico incompatível costuma ser uma das leis da semelhança filial. De duas irmãs, uma terá, junto com a altiva estatura do pai, o espírito mesquinho da mãe; a outra, investida da inteligência paterna, a apresentará ao mundo sob o aspecto que tem a mãe; de sua mãe, o nariz grande, o ventre nodoso, e até a voz tornaram-se a roupagem de dons que se conheciam sob uma soberba aparência. De modo que de cada uma das duas irmãs é possível dizer com igual razão que é a que mais se parece com um dos progenitores. É verdade que Gilberte era filha única, mas havia pelo menos duas Gilberte. As duas naturezas, do pai e da mãe, não só se misturavam nela; disputavam-na, e ainda assim isso seria falar de modo inexato e faria supor que, enquanto isso, uma terceira Gilberte sofria por ser a presa das outras duas. Ora, Gilberte era alternadamente uma e depois outra, e a cada momento nada mais que uma, isto é, incapaz, quando era menos boa, de sofrer por isso, porque então a melhor Gilberte não conseguia, devido à sua ausência momentânea, verificar essa degradação. Por isso, a menos boa das duas era livre para desfrutar de prazeres pouco nobres. Quando a outra falava com o coração do pai, tinha vistas largas, gostaríamos de levar adiante com ela um belo e benéfico empreendimento, o que lhe dizíamos, mas no momento em que íamos concluí-lo, o coração da mãe já retomara o seu lugar; e era ele que nos respondia; e ficávamos decepcionados e irritados — quase intrigados como que diante de uma substituição de pessoa — com uma reflexão mesquinha, um risinho pérfido com que Gilberte se comprazia, pois saíam de quem ela era naquele momento. Às vezes, a distância era de fato tão grande entre as duas Gilberte que indagávamos, inutilmente aliás, o que podíamos ter lhe feito para reencontrá-la tão diferente. Ao encontro que nos tinha proposto, não só não havia comparecido e depois não se desculpava, como, fosse qual fosse a influência que pudesse ter mudado sua decisão, em seguida mostrava-se tão diferente que pensaríamos, vítimas de uma semelhança como a que serve de tema aos *Menecmos*,* não estarmos diante da pessoa que nos pedira tão gentilmente para nos ver se ela não nos tivesse demonstrado um mau humor que denunciava sentir-se em falta e desejando evitar explicações.

"Ande, vamos, você vai nos fazer esperar, disse-lhe sua mãe.

— Estou tão bem aqui perto do meu papaizinho, quero ficar mais um pouco", respondeu Gilberte escondendo a cabeça sob o braço do pai, que passou carinhosamente os dedos em sua cabeleira loura.

Swann era um desses homens que, tendo vivido muito tempo nas ilusões do amor, viram o bem-estar que deram a inúmeras mulheres aumentar a felicidade delas sem lhes criar nenhuma gratidão, nenhuma ternura por eles; mas em seus filhos creem sentir uma afeição que, encarnada em seu próprio nome, os fará perdurar depois de sua morte. Quando não houvesse mais Charles Swann, ainda haveria uma senhorita Swann, ou uma madame X, Swann em solteira, que continuaria a amar o pai falecido. Mesmo a amá-lo demais, talvez, pensava sem dúvida Swann, pois respondeu a Gilberte: "Você é uma boa filha", nesse tom enternecido pela inquietação que nos inspira, para o futuro, a ternura demasiado apaixonada de uma criatura destinada a nos sobreviver. Para disfarçar a emoção, meteu-se na nossa conversa sobre a Berma. Observou-me, mas em tom distante, enfarado, como se quisesse de certa forma permanecer fora do que dizia, com que inteligência, com que justeza imprevista a atriz dizia a Enone: "Tu o sabias!". Tinha razão: aquela entonação, ao menos, era de um valor realmente inteligível e, por isso, poderia satisfazer meu desejo de encontrar razões irrefutáveis para admirar a Berma. Mas era por causa de sua própria clareza que ela não satisfazia esse desejo. A entonação era tão engenhosa, com uma intenção e um sentido tão definidos, que parecia existir

---

* *Os Menecmos*, comédia de Plauto, tem como tema a semelhança física entre dois gêmeos, que se reencontram na vida adulta, gerando uma série de mal-entendidos e cenas cômicas.

em si mesma e que toda artista inteligente poderia adquiri-la. Era uma bela ideia; mas quem quer que a concebesse tão plenamente a possuiria igualmente. Restava à Berma que ela a encontrara, mas pode-se empregar a palavra "encontrar" quando se trata de encontrar alguma coisa que não seria diferente se a tivéssemos recebido, alguma coisa que não decorre essencialmente de nosso ser, já que outro pode em seguida reproduzi-lo?

"Meu Deus, mas como sua presença eleva o *nível da conversa!*", diz-me, como para se desculpar junto a Bergotte, Swann, que adquirira no círculo Guermantes o hábito de receber os grandes artistas como bons amigos a quem se busca apenas fazer comer os pratos de que gostam, participar dos jogos ou, no campo, praticar os esportes que lhes agradam. "Parece-me que estamos de fato falando de *arte*, acrescentou. — É muito bom, gosto muito disso", disse madame Swann lançando-me um olhar reconhecido, por bondade e também porque conservara suas antigas aspirações de uma conversa mais intelectual. Em seguida, foi com outras pessoas, Gilberte em especial, que Bergotte falou. Eu lhe dissera tudo o que sentia com uma liberdade que me espantara e que decorria de que, tendo com ele me habituado, fazia anos (durante tantas horas de solidão e leitura, em que ele me era apenas a melhor parte de mim mesmo), à sinceridade, à franqueza, à confiança, ele me intimidava menos do que uma pessoa com quem falasse pela primeira vez. E no entanto, pela mesma razão estava muito inquieto com a impressão que devia ter lhe causado, pois o desprezo que eu supusera que teria por minhas ideias não datava de hoje, mas dos tempos já remotos em que eu começara a ler seus livros, em nosso jardim de Combray. Porventura deveria ter pensado, contudo, que se tinha sido sincero, abandonando-me ao meu pensamento, quando de um lado simpatizara tanto com a obra de Bergotte e de outro sentira no teatro um desapontamento cujas razões desconhecia, esses dois movimentos instintivos que me arrastaram não deviam ser tão diferentes um do outro, mas obedecer às mesmas leis; e que aquele espírito de Bergotte que eu amara em seus livros não devia ser algo inteiramente alheio e hostil à minha decepção e à minha incapacidade de expressá-la. Pois minha inteligência devia ser una, e talvez até só exista uma de que todos são colocatários, uma inteligência em que cada um, do fundo de seu corpo particular, fixa seus olhares, assim como no teatro onde, se cada um tem seu lugar, em contrapartida existe apenas um palco. Sem dúvida, as ideias que eu gostava de deslindar não eram as que em geral Bergotte aprofundava em seus livros. Mas se ele e eu tínhamos à nossa disposição a mesma inteligência, ao me ouvir expressá-las ele devia recordá-las, amá-las, sorrir-lhes, provavelmente conservando, apesar do que eu supunha, diante de seus olhos interiores toda uma outra parte da inteligência distinta daquela de que um recorte passara para seus livros e segundo a qual eu imaginara todo o seu universo mental. Assim como os padres que possuem a maior experiência do coração podem perdoar melhor os pecados que não cometem, assim o gênio que tem a maior experiência da inteligência pode compreender melhor as ideias mais opostas às que formam o fundo de suas próprias obras. Eu deveria ter cogitado em tudo isso (o que, aliás, nada tem de muito agradável, pois a benevolência dos altos espíritos tem como corolário a incompreensão e a hostilidade dos medíocres; ora, muito menos felizes somos com a amabilidade de um grande escritor que, a rigor, encontramos em seus livros do que sofremos com a hostilidade de uma mulher que não escolhemos por sua inteligência mas não conseguimos deixar de amar). Eu deveria ter cogitado em tudo isso, mas não o fazia, e estava convencido de que parecera estúpido a Bergotte, quando Gilberte me cochichou no ouvido:

"Estou morrendo de alegria porque você conquistou meu grande amigo Bergotte. Ele disse à mamãe que o achou tremendamente inteligente.

— Aonde vamos?, perguntei a Gilberte.

— Oh! Aonde quiserem, eu, como sabem, ir aqui ou ali..."

Mas desde o incidente que ocorrera no dia do aniversário da morte de seu avô, eu me indagava se o caráter de Gilberte não era diferente do que eu pensara, ou se aquela indiferença pelo que íamos fazer, aquela sabedoria, aquela calma, aquela doce submissão constante não escondiam, ao contrário, desejos muito apaixonados que, por amor-próprio, ela não queria mostrar e só revelava por súbita resistência quando por acaso fossem contrariados.

Como Bergotte morava no mesmo bairro que meus pais, saímos juntos; no carro, falou-me de minha saúde: "Nossos amigos me disseram que você está doente. Lamento muito. Mas pensando bem, não lamento muito porque vejo que você deve ter os prazeres da inteligência e é provavelmente o que conta acima de tudo para você, como para todos os que os conhecem".

Pobre de mim! O que ele dizia ali, como eu sentia ser pouco verdadeiro para mim, a quem qualquer raciocínio, por mais elevado que fosse, deixava frio, e só era feliz nos momentos em que simplesmente perambulava, quando sentia bem-estar; percebia a que ponto o que desejava na vida era meramente material, e com que facilidade teria dispensado a inteligência. Como não distinguia as fontes diferentes, mais ou menos profundas e duradouras, de que vinham meus prazeres, pensei, no momento de lhe responder, que teria apreciado uma vida em que tivesse me relacionado com a duquesa de Guermantes e em que muitas vezes tivesse sentido, como no antigo posto de coletoria dos Champs-Élysées, um ar fresco que me lembrasse Combray. Ora, nesse ideal de vida que não me atrevia a lhe confiar, os prazeres da inteligência não ocupavam lugar nenhum.

"Não, senhor, os prazeres da inteligência são bem pouca coisa para mim, não são eles que procuro, não sei sequer se algum dia os saboreei.

— Acha mesmo?, respondeu-me. Pois bem, escute, sim, deve ser isso que você prefere, ora essa, eu, cá comigo, é o que imagino, é o que eu acho."

Certamente, ele não me convencia; mas eu me sentia mais feliz, menos acanhado. Devido ao que o senhor de Norpois me dissera, eu havia considerado meus momentos de devaneio, de entusiasmo, de confiança em mim, como meramente subjetivos e inverídicos. Ora, segundo Bergotte, que pelo visto conhecia meu caso, parecia que o sintoma a desconsiderar era, ao contrário, o de minhas dúvidas, minha repulsa por mim mesmo. Mais que isso, o que ele dissera do senhor de Norpois tirava muito da força de uma condenação que eu julgara inapelável.

"Está sendo bem tratado?, perguntou-me Bergotte. Quem cuida da sua saúde?" Disse-lhe que tinha visto e certamente tornaria a ver Cottard. "Mas não é quem lhe convém!, respondeu-me. Não o conheço como médico. Mas o vi na casa de madame Swann. É um imbecil. A supor que isso não o impeça de ser um bom médico, o que custo a crer, impede-o de ser um bom médico para artistas, para gente inteligente. Pessoas como você precisam de médicos apropriados, diria quase que de regimes, de medicamentos especiais. Cottard vai entediá-lo e só o tédio será suficiente para impedir a eficácia de seu tratamento. E além disso esse tratamento não pode ser o mesmo para você e para um indivíduo qualquer. Três quartos do mal das pessoas inteligentes vêm de sua inteligência. Precisam de pelo menos um médico que conheça esse mal. Como quer que Cottard possa cuidar de você? Ele previu a dificuldade de digerir os molhos, o distúrbio gástrico, mas não previu a leitura de Shakespeare... Por isso os cálculos dele já não estão certos para você, o equilíbrio se rompeu, é sempre o pequeno ludião que vai subindo. Ele lhe encontrará uma dilatação de estômago, nem precisa examiná-lo, pois a tem de antemão nos olhos. Você pode vê-la, ela se reflete no lorgnon dele." Essa maneira de falar me cansava muito, eu ficava pensando, com a estupidez do bom senso: "Não há mais dilatação do estômago refletida no lorgnon do professor Cottard do que bobagens escondidas no colete branco do senhor de Norpois". "Eu lhe aconselharia, antes, prosseguiu Bergotte, o doutor Du Boulbon, que é muito inteligente. — É um grande admirador de suas obras", respondi. Vi que Bergotte já o sabia e concluí que os espíritos fraternos logo se unem, que há poucos verdadeiros "amigos desconhecidos". O que Bergotte me disse a respeito de Cottard me impressionou, embora sendo contrário a tudo aquilo em que eu acreditava. Não me inquietava achar que meu médico fosse tedioso; dele esperava que, graças a uma arte cujas leis me escapavam, proferisse acerca de minha saúde um indiscutível oráculo consultando minhas entranhas. E não fazia questão de que, com o auxílio de uma inteligência em que eu poderia supri-lo, tentasse compreender a minha, que eu só me figurava como uma maneira, indiferente em si mesma, de tentar atingir verdades exteriores. Duvidava muito que as pessoas inteligentes necessitassem de uma higiene diferente da dos imbecis e estava totalmente disposto a me submeter à destes últimos. "Quem precisaria de um bom médico é nosso amigo Swann", disse Bergotte. E como eu perguntasse se estava doente, respondeu: "Mas ora, é o homem que se casou com uma moça fácil, que todo dia engole cinquenta sapos de mulheres que não querem receber a dele ou de homens que dormiram com ela. Vemos esses sapos, eles lhe entortam a boca. Repare um dia a sobrancelha circunflexa que ele faz quando chega em casa, para ver quem está lá". A maledicência com que Bergotte falava assim a um estranho sobre amigos em cuja casa era recebido havia tanto tempo era tão nova para mim quanto o tom quase afetuoso que, na casa dos Swann, empregava a todo instante com eles. Com certeza, uma pessoa como minha tia-avó, por exemplo, seria incapaz de ter com algum de nós aquelas gentilezas que eu ouvira Bergotte prodigalizar a Swann. Até a pessoas de quem gostava ela sentia prazer em dizer coisas desagradáveis. Mas longe da presença delas não pronunciaria uma palavra que não pudessem ouvir. Nada era menos parecido com a alta-roda do que a nossa sociedade de Combray. A dos Swann já era um caminho rumo àquela, rumo a suas ondas versáteis. Ainda não era o alto-mar, mas já era a laguna. "Tudo isso fica entre nós", disse-me Bergotte ao me deixar, diante de minha porta. Alguns anos mais tarde, eu lhe teria respondido: "Nunca repito nada". É a frase ritual das pessoas de sociedade, com que o maledicente é sempre falsamente serenado. É a frase que, naquele dia, eu já teria dirigido a Bergotte, pois não se inventa tudo o que se diz, em especial nos momentos em que se age como personagem social. Mas ainda não a conhecia. Por outro lado, a de minha tia-avó em ocasião semelhante teria sido: "Se o senhor não quer que seja repetido, por que me diz isso?". É a resposta das pessoas insociáveis, dos "turrões". Eu não era: inclinei-me em silêncio.

Literatos que eram para mim personagens importantes faziam intrigas durante anos antes de chegarem a tecer com Bergotte relações que se mantinham sempre obscuramente literárias e não saíam de seu gabinete de trabalho, ao passo que eu, eu acabava de me instalar entre os amigos do grande escritor, logo de saída e tranquilamente, como alguém que em vez de fazer fila com todo mundo para conseguir um mau lugar, ganha os melhores, tendo passado por um corredor fechado aos outros. Se Swann me abrira assim esse corredor, era sem dúvida porque, tal como um rei se vê naturalmente convidando os amigos dos filhos para o camarote real, da mesma forma os pais de Gilberte recebiam os amigos da filha no meio das coisas preciosas que possuíam e das intimidades ainda mais preciosas que ali estavam emolduradas. Mas nessa época eu pensava, e talvez com razão, que aquela amabilidade de Swann era indiretamente dirigida a meus pais. Pensara ter ouvido no passado, em Combray, que ele lhes oferecera, ao ver minha admiração por Bergotte, levar-me para jantar na casa dele, e que meus pais tinham recusado, dizendo que eu era muito novo e muito nervoso para "sair". Com certeza, meus pais representavam para certas pessoas, justamente as que me pareciam as mais maravilhosas, alguma coisa bem diferente do que para mim, de modo que, como no tempo em que a dama de cor-de-rosa dirigira a meu pai elogios de que ele se mostrara tão pouco digno, eu bem gostaria que meus pais compreendessem que inestimável presente eu acabava de receber e demonstrassem gratidão àquele Swann generoso e cortês que o tinha oferecido a mim, ou a eles, sem deixar transparecer que percebia o seu valor mais do que, no afresco de Luini, o rei mago encantador, de nariz adunco e cabelos louros, com quem lhe haviam encontrado outrora — parece — grande semelhança.

Infelizmente, esse favor que Swann me fizera e que, ao entrar em casa, antes mesmo de tirar meu sobretudo, anunciei a meus pais na esperança de que despertasse em seu coração um sentimento tão comovido quanto o meu e os levasse a fazer alguma "cortesia" enorme e decisiva com os Swann, esse favor não pareceu muito apreciado por eles. "Swann o apresentou a Bergotte? Excelente conhecimento, encantadora relação!, exclamou ironicamente meu pai. Era só o que faltava!" Ai de mim, quando acrescentei que ele não tragava nem um pouco o senhor de Norpois:

"Naturalmente!, retrucou. Isso prova à perfeição que é um espírito falso e malévolo. Meu pobre filho, você já não tinha muito bom senso, estou desconsolado ao vê-lo cair num ambiente que vai acabar de perturbá-lo."

Já meu simples convívio com os Swann estava longe de encantar meus pais. A apresentação a Bergotte lhes pareceu uma consequência nefasta, mas natural, de um primeiro erro, da fraqueza que tinham cometido e que meu avô teria chamado de uma "falta de circunspecção". Senti que, para completar-lhes o mau humor, só me faltava dizer que aquele homem perverso e que não apreciava o senhor de Norpois me achara extremamente inteligente. De fato, quando meu pai considerava que uma pessoa, um de meus companheiros, por exemplo, estava num caminho errado — como eu naquele momento —, se esse aí caísse então nas boas graças de alguém que meu pai não estimava, ele via nesse sufrágio a confirmação de seu lastimável diagnóstico. O mal lhe aparecia ainda maior. Já o ouvia quase exclamando: "Necessariamente, *é todo um conjunto!*", frase que me apavorava pela imprecisão e pela imensidão das mu-

— 150 —

danças cuja iminente introdução ela parecia anunciar em minha tão doce vida. Mas como, mesmo se eu não tivesse contado o que Bergotte dissera de mim, já nada podia, ainda assim, apagar a impressão que meus pais haviam tido, que ela fosse ainda um pouco pior não tinha muita importância. Aliás, pareciam-me tão injustos, tão errados, que não só não tinha esperança como quase nem desejo de trazê-los a uma visão mais imparcial. No entanto, sentindo no momento em que as palavras saíam de minha boca como iam ficar assustados ao pensar que eu agradara a alguém que achava idiotas os homens inteligentes, que era alvo de desprezo das pessoas honradas, e cujo elogio, ao me parecer invejável, encorajava-me ao mal, foi em voz baixa e de um jeito meio envergonhado que, terminando meu relato, soltei esta pérola: "Ele disse aos Swann que me achou tremendamente inteligente". Como um cão envenenado que, sem saber, se atira num campo em cima da erva que é justamente o antídoto da toxina que absorveu, eu acabava, sem desconfiar, de dizer a única palavra existente no mundo capaz de vencer em meus pais o preconceito em relação a Bergotte, preconceito contra o qual todos os mais belos raciocínios que eu pudesse fazer, todos os elogios que lhe tivesse dirigido teriam sido vãos. No mesmo instante a situação mudou de aspecto:

"Ah!... Ele disse que o achava inteligente?, disse minha mãe. Isso me alegra, porque é um homem de talento.

— Como! Ele disse isso?, retrucou meu pai... Não lhe nego em nada o valor literário diante do qual todos se inclinam, só que é desagradável que tenha essa vida pouco honrada de que falou em meias-palavras o velho Norpois", acrescentou sem se aperceber de que, diante da virtude soberana das palavras mágicas que eu acabava de pronunciar, a depravação dos costumes de Bergotte não podia resistir muito mais tempo, como tampouco a falsidade de seu juízo.

"Ah! Meu amigo, interrompeu mamãe, nada prova que seja verdade. Dizem tantas coisas. Aliás, o senhor de Norpois é o que há de mais gentil, mas nem sempre é muito bondoso, sobretudo com quem não tem as mesmas opiniões que ele.

— É verdade, também tinha reparado, respondeu meu pai.

— E além disso, bem, muito se perdoará a Bergotte, já que achou meu filhinho simpático", continuou mamãe, acariciando com os dedos meus cabelos e fixando em mim um longo olhar sonhador.

Aliás, minha mãe não esperara esse veredicto de Bergotte para me dizer que eu podia convidar Gilberte para lanchar quando recebesse meus amigos. Mas não me atrevia a fazê-lo por duas razões. A primeira é que na casa de Gilberte sempre se servia só chá. Na minha, ao contrário, mamãe insistia para que, junto com o chá, houvesse chocolate. Eu temia que Gilberte achasse isso banal e desenvolvesse um grande desprezo por nós. A outra razão foi uma dificuldade de protocolo que jamais consegui vencer. Quando eu chegava à casa de madame Swann, ela me perguntava:

"Como vai a senhora sua mãe?"

Fiz algumas sondagens com mamãe para ver se ela faria o mesmo quando Gilberte viesse, pois o ponto me parecia mais grave do que na corte de Luís xiv o uso de "Monsenhor".* Mas mamãe não quis saber de nada.

"Claro que não, já que não conheço madame Swann.

— Mas ela também não a conhece.

— Não digo que não, mas não somos obrigadas a fazer exatamente igual em tudo. Terei outras amabilidades com Gilberte que madame Swann não terá com você."

Mas não fiquei convencido e preferi não convidar Gilberte.

Ao deixar meus pais, fui trocar de roupa e, esvaziando os bolsos, encontrei de repente o envelope que o mordomo dos Swann me entregara antes de me introduzir no salão. Agora eu estava sozinho. Abri-o, dentro havia um cartão em que me indicavam a senhora a quem eu devia oferecer o braço ao ir para a mesa.

Foi por essa época que Bloch abalou minha concepção do mundo e me abriu novas possibilidades de felicidade (que, por sinal, deviam se tornar mais tarde possibilidades de sofrimento), garantindo-me que, ao contrário do que eu pensava no tempo de meus passeios para o lado de Méséglise, as mulheres não queriam mais nada além de fazer amor. Completou esse serviço prestando-me mais um, que eu só iria apreciar muito mais tarde: foi ele que me conduziu pela primeira vez a uma casa de rendez-vous. Bem que me dissera que havia muitas mulheres bonitas que era possível possuir. Mas eu lhes atribuía um semblante vago, que as casas de rendez-vous iriam me

---

* Luís xiv ordenou que o título de Monsenhor fosse reservado exclusivamente a seu filho e sucessor.

— 152 —

permitir substituir por rostos específicos. De modo que se eu tinha com Bloch — por sua "boa nova" de que a felicidade e a posse da beleza não são coisas inacessíveis e que é inútil renunciar a elas para sempre — o mesmo tipo de obrigação que se tem com tal médico ou tal filósofo otimista que nos dá esperanças de longevidade neste mundo e de não ficarmos inteiramente separados deste mundo quando tivermos passado para o outro, as casas de rendez-vous que frequentei alguns anos mais tarde — fornecendo-me amostras da felicidade, permitindo-me acrescentar à beleza das mulheres esse elemento que não podemos inventar, que não é só o resumo das belezas antigas, o presente verdadeiramente divino, o único que não podemos receber de nós mesmos, diante do qual expiram todas as criações lógicas de nossa inteligência e que só podemos pedir à realidade: um encanto individual — mereceram ser por mim classificadas ao lado desses outros benfeitores de origem mais recente mas de utilidade análoga (antes dos quais imaginávamos sem ardor a sedução de Mantegna, de Wagner e de Siena a partir de outros pintores, de outros músicos, de outras cidades): as edições ilustradas de história da pintura, os concertos sinfônicos e os estudos sobre as "Cidades de Arte".* Mas a casa aonde Bloch me levou e aonde, aliás, ele próprio não ia havia muito, era de um nível bem inferior, o pessoal era muito medíocre e muito pouco renovado para que eu pudesse satisfazer antigas curiosidades ou contrair novas. A dona dessa casa não conhecia nenhuma das mulheres que lhe pediam e sempre propunha outras que ninguém queria. Elogiava-me uma sobretudo, uma com um sorriso cheio de promessas (como se isso fosse uma raridade e uma delícia) e de quem dizia: "É uma judia! Isso não o atrai?" (Talvez por isso é que se chamasse Rachel.) E com uma exaltação boba e artificial, que ela esperava ser comunicativa e acabava num ronco quase de gozo, disse: "Imagine, meu garoto, uma judia, acho que deve ser alucinante! Aah!". Essa Rachel, que entrevi sem que ela me visse, era morena, nada bonita, mas tinha um ar inteligente, e não sem passar uma ponta de língua nos lábios,

---

* "Les Villes d'art célèbres" era o nome de uma coleção ilustrada do início do século xx publicada pela editora Laurens, que então incluía os volumes sobre Veneza (1902), Roma (1904) e Florença (1906). Andrea Mantegna, cujos afrescos em Pádua foram vistos por Proust em 1900, era um de seus pintores favoritos.

sorria de um jeito cheio de impertinência para os parvos que lhe apresentavam e que eu ouvia puxarem conversa com ela. Seu rosto fino e pequeno era rodeado de cabelos pretos e crespos, irregulares como se tivessem sido tracejados numa aquarela a nanquim. Toda vez eu prometia à patroa, que a propunha com especial insistência, elogiando sua grande inteligência e sua instrução, que um dia eu não deixaria de ir expressamente para conhecer Rachel, apelidada por mim de "Rachel quando do Senhor". Mas na primeira noite a ouvira, ao ir embora, dizer à patroa:

"Então, está combinado, amanhã estou livre, se a senhora tiver alguém, não esqueça de me mandar chamar."

E essas palavras tinham me impedido de ver nela uma pessoa, porque me fizeram classificá-la imediatamente numa categoria geral de mulheres cujo hábito comum a todas era ir lá à noite para ver se não ganhavam um ou dois luíses. Apenas variava a forma de sua frase dizendo: "se precisar de mim" ou "se precisar de alguém".

A cafetina, que não conhecia a ópera de Halévy, ignorava por que eu costumava dizer: "Raquel quando do Senhor".* Mas não entender a brincadeira nunca fez com que a achasse menos engraçada, e era sempre rindo com vontade que me dizia:

"Então ainda não é esta noite que vou uni-lo a 'Rachel quando do Senhor'? Como é mesmo que diz isso: 'Rachel quando do Senhor'? Ah, é um belo achado. Vou noivar os dois. Vão ver que não se arrependerão."

Uma vez quase me decidi, mas ela estava "na correria", e outra vez nas mãos do "cabeleireiro", um velho cavalheiro que nada mais fazia com as mulheres além de despejar óleo em seus cabelos soltos e em seguida penteá-los. E me cansei de esperar, embora algumas habituées muito humildes, supostas operárias, mas sempre sem trabalho, tivessem vindo me servir um chazinho e ter comigo uma longa conversa a que — apesar da seriedade dos assuntos tratados

---

* Referência à ópera *La Juive* (1835), de Fromental Halévy, libreto de Scribe, cena 5, ato IV: *"Rachel! Quand du Seigneur la grâce tutélaire/ À mes tremblantes mains confia ton berceau/ J'avais à ton bonheur voué ma vie entière/ Et c'est moi qui te livre au bourreau"* (Rachel! Quando do Senhor a graça tutelar/ A minhas mãos trêmulas confiou teu berço/ Eu tinha à tua felicidade devotado minha vida inteira/ E sou eu que te entrego ao carrasco).

— a nudez parcial ou completa de minhas interlocutoras conferia uma saborosa simplicidade. Aliás, deixei de ir a essa casa porque, desejando demonstrar meus bons sentimentos à mulher que a mantinha e precisava de móveis, dei-lhe alguns — em especial um grande canapé — que herdara de minha tia Léonie. Nunca os via, pois a falta de espaço impedira meus pais de deixá-los entrar em nossa casa, e estavam amontoados num galpão. Mas assim que voltei a encontrá-los na casa onde aquelas mulheres os usavam, todas as virtudes que se respiravam no quarto de minha tia em Combray me apareceram, supliciadas pelo contato cruel a que eu as entregara sem defesa! Tivesse eu mandado violar uma morta e não teria sofrido mais. Já não voltei à casa da cafetina, pois os móveis me pareciam viver e me suplicar, como esses objetos aparentemente inanimados de um conto persa em que estão trancadas almas que sofrem um martírio e imploram sua libertação. Aliás, como nossa memória não costuma nos apresentar nossas lembranças em sua sequência cronológica, mas como um reflexo em que a ordem das partes está invertida, só muito mais tarde lembrei-me de que era naquele mesmo canapé que, muitos anos antes, eu conhecera pela primeira vez os prazeres do amor com uma de minhas priminhas com quem não sabia onde me meter, e que me dera o conselho perigoso de aproveitarmos uma hora em que minha tia Léonie estava de pé.

Toda uma outra parte dos móveis, e sobretudo uma magnífica prataria antiga de minha tia Léonie, vendi, apesar da opinião contrária de meus pais, para poder dispor de mais dinheiro e enviar mais flores a madame Swann, que me dizia, ao receber imensas corbelhas de orquídeas: "Se eu fosse o senhor seu pai, lhe daria um tutor judicial". Como podia eu supor que um dia haveria de lamentar especialmente a perda de toda aquela prataria e colocar certos prazeres acima daquele, que talvez se tornasse absolutamente nulo, de fazer cortesias com os pais de Gilberte? Foi exatamente pensando em Gilberte e para não deixá-la que havia decidido não ingressar na diplomacia. É sempre só por causa de um estado de espírito não destinado a durar que tomamos resoluções definitivas. Mal imaginava que aquela substância estranha que residia em Gilberte e irradiava em seus pais, em sua casa, tornando-me indiferente a todo o resto, essa substância pudesse ser liberada, emigrar para outro ser. A mesma substância, verdadeiramente, e que devia porém ter sobre mim efeitos bem diferentes. Pois uma mesma doença evolui; e um delicioso veneno não é mais tolerado de igual maneira quando, com os anos, diminuiu a resistência do coração.

Meus pais, contudo, teriam desejado que a inteligência que Bergotte me reconhecera se manifestasse em algum trabalho notável. Quando eu não conhecia os Swann pensava estar impedido de trabalhar pelo estado de agitação decorrente da impossibilidade de ver livremente Gilberte. Mas quando a casa deles me foi aberta, mal me sentava em minha mesa de trabalho, levantava-me e corria para lá. E assim que os deixava e voltava para casa, meu isolamento era só aparente, meu pensamento já não conseguia remontar a corrente do fluxo de palavras em que me deixara mecanicamente arrastar horas a fio. Sozinho, continuava a fabricar as frases que poderiam ser capazes de agradar aos Swann, e para dar mais interesse ao jogo ocupava o lugar daqueles parceiros ausentes, fazia a mim mesmo as perguntas fictícias, escolhidas de tal modo que minhas tiradas brilhantes só lhes servissem de feliz réplica. Silencioso, esse exercício era, porém, uma conversa e não uma meditação, minha solidão era uma vida de salão mental em que interlocutores imaginários, e não minha própria pessoa, é que governavam minhas palavras e em que eu experimentava ao alinhavar, em vez dos pensamentos que considerava verdadeiros, os que me vinham sem dificuldade, sem regressão de fora para dentro, naquele gênero de prazer totalmente passivo que alguém sob a modorra da má digestão encontra em ficar sossegado.

Se não estivesse tão decidido a me pôr definitivamente a trabalhar, talvez tivesse feito um esforço para começar de imediato. Mas já que minha resolução era formal, e antes de vinte e quatro horas, nos planos vazios do dia seguinte em que tudo se encaixava tão bem porque eu ainda não tinha chegado lá, minhas boas disposições se realizariam facilmente, era melhor não escolher uma noite em que estava maldisposto para um início a que os dias seguintes, ai de mim!, não deveriam se mostrar mais propícios. Mas eu era sensato. Da parte de quem esperara anos, teria sido pueril não suportar um atraso de três dias. Certo de que dois dias depois eu já teria escrito algumas páginas, não dizia mais uma só palavra a meus pais sobre minha decisão; preferia esperar algumas horas e levar à minha avó a obra em preparação, para consolá-la e convencê-la. Infelizmente, o dia seguinte não era esse dia exterior e vasto que eu esperava em meio à minha febre. Quando ele terminou, minha preguiça e minha luta difícil contra certos obstáculos internos tinham simplesmente durado vinte e quatro horas a mais. E após alguns dias, como meus planos não foram realizados, eu já não tinha a mesma esperança de que o seriam imediatamente, e portanto já não tinha a mesma coragem para tudo subordinar a essa realização: recomeçava as vigílias, pois me faltava, para me obrigar a deitar-me cedo, a visão certa de ver na manhã seguinte a obra começada. Antes de retomar meu impulso, precisava de alguns dias de descanso, e a única vez em que minha avó ousou num tom suave e desencantado formular essa censura: "E então, esse trabalho, já nem se fala mais nele?", fiquei zangado com ela, persuadido de que, sem saber que minha decisão estava irrevogavelmente tomada, ela vinha adiar mais, e talvez por muito tempo, a sua execução, pelo nervosismo que sua injustiça me causava e sob cujo império eu não gostaria de começar minha obra. Ela sentiu que seu ceticismo acabava de chocar-se às cegas com uma vontade. Desculpou-se, disse me beijando: "Perdoe-me, não direi mais nada". E para não me desencorajar, garantiu-me que a partir do dia em que eu estivesse me sentindo bem o trabalho viria espontaneamente, por acréscimo.

Aliás, pensava eu, passando a vida com os Swann não faço o mesmo que Bergotte? Meus pais quase achavam que, embora sendo preguiçoso, eu levava, já que era no mesmo salão que um grande escritor, a vida mais favorável ao talento. Contudo, que alguém possa ser dispensado de construir pessoalmente esse talento, por dentro, e o receba de outrem, é tão impossível quanto conseguir boa saúde (apesar de desrespeitar todas as regras da higiene e cometer os piores excessos) apenas costumando jantar fora com um médico. Por sinal, a pessoa que mais se deixava levar pela ilusão que enganava a mim e a meus pais era madame Swann. Quando eu lhe dizia que não podia ir, que precisava ficar trabalhando, ela parecia achar que estava me fazendo de difícil e que em minhas palavras havia um pouco de tolice e pretensão:

"Mas Bergotte vem, não é mesmo? Será que você acha que o que ele escreve não é bom? Breve vai ser até melhor, acrescentou, pois ele é mais agudo, mais concentrado no jornal do que no livro, onde se dilui um pouco. Consegui que a partir de agora faça o *leader article* no *Le Figaro*. Será perfeitamente *the right man in the right place*."

E acrescentava:

"Venha, ele lhe dirá melhor que ninguém o que deve fazer."

E era como se convida um voluntário junto com seu coronel, era no interesse de minha carreira, e como se as obras-primas se fizessem por "relações" que ela me dizia para não deixar de ir no dia seguinte jantar em sua casa com Bergotte.

Assim, nem do lado dos Swann nem do lado de meus pais, isto é, dos que, em momentos diferentes, aparentaram ter criado algum obstáculo, nenhuma oposição era feita àquela doce vida em que eu podia ver Gilberte como bem entendesse, com encantamento, mas não com tranquilidade. Esta não pode existir no amor, pois o que conquistamos nunca é senão um novo ponto de partida para desejar ainda mais. Enquanto eu não podia ir à casa dela, com os olhos fixos naquela inacessível felicidade, não conseguia sequer imaginar as causas novas de perturbação que lá me aguardavam. Uma vez quebrada a resistência de seus pais, e o problema enfim resolvido, este recomeçou a se colocar, sempre em termos diferentes. Nesse sentido, era de fato uma nova amizade que todo dia começava. Toda noite, ao voltar para casa, dava-me conta de que tinha a dizer a Gilberte coisas capitais, de que nossa amizade dependia, e essas coisas nunca eram as mesmas. Mas, afinal, eu era feliz e já nenhuma ameaça se elevava contra minha felicidade. Infelizmente, a ameaça iria chegar por um lado em que eu jamais entrevira nenhum perigo, pelo lado de Gilberte e pelo meu. Porém, eu deveria ser atormentado pelo que, ao contrário, me acalmava, pelo que eu acreditava ser a felicidade. No amor, é um estado anormal capaz de dar de imediato, ao acidente mais simples na aparência e que sempre pode acontecer, uma gravidade que por si só esse acidente não comportaria. O que nos torna tão felizes é a presença no coração de alguma coisa de instável, que eternamente damos um jeito de equilibrar e quase já não percebemos enquanto ela não se deslocou. Na verdade, há no amor um sofrimento permanente, que a alegria neutraliza, torna virtual, adia, mas que pode a qualquer momento vir a ser o que seria muito tempo antes se não tivéssemos obtido o que desejávamos: atroz.

Várias vezes senti que Gilberte desejava espaçar minhas visitas. É verdade que quando eu insistia em vê-la bastava fazer-me convidar por seus pais, que estavam cada vez mais convencidos de minha excelente influência sobre ela. Graças a eles, pensava eu, meu amor não corre nenhum risco; do momento em que os tenho a meu lado, posso ficar sossegado, pois exercem total autoridade sobre Gilberte. Infelizmente, por certos sinais de impaciência que ela deixava escapar quando seu pai me chamava para ir lá, de certa forma contra a sua vontade, perguntei-me se o que eu considerara uma proteção para minha felicidade não era, ao contrário, a razão secreta pela qual ela não poderia durar.

A última vez que fui ver Gilberte, chovia; ela era convidada para uma aula de dança na casa de pessoas que conhecia muito pouco para poder me levar junto. Por causa da umidade, eu tomara mais cafeína que de costume. Talvez devido ao mau tempo, talvez por ter alguma prevenção contra a casa onde aquele encontro devia acontecer, madame Swann, no momento em que a filha ia sair, chamou-a com extrema vivacidade: "Gilberte!", e me apontou para significar que eu tinha ido para vê-la, e que ela devia ficar comigo. Aquele "Gilberte" fora pronunciado, antes gritado, por atenção comigo, mas pelo dar de ombros de Gilberte, ao largar suas coisas, compreendi que sua mãe involuntariamente acelerara a evolução, talvez até ali ainda possível de sustar, que pouco a pouco afastava minha amiga de mim. "Ninguém é obrigado a ir dançar todos os dias", disse Odette à filha, com uma sensatez decerto aprendida outrora com Swann. Depois, voltando a ser Odette, começou a falar inglês com a filha. Logo foi como se um muro me tivesse escondido uma parte da vida de Gilberte, como se um gênio malfazejo tivesse levado minha amiga para longe de mim. Numa língua que conhecemos, substituímos a opacidade dos sons pela transparência das ideias. Mas uma língua que não conhecemos é um palácio fechado em que a pessoa amada pode nos enganar, enquanto, ficando do lado de fora e desesperadamente crispados em nossa impotência, nada conseguimos ver, nada conseguimos impedir. Tal como aquela conversa em inglês de que um mês antes eu apenas teria sorrido, e no meio da qual alguns nomes próprios franceses não paravam de aumentar e orientar minhas inquietações, aquela ali, travada a dois passos de mim por duas pessoas imóveis, com a mesma crueldade, me deixava tão abandonado e só como se tivesse havido um rapto. Finalmente madame Swann nos deixou. Naquele dia, talvez por rancor contra mim, causa involuntária de que ela não fosse se divertir, talvez também porque, pressentindo-a zangada, eu estivesse preventivamente mais frio que de costume, o rosto de Gilberte, despojado de qualquer alegria, nu, devastado, pareceu a tarde inteira reservar um desgosto melancólico ao pas-de-quatre que minha presença a impedia de ir dançar, e desafiar todas as criaturas, começando por mim, a compreender as razões sutis que tinham lhe determinado uma inclinação sentimental pela valsa-bóston. Limitou-se a trocar por momentos umas palavras comigo, sobre o tempo que fazia, a recrudescência da chuva, o adiantamento do relógio, uma conversa pontuada de silêncios e monossílabos na qual eu mesmo teimava, com uma espécie de raiva desesperada, em destruir os instantes que poderíamos dedicar à amizade e à felicidade. E uma espécie de dureza suprema era conferida a todas as nossas palavras pelo paroxismo de sua insignificância paradoxal, que porém me consolava pois impedia que Gilberte fosse enganada pela banalidade de minhas reflexões e pela indiferença de meu tom de voz. Era em vão que eu dizia: "Acho que outro dia o relógio, na verdade, estava atrasando", e que evidentemente ela traduzia por: "Como você é má!". Por mais que me obstinasse em prolongar, ao longo daquele dia chuvoso, essas palavras sem estiagens, sabia que minha frieza não era algo tão definitivamente inflexível quanto eu fingia, e que Gilberte devia sentir muito bem que se, depois de já ter lhe dito três vezes, eu me arriscasse uma quarta a lhe repetir que os dias estavam encurtando, teria muita dificuldade em me conter para não me desfazer em lágrimas. Quando ela estava assim, quando um sorriso não enchia seus olhos e não abria seu rosto, não se pode dizer qual desoladora monotonia se imprimia em seus olhos tristes e em suas feições carrancudas. Seu rosto, tornando-se quase lívido, parecia então essas praias maçantes em que o mar, afastado para muito longe, nos cansa com um reflexo sempre parecido, cercado por um horizonte imutável e limitado. No final, não vendo se produzir em Gilberte a mudança feliz que eu esperava fazia muitas horas, disse-lhe que não estava sendo amável: "Você é que não é amável", respondeu-me. "Claro que sou!" Perguntei-me o que tinha feito, e, sem descobrir, perguntei a ela mesma. "Naturalmente, você se acha amável!", disse-me, rindo longamente. Então senti o que havia de doloroso para mim em não poder alcançar esse outro plano, mais inefável, de seu pensamento, que seu riso descrevia. Esse riso parecia significar: "Não, não, não me deixo arrastar por tudo o que você me diz, sei que está louco por mim, mas isso para mim tanto faz como tanto fez, pois estou pouco ligando para você". Mas eu me dizia que, afinal de contas, o riso não é uma linguagem bastante determinada para que eu pudesse ter certeza de entender direito aquele ali. E as palavras de Gilberte eram afetuosas. "Mas em que não sou amável?, perguntei-lhe, me diga, farei tudo o que você quiser. — Não, não adiantaria nada, não posso lhe explicar." Por um instante receei que pensasse que não a amava, e foi para mim outro sofrimento, não menos intenso mas que exigia uma dialética diferente. "Se soubesse o desgosto que me causa, me diria tudo." Mas esse desgosto que, se ela tivesse duvidado de meu amor, deveria alegrá-la, ao contrário irritou-a. Então, compreendendo meu erro, decidido a já não levar em conta suas palavras, deixando-a me dizer, sem nela acreditar: "Eu o amava de verdade, um dia você vai ver isso" (esse dia em que os culpados garantem que sua inocência será reconhecida e que, por motivos misteriosos, nunca é aquele em que são interrogados), tive a coragem de tomar subitamente a decisão de não mais vê-la, e sem ainda lhe anunciar isso, porque ela não acreditaria em mim.

Pode ser amargo um desgosto causado pela pessoa a quem amamos, mesmo quando está inserido no meio de preocupações, de ocupações, de alegrias que não têm esse ser como objeto e de que nossa atenção só se desvia de vez em quando para voltar a ele. Mas quando tal desgosto nasce — como aquele — num momento em que a felicidade de ver a pessoa nos preenche inteiramente, a brusca depressão que então se produz em nossa alma até ali ensolarada, firme e calma, desencadeia em nós uma tempestade furiosa contra a qual não sabemos se seremos capazes de lutar até o fim. Aquela que soprava em meu coração era tão violenta que voltei para casa, desamparado, mortificado, sentindo que só poderia recuperar a respiração se voltasse atrás no caminho percorrido, se retornasse sob um pretexto qualquer para perto de Gilberte. Mas ela haveria de dizer: "Ele de novo! Decididamente posso me permitir tudo, e ele sempre voltará, mais dócil ainda quanto mais infeliz tiver me deixado". Além disso, eu era irresistivelmente arrastado para ela pelo meu pensamento, e essas orientações alternativas, esse desvio da bússola interior, persistiram quando entrei em casa e traduziram-se em rascunhos de cartas contraditórias que escrevi a Gilberte.

Ia passar por uma dessas conjunturas difíceis que costumamos deparar várias vezes na vida e que, embora não tenhamos mudado de caráter, de natureza — nossa natureza que por si só cria nossos amores, e quase as mulheres que amamos, e até os erros delas —, não enfrentamos sempre da mesma maneira, em qualquer idade. Nesses momentos nossa vida é dividida e como que distribuída numa balança, em dois pratos opostos em que cabe inteiramente. Num, há nosso desejo de não desagradar, de não parecermos muito humildes à criatura que amamos sem conseguir compreendê-la, mas a quem achamos mais conveniente deixar um pouco de lado para que não tenha essa sensação de julgar-se indispensável, que a afastaria de nós; do outro lado há um sofrimento — não um sofrimento localizado e parcial — que, ao contrário, só poderia ser aplacado se, desistindo de agradar a essa mulher e de fazê-la crer que não podemos dispensá-la, fôssemos encontrá-la. Quando retiramos do prato onde está a altivez uma pequena porção de vontade que tivemos a fraqueza de deixar desgastar-se com a idade, e acrescentamos no prato onde está o desgosto um sofrimento físico adquirido e que permitimos se agravar, então, no lugar da solução corajosa que teria se imposto aos vinte anos, é a outra, que se tornou pesada demais e sem contrapeso suficiente, que nos abate aos cinquenta. Tanto mais que as situações mudam, embora se repetindo, e que há possibilidade de, no meio ou no fim da vida, termos por nós mesmos a funesta complacência de complicar o amor com uma parte de hábito que a adolescência, retida por outros deveres, menos livre de si mesma, não conhece.

Eu acabava de escrever a Gilberte uma carta em que deixava meu furor esbravejar, não sem, contudo, jogar a boia de salvação de algumas palavras postas como que por acaso e em que minha amiga poderia amarrar uma reconciliação; um instante depois, tendo mudado o vento, eram frases ternas que eu lhe dirigia com a doçura de certas expressões desconsoladas, uns "nunca mais", tão enternecedoras para quem as emprega, tão fastidiosas para quem as lerá, seja por considerá-las mentirosas e traduzir "nunca mais" por "esta noite mesmo, se ainda quiser saber de mim", seja por julgá-las verdadeiras, lhe anunciando então uma dessas separações definitivas que nos são tão perfeitamente iguais na vida quando se trata de criaturas por quem não estamos apaixonados. Mas como somos incapazes, enquanto amamos, de agir como dignos predecessores do ser que proximamente seremos e que já não amará, como poderíamos imaginar à perfeição o estado de espírito de uma mulher a quem, embora sabendo que lhe somos indiferentes, temos perpetuamente atribuí-do em nossos devaneios, para nos embalar num belo sonho ou nos consolar de um grande sofrimento, as mesmas palavras que ela diria se nos amasse? Diante dos pensamentos, dos atos de uma mulher a quem amamos, ficamos tão desorientados como podiam ficar diante dos fenômenos da natureza os primeiros físicos (antes que a ciência fosse constituída e jogasse um pouco de luz no desconhecido). Ou, pior ainda, como um ser para cujo espírito o princípio de causalida-de mal existisse, um ser incapaz de estabelecer um vínculo entre um fenômeno e outro e diante de quem o espetáculo do mundo fosse incerto como um sonho. É verdade que eu me esforçava por sair dessa incoerência, encontrar causas. Tentava até ser "objetivo", e pa-ra isso ter muito em conta a desproporção que existia entre a impor-tância de Gilberte para mim e a que não só eu tinha para ela mas que ela mesma tinha para outros que não eu, desproporção que, caso eu a omitisse, traria o risco de me fazer confundir uma simples amabilidade de minha amiga com uma confissão apaixonada, uma iniciativa grotesca e aviltante de minha parte com o simples e gra-cioso gesto que nos dirige para uns belos olhos. Mas também temia cair no exagero contrário, em que teria visto uma hostilidade irre-mediável na chegada impontual de Gilberte a um encontro, ou num gesto de mau humor. Tentava encontrar entre essas duas ópticas igualmente deformantes a que me desse a visão correta das coisas; os cálculos que para isso precisava fazer me distraíam um pouco de meu sofrimento; e fosse por obediência à resposta dos números, fos-se por tê-los feito dizer o que eu desejava, decidi-me no dia seguinte a ir à casa dos Swann, feliz, mas da mesma maneira que aqueles que, tendo se atormentado muito tempo por causa de uma viagem que não queriam fazer, não vão mais longe que a estação de trem e re-tornam a casa para desfazer a mala. E como, enquanto hesitamos, a simples ideia de uma decisão possível (a não ser que tornemos iner-te essa ideia, decidindo que não tomaremos a decisão) desenvolve, como uma semente vivaz, os lineamentos e todos os pormenores das emoções que nasceriam do ato executado, pensei que ao plane-jar não ver mais Gilberte eu cometera o absurdo de me causar tanto mal como se devesse realizar esse plano, e que como ao contrário era para terminar retornando à casa dela, eu poderia ter evitado tantas veleidades e aceitações dolorosas. Mas essa retomada das relações de amizade só durou o tempo de ir até a casa dos Swann, não porque seu mordomo, que gostava muito de mim, tivesse me dito que Gilberte saíra (de fato, soube já naquela noite que era verdade, por pessoas que a haviam encontrado), mas pela maneira como ele me disse: "Senhor, a senhorita saiu, posso lhe afirmar que não estou mentindo. Se quiser se informar, posso chamar a camareira. O senhor sabe que eu faria tudo o que pudesse para agradá-lo e que se a senhorita estivesse aqui eu o levaria imediatamente até ela". Essas palavras, involuntárias, o que é a única maneira de serem importantes, ao nos darem a radiografia pelo menos sumária da realidade insuspeita que um discurso estudado esconderia, provavam que o círculo de Gilberte tinha a impressão de que eu era um importuno; por isso, assim que o mordomo as pronunciou, geraram em mim o ódio a que preferi atribuir como objeto, em vez de Gilberte, o mordomo; ele concentrou em si todos os sentimentos de raiva que pude ter por minha amiga; deles desembaraçado graças a essas palavras, só meu amor subsistiu; mas elas também me mostraram que eu devia, por algum tempo, não tentar ver Gilberte. Ela certamente haveria de me escrever para se desculpar. Apesar disso, eu não voltaria a visitá-la imediatamente, a fim de lhe provar que podia viver sem ela. Aliás, logo que recebesse sua carta, frequentar Gilberte seria algo de que poderia facilmente me privar por algum tempo, porque teria certeza de reencontrá-la assim que quisesse. Para suportar menos tristemente a ausência voluntária, precisava sentir meu coração livre da terrível incerteza de saber se não estávamos brigados para sempre, e ela noiva, longe, raptada. Os dias que se seguiram pareceram os daquela antiga semana do Ano-Novo que tivera de passar sem Gilberte. Mas naquela época, finda a semana, por um lado minha amiga retornaria aos Champs-Élysées, eu voltaria a vê-la como outrora, tinha certeza; e por outro, sabia com igual certeza que enquanto durassem as férias de Ano-Novo não valia a pena ir aos Champs-Élysées. De modo que, durante aquela triste semana já distante, suportara minha tristeza com calma porque não estava misturada nem ao temor nem à esperança. Agora, ao contrário, era este último sentimento que, quase tanto quanto o temor, tornava intolerável meu sofrimento. Não tendo recebido carta de Gilberte na mesma noite, levara em conta sua negligência, seus afazeres, e não duvidava que encontraria uma no correio da manhã. Ele foi

— 164 —

esperado por mim, todo dia, com palpitações de coração a que se sucedia um estado de abatimento quando eu só encontrava cartas de pessoas que não eram Gilberte, ou então nada, o que não era pior, pois as provas de amizade de alguma outra me tornavam mais cruéis as de sua indiferença. Recomeçava a espera, para o correio da tarde. Nem sequer entre os horários de coleta de cartas eu me atrevia a sair, pois ela poderia mandar a sua por um portador. Depois, acabava chegando o momento em que, como nem carteiro nem criado dos Swann podiam mais chegar, era preciso adiar para a manhã seguinte a esperança de me sentir tranquilo, e portanto, já que acreditava que meu sofrimento não duraria, era obrigado por assim dizer a renová-lo incessantemente. O desgosto talvez fosse o mesmo, mas em vez de apenas prolongar uniformemente, como outrora, uma emoção inicial, recomeçava várias vezes no dia, iniciando-se por uma emoção tão frequentemente renovada — um estado totalmente físico, tão momentâneo — que terminava se estabilizando, tanto assim que os distúrbios causados pela espera mal tinham tempo de amainar antes que sobreviesse uma nova razão de esperar, e já não havia um só minuto no dia em que eu não estivesse nessa ansiedade que é, porém, tão difícil de suportar durante uma hora. Por isso, meu sofrimento era infinitamente mais cruel que no tempo daquele remoto Primeiro de Janeiro, porque agora havia em mim, em vez da aceitação pura e simples desse sofrimento, a esperança, a todo instante, de vê-lo cessar. Mas acabei chegando a essa aceitação e então compreendi que devia ser definitiva e renunciei para sempre a Gilberte, no próprio interesse de meu amor, e porque desejava antes de tudo que ela não guardasse de mim uma lembrança de desprezo. A partir daquele momento, e para que ela não pudesse supor uma espécie de despeito amoroso de minha parte, quando, mais adiante, marcava encontros comigo, até mesmo costumei aceitá-los e no último minuto escrevia-lhe dizendo que não podia ir, mas alegando que estava desconsolado como teria feito com alguém que não gostaria de ver. Essas manifestações de pesar que em geral reservamos aos indiferentes convenceriam melhor Gilberte de minha indiferença, pensava eu, do que o tom de indiferença que fingimos apenas com a mulher amada. Quando, melhor que com palavras, com ações indefinidamente repetidas eu lhe tivesse provado que não tinha gosto em vê-la, talvez ela voltasse a tê-lo por mim. Ai de mim!

— 165 —

Seria em vão: tentar, ao deixar de vê-la, reacender seu gosto de me ver era perdê-la para sempre; primeiro porque quando ele recomeçasse a nascer, se eu quisesse que durasse, não deveria ceder imediatamente; por sinal, as horas mais cruéis teriam passado; aí é que ela me era indispensável e que eu gostaria de poder avisá-la que breve ela só acalmaria, ao me rever, uma dor tão diminuta que já não seria, como ainda teria sido naquele exato momento, e para lhe dar fim, um motivo de capitulação, de nos reconciliarmos, de nos revermos. E mais tarde, quando eu pudesse afinal confessar sem perigo a Gilberte, de tal forma seu gosto por mim tivesse se fortalecido, o meu gosto por ela, este não conseguiria resistir a uma ausência tão distante e já não existiria; Gilberte teria se tornado indiferente para mim. Eu o sabia, mas não podia lhe dizer; ela pensaria que se eu alegasse deixar de amá-la ao ficar muito tempo sem vê-la, era com o único objetivo de que me dissesse para voltar depressa para junto de si. Enquanto isso, o que me facilitava condenar-me a essa separação é que (a fim de que ela bem percebesse que, apesar de minhas afirmações contrárias, era minha vontade e não um impedimento, não meu estado de saúde, que me privavam de vê-la), sempre que eu sabia de antemão que Gilberte não estaria na casa dos pais, deveria sair com uma amiga, não voltaria para jantar, eu ia ver madame Swann (que voltara a ser para mim o que era no tempo em que eu via sua filha tão dificilmente e em que, nos dias em que ela não ia aos Champs-Élysées, eu ia passear na avenida des Acacias). Assim, eu ouviria falar de Gilberte e teria a certeza de que, em seguida, ela ouviria falar de mim e de um jeito que lhe mostraria que eu não estava afeiçoado a ela. E como todos os que sofrem, achava que minha triste situação poderia ser pior. Pois tendo acesso livre à casa onde Gilberte morava, sempre me dizia, embora decidido a não abusar dessa facilidade, que se um dia minha dor fosse demasiado profunda eu poderia fazê-la cessar. Só era infeliz no dia a dia. E ainda assim é um exagero. Quantas vezes por hora (mas agora sem a ansiosa espera que me confrangera nas primeiras semanas após nossa ruptura, antes de voltar à casa dos Swann) eu não recitava para mim mesmo a carta que Gilberte me enviaria enfim um dia, ou talvez me trouxesse ela mesma! A constante visão dessa felicidade imaginária ajudava-me a suportar a destruição da felicidade real. Para as mulheres que não nos amam, como para os "desaparecidos", saber que nada mais se tem a esperar não impede de continuar a esperar. Vive-se à espreita, à escuta; mães cujo filho lançou-se ao mar para uma exploração perigosa imaginam a todo minuto, e quando há tempos já é inconteste a certeza de que ele morreu, que ele vai voltar milagrosamente salvo e em boa saúde. E essa espera, dependendo da força da lembrança e da resistência dos órgãos, ou as ajuda a atravessar os anos no fim dos quais admitirão que seu filho não mais existe, a esquecer pouco a pouco e a sobreviver — ou as leva a morrer. Por outro lado, o que consolava um pouco minha tristeza era a ideia de que ela beneficiava o meu amor. Cada visita que fazia a madame Swann sem ver Gilberte me era cruel, mas sentia que melhorava em igual medida a ideia que Gilberte tinha de mim.

Aliás, se antes de ir ver madame Swann sempre dava um jeito de me certificar da ausência de sua filha, isso decorria talvez tanto de minha resolução de romper com ela como dessa esperança de reconciliação que se sobrepunha à minha vontade de renúncia (bem poucas esperanças são absolutas, pelo menos de modo constante, nesta alma humana de que uma das leis, fortalecida pelos afluxos inopinados de diferentes lembranças, é a intermitência) e me escondia o que tinha de demasiado cruel. Bem sabia o que essa esperança possuía de quimérica. Eu era como um pobre que deita lágrimas em seu pão seco quando pensa que dali a pouco talvez um estrangeiro vá lhe deixar toda a sua fortuna. Todos somos obrigados, para tornar suportável a realidade, a cultivar em nós umas pequenas loucuras. Ora, minha esperança mantinha-se mais intacta — ao mesmo tempo que a separação realizava-se melhor — se não encontrasse Gilberte. Se me visse frente a frente com ela em casa de sua mãe talvez trocássemos palavras irreparáveis que teriam tornado definitivo nosso rompimento, matado minha esperança e, por outro lado, criando uma ansiedade nova, despertado meu amor e dificultado minha resignação.

Havia muito tempo, e bem antes de meu desentendimento com sua filha, madame Swann me dissera: "Está muito bem vir ver Gilberte, mas também gostaria que viesse às vezes por *mim*, não ao meu Choufleury,* onde você se aborreceria porque tenho muita gente,

---

* Referência à opereta de Offenbach *Monsieur Choufleury restera chez lui le 24 janvier*, de 1861. Choufleury é um esnobe que leva às raias do grotesco a preocupação em receber a grã-finagem.

— 167 —

mas nos outros dias em que sempre me encontrará um pouco tarde". Então, ao ir visitá-la, eu parecia obedecer, muito tempo depois, a um desejo expresso por ela bem antes. E muito tarde, já de noite, quase na hora em que meus pais passavam à mesa, eu saía para fazer uma visita a madame Swann, durante a qual sabia que não veria Gilberte e em que, porém, só pensaria nela. Naquele bairro, considerado então como afastado, de uma Paris mais escura que hoje e que nem mesmo no centro tinha eletricidade na via pública e bem pouca nas casas, os lampadários de um salão no térreo ou num entressolho muito baixo (tal como era o dos aposentos onde madame Swann recebia habitualmente) bastavam para iluminar a rua e fazer o passante levantar os olhos, relacionando à sua claridade, como à sua causa aparente e velada, a presença de alguns cupês bem atrelados diante da porta. O passante acreditava, e não sem certa emoção, numa mudança ocorrida naquela casa misteriosa quando via um daqueles cupês pôr-se em movimento; mas era somente um cocheiro que, temendo que seus animais apanhassem frio, punha-os para fazer de vez em quando umas idas e vindas mais impressionantes ainda porque as rodas emborrachadas davam ao passo dos cavalos um fundo de silêncio em que ele se destacava mais distinto e mais explícito.

O "jardim de inverno" que naqueles anos o passante em geral avistava, qualquer que fosse a rua, desde que o apartamento não fosse num nível muito acima da calçada, só se vê hoje nas heliogravuras dos livros oferecidos de presente, de P.-J. Stahl,* nos quais, em contraste com os raros ornamentos florais dos salões Luís XVI de hoje — uma rosa ou um lírio japonês num vaso estreito de cristal que não conseguiria conter uma flor a mais —, parece, devido à profusão de plantas de interior que então havia e à falta absoluta de estilização no seu arranjo, corresponder mais a alguma viva e deliciosa paixão das donas de casa pela botânica do que a um frio cuidado de sombria decoração. Fazia pensar, em dimensão maior, nos palacetes de então, naquelas estufas minúsculas e portáteis postas na manhã de Primeiro de Janeiro sob a luz do lampadário — pois as crianças não tiveram a paciência de esperar o dia nascer

---

* P.-J. Stahl, pseudônimo de Pierre-Jules Hetzel (1814-86), editor, entre outros, de Júlio Verne, fundou o *Magasin d'Éducation et de Récréation*, em que editou os álbuns de Lili, a heroína citada adiante por Proust.

— entre os outros presentes do dia de Ano-Novo, mas o mais belo de todos, consolando, com as plantas que iriam poder ser cultivadas, a nudez do inverno; mais ainda que às próprias estufas, aqueles jardins de inverno assemelhavam-se à que se via pertinho delas, desenhada num belo livro, outro presente do dia de Ano-Novo, e que, embora não fosse dada às crianças, mas à senhorita Lili, heroína do livro, encantava-as a tal ponto que as crianças, agora quase uns velhos, indagavam se naqueles anos venturosos o inverno não era a mais bela das estações. Enfim, no fundo daquele jardim de inverno, através das arborescências de espécies variadas que da rua faziam a janela iluminada parecer as vidraças daquelas estufas de crianças, desenhadas ou reais, o passante, erguendo-se na ponta dos pés, avistava em geral um homem de sobrecasaca, com uma gardênia ou um cravo na lapela, em pé diante de uma mulher sentada, ambos imprecisos, como dois entalhes num topázio, no fundo da atmosfera do salão, ambreada pelo samovar — importação então recente — com vapores que dele talvez até hoje escapem mas que devido ao hábito mais ninguém enxerga. Madame Swann fazia muita questão daquele "chá"; julgava mostrar originalidade e ostentar seu charme ao dizer a um homem: "Pode me encontrar todos os dias um pouco tarde, venha tomar chá", de modo que acompanhava com delicado sorriso essas palavras proferidas com um sotaque inglês momentâneo e de que seu interlocutor tomava nota cumprimentando-a com ar grave, como se fossem algo importante e singular que comandasse a deferência e exigisse atenção. Havia outra razão além das citadas acima para que as flores não tivessem apenas um caráter de ornamento no salão de madame Swann, e essa razão não decorria da época, mas em parte da vida que outrora Odette levara. Uma grande cocote, como ela fora, vive muito para seus amantes, isto é, em casa, o que pode levá-la a viver para si mesma. As coisas que vemos em casa de uma mulher honesta e que, decerto, também podem lhe parecer de importância são, em todo caso, as que mais têm importância para a cocote. O ponto culminante de seu dia não é aquele em que se veste para a sociedade, mas em que se despe para um homem. Precisa estar tão elegante de robe de chambre, de camisola, como de toalete de passeio. Outras mulheres mostram suas joias, mas ela vive na intimidade de suas pérolas. Esse gênero de vida impõe a obrigação e acaba dando gosto por um luxo secreto, isto é, bem próximo de ser desinteressado. Madame Swann o estendia às flores. Havia sempre perto de sua poltrona uma imensa taça de cristal inteiramente cheia de violetas de Parma ou margaridas desfolhadas na água, e que parecia testemunhar aos olhos de quem chegasse alguma ocupação preferida e interrompida, como teria sido a xícara de chá que madame Swann tivesse tomado sozinha, para seu prazer; até mesmo uma tarefa mais íntima e mais misteriosa, tanto assim que dava vontade de pedir desculpas vendo as flores espalhadas ali, como se faria ao olhar o título do livro ainda aberto que revelasse a leitura recente, portanto talvez o pensamento atual de Odette. E, mais que os livros, as flores viviam; ao se entrar para fazer uma visita a madame Swann, ficava-se constrangido ao perceber que ela não estava sozinha, ou, caso se entrasse com ela, ao não encontrar o salão vazio, de tal modo ocupavam um lugar enigmático, relativo às horas desconhecidas da vida da dona da casa, aquelas flores que não haviam sido preparadas para os visitantes de Odette mas, como que por ela esquecidas ali, haviam tido e ainda teriam com ela conversas particulares que a gente receava perturbar e cujo segredo tentava em vão ler, fixando os olhos na cor desbotada, malva e dissoluta das violetas de Parma. Desde o fim de outubro Odette voltava para casa o mais regularmente que conseguia, para o chá, que nessa época ainda se chamava o *five o'clock tea*, tendo ouvido dizer (e gostando de repetir) que se madame Verdurin formara um salão era porque sempre se podia ter certeza de encontrá-la em casa à mesma hora. Ela mesma imaginava ter um, do mesmo gênero, mas mais livre, *senza rigore*, como gostava de dizer. Via-se, assim, como uma espécie de Lespinasse* e acreditava ter criado um salão rival arrancando da Du Deffand os homens mais agradáveis de seu pequeno grupo, em especial Swann, que a seguira na secessão e no seu retiro, conforme uma versão que se compreende que ela tivesse conseguido espalhar para os recém-chegados ignorantes do passado, mas não

---

* Julie de Lespinasse (1732-76) era sobrinha de Marie du Deffand (1696-1780), que manteve um famoso salão literário frequentado por Montesquieu, Condorcet e outros escritores da época. Julie seduziu alguns deles, provocando ciúmes na tia, que se sentiu traída e a expulsou de casa. Julie então abriu seu próprio salão, frequentado sobretudo pelos enciclopedistas como Diderot e D'Alembert.

para si mesma. Mas alguns papéis favoritos são por nós representados tantas vezes diante da sociedade, e tão repisados dentro de nós mesmos, que nos referimos mais facilmente a seu testemunho fictício que ao de uma realidade quase completamente esquecida. Os dias em que madame Swann não saía de casa, a encontrávamos num robe de crepe da china, branco como uma primeira neve, às vezes também num desses longos em tiotê, de musselina de seda, que parecem apenas uma porção de pétalas rosadas ou brancas e que hoje acharíamos pouco apropriados ao inverno, erradamente. Pois esses tecidos leves e essas cores suaves davam à mulher — no grande calor dos salões de então, fechados com cortinados e sobre os quais o que os romancistas mundanos da época achavam para dizer de mais elegante é que eram "delicadamente acolchoados" — o mesmo ar friorento que às rosas, que podiam ficar a seu lado, apesar do inverno, no encarnado de sua nudez, como na primavera. Por causa do abafamento dos sons pelos tapetes e de seu isolamento nos recantos, a dona da casa não era avisada de nossa chegada e continuava a ler quando já estávamos quase à sua frente, o que aumentava mais ainda aquela impressão de romanesco, aquele encanto de uma espécie de segredo flagrado, que hoje reencontramos na lembrança daqueles vestidos já então fora de moda, que madame Swann talvez fosse a única a ainda não ter abandonado e que nos dão a ideia de que a mulher que os usava devia ser uma heroína de romance porque a maioria de nós praticamente só os viu em certos romances de Henry Gréville.* Agora Odette tinha em seu salão, no começo do inverno, crisântemos enormes e de uma variedade de cores como Swann não vira outrora em casa dela. Minha admiração por eles — quando ia fazer a madame Swann uma dessas tristes visitas em que, devido ao meu desgosto, reencontrava toda a sua misteriosa poesia de mãe daquela Gilberte a quem ela diria no dia seguinte: "Seu amigo me fez uma visita" — vinha com certeza de que, de um rosa pálido como a seda Luís xv de suas poltronas, brancos de neve como seu robe de chambre de crepe da china, ou de um vermelho metálico como seu samovar, eles sobrepunham uma decoração suplementar à do salão, de um colorido igualmente rico,

---

* Henri Gréville é o pseudônimo de Alice Fleury (1842-1902), que escreveu vários romances populares, muitos passados na Rússia.

igualmente requintado, mas vivo e que duraria apenas uns dias. Tocava-me, porém, o que aqueles crisântemos tinham menos de efêmero do que de relativamente duradouro quanto àqueles tons tão cor-de-rosa ou tão acobreados que o sol já posto exalta tão suntuosamente na bruma dos fins de tarde de novembro, e que depois de tê-los visto extinguindo-se no céu, antes de entrar na casa de madame Swann, eu reencontrava prolongados, transpostos na palheta inflamada das flores. Como chamas arrancadas por um grande colorista da instabilidade da atmosfera e do sol, a fim de que fossem ornar uma moradia humana, aqueles crisântemos me convidavam, e apesar de toda a minha tristeza, a saborear avidamente durante aquela hora do chá os prazeres tão curtos de novembro cujo esplendor íntimo e misterioso faziam flamejar perto de mim. Pena que não era nas conversas ouvidas que conseguia alcançá-lo; estas muito pouco se assemelhavam a tal esplendor. Até com madame Cottard, e conquanto já em hora avançada, madame Swann tornava-se meiga para dizer: "Qual o quê, não é tarde, não olhe o relógio, que está parado, a hora não é essa; o que pode ter de tão urgente a fazer?", e oferecia mais uma tortinha à mulher do professor, que mantinha na mão seu porta-cartões.

"Não se consegue ir embora desta casa", dizia madame Bontemps a madame Swann, enquanto madame Cottard, na surpresa de ouvir expressarem sua própria impressão, exclamava: "É o que sempre digo, na minha cacholinha, no meu foro íntimo!", aprovada pelos senhores do Jockey que se desmancharam em cumprimentos e como que se sentiram cobertos de tanta honra quando madame Swann os apresentara àquela pequeno-burguesa pouco amável, que diante dos brilhantes amigos de Odette se mantinha reservada ou, como ela dizia, "na defensiva", pois sempre usava uma linguagem nobre para as coisas mais simples. "Ninguém diria, mas há três quartas-feiras que a senhora me dá bolo", dizia madame Swann a madame Cottard. "É verdade, Odette, há *séculos*, *eternidades* que não a visito. Está vendo que me confesso culpada, mas devo lhe dizer, acrescentava com ar pudibundo e vago, pois, embora mulher de médico, não ousaria falar sem perífrases de reumatismos ou de cólicas nefríticas, que andei tendo umas pequenas *desgraças*. Cada um tem as suas. E depois, tive uma crise na minha criadagem masculina. Sem ser, mais que qualquer outra, muito imbuída de

— 172 —

minha autoridade, tive, para dar exemplo, de despedir o meu Vatel* que aliás, creio, andava atrás de um lugar mais lucrativo. Mas a saída dele quase causou a demissão de todo o ministério. Minha camareira também não queria mais ficar, houve cenas homéricas. Apesar de tudo, mantive-me firme no leme, e foi uma verdadeira lição de coisas que não me terá sido perdida. Aborreço-a com essas histórias de serviçais, mas sabe tanto quanto eu que amolação é ser obrigada a fazer remanejamentos do pessoal. E não veremos sua filha deliciosa?, ela perguntava. — Não, minha filha deliciosa está jantando com uma amiga", respondia madame Swann, e acrescentava virando-se para mim: "Acho que ela lhe escreveu para que você venha vê-la amanhã. E os seus *babys*?", perguntava à mulher do professor. Eu respirava fundo. Essas palavras de madame Swann, que me provavam que poderia ver Gilberte quando quisesse, me faziam justamente o bem que eu fora buscar e que naquela época me tornavam as visitas a madame Swann tão necessárias. "Não, vou lhe escrever um bilhete esta noite. Aliás, Gilberte e eu não podemos mais nos ver", acrescentava, com jeito de atribuir nossa separação a uma causa misteriosa, o que ainda me dava uma ilusão de amor, alimentada também pela maneira carinhosa como eu falava de Gilberte e como ela falava de mim. "Saiba que ela gosta imensamente de você, dizia-me madame Swann. Realmente não quer vir amanhã?" De súbito uma alegria me transportava, eu acabava me dizendo: "Mas afinal de contas, por que não, já que é a própria mãe que me propõe?". Mas logo tornava a cair em minha tristeza. Temia que, ao me rever, Gilberte pensasse que minha indiferença desses últimos tempos tivesse sido simulada e que eu preferia prolongar a separação. Durante esses apartes madame Bontemps se queixava do tédio que lhe causavam as mulheres dos políticos, pois fingia achar todo mundo maçante e ridículo, e sentir-se desconsolada com a posição do marido. "Pois então a senhora consegue assim receber cinquenta mulheres de médicos de enfiada?", dizia a madame Cottard, a qual, pelo contrário, era cheia de benevolência com todos e de respeito por todas as obrigações. "Ah, a senhora é virtuosa! Eu, no ministério, não é mesmo, sou obrigada a isso, naturalmente. Pois

---

* François Vatel (1631-71) foi cozinheiro da corte de Luís xiv e inventor do creme chantili.

é! É mais forte que eu, sabe, aquelas mulheres de funcionários, não posso deixar de pôr a língua para elas. E minha sobrinha Albertine é como eu. Nem imagina como ela é desaforada, essa pequena. Na semana passada estava, no meu dia, a mulher do subsecretário de Estado das Finanças, que dizia que ela não sabia nada de cozinha. 'Mas, minha senhora', respondeu-lhe minha sobrinha com seu mais gracioso sorriso, 'deveria saber, porém, o que é isso já que seu pai era ajudante de cozinheiro.' — Ah! Adoro essa história, acho-a uma delícia, disse madame Swann. — Mas ao menos para os dias de consulta do doutor a senhora devia ter um pequeno *home*, com suas flores, seus livros, as coisas que ama", aconselhava a madame Cottard. "Assim mesmo, *plaft*, na cara, *plaft*, nem uma nem duas. E não me avisou nada, aquela santinha do pau oco, ela é esperta como um macaco. A senhora tem a sorte de conseguir se conter; invejo as pessoas que sabem disfarçar o que pensam. — Mas não preciso, minha senhora: não sou difícil, respondia suavemente madame Cottard. — Primeiro, não tenho os mesmos direitos que a senhora, acrescentava no tom um pouco mais alto que adotava, a fim de sublinhá-las, sempre que insinuava na conversa alguma dessas amabilidades delicadas, dessas engenhosas lisonjas que causavam admiração e ajudavam à carreira de seu marido. — E depois, faço com prazer tudo o que pode ser útil ao professor.

— Mas, minha senhora, isso é para quem pode. Provavelmente a senhora não é nervosa. Eu, quando vejo a mulher do ministro da Guerra fazer caretas, imediatamente começo a imitá-la. É terrível ter um temperamento assim.

— Ah! Sim, disse madame Cottard, ouvi dizer que ela tinha tiques. Meu marido também conhece alguém de posição muito elevada, e naturalmente, quando esses senhores conversam entre si...

— Mas veja, minha senhora, ainda há o chefe do Protocolo, que é corcunda; pois é batata, não faz nem cinco minutos que ele está em casa e vou tocá-lo na bossa. Meu marido diz que vou conseguir que o despeçam. Pois é! Bolas para o ministério! Isso mesmo, às favas o ministério! Gostaria de mandar pôr isso como divisa no meu papel de cartas. Tenho certeza de que a escandalizo porque a senhora é boa, mas confesso que nada me diverte como as pequenas maldades. Sem isso a vida seria um bocado monótona."

E continuava a falar o tempo todo do ministério como se fosse

— 174 —

do Olimpo. Para mudar de conversa madame Swann virava-se para madame Cottard:

"Mas sabe que me parece muito bonita? *Redfern fecit?*

— Não, como sabe sou uma fervorosa de Raudnitz.* Aliás, é uma reforma.

— Pois é, mas é de um chique!

— Quanto acha que foi?... Não, mude o primeiro algarismo.

— Como? Mas isso é uma ninharia, é dado. Tinham me dito três vezes isso.

— É assim que se escreve a História", concluía a mulher do doutor. E mostrando a madame Swann uma gargantilha que esta lhe dera de presente:

"Olhe, Odette. Reconhece?"

Pela fresta de uma cortina mostrava-se uma cabeça, cerimoniosa, deferente, fingindo de brincadeira estar com receio de atrapalhar: era Swann. "Odette, o príncipe de Agrigento que está comigo em meu gabinete pergunta se poderia vir lhe apresentar suas homenagens. Que devo responder? — Mas que eu adoraria", dizia Odette com satisfação sem se afastar de uma calma que lhe era tanto mais fácil quanto ela sempre recebera, mesmo como cocote, homens elegantes. Swann ia transmitir a autorização e, na companhia do príncipe, voltava para perto da mulher, a não ser que no intervalo tivesse entrado madame Verdurin. Quando ele se casara com Odette, pedira-lhe que parasse de frequentar o pequeno clã (tinha para isso muitas razões e, se não as tivesse, o teria feito da mesma maneira, por obediência a uma lei de ingratidão que não admite exceção e assinala a imprevidência ou o desinteresse de todos os alcoviteiros). Apenas permitira a Odette trocar com madame Verdurin duas visitas por ano, o que ainda parecia excessivo a certos fiéis indignados com a injúria feita à Patroa que por tantos anos tratara Odette e mesmo Swann como os filhos queridos da casa. Pois se o pequeno grupo continha falsos irmãos que certas noites se ausentavam para aceitar, sem dizer, um convite de Odette, prontos, caso fossem descobertos, a dar como desculpa a curiosidade de encontrar Bergotte (embora a

---

* Nos anos 1890, Redfern, grande modista, introduziu a moda inglesa do tailleur para senhoras. Ernest Raudnitz era outra famosa casa de moda, fundada em 1883.

Patroa alegasse que ele não frequentava a casa dos Swann, que era desprovido de talento e que, apesar disso, ela tentasse atraí-lo segundo uma expressão que lhe era cara), também tinha seus "ultras". E estes, ignorando conveniências específicas que costumam desviar as pessoas da atitude extrema que gostaríamos de vê-las tomar para aborrecer alguém, teriam desejado e não tinham conseguido que madame Verdurin rompesse todas as relações com Odette e lhe tirasse assim a satisfação de dizer, rindo: "Desde o Cisma vamos raramente à casa da Patroa. Ainda era possível quando meu marido era solteiro, mas para um casal nem sempre é muito fácil... O senhor Swann, para lhe dizer a verdade, não engole a velha Verdurin e não apreciaria muito que eu fizesse dela uma relação habitual. E eu, fiel esposa...". Swann a acompanhava à noite, mas evitava estar em casa quando madame Verdurin ia visitar Odette. Assim, se a Patroa estava no salão, o príncipe de Agrigento entrava só. Só também, aliás, era apresentado por Odette, que preferia que madame Verdurin não ouvisse nomes obscuros e, vendo mais de um rosto desconhecido dela, pudesse se imaginar no meio de notabilidades aristocráticas, cálculo que dava tão certo que, à noite, madame Verdurin dizia com desdém ao marido: "Ambiente delicioso! Lá estava toda a fina flor da Reação!". Odette vivia, em relação a madame Verdurin, numa ilusão inversa. Não que aquele salão já tivesse sequer começado a se tornar o que o veremos ser um dia. Madame Verdurin ainda nem ao menos estava no período de incubação em que se suspendem as grandes festas nas quais os raros elementos brilhantes recentemente adquiridos seriam afogados numa turba excessiva e em que se prefere esperar que o poder gerador de dez justos que conseguimos atrair tenha produzido setenta vezes dez.* Como Odette não ia demorar a fazer, madame Verdurin de fato se propunha a "alta sociedade" como objetivo, mas suas zonas de ataque ainda eram tão limitadas e, aliás, tão afastadas daquelas por onde Odette tinha alguma chance de chegar a resultado idêntico, de penetrar, que esta vivia na mais completa ignorância dos planos estratégicos que a Patroa elaborava. E era com a maior boa-fé do mundo que, quando se fala-

---

* Provável alusão à Bíblia, talvez ao capítulo 18 do Gênesis, em que o Eterno declara a Abraão que bastaria encontrar dez justos em Sodoma para que a cidade não fosse destruída.

va com Odette de madame Verdurin como de uma esnobe, Odette começava a rir e dizia: "É exatamente o contrário. Primeiro ela não tem os elementos, não conhece ninguém. Depois, é preciso lhe fazer justiça de que é assim que isso lhe agrada. Ela gosta mesmo é de suas quartas-feiras, dos conversadores agradáveis". E secretamente invejava em madame Verdurin (embora não perdesse a esperança de, por sua vez, ter acabado por aprendê-las em tão grande escola) essas artes às quais a Patroa atribuía tão grande importância, embora apenas matizassem o inexistente, esculpissem o vazio, e fossem, propriamente, as Artes do Nada: a arte (para uma dona de casa) de saber "reunir", de entender de "juntar", de "valorizar", de "se apagar", de servir de "traço de união".

Em todo caso, as amigas de madame Swann estavam impressionadas ao ver em sua casa uma mulher que habitualmente só imaginavam em seu próprio salão, cercada de um quadro inseparável de convidados, de um pequeno grupo que todos se maravilhavam de ver assim evocado, resumido, espremido, numa só poltrona, sob as aparências da Patroa transformada em visitante no acolchoado de seu mantô forrado de penas de mergulhão, tão macio como as brancas peles que atapetavam aquele salão em cujo centro madame Verdurin era, por sua vez, um salão. As mulheres mais tímidas queriam se retirar por discrição e, empregando o plural, como quando se quer dar a entender aos outros que é mais sensato não cansar demais uma convalescente que se levanta pela primeira vez, diziam: "Odette, vamos deixá-la". Invejavam madame Cottard, que a Patroa tratava pelo nome de batismo. "Levo-a comigo?", dizia-lhe madame Verdurin, que não suportava a ideia de que uma fiel ia permanecer ali, em vez de acompanhá-la. "Mas é muita amabilidade sua me levar", respondia madame Cottard, não querendo dar a impressão de esquecer, em favor de uma pessoa mais famosa, que aceitara o convite que madame Bontemps lhe fizera de levá-la para casa em seu carro que exibia o distintivo tricolor.

"Confesso que sou particularmente grata às amigas que querem me levar em seus veículos. É uma verdadeira sorte para mim que não tenho um automedonte. — Tanto mais, respondia a Patroa (não ousando falar muito, pois conhecia um pouco madame Bontemps e acabava de convidá-la para as suas quartas-feiras), que a casa de madame de Crécy não é perto da sua. Ai! Meu Deus, jamais conseguirei dizer madame Swann." Era uma brincadeira do pequeno clã, para pessoas que não tinham muito espírito, fazer de conta que não conseguiam se habituar a dizer madame Swann: "Eu estava tão acostumada a dizer madame de Crécy, que mais uma vez quase me enganei". Madame Verdurin, quando falava a Odette, não se enganava apenas, enganava-se de propósito. "Não lhe dá medo, Odette, morar neste bairro perdido? Acho que não me sentiria de todo tranquila à noite, ao voltar para casa. E depois, é tão úmido. Não deve ser nada bom para o eczema do seu marido. Pelo menos vocês não têm ratos? — Claro que não! Que horror! — Antes isso, tinham me dito que havia. Fico muito contente em saber que não é verdade, porque tenho um medo horroroso deles e não voltaria à sua casa. Adeus, minha queridinha, até breve, sabe como fico feliz em vê-la. Mas você não sabe arrumar os crisântemos", disse ao ir embora, enquanto madame Swann levantava-se para acompanhá-la. "São flores japonesas, é preciso arranjá-las como fazem os japoneses. — Não sou da opinião de madame Verdurin, embora em todas as coisas ela seja para mim a Lei e os Profetas. Só você, Odette, para encontrar crisântemos tão bonitas, ou melhor, tão bonitos, já que, pelo visto, é assim que se diz agora, declarava madame Cottard, quando a Patroa fechou a porta. — A querida madame Verdurin nem sempre é muito benevolente com as flores dos outros, respondia suavemente madame Swann. — Quem a abastece, Odette?", perguntava madame Cottard para não deixar se prolongarem as críticas dirigidas à Patroa...

"Lemaître? Confesso que na frente de Lemaître havia outro dia um grande arbusto rosa que me fez cometer uma loucura." Mas por pudor recusou-se a dar informações mais exatas sobre o preço do arbusto e disse somente que o professor, "que não era, porém, homem de perder as estribeiras", soltara o verbo e lhe dissera que ela não sabia o valor do dinheiro. "Não, não, não tenho florista titular a não ser Debac. — Eu também, dizia madame Cottard, mas confesso que lhe cometo infidelidades com Lachaume. — Ah! Engana-o com Lachaume, vou contar a ele", respondia Odette, que se esforçava para ter espírito e conduzir a conversa em sua casa, onde se sentia mais à vontade do que no pequeno clã. "Aliás, Lachaume anda realmente muito careiro; seus preços são excessivos, sabem, acho os preços dele indecorosos!", acrescentava, rindo.

Enquanto isso, madame Bontemps, que dissera cem vezes que

não queria ir à casa dos Verdurin, radiante por ser convidada para as quartas-feiras estava calculando como poderia ir o maior número possível de vezes. Ignorava que madame Verdurin desejava que não se faltasse a nenhuma; por outro lado, era dessas pessoas pouco procuradas, que quando são convidadas por uma dona de casa para "séries" de encontros, não comparecem como aqueles que sabem que sempre são recebidos com prazer quando têm um momentinho e vontade de sair; elas, ao contrário, privam-se por exemplo da primeira noite e da terceira, imaginando que sua ausência será notada, e reservam-se para a segunda e a quarta; a não ser que, como suas informações não lhes indicaram que a terceira seria particularmente brilhante, sigam uma ordem inversa alegando que "infelizmente da última vez não estavam livres". Tal como madame Bontemps, que suputava quantas quartas-feiras ainda haveria antes da Páscoa e de que maneira conseguiria ter mais uma, sem porém parecer se impor. Contava com madame Cottard, com quem ia voltar para casa, para lhe dar algumas indicações. "Ah, madame Bontemps, vejo que já está se levantando, não fica bem dar assim um sinal de debandada! Deve-me uma compensação por não ter vindo na quinta-feira passada... Vamos, sente-se de novo um momentinho. Afinal de contas, não vai fazer outra visita antes do jantar. Realmente, não se deixa tentar?", acrescentava madame Swann, estendendo-lhe um prato de doces: "Sabe que não são nada ruins essas porcariazinhas? A gente não dá nada por elas, mas prove e vai ver só. — Ao contrário, parecem deliciosas, respondia madame Cottard, na sua casa, Odette, não são vitualhas que faltam. Não preciso lhe perguntar a marca de fábrica, sei que manda vir tudo do Rebattet. Devo dizer que sou mais eclética. Para os petits-fours, para todas as guloseimas, costumo me dirigir ao Bourbonneux.* Mas reconheço que não sabem o que é um sorvete. O Rebattet, para tudo o que é gelado, *bavaroise* ou sorvete, é a grande arte. Como diria meu marido, é o nec plus ultra. — Mas isto muito simplesmente foi feito aqui em casa. Não quer mesmo? — Não vou conseguir jantar, respondia madame Bontemps, mas me sento de novo um instante, adoro conver-

---

* Rebattet tinha um dos mais famosos bufês e salões de chá de Paris na rua du Faubourg Saint-Honoré, 12. Bourbonneux, na Place du Havre, 14, era célebre por sua torta Bourdaloue.

sar com uma mulher inteligente, sabe. — Vai me achar indiscreta, Odette, mas gostaria de saber o que pensa do chapéu que madame Trombert usava. Sei muito bem que a moda é dos chapéus grandes. Mesmo assim, não há um certo exagero? E ao lado daquele com que foi outro dia à minha casa, o que usava há pouco era microscópico. — Mas não, não sou inteligente, dizia Odette, pensando que era de bom-tom dizê-lo. No fundo sou uma simplória que acredita em tudo o que lhe dizem, que fica magoada por uma coisinha à toa". E insinuava que, no começo, sofrera muito por ter se casado com um homem como Swann que tinha uma vida própria e a enganava. Enquanto isso, ao ouvir as palavras "não sou inteligente", o príncipe de Agrigento achou seu dever protestar, mas não tinha o senso da réplica. "Qual o quê!, exclamou madame Bontemps, você não é inteligente? — De fato, estava eu pensando: 'O que estou ouvindo?', disse o príncipe, agarrando essa deixa. Meus ouvidos precisariam ter me enganado. — Que nada, garanto-lhes, disse Odette, no fundo sou uma burguesinha que se escandaliza à toa, cheia de preconceitos, vivendo em sua toca, e sobretudo muito ignorante." E, para pedir notícias do barão de Charlus, perguntou-lhe: "Tem visto esse querido baronete? — Você, ignorante!, exclamou madame Bontemps. Pois bem, então, o que diria do mundo oficial, de todas essas mulheres de Excelências, que só sabem falar de roupas!... Olhe, não faz mais que uma semana mencionei o *Lohengrin* à mulher do ministro da Instrução Pública. Ela me responde: '*Lohengrin*? Ah! A última revista dos Folies-Bergères, parece que é divertidíssima'.* Pois é, minha senhora, que se há de fazer, quando se ouvem coisas assim que nos deixam de sangue quente. Minha vontade era esbofeteá-la. Porque tenho meu geniozinho, sabe. Vejamos, meu senhor, disse virando-se para mim, não tenho razão? — Veja, disse madame Cottard, é desculpável a gente responder um pouco atravessado quando é interrogada assim de chofre, sem aviso prévio. Eu que o diga, pois madame Verdurin tem a mania de nos pôr assim a faca no pescoço. — A propósito de madame Verdurin, perguntou madame Bontemps a madame Cottard, sabe quem vai estar na casa dela na quarta-feira?... Ah! Agora

---

* A estreia da ópera *Lohengrin*, de Richard Wagner, em Paris foi no Éden-Théâtre em 1887. O Teatro des Folies-Bergères, inaugurado em 1869, apresentava balés, operetas, pantomimas, acrobacias.

me lembro de que aceitamos um convite para a próxima quarta-feira. Não quer jantar conosco na quarta-feira da próxima semana? Iremos juntas à casa de madame Verdurin. Intimida-me entrar sozinha, não sei por que essa grande mulher sempre me deu medo. — Vou lhe dizer, respondia madame Cottard, o que a amedronta em madame Verdurin é a voz dela. Que se há de fazer, nem todo mundo tem uma voz tão bonita como madame Swann. Mas é só o tempo de soltar a língua, como diz a Patroa, e o gelo logo se derrete. Porque no fundo ela é muito acolhedora. Mas compreendo muito bem a sua sensação, nunca é agradável estar pela primeira vez em terra estranha. — A senhora também podia jantar conosco, dizia madame Bontemps a madame Swann. — Depois do jantar iríamos todos juntos em terra Verdurin, verdurinizar; e mesmo se o resultado disso fosse a Patroa me fechar a cara e não me convidar mais, na casa dela ficaremos as três conversando entre nós, e sinto que é o que mais me divertirá". Mas essa afirmação não devia ser muito verídica, pois madame Bontemps perguntou: "Quem acham que vai estar lá na próxima quarta-feira? O que é que vai acontecer? Não vai ter gente demais, ao menos? — Eu, com certeza, não vou, dizia Odette. Faremos apenas uma pequena aparição na quarta-feira final. Se para você tanto faz esperar até lá…". Mas madame Bontemps não parecia seduzida por essa proposta de adiamento.

Embora os méritos espirituais de um salão e sua elegância estejam geralmente em relação inversa e não direta, é de crer, já que Swann achava agradável madame Bontemps, que qualquer decadência aceita tem como consequência tornar as pessoas menos exigentes diante daquelas com quem se resignaram a se alegrar, menos exigentes quanto ao espírito delas e com tudo o mais. E se isso é verdade, os homens devem, assim como os povos, ver sua cultura e até sua língua desaparecer com a independência. Um dos resultados dessa indulgência é agravar a tendência que temos, a partir de certa idade, de achar agradáveis as palavras que são uma homenagem a nossa própria maneira de ver, a nossas inclinações, um estímulo a nos entregarmos a elas; essa idade é aquela em que um grande artista prefere à companhia de gênios originais a de alunos com quem só tem em comum a letra de sua doutrina, e que o incensam, o escutam; em que um homem ou uma mulher notáveis que vivem para um amor considerarão a pessoa mais inteligente da reunião aquela porventura inferior mas que lhes terá mostrado numa frase que sabe compreender e aprovar o que é uma vida dedicada à galanteria, e terá assim afagado agradavelmente o pendor voluptuoso do amante ou da amante; era a idade também em que Swann, visto que se tornara o marido de Odette, deliciava-se em ouvir madame Bontemps dizer que é ridículo receber apenas duquesas (concluindo daí, ao contrário do que teria feito outrora na casa dos Verdurin, que ela era uma boa mulher, muito espirituosa e nada esnobe) e em lhe contar histórias que a faziam "se dobrar", porque ela não as conhecia e porque, aliás, "captava" o espírito depressa, gostando de adular e se divertir. "Então o doutor não é louco por flores como você?, perguntava madame Swann a madame Cottard. — Ah! Como sabe, meu marido é um sábio; é moderado em todas as coisas. Mas tem, sim, uma paixão." Com os olhos brilhantes de maledicência, alegria e curiosidade, madame Bontemps perguntava: "Qual?". Com simplicidade, madame Cottard respondia: "A leitura. — Oh! É uma paixão absolutamente confiável, num marido!, exclamava madame Bontemps sufocando uma risada satânica. — Quando o doutor está com um livro, nem imagina! — Ah, bem, isso não deve assustá-la muito... — Como não!... por causa de sua vista. Vou encontrar com ele, Odette, e tornarei a bater na sua porta no primeiro dia. A propósito de vista, disseram-lhe que o palacete que madame Verdurin acaba de comprar será iluminado a luz elétrica? Não sei disso por minha pequena polícia particular, mas por outra fonte: foi o próprio eletricista, Mildé,* que me disse. Está vendo que cito meus autores! Até nos quartos, que terão lâmpadas elétricas com um abajur que vai filtrar a luz. Evidentemente, é um luxo divertido. Aliás, nossas contemporâneas querem novidade a qualquer preço, como se já não houvesse novidades no mundo. A cunhada de uma de minhas amigas tem telefone instalado em casa! Pode fazer uma encomenda a um fornecedor sem sair do apartamento! Confesso que fiz umas torpes intrigas para poder ir um dia falar nesse aparelho. Isso me tenta muito, mais na casa de uma amiga, porém, do que na minha.

---

* A Casa Mildé vendia material elétrico desde fins do século XIX. Em 1900 a eletricidade doméstica ainda era um luxo, e a Companhia Geral de Eletricidade tinha apenas 2 mil clientes. Quanto aos assinantes de uma linha telefônica, mencionada logo abaixo, em 1897 eram 44 mil na França.

Acho que não gostaria de ter telefone em casa. Passado o primeiro divertimento, deve ser uma verdadeira amolação. Bem, Odette, vou me retirando, não prenda mais madame Bontemps, pois ela vai me acompanhar, preciso escapulir de qualquer maneira, você está me levando a fazer bonito: vou chegar em casa depois de meu marido!".

E eu também tinha de voltar para casa antes de ter saboreado aqueles prazeres do inverno, de que os crisântemos me haviam parecido ser o deslumbrante invólucro. Esses prazeres não tinham chegado e no entanto madame Swann já não parecia esperar mais nada. Deixava os criados levarem o chá como se anunciasse: "Vamos fechar!". E acabava por me dizer: "Então, vai mesmo embora? Pois bem, *good bye*!". Eu sentia que poderia ter ficado sem encontrar aqueles prazeres desconhecidos e que não era só minha tristeza que deles me privava. Afinal, não estariam situados naquele caminho batido das horas que levam sempre tão depressa ao instante da partida, ou, antes, em algum atalho que eu desconhecia e onde teria de bifurcar? Pelo menos, o objetivo da visita fora alcançado, Gilberte saberia que eu tinha ido à casa de seus pais quando ela não estava, e que lá, como madame Cottard não parara de repetir, "desde o início, logo de saída, conquistara madame Verdurin", a qual, acrescentava a mulher do médico, nunca vira fazer "tantos rapapés". "Vocês parecem, ela me dissera, ser unha e carne." Gilberte saberia que eu tinha falado dela como devia fazê-lo, com ternura, mas que não tinha essa incapacidade de viver sem que nos víssemos, que eu imaginava ser a origem do tédio que ela sentira nos últimos tempos a meu lado. Eu dissera a madame Swann que não podia mais me encontrar com Gilberte. Dissera-o como se tivesse decidido para sempre nunca mais vê-la. E a carta que ia enviar a Gilberte seria formulada nesse mesmo sentido. Só que, a mim mesmo, para me dar coragem, eu propunha um supremo e curto esforço de poucos dias. Dizia-me: "É o último encontro com ela que recuso, aceitarei o próximo". Para pensar que a separação me seria mais fácil de concretizar, eu não a imaginava como definitiva. Mas sentia muito bem que seria.

O Primeiro de Janeiro daquele ano me foi particularmente doloroso. Com certeza, quando estamos infelizes tudo o que marca datas e aniversários o é. Mas se o dia, por exemplo, é da perda de um ente querido, o sofrimento consiste apenas numa comparação mais profunda com o passado. No meu caso, a isso se juntava a esperança não formulada de que Gilberte, quando me deixara a iniciativa dos primeiros passos e verificara que eu não os dera, esperara apenas o pretexto do Ano-Novo para me escrever: "Afinal, o que há? Estou louca por você, venha para nos explicarmos com franqueza, não posso viver sem vê-lo". Desde os últimos dias do ano essa carta me pareceu provável. Talvez não o fosse, mas para acreditarmos que sim bastam o desejo e a necessidade que temos de que seja possível. O soldado está convencido de que um certo prazo indefinidamente prolongável lhe será conferido antes de ser morto, o ladrão, antes de ser apanhado, os homens em geral, antes de terem de morrer. É esse o amuleto que preserva os indivíduos — e às vezes os povos — não do perigo mas do medo do perigo, na verdade da crença no perigo, o que em certos casos permite desafiá-los sem que se precise ser corajoso. Uma confiança desse tipo, e tão pouco fundada, sustenta o apaixonado que conta com uma reconciliação, com uma carta. Para que eu não houvesse esperado aquela, bastaria já não desejá-la. Por mais indiferente que saibamos ser com a mulher ainda amada, a ela atribuímos uma série de pensamentos — ainda que de indiferença —, uma intenção de manifestá-los, uma complicação de vida interior em que somos talvez objeto de uma antipatia, mas também de uma atenção permanentes. Inversamente, para imaginar o que se passava com Gilberte eu precisaria, simplesmente, antecipar já nesse Primeiro de Janeiro o que iria sentir no Primeiro de Janeiro de um dos anos seguintes, quando a atenção, ou o silêncio, ou a ternura, ou a frieza de Gilberte passariam quase despercebidos a meus olhos e eu não pensasse, nem sequer tivesse conseguido pensar em buscar a solução de problemas que não mais se colocariam para mim. Quando amamos, o amor é grande demais para caber inteiramente em nós; ele irradia para a pessoa amada, em quem encontra uma superfície que o detém, o força a voltar ao ponto de partida; e esse choque que nos devolve nossa própria ternura é o que chamamos de sentimentos do outro e que nos encanta mais do que na ida, porque não percebemos que vem de nós. O Primeiro de Janeiro bateu todas as suas horas sem que chegasse aquela carta de Gilberte. E como recebi algumas com votos tardios ou atrasados pelo acúmulo de correspondência nessas datas, nos dias 3 e 4 de janeiro ainda esperava, cada vez menos, porém. Nos dias que se seguiram, chorei muito. Com certeza isso vinha de que, tendo sido menos sincero do que eu pensara quando renunciara a Gilberte, mantinha aquela esperança de uma carta sua para o Ano-Novo. E vendo a esperança exaurir-se antes que tivesse tempo de me munir de outra, sofria como um doente que esvaziou seu frasco de morfina sem ter um segundo à mão. Mas talvez em mim — e essas duas explicações não se excluem, pois um só sentimento às vezes é feito de contrários — a esperança que eu tinha de receber enfim uma carta me aproximara da imagem de Gilberte, recriara as emoções que outrora me provocavam a expectativa de estar a seu lado, o fato de vê-la, sua maneira de se comportar comigo. A possibilidade imediata de uma reconciliação suprimira essa coisa de cuja enormidade não nos damos conta — a resignação. Os neurastênicos não podem crer nas pessoas que lhes garantem que eles ficarão mais ou menos calmos desde que permaneçam na cama sem receber cartas, sem ler jornais. Imaginam que esse regime apenas exasperará seu nervosismo. Da mesma maneira, os apaixonados, considerando a renúncia a partir de um estado contrário, sem terem começado a experimentá-la não conseguem acreditar em seu poder benéfico.

Devido à violência das minhas palpitações cardíacas mandaram-me diminuir a cafeína, e elas cessaram. Então me perguntei se não era um pouco à cafeína que se devia essa angústia que eu sentira quando tinha quase brigado com Gilberte, e que eu atribuíra, sempre que ela se renovava, ao sofrimento de não ver mais minha amiga ou de me arriscar a vê-la ainda atormentada pelo mesmo mau humor. Mas se aquele medicamento esteve na origem dos sofrimentos que minha imaginação haveria então interpretado erradamente (o que não teria nada de extraordinário, pois as penas morais mais cruéis dos amantes muitas vezes têm como causa estarem acostumados à mulher com quem vivem), era como o filtro que muito tempo depois de ser tomado continua a unir Tristão a Isolda. Pois a melhora física que a diminuição da cafeína me trouxe quase de imediato não sustou a evolução da tristeza que a absorção do tóxico talvez tivesse, se não criado, ao menos agravado.

Só que, quando janeiro chegou a meados, uma vez baldadas as minhas esperanças de uma carta para o dia de Ano-Novo e acalmada a dor suplementar que acompanhara sua decepção, foi minha tristeza de antes das "Festas" que recomeçou. O que talvez ainda houvesse nela de mais cruel era que eu mesmo fosse seu artesão inconsciente, voluntário, impiedoso e paciente. A única coisa a que me apegava, minhas relações com Gilberte, era eu que trabalhava para torná-las impossíveis criando pouco a pouco, pela separação prolongada de minha amiga, não sua indiferença, mas a minha, o que finalmente daria no mesmo. Eu me agarrava continuamente a um longo e cruel suicídio do eu que em mim amava Gilberte, com a clarividência não só do que fazia no presente mas do que resultaria para o futuro: sabia não apenas que no fim de certo tempo já não amaria Gilberte, como também que ela mesma o lamentaria, e que as tentativas que então faria para me ver seriam tão vãs como as de hoje, já não porque eu a amaria demais, mas porque certamente amaria outra mulher que eu ficaria desejando, esperando, durante horas das quais não ousaria desviar uma parcela para Gilberte, que não me seria mais nada. E provavelmente nesse mesmo momento, em que (já que estava decidido a nunca mais vê-la, a não ser que houvesse um pedido formal de explicações, uma completa declaração de amor de sua parte, os quais já não tinham a menor chance de chegar) eu já perdera Gilberte e a amava mais, sentia tudo o que ela era para mim muito melhor que no ano anterior, quando passando todas as minhas tardes com ela, conforme queria, pensava que nada ameaçava nossa amizade, nesse momento sem dúvida a ideia de que teria um dia sentimentos idênticos por outra me era odiosa, pois essa ideia me arrancava, além de Gilberte, meu amor e meu sofrimento: meu amor, meu sofrimento, em que chorando eu tentava justamente apreender o que era Gilberte, e que eu devia reconhecer que não lhe pertenciam especialmente e estariam, mais cedo ou mais tarde, destinados a esta ou àquela mulher. De maneira que — era pelo menos, na época, meu modo de pensar — sempre estamos afastados das criaturas: quando amamos, sentimos que esse amor não traz o nome delas, poderá no futuro renascer, poderia até, no passado, ter nascido por outra e não por aquela; e na época em que não amamos, se tomamos filosoficamente o partido do que há de contraditório no amor, é que então não sentimos esse amor de que falamos à vontade, portanto não o conhecemos, pois o conhecimento nessa matéria é intermitente e não sobrevive à presença efetiva do sentimento. Esse futuro em que eu já não amaria Gilberte e que meu sofrimento me ajudava a adivinhar sem que minha imaginação pudesse imaginá-lo claramente, sem dúvida ainda seria tempo de avisar Gilberte de que ele se formaria aos poucos, de que sua chegada era, se não iminente, ao menos inelutável caso ela própria, Gilberte, não viesse em meu auxílio e não destruísse no germe minha futura indiferença. Quantas vezes não estive a ponto de escrever, ou de ir dizer a Gilberte: "Preste atenção, estou decidido, a atitude que tomo é uma suma atitude. Vejo-a pela última vez. Breve não vou mais amá-la". Para quê? Com que direito criticaria Gilberte por uma indiferença que, sem me julgar culpado por isso, eu manifestava por tudo o que não fosse ela? A última vez! Para mim, parecia algo imenso, porque eu amava Gilberte. Para ela, isso lhe teria certamente causado tanta impressão quanto aquelas cartas em que amigos pedem para nos fazer uma visita antes de se expatriarem, visita que lhes negamos, como às tediosas mulheres que nos amam, porque temos prazeres à vista. O tempo de que dispomos cada dia é elástico; as paixões que sentimos o dilatam, as que inspiramos o encolhem, e o hábito o preenche.

De resto, por mais que eu falasse com Gilberte, ela não me ouviria. Quando falamos, sempre imaginamos que são nossos ouvidos, nosso espírito que escutam. Minhas palavras não chegariam a Gilberte senão desviadas, como se tivessem de atravessar a cortina movediça de uma catarata antes de chegar à minha amiga, irreconhecíveis, tornando ridículo um som, já sem nenhum sentido. A verdade que pomos nas palavras não abre caminho diretamente, não é dotada de uma evidência irresistível. É preciso que passe tempo suficiente para que uma verdade da mesma ordem possa se formar. Então o adversário político que, apesar de todos os argumentos e de todas as provas, considerava traidor o sectário da doutrina oposta, compartilha por sua vez a convicção detestada que já não interessa aquele que tentava inutilmente divulgá-la. Assim, a obra-prima que para os admiradores que a leem em voz alta parecia mostrar em si mesma as provas de sua excelência e só oferecia aos que escutavam uma imagem insana ou medíocre, será por eles proclamada obra-prima, tarde demais para que o autor possa sabê-lo. Da mesma maneira, faça-se o que se faça, no amor as muralhas não podem ser quebradas de fora por quem se desesperava; e é quando deixarmos de nos preocupar com elas que, de repente, graças ao trabalho vindo do outro lado, realizado no íntimo da mulher que não nos amava, essas muralhas atacadas outrora sem êxito cairão sem utilidade. Se eu tivesse ido anunciar a Gilberte minha indiferença futura e o meio de preveni-la, ela teria deduzido dessa iniciativa que meu amor por ela, minha necessidade de vê-la eram ainda maiores do que pensava, e seu enfaro com minha presença aumentaria. E é bem verdade, aliás, que era esse amor que me ajudava a prever melhor que ela, pelos estados de espírito discordantes que fazia se sucederem em mim, o fim desse amor. No entanto, quiçá eu tivesse feito essa advertência a Gilberte por carta ou de viva voz, depois de passado muito tempo, tornando-a assim, é verdade, menos indispensável mas também podendo ter lhe provado que podia passar sem ela. Era uma pena que certas pessoas bem-intencionadas ou mal-intencionadas tivessem lhe falado de mim de uma maneira que deve tê-la levado a crer que o faziam a meu pedido. Por isso, sempre que eu soube que Cottard, até mesmo minha própria mãe e o senhor de Norpois tinham inutilizado, por palavras desastradas, todo o sacrifício que eu acabava de fazer, estragado todo o resultado de minha reserva dando-me falsamente a aparência de ter resolvido a situação, eu tinha um duplo aborrecimento. Primeiro, só podia datar a partir daquele dia a minha sofrida e proveitosa abstenção que os inoportunos tinham, sem meu conhecimento, interrompido e, por conseguinte, aniquilado. Mas, além disso, teria eu menos prazer em ver Gilberte, que agora me imaginava não mais dignamente resignado, mas manobrando na sombra para obter uma entrevista que ela não se dignara a conceder. Amaldiçoava aquelas tagarelices de pessoas que muitas vezes, sem sequer a intenção de prejudicar ou prestar um serviço, a troco de nada, só para falar, às vezes porque não conseguimos nos calar na frente delas e porque são indiscretas (como nós), causam-nos em dado momento tanto mal. É verdade que no funesto trabalho de destruição de nosso amor estão longe de desempenhar um papel igual a duas pessoas que têm por hábito, uma por excesso de bondade e outra de maldade, tudo desfazer no momento em que tudo ia se arranjar. Mas a essas duas pessoas não queremos mal, como aos inoportunos Cottard, pois uma delas, a última, é a mulher amada, e a primeira, nós mesmos.

No entanto, como quase sempre que eu ia vê-la madame Swann me convidava para ir lanchar com sua filha e me dizia para responder diretamente a ela, eu costumava escrever a Gilberte, e nessa correspondência não escolhia as frases que, penso, poderiam convencê-la, apenas buscava escavar o leito mais suave para o riacho de minhas lágrimas. Pois o pesar, assim como o desejo, não procura se analisar, mas se satisfazer; quando começamos a amar passamos o tempo, não a saber o que é nosso amor, mas a preparar as possibilidades dos encontros do dia seguinte. Quando renunciamos, não tentamos conhecer nosso desgosto, mas oferecer àquela que o causa a expressão que nos parece a mais terna. Dizemos coisas que sentimos necessidade de dizer e que o outro não compreenderá, falamos apenas para nós mesmos. Eu escrevia: "Pensava que isso não seria possível. Infelizmente, vejo que não é tão difícil". Dizia também: "Provavelmente nunca mais a verei", dizia-o continuando a me precaver contra uma frieza que ela poderia julgar falsa, e essas palavras, ao escrevê-las, me faziam chorar porque sentia que expressavam não aquilo em que eu queria acreditar, mas o que aconteceria na realidade. Pois no próximo pedido de encontro que ela me fizesse eu teria de novo, como dessa vez, a coragem de não ceder, e de recusa em recusa chegaria aos poucos ao momento em que, à força de não tê-la mais visto, não desejaria vê-la. Chorava, mas encontrava a coragem, conhecia a doçura de sacrificar a felicidade de estar a seu lado à possibilidade de lhe parecer agradável um dia, um dia em que, ai de mim!, lhe parecer agradável me seria indiferente. A própria hipótese, no entanto tão pouco verossímil, de que naquele momento ela me amasse, como pretendera na última visita que lhe fizera, de que o que eu julgava ser o tédio que se sente ao lado de quem já nos cansa só decorresse de uma suscetibilidade zelosa, de um fingimento de indiferença análogo ao meu, apenas tornava ainda menos cruel a minha resolução. Parecia-me então que dali a alguns anos, quando tivéssemos nos esquecido mutuamente e eu pudesse lhe dizer, retrospectivamente, que aquela carta que naquele momento estava lhe escrevendo não fora nada sincera, ela me responderia: "Como assim, você me amava? Se soubesse como esperei essa carta, como esperei um encontro, como ela me fez chorar". Enquanto lhe escrevia, logo que voltei da casa de sua mãe, o pensamento de que talvez estivesse consumando justamente esse mal-entendido, esse pensamento, por sua própria tristeza, pelo prazer de imaginar que eu era amado por Gilberte, impelia-me a continuar minha carta.

Se, quando deixei madame Swann, depois de terminado o seu "chá", pensei no que ia escrever à sua filha, madame Cottard, por sua vez, ao ir embora, tivera pensamentos de um tipo bem diferente. Fazendo sua "inspeçãozinha", não deixara de felicitar madame Swann pelos móveis novos, pelas recentes "aquisições" observadas no salão. Por sinal, podia reencontrar ali, embora poucos, alguns dos objetos que antigamente Odette tinha no apartamento da rua La Pérouse, em especial seus bichos de materiais preciosos, seus fetiches.

Mas como madame Swann aprendera, com um amigo que venerava, a palavra "chinfrim" — que lhe abrira novos horizontes por designar justamente as coisas que alguns anos antes ela considerara "chiques" —, todas aquelas coisas tinham sucessivamente acompanhado em sua retirada a treliça dourada que servia de apoio aos crisântemos, a quantidade de bonbonnières do Bazar Giroux e o papel de cartas com coroa (para não falar das moedas de ouro feitas de cartolina espalhadas por cima das lareiras e que, bem antes de conhecer Swann, um homem de bom gosto lhe aconselhara sacrificar). Aliás, na desordem artística, na confusão de ateliê, nas peças penduradas em paredes ainda pintadas de cores escuras que as tornavam tão diferentes quanto possível dos salões brancos que madame Swann teria um pouco mais tarde, o Extremo Oriente recuava cada vez mais diante da invasão do século xviii; e as almofadas que, a fim de que eu ficasse mais "confortável", madame Swann amontava e afofava às minhas costas eram salpicadas de buquês Luís xv, e não mais, como antigamente, de dragões chineses. Na sala onde no mais das vezes a encontravam e da qual ela dizia: "Sim, gosto muito dessa sala, fico muito aqui; não conseguiria viver no meio de coisas hostis e rebuscadas; é aqui que trabalho" (sem aliás esclarecer se trabalhava num quadro, talvez num livro, pois o gosto de escrever começava a despontar nas mulheres que apreciam fazer alguma coisa e não ser inúteis), ela estava rodeada de Saxe (pois gostava desse tipo de porcelana, cujo nome pronunciava com sotaque inglês, a ponto de dizer a respeito de tudo: "É lindo, parece as flores de Saxe"); temia para elas, mais ainda que, antigamente, para seus budas chineses e seus vasos de porcelana, o manuseio ignorante dos domésticos a quem castigava, pelos transes que lhe tinham provocado, com acessos de fúria que Swann, patrão muito bem-educado e afável, presenciava sem se chocar. Aliás, a visão lúcida de certas inferioridades nada retira à ternura; torna-as, ao contrário, encantadoras. Agora, era mais raro que Odette recebesse os íntimos com roupões japoneses, de preferência recebia-os envolta nas sedas claras e espumantes dos penhoares Watteau, fazendo o gesto de acariciar sobre os seios a espuma florida e nas quais se banhava, se refestelava, brincava com tal aparência de bem-estar, de frescor da pele e respirações tão profundas que parecia considerá-las, não como decorativas à guisa de uma moldura, mas como necessárias, assim como o "tub" e o "footing", para satisfazer as exigências de sua fisionomia e os requintes de sua higiene. Costumava dizer que dispensaria mais facilmente o pão do que a arte e a limpeza, e que se sentiria mais triste de ver queimar *A Gioconda* do que as "montitudes"* de gente que conhecia. Teorias que pareciam paradoxais para suas amigas mas que a faziam passar por uma mulher superior junto a elas e lhe valiam uma vez por semana a visita do ministro da Bélgica, de modo que no pequeno mundo de que era o sol todos teriam se admirado se soubessem que em outros lugares, na casa dos Verdurin, por exemplo, ela passava por tola. Por causa dessa vivacidade de espírito, madame Swann preferia a companhia dos homens à das mulheres. Mas quando as criticava, era sempre como cocote, assinalando nelas os defeitos que podiam prejudicá-las junto aos homens, pulsos e tornozelos grossos, pele feia, ignorância em ortografia, pelos nas pernas, cheiro pestilencial, sobrancelhas postiças. Com algumas que, ao contrário, outrora lhe demonstraram indulgência e amabilidade era mais carinhosa, sobretudo se fossem infelizes. Defendia-as com habilidade e dizia: "São injustos com ela, pois é uma boa mulher, garanto-lhes".

Não era apenas o mobiliário do salão de Odette, era a própria Odette que madame Cottard e todos os que teriam frequentado madame de Crécy e não a viam fazia tempo custariam a reconhecer. Ela parecia ter tantos anos menos que antigamente! Sem dúvida, isso se devia em parte a ter engordado e estar mais bem-disposta, com a aparência mais calma, fresca, repousada, e também a penteados novos, que deixavam os cabelos lisos, davam mais extensão a seu rosto renovado por um pó de arroz rosa, e seus olhos e seu perfil, antes tão saltados, pareciam agora reabsorvidos na face. Mas outra razão dessa mudança consistia em que, tendo chegado à meia-idade, Odette enfim descobrira ou inventara uma fisionomia pessoal, um

---

* No original, "foultitudes", palavra formada de *foule* e *multitude*, e que era então corrente entre as duquesas.

"caráter" imutável, um "tipo de beleza", e aplicara esse tipo impassível, como que uma juventude imortal, àquelas feições incoerentes — que por tanto tempo, entregues aos caprichos aventureiros e impotentes da carne, ganhando ao menor cansaço, e num instante, alguns anos, uma espécie de velhice passageira, lhe tinham mal ou bem formado, dependendo de seu humor e de sua aparência, um rosto disperso, cotidiano, informe e encantador.

Swann tinha em seu quarto, no lugar das belas fotografias que agora tiravam de sua mulher, e em que sempre se reconheciam a mesma expressão enigmática e vitoriosa, quaisquer que fossem o vestido e o chapéu, sua silhueta e seu rosto triunfantes, um pequeno daguerreótipo antigo bem simples, anterior ao tipo atual, e de que pareciam ausentes a juventude e a beleza de Odette, que ainda não as descobrira. Mas com certeza Swann, fiel ou já tendo retornado a uma concepção diferente daquela, saboreava na jovem mulher frágil de olhos pensativos, feições cansadas, em atitude hesitante entre a marcha e a imobilidade, uma graça mais botticelliana. De fato, ainda gostava de ver em sua mulher um Botticelli. Odette, que ao contrário procurava não realçar, mas compensar, disfarçar o que não lhe agradava, o que talvez fosse para um artista o seu "caráter" mas que como mulher ela considerava defeitos, não queria ouvir falar desse pintor. Swann possuía uma maravilhosa echarpe oriental, azul e rosa, que comprara por ser exatamente a da Virgem do *Magnificat*.* Mas madame Swann não queria usá-la. Só uma vez deixou o marido lhe encomendar uma toalete salpicada de margaridas, centáureas, miosótis e campânulas como a Primavera de *A Primavera*.** Às vezes, à noite, quando Odette estava cansada, ele me observava baixinho como ela dava às mãos pensativas, sem se dar conta, o gesto solto, um pouco atormentado da Virgem que molha a pena no tinteiro que o Anjo lhe estende para escrever no livro sagrado em que já está traçada a palavra "Magnificat". Mas acrescentava: "Sobretudo, não lhe diga nada, bastaria que ela o soubesse para fazer de outra maneira".

---

* *A Virgem com o menino e cinco anjos*, conhecido como *Virgem do Magnificat*, de Botticelli, está na Galeria degli Uffizi, em Florença. Sua echarpe é azul, rosa e dourada, e ela faz o gesto descrito em seguida por Proust.

** Em *A Primavera*, de Botticelli, o personagem a que Proust faz alusão seria o terceiro a partir da direita: Flora, ou Primavera.

A não ser nesses momentos de involuntário abandono em que Swann tentava reencontrar a cadência botticelliana melancólica, o corpo de Odette era agora recortado numa só silhueta rodeada inteiramente por uma "linha" que, para seguir o contorno da mulher, abandonara os caminhos acidentados, as reentrâncias e saliências fictícias, as ondulações, a dispersão heterogênea das modas de antanho mas que mesmo assim sabia, ali onde era a anatomia que se enganava em voltas inúteis aquém ou além do traçado ideal, corrigir com um traço ousado os desvios da natureza, suprindo em boa parte do percurso as falhas tanto da carne como dos tecidos. As almofadas, o "strapontin"* das horríveis "anquinhas" tinham desaparecido, assim como aqueles corpetes de abas que, sobressaindo por cima da saia e enrijecidos por barbatanas, tinham por tanto tempo dado a Odette um ventre postiço e lhe conferido uma aparência formada por peças díspares que nenhuma individualidade unia. A linha vertical das "franjas" e a curva das rendas drapeadas deram lugar à inflexão de um corpo que fazia a seda palpitar assim como a sereia golpeia a onda e dava à percalina uma expressão humana, agora que se liberara, como uma forma organizada e viva, do vasto caos e do nebuloso invólucro das modas destronadas. Mas madame Swann quis e soube conservar um vestígio de algumas delas entre as novas que foram substituí-las. Quando à noite, sem conseguir trabalhar e com a certeza de que Gilberte estava no teatro com as amigas, eu ia de improviso ver seus pais, costumava encontrar madame Swann em algum elegante traje caseiro, cuja saia, num desses belos tons sombrios, vermelho escuro ou laranja, que pareciam ter um significado especial porque já não estavam em moda, era obliquamente atravessada por uma faixa bordada e larga de renda preta que fazia pensar nos babados de antigamente. Num dia ainda frio de primavera, antes de minha rusga com sua filha, quando ela me levara ao Jardin d'Acclimatation, debaixo de seu casaco que ela mais ou menos entreabria, dependendo do calor que sentia ao andar, o "enfeite" rendado de sua blusinha parecia o avesso entrevisto de um colete

---

* O termo francês *strapontin* (assento dobrável nas extremidades de uma fileira de poltronas em salas de espetáculo) vem do italiano *strapunto* (pespontado com agulha) e era o acolchoado, ou a armadura, das anquinhas presas às costas para tornar o vestido mais bufante. Também era chamado de "falsa-bunda".

ausente, semelhante a um daqueles que ela usara alguns anos antes e cuja borda ela gostava que tivesse aquele leve picotado; e sua gravata — daquele "escocês" a que permanecera fiel, mas suavizando tanto os tons (o vermelho tornara-se cor-de-rosa, e o azul, lilás) que quase se confundiam com aqueles tafetás furta-cor que eram a última novidade — estava atada de tal forma sob o queixo, sem que se conseguisse ver onde estava presa, que se pensava invencivelmente naquelas "fitas" de chapéus já antiquadas. Por pouco que soubesse dar um jeito para "durar" assim mais algum tempo, os jovens diriam, tentando entender suas toaletes: "Madame Swann é toda uma época, não é mesmo?". Da mesma maneira que num belo estilo que sobrepõe formas diferentes e que uma tradição oculta fortalece, nas roupas de madame Swann aquelas lembranças incertas de coletes ou de laços, às vezes uma tendência, logo refreada, para o casaco de marinheiro e até uma alusão vaga e distante ao "pega-rapaz",faziam circular sob formas concretas a semelhança inacabada com outras formas mais antigas que de fato não se poderia dizer que tivessem sido realizadas pela costureira ou pela chapeleira, mas em que se pensava o tempo todo, e que envolviam madame Swann em certa nobreza — talvez porque a própria inutilidade desses adereços parecesse responder a uma finalidade mais que utilitária, talvez pelo vestígio conservado dos anos passados, ou então por uma espécie de individualidade indumentária característica daquela mulher e que conferia a seus trajes mais diversos um mesmo ar de família. Sentia-se que ela não se vestia apenas para o conforto ou para enfeitar o corpo; estava rodeada por sua toalete como pelo aparato delicado e espiritual de uma civilização.

Quando Gilberte, que habitualmente organizava seus lanches no dia em que a mãe recebia, devia, pelo contrário, estar ausente, e por isso eu podia ir ao "Choufleury" de madame Swann, encontrava-a trajando algum belo vestido, uns de tafetá, outros de faille, ou de veludo, ou de crepe da china, ou de cetim, ou de seda, e que já não eram soltos como os deshabillés que costumava vestir em casa, mas combinados como que para passeio, dando-lhe naquela tarde à sua ociosidade doméstica um toque alerta e ativo. E é claro que a simplicidade ousada do corte era bem adequada à sua estatura e aos seus movimentos, cuja cor parecia estar nas mangas, mudando de dia para dia; parecia que, de súbito, havia decisão no veludo azul, humor natural no tafetá branco, e que certa reserva suprema e cheia de distinção no modo de estender o braço revestia-se, para se tornar visível, da aparência do crepe da china preto, brilhando com o sorriso dos grandes sacrifícios. Mas ao mesmo tempo a complicação dos "enfeites" sem utilidade prática, sem visível razão de ser, acrescentava a esses vestidos tão vivos um toque desinteressado, pensativo, secreto, que combinava com a melancolia que madame Swann ainda conservava pelo menos nas olheiras e nas falanges das mãos. Sob a profusão dos talismãs de safira, trevos-de-quatro-folhas de esmalte, medalhas de prata, medalhões de ouro, amuletos de turquesa, colarezinhos de rubis, contas de topázio, havia no próprio vestido certo desenho colorido que continuava numa aplicação acrescentada à sua existência anterior, uma determinada fileira de botõezinhos de cetim que nada abotoavam e não podiam ser desabotoados, um sutache que procurava agradar com a minúcia, a discrição de uma lembrança delicada; e tanto quanto as joias, aparentavam — não tendo sem isso nenhuma justificativa possível — captar uma intenção, ser uma garantia de ternura, reter uma confidência, responder a uma superstição, guardar a recordação de uma cura, de uma promessa, de um amor ou de uma filipina. E às vezes, no veludo azul do corpete um vestígio de *crevé* Henrique ii,* no vestido de cetim preto as mangas ligeiramente afofadas, perto dos ombros, faziam pensar nos "gigots"** 1830, ou, ao contrário, debaixo da saia, nas "crinolinas" Luís xv, davam ao vestido um ar imperceptível de fantasia, e ao insinuar sob a vida presente como que uma reminiscência indiscernível do passado conferiam a madame Swann o encanto de certas heroínas históricas ou romanescas. E se eu lhe observasse isso, ela dizia: "Não jogo golfe como muitas de minhas amigas. Por isso, não teria nenhuma desculpa para andar como elas, vestidas de sweaters".

Na confusão do salão, quando acabava de acompanhar uma visita até a porta, ou pegava um prato de doces para oferecê-los a outra, madame Swann, ao passar por mim, puxava-me um segundo à parte: "Estou especialmente encarregada por Gilberte de convidá-lo para almoçar depois de amanhã. Como não tinha certeza de vê-lo, ia lhe escrever se não tivesse vindo". Eu continuava a resistir. E essa

---

*   Abertura na manga bufante que deixava ver as dobras do forro.

**   Mangas compridas, bufantes nos ombros e justas do cotovelo ao punho.

resistência me custava cada vez menos, porque por mais que gostemos do veneno que nos faz mal, quando faz algum tempo que nos privamos dele não podemos deixar de dar valor ao repouso que já não conhecíamos, à ausência de emoções e sofrimentos. Se não somos totalmente sinceros ao dizer que nunca mais queremos rever a mulher amada, também não seríamos ao dizer que queremos revê-la. Pois, sem dúvida, só é possível suportar sua ausência prometendo que há de ser curta, pensando no dia do próximo reencontro, mas por outro lado sente-se a que ponto esses sonhos diários de uma conversa próxima e incessantemente adiada são menos dolorosos do que seria uma entrevista a que se seguissem os ciúmes, de modo que a notícia de que vamos rever a quem amamos causaria uma comoção nada agradável. O que agora retardamos dia após dia não é mais o fim da intolerável ansiedade causada pela separação, é o temido recomeço de emoções sem saída. Como seria preferível a uma entrevista dessas a lembrança dócil que completamos a nosso gosto com devaneios em que aquela que na realidade não nos ama faz, ao contrário, declarações de amor quando estamos sozinhos! A essa recordação podemos misturar pouco a pouco muito do que desejamos, torná-la tão doce quanto quisermos, e ela é preferível à entrevista adiada em que teríamos de lidar com uma criatura a quem já não ditaríamos conforme nosso desejo as palavras desejadas, mas de quem sofreríamos as renovadas friezas, as violências inesperadas! Quando já não amamos, todos nós sabemos que o esquecimento e até a vaga lembrança não causam tantos sofrimentos como o amor infeliz. Era a repousante doçura desse esquecimento antecipado que, sem confessar a mim mesmo, eu preferia.

Aliás, esse regime de desapego psíquico e isolamento pode se tornar cada vez menos doloroso por outra razão, pois enfraquece, à espera de curá-la, essa ideia fixa que é um amor. O meu ainda era bastante forte para que eu persistisse em reconquistar aos olhos de Gilberte todo o meu prestígio, que, parecia-me, devido à minha separação voluntária deveria crescer progressivamente, de modo que cada um dos dias calmos e tristes sem vê-la, seguindo-se um após outro, sem interrupção, sem prescrição (a menos que um importuno se intrometesse nos meus assuntos), era um dia ganho, e não perdido. Porventura inutilmente ganho, pois breve poderiam me declarar curado. A resignação, modalidade do hábito, permite a certas forças aumentarem indefinidamente. As tão ínfimas que eu tinha para suportar minha dor haviam sido levadas, desde o primeiro dia de minha rusga com Gilberte, a uma potência incalculável. Simplesmente, a tendência a tudo o que existe se prolongar é às vezes cortada por bruscos impulsos a que cedemos com tanto menos escrúpulos de nos deixarmos arrastar quanto sabemos por quantos dias e meses conseguimos e ainda conseguiríamos aguentar. E, frequentemente, quando a bolsa em que juntamos nossas economias está cheia é que a esvaziamos de repente, e é sem esperar o resultado do tratamento e quando já estamos acostumados a ele que o suspendemos. E um dia em que madame Swann me tornava a dizer suas palavras habituais sobre o prazer que Gilberte teria em me ver, pondo-me assim como que ao alcance da mão a felicidade de que eu já me privava fazia tanto tempo, fiquei atordoado ao compreender que ainda era possível saboreá-la; e custei a esperar pelo dia seguinte; eu acabava de me decidir a ir flagrar Gilberte antes de seu jantar.

O que me ajudou a esperar pacientemente o dia todo foi o projeto que fiz. Como tudo estava esquecido, e como eu me reconciliara com Gilberte, só queria tornar a vê-la como apaixonado. Todos os dias ela receberia de mim as mais belas flores que houvesse. E se madame Swann, embora não tivesse o direito de ser uma mãe um bocado severa, não me permitisse envios diários de flores, eu descobriria presentes mais valiosos e menos corriqueiros. Meus pais não me davam dinheiro suficiente para comprar coisas caras. Eu sonhava com um grande jarro chinês antigo que me vinha de minha tia Léonie e sobre o qual mamãe previa diariamente que Françoise um dia lhe diria: "Ai, descolou...", nada mais restando dele. Nessas condições, não seria mais sensato vendê-lo, vendê-lo para poder proporcionar a Gilberte todo o prazer que eu gostaria? Achei que poderia me render bem uns mil francos. Mandei embrulhá-lo; a força do hábito não me deixara observá-lo: separar-me dele teve pelo menos uma vantagem, que foi passar a conhecê-lo. Levei-o comigo e, antes de ir à casa dos Swann, ao dar o endereço ao cocheiro pedi-lhe que pegasse pelos Champs-Élysées, até a esquina onde ficava a loja de um grande comerciante de antiguidades chinesas conhecido de meu pai. Para minha grande surpresa, ofereceu-me pelo jarrão, de imediato, não mil, mas dez mil francos. Peguei aquelas notas, radiante; durante um ano inteiro eu poderia cobrir Gilberte de rosas e lilases todo dia. Como os Swann moravam perto do Bois, quando saí da loja e subi no carro o cocheiro, muito naturalmente, preferiu descer a avenida dos Champs-Élysées em vez de fazer o caminho habitual. Já tinha passado a esquina da rua de Berri quando, no crepúsculo, pensei reconhecer Gilberte, pertinho da casa dos Swann mas indo na direção oposta e se afastando; andava devagar, embora em passo firme, ao lado de um rapaz com quem conversava e de quem só consegui distinguir o rosto. Soergui-me no assento, querendo mandar o carro parar, mas depois hesitei. Os dois já estavam um pouco longe e as duas linhas suaves e paralelas traçadas por seu passeio iam se desvanecendo na elísia penumbra. Logo cheguei diante da casa de Gilberte. Fui recebido por madame Swann: "Ah! Ela vai ficar chorosa, disse-me, não sei como não está em casa. Há pouco voltou com muito calor de uma aula, disse-me que queria ir tomar um pouco de ar com uma amiga". "Acho que a avistei na avenida dos Champs-Élysées." "Não creio que tenha sido ela. Em todo caso, não diga nada ao seu pai, que não gosta que ela saia a essas horas. *Good evening.*" Fui embora, disse ao cocheiro para refazer o mesmo caminho, mas não reencontrei os dois passantes. Aonde teriam ido? O que diziam na noite, com aquele ar confidencial?

Voltei para casa, segurando com desespero os dez mil francos inesperados que deviam ter me permitido proporcionar tantos pequenos prazeres àquela Gilberte que, agora, eu estava decidido a nunca mais rever. Com certeza, aquela parada no vendedor de antiguidades chinesas me alegrara, deixando-me esperar que dali em diante eu só tornaria a ver minha amiga contente comigo e reconhecida. Mas se não tivesse feito aquela parada, se o carro não tivesse pegado a avenida dos Champs-Élysées, eu não teria encontrado Gilberte e aquele rapaz. Um mesmo fato tem, assim, ramos opostos e a desgraça que gera anula a felicidade que causa. Acontecera-me o contrário do que acontece com tanta frequência. Deseja-se uma alegria e faltam os meios materiais para alcançá-la. "Triste é amar sem ter uma grande fortuna", disse La Bruyère. Nada mais resta além de tentar aniquilar pouco a pouco o desejo dessa alegria. Eu, ao contrário, tinha conseguido os meios materiais, mas no mesmo momento, se não por um efeito lógico, ao menos como consequência fortuita desse êxito inicial, a alegria me escapara. De resto, parece que ela deve sempre nos escapar. Mas, é verdade, não costuma ser na mesma noite em que conquistamos o que a possibilita. No mais das vezes, continuamos a nos esforçar e esperar por algum tempo. Mas a felicidade jamais pode acontecer. Se as circunstâncias chegam a ser superadas, a natureza transporta a luta de fora para dentro e aos poucos faz nosso coração mudar o suficiente para que deseje outra coisa, diferente da que vai possuir. E se a peripécia foi tão rápida que nosso coração não teve tempo de mudar, nem por isso a natureza perde a esperança de nos vencer, mais tardiamente, é verdade, mais sutil, mas igualmente eficaz. Então, é no último segundo que a posse da felicidade nos é arrebatada, ou melhor, é essa própria posse que a natureza encarrega, com astúcia diabólica, de destruir a felicidade. Tendo fracassado em tudo o que era do campo dos fatos e da vida, o que a natureza cria é uma impossibilidade última, é a impossibilidade psicológica da felicidade. O fenômeno da felicidade ou não se produz ou dá lugar às reações mais amargas.

Apertei na mão os dez mil francos. Mas não me serviam para mais nada. Gastei-os, aliás, ainda mais depressa do que se tivesse enviado todo dia flores a Gilberte, pois quando chegava a noite sentia-me tão infeliz que não conseguia ficar em casa e ia chorar nos braços de mulheres que não amava. Quanto a tentar proporcionar um prazer qualquer a Gilberte, já não o desejava; agora, retornar à casa de Gilberte só poderia mesmo me fazer sofrer. E até rever Gilberte, o que na véspera me teria sido tão delicioso, já não me bastaria. Pois ficaria permanentemente preocupado quando não estivesse a seu lado. É isso que faz que uma mulher, por qualquer novo sofrimento que nos inflige, em geral sem sabê-lo, aumente seu poder sobre nós mas também nossas exigências com ela. Por esse mal que nos fez, a mulher cerca-nos cada vez mais, reforça nossas correntes, mas também as que até então nos pareceriam suficientes para acorrentá-la e nos sentirmos em paz. Ainda na véspera, se não imaginasse aborrecer Gilberte, teria me contentado em exigir raras entrevistas, que agora já não me contentariam e que eu teria de substituir por condições bem distintas. Pois no amor, ao contrário do que ocorre depois dos combates, quanto mais estamos vencidos mais duras são as condições que impomos, e não paramos de agravá-las se ainda estivermos em condições de impô-las. Não era meu caso com Gilberte. Portanto, preferi primeiro não voltar à casa de sua mãe. Continuava a repetir para mim mesmo que Gilberte não me amava, o que eu sabia havia muito, que podia revê-la se quisesse e, se não quisesse, esquecê-la com o tempo. Mas essas ideias, como um remédio que não age contra certos males, não tinham o menor poder eficaz contra aquelas duas linhas paralelas que eu revia de vez em quando, de Gilberte e do rapaz enfiando-se aos passinhos pela avenida dos Champs-Élysées. Era um sofrimento novo, que também acabaria se gastando, era uma imagem que um dia se apresentaria a meu espírito inteiramente decantada de tudo o que continha de nocivo, como esses venenos mortais que manejamos sem perigo, como um pouco de dinamite em que acendemos o cigarro sem medo de explosão. Enquanto isso, havia em mim outra força que lutava, com todo o seu poder, contra essa força malsã que me apresentava inalterado o passeio de Gilberte ao crepúsculo: e que, para destruir os renovados assaltos de minha memória, trabalhava proveitosamente minha imaginação, em sentido contrário. A primeira dessas duas forças, é verdade, continuava a me mostrar aqueles dois passeantes da avenida dos Champs-Élysées e me oferecia outras imagens desagradáveis, tiradas do passado, por exemplo Gilberte dando de ombros quando sua mãe lhe pedia que ficasse comigo. Mas a segunda força, trabalhando na tela de minhas esperanças, desenhava um futuro muito mais amplo e condescendente do que esse pobre passado em suma tão restrito. Para um minuto em que revi Gilberte amuada, quantos não houve em que entrevi uma providência tomada por ela para nossa reconciliação, talvez até para o nosso noivado! É verdade que essa força que a imaginação projetava para o futuro, ela ia buscá-la, apesar de tudo, no passado. À medida que se esfumasse meu aborrecimento com aquele dar de ombros de Gilberte, também diminuiria a lembrança de seu charme, lembrança que me levava a desejar que voltasse para mim. Mas eu ainda estava bem longe dessa morte do passado. Continuava a amar aquela que, é verdade, eu pensava detestar. Mas sempre que me achavam bem penteado, com boa aparência, eu gostaria que ela estivesse ali. Irritava-me o desejo que naquela época muita gente manifestou de me receber e a cujas casas recusei-me a ir. Em casa, houve uma cena porque não acompanhei meu pai a um jantar oficial onde deviam estar os Bontemps com sua sobrinha Albertine, uma menininha, ainda quase uma criança. Os distintos períodos de nossa vida entrelaçam-se assim uns aos outros. Por causa de alguma coisa que amamos e que um dia nos será tão indiferente, recusamo-nos com desdém a ver o que hoje nos é indiferente e que amanhã amaremos, e que, se tivéssemos aceitado ver, amar mais cedo, teria assim abreviado nossas dores atuais, para substituí-las, é verdade, por outras. As minhas iam se modificando. Tive a surpresa de perceber no fundo de mim mesmo um dia um sentimento, no dia seguinte outro, geralmente inspirados por essa esperança ou aquele temor relativos a Gilberte. Àquela Gilberte que trazia em mim. Deveria ter reconhecido que a outra, a real, talvez fosse inteiramente diferente desta, ignorasse todos os arrependimentos que eu lhe atribuía, e provavelmente pensasse muito menos em mim do que eu nela, e nem sequer como eu a fazia pensar em mim quando estava a sós com a minha Gilberte fictícia, querendo saber quais seriam suas verdadeiras intenções a meu respeito e imaginando-a assim com a atenção sempre voltada para mim.

Durante esses períodos em que o sofrimento, embora enfraquecido, ainda persiste, há que distinguir entre aquele que o pensamento constante na própria pessoa nos causa e o que é reavivado por certas lembranças, tal frase infeliz pronunciada, tal verbo usado numa carta recebida. Reservando para um amor futuro a oportunidade de descrever as formas diversas do sofrimento, digamos que, dessas duas, a primeira é infinitamente menos cruel que a segunda. Isso resulta de que nossa noção da pessoa que continua a viver em nós é embelezada com a auréola que não demoramos a lhe atribuir e reveste-se, se não das doçuras frequentes da esperança, ao menos da calma de uma tristeza permanente. (Aliás, é digno de nota que a imagem de uma pessoa que nos faz sofrer ocupa reduzido lugar nessas complicações que agravam um desgosto de amor, o prolongam e o impedem de se curar, assim como em certas doenças a causa é desproporcional à febre consecutiva e à lentidão até entrar em convalescença.) Mas se a ideia da pessoa que amamos recebe o reflexo de uma inteligência geralmente otimista, o mesmo não acontece com essas lembranças especiais, essas palavras infelizes, essa carta hostil (de Gilberte, só recebi uma única que o fosse), e dir-se-ia que a própria pessoa vive nesses fragmentos no entanto tão diminutos, e com uma força que ela está bem longe de ter na ideia habitual que formamos da pessoa inteira. É que não contemplamos a carta na calma melancólica da saudade, como a imagem do ser amado; nós a lemos, a devoramos, na angústia terrível com que nos estrangula uma desgraça inesperada. A formação dessas dores é outra; elas nos vêm de fora e é pelo caminho do sofrimento que chegam a nosso coração. A imagem de nossa amada, que imaginávamos antiga e autêntica, foi na verdade retocada por nós muitas vezes. A lembrança cruel não é contemporânea dessa imagem restaurada, é de outra época, é uma das raras testemunhas de um monstruoso passado. Mas como esse passado continua a existir, a não ser em nós, porque nos aprouve substituí-lo por uma maravilhosa idade de ouro, um paraíso em que todo mundo se reconciliou, essas recordações, essas cartas são um lembrete da realidade e deveriam nos fazer sentir, pelo brusco mal que nos causam, o quanto nos afastamos dela nas loucas esperanças de nossa espera cotidiana. Não é que essa realidade deva sempre permanecer a mesma, embora às vezes aconteça. Há em nossa vida muitas mulheres que jamais procuramos rever e que muito naturalmente responderam ao nosso silêncio, em nada desejado, com um silêncio semelhante. Simplesmente, como não as amávamos, não contamos os anos separados delas, e esse exemplo é por nós desprezado quando raciocinamos sobre a eficácia do isolamento, pois o invalidaria, assim como os que acreditam em pressentimentos desprezam todos os casos em que os seus não se confirmaram.

Mas, afinal, o afastamento pode ser eficaz. O desejo, a apetência de nos revermos, acabam renascendo no coração que atualmente nos menospreza. Só que é preciso tempo. Ora, nossas exigências com referência ao tempo não são menos exorbitantes do que as impostas pelo coração para mudar. Primeiro, tempo é justamente o que cedemos com menos facilidade, pois nosso sofrimento é cruel e estamos apressados em vê-lo terminar. Em seguida, desse tempo que o outro coração precisará para mudar, o nosso se servirá para mudar também, de modo que quando nos for acessível o objetivo a que nos propusemos, ele terá deixado de ser um objetivo para nós. Aliás, a própria ideia de que será acessível, de que não há felicidade que, quando deixar de nos ser felicidade, não terminemos alcançando, essa ideia comporta uma parte de verdade, mas apenas uma parte. Ela nos chega quando nos tornamos indiferentes. Mas, justamente, essa indiferença nos deixou menos exigentes e permite-nos acreditar retrospectivamente que teria nos deslumbrado numa época em que talvez nos parecesse muito incompleta. Não somos muito exigentes nem muito bons juízes com o que não nos interessa. A amabilidade de uma criatura a quem já não queremos e ainda parece exagerada à nossa indiferença talvez estivesse longe de bastar ao nosso amor. Pensamos no prazer que nos teriam causado essas palavras carinhosas, essa proposta de encontro, e não em todas aquelas que gostaríamos de ver imediatamente acatadas e que talvez tivéssemos impedido por essa avidez. De modo que não é certo que a felicidade que vem muito tarde, quando já não podemos usufruí-la, quando já não amamos, seja inteiramente a mesma felicidade cuja ausência outrora tanto nos deixou infelizes. Uma só pessoa poderia resolver isso, o nosso eu daquele tempo; ele já não está aqui; e com certeza bastaria que retornasse para que, idêntica ou não, a felicidade se desvanecesse.

Enquanto esperava essas realizações de um sonho que já não me interessaria, à custa de inventar palavras e cartas em que Gilberte, como no tempo em que mal a conhecia, implorava meu perdão, confessava nunca ter amado outro além de mim e pedia para se casar comigo, uma série de doces imagens incessantemente recriadas acabaram ocupando mais espaço em meu espírito do que a visão de Gilberte e do rapaz, à qual já nada alimentava. E talvez desde então eu tivesse retornado à casa de madame Swann se não fosse um sonho em que um de meus amigos, que porém eu não conhecia, comportava-se comigo com a maior falsidade e acreditava que eu também fosse falso. Bruscamente acordado pelo sofrimento que esse sonho acabava de me causar e vendo que persistia, repensei nele, tentei me lembrar quem era o amigo que vi dormindo e cujo nome espanhol eu já não identificava. A um só tempo José e Faraó, comecei a interpretar meu sonho.* Sabia que em muitos deles não se deve levar em conta a aparência das pessoas, que podem estar disfarçadas e ter trocado mutuamente os rostos, como esses santos mutilados das catedrais que arqueólogos ignorantes refizeram, pondo no corpo de um a cabeça de outro, e misturando os atributos e os nomes. Os rostos que as pessoas mostram num sonho podem nos enganar. A pessoa a quem amamos deve ser reconhecida somente pela força da dor sentida. A minha me ensinou que, transformada durante meu sono num rapaz, a pessoa cuja falsidade recente ainda me fazia sofrer era Gilberte. Então me lembrei de que a última vez que a vira, no dia em que sua mãe não a deixara ir a uma matinê de

---

* Referência a Gênesis 41, em que o faraó sonha duas vezes e só José consegue interpretar seus sonhos.

dança, ela se recusara, fosse sinceramente, fosse fingindo, mas rindo de modo estranho, a acreditar em minhas boas intenções para com ela. Por associação, essa lembrança trouxe outra à minha memória. Muito tempo antes, Swann é que não quisera acreditar em minha sinceridade, e nem sendo eu um bom amigo de Gilberte. Inutilmente lhe escrevi, pois Gilberte me trouxe minha carta e a devolveu com o mesmo riso incompreensível. Não a devolveu imediatamente, lembrei-me de toda a cena atrás da mata de loureiros. Tornamo-nos moralistas assim que somos infelizes. A atual antipatia de Gilberte por mim pareceu-me como que um castigo infligido pela vida devido ao comportamento que eu tivera naquele dia. Julgamos evitar os castigos porque prestamos atenção nos carros ao atravessar a rua, porque evitamos os perigos. Mas há outros, internos. O acidente vem do lado em que não pensávamos, de dentro, do coração. As palavras de Gilberte: "Se quiser, continuamos a lutar", me horrorizaram. Imaginei-a assim, em casa talvez, na rouparia, com o rapaz que vira acompanhando-a na avenida dos Champs-Élysées. Portanto, tão insensato fora ao (havia algum tempo) acreditar que estava tranquilamente instalado na felicidade, como o era agora, que renunciara a ser feliz, ao dar como certo que pelo menos era feliz e poderia ficar calmo. Pois enquanto nosso coração encerra permanentemente a imagem de outro ser, não é apenas nossa felicidade que pode a qualquer momento ser destruída; quando essa felicidade desvanece, quando sofremos, e depois, quando conseguimos adormecer nosso sofrimento, o que é tão enganador e precário como fora a própria felicidade é a calma. A minha acabou voltando, pois tudo o que, modificando nosso estado moral, nossos desejos, entrou em nosso espírito graças a um sonho, também se dissipa aos poucos, e nada tem a garantia da permanência e da duração, nem mesmo a dor. Aliás, os que sofrem por amor são, como se diz de certos doentes, seu próprio médico. Como não podem encontrar consolo senão na criatura que lhes causa a dor, e como essa dor é emanação dessa criatura, é na dor que acabam encontrando remédio. A certa altura, a própria dor o revela, pois à medida que eles a remexem dentro de si, ela lhes mostra outro aspecto da pessoa pranteada, ora tão odiosa que não se tem sequer o desejo de revê-la porque antes de desfrutar de sua presença seria preciso fazê-la sofrer, ora tão doce que a doçura a ela atribuída é um mérito de que se tira uma razão de esperança. Mas por mais que o sofrimento que se renovou em mim tenha se apaziguado, não quis mais voltar, senão raramente, à casa de madame Swann. Primeiro, porque nos que amam e são abandonados o sentimento de expectativa — mesmo de expectativa inconfessada — em que vivem transforma-se por si mesmo, e embora aparentemente idêntico faz com que a um primeiro estado se suceda outro exatamente contrário. O primeiro era a sequência, o reflexo dos incidentes dolorosos que tinham nos transtornado. A expectativa do que poderia se produzir é mesclada de pavor, tanto mais que desejamos nesse momento, se nada de novo nos chega de quem amamos, agir por conta própria e não sabemos muito bem o êxito dessa iniciativa que, depois de tomada, não possibilita tomar outra. Mas breve, sem nos darmos conta, nossa expectativa, que ainda continua, é determinada, como vimos, não mais pela lembrança do passado que sofremos, mas pela esperança de um futuro imaginário. A partir daí, ela é quase agradável. Além disso, como a primeira durou algum tempo, acostumou-nos a viver na espera. O sofrimento que sentimos em nossos últimos encontros ainda sobrevive em nós, mas já adormecido. Não temos muita pressa em renová-lo, tanto mais que não vemos muito bem o que agora pediríamos. Possuir um pouco mais da mulher amada apenas nos tornaria mais necessário o que não possuímos e que, apesar de tudo, continuaria a ser algo irredutível, já que nossas necessidades nascem de nossas satisfações.

Finalmente, mais tarde uma última razão juntou-se a esta me levando a suspender de vez minhas visitas a madame Swann. Essa razão, mais tardia, não era que já tivesse esquecido Gilberte, mas que tentasse esquecê-la mais depressa. Sem dúvida, desde que meu grande sofrimento terminara, minhas visitas a madame Swann voltaram a ser para o que me restava de tristeza o calmante e a distração que no início me foram tão preciosos. Mas a razão da eficácia do primeiro era também o inconveniente da segunda, isto é, a lembrança de Gilberte estava intimamente ligada a essas visitas. A distração só me teria sido útil se tivesse posto em liça um sentimento que a presença de Gilberte já não alimentava, e pensamentos, interesses e paixões de que Gilberte estaria ausente. Esses estados de consciência a que o ser amado permanece alheio ocupam então um lugar que, por menor que seja de início, já é amputado do amor que ocupava inteiramente a alma. Há que alimentar, desenvolver esses pensamentos, enquanto declina o sentimento que já não passa de uma lembrança, de modo que os elementos novos introduzidos no espírito lhe disputem, lhe arranquem uma parte cada vez maior da alma, e finalmente a roubem toda. Eu me dava conta de que era a única maneira de matar um amor e ainda me sentia bastante jovem, bastante corajoso para essa empreitada, para assumir a mais cruel das dores que nasce da certeza de que, por mais que demore, seremos bem-sucedidos. Agora, em minhas cartas a Gilberte eu justificava a recusa em vê-la por uma alusão a algum misterioso mal-entendido, completamente fictício, que teria havido entre nós e sobre o qual eu esperara, de início, que Gilberte me pedisse explicações. Mas na verdade, nunca, nem sequer nas relações mais insignificantes da vida, um esclarecimento é solicitado por um correspondente que sabe que uma frase obscura, mentirosa, incriminatória, é introduzida de propósito para que ele proteste, e que fica felicíssimo de sentir que possui — e mantém — o comando e a iniciativa das operações. Com mais razão ainda o mesmo acontece nas relações mais carinhosas, em que o amor tem tanta eloquência e a indiferença tão pouca curiosidade. Como Gilberte não pôs em dúvida nem procurou conhecer esse mal-entendido, ele se tornou para mim algo real a que me referia em cada carta. E há nessas situações falseadas, na afetação de frieza, um sortilégio que nos faz perseverar. De tanto escrever: "Desde que nossos corações estão separados", para que Gilberte me respondesse: "Mas não estão, vamos nos explicar", acabei me convencendo de que estavam. Repetindo sempre: "A vida pode ter mudado para nós, mas não apagará o sentimento que tivemos", com desejo de ouvi-la dizer enfim: "Mas não há nada mudado, esse sentimento é mais forte do que nunca", eu vivia com a ideia de que a vida de fato mudara, de que guardaríamos a lembrança do sentimento que não mais existia, como nervosos que, por terem simulado uma doença, acabam ficando doentes para sempre. Agora, sempre que tinha de escrever a Gilberte, referia-me a essa mudança imaginada e cuja existência doravante tacitamente reconhecida pelo silêncio que ela mantinha a respeito em suas respostas subsistiria entre nós. Depois, Gilberte já não se limitou à preterição. Ela mesma adotou meu ponto de vista; e como nos brindes oficiais em que o chefe de Estado recebido retoma aos poucos as mesmas expressões que acaba de empregar o chefe de Estado que o recebe, sempre que eu escrevia a Gilberte: "A vida pode ter nos separado, mas a lembrança do tempo em que nos conhecemos durará", ela não deixava de responder: "A vida pode ter nos separado, ela não poderá nos fazer esquecer as boas horas que sempre nos serão caras" (ficaríamos bem atrapalhados para dizer por que "a vida" nos separara, e que mudança se produzira). Eu já não sofria demais. Um dia, porém, em que lhe dizia numa carta que soubera da morte de nossa velha vendedora de pirulitos dos Champs-Élysées, quando acabava de escrever estas palavras: "Pensei que isso ia entristecê-la, em mim mexeu com muitas lembranças", não pude deixar de me desmanchar em lágrimas ao ver que falava no passado, e como se já se tratasse de um morto quase esquecido, daquele amor em que, sem querer, jamais deixara de pensar como ainda vivo, ou pelo menos podendo renascer. Nada mais carinhoso do que essa correspondência entre amigos que não queriam mais se ver. As cartas de Gilberte tinham a delicadeza das que eu escrevia aos indiferentes e me davam os mesmos sinais aparentes de afeto que me era tão doce receber dela.

Aliás, pouco a pouco cada recusa em vê-la causou-me menos pesar. E como para mim ela ia se tornando menos amada, minhas lembranças dolorosas já não tinham força suficiente para destruir em seu incessante retorno a formação do prazer que eu tinha em pensar em Florença, em Veneza. Nesses momentos lamentava ter renunciado ao ingresso na diplomacia e adotado uma vida sedentária para não me afastar de uma menina que eu não tornaria a ver e que já tinha quase esquecido. Construímos nossa vida para uma pessoa e quando enfim podemos recebê-la em nossa vida essa pessoa não vem, depois morre para nós e vivemos prisioneiros no que era destinado só a ela. Se para meus pais Veneza parecia bem distante e para mim bem febril, pelo menos era fácil ir sem cansaço instalar-se em Balbec. Mas para isso seria preciso sair de Paris, renunciar àquelas visitas, graças às quais, por raras que fossem, eu às vezes ouvia madame Swann me falar de sua filha. De resto, começava a nelas encontrar este ou aquele prazer que nada tinham a ver com Gilberte.

Quando se aproximou a primavera, trazendo o frio, no momento dos santos de gelo* e das chuvas de granizo da Semana Santa, como madame Swann achasse que em sua casa todos gelavam, volta e

---

* Os "santos de gelo" são Mamerto, Pancrácio e Servácio, celebrados nos dias 11, 12 e 13 de maio, quando costuma haver uma onda de frio em plena primavera.

meia acontecia-me vê-la recebendo enrolada em suas peles, com as mãos e os ombros friorentos metidos sob o branco e brilhante tapiz de um imenso regalo e de uma gola, ambos de zibelina,* que ela não tirara ao entrar e pareciam os últimos blocos das neves do inverno mais persistentes que os outros e que nem o calor da lareira nem o avanço da estação tinham conseguido derreter. E a verdade absoluta daquelas semanas glaciais mas já florescentes me era sugerida naquele salão, a que breve eu não mais iria, por outras brancuras mais inebriantes, por exemplo, a das "bolas-de-neve" que juntavam no alto de suas grandes hastes nuas, como os arbustos lineares dos pré-rafaelitas, seus globos parcelados mas unidos, brancos como anjos anunciadores e rodeados por um cheiro de limão. Pois a castelã de Tansonville sabia que abril, embora gelado, não é destituído de flores, que o inverno, a primavera, o verão não são separados por divisões tão herméticas como tende a crer o morador dos bulevares que até os primeiros calores imagina o mundo como se formado apenas por casas desabrigadas sob a chuva. Que madame Swann se contentasse com as remessas que lhe fazia seu jardineiro de Combray, e que por intermédio de sua florista "titular" ela não preenchesse as lacunas de uma evocação insuficiente com o auxílio de empréstimos feitos à precocidade mediterrânea, estou longe de afirmá-lo e não me preocupava com isso. Bastava-me, para ter a nostalgia do campo, que junto com as neves do regalo usado por madame Swann as bolas-de-neve (que talvez no pensamento da dona da casa não tivessem outro objetivo além de, seguindo os conselhos de Bergotte, formar junto com sua mobília e sua toalete uma "sinfonia em branco maior"**) me lembrassem que o Encantamento da Sexta-Feira Santa*** representa um milagre natural a que poderíamos assistir todos os anos se fôssemos mais ajuizados, e que auxiliadas pelo per-

---

* A zibelina, de tom amarronzado, não corresponde à brancura evocada. Num exemplar da edição de 1918, a palavra foi substituída por "arminho", não se sabe se pela mão de Proust. A edição de luxo de 1920 registra "arminho".

** "Sinfonia em branco maior" é o título de um poema de *Émaux et camées*, de Théophile Gautier, de 1849. A metáfora era lugar-comum no fim do século XIX, especialmente em descrições de cidades sob a neve.

*** O "Encantamento da Sexta-Feira Santa" é o nome do final da primeira parte do ato III de *Parsifal*, de Richard Wagner (1882), em que o personagem se deslumbra com as belezas da natureza na primavera.

fume ácido e capitoso de corolas de outras espécies cujos nomes eu ignorava e tantas vezes tinham me feito parar em meus passeios de Combray, tornassem o salão de madame Swann tão virginal, tão candidamente florido sem nenhuma folha, tão sobrecarregado de odores autênticos como a pequena ladeira de Tansonville.

Mas já era muito que esta me fosse lembrada. Sua recordação corria o risco de alimentar o pouco que subsistia de meu amor por Gilberte. Por isso, embora já nada sofresse durante aquelas visitas a madame Swann, espacei-as ainda mais e procurei vê-la o menos possível. Quando muito, como continuava a não sair de Paris, concedi a mim mesmo certos passeios com ela. Os dias bonitos e o calor tinham enfim voltado. Como eu sabia que antes do almoço madame Swann saía durante uma hora para dar uns passos pela avenida do Bois, perto da Étoile e do lugar que então se chamava, por causa das pessoas que iam olhar os ricos que só conheciam de nome, o "Clube dos Depenados",* obtive de meus pais que no domingo — pois durante a semana não estava livre a essa hora — poderia almoçar muito depois deles, à uma e quinze, e ir dar uma volta antes. Naquele mês de maio não faltei uma só vez, pois Gilberte tinha ido para o campo, para a casa de umas amigas. Chegava ao Arco do Triunfo por volta do meio-dia. Ficava espiando a entrada da avenida, não perdendo de vista a esquina da ruazinha por onde madame Swann, que tinha uns poucos metros a percorrer, viria da casa dela. Como já estava na hora em que muitos passantes voltavam para almoçar, os que restavam eram poucos e, na grande maioria, pessoas elegantes. De repente, na areia da alameda, tardia, vagarosa e luxuriante como a mais bela flor e que só abriria ao meio-dia, madame Swann aparecia, desabrochando em torno de si uma toalete sempre diferente mas que me lembro ser sobretudo malva; depois içava e desfraldava sobre um longo pedúnculo, no momento de sua mais completa irradiação, o pavilhão de seda de uma ampla sombrinha da mesma nuance que o desfolhar das pétalas do vestido. Todo um séquito a cercava; Swann, quatro ou cinco homens de um círculo restrito, que tinham ido vê-la de manhã ou que ela encontrara: e

---

* O Club des Pannés (adjetivo usado na época para designar alguém que está "em pane", na pindaíba, passando necessidades) foi fundado em 1886 e tinha sua sede no alto da avenida do Bois, atual avenida Foch.

sua negra ou cinza aglomeração obediente, executando os gestos quase mecânicos de uma moldura inerte ao redor de Odette, dava àquela mulher, que só nos olhos tinha intensidade, a impressão de estar olhando diante de si, por entre todos aqueles homens, como de uma janela de que se tivesse aproximado, e a fazia surgir frágil, sem medo, na nudez de suas cores ternas, como a aparição de um ser de uma espécie diferente, de uma raça desconhecida, e de uma força quase guerreira, graças ao que ela, sozinha, compensava sua múltipla escolta. Sorridente, feliz com o bom tempo, com o sol que ainda não incomodava, exibindo o ar de segurança e calma do criador que realizou sua obra e já não se preocupa com o resto, certa de que sua toalete — ainda que os vulgares passantes não a apreciassem — era a mais elegante de todas, ela a usava para si mesma e para os amigos, naturalmente, sem atenção exagerada, mas também sem completo desprendimento; sem impedir que os lacinhos do corpete e da saia flutuassem levemente à sua frente como criaturas cuja presença ela não ignorasse e a quem permitisse com indulgência que se entregassem a suas brincadeiras, segundo seu ritmo próprio, contanto que lhe seguissem a marcha, e até sobre sua sombrinha malva que ela costumava, ao chegar, trazer ainda fechada, ela deixava cair por momentos, como sobre um ramo de violetas de Parma, seu olhar feliz e tão doce que quando já não se fixava nos amigos mas num objeto inanimado ainda parecia sorrir. Assim ela fazia sua toalete ocupar esse intervalo de elegância, cujo espaço e necessidade os homens com quem madame Swann falava na maior camaradagem respeitavam, não sem certa deferência de profanos, confissão da própria ignorância, e sobre o qual reconheciam na amiga competência e jurisdição, como para um doente com os cuidados especiais que deve tomar, ou como para uma mãe com a educação dos filhos. Não só pela corte que a cercava e parecia não ver os passantes madame Swann evocava, devido à hora tardia de sua aparição, aquele apartamento onde passara a manhã tão longa e para onde teria que voltar em breve para almoçar; ela parecia indicar a proximidade do apartamento pela tranquilidade ociosa de seu passeio, semelhante ao que fazemos aos passinhos no jardim de casa; era como se ela ainda trouxesse em torno de si a sombra interior e fresca desse apartamento. Mas justamente por tudo isso, vê-la aumentava minha sensação de ar livre e calor. Tanto mais que, já convencido de que em virtude da liturgia e dos ritos em que madame Swann era profundamente versada sua toalete estava ligada à estação e à hora por um elo necessário, único, as flores de seu inflexível chapéu de palha, as fitinhas de seu vestido me pareciam nascer do mês de maio mais naturalmente ainda que as flores dos jardins e dos bosques; e para conhecer a inquietação nova da estação, eu não erguia os olhos mais alto do que sua sombrinha, aberta e esticada como outro céu mais próximo, redondo, clemente, móvel e azul. Pois esses ritos, se eram soberanos, vangloriavam-se, e por conseguinte madame Swann também se vangloriava, de obedecer condescendentemente à manhã, à primavera, ao sol, os quais não me pareciam lisonjeados o bastante por uma mulher tão elegante se dignar a não ignorá-los e ter escolhido, por causa deles, um vestido de tecido mais claro, mais leve, que fazia pensar, por sua abertura na gola e nas mangas, na umidade do pescoço e dos pulsos, e finalmente tivesse com eles todas as atenções de uma grande dama que, tendo alegremente se rebaixado para ir ver no campo pessoas comuns e que todos, mesmo a gente vulgar, conhecem, nem por isso deixou de vestir especialmente para aquele dia uma toalete campestre. Desde sua chegada eu cumprimentava madame Swann, que me detinha e me dizia sorrindo: *"Good morning"*. Dávamos alguns passos. E eu compreendia que era para si mesma que ela obedecia àqueles cânones pelos quais se vestia, como a uma sabedoria superior de que fosse a grande sacerdotisa: pois se lhe acontecia de, sentindo muito calor, entreabrir ou até tirar totalmente e me dar para carregar o casaquinho que ela pensara manter abotoado, eu descobria na blusinha mil pormenores de execução que teriam tudo para passar despercebidos, como esses elementos da orquestra em que o compositor empregou todos os seus cuidados, embora jamais devam chegar aos ouvidos do público; ou nas mangas da jaqueta dobrada sobre meus braços eu via, olhava longamente por prazer ou amabilidade algum detalhe requintado, uma faixa num tom delicioso, uma cetineta malva habitualmente escondida dos olhos de todos, mas tão delicadamente trabalhada como as partes externas, como essas esculturas góticas de uma catedral disfarçadas no reverso de uma balaustrada a oitenta pés de altura, tão perfeitas como os baixos-relevos do grande pórtico mas que ninguém jamais tinha visto antes que um artista, ao acaso de uma viagem, e para dominar toda a cidade, obtivesse autorização para subir e passear em pleno céu, entre as duas torres.

O que aumentava essa impressão de que madame Swann passeava na avenida do Bois como na alameda de um jardim pessoal era — para aquelas pessoas que ignoravam seus hábitos de "footing" — que ela tivesse vindo a pé, sem carro que se seguisse, ela a quem, desde o mês de maio, tinha-se o costume de ver passar com os animais mais bem tratados, a libré mais bem cuidada de Paris, lânguida e majestosamente sentada como uma deusa, no morno ar livre de uma imensa vitória de oito molas. A pé, madame Swann tinha ares, sobretudo com seu andar que o calor deixava mais vagaroso, de ter cedido a uma curiosidade, de cometer uma elegante infração às regras do protocolo, como esses soberanos que, sem consultar ninguém, acompanhados pela admiração um pouco escandalizada de um séquito que não ousa formular uma crítica, saem de seu camarote numa noite de gala e visitam o foyer misturando-se por alguns instantes aos outros espectadores. Assim, entre madame Swann e a multidão, esta sentia as barreiras de uma espécie de riqueza, as quais lhe parecem as mais intransponíveis de todas. O Faubourg Saint-Germain também tem as suas, mas que falam menos aos olhos e à imaginação dos "depenados". Estes, ao lado de uma grande dama mais simples, mais fácil de confundir com uma pequeno-burguesa, menos distante do povo, não experimentarão o sentimento de sua desigualdade, quase de sua indignidade, que têm diante de uma madame Swann. As mulheres dessa espécie, com certeza, não ficam como eles impressionadas com o brilhante aparato que as rodeia, em que já não prestam atenção, mas é de tanto estarem habituadas a ele, isto é, de terem acabado por considerá-lo mais natural e mais necessário ainda, e por julgar as outras criaturas conforme estejam mais ou menos iniciadas nesses hábitos do luxo: de maneira que (a grandeza que deixam brilhar em si, que descobrem nos outros, é toda material, fácil de constatar, longa para adquirir, difícil de compensar), se essas mulheres põem um passante no nível mais baixo, isso acontece do mesmo modo como elas lhe apareceram no nível mais alto, a saber, imediatamente, à primeira vista, e sem apelação. Talvez essa classe social particular que então incluía mulheres como Lady Israels misturadas com as da aristocracia e madame Swann, que um dia deveria conviver com elas, essa classe intermediária, inferior ao Faubourg Saint-Germain, já que o cortejava, mas superior ao que não é do Faubourg Saint-Germain, e que tinha de peculiar o fato de que, já separada do mundo dos ricos, ainda era a riqueza, mas a riqueza que se tornara dúctil, obediente a um destino e a um pensamento artísticos, o dinheiro maleável, poeticamente cinzelado e que sabe sorrir, talvez essa classe, pelo menos com o mesmo caráter e o mesmo encanto, não existisse mais. Aliás, as mulheres que faziam parte dela já não teriam hoje o que era a primeira condição de seu reinado, visto que com a idade quase todas perderam a beleza. Ora, era tanto do pináculo de sua nobre riqueza como do auge glorioso de seu verão maduro e ainda tão saboroso que madame Swann, majestosa, sorridente e boa, avançando pela avenida do Bois, via os mundos rolarem, como Hipácia, sob a lenta marcha de seus pés.* Rapazes que passavam olhavam-na ansiosamente, na dúvida se suas vagas relações com ela (tanto mais que, tendo sido apenas apresentados uma vez a Swann, temiam que ele não os reconhecesse) eram suficientes para que se permitissem cumprimentá-la. E só mesmo trêmulos perante as consequências é que se decidiam a fazê-lo, indagando se seu gesto audaciosamente provocador e sacrílego, ao atentar contra a inviolável supremacia de uma casta, não iria desencadear catástrofes ou fazer desabar o castigo de um deus. O gesto somente desencadeava, como um movimento de relojoaria, a gesticulação de pequenos personagens que a cumprimentavam e que não eram outros senão os do círculo de Odette, a começar por Swann, o qual levantava a cartola forrada de couro verde com uma graça sorridente, aprendida no Faubourg Saint-Germain mas à qual já não se aliava a indiferença que outrora teria tido. Era substituída (como se ele tivesse sido em certa medida penetrado pelos preconceitos de Odette) a um só tempo pelo tédio de ter de responder a alguém bastante malvestido e pela satisfação de que sua mulher conhecesse tanta gente, sentimento misto que ele traduzia dizendo aos amigos elegantes que o acompanhavam: "Mais um! Palavra de honra, me pergunto onde Odette vai procurar

---

* Hipácia (370-415), filósofa e matemática grega, é celebrada num dos *Poemas antigos* de Leconte de Lisle chamado "Hypatie" e que termina assim: "Só ela sobrevive, imutável, eterna./ A morte pode dispersar os universos trêmulos,/ Mas a Beleza flameja, e tudo renasce nela,/ E os mundos ainda rolam sob seus pés brancos!".

todas essas figuras!". No entanto, tendo respondido com um aceno de cabeça ao transeunte alarmado já perdido de vista mas cujo coração ainda batia, madame Swann virava-se para mim: "Então, ela me dizia, acabou? Nunca mais você vai ver Gilberte? Fico contente por ser uma exceção e por você não ter me 'largado'* totalmente. Gosto de vê-lo, mas também gostava da influência que tinha sobre minha filha. Acho que ela também fica com muita pena. Em suma, não quero tiranizá-lo, porque aí mesmo é que você também não vai querer mais me ver! — Odette, Sagan está lhe dando bom-dia",** Swann observava à mulher. E, de fato, o príncipe, como numa apoteose de teatro, de circo, ou num quadro antigo, fazendo seu cavalo dar a volta para colocá-lo de frente, dirigia a Odette uma grande saudação teatral e como que alegórica em que se amplificava toda a cavalheiresca cortesia do grande senhor inclinando seu respeito diante da Mulher, ainda que fosse ela encarnada numa mulher que sua mãe ou sua esposa não poderiam frequentar. Aliás, a qualquer momento, reconhecida no fundo da transparência líquida e do verniz luminoso da sombra que sua sombrinha lhe despejava, madame Swann era cumprimentada pelos últimos cavaleiros atrasados, como que cinematografados a galope contra o ensolarado branco da avenida, sócios de clubes cujos nomes, célebres para o público — Antoine de Castellane, Adalbert de Montmorency e tantos outros —, eram para madame Swann nomes familiares de amigos.*** E como a duração média de vida — a longevidade relativa — é muito maior para as lembranças das sensações poéticas do que para as dos sofrimentos do coração, tanto tempo depois que se desvaneceram as penas que eu então sentia por causa de Gilberte, sobreviveu-lhes o prazer que sinto, toda vez que quero ler, numa espécie de quadrante solar, os minutos que há entre meio-dia e quinze e uma hora, no mês de maio, ao me rever conversando assim com madame Swann, sob sua sombrinha, como sob o reflexo de uma ramada de glicínias.

---

* Madame Swann usa aqui *dropiez*, do inglês *to drop*, "deixar cair", "largar".
** Boson de Talleyrand-Périgord (1832-1910), príncipe de Sagan até a morte do pai, e depois duque de Talleyrand e de Sagan, era considerado um dos homens mais elegantes de Paris.
*** Antoine, marquês de Castellane (1844-1917). Adalbert de Talleyrand-Périgord (1837-1915), duque de Montmorency, era primo do primeiro.

SEGUNDA PARTE

Nomes de terras: a terra

Tinha chegado a uma quase completa indiferença em relação a Gilberte, quando dois anos depois parti com minha avó para Balbec. Quando eu sofria o encantamento de um rosto novo, quando era com o auxílio de outra moça que eu esperava conhecer as catedrais góticas, os palácios e os jardins da Itália, dizia-me tristemente que nosso amor, enquanto é amor por certa criatura, não é talvez algo bem real, já que, se associações de devaneios agradáveis ou dolorosos podem ligá-lo por algum tempo a uma mulher até nos fazer pensar que foi inspirado por ela de um modo necessário, em contrapartida se nos afastamos voluntária ou involuntariamente de tais associações, esse amor, como se fosse ao contrário espontâneo e viesse somente de nós, renasce para se dar a outra mulher. Contudo, no momento daquela partida para Balbec, e durante os primeiros tempos de minha estada, minha indiferença ainda era apenas intermitente. Muitas vezes (sendo nossa vida tão pouco cronológica, e tantos anacronismos interferindo na sequência dos dias), eu vivia naqueles dias, mais antigos que a véspera ou antevéspera, em que amava Gilberte. Então, já não vê-la era-me de súbito doloroso, como teria sido naquele tempo. O eu que a amara, já quase inteiramente substituído por outro, ressurgia e me era devolvido muito mais frequentemente por uma coisa fútil do que por uma coisa importante. Por exemplo, para antecipar minha temporada na Normandia, ouvi em Balbec um desconhecido com quem cruzei no dique dizer: "A família do diretor do Ministério dos Correios". Ora (como eu não

— 217 —

sabia então a influência que essa família iria ter em minha vida), essa frase deveria ter me parecido ociosa, mas me causou profundo sofrimento, esse sofrimento sentido por um eu em grande parte abolido fazia tempo, ao ser separado de Gilberte. É que jamais havia repensado numa conversa que Gilberte tivera com o pai, na minha frente, relativa à família do "diretor do Ministério dos Correios". Ora, as lembranças de amor não são exceção às leis gerais da memória, por sua vez regidas pelas leis mais gerais do hábito. Como este enfraquece tudo, o que melhor nos lembra um ser é justamente o que tínhamos esquecido (porque era insignificante e lhe havíamos deixado, assim, toda a sua força). É por isso que a melhor parte de nossa memória está fora de nós, numa viração de chuva, no cheiro de um quarto fechado, ou no cheiro de uma primeira labareda, por qualquer lugar onde encontramos de nós mesmos aquilo que nossa inteligência, não o tendo utilizado, desdenhara, a última reserva do passado, a melhor, esta que quando todas as nossas lágrimas parecem esgotadas ainda sabe nos fazer chorar. Fora de nós? Em nós, melhor dizendo, mas escondida de nossos próprios olhares, num esquecimento mais ou menos prolongado. É somente graças a esse olvido que podemos de vez em quando encontrar o ser que fomos, colocarmo-nos diante das coisas como aquele ser estava, sofrer de novo, porque já não somos nós, mas ele, que amava o que agora nos é indiferente. Em plena luz da memória habitual, as imagens do passado empalidecem pouco a pouco, apagam-se, delas não resta mais nada, não mais reencontraremos esse passado. Ou melhor, não mais o reencontraríamos se algumas palavras (como "diretor do Ministério dos Correios") não tivessem sido cuidadosamente encerradas no esquecimento, assim como se deposita na Biblioteca Nacional o exemplar de um livro que, sem isso, correria o risco de não ser encontrado.

Mas esse sofrimento e essa recrudescência do amor por Gilberte não foram mais longos do que os que se têm em sonho, e dessa vez porque, ao contrário, em Balbec o Hábito antigo já não estava lá para fazê-los durar. E se esses efeitos do Hábito parecem contraditórios, é porque ele obedece a leis múltiplas. Em Paris eu me tornara cada vez mais indiferente a Gilberte, graças ao Hábito. A mudança de hábito, isto é, a cessação momentânea do Hábito completou a obra do Hábito quando parti para Balbec. Ele enfraquece mas estabiliza, traz a desagregação mas a faz durar indefinidamente. Todo dia, desde muitos anos, eu decalcava, mal ou bem, meu estado de alma sobre aquele da véspera. Em Balbec, uma cama nova ao lado da qual me traziam de manhã um desjejum diferente daquele de Paris não devia mais sustentar os pensamentos de que se alimentara meu amor por Gilberte: há casos (bastante raros, é verdade) em que o sedentarismo imobiliza os dias, e o melhor meio de ganhar tempo é mudar de lugar. Minha viagem a Balbec foi como a primeira saída de um convalescente que só esperava por isso para se dar conta de que está curado.

Essa viagem, com toda a certeza hoje a faríamos de automóvel, pensando torná-la assim mais agradável. Veremos que, realizada dessa maneira, seria até mesmo, em certo sentido, mais verdadeira, pois seguiríamos de mais perto, numa intimidade mais estreita, as diversas gradações com que muda a superfície da terra. Mas, afinal, o prazer específico da viagem não é poder descer durante o caminho e parar quando estamos cansados, é tornar a diferença entre a partida e a chegada não tão insensível, mas tão profunda quanto possível, senti-la em sua totalidade, intacta, tal qual estava em nosso pensamento quando nossa imaginação nos levava do lugar onde vivíamos até o coração de um lugar desejado, num salto que nos parecia milagroso não tanto por nos fazer transpor uma distância, senão por unir duas individualidades distintas da terra, por nos levar de um nome a outro nome, e que é esquematizado (melhor que um passeio em que, como a gente desembarca onde quer, praticamente já não há chegada) pela operação misteriosa que se realizava naqueles lugares especiais, as estações de trem, os quais não fazem parte, por assim dizer, da cidade mas contêm a essência de sua personalidade, tal como têm seu nome numa tabuleta de sinalização.

Mas em qualquer campo a nossa época tem a mania de só querer mostrar as coisas com o que as cerca na realidade, e com isso suprimir o essencial, o ato do espírito que dela as isolou. "Apresenta-se" um quadro no meio de móveis, bibelôs, tapeçarias da mesma época, insípido cenário em cuja composição a dona de casa mais ignorante até a véspera sobressai nos palacetes de hoje, passando agora seus dias nos arquivos e nas bibliotecas, e no meio do qual a obra-prima que contemplamos enquanto jantamos não nos dá a mesma inebriante alegria que só devemos lhe pedir numa sala de museu, a qual simboliza bem melhor, por sua nudez e seu despojamento de todas as peculiaridades, os espaços interiores onde o artista se abstraiu para criar.

Pena que esses lugares maravilhosos que são as estações de trem, de onde se parte para um destino distante, são também lugares trágicos, pois se ali se cumpre o milagre de que as terras que ainda não tinham existência a não ser em nosso pensamento vão ser aquelas no meio das quais viveremos, por essa mesma razão é preciso renunciar, ao sair da sala de espera, a encontrar dali a pouco o quarto familiar onde estávamos apenas momentos antes. Cumpre deixar toda a esperança de voltar a dormir em casa, uma vez que nos decidimos a penetrar no antro empesteado por onde se acede ao mistério, numa dessas grandes oficinas envidraçadas como a de Saint-Lazare onde fui à procura do trem para Balbec, e que estendia por cima da cidade desventrada um daqueles imensos céus crus e prenhes de ameaças amontoadas de drama, semelhantes a certos céus, de uma modernidade quase parisiense, de Mantegna ou de Veronese, e sob o qual só podia se realizar algum ato terrível e solene como uma partida por estrada de ferro ou o levantamento da Cruz.

Enquanto eu me contentara em avistar do fundo de minha cama de Paris a igreja persa de Balbec em meio aos flocos de neve da tempestade, nenhuma objeção a essa viagem fora feita por meu corpo. Elas só começaram quando meu corpo compreendeu que seria parte daquilo e que a noite da chegada me conduziria ao "meu" quarto que lhe seria desconhecido. Sua revolta era tanto mais profunda quanto na própria véspera da partida eu fora informado de que minha mãe não nos acompanharia, pois meu pai, preso no ministério até o momento em que partiria para a Espanha com o senhor de Norpois, preferira alugar uma casa nos arredores de Paris. Aliás, a contemplação de Balbec não me parecia menos desejável por ter de comprá-la pelo preço de um mal que, ao contrário, me parecia representar e garantir a realidade da impressão que eu ia buscar, impressão que não seria substituída por nenhum espetáculo pretensamente equivalente, por nenhum "panorama" que eu pudesse ir ver sem ser por isso impedido de voltar para dormir na minha cama. Não era a primeira vez que sentia que os que amam e os que têm prazer não são os mesmos. Julgava desejar tão profundamente Balbec como o médico que me tratava e que me disse, na manhã da partida, espantando-se com meu ar infeliz: "Respondo-lhe que se eu pudesse pegar ao menos oito dias para ir tomar um fresco à beira--mar, não me faria de rogado. Você vai ver as corridas, as regatas, vai ser uma delícia". Por mim, eu já tinha aprendido, e até mesmo bem antes de ir ouvir a Berma, que fosse qual fosse a coisa que eu amaria, ela sempre se situaria no fim de uma busca dolorosa durante a qual eu teria, primeiro, de sacrificar meu prazer a esse bem supremo, em vez de nele procurá-lo.

Minha avó, naturalmente, concebia nossa partida de um jeito um pouco diferente e, sempre tão desejosa como outrora de atribuir um caráter artístico aos presentes que me davam, quisera, para me oferecer nessa viagem uma "experiência" parcialmente antiga, que refizéssemos, metade por estrada de ferro, metade de carro, o trajeto que seguira madame de Sévigné quando fora de Paris a "L'Orient" passando por Chaulnes e por "Le Pont-Audemer".* Mas minha avó teve de desistir desse projeto, diante da proibição de meu pai, que sabia que quando ela organizava uma viagem visando lhe tirar todo o proveito intelectual que comportava era possível prognosticar trens perdidos, bagagens extraviadas, dores de garganta e infrações. Ela, pelo menos, alegrava-se com o pensamento de que nunca nos exporíamos a ser impedidos de ir à praia por causa do aparecimento daquilo que sua querida Sévigné chama de "cadela de carrada", pois não conheceríamos ninguém em Balbec, visto que Legrandin não se oferecera para nos dar uma carta de apresentação para sua irmã. (Abstenção que não fora apreciada da mesma maneira por minhas tias Céline e Victoire, as quais, tendo conhecido em solteira esta que até então só chamavam, para acentuar a intimidade de outrora, de "Renée de Cambremer", e ainda possuindo dela esses presentes que povoam um quarto e a conversação mas que já não correspondem à realidade atual, pensavam vingar nossa afronta nunca mais pronunciando na casa de madame Legrandin mãe o nome da filha, e limitando-se, à saída, a se congratularem com frases como: "Não fiz alusão a você sabe quem", "Creio que *devem* ter entendido".)

---

* Proust reproduz, para a cidade de Lorient, a grafia antiga L'Orient, usada por madame de Sévigné em carta de 1689, e que é a preferida de sua avó. Madame de Sévigné envia diversas cartas, na mesma época, de Chaulnes e da atual cidadezinha de Pont-Audemer.

Portanto, partiríamos muito simplesmente de Paris naquele trem da uma e vinte e dois, esse trem que eu já imaginava conhecer e que me deliciara tanto tempo em procurar no guia ferroviário, onde ele sempre me causava a emoção e quase a bem-aventurada ilusão da partida. Como a determinação dos aspectos da felicidade em nossa imaginação resulta mais da identidade dos desejos que nos inspira do que da exatidão das informações que temos sobre ela, eu imaginava conhecer aquela felicidade nos detalhes e não duvidava que sentiria no vagão um prazer especial quando o dia começasse a refrescar e eu contemplasse determinado efeito ao me aproximar de certa estação; tanto assim que aquele trem, despertando sempre em mim as imagens das mesmas cidades que eu envolvia na luz das horas da tarde por onde ele ia passando, parecia-me diferente de todos os outros; e, como costumamos fazer com uma pessoa que nunca vimos mas cuja amizade gostamos de imaginar que conquistamos, eu acabava atribuindo uma fisionomia peculiar e imutável àquele viajante artista e louro que me levaria consigo em seu caminho, e a quem disse adeus ao pé da catedral de Saint-Lô, antes que ele se afastasse na direção do poente.

Como minha avó não conseguia se decidir a ir "bestamente" a Balbec, pararia vinte e quatro horas na casa de uma amiga, de onde eu partiria de novo na mesma tarde para não incomodar, e também para ver no dia seguinte a igreja de Balbec que, tínhamos sido informados, ficava bem afastada de Balbec-Praia, e aonde eu talvez não pudesse ir mais tarde, no início de meu tratamento de banhos. E talvez fosse mais fácil para mim sentir que o admirável objeto de minha viagem estava situado antes da cruel primeira noite em que entraria numa nova casa onde aceitaria viver. Mas primeiro precisava abandonar a antiga; minha mãe dera um jeito de se instalar naquele mesmo dia em Saint-Cloud, e tomara ou fingira tomar todas as providências para ir diretamente até lá, depois de nos levar à estação e sem ter de passar de novo em casa, pois temia que eu quisesse, em vez de partir para Balbec, voltar com ela. E mesmo com o pretexto de ter muito que fazer na casa que acabava de alugar e de estar com pouco tempo, decidira na verdade, para me evitar a crueldade desse gênero de despedida, não ficar conosco até a partida do trem em que surge bruscamente uma separação impossível de suportar, antes dissimulada nos vaivéns e nos preparativos que nada comprometem em definitivo, concentrada inteiramente num instante imenso de lucidez impotente e suprema, e quando já não é possível evitá-la.

Pela primeira vez senti que era possível que minha mãe vivesse sem mim, para outras coisas que não eu, outra vida. Ela ia morar com meu pai, cuja existência talvez achasse que minha má saúde e meus nervos tornassem um pouco complicada e triste. Essa separação me deixava ainda mais abalado porque eu me dizia que provavelmente era para minha mãe o desfecho das decepções sucessivas que eu lhe causara e que ela silenciara mas que a levaram a compreender a dificuldade das férias em comum; e talvez também fosse a primeira tentativa de uma existência futura à qual ela começava a se resignar, à medida que os anos chegassem para meu pai e para ela, uma existência em que eu a veria menos, em que, algo que nem em meus pesadelos surgia, ela já me seria um pouco uma estranha, uma senhora que entraria sozinha numa casa onde eu não estaria e perguntaria ao porteiro se não havia cartas minhas.

Mal consegui responder ao empregado que quis pegar minha mala. Para me consolar, minha mãe tentava os métodos que lhe pareciam os mais eficazes. Julgava inútil dar a impressão de não ver minha tristeza, de que troçava carinhosamente:

"Pois é, o que diria a igreja de Balbec se soubesse que é com essa cara infeliz que alguém se prepara para ir vê-la? Será esse o viajante deslumbrado de que Ruskin fala? Aliás, vou saber se você esteve à altura das circunstâncias, mesmo longe ainda estarei com meu lobinho. Amanhã você vai receber uma carta de sua mãezinha.

— Minha filha, disse minha avó, vejo-a como madame de Sévigné, com um mapa diante dos olhos e não nos deixando nem um instante."

Depois mamãe tentava me distrair, perguntava-me o que eu pediria para jantar, admirava Françoise, felicitava-a por um chapéu e um mantô que não estava reconhecendo, se bem que outrora tivessem lhe causado horror quando os vira novos em minha tia-avó, o chapéu com um imenso pássaro no alto, o mantô carregado de desenhos horrorosos cor de azeviche. Mas como o mantô já não era usado, Françoise mandara virá-lo pelo avesso e agora exibia um tecido liso de um belo tom. Quanto ao pássaro, estragado havia muito, fora posto de lado. E assim como às vezes é perturbador encontrar os requintes em que os artistas mais conscientes se empenham, numa canção popular, na fachada de uma casa de camponês, que faz desabrochar no alto da porta, no lugar exato onde devia estar, uma rosa branca ou cor de enxofre — assim também Françoise colocara com gosto infalível e ingênuo, no chapéu agora tão encantador, o laço de veludo e o trançado de fitas que nos maravilhariam num retrato de Chardin ou de Whistler.

Para remontar a uma época mais antiga, como a modéstia e a honradez que costumavam dar nobreza ao rosto de nossa velha criada tinham alcançado as roupas que, sendo mulher reservada mas sem baixeza que sabe "manter seu nível e pôr-se no seu lugar", ela vestira para a viagem a fim de estar digna de ser vista conosco sem aparentar se exibir, Françoise, no pano cereja mas desbotado de seu mantô e nos pelos sem aspereza de sua gola de pele, fazia pensar numa dessas imagens de Ana de Bretanha pintadas nos Livros de Horas por um velho mestre e em que tudo está tão bem no lugar, a sensação do conjunto se espalhou tão igualmente por todas as partes, que a rica e desusada singularidade da roupa expressa a mesma gravidade piedosa dos olhos, lábios e mãos.

Não se poderia falar de pensamento a propósito de Françoise. Ela não sabia nada, no sentido em que não saber nada equivale a não compreender nada, salvo as raras verdades que o coração é capaz de atingir diretamente. O mundo imenso das ideias não existia para ela. Mas diante da claridade de seu olhar, diante das linhas delicadas daquele nariz, daqueles lábios, diante de todos aqueles testemunhos ausentes de tantos seres cultos em quem teriam significado a distinção suprema, o nobre distanciamento de um espírito de elite, ficávamos perturbados como diante do olhar inteligente e bom de um cão a quem sabemos, porém, que todas as concepções dos homens são alheias, e poderíamos indagar se não há entre esses outros humildes irmãos, os camponeses, criaturas que são como os homens superiores do mundo dos simples de espírito, ou melhor, que, condenados por um destino injusto a viver entre os simples de espírito, privados de luz, porém mais naturalmente, mais essencialmente aparentados às naturezas de elite do que a maioria das pessoas instruídas, são como membros dispersos, extraviados, privados de razão, da família sagrada, de parentes que ficaram na infância das mais altas inteligências, e a quem faltou para ter talento — como se percebe na claridade dos olhos, impossível de reconhecer, e que no entanto não se aplica a coisa alguma — somente o saber.

— 224 —

Minha mãe, vendo que eu custava a conter as lágrimas, me dizia: "Régulo costumava, nas grandes ocasiões... E de mais a mais, isso não se faz com a sua mãezinha. Vamos citar madame de Sévigné, como a sua avó: 'Serei obrigada a me servir de toda a coragem que você não tem'". E lembrando-se de que o afeto pelos outros se desvia das dores egoístas, tentava me agradar ao me dizer que pensava que seu trajeto até Saint-Cloud iria correr bem, que estava contente com o fiacre que encomendara, que o cocheiro era bem-educado e o carro, confortável. Eu me esforçava para sorrir desses detalhes e inclinava a cabeça com ar de aquiescência e satisfação. Mas isso só me ajudava a imaginar com mais veracidade a partida de mamãe, e era de coração apertado que a olhava como se já estivesse separada de mim, sob aquele chapéu de palha redondo que ela comprara para o campo, num vestido leve que pusera por causa daquela longa viagem em pleno calor, e que a deixavam diferente, já pertencendo à casa de veraneio de "Montretout" onde eu não a veria.

Para evitar as crises de sufocação que a viagem me causaria, o médico me aconselhara a tomar, no momento da partida, uma boa dose de cerveja ou conhaque, a fim de ficar num estado que ele chamava "euforia", em que o sistema nervoso é momentaneamente menos vulnerável. Eu ainda estava na dúvida se o faria, mas queria pelo menos que minha avó reconhecesse que, caso me decidisse a fazê-lo, teria a meu favor o direito e a sensatez. Assim, falava disso como se minha hesitação só se referisse ao lugar em que beberia o álcool, no bufê da estação ou no vagão-bar. Mas logo, diante do ar de censura que surgiu no rosto de minha avó e do desejo de nem sequer cogitar dessa ideia, exclamei: "Como assim", decidindo-me de repente pelo ato de ir beber, cuja execução tornava-se necessária para provar minha liberdade, pois seu anúncio verbal provocara um protesto, "como assim, você sabe a que ponto estou doente, sabe o que o médico me disse, e é esse o conselho que me dá!".

Quando expliquei meu mal-estar à minha avó, ela fez um ar de tamanho desconsolo, de tamanha bondade, ao responder: "Mas então vá correndo buscar cerveja ou um licor, se isso deve lhe fazer bem", que me joguei sobre ela e a cobri de beijos. E se no entanto fui beber muito no bar do trem, foi porque senti que sem isso teria um acesso violentíssimo, o que, de novo, a afligiria. Na primeira estação, quando tornei a subir no nosso vagão, disse à minha avó que estava feliz de ir a Balbec, que sentia que tudo correria bem, que no fundo me acostumaria depressa a ficar longe de mamãe, que aquele trem era agradável, o homem do bar e os empregados tão encantadores que gostaria de repetir muitas vezes aquele trajeto para ter a possibilidade de revê-los. Minha avó, porém, não parecia sentir a mesma alegria que eu com todas essas boas notícias. Respondeu-me evitando me olhar: "Você deveria talvez tentar dormir um pouco", e virou os olhos para a janela cuja cortina, que não cobria toda a superfície da vidraça, tínhamos baixado, de modo que o sol podia deslizar sobre o carvalho encerado da portinhola e o estofado do assento (como um reclame muito mais persuasivo de uma vida em contato com a natureza do que aqueles pendurados pela Companhia bem alto no vagão, e representando paisagens cujos nomes eu não conseguia ler) a mesma claridade morna e sonolenta que fazia a sesta nas clareiras.

Mas quando minha avó pensou que eu estava de olhos fechados, eu a vi por instantes, sob o seu véu com grandes poás, deitar um olhar em mim, depois desviá-lo, depois recomeçar, como quem se esforça para se habituar a um exercício penoso.

Então falei com ela, mas isso parece não ter lhe agradado. E a mim, porém, minha própria voz me dava prazer, da mesma forma que os movimentos mais insensíveis, mais interiores de meu corpo. Portanto, tentava prolongá-los, deixava cada uma de minhas inflexões demorar-se longamente nas palavras, sentia cada um de meus olhares permanecer bem ali onde pousara e lá ficar mais tempo que de costume. "Vamos, descanse, me dizia minha avó. Se não consegue dormir, leia alguma coisa." E passou-me um volume de madame de Sévigné que eu abri, enquanto ela mesma estava absorta nas *Memórias* de madame de Beausergent.* Ela nunca viajava sem um livro de uma e de outra. Eram suas duas autoras prediletas. Sem mexer, de propósito, minha cabeça nesse momento, e sentindo grande prazer em manter a mesma posição, fiquei segurando o livro de madame de Sévigné sem abri-lo, e não baixei nele o meu olhar, que só tinha diante de si o estore azul da janela. Mas contemplar aquele

---

* As *Memórias* imaginárias de madame de Beausergent têm como modelo as *Memórias* da condessa de Boigne, *Récits d'une tante*, publicadas em 1907 e resenhadas por Proust em 20 de março desse ano no jornal *Le Figaro*. Na resenha ele sublinha a "frivolidade" desse tipo de memórias.

estore me parecia admirável e eu não me teria dado ao trabalho de responder a quem quisesse me desviar de minha contemplação. A cor azul do estore me parecia, não talvez por sua beleza mas por sua vivacidade intensa, apagar a tal ponto todas as cores que tive diante dos olhos desde o dia em que nasci até o momento em que acabara de engolir minha bebida e ela começara a fazer efeito, que ao lado daquele azul todas me pareciam tão desbotadas, tão nulas quanto pode ser retrospectivamente a escuridão em que viveram para os cegos de nascença que são operados tardiamente e afinal enxergam as cores. Um velho funcionário veio nos pedir as passagens. Os reflexos prateados dos botões de metal de sua túnica não deixaram de me encantar. Quis lhe pedir para sentar-se ao nosso lado. Mas ele foi para outro vagão e pensei com nostalgia na vida dos ferroviários, os quais, passando quase todo o seu tempo nos trens, não deviam deixar um só dia de ver aquele velho funcionário. O prazer que sentia em olhar para o estore azul e manter minha boca entreaberta começou enfim a diminuir. Senti mais vontade de me mover; mexi-me um pouco; abri o livro que minha avó me entregara e pude fixar minha atenção nas páginas que escolhi aqui e acolá. Enquanto lia, sentia aumentar minha admiração por madame de Sévigné.

Não devemos nos deixar enganar pelas particularidades puramente formais que dependem da época, da vida social e que levam certas pessoas a acreditar que fizeram como a Sévigné quando disseram: "Mande me dizer, minha querida", ou "Esse conde pareceu-me ter muito espírito", ou "Remexer o feno é a coisa mais linda do mundo". Já madame de Simiane imagina parecer com sua avó, porque escreve: "O senhor de La Boulie vai maravilhosamente bem, cavalheiro, e encontra-se em ótimo estado para ouvir notícias de sua morte", ou "Ah! meu caro marquês, como sua carta me agrada! Não há como não lhe responder", ou ainda: "Parece-me, cavalheiro, que me deve uma resposta, e eu, caixas de bergamota. Desobrigo-me com oito, outras virão... nunca a terra tinha dado tantas. Aparentemente, é para lhe agradar". E escreve nesse mesmo gênero a carta sobre a sangria, sobre os limões etc., que imagina serem cartas de madame de Sévigné.* Mas minha avó, que chegara a madame de

---

* Pauline de Simiane (1674-1737) era filha de madame de Grignan e neta de madame de Sévigné.

Sévigné por dentro, pelo amor aos seus, pela natureza, me ensinara a amar suas verdadeiras belezas, que são totalmente outras. Elas não demorariam a me impressionar, tanto mais que madame de Sévigné é uma grande artista da mesma família que um pintor que eu iria encontrar em Balbec e que teve uma influência tão profunda em minha visão das coisas, Elstir. Em Balbec dei-me conta de que ela nos apresenta as coisas da mesma maneira que ele, conforme a ordem de nossas percepções, em vez de explicá-las primeiro por suas causas. Mas já naquela tarde, naquele vagão, relendo a carta em que aparece o luar: "Não pude resistir à tentação, ponho todas as minhas toucas e capas que não eram necessárias, vou àquele passeio público cujo ar é bom como o de meu quarto, encontro mil patranhas, *monges brancos e negros, várias religiosas cinzentas e brancas, roupa-branca jogada por aqui e por ali, homens sepultados de pé encostados em árvores* etc.",* fiquei radiante com o que eu chamaria um pouco mais tarde de lado Dostoiévski (pois ela não pinta as paisagens da mesma maneira que ele pinta os caracteres?) das *Cartas de madame de Sévigné*.

Quando, à tardinha, depois de ter acompanhado minha avó e ficado algumas horas na casa de sua amiga, voltei a pegar o trem, sozinho, pelo menos não achei penosa a noite que se seguiu; é que não tinha de passá-la na prisão de um quarto cuja sonolência me manteria acordado; estava cercado pela calmante atividade de todos aqueles movimentos do trem que me faziam companhia, ofereciam-se para conversar comigo se eu não pegasse no sono, me ninariam com seus ruídos que eu acoplava, como o som dos sinos em Combray, ora a um ritmo, ora a outro (ouvindo conforme minha fantasia, primeiro quatro semicolcheias iguais, depois uma semicolcheia furiosamente precipitada contra uma semínima); neutralizavam a força centrífuga de minha insônia exercendo sobre ela pressões contrárias que me mantinham em equilíbrio e para as quais minha imobilidade e breve meu sono se sentiram transportados com a mesma impressão refrescante que me teria dado o repouso decorrente da vigilância de forças poderosas no seio da natureza e da vida se eu pudesse por um instante encarnar-me num peixe que dorme no mar, passeando

---

* Trechos de uma carta de madame de Sévigné a madame de Grignan, de 12 de junho de 1680.

em seu torpor pelas correntes e pelas ondas, ou numa águia aberta apenas sobre a tempestade.

As auroras são um acompanhamento das longas viagens de trem, como os ovos cozidos, os jornais ilustrados, os jogos de cartas, os rios onde barcos se esfalfam sem avançar. A certa altura em que eu enumerava os pensamentos que haviam preenchido meu espírito durante os minutos anteriores, para ver se tinha dormido ou não (e em que a própria incerteza que me levava a fazer a pergunta estava me fornecendo uma resposta afirmativa), na moldura da janela, por cima de um bosquezinho negro vi nuvens chanfradas cuja suave penugem era de um rosado fixo, morto, que nunca mudará, como aquele que tinge as penas da asa que o assimilou ou o pastel sobre o qual o depositou a fantasia do pintor. Sentia, porém, que, ao contrário, essa cor não era inércia nem capricho, mas necessidade e vida. Logo se amontoaram atrás dela reservas de luz. Ela se avivou, o céu tornou-se de um encarnado que eu tentava ver melhor colando meus olhos no vidro, pois o sentia relacionado com a existência profunda da natureza, mas a linha da estrada de ferro mudou de direção, o trem fez uma curva, a cena matutina foi substituída no quadro da janela por um vilarejo noturno de telhados azuis de luar, com um lavadouro sujo da nacarada opalina da noite, sob um céu ainda salpicado de todas as suas estrelas, e me desconsolei por ter perdido minha faixa de céu róseo quando então a avistei de novo, mas dessa vez vermelha, na janela em frente, que ela abandonou numa segunda curva da via férrea; tanto assim que eu passava meu tempo a correr de uma janela à outra para aproximar, para de novo fixar na tela os fragmentos intermitentes e opostos de minha linda manhã escarlate e versátil e ter dela uma visão total e um quadro contínuo.

A paisagem tornou-se acidentada, abrupta, o trem parou numa pequena estação entre duas montanhas. Só se via no fundo do desfiladeiro, à beira do rio, uma casa de guarda enfiada na água que corria rente às janelas. Se uma pessoa pode ser o produto de uma terra cujo encanto peculiar nela saboreamos, essa pessoa devia ser, mais ainda que a camponesa que eu tanto desejara ver surgir quando perambulava sozinho para o lado de Méséglise, nos bosques de Roussainville, a moça alta que vi sair daquela casa e, na trilha iluminada obliquamente pelo sol nascente, encaminhar-se para a estação carregando uma bilha de leite. No vale onde aquelas alturas lhe escondiam o resto do mundo ela jamais devia ver ninguém além das pessoas que estavam naqueles trens que só paravam um instante. Ela foi andando ao longo dos vagões, oferecendo café com leite a alguns viajantes acordados. Purpureado pelos reflexos da manhã, seu rosto estava mais róseo que o céu. Senti diante dela esse desejo de viver que renasce em nós sempre que voltamos a ter consciência da beleza e da felicidade. Toda vez esquecemos que elas são individuais e, substituindo-as em nosso espírito por um tipo convencional que formamos ao fazer uma espécie de média entre os diferentes rostos que nos agradaram, entre os prazeres que conhecemos, temos apenas imagens abstratas langorosas e insípidas porque falta-lhes justamente esse caráter de coisa nova, diferente do que conhecemos, esse caráter que é próprio à beleza e à felicidade. E expressamos sobre a vida um julgamento pessimista e que supomos ser justo, pois acreditamos que aí entram em linha de conta a felicidade e a beleza quando na verdade as omitimos e substituímos por sínteses em que não há um só átomo delas. É assim que boceja antecipadamente de tédio um letrado a quem se fala de um novo "belo livro", porque imagina uma espécie de composto de todos os belos livros que leu, ao passo que um belo livro é especial, imprevisível, e não é feito da soma de todas as obras-primas anteriores, mas de alguma coisa que não se alcança com essa soma perfeitamente assimilada, pois está justamente fora dela. Mal toma conhecimento dessa nova obra, o letrado, ainda há pouco indiferente, sente interesse pela realidade que ela descreve. Por isso, alheia aos modelos de beleza que meu pensamento desenhava quando eu estava sozinho, a bela moça logo me deu o gosto de certa felicidade (única forma, sempre peculiar, em que poderíamos conhecer o gosto da felicidade), de uma felicidade que se realizaria vivendo junto dela. Mas, ainda aqui, agia em grande medida a cessação momentânea do Hábito. Eu fazia a vendedora de leite se beneficiar do que era meu ser completo, que estava ali na sua frente, apto a provar vivas fruições. Em geral é com nosso ser reduzido ao mínimo que vivemos, a maioria de nossas faculdades permanecem adormecidas porque se escoram no hábito que sabe o que há a fazer e as dispensa. Mas naquela manhã de viagem a interrupção da rotina de minha existência, a mudança de lugar e de hora tornaram indispensável a presença de minhas faculdades. Meu hábito, sedentário e nada matinal, fazia falta, e todas

— 230 —

as minhas faculdades haviam acorrido para substituí-lo, rivalizando em zelo entre si — todas elevando-se como ondas a um mesmo nível inabitual —, da mais baixa à mais nobre, da respiração, do apetite e da circulação sanguínea à sensibilidade e à imaginação. Não sei se, fazendo-me crer que aquela moça não era semelhante às outras mulheres, o encanto selvagem daqueles lugares somava-se ao seu, mas ela o devolvia a esses lugares. A vida teria me parecido deliciosa se ao menos eu pudesse, hora após hora, passá-la com ela, acompanhá-la até o rio, até a vaca, até o trem, estar sempre a seu lado, sentir-me conhecido dela, tendo meu lugar em seu pensamento. Ela teria me iniciado nos encantos da vida rústica e das primeiras horas do dia. Fiz-lhe sinal para que viesse me dar café com leite. Precisava ser notado por ela. Não me viu, chamei-a. Acima de seu corpo muito alto, a pele de seu rosto era tão dourada e tão rosa que parecia ser vista através de um vitral iluminado. Ela recuou, eu não conseguia desgrudar os olhos de seu rosto cada vez mais largo, parecendo um sol que poderíamos encarar e que se aproximaria até chegar bem pertinho de nós, deixando-se olhar de perto, ofuscando-nos de ouro e vermelho. Cravou em mim seu olhar penetrante, mas como os empregados fechavam as portinholas, o trem começou a andar; a vi sair da estação e retomar o atalho, agora era dia claro: eu me afastava da aurora. Que minha exaltação tivesse sido produzida por essa moça, ou, ao contrário, tivesse causado quase todo o prazer que senti em me encontrar perto dela, o fato é que tudo estava tão ligado que meu desejo de revê-la era, antes de tudo, o desejo moral de não deixar morrer inteiramente esse estado de excitação, de não ser separado para sempre da pessoa que, embora sem se dar conta, dele participara. Não era apenas que esse estado fosse agradável. Era sobretudo que (assim como a tensão maior de uma corda ou a vibração mais rápida de um nervo produzem uma sonoridade ou uma cor diferente) dava outra tonalidade ao que eu via, introduzia-me como ator num universo desconhecido e infinitamente mais interessante; aquela moça que eu ainda avistava enquanto o trem acelerava a marcha era como parte de uma vida diversa da que eu conhecia, dela separada por uma orla, e onde as sensações despertadas pelos objetos já não eram as mesmas, e de onde sair agora teria sido como morrer para mim mesmo. Para ter a doçura de pelo menos me sentir ligado a essa vida, bastaria que eu morasse bem próximo da estaçãozinha para poder ir toda manhã pedir café com leite àquela camponesa. Mas, hélas!, ela estaria sempre ausente da outra vida para a qual eu me dirigia cada vez mais depressa embora não me resignasse a aceitá-la a não ser construindo planos que me permitiriam um dia retomar aquele mesmo trem e parar naquela mesma estação, projeto que também tinha a vantagem de fornecer um alimento à disposição interessada, ativa, prática, mecânica, preguiçosa, centrífuga que é a de nosso espírito, pois ele se desvia de bom grado do esforço necessário para aprofundar em si mesmo, de forma geral e desinteressada, uma impressão agradável que tivemos. E como, por outro lado, queremos continuar a pensar na impressão, o espírito prefere imaginá-la no futuro, preparar habilmente as circunstâncias que poderão fazê-la renascer, o que nada nos ensina sobre sua essência, mas nos evita o cansaço de recriá-la em nós mesmos e permite-nos esperar recebê-la de novo do exterior.

Certos nomes de cidades, Vézelay ou Chartres, Bourges ou Beauvais, servem para designar, por abreviação, sua igreja principal. Essa acepção parcial em que costumamos tomá-lo acaba — quando se trata de lugares que ainda não conhecemos — por esculpir o nome inteiro que a partir de então, quando queremos incluir a ideia da cidade — da cidade que nunca vimos —, lhe imporá — como um molde — as mesmas cinzeladuras, e o mesmo estilo, transformando-a numa espécie de grande catedral. Foi, no entanto, numa estação de trem, acima de um bufê, em letras brancas sobre uma tabuleta azul, que li o nome, quase em estilo persa, de Balbec. Atravessei resoluto a estação e o bulevar que ali terminava, perguntei pela praia, pois só queria ver a igreja e o mar; não aparentavam entender o que eu queria dizer. Balbec-o-Velho, Balbec-em-Terra, onde eu estava, não era nem uma praia nem um porto. Sem dúvida, era de fato no mar que os pescadores tinham encontrado, segundo a lenda, o Cristo milagroso cuja descoberta um vitral dessa igreja, que ficava a poucos metros, contava; era de fato das falésias fustigadas pelas ondas que haviam tirado a pedra da nave e das torres. Mas aquele mar, que por isso eu imaginara indo morrer ao pé do vitral, ficava a mais de cinco léguas de distância, em Balbec-Praia, e, ao lado da cúpula, aquele campanário que eu, por ter lido que ele mesmo era uma áspera falésia normanda em que cresciam as sementes e voejavam os pássaros, sempre imaginara como que recebendo em sua base

— 232 —

a derradeira espuma das ondas procelosas, erguia-se numa praça onde havia o entroncamento de duas linhas de bondes, diante de um café que exibia, escrita em letras douradas, a palavra "Bilhar"; destacava-se contra um fundo de casas a cujos telhados não se misturava nenhum mastro. E a igreja — entrando em minha concentração junto com o café, com o passante a quem eu tivera de perguntar o caminho, com a estação para onde eu retornaria — formava um conjunto com todo o resto, parecia um acidente, um produto daquele fim de tarde, em que a cúpula macia e arredondada contra o céu era como um fruto cuja luz, a mesma que banhava as chaminés das casas, amadurecia a casca rosa, dourada e tenra. Mas não quis mais pensar senão no significado eterno das esculturas quando reconheci os Apóstolos cujas estátuas moldadas eu tinha visto no museu do Trocadéro e que, dos dois lados da Virgem, no vão profundo do pórtico, me esperavam como para me prestar homenagem. Com o rosto bonachão, achatado e suave, as costas arqueadas, pareciam avançar com um ar de boas-vindas cantando o *Aleluia* de um belo dia. Mas percebia-se que sua expressão era imutável como a de um morto e só se modificava quando os arrodeávamos. Eu pensava: É aqui, é a igreja de Balbec. Esta praça que parece conhecer sua glória é o único lugar do mundo que possui a igreja de Balbec. O que vi até agora eram fotografias dessa igreja, e apenas os moldes desses Apóstolos, dessa Virgem do pórtico tão célebres. Agora é a própria igreja, é a própria estátua, são elas; elas, as únicas, e isto é muito mais.

Talvez também fosse menos. Como um rapaz num dia de exame ou de duelo acha que o fato sobre o qual o interrogaram, a bala que ele atirou, são bem pouca coisa quando pensa nas reservas de ciência e de coragem que possui e de que gostaria de dar provas, assim também meu espírito, que erguera a Virgem do pórtico fora das reproduções que eu tivera diante dos olhos, inacessível às vicissitudes que podiam ameaçar aquelas, intacto se as destruíssem, ideal, tendo um valor universal, espantava-se de ver a estátua que esculpira mil vezes reduzida agora à própria aparência de pedra, ocupando em relação ao alcance de meu braço um lugar que tinha como rivais um cartaz eleitoral e a ponteira de minha bengala, e acorrentada à Praça, inseparável da saída da rua principal, sem poder fugir aos olhares do café e da estação do ônibus, recebendo em seu rosto a metade do raio do sol poente — e logo, em algumas horas, a claridade do

— 233 —

lampião — de que o Banco de Desconto recebia a outra metade, alcançada, ao mesmo tempo que essa sucursal de um estabelecimento de crédito, pelo cheiro nauseante das cozinhas do pasteleiro, submetida à tirania do Particular a tal ponto que, se eu quisesse traçar minha assinatura naquela pedra, seria ela, a Virgem ilustre que até então eu dotara de uma existência geral e de uma intangível beleza, a Virgem de Balbec, a única (o que infelizmente queria dizer só ela!) que, em seu corpo sujo da mesma fuligem das casas vizinhas, teria, sem dele conseguir se desfazer, mostrado a todos os admiradores que lá tivessem ido contemplá-la o traço de meu pedaço de giz e as letras de meu nome, e era ela enfim a obra de arte imortal e por tanto tempo desejada, que eu encontrava, metamorfoseada, assim como a própria igreja, numa velhinha de pedra de quem eu podia medir a altura e contar as rugas. O tempo ia passando, eu precisava voltar à estação onde devia esperar minha avó e Françoise para chegarmos juntos a Balbec-Praia. Lembrava-me do que lera sobre Balbec, das palavras de Swann: "É delicioso, é tão bonito como Siena". E só acusando por minha decepção as contingências, a má disposição em que eu estava, meu cansaço, minha incapacidade de saber olhar, tentava me consolar pensando que restavam outras cidades ainda intactas para mim, em que proximamente eu poderia porventura penetrar, como no meio de uma chuva de pérolas, no fresco chilrear do escoamento das águas de Quimperlé, atravessar o reflexo verdejante e rosado que banhava Pont-Aven; mas quanto a Balbec, assim que lá entrei, foi como se tivesse entreaberto um nome que deveria manter hermeticamente fechado e no qual, aproveitando a saída que imprudentemente eu lhes oferecera ao expulsar todas as imagens que ali viviam até então, um bonde, um café, as pessoas que passavam pela praça e a sucursal do Banco de Desconto, irresistivelmente impelidos por uma pressão externa e uma força pneumática, tivessem se engolfado no interior das sílabas, que se fechando sobre eles os deixavam agora enquadrar o pórtico da igreja persa e jamais deixariam de contê-los.

No trenzinho local que devia nos levar a Balbec-Praia, encontrei minha avó, mas a encontrei sozinha — pois ela imaginara que Françoise devia partir antes, para que tudo estivesse preparado de antemão (porém, como lhe deu uma indicação falha, tudo o que conseguiu foi que ela partisse numa direção errada), mas naquele momento, sem desconfiar de nada, Françoise seguia a toda a velocidade para Nantes e talvez despertasse em Bordeaux. Mal sentei no vagão inundado pela luz fugaz do poente e pelo calor persistente da tarde (a primeira, infelizmente, permitindo-me ver bem no rosto de minha avó como o segundo a cansara), ela me perguntou: "E então, Balbec?", com um sorriso tão ardentemente iluminado pela esperança do grande prazer que pensava que eu sentira, que de súbito não ousei lhe confessar minha decepção. Aliás, a impressão buscada por meu espírito preocupava-me cada vez menos à medida que se aproximava o lugar com que meu corpo deveria se acostumar. No fim daquele trajeto, que ainda duraria mais de uma hora, eu procurava imaginar o diretor do hotel de Balbec para quem eu era, naquele momento, inexistente, e gostaria de me apresentar a ele em companhia mais prestigiosa que a de minha avó, que certamente ia lhe pedir um abatimento. Ele me aparecia cheio de evidente arrogância, mas de contornos muito vagos.

A todo instante o trenzinho parava conosco numa das estações que precediam Balbec-Praia e cujos próprios nomes (Incarville, Marcouville, Doville, Pont-à-Couleuvre, Arambouville, Saint-Mars-le-Vieux, Hermonville, Maineville) me pareciam estranhos, ao passo que lidos num livro poderiam ter alguma relação com os nomes de certas localidades vizinhas de Combray. Mas ao ouvido de um músico dois motivos materialmente compostos de várias notas comuns podem não apresentar nenhuma semelhança caso se diferenciem na cor da harmonia e da orquestração. Da mesma maneira, nada naqueles tristes nomes feitos de areia, de espaço muito arejado e vazio, e de sal, e acima dos quais a palavra *ville* escapava como escapa o *vole* no *pigeon-vole*,* fazia-me pensar nos outros nomes de Roussainville ou de Martinville, porque estes, que eu ouvira tantas vezes minha tia-avó pronunciar à mesa, na "sala", haviam adquirido um certo fascínio sombrio em que talvez tivessem se misturado pitadas do gosto das geleias, do cheiro do fogo de lenha e do papel de um livro de Bergotte, da cor de barro da casa em frente, e que, ainda hoje, quando sobem, como uma bolha gasosa, do fundo de minha memória, con-

---

* Brincadeira em que uma criança diz rapidamente a palavra "voa" precedida do nome de um objeto e as outras levantam o dedo e ganham ponto se se tratar de fato de um objeto voador.

servam sua virtude específica através das camadas sobrepostas de ambientes diferentes que têm de transpor até alcançar a superfície.

Dominando o mar distante do alto da duna onde estavam ou já se recolhendo para passar a noite ao pé de colinas de um verde cru e de uma forma estranha, como o sofá de um quarto aonde acabamos de chegar, e compostas de algumas casas de veraneio prolongadas por um campo de tênis e às vezes por um cassino cuja bandeira estalava ao vento fresco, vazio e ansioso, eram pequenas estações balneárias que me mostravam pela primeira vez seus hóspedes habituais, mas só em seu aspecto exterior — jogadores de tênis com bonés brancos, o chefe da estação que vivia ali junto de suas tamargueiras e rosas, uma senhora com um "palhinha" na cabeça, que, seguindo o traçado cotidiano de uma vida que eu jamais conheceria, chamava o seu cão de fila que ficara para trás e voltava para o seu chalé onde a lamparina já estava acesa —, e essas imagens tão estranhamente usuais e desdenhosamente familiares feriam cruelmente meus olhos intocados e meu coração de forasteiro. Mas como se agravou meu sofrimento quando pisamos no saguão do Grand-Hôtel de Balbec, defronte da escadaria monumental que imitava mármore, e enquanto minha avó, sem a preocupação de aumentar a hostilidade e o desprezo dos estrangeiros em meio aos quais íamos viver, discutia as "condições" com o diretor, um tampinha barrigudo de rosto e voz cheios de cicatrizes (deixadas, num, pela extirpação de numerosas espinhas, na outra, por diversos sotaques devidos a origens longínquas e a uma infância cosmopolita), com um smoking de mundano, um olhar de psicólogo, geralmente tomando, à chegada do "ônibus", os aristocratas por uns resmungões e os gatunos de hotel por aristocratas! Esquecendo-se, quem sabe, de que ele mesmo não recebia quinhentos francos de salário mensal, desprezava profundamente as pessoas para quem quinhentos francos, ou melhor, como dizia, "vinte e cinco luíses" é "um bom dinheiro", e as considerava como parte de uma raça de párias a quem não era destinado o Grand-Hôtel. É verdade que, nesse mesmo Palace, havia pessoas que não pagavam muito caro embora sendo estimadas pelo diretor, contanto que ele tivesse certeza de que, se olhavam as despesas, não era por pobreza mas por avareza. De fato, esta em nada poderia diminuir o prestígio, já que é um vício, e por conseguinte pode se encontrar em todas as posições sociais. A posição social era a única coisa em que o diretor prestava atenção, a posição social, melhor dizendo, os sinais que lhe pareciam indicar que era elevada, como não tirar o chapéu ao entrar no saguão, usar knickerbockers, paletó cintado, e puxar um charuto com uma cinta púrpura e dourada de um estojo de marroquim lustroso (vantagens, todas, que me faltavam, pobre de mim!). Esmaltava suas declarações comerciais com expressões escolhidas, mas despropositais.

Enquanto, sentado numa banqueta, eu ouvia minha avó, que não se melindrava por ele ouvi-la de chapéu na cabeça e assobiando, perguntar-lhe com entonação artificial: "E quais são... os seus preços?... Ah! Muito altos para o meu pequeno orçamento", refugiava-me no mais profundo de mim mesmo, esforçava-me por emigrar para pensamentos eternos, nada deixar de mim, nada de vivo, na superfície de meu corpo — insensibilizada como é a dos animais que, por inibição, fingem-se de mortos quando são feridos — a fim de não sofrer demais naquele lugar onde minha absoluta falta de hábito tornara-me ainda mais sensível à visão que pareciam ter dali, no mesmo momento, uma dama elegante a quem o diretor demonstrava seu respeito tomando intimidade com o cãozinho que a acompanhava, ou o jovem empetecado que, de pluma no chapéu, entrava perguntando "se havia cartas", toda essa gente para quem subir os degraus de falso mármore era voltar para a sua *home*. E ao mesmo tempo, o olhar de Minos, Éaco e Radamanto* (olhar em que mergulhei minha alma despojada, como num desconhecido onde mais nada a protegia) me foi lançado severamente por cavalheiros que, talvez pouco versados na arte de "receber", usavam o título de "chefes de recepção"; mais longe, atrás de uma vidraça fechada, havia pessoas sentadas num salão de leitura para cuja descrição eu precisaria escolher em Dante, alternadamente, as cores que ele atribui ao Paraíso e ao Inferno, conforme pensasse na felicidade dos eleitos com direito a lerem ali em absoluta tranquilidade ou no terror que minha avó teria me causado se em sua despreocupação com esse gênero de impressões me mandasse entrar lá.

Minha impressão de solidão aumentou ainda mais no instante seguinte. Como eu confessara à minha avó que não me sentia bem,

---

* Os três filhos de Júpiter que, depois da morte do pai, são convocados ao Inferno para julgar as almas dos mortos.

que pensava que seríamos obrigados a voltar para Paris, ela disse sem protestar que ia sair para umas compras, igualmente úteis se fôssemos embora como se ficássemos (e que em seguida eu soube serem todas destinadas a mim, pois Françoise levara consigo coisas que teriam me feito falta); enquanto a esperava, fui dar uma volta pelas ruas apinhadas por uma multidão que ali mantinha um calor de apartamento e onde ainda estavam abertos o salão do cabeleireiro e uma confeitaria em que os fregueses assíduos tomavam sorvetes, diante da estátua de Duguay-Trouin.* Ela me causou quase tanto prazer quanto sua imagem no meio de uma "revista ilustrada" pode proporcionar ao doente que a folheia na sala de espera de um cirurgião. Admirava-me que houvesse pessoas tão diferentes de mim a ponto de o diretor ter me aconselhado esse passeio pela cidade como uma distração, e também que o lugar de suplício que é uma morada nova pudesse parecer para alguns "uma temporada de delícias", como dizia o prospecto do hotel, que podia exagerar mas se dirigia a toda uma clientela cujos gostos afagava. É verdade que evocava, para fazê-la vir ao Grand-Hôtel de Balbec, não só "a comida requintada" e "a vista feérica dos jardins do Cassino", como também "os decretos de Sua Majestade a Moda, que não é possível violar impunemente sem passar por um beócio, algo a que nenhum homem bem-educado gostaria de se expor".

A necessidade que eu sentia de minha avó crescera por meu temor de ter lhe causado uma desilusão. Ela devia estar desanimada, sentir que se eu não suportava aquele cansaço era para perder a esperança em que alguma viagem pudesse me fazer bem. Decidi-me a voltar para esperá-la; o diretor veio pessoalmente apertar um botão: e um personagem que eu ainda não conhecia, a que chamavam "lift" (e que estava instalado naquele ponto mais alto do hotel, onde seria o lanternim de uma igreja normanda, tal como um fotógrafo atrás de seu vidro ou como um organista em sua câmara), se pôs a descer em minha direção com a agilidade de um esquilo doméstico, industrioso e cativo. Depois, deslizando de novo ao longo de uma pilastra,

---

* A estátua do corsário Duguay-Trouin é certamente a que se encontra em Saint-Malo, na Bretanha, e que Proust conheceu em 1904. O texto definitivo do romance conserva o vestígio do projeto inicial de Proust, que pensava em situar a temporada do Narrador na estação balneária "entre a Normandia e a Bretanha".

arrastou-me para a cúpula da nave comercial. Em cada andar, dos dois lados de umas escadinhas de comunicação, desdobravam-se em leque galerias escuras, onde, levando um travesseiro, passava uma camareira. Eu aplicava a seu rosto agora indeciso pelo crepúsculo a máscara de meus sonhos mais apaixonados, mas lia em seu olhar voltado para mim o horror de meu nada. No entanto, para dissipar, durante a interminável ascensão, a angústia mortal que sentia em atravessar em silêncio o mistério daquele claro-escuro sem poesia, iluminado por uma única fileira vertical de vidraças formada pelo único water closet de cada andar, dirigi a palavra ao jovem organista, artífice de minha viagem e companheiro de meu cativeiro, o qual continuava a puxar os registros de seu instrumento e a empurrar os tubos. Desculpei-me por ocupar tanto espaço, por lhe dar tanto trabalho, e perguntei-lhe se não o atrapalhava no exercício de uma arte acerca da qual, para lisonjear o virtuose, fiz mais que manifestar curiosidade, confessei minha predileção. Mas não me respondeu, fosse por espanto com minhas palavras, atenção ao seu trabalho, cuidado com a etiqueta, dureza de ouvido, respeito pelo lugar, receio do perigo, preguiça de inteligência ou instrução do diretor.

Talvez nada nos dê mais impressão da realidade daquilo que nos é exterior do que a mudança de posição, em relação a nós, de uma pessoa, mesmo insignificante, antes que a tenhamos conhecido, e depois. Eu era o mesmo homem que pegara no fim da tarde o trenzinho para Balbec, e levava em mim a mesma alma. Mas nessa mesma alma, no lugar onde às seis horas havia, junto com a impossibilidade de imaginar o diretor, o Palace, seu pessoal, uma expectativa vaga e temerosa do momento em que eu chegaria, achavam-se agora as espinhas extirpadas do rosto do diretor cosmopolita (na realidade, naturalizado monegasco, embora fosse — como dizia porque sempre empregava expressões que considerava distintas, sem se dar conta de que eram incorretas — "de originalidade romena"), seu gesto para chamar o lift, o próprio lift, todo um friso de personagens de teatro de marionetes saídos daquela caixa de Pandora que era o Grand-Hôtel, inegáveis, inamovíveis e, como tudo o que é realizado, esterilizantes. Mas pelo menos aquela mudança em que eu não interviera provava-me que alguma coisa se passara de exterior a mim — por mais desinteressante que essa coisa fosse em si — e eu era como o viajante que, tendo tido o sol à sua frente ao começar uma corrida, verifica que as horas passaram quando o vê atrás de si. Eu estava alquebrado de cansaço, estava com febre; bem que teria me deitado, mas não tinha nada do necessário para isso. Gostaria ao menos de me estender um instante numa cama, mas para quê, já que ali não poderia encontrar o repouso para aquele conjunto de sensações que é para cada um de nós seu corpo consciente, se não seu corpo material, e já que os objetos desconhecidos que o cercavam, forçando-o a pôr suas percepções em estado de defensiva permanente e vigilante, teriam mantido meus olhares, meu ouvido, todos os meus sentidos numa posição tão reduzida e incômoda (ainda que tivesse esticado as pernas) quanto a do cardeal La Balue na jaula* onde ele não conseguia ficar em pé nem sentar-se. É nossa atenção que põe objetos num quarto, e é o hábito que de lá os retira e abre espaço para nós. Espaço, não havia para mim em meu quarto de Balbec (meu, só de nome), pois estava cheio de coisas que, não me conhecendo, devolveram-me o olhar desconfiado que lhes lancei e, sem ter a menor consideração por minha existência, demonstraram que eu atrapalhava a rotina da sua. O relógio — enquanto em casa eu só ouvia o meu alguns segundos por semana, apenas quando saía de uma profunda meditação — continuou, sem interromper-se um instante, a dizer numa língua desconhecida palavras que deviam ser descorteses para mim, pois as grandes cortinas violeta o ouviam sem responder, mas numa atitude semelhante à das pessoas que encolhem os ombros para mostrar que se irritam com a visão de uma terceira pessoa. Davam àquele quarto tão grande um caráter quase histórico que poderia tê-lo tornado apropriado ao assassinato do duque de Guise,** e mais tarde a uma visita de turistas conduzidos por um guia da agência Cook — mas de jeito nenhum ao meu sono. Eu estava atormentado pela presença de pequenas estantes envidraçadas, que corriam ao longo das paredes, mas sobretudo por um grande espelho com pés, atravessado no meio do quarto, e antes

---

* Foi numa jaula de ferro que, segundo uma tradição talvez inventada, Luís xi mandou prender por onze anos seu conselheiro, o cardeal Jean La Balue (1421--91).

** Alusão ao quadro de Paul Delaroche *Assassinato do duque de Guise* (1835), em que o isolamento do cadáver, à direita no quadro, em relação aos conjurados reunidos à esquerda, é expresso graças às vastas dimensões do quarto.

que ele saísse dali eu sentia que não haveria para mim relaxamento possível. A todo instante erguia os olhos — que os objetos de meu quarto de Paris incomodavam tão pouco como minhas próprias pupilas, pois não eram mais que anexos de meus órgãos, uma ampliação de mim mesmo — para o teto sobre-erguido daquele miradouro situado no alto do hotel e que minha avó escolhera para mim; e, até nessa região mais íntima que aquela em que vemos e ouvimos, nessa região em que sentimos a qualidade dos odores, era quase no interior de mim mesmo que o cheiro do vetiver vinha conduzir sua ofensiva em minhas últimas trincheiras, a que eu opunha não sem cansaço a réplica inútil e incessante de um fungar alarmado. Não tendo mais universo, mais quarto, mais corpo senão ameaçado pelos inimigos que me cercavam, senão invadido até os ossos pela febre, eu estava sozinho, tinha vontade de morrer. Então minha avó entrou; e logo se abriram espaços infinitos à expansão de meu coração reprimido.

Ela usava um roupão de percal que vestia em casa toda vez que um de nós estava doente (porque se sentia mais à vontade com ele, dizia, sempre atribuindo ao que fazia motivos egoístas) e que era para cuidar de nós, para velar por nós, com sua bata de criada e de sentinela, seu hábito de freira. Mas enquanto os cuidados destas, a bondade que têm, o mérito que se lhes atribui e o reconhecimento que se lhes deve aumentam ainda mais a impressão que temos de, para elas, ser outra pessoa, sentirmo-nos sós, guardando para nós mesmos o fardo dos próprios pensamentos, do próprio desejo de viver, quando estava com minha avó eu sabia que o meu pesar, por maior que fosse, seria recebido numa piedade mais vasta ainda; que tudo o que era meu, minhas preocupações, meu querer, seria, em minha avó, escorado num desejo de conservação e de crescimento de minha própria vida muito mais forte do que o que eu mesmo tinha; e nela meus pensamentos se prolongavam sem sofrer desvio porque passavam de meu espírito para o seu sem mudar de ambiente, de pessoa. E — como alguém que quer dar o nó na gravata na frente de um espelho sem entender que a ponta que vê não está, em relação a ele, do lado para onde dirige sua mão, ou como um cachorro que persegue no chão a sombra dançante de um inseto — enganado pela aparência do corpo como somos neste mundo em que não percebemos diretamente as almas, joguei-me nos braços de minha avó e suspendi meus lábios contra seu rosto como se, desse

— 241 —

modo, tivesse acesso àquele coração imenso que ela me abria. Quando minha boca estava assim colada em suas faces, em sua testa, tirei dali algo tão benfazejo, tão nutritivo, que mantive a imobilidade, a seriedade, a tranquila avidez de uma criança que mama.

Depois, olhava sem me cansar para seu grande rosto recortado como uma bela nuvem ardente e calma atrás da qual sentia-se irradiar a ternura. E tudo o que ainda recebia, por mais tênue que fosse, um pouco de suas sensações, tudo o que podia assim ainda ser dito a ela, era logo tão espiritualizado, tão santificado que com minhas palmas eu alisava seus belos cabelos apenas grisalhos com tanto respeito, precaução e doçura como se tivesse acariciado sua bondade. Ela sentia tamanho prazer em qualquer tristeza que me poupasse outra, e sentia num momento de imobilidade e calma para meus membros cansados algo tão delicioso que, tendo visto que ela queria me ajudar a me deitar e a me descalçar, quando fiz o gesto de impedi-la e de começar eu mesmo a me despir, ela segurou com um olhar suplicante minhas mãos que tocavam os primeiros botões de meu casaco e de minhas botinas.

"Ah, por favor, disse-me. É uma tamanha alegria para a sua avó. E, sobretudo, não deixe de bater na parede se precisar de alguma coisa de noite, minha cama está encostada à sua, a parede é muito fina. Daqui a pouquinho, quando estiver deitado, bata para eu ver se nos entendemos bem."

E, de fato, naquela noite dei três batidas — que uma semana mais tarde, quando adoeci, renovei por alguns dias todas as manhãs porque minha avó queria me servir leite bem cedinho. Então, quando imaginava ouvir que ela estava acordada — para que não esperasse e pudesse, logo em seguida, readormecer —, eu arriscava três batidinhas, timidamente, devagarinho, distintamente apesar de tudo, pois se temia interromper seu sono caso eu estivesse enganado e ela dormindo, também não queria que continuasse a esperar uma chamada que de início não teria distinguido e que eu não me atreveria a repetir. E mal tinha dado minhas pancadinhas ouvia outras três, com uma entonação diferente daquelas, marcadas por uma calma autoridade, repetidas duas vezes para maior clareza e que diziam: "Não se aflija, já ouvi, daqui a pouco estarei aí"; e logo depois minha avó chegava. Eu lhe dizia que tivera medo de que ela não me ouvisse ou pensasse que fosse um vizinho que havia batido; ela ria:

— 242 —

"Confundir as batidas de meu pobre amorzinho com outras, mas entre mil sua avó seria capaz de reconhecê-las! Então acredita que haja outras no mundo que sejam tão bobinhas, tão febris, tão divididas entre o medo de me acordar e o de não ser entendido? Mas mesmo que se contentasse com uma arranhadela eu logo reconheceria o ratinho, sobretudo quando ele é tão maravilhoso e coitadinho como o meu. Já fazia um tempinho que eu o ouvia hesitando, se remexendo na cama, fazendo todas as suas manhas."

Ela entreabria as persianas; no anexo, que formava uma saliência no hotel, o sol já estava instalado nos telhados como um operário madrugador que começa cedo sua tarefa e a realiza calado para não acordar a cidade que dorme ainda e cuja imobilidade o faz parecer mais ágil. Ela me dizia as horas, o tempo que faria, que não valia a pena que eu fosse até a janela, que havia bruma sobre o mar, se a padaria já estava aberta, qual era aquele carro que ouvíamos: todo esse insignificante prólogo, esse insignificante *introito* do dia a que ninguém assiste, pedacinho de vida que era somente nosso, que eu evocaria de bom grado durante o dia na frente de Françoise ou dos estranhos ao falar da névoa de cortar à faca que se formara às seis horas da manhã, com a ostentação não de um saber adquirido, mas de um sinal de afeto recebido só por mim; doce instante matinal que se abria como uma sinfonia pelo diálogo ritmado de minhas três pancadas a que a parede penetrada de ternura e alegria, agora harmoniosa, imaterial, cantante como os anjos, respondia com três outras batidas, ardentemente esperadas, duas vezes repetidas, e em que ela sabia transportar a alma inteira de minha avó e a promessa de sua vinda, com um júbilo de anunciação e uma fidelidade musical. Mas naquela primeira noite da chegada, quando minha avó me deixou, recomecei a sofrer, como já tinha sofrido em Paris no momento de sair de casa. Porventura esse pavor que eu tinha — que tantos outros têm — de dormir num quarto desconhecido, porventura esse pavor seja apenas a forma mais humilde, obscura, orgânica, quase inconsciente, dessa grande recusa desesperada que as coisas que constituem o melhor de nossa vida presente opõem à possibilidade de adotarmos mentalmente com a nossa aceitação a fórmula de um futuro em que não figuram; recusa que estava no fundo do horror que me levara tantas vezes ao pensamento de que meus pais morreriam um dia, de que as necessidades da vida poderiam me obrigar a viver longe de Gilberte, ou simplesmente de me instalar de vez numa terra onde nunca mais tornaria a ver meus amigos; recusa que ainda estava no fundo de minha dificuldade de pensar em minha própria morte ou numa sobrevivência como a que Bergotte prometia aos homens em seus livros, para a qual eu não poderia levar minhas recordações, meus defeitos, meu caráter, pois não se resignavam com a ideia de não mais existirem e não queriam para mim nem o nada nem uma eternidade em que já não existiriam.

Quando Swann me dissera em Paris, num dia em que eu estava especialmente mal: "Você deveria partir para essas deliciosas ilhas da Oceania, verá que nunca mais voltará de lá", eu gostaria de ter lhe respondido: "Mas então não vou ver mais sua filha, vou viver no meio de coisas e pessoas que ela nunca viu". E no entanto, minha razão me dizia: "E o que isso tem de mais, já que você não se afligiria? Quando o senhor Swann lhe diz que você não voltará, ele quer dizer que você não vai querer voltar, e se não vai querer é porque lá longe será feliz". Pois minha razão sabia que o hábito — o hábito que agora iria assumir a façanha de conseguir amar aquela casa desconhecida, de mudar o lugar do espelho, o tom das cortinas, de parar o relógio — se encarrega igualmente de nos tornar queridos os companheiros que de início nos desagradaram, de dar outra forma aos rostos, de tornar simpático o som de uma voz, de modificar a tendência dos corações. Com certeza, essas amizades novas por lugares e pessoas têm como trama o esquecimento das antigas; mas justamente minha razão pensava que eu podia encarar sem terror a perspectiva de uma vida em que seria para sempre separado de criaturas cuja lembrança eu perderia, e é à guisa de consolo que ela oferecia ao meu coração uma promessa de esquecimento que, ao contrário, apenas enlouquecia seu desespero. Não é que nosso coração não deva sentir também os efeitos analgésicos do hábito quando a separação for consumada; mas até que isso aconteça, continuará a sofrer. E o temor de um futuro em que seremos privados da visão e da conversa de quem amamos e de quem tiramos hoje nossa mais cara alegria, esse temor, longe de se dissipar, cresce quando à dor de tal privação pensarmos que se acrescentará o que para nós parece atualmente mais cruel ainda: não senti-la como uma dor, ficar-lhe indiferente; pois então nosso eu estaria mudado: não só já não estaríamos cercados pelo encanto de nossos pais, de nossa amante, de nossos amigos, como nosso afeto por eles teria sido tão perfeitamente arrancado de nosso coração, de que é hoje parte notável, que poderíamos nos alegrar com essa vida separada deles cujo pensamento hoje nos horroriza; seria, portanto, uma verdadeira morte de nós mesmos, morte seguida, é verdade, de ressurreição, mas num eu diferente e a cujo amor já não podem se elevar as partes do antigo eu, condenadas a morrer. São elas — mesmo as mais reles, como o obscuro apego às dimensões, à atmosfera de um quarto — as que se assustam e se revoltam, em rebeliões em que se deve ver um modo secreto, parcial, tangível e verdadeiro da resistência à morte, da longa resistência desesperada e cotidiana à morte fragmentária e sucessiva, tal qual ela se insere em toda a duração de nossa vida, arrancando a todo momento pedaços de nós mesmos, de cuja mortificação hão de se multiplicar células novas. E para uma natureza nervosa como era a minha (isto é, em quem os intermediários, os nervos, cumprem mal suas funções, não se detêm em seu caminho rumo à consciência, mas ao contrário deixam lá chegar, distinta, esgotante, inúmera e dolorosa, a queixa dos mais humildes elementos do eu que vão desaparecer), o ansioso alarme que eu sentia sob aquele teto desconhecido e alto demais era apenas o protesto de uma amizade que sobrevivia em mim por um teto familiar e baixo. Sem dúvida essa amizade desapareceria, pois outra tomou seu lugar (então, a morte e depois uma nova vida teriam, sob o nome de Hábito, cumprido sua dupla obra); mas até seu aniquilamento, ela sofreria toda noite, e naquela primeira noite sobretudo, posta em presença de um futuro já realizado em que não havia mais lugar para ela, revoltava-se, torturava-me com o grito de suas lamentações sempre que meus olhares, não conseguindo se desviar do que os feria, tentavam se pousar no teto inacessível.

Mas na manhã seguinte! — depois que um criado veio me acordar e me trazer água quente, e enquanto eu fazia minha toalete e tentava em vão encontrar os objetos pessoais de que precisava na minha mala de onde eu só tirava, a esmo, os que não podiam servir para nada —, que alegria, já pensando no prazer do café da manhã e do passeio, ao ver na janela e em todos os vidros das estantes, como nas escotilhas de um camarote de navio, o mar nu, sem sombras e, no entanto, na sombra em metade de sua extensão delimitada por uma linha fina e movediça, e ao seguir com os olhos as ondas que se lançavam uma após outra como saltadores num trampolim! A todo momento, segurando a toalha esticada e engomada em que estava escrito o nome do hotel e com a qual eu fazia inúteis esforços para me secar, eu me aproximava da janela para deitar mais um olhar àquele vasto circo deslumbrante e montanhoso e aos cumes nevados de suas ondas de pedra de esmeralda aqui e ali polida e translúcida, as quais com plácida violência e leonino franzido deixavam que se concluísse e resvalasse o escoamento de suas encostas a que o sol acrescentava um sorriso sem rosto. Janela a que eu devia em seguida me postar toda manhã como à vidraça de uma diligência onde adormecemos, para ver se durante a noite aproximou-se ou afastou-se uma desejada cordilheira — aqui, essas colinas do mar que, antes de retornarem para nós dançando, podem recuar tão longe que muitas vezes era só depois de uma longa planície arenosa que eu avistava a grande distância suas primeiras ondulações, numa lonjura transparente, vaporosa e azulada como esses glaciares que vemos no fundo dos quadros dos primitivos toscanos. Outras vezes, era bem perto de mim que o sol ria sobre aquelas ondas de um verdor tão tenro quanto o que se mantém nos prados alpinos (nas montanhas onde o sol se derrama aqui e acolá como um gigante que desceria alegremente suas encostas, em saltos desiguais) mais pela líquida mobilidade da luz do que pela umidade do solo. Aliás, nessa brecha que a praia e as ondas abrem no meio do mundo para ali penetrar, ali se acumular a luz, é sobretudo ela, conforme a direção de onde vem e que nossos olhos seguem, é ela que desloca e situa os percursos dos vales do mar. A diversidade da iluminação modifica a orientação, apresenta diante de nós novos objetivos que nos dá vontade de alcançar, tanto quanto o faria um trajeto longa e efetivamente percorrido em viagem. Quando, pela manhã, o sol vinha de trás do hotel, descobrindo à minha frente as praias iluminadas até os primeiros contrafortes do mar, parecia mostrar-me outra vertente e convidar-me a prosseguir, no caminho giratório de seus raios, uma viagem imóvel e variada através dos mais belos lugares da paisagem acidentada das horas. E desde a primeira manhã o sol me designava ao longe, com um dedo risonho, aqueles cimos azuis do mar que não têm nome em nenhuma carta geográfica até que, atordoado com seu sublime passeio pela superfície ribombante e caótica de suas cristas e de suas avalanches, viesse se abrigar do vento em meu quarto, refestelando-se na cama desfeita e esparramando suas riquezas na pia cheia de água, na mala aberta, onde por seu próprio esplendor e seu luxo deslocado ele aumentava ainda mais a impressão de desordem. Infelizmente, uma hora depois, na grande sala de jantar — enquanto almoçávamos e, da garrafinha de couro com suco de limão, espalhávamos algumas gotas douradas sobre dois linguados que logo deixaram em nossos pratos o penacho de suas espinhas, frisado como uma pluma e sonoro como uma cítara —, pareceu cruel à minha avó não podermos sentir o vivificante sopro do vento marinho por causa da vidraça transparente mas fechada que, como uma vitrine, nos separava da praia embora nos deixando vê-la toda, e por onde seu azul entrava parecendo ser a cor das janelas, e suas nuvens brancas, um defeito do vidro. Convencido de que eu estava "sentado no molhe" ou no fundo do "boudoir" de que fala Baudelaire, eu me perguntava se seu "sol radiante sobre o mar"* não seria — bem diferente do raio da tarde, simples e superficial como um traço dourado e trêmulo — aquele que nesse momento queimava o mar como um topázio, que o fazia fermentar, tornar-se louro e leitoso como a cerveja, espumante como o leite, enquanto por momentos passeavam aqui e acolá grandes sombras azuis que um deus parecia se divertir em deslocar mexendo um espelho no céu. Infelizmente não era apenas pelo aspecto que a "sala" de Combray, dando para as casas do outro lado da rua, diferia da sala de jantar de Balbec, nua, cheia de sol verde como a água de uma piscina, e a poucos metros da qual a maré cheia e o dia claro erguiam, como diante da cidade celestial, uma muralha indestrutível e movente de esmeralda e ouro. Em Combray, como éramos conhecidos de todos, eu não me preocupava com ninguém. Na vida dos balneários não conhecemos os vizinhos. Eu ainda não tinha idade suficiente e era excessivamente sensível para ter desistido do desejo de agradar às pessoas e possuí-las. Não tinha a indiferença mais nobre que teria sentido um homem mundano em relação às pessoas que almoçavam no salão, nem aos rapazes e moças passeando no dique, com quem eu sofria ao pensar que não poderia fazer excursões, menos, porém, do que se minha avó, desprezando as fórmulas mundanas e

---

* "Sentado no molhe" remete provavelmente ao fim de "Le Port" em *Petits Poèmes en prose* (xli); o "boudoir" e "o sol radiante sobre o mar", a "Chant d'Automne", poema lvi de *Flores do mal*.

só se preocupando com minha saúde, lhes fizesse o pedido, humilhante para mim, de me aceitarem como companheiro de passeio. Quer estivessem voltando para um chalé desconhecido, quer de lá estivessem saindo para ir, de raquete em punho, até uma quadra de tênis, quer montassem em cavalos cujos cascos me pisoteavam o coração, eu os olhava com uma curiosidade apaixonada, naquela luz ofuscante da praia onde as proporções sociais são transformadas, seguia todos os seus movimentos pela transparência daquele janelão envidraçado que deixava passar tanta luz. Mas ele interceptava o vento e isso era um defeito na opinião de minha avó que, sem conseguir suportar a ideia de que eu perdesse o benefício de uma hora de ar, abriu sub-repticiamente uma vidraça e, com isso, fez voar, junto com os cardápios, os jornais, os véus, os bonés de todos que estavam almoçando; ela mesma, amparada pelo sopro celestial, permanecia calma e sorridente como santa Blandina, no meio das invectivas que, aumentando minha impressão de isolamento e tristeza, uniam contra nós os turistas presunçosos, despenteados e furiosos.

Uma parte deles — o que, em Balbec, dava à população, em geral banalmente rica e cosmopolita, dessas espécies de hotéis de grande luxo um caráter regional bastante acentuado — era composta de personalidades eminentes dos principais departamentos dessa região da França, um presidente de tribunal de Caen, um bâtonnier, presidente da Ordem dos Advogados de Cherbourg, um grande notário de Le Mans, que, na época das férias, partindo de pontos em que durante o ano inteiro estavam disseminados como soldados de infantaria ou como peões de jogos de damas, vinham se concentrar naquele hotel. Ali sempre mantinham os mesmos quartos e, com suas mulheres que tinham pretensões à aristocracia, formavam um grupinho a que se juntavam um grande advogado e um grande médico de Paris que no dia da partida lhes diziam:

"Ah, é verdade, vocês não pegam o mesmo trem que nós, são uns privilegiados, estarão em casa para o almoço.

— Privilegiados, como? Vocês moram na capital, Paris, a grande cidade, enquanto eu moro num pobre lugarejo de cem mil almas, é verdade que cento e duas mil pelo último recenseamento; mas o que é isso comparado a vocês, que contam com dois milhões e quinhentos mil? E que vão reencontrar o asfalto e todo o brilho do mundo parisiense?"

Diziam isso com um rolar de *r* interiorano, sem azedume, pois eram luminares de suas províncias que poderiam, como outros, ter ido para Paris — várias vezes haviam oferecido ao presidente do tribunal de Caen um assento no Supremo Tribunal — mas tinham preferido continuar onde viviam, por amor à sua cidade, ou à obscuridade, ou à glória, ou porque eram reacionários, ou pela graça das relações de vizinhança com os castelos. Aliás, vários não voltavam imediatamente para as suas cidades.

Pois — como a baía de Balbec era um pequeno universo à parte no meio do grande, uma corbelha de estações onde estavam reunidos em círculo os dias variados e os meses sucessivos, tanto assim que nos dias em que se avistava Rivebelle, o que era sinal de tempestade, via-se o sol sobre as casas enquanto em Balbec estava escuro, mas além disso, quando o frio chegava a Balbec tinha-se certeza de encontrar nessa outra margem dois ou três meses suplementares de calor — os hóspedes habituais do Grand-Hôtel cujas férias começavam tarde ou duravam muito tempo mandavam pôr suas malas num barco quando chegavam as chuvas e os nevoeiros, perto do outono, e faziam a travessia para passar o verão em Rivebelle ou em Costedor. Aquele grupinho do hotel de Balbec olhava com ares desconfiados para cada recém-chegado, e, com jeito de não se interessarem por ele, todos interrogavam, cada um por si, seu amigo, o maître d'hôtel. Pois era o mesmo — Aimé — que voltava todos os anos para passar a temporada e reservava suas mesas; e as senhoras suas esposas, sabendo que a mulher dele esperava um bebê, trabalhavam cada uma, depois das refeições, numa peça do enxoval, enquanto nos mediam dos pés à cabeça, a minha avó e a mim, com seu lorgnon, porque comíamos ovos cozidos com a salada, o que era reputado vulgar e não se fazia na boa sociedade de Alençon. Afetavam uma atitude de desdenhosa ironia em relação a um francês a quem chamavam Majestade* e que, de fato, se autoproclamara rei de uma ilhota da Oceania povoada por alguns selvagens. Morava no hotel com sua linda amante, à passagem de quem, quando ia se banhar, as crianças gritavam: "Viva a rainha!", porque ela fazia chover moedas

---

* Alusão a Jacques Lebaudy, filho de um plantador de cana-de-açúcar milionário que se proclamara imperador do Saara, distribuía títulos de nobreza e fizera da cantora Marguerite Dellier sua imperatriz.

de cinquenta centavos. O presidente do tribunal e o da Ordem não queriam sequer parecer vê-la, e se algum de seus amigos a olhasse, julgavam dever preveni-lo de que era uma operariazinha.

"Mas tinham me garantido que em Ostende usavam a cabine real.

— Naturalmente! É alugada por vinte francos. Pode pegá-la se lhe aprouver. E sei de fonte segura que ele mandou pedir uma audiência ao rei, que o fez saber que não tinha de conhecer esse soberano de opereta.

— Ah, realmente, que interessante! Tem gente para tudo!..."

E sem dúvida tudo isso era verdade, mas era também por aborrecimento de sentir que para boa parte das pessoas eles não passavam de bons burgueses que não conheciam aquele rei e aquela rainha pródigos com seu dinheiro que o notário, o presidente do tribunal e o da Ordem, à passagem do que chamavam um carnaval, sentiam tanto mau humor e manifestavam bem alto uma indignação de que estava informado seu amigo o maître d'hôtel, o qual, porém, obrigado a fazer boa cara para os soberanos mais generosos que autênticos, enquanto anotava o pedido deles, dirigia de longe para seus velhos clientes uma piscadela significativa. Talvez houvesse também um pouco de idêntico aborrecimento por serem erradamente considerados menos "chic" e não poderem explicar que o eram ainda mais quando qualificavam de "Formoso Cavalheiro!" um jovem engomadinho, filho tísico e farrista de um grande industrial e que, todo dia, dentro de um jaquetão novo, com uma orquídea na lapela, almoçava com champanhe e ia pálido, impassível, um sorriso de indiferença nos lábios, jogar no Cassino, na mesa de bacará, quantias enormes "que ele não tem os meios de perder", dizia com ar bem informado o notário ao presidente do tribunal, cuja mulher "sabia de fonte segura" que aquele rapaz "fim de século" fazia os pais morrerem de tristeza.

Por outro lado, o bâtonnier e seus amigos não esgotavam os sarcasmos sobre uma velha senhora rica e com títulos de nobreza porque só se deslocava com toda a criadagem. Sempre que a mulher do notário e a mulher do presidente do tribunal a viam na sala de jantar, na hora das refeições, a inspecionavam insolentemente, segurando o lorgnon, com o mesmo ar minucioso e desafiador como se ela fosse algum prato de nome pomposo mas aparência suspeita que, depois do resultado desfavorável de uma observação metódica, a gente afasta com um gesto distante e uma careta de nojo.

Decerto com isso só queriam mostrar que, se havia certas coisas que não tinham — no caso, certas prerrogativas da velha senhora, e alguma amizade com ela —, não era porque não podiam, mas porque não queriam. Contudo, acabaram se convencendo; e a supressão de todo desejo, da curiosidade pelas formas da vida que não conheciam, da esperança de agradar a novas pessoas, substituídas naquelas mulheres por um desdém simulado, por uma alegria falsa, é que tinha o inconveniente de fazê-las atribuir ao desagrado o rótulo do contentamento e de mentirem eternamente a si mesmas, duas condições para que fossem infelizes. Mas todo mundo naquele hotel agia provavelmente da mesma maneira, embora de outras formas, e sacrificava, se não ao amor-próprio, pelo menos a certos princípios de educação ou a hábitos intelectuais, a perturbação deliciosa de se misturar a uma vida desconhecida. É claro que o microcosmo em que se isolava a velha senhora não era envenenado por virulentos azedumes como o grupo em que escarneciam de raiva a mulher do notário e a do presidente do tribunal. Era, ao contrário, envolto num perfume fino e antiquado mas não menos artificial. Pois, no fundo, a velha senhora teria provavelmente encontrado em seduzir, em atrair (renovando-se ela mesma para tal) a simpatia misteriosa de criaturas novas, um encanto ausente do prazer que há em conviver apenas com pessoas de sua própria classe e em lembrar que, como essa classe é a melhor que existe, o desdém mal informado dos outros é coisa digna de desprezo. Talvez sentisse que, se chegara como desconhecida ao Grand-Hôtel de Balbec, tinha com seu vestido de lã preta e sua touca antiquada feito sorrir algum galhofeiro, que de seu "rocking" teria murmurado "que molambo!", ou sobretudo algum homem de valor que tivesse mantido, como o presidente do tribunal, entre suas suíças grisalhas, um rosto fresco e olhos espirituosos como ela gostava, e que logo tivesse apontado com a lente de aproximação do lorgnon conjugal o aparecimento daquele fenômeno insólito; e talvez fosse por inconsciente apreensão desse primeiro minuto, que se sabe curto mas que nem por isso é menos temido — como o primeiro mergulho de cabeça na água —, que aquela senhora mandava de antemão um criado pôr o hotel a par de sua personalidade e de seus hábitos, e, atalhando os cumprimentos do diretor, dirigia-se, com uma brevidade em que havia mais timidez do que orgulho, a seu quarto onde cortinas pessoais que substituíam as penduradas nas janelas, biombos e fotografias interpunham tão bem entre ela e o mundo exterior a que deveria se adaptar a parede de seus hábitos, que era antes a sua própria casa, dentro da qual permanecera, que viajara, e não tanto ela mesma.

Desde então, tendo colocado entre si mesma, de um lado, e o pessoal do hotel e os fornecedores, de outro, os seus criados, que recebiam em seu lugar o contato daquela humanidade nova e mantinham em torno de sua patroa a atmosfera costumeira, tendo posto seus preconceitos entre ela e os banhistas, despreocupada em desagradar a pessoas que suas amigas não teriam recebido, era em seu mundo que ela continuava a viver pela correspondência com as amigas, pela lembrança, pela consciência íntima que tinha de sua situação, da qualidade de suas maneiras, da competência de sua boa educação. E todos os dias, quando descia para ir em sua caleça fazer um passeio, sua camareira, que levava atrás de si seus pertences, e seu criado que a precedia, pareciam-se com essas sentinelas que, às portas de uma embaixada embandeirada com as cores do país que representa, garantem-lhe, em solo estrangeiro, o privilégio de sua extraterritorialidade. No dia de nossa chegada ela não deixou o quarto antes do meio da tarde e não a avistamos na sala de jantar para onde o diretor, como éramos recém-chegados, nos conduziu, sob sua proteção, na hora do almoço, como um graduado que leva recrutas ao cabo alfaiate para fazer-lhes a farda; mas em compensação vimos ali, instantes depois, um fidalgote e sua filha, de uma obscura mas antiquíssima família da Bretanha, o senhor e a senhorita de Stermaria, cuja mesa nos tinham dado pensando que eles só voltariam à noite. Vindo somente a Balbec para encontrar castelãs que conheciam nas redondezas, eles só passavam na sala de jantar do hotel, entre os convites aceitos fora e as visitas feitas, o tempo estritamente necessário. Era a arrogância deles que os preservava de toda simpatia humana, de todo interesse pelos desconhecidos sentados ao redor, e entre os quais o senhor de Stermaria mantinha o ar glacial, apressado, distante, rude, meticuloso e mal-intencionado que se tem num restaurante de trem entre viajantes a quem nunca vimos e que nunca tornaremos a ver, e com quem não imaginamos outras relações além de defender contra eles nosso frango frio e nosso canto no vagão. Mal começávamos a almoçar e vieram nos mandar levantar por ordem do senhor de Stermaria, que acabava de chegar e, sem o menor gesto de desculpas conosco, pediu em voz alta ao maître d'hôtel que atentasse para que um erro semelhante não se repetisse, pois lhe era desagradável que "pessoas que ele não conhecia" tivessem pegado a sua mesa.

E sem dúvida, no sentimento que incitava certa atriz (mais conhecida, aliás, por sua elegância, seu espírito, suas belas coleções de porcelana alemã do que por seus poucos papéis interpretados no Odéon), seu amante, jovem muito rico para quem ela se cultivara, e dois homens muito em evidência, a formarem um grupo à parte, a só viajarem juntos, a almoçarem em Balbec muito tarde, quando todos tinham terminado, a passar o dia no salão jogando cartas, não entrava nenhuma maldade, mas apenas as exigências do gosto que tinham por certas formas espirituosas de conversação, por certos requintes da boa mesa, o que fazia com que sentissem prazer em só viverem, em só fazerem suas refeições juntos, e lhes teria sido insuportável o convívio com pessoas que não fossem iniciadas naquilo. Mesmo diante de uma mesa posta, ou diante de uma mesa de jogo, cada um deles precisava saber que no convidado ou no parceiro sentado à sua frente repousavam em suspenso e inutilizados um certo saber que permite reconhecer as bugigangas com que tantas residências parisienses se enfeitam como se fossem uma "Idade Média" ou um "Renascimento" autênticos e, em todas as coisas, critérios comuns entre eles para distinguir o bom do mau. Sem dúvida, nesses momentos, já não era mais do que por alguma rara e divertida interjeição lançada no meio do silêncio da refeição ou da partida, ou pelo vestido lindo e novo que a jovem atriz escolhera para almoçar ou jogar pôquer, que se manifestava a existência especial em que aqueles amigos queriam o tempo todo se manter imersos. Mas envolvendo-os assim em hábitos que conheciam a fundo, essa existência bastava para protegê-los contra o mistério da vida ambiente. Durante longas tardes, o mar só estava suspenso diante deles como uma tela de cor agradável pendurada no boudoir de um rico solteirão, e era apenas no intervalo das cartadas que um dos jogadores, não tendo nada melhor a fazer, levantava os olhos para ele a fim de lhe tirar uma indicação sobre o bom tempo ou as horas, e lembrar aos outros que o chá estava esperando. E à noite não jantavam no hotel onde os focos de luz elétrica faziam brotar abundantemente a luz na grande sala de jantar, transformando-a como que num imenso e maravilhoso aquário diante de cuja parede de vidro a população operária de Balbec, os pescadores e também as famílias de pequeno-burgueses, invisíveis na sombra, esmagavam-se contra as vidraças para avistar, lentamente balançando em remoinhos de ouro, a vida luxuosa daquela gente, tão extraordinária para os pobres como a dos peixes e de moluscos estranhos (uma grande questão social, saber se a parede de vidro sempre protegerá o festim dos bichos maravilhosos e se as pessoas obscuras que olham avidamente na noite não irão apanhá-los em seu aquário e comê-los). Enquanto isso, talvez em meio à multidão parada e perplexa na noite houvesse algum escritor, algum amante de ictiologia humana, que, olhando os maxilares de velhos monstros femininos se fecharem sobre um pedaço de comida engolida, se comprazia em classificá-los por raça, por características inatas e também por características adquiridas que fazem com que uma velha dama sérvia cujo apêndice bucal é o de um grande peixe de mar, porque desde sua infância ela vive nas águas doces do Faubourg Saint-Germain, deguste uma salada como uma La Rochefoucauld.

Àquela hora viam-se os três homens de smoking esperando a mulher atrasada, que logo, num vestido quase sempre novo e echarpes escolhidas conforme um gosto especial de seu amante, depois de ter, em seu andar, chamado o lift, saía do elevador como de uma caixa de brinquedos. E os quatro, que achavam que o fenômeno internacional do Palace implantado em Balbec fizera florescer o luxo mais que a boa cozinha, enfiavam-se num carro, iam jantar a meia hora de lá num restaurantezinho famoso onde tinham com o cozinheiro intermináveis conferências sobre a composição do cardápio e a confecção dos pratos. Durante esse trajeto a estrada que parte de Balbec, ladeada de macieiras, era para eles apenas a distância a ser percorrida — pouco diferente na noite negra daquela que separava suas casas parisienses do Café Anglais ou do Tour d'Argent — antes de chegar ao restaurantezinho elegante onde, enquanto os amigos do rapaz rico o invejavam por ter uma amante tão bem-vestida, as echarpes dela estendiam diante do pequeno grupo como que um véu perfumado e leve mas que a separava do mundo.

Infelizmente para minha tranquilidade, eu estava bem longe de ser como todas essas pessoas. Com muitas delas eu me preocupava; gostaria de não ser ignorado por um homem de fronte afundada, olhar fugidio entre os antolhos de seus preconceitos e de sua educação, o grande senhor da região, e que não era outro senão o cunhado de Legrandin, que vinha às vezes de visita a Balbec e, no domingo, com a garden party semanal que sua mulher e ele davam, despovoava o hotel de parte de seus hóspedes porque um ou dois deles eram convidados para essas festas, e porque os outros, para não parecerem que não o tinham sido, escolhiam esse dia para fazer uma excursão bem longe. Aliás, no primeiro dia, recém-chegado da Côte d'Azur, fora bem mal recebido no hotel, quando o pessoal ainda não sabia quem ele era. Não só não estava vestido de flanela branca, como, por velho costume francês e ignorância da vida nos Palaces, ao entrar num saguão onde havia mulheres tirara o chapéu desde a porta, o que levara o diretor a nem sequer tocar no seu para lhe responder, considerando que devia ser alguém da mais humilde extração, o que ele chamava de um homem "saído da gentinha". Só a mulher do notário sentira-se atraída pelo recém-chegado que cheirava a toda a vulgaridade presunçosa das pessoas respeitáveis, e declarara, com o fundo de discernimento infalível e de autoridade indiscutível de uma pessoa para quem a melhor sociedade de Le Mans não tem segredos, que diante dele todos se sentiam em presença de um homem de alta distinção, perfeitamente bem-educado e que se diferenciava de tudo o que se encontrava em Balbec e que ela julgava infrequentável enquanto não o frequentasse. Esse julgamento favorável que fizera sobre o cunhado de Legrandin talvez decorresse do insignificante aspecto de quem nada tinha de intimidante, ou talvez por ter ela reconhecido nesse fidalgo rural com jeito de sacristão os sinais maçônicos de seu próprio clericalismo.

Por mais que eu tivesse sabido que os jovens que montavam todo dia a cavalo na frente do hotel eram os filhos do proprietário desonesto de uma loja de novidades e que meu pai nunca teria permitido conhecer, a "vida de banhos de mar" os erguia, a meus olhos, a estátuas equestres de semideuses, e o máximo que eu podia esperar era que jamais deixassem cair seus olhares sobre o pobre rapaz que eu era, que não saía da sala de jantar do hotel a não ser para ir sentar-se na areia. Desejaria poder inspirar simpatia até ao aventureiro que fora rei de uma ilha deserta na Oceania, até ao jovem tuberculoso sobre quem gostava de supor que escondia por trás de sua aparência insolente uma alma temerosa e terna e que talvez tivesse prodigalizado só para mim tesouros de afeto. Aliás (ao contrário do que se costuma dizer das amizades de viagem), como ser visto com certas pessoas pode nos valer, numa praia a que retornamos às vezes, um coeficiente sem equivalente na verdadeira vida mundana, não há nada, não que mantenhamos tão à distância mas que cultivemos tão cuidadosamente na vida de Paris como as amizades balneárias. Preocupava-me a opinião que podiam ter de mim todas aquelas notabilidades momentâneas ou locais que minha disposição de me pôr no lugar das pessoas e de recriar seu estado de espírito me fazia situar, não em sua posição real, naquela que ocupariam em Paris por exemplo, e que teria sido muito baixa, mas na que deviam julgar ser a delas, e que o era, a bem da verdade, em Balbec, onde a ausência de um termo de comparação dava-lhes uma espécie de superioridade relativa e de interesse singular. Uma lástima que o desprezo de nenhuma dessas pessoas me fosse tão doloroso como o do senhor de Stermaria.

Pois eu reparara em sua filha logo à sua entrada, seu bonito rosto pálido e quase azulado, o que havia de especial no porte de sua alta estatura, em seu jeito de andar, e que me evocava com razão sua hereditariedade, sua educação aristocrática e mais nitidamente ainda porque eu sabia seu sobrenome — como esses temas expressivos inventados por músicos de gênio e que descrevem esplendidamente o cintilar da chama, o sussurro do rio e a paz do campo, para os ouvintes que, percorrendo previamente o libreto, orientaram sua imaginação no caminho certo. Acrescentando aos encantos da senhorita de Stermaria a ideia de sua causa, a "raça" os tornava mais inteligíveis, mais completos. Fazia-os também mais desejáveis, anunciando que eram pouco acessíveis, assim como um preço elevado aumenta o valor de um objeto que nos agradou. E o ramo hereditário dava àquela tez composta de sumos escolhidos o sabor de uma fruta exótica ou de uma safra célebre.

Ora, um acaso pôs de súbito entre nossas mãos a maneira de nos dar, à minha avó e a mim, perante todos os habitantes do hotel, um prestígio imediato. Com efeito, desde aquele primeiro dia, no momento em que a velha senhora descia de seu quarto, exercendo um forte impacto sobre as almas, graças ao criado que a precedia, à camareira que corria atrás com um livro e uma coberta esquecidos, e excitando em todos uma curiosidade e um respeito a que visivelmente nem o senhor de Stermaria escapava, o diretor inclinou-se para minha avó e, por amabilidade (como se mostra o xá da Pérsia ou a rainha Ranavalo a um espectador obscuro que evidentemente não pode ter a menor relação com o poderoso soberano mas pode achar interessante tê-lo visto a alguns passos), cochichou-lhe no ouvido: "A marquesa de Villeparisis", enquanto no mesmo momento aquela senhora, avistando minha avó, não conseguia conter um olhar de alegre surpresa.

Pode-se pensar que a aparição súbita da fada mais poderosa, sob os traços de uma velhinha, não me teria causado mais prazer, privado como eu estava de qualquer recurso para me aproximar da senhorita de Stermaria numa terra onde não conhecia ninguém. Quero dizer ninguém do ponto de vista prático. Esteticamente, o número de tipos humanos é muito restrito para não termos com bastante frequência, em qualquer lugar aonde vamos, a alegria de rever pessoas conhecidas, sem precisar procurá-las nos quadros dos velhos mestres, como fazia Swann. Foi assim que, desde os primeiros dias de nossa temporada em Balbec, aconteceu-me encontrar Legrandin, o porteiro de Swann, e a própria madame Swann, transformados, o primeiro, em garçom de café, o segundo, num estrangeiro de passagem que não tornei a ver, e a última, num salva-vidas. E uma espécie de imantação atrai e retém tão inseparavelmente, umas após outras, certas características de fisionomia e de mentalidade que quando a natureza introduz assim uma pessoa num novo corpo não a mutila demais. Legrandin transformado em garçom mantinha intactos a estatura, o perfil do nariz e uma parte do queixo; madame Swann, no sexo masculino e na condição de salva-vidas, conservara não só sua fisionomia habitual como até mesmo um certo jeito de falar. Só que agora, com seu cinturão vermelho e içando, à menor encrespação, a bandeira que proíbe os banhos (pois os salva-vidas são prudentes, raramente sabem nadar), ela não podia me ser mais útil do que teria sido no afresco da *Vida de Moisés* onde Swann outrora a reconhecera sob as feições da filha de Jetro. Ao passo que aquela madame de Villeparisis era de fato a verdadeira, não tinha sido vítima de um enfeitiçamento que a tivesse despojado de seu poder, mas, ao contrário, era capaz de pôr outro à disposição de meu poder que seria centuplicado e graças ao qual eu, como se levado pelas asas de um pássaro fabuloso, ia transpor em poucos instantes as distâncias sociais infinitas, pelo menos em Balbec, que me separavam da senhorita de Stermaria.

Lamentavelmente, se havia quem vivesse trancado, mais que ninguém, em seu universo particular, era minha avó. Não teria sequer me desprezado, não teria sequer me compreendido se soubesse que eu dava importância à opinião das pessoas por quem me interessava, pois nem mesmo reparara nelas e sairia de Balbec sem se lembrar do nome de nenhuma; não ousei lhe confessar que se essas mesmas pessoas a tivessem visto conversar com madame de Villeparisis seria uma imensa alegria para mim, porque sentia que a marquesa tinha prestígio no hotel e que sua amizade nos teria valorizado aos olhos do senhor de Stermaria. Não que a amiga de minha avó representasse para mim, nem de longe, uma pessoa da aristocracia: eu estava mais que acostumado com seu nome, familiar aos meus ouvidos, antes que meu espírito se detivesse nele, quando bem criança o ouvia ser pronunciado em casa; e seu título só acrescentava uma particularidade estranha como seria um nome de batismo pouco frequente, tal qual acontece com os nomes de rua quando nada percebemos de muito mais nobre na rua Lord Byron, na tão popular e vulgar rua Rochechouart, ou na rua de Gramont do que na rua Léonce-Reynaud ou na rua Hippolyte-Lebas. Madame de Villeparisis não me fazia pensar numa pessoa de um mundo especial mais do que seu primo Mac-Mahon, que eu não diferenciava do senhor Carnot, também presidente da República, e de Raspail, de quem Françoise comprara a foto junto com a de Pio ix. Minha avó tinha por princípio que em viagem não devemos ter amizades, que não vamos à beira-mar para ver pessoas, que para isso temos todo o tempo em Paris, que elas nos fariam perder tempo em cortesias, em banalidades, o tempo precioso que se deve passar inteiro ao ar livre, diante das ondas; e achando mais cômodo supor que essa opinião era dividida por todo mundo e que ela autorizava entre velhos amigos que o acaso punha em presença no mesmo hotel a ficção de um incógnito recíproco, diante do nome que lhe citou o diretor contentou-se em desviar os olhos e fingiu não ver madame de Villeparisis que, compreendendo que minha avó não fazia questão de reconhecer ninguém, por sua vez olhou no vazio. Ela se afastou, fiquei no meu isolamento como um náufrago que pensou aproximar-se um barco, o qual desapareceu em seguida sem se deter.

Ela também fazia suas refeições na sala de jantar, mas na outra ponta. Não conhecia nenhuma das pessoas que moravam no hotel ou lá iam em visita, nem sequer o senhor de Cambremer; de fato, vi que ele não a cumprimentara num dia em que aceitara com sua mulher um convite para almoçar com o bâtonnier, o qual, inebriado com a hora de ter o fidalgo em sua mesa, evitava os amigos dos outros dias e contentava-se em lhes dar de longe uma piscada de olho para fazer a esse acontecimento histórico uma alusão ainda bastante discreta a fim de não ser interpretada como um convite para se aproximarem.

"Pois é, espero que tenha passado bons momentos, porque o senhor é um homem chique, disse-lhe à noite a mulher do presidente do tribunal.

— Chique? Por quê?", perguntou o bâtonnier, disfarçando sua alegria sob um espanto exagerado; "por causa de meus convidados?", disse sentindo que era incapaz de fingir mais tempo; "mas o que tem isso de chique, convidar amigos para almoçar? Afinal eles têm de almoçar em algum lugar!

— Mas claro, é chique! Eram mesmo os *De* Cambremer,* não eram? Bem que os reconheci. É uma marquesa. E autêntica. Não pela linha feminina.

— Ah, é uma mulher muito simples, ela é um amor, ninguém é tão sem cerimônia. Pensei que os senhores se aproximariam, lhes fiz sinais… teria lhes apresentado!", disse corrigindo com leve ironia a enormidade dessa proposta, assim como Assuero quando disse a Ester: "Tenho de meus Estados de lhe dar a metade?".**

"Não, não, não, não, ficamos escondidos, como a humilde violeta.

— Mas fizeram mal, repito-lhe", respondeu o bâtonnier, mais atrevido agora que o perigo tinha passado. "Eles não os teriam comido. Vamos jogar nossa partidinha de *bésigue*?***

— Mas com muito gosto, não ousaríamos propor-lhe, agora que anda com marquesas!

— Ah! Ora, elas não têm nada de tão extraordinário. Vejam só, janto lá amanhã à noite. Querem ir no meu lugar? Com grande satisfação. Francamente, gosto igualmente de ficar aqui.

---

* O emprego da partícula com o sobrenome sem menção do título trai a falta de traquejo da mulher do presidente do tribunal.

** *Esther*, de Racine, II, 7.

*** Antigo jogo com vários baralhos de 32 cartas cada um.

— Não, não!... Eu seria demitido como reacionário, exclamou o presidente, rindo às lágrimas de seu gracejo. Mas o senhor também, o senhor é recebido em Féterne, acrescentou virando-se para o notário.

— Oh! vou lá aos domingos, entra-se por uma porta, sai-se por outra. Mas eles não almoçam em minha casa como na do bâtonnier."

O senhor de Stermaria não estava nesse dia em Balbec, para grande pesar do bâtonnier. Mas insidiosamente ele disse ao maître d'hôtel:

"Aimé, poderia dizer ao senhor de Stermaria que ele não é o único nobre que há nesta sala de jantar? Você bem viu esse senhor que almoçou comigo esta manhã? Hein? De bigodinho, com jeito militar? Pois bem, é o marquês de Cambremer.

— Ah, é mesmo? Não me espanta!

— Isso lhe mostrará que ele não é o único homem a ter títulos. E que engula esta! Não é mau baixar a crista desses nobres. Sabe, Aimé, se não quiser, não lhe diga nada, pois o que estou dizendo não é por mim; aliás, ele o conhece bem."

E no dia seguinte, o senhor de Stermaria, que sabia que o bâtonnier fizera a defesa de um de seus amigos, foi ele mesmo se apresentar.

"Nossos amigos comuns, os De Cambremer, queriam justamente nos reunir, nossos dias não coincidiram, enfim, já não sei bem", disse o bâtonnier, que como muitos mentirosos imaginam que ninguém tentará elucidar um detalhe insignificante que, porém, basta (se o acaso nos apresenta a humilde realidade que está em contradição com ele) para denunciar um caráter e inspirar para sempre a desconfiança.

Como sempre, eu estava olhando para a senhorita de Stermaria, agora mais facilmente enquanto o pai se afastara para conversar com o bâtonnier. A singularidade atrevida e sempre bela de suas atitudes, como quando, com os dois cotovelos postos sobre a mesa, ela levantava o copo acima dos antebraços, a secura de um olhar que logo se esgotava, a dureza profunda, familiar, que se sentia no fundo de sua voz, mal encoberta sob suas inflexões pessoais, e que chocara minha avó, uma espécie de tranca de segurança atávica a que voltava assim que, num olhar ou numa entonação, acabava de expressar um pensamento próprio — tudo isso levava quem a observasse a pensar na linhagem que lhe legara essa insuficiência de simpatia humana, lacunas de sensibilidade, uma ausência de amplitude na personalidade que a todo momento fazia falta. Mas em

— 260 —

certos olhares que cruzavam um instante o fundo tão rapidamente seco de sua pupila e em que se sentia essa doçura quase humilde que o gosto predominante dos prazeres sensuais confere à mais orgulhosa mulher, a qual um dia só reconhecerá um prestígio, aquele que lhe proporciona qualquer criatura que possa fazê-la senti-los, seja um ator ou um saltimbanco pelo qual um dia talvez abandone o marido; num certo tom de pele, de um rosa sensual e vivo que desabrochava em suas faces pálidas, tal o que imprimia o seu encarnado no coração das ninfeias brancas do Vivonne, parecia-me sentir que ela teria facilmente me permitido procurar o gosto por essa vida tão poética que levava na Bretanha, vida a que, fosse por excesso de hábito, fosse por distinção inata, fosse por repugnância à pobreza ou à avareza dos seus, não aparentava dar grande valor mas que mantinha aprisionada em seu corpo. Na mísera reserva de vontade que lhe fora transmitida e dava à sua expressão algo de covardia, talvez ela não tivesse encontrado os recursos de uma resistência. E o chapéu de feltro cinza encimado por uma pena um pouco fora de moda e pretensiosa, que ela usava invariavelmente em toda refeição, tornava-a para mim mais doce, não porque se harmonizava com sua pele cor de prata ou rosa, mas porque, ao me fazer supor que era pobre, aproximava-a de mim. Obrigada a uma atitude convencional pela presença do pai, mas já aplicando à percepção e à classificação das pessoas diante dela princípios diferentes dos dele, talvez visse em mim não a posição insignificante, mas o sexo e a idade. Se um dia o senhor de Stermaria tivesse saído sem ela, sobretudo se madame de Villeparisis, chegando a sentar-se à nossa mesa, lhe tivesse dado de nós uma opinião que me encorajasse a me aproximar, talvez pudéssemos ter trocado umas palavras, marcado um encontro, nos relacionado mais. E, num mês em que ela estivesse sozinha sem os pais em seu castelo romanesco, talvez tivéssemos podido passear sozinhos à noite, nós dois, no crepúsculo em que luziriam mais suavemente acima da água escurecida as flores cor-de-rosa das charnecas, sob os carvalhos fustigados pelo marulho das ondas. Juntos, teríamos percorrido aquela ilha para mim marcada de tanto encanto porque encerrara a vida costumeira da senhorita de Stermaria e repousava na memória de seus olhos. Pois imaginava que só a teria de fato possuído ali, depois de atravessar aqueles lugares que a envolviam com tantas lembranças — véu que meu desejo queria arrancar, desses que a natureza põe entre a mulher e algumas criaturas (na mesma intenção que a leva a pôr o ato da reprodução entre as pessoas e o mais profundo prazer, e, entre os insetos e o néctar, o pólen que devem transportar) a fim de que, enganadas pela ilusão de possuí-la assim de modo mais completo, sejam forçadas a apoderar-se primeiro das paisagens que a cercam e que, mais úteis para sua imaginação que o prazer sensual, não bastariam, porém, para atraí-las se não fosse esse prazer.

Mas tive de desviar meus olhares da senhorita de Stermaria, pois seu pai, já considerando por certo que conhecer uma personalidade importante era um ato curioso e breve que bastava por si mesmo e que, para atingir todo o interesse que comportava, exigia apenas um aperto de mão e um olhar penetrante sem conversa imediata nem relações posteriores, se despedira do bâtonnier e retornava para sentar-se na frente dela, esfregando as mãos como um homem que acaba de fazer uma preciosa aquisição. Quanto ao bâtonnier, passada a primeira emoção dessa entrevista, ouviam-no de vez em quando, como nos outros dias, dirigir a palavra ao maître d'hôtel:

"Mas eu não sou rei, Aimé; vá para perto do rei, ora essa… Diga-me, Presidente, estão com jeito de muito boas essas trutazinhas aí, vamos pedi-las a Aimé. Aimé, parece-me perfeitamente recomendável esse peixinho que tem ali: você nos traga as trutas, Aimé, e à farta."

Repetia o tempo todo o nome de Aimé, o que fazia com que, quando tinha alguém para jantar, seu convidado lhe dizia: "Vejo que está perfeitamente à vontade na casa", e julgava que também devia pronunciar constantemente "Aimé" por essa predisposição, em que entram ao mesmo tempo timidez, vulgaridade e tolice, de certas pessoas para acreditar que é espirituoso e elegante imitar ao pé da letra as pessoas com quem se encontram. Repetia-o sem parar, mas com um sorriso, pois fazia questão de exibir a um só tempo suas boas relações com o maître d'hôtel e sua superioridade sobre ele. E toda vez que seu nome ressurgia, o maître d'hôtel também sorria com ar enternecido e orgulhoso, mostrando que se sentia honrado e compreendia a brincadeira.

Por mais intimidantes que sempre fossem para mim as refeições naquele vasto restaurante, habitualmente lotado, do Grand-Hôtel, elas eram mais ainda quando vinha passar alguns dias o proprietário (ou diretor-geral eleito por uma sociedade de acionistas, não sei) não apenas daquele hotel de luxo mas de outros sete ou oito, situados nos quatro cantos da França, e onde, pulando de um para outro, ele ia passar uma semana de vez em quando. Então, quase no início do jantar, aparecia toda noite à porta da sala aquele homem baixinho, de cabelos brancos, nariz vermelho, de uma impassibilidade e de uma correção extraordinárias e que era conhecido, parece, tanto em Londres como em Monte Carlo como um dos primeiros hoteleiros da Europa. Uma vez que eu tinha saído um instante no início do jantar, passei, na volta, na frente dele, que me cumprimentou, mas com uma frieza cuja causa não consegui esclarecer se era a reserva de alguém que não esquece quem ele é ou o desprezo por um hóspede sem importância. Diante dos que, ao contrário, tinham importância, e muito grande, o Diretor-Geral inclinava-se com igual frieza porém mais profundamente, com pálpebras abaixadas por uma espécie de respeito pudico, como se tivesse à sua frente, num enterro, o pai da falecida ou o Santo Sacramento. A não ser por esses cumprimentos frios e raros, não fazia um gesto, como para mostrar que seus olhos faiscantes, que pareciam lhe sair do rosto, viam tudo, resolviam tudo, garantiam ao "Jantar no Grand-Hôtel" tanto a perfeição dos detalhes como a harmonia do conjunto. Evidentemente, sentia-se mais que o encenador, mais que o maestro, um verdadeiro generalíssimo. Julgando que uma contemplação levada ao máximo de sua intensidade bastava para se assegurar de que tudo estava pronto, de que nenhum erro cometido podia provocar o desastre, e para assumir enfim suas responsabilidades, abstinha-se não só de qualquer gesto, como até de mexer os olhos, petrificados pela atenção, que abarcavam e dirigiam o conjunto das operações. Eu sentia que nem os movimentos de minha colher lhe escapavam, e ainda que se eclipsasse logo depois da sopa, por todo o jantar a revista que acabava de passar me cortara o apetite. O dele era muito bom, como se podia ver no almoço que comia como um simples particular, na mesma hora que todos, na sala de jantar. Sua mesa só tinha uma peculiaridade, é que ao lado, enquanto comia, o outro diretor, o habitual, ficava o tempo todo em pé, conversando com ele. Pois sendo o subordinado do diretor-geral, procurava lisonjeá-lo e tinha muito medo dele. O meu era menor durante esses almoços, pois perdido então no meio dos hóspedes ele exibia a discrição de um general sentado num restaurante em que também se encontram soldados e que finge não parecer ocupar-se deles. No entanto, quando o porteiro, cercado de seus "grooms", anunciava: "Amanhã de manhã ele parte para Dinard. De lá vai a Biarritz e depois a Cannes", eu respirava mais livremente.

Minha vida no hotel tornara-se não só triste porque lá não tinha amizades, como incômoda, porque Françoise criara várias. Pode parecer que elas deveriam nos facilitar muitas coisas. Era exatamente o contrário. Os proletários, se Françoise tinha alguma dificuldade em tratá-los como pessoas que conhecia e só conseguiam sê-lo mediante certas condições de grande cortesia com ela, quando o conseguiam eram, em compensação, as únicas pessoas que contavam. Seu velho código ensinava-lhe que ela não tinha nenhuma obrigação com os amigos de seus patrões, que podia, se estivesse apressada, mandar passear uma senhora vinda para ver minha avó. Mas quanto às suas relações, isto é, com as raras pessoas do povo admitidas por sua difícil amizade, o protocolo mais sutil e mais absoluto regulava seus atos. Assim, tendo conhecido o preparador de café e uma camareirazinha que fazia vestidos para uma senhora belga, Françoise já não subia para arrumar os pertences de minha avó logo depois do almoço, mas só uma hora mais tarde, porque o moço do café queria lhe fazer um café ou uma tisana na cafeteria, e a camareira lhe pedia para ir vê-la costurar, e porque recusar-lhes teria sido impossível, era dessas coisas que não se fazem. Aliás, atenções especiais eram devidas à camareirazinha, órfã criada por estrangeiros com quem ia às vezes passar uns dias. Essa situação estimulava a piedade de Françoise e também seu bondoso desprezo. Ela, que tinha família, uma casinha que lhe vinha dos pais e onde seu irmão criava umas vacas, não podia considerar como sua igual uma abandonada. E como essa mocinha esperava o dia 15 de agosto para ir ver seus benfeitores, Françoise não podia se controlar e repetia: "Ela me dá vontade de rir. Diz: espero ir à minha casa para o 15 de agosto. 'Minha casa', é o que ela diz! Não é nem sequer a terra dela, são pessoas que a recolheram, e vem dizer 'minha casa' como se fosse de verdade a casa dela. Coitadinha! Que desgraça que deve ser para que não saiba nem o que é ter uma casa dela". Mas se ainda Françoise tivesse se relacionado só com camareiras trazidas por clientes, as quais jantavam com ela nas "salas da criadagem" e, diante de sua bela touca de rendas e seu delicado perfil, a confundissem talvez com alguma senhora nobre, reduzida pelas circunstâncias ou levada pela dedicação a servir de dama de companhia à minha avó, em suma, se Françoise só tivesse conhecido pessoas que não fossem do hotel, o mal não teria sido grande, porque ela não as teria impedido de nos servirem para alguma coisa, pela razão de que em nenhum caso, e mesmo se não as conhecesse, poderiam nos servir para algo. Mas ela também se relacionara com um encarregado dos vinhos, com um moço da cozinha, com uma governanta de andar. E o resultado disso para nossa vida diária foi que Françoise, que no dia da chegada, quando ainda não conhecia ninguém, tocava a campainha a torto e a direito para a menor coisa, em horas em que minha avó e eu não teríamos ousado fazê-lo, e se lhe fazíamos uma ligeira observação respondia: "Mas pagamos bastante caro por isso", como se ela mesma pagasse, agora que era amiga de uma personalidade da cozinha, o que nos parecera de bom augúrio para nossa comodidade, se minha avó ou eu estávamos com frio nos pés, Françoise, embora fosse numa hora perfeitamente normal, não ousava chamar; garantia que isso seria malvisto porque obrigaria a acender o fogo de novo ou porque atrapalharia o jantar dos domésticos, que ficariam zangados. E acabava com uma frase que, apesar da maneira insegura como a pronunciava, ainda assim era clara e não nos dava razão: "O fato é que...". Não insistíamos, temendo que nos infligisse uma bem mais grave: "Motivo não falta!...". De modo que, resumindo, não podíamos mais ter água quente porque Françoise se tornara amiga de quem a punha para esquentar.

No final, também travamos uma amizade, apesar de minha avó mas por intermédio dela, pois certa manhã ela e madame de Villeparisis toparam uma com a outra numa porta e foram obrigadas a se falar, não sem antes trocarem gestos de surpresa, de hesitação, executarem movimentos de recuo, dúvida e, enfim, exclamações de cortesia e de alegria como em certas peças de Molière em que dois atores monologando há muito tempo, cada um de seu lado e a alguns passos um do outro, supostamente ainda não se viram e de repente se veem, não conseguem acreditar em seus olhos, entrecortam suas frases, finalmente falam ao mesmo tempo, com o coro acompanhando o diálogo, e jogam-se nos braços um do outro. Madame de Villeparisis, por discrição, quis no instante seguinte separar-se de minha avó que, ao contrário, preferiu retê-la até o almoço, desejando saber como fazia para obter seu correio mais cedo que nós e para conseguir bons grelhados (pois madame de Villeparisis, um bom garfo, apreciava muito pouco a cozinha do hotel onde nos serviam refeições que minha avó, sempre citando madame de Sévigné, pretendia ser "de uma magnificência de se morrer de fome"). E a marquesa pegou o costume de ir todos os dias, esperando que a servissem, sentar-se um instante perto de nós na sala de jantar, sem permitir que nos levantássemos, que nos incomodássemos nem um pouco que fosse. Quando muito, costumávamos nos demorar conversando com ela quando nosso almoço terminava, nesse momento sórdido em que as facas ainda estão ali em cima da mesa ao lado dos guardanapos amassados. De meu lado, a fim de conservar, para poder gostar de Balbec, a ideia de que estava na ponta extrema da terra, esforçava-me para olhar mais longe, para ver apenas o mar, para ali procurar os efeitos descritos por Baudelaire e só deixar cair meus olhos sobre nossa mesa nos dias em que se servia algum peixe imenso, monstro marinho, que ao contrário das facas e dos garfos era contemporâneo das épocas primitivas em que a vida começava a afluir ao Oceano, no tempo dos cimérios, e cujo corpo de inúmeras vértebras, nervos azuis e rosa, fora construído pela natureza mas conforme um plano arquitetônico, como uma policromada catedral do mar.

Assim como um barbeiro que, ao ver um oficial que ele atende com especial consideração reconhecer um cliente que acaba de entrar e com ele puxar dois dedos de prosa, se alegra por entender que são do mesmo mundo, e não pode deixar de sorrir ao ir buscar a tigela de sabão, pois sabe que em seu estabelecimento se acrescentam às tarefas vulgares de simples salão de barbeiro os prazeres sociais, quiçá aristocráticos, assim também Aimé, ao ver que madame de Villeparisis reencontrara em nós relações antigas, foi buscar nossas tacinhas de lavanda com o mesmo sorriso orgulhosamente modesto e sabiamente discreto da dona de casa que sabe se retirar na hora certa. Dir-se-ia também um pai feliz e enternecido que protege, sem perturbá-la, a felicidade de noivos que se conheceram em sua mesa. Aliás, bastava que se pronunciasse o nome da pessoa com algum título para que Aimé parecesse feliz, ao contrário de Françoise, perante quem não se podia dizer "o conde fulano" sem que seu rosto ficasse sombrio e suas palavras se tornassem secas e breves, o que significava que ela estimava a nobreza, não menos do que Aimé, e sim mais. Além disso, Françoise tinha a qualidade que julgava nos outros o maior dos defeitos: era orgulhosa. Não era da raça agradável e bonachona de que Aimé fazia parte. Estes sentem, estes manifestam um profundo prazer quando lhes contam um fato mais ou menos picante mas inédito, que não está no jornal. Françoise jamais queria fazer ares de espanto. Se dissessem diante dela que o arquiduque Rodolfo,* de cuja existência nunca suspeitara, estava, não morto, como se dava por certo, mas vivo, ela teria respondido "Sim", como se soubesse desde muito tempo. Aliás, é de crer que se não podia ouvir, nem mesmo de nossa boca, de nós, a quem chamava tão humildemente de seus patrões e que a haviam quase totalmente domesticado, o nome de um nobre sem ter de reprimir um gesto de raiva, devia ser porque sua família gozava em sua aldeia de uma posição abastada, independente, e essa consideração só parecia ser perturbada pelos nobres, em cuja casa, ao contrário, um Aimé servira desde pequeno como doméstico, se é que lá não tivesse sido criado por caridade. Portanto, para Françoise madame de Villeparisis tinha que pedir desculpas por ser nobre. Mas pelo menos na França, o talento é justamente a única ocupação dos grandes senhores e das grandes damas. Françoise, obedecendo à tendência dos domésticos que colhem incessantemente sobre as amizades de seus patrões com outras pessoas observações fragmentárias de que tiram às vezes induções erradas — como fazem os humanos sobre a vida dos animais —, achava a todo momento que alguém estava "em falta" conosco, conclusão a que a levavam facilmente, por sinal, tanto seu amor excessivo por nós como o prazer que tinha em nos ser desagradável. Mas tendo verificado, sem erro possível, as mil atenções com que nos cercava e a ela mesma madame de Villeparisis, Françoise a desculpou por ser marquesa e, como jamais deixara de lhe ser grata por sê-lo, preferiu-a a todas as pessoas que conhecíamos. É que também nenhuma se esforçava tanto para ser continuamente amável. Sempre que minha avó reparava num livro que madame de Villeparisis lia, ou dizia ter achado bonitas as frutas que ela recebera de uma amiga, uma hora depois um criado de quarto subia para

---

* Alusão à morte misteriosa do arquiduque Rodolfo, filho único do imperador da Áustria, em 1889, no pavilhão de caça de Mayerling, onde estava com sua amante.

nos entregar livro ou frutas. E quando a víamos em seguida, para retribuir os nossos agradecimentos ela se contentava em dizer, com ares de buscar uma desculpa para dar ao presente alguma utilidade especial: "Não é uma obra-prima, mas os jornais chegam tão tarde, é preciso ter alguma coisa para ler", ou: "É sempre mais prudente ter fruta segura quando se está à beira-mar".

"Mas acho que nunca comem ostras", nos disse madame de Ville-parisis (aumentando certo enjoo que eu sentia àquela hora, pois a carne viva das ostras me repugnava ainda mais do que a viscosidade das medusas que me obscureciam a praia de Balbec); "elas são de-liciosas neste litoral! Ah! Direi à minha camareira para ir pegar as suas cartas ao mesmo tempo que as minhas. Mas como, sua filha lhe escreve *todos os dias*? E o que encontram para se dizer?". Minha avó se calou, mas pode-se pensar que foi por desdém, ela que repetia para mamãe as palavras de madame de Sévigné: "Assim que recebia uma carta, eu queria outra logo em seguida, só respiro para recebê-las. Poucas pessoas são dignas de compreender o que sinto". E eu te-mia que ela aplicasse a madame de Villeparisis a conclusão: "Procu-ro os que se incluem nessa minoria e evito os outros".* Ela mudou de assunto e elogiou as frutas que madame de Villeparisis nos manda-ra levar na véspera. E eram, de fato, tão bonitas que o diretor, apesar do ciúme de suas compoteiras desprezadas, me dissera: "Sou como o senhor, sou mais guloso com fruta do que com qualquer outra sobremesa". Minha avó disse à amiga que as apreciara mais ainda porque as servidas no hotel eram geralmente detestáveis. "Não pos-so, acrescentou, dizer como madame de Sévigné que se quiséssemos por fantasia encontrar uma fruta ruim seríamos obrigados a mandá-la vir de Paris. — Ah, sim, está lendo madame de Sévigné. Vejo-a desde o primeiro dia com as suas *Cartas* (ela esquecia que jamais tinha visto minha avó no hotel antes de encontrá-la naquela porta). Acaso não acha que é um pouco exagerada essa preocupação cons-tante que ela tem com a filha, de quem fala tanto para que seja de fato sincera? Falta-lhe naturalidade." Minha avó achou a discussão inútil e, para evitar que tivesse de falar de coisas que lhe agradavam

---

* A primeira frase é de uma carta a madame de Grignan de 18 de fevereiro de 1671, a segunda, de uma carta à mesma destinatária, de 11 de fevereiro de 1671, assim como a conclusão.

diante de alguém incapaz de compreendê-las, escondeu, pondo sua bolsa em cima, as *Memórias* de madame de Beausergent.

Quando madame de Villeparisis encontrava Françoise no momento (que esta chamava "o meio-dia") em que, usando uma bela touca e cercada de consideração geral, ela descia para "comer no refeitório da criadagem", a marquesa a detinha para lhe pedir notícias nossas. E Françoise, ao nos transmitir os recados da marquesa: "Ela disse: Dê-lhes o meu bom-dia", imitava a voz de madame de Villeparisis cujas palavras imaginava citar textualmente, sem deformá-las como Platão as de Sócrates ou são João as de Jesus. Françoise ficava naturalmente muito sensibilizada com essas atenções. Não acreditava em minha avó quando ela assegurava que madame de Villeparisis fora, outrora, uma mulher deslumbrante, e no máximo pensava que minha avó mentia por interesse de classe, pois os ricos se apoiam uns nos outros. É verdade que só subsistiam restos bem tênues com que não se poderia, senão sendo mais artista que Françoise, restituir a beleza destruída. Pois para entender quão bonita pode ter sido uma mulher velha, não basta somente olhar, mas traduzir cada feição.

"Terei de pensar hora dessas em lhe perguntar se me equivoco ou se ela não tem algum parentesco com os Guermantes", disse minha avó, provocando com isso minha indignação. Como eu poderia ter pensado numa comunidade de origem entre dois nomes que haviam entrado em mim, um pela porta baixa e vergonhosa da experiência, outro pela porta de ouro da imaginação?

Fazia alguns dias que costumávamos ver passar, em pomposo aparato, alta, ruiva, bela, com um nariz um pouco avantajado, a princesa de Luxemburgo, que estava em vilegiatura por algumas semanas na região. Sua caleça parara na frente do hotel, um lacaio fora falar com o diretor, retornara para o carro e trouxera frutas maravilhosas (que juntavam num só cesto, como a própria baía, diversas estações do ano) com um cartão: "Princesa de Luxemburgo", onde estavam escritas a lápis umas palavras. A qual viajante principesco ali incógnito podiam se destinar aquelas ameixas glaucas, luminosas e esféricas como era naquele momento a redondeza do mar, aquelas uvas transparentes suspensas no galho seco como um claro dia de outono, aquelas peras de um ultramar celeste? Pois não havia de ser à amiga de minha avó que a princesa queria fazer uma visita.

Porém, no dia seguinte à noite madame de Villeparisis nos enviou o cacho de uvas fresco e dourado e ameixas e peras que também reconhecemos, embora as ameixas tivessem passado, como o mar na hora de nosso jantar, ao malva e no ultramar das peras flutuassem algumas formas de nuvens rosadas. Dias depois, reencontramos madame de Villeparisis saindo do concerto sinfônico que se realizava de manhã na praia. Convencido de que as obras que eu ouvia (o prelúdio de *Lohengrin*, a abertura de *Tannhäuser* etc.) expressavam as verdades mais elevadas, eu tentava me elevar tanto quanto podia para alcançá-las, tirava de mim para compreendê-las, entregava-lhes tudo o que então guardava em mim de melhor, de mais profundo.

Ora, ao sair do concerto, quando retomamos o caminho do hotel e paramos um instante no dique, minha avó e eu, para trocar umas palavras com madame de Villeparisis, que nos anunciava que encomendara para nós, no hotel, uns "croque-monsieur" e ovos com creme, vi de longe vindo em nossa direção a princesa de Luxemburgo, semiapoiada na sombrinha de modo a imprimir a seu corpo alto e maravilhoso essa leve inclinação, a fazê-lo desenhar esse arabesco tão caro às mulheres que tinham sido belas na época do Império e sabiam, de ombros caídos, costas retas, quadris encolhidos e perna esticada, fazer o corpo flutuar molemente como um lenço de seda em torno da armadura de uma haste inflexível e oblíqua que o tivesse atravessado. Ela saía todas as manhãs para dar uma volta na praia quase na hora em que todos, depois do banho, subiam para o almoço, e como o seu era somente à uma e meia, voltava para sua residência muito tempo depois que os banhistas deixavam o dique deserto e escaldante. Madame de Villeparisis apresentou minha avó, quis me apresentar, mas teve de perguntar meu nome, pois não se lembrava. Talvez jamais o tivesse sabido, ou em todo caso esquecera havia muitos anos com quem minha avó casara a filha. Pelo visto, esse nome pareceu causar profunda impressão em madame de Villeparisis. Porém, a princesa de Luxemburgo nos estendera a mão e, de vez em quando, enquanto conversava com a marquesa virava-se para pousar olhares suaves em minha avó e em mim, com aquele embrião de beijo que se acrescenta ao sorriso quando dirigido a um bebê com sua ama. Mesmo em seu desejo de não dar a impressão de que se punha em esfera superior à nossa, com certeza calculara mal a distância, pois, por erro de cálculo, seus olhares se impregnaram

— 270 —

de tamanha bondade que vi se aproximar o momento em que nos faria festinha com a mão, como a dois bichos simpáticos que teriam passado a cabeça em sua direção, pelas grades de uma jaula, no Jardin d'Acclimatation. Por sinal, logo essa ideia de animais e de Bois de Boulogne tomou mais consistência para mim. Era a hora em que percorriam o dique vendedores ambulantes que, aos berros, vendem bolos, balas, pãezinhos. Não sabendo o que fazer para nos manifestar sua benevolência, a princesa parou o primeiro que passou; ele só tinha um pão de centeio, desses que se jogam aos patos. A princesa o pegou e me disse: "É para a sua avó". Porém, foi a mim que o entregou, dizendo-me com um fino sorriso: "Você mesmo o entregará", pensando que assim meu prazer seria mais completo se não houvesse intermediários entre mim e os bichos. Outros vendedores se aproximaram, ela encheu meus bolsos de tudo o que tinham, pacotes já embrulhados, canudinhos, babás ao rum e pirulitos. Disse-me: "Você vai comê-los e dizer à sua avó para fazer o mesmo", e mandou o negrinho vestido de cetim vermelho que a seguia por todo lado e que era o espanto da praia pagar aos vendedores. Depois deu adeusinho a madame de Villeparisis e nos estendeu a mão com a intenção de nos tratar da mesma maneira que sua amiga, como íntimos, e de se pôr à nossa altura. Mas, dessa vez, sem dúvida pôs nosso nível um pouco mais alto na escala dos seres, pois sua igualdade conosco foi notificada pela princesa à minha avó por meio desse sorriso terno e maternal que se dirige a um garoto a quem se dá adeusinho como a um adulto. Por um maravilhoso progresso da evolução, minha avó não era mais um pato ou um antílope, mas um "baby", como teria dito madame Swann. Afinal, tendo nos deixado, a princesa retomou seu passeio pelo dique ensolarado curvando sua magnífica estatura que, como uma serpente em torno de uma varinha, enroscava-se na sombrinha branca estampada de azul que madame de Luxemburgo carregava fechada. Era minha primeira alteza, digo a primeira porque a princesa Mathilde não era nada alteza em suas maneiras. A segunda, veremos mais tarde, iria igualmente surpreender-me por sua afabilidade. Uma forma de amabilidade dos aristocratas, intermediários benévolos entre os soberanos e os burgueses, me foi ensinada no dia seguinte quando madame de Villeparisis nos disse: "Ela os achou um encanto. É uma mulher de muito tino, de grande coração. Não é como tantas soberanas ou altezas. Tem um verdadei-

— 271 —

ro valor". E madame de Villeparisis acrescentou com ar convicto, e muito contente de poder nos dizer: "Acho que ficaria encantada se pudesse revê-los".

Mas nessa mesma manhã, ao deixar a princesa de Luxemburgo, madame de Villeparisis me disse uma coisa que me impressionou mais ainda e que não tinha a ver com a amabilidade.

"Acaso você é o filho do diretor do ministério?, perguntou-me. Ah! Disseram-me que seu pai é um homem encantador. Está fazendo agora uma viagem muito bonita."

Alguns dias antes tínhamos sabido por uma carta de Mamãe que meu pai e seu companheiro, o senhor de Norpois, haviam perdido as bagagens.

"Elas foram encontradas, ou melhor, nunca foram perdidas, foi isso que aconteceu", disse-nos madame de Villeparisis, que, sem que soubéssemos como, parecia muito mais informada que nós sobre os pormenores da viagem. "Creio que seu pai antecipará a volta para a próxima semana, pois provavelmente desistirá de ir a Algeciras. Mas tem vontade de dedicar um dia a mais a Toledo, já que é admirador de um aluno de Ticiano, não lembro o nome, e que só lá se pode apreciar bem."*

E eu me perguntava por qual acaso, na luneta indiferente pela qual madame de Villeparisis considerava de bastante longe a agitação sumária, minúscula e vaga da multidão de pessoas que conhecia, havia intercalado, no ponto em que focava meu pai, um pedaço de vidro prodigiosamente ampliador que a fazia ver com tanto relevo e nos mínimos detalhes tudo o que havia de agradável, as contingências que o forçavam a retornar, seus aborrecimentos com a alfândega, seu gosto por El Greco, e, mudando para ela a escala de sua visão, lhe mostrava só aquele homem tão alto no meio dos outros bem pequenos, como aquele Júpiter a quem Gustave Moreau deu, quando o pintou ao lado de uma frágil mortal, uma estatura mais que humana.**

---

* El Greco trabalhou até cerca dos trinta anos entre os próximos de Ticiano. Foi em 1576 que se instalou em Toledo, onde estão suas obras mais conhecidas.
** Alusão ao quadro *Júpiter e Sêmele* (1896). Em carta a Robert de Montes-quiou, de 27 de abril de 1905, Proust fala desse "Júpiter quatro vezes o tamanho natural" (M. Proust, *Correspondance*, t. v, p. 115).

Minha avó despediu-se de madame de Villeparisis para que pudéssemos ficar mais um pouco ao ar livre na frente do hotel, esperando que pela vidraça nos fizessem sinal de que nosso almoço estava servido. Ouvimos um alvoroço. Era a jovem amante do rei dos selvagens, que acabava de tomar seu banho e voltava para o almoço.

"Realmente, é um flagelo, é para se deixar a França", exclamou raivoso o bâtonnier que passava neste momento.

Enquanto isso, a mulher do tabelião pregava olhos arregalados na falsa soberana.

"Não consigo lhes dizer como madame Blandais me irrita ao olhar assim para essas pessoas, disse o bâtonnier ao presidente. Gostaria de poder lhe dar um tabefe. É assim que se dá importância a essa escumalha que naturalmente só quer isso mesmo, que a gente se preocupe com ela. Pois que diga logo ao seu marido que isso é ridículo; eu não saio mais com eles se ficarem dando atenção aos mascarados."

Quanto à vinda da princesa de Luxemburgo, cuja equipagem no dia em que trouxera frutas parara na frente do hotel, ela não escapara ao grupo da mulher do tabelião, do bâtonnier e do presidente do tribunal, já havia algum tempo muito excitados para saber se era uma marquesa autêntica e não uma aventureira como aquela madame de Villeparisis tratada com tantas atenções, e que todas aquelas damas morriam de vontade de saber se ela era indigna. Quando madame de Villeparisis atravessava o hall, a mulher do presidente do tribunal, que farejava irregularidades por toda parte, levantava o nariz de seu trabalho manual e olhava para ela de um jeito que fazia as amigas morrerem de rir.

"Ah! Eu, sabem, dizia com orgulho, começo sempre por pensar mal. Só consinto em admitir que uma mulher é casada de verdade quando me desencavaram as certidões de nascimento e a papelada dos cartórios. Aliás, não tenham receio, vou proceder à minha pequena investigação."

E diariamente aquelas senhoras acorriam, rindo.

"Viemos saber das novidades."

Mas na noite da visita da princesa de Luxemburgo a mulher do presidente do tribunal levou um dedo à boca.

"Há novidades.

— Ah! Ela é extraordinária, madame Poncin! Nunca vi... Mas diga, o que é que há?

— Pois bem, o que há é que uma mulher de cabelo amarelo, uma crosta de ruge na cara, um carro que cheirava a prostituta a uma légua, um desses que só essas senhoritas têm, veio há pouco ver a pretensa marquesa.

— Uii, aii, uuui! Caramba! Ora, vejam só isso! Mas é aquela dama que vimos, lembra-se, senhor bâtonnier? Bem que achamos que tinha muito má aparência, mas não sabíamos que tinha vindo por causa da marquesa. Uma mulher com um negro, não é?

— É isso mesmo.

— Ah! Ora vejam só. Não sabe o nome dela?

— Sei, fiz de conta que me enganava, peguei o cartão dela, que tem como nome de guerra princesa de Luxemburgo! Razão tinha eu de desconfiar! Muito agradável ter aqui uma promiscuidade com essa espécie de baronesa d'Ange."* O bâtonnier citou Mathurin Régnier e *Macette*** ao presidente do tribunal.

Aliás, não se deve crer que esse mal-entendido foi momentâneo como os que se formam no segundo ato de um vaudeville para se desfazer no último. Madame de Luxemburgo, sobrinha do rei da Inglaterra e do imperador da Áustria, e madame de Villeparisis sempre pareceram, quando a primeira vinha buscar a segunda para passearem de carro, duas doidivanas da espécie dessas de que dificilmente a gente se livra nas estações balneárias. Três quartas partes dos homens do Faubourg Saint-Germain passam, aos olhos de boa parte da burguesia, por arruinados depravados (o que, por sinal, às vezes são, individualmente) e que, por conseguinte, ninguém recebe. Nisso a burguesia é honesta demais, pois seus vícios não os impediriam de jeito nenhum de serem recebidos com a maior simpatia ali onde ela jamais será. E de tal maneira imaginam que a burguesia sabe disso que fingem uma simplicidade no que lhes diz respeito e um menosprezo por seus amigos especialmente "sem um tostão", o que agrava o mal-entendido. Se por acaso um homem da alta sociedade e extremamente rico convive com a pequena burguesia porque lhe acontece de assumir a presidência das mais importantes sociedades finan-

---

* A baronesa d'Ange é o nome escolhido por Suzanne, heroína da comédia *Le Demi-monde*, de Alexandre Dumas Filho (1855).

** É esse o título geralmente atribuído à sátira xiii de Mathurin Régnier (1573-1613), em que Macette é uma cafetina que na velhice imita a santa pecadora.

ceiras, a burguesia, que vê enfim um nobre digno de ser um grande burguês, juraria que ele não convive com o marquês jogador e arruinado a quem considera tanto mais desprovido de relações quanto é mais amável. E custa crer quando o duque, presidente do conselho de administração do colossal Negócio, dá a seu filho como esposa a filha do marquês jogador mas cujo sobrenome é o mais antigo da França, assim como um soberano preferirá que seu filho despose a filha de um rei destronado à de um presidente da República em exercício. Isto quer dizer que os dois mundos têm um do outro uma visão tão quimérica como os habitantes de uma praia situada numa das extremidades da baía de Balbec têm da praia situada na outra ponta: de Rivebelle vê-se um pouco Marcouville l'Orgueilleuse; mas até isso engana, pois acreditamos ser vistos de Marcouville de onde, ao contrário, os esplendores de Rivebelle são em grande parte invisíveis.

Quando o médico de Balbec, chamado para um acesso de febre que eu tivera, considerou que eu não deveria ficar o dia inteiro à beira do mar, em pleno sol, nos momentos de mais calor, e prescreveu para mim umas receitas farmacêuticas, minha avó pegou as receitas com um respeito aparente em que reconheci de imediato sua firme decisão de não mandar aviar nenhuma, mas levou em conta o conselho em matéria de higiene e aceitou o oferecimento de madame de Villeparisis de fazer conosco uns passeios de carro. Eu ia e vinha, até a hora do almoço, do meu quarto ao da minha avó. Ele não dava diretamente para o mar como o meu, mas recebia a luz do dia de três lados diferentes: de um canto do dique, de um pátio e do campo, e era mobiliado de outra maneira, com poltronas bordadas de filigranas metálicas e flores cor-de-rosa de onde parecia emanar o cheiro agradável e fresco que se encontrava ao entrar. E a essa hora em que os raios vindos de exposições e como que de horas diferentes, quebravam as quinas do muro, ao lado de um reflexo da praia, punham sobre a cômoda um ostensório furta-cor como as flores do caminho, penduravam na parede as asas dobradas, trêmulas e tépidas de uma claridade prestes a retomar seu voo, aqueciam como um banho um retângulo de tapete de província defronte da janela do patiozinho que o sol engalanava como uma vinha, aumentavam o encanto e a complexidade da decoração do mobiliário parecendo exfoliar a seda florida das poltronas e destacar sua passamanaria, aquele quarto que eu atravessava um instante antes de ir me vestir para o passeio aparentava um prisma em que se decompunham as cores da luz de fora, uma colmeia em que os sumos do dia que eu ia saborear eram dissociados, esparsos, inebriantes e visíveis, um jardim de esperança que se dissolvia numa palpitação de raios de prata e de pétalas de rosa. Mas antes de mais nada eu abrira as minhas cortinas na impaciência de saber qual era o Mar que brincava naquela manhã na beira da praia, como uma Nereida. Pois nunca um daqueles Mares durava mais de um dia. No dia seguinte havia outro que, às vezes, se lhe assemelhava. Jamais, porém, vi o mesmo duas vezes.

Havia os que eram de uma beleza tão rara que ao avistá-los meu prazer aumentava ainda mais pela surpresa. Por qual privilégio, em certa manhã mais que em outra, a janela ao se entreabrir revelava a meus olhos maravilhados a ninfa Glaucônome, de quem a preguiçosa beleza e a macia respiração tinham a transparência de uma vaporosa esmeralda através da qual eu via afluir os elementos ponderáveis que a coloriam? Ela fazia o sol brincar com um sorriso enlanguescido por uma bruma invisível que não passava de um espaço vazio reservado em torno de sua superfície translúcida, que se tornava, pois, mais abreviada e mais surpreendente, tal qual essas deusas que o escultor destaca do resto do bloco sem sequer dignar-se a desbastá-lo. Assim, com sua cor única, convidava-nos ao passeio por aquelas estradas grosseiras e terrenas de onde, instalados na caleça de madame de Villeparisis, avistaríamos o dia inteiro, sem jamais alcançá-lo, o frescor de sua macia palpitação.

Madame de Villeparisis mandava atrelar cedo, para que tivéssemos tempo de ir, fosse a Saint-Mars-le-Vêtu, fosse até os rochedos de Quetteholme ou a algum outro ponto da excursão que, para uma carruagem bastante lenta, era muito distante e tomava o dia inteiro. Na minha alegria com o longo passeio que íamos começar, eu cantarolava alguma melodia recentemente ouvida e andava de um lado a outro esperando que madame de Villeparisis estivesse pronta. Se fosse domingo, sua carruagem não era a única defronte do hotel; vários fiacres alugados esperavam, não só os convidados de madame de Cambremer para o castelo de Féterne, como os outros que, em vez de ficar ali como crianças de castigo, declaravam que o domingo era um dia enfadonho em Balbec e partiam logo depois do almoço para se esconder numa praia vizinha ou visitar algum lugar; e até, muitas vezes, quando se perguntava a madame Blandais se tinha

— 276 —

estado com os Cambremer, ela respondia, peremptória: "Não, está-vamos na cascata do Bec", como se essa fosse a única razão para não passar o dia em Féterne. E o bâtonnier dizia, caridosamente:

"Que inveja, bem que eu trocaria com vocês, é muito mais inte-ressante."

Ao lado dos carros, diante do pórtico onde eu esperava, estava plantado como um arbusto de uma espécie rara um jovem groom que chamava a atenção dos nossos olhos tanto pela harmonia sin-gular de seu cabelo avermelhado como por sua epiderme de planta. Dentro, no hall que correspondia ao nártex ou igreja dos catecúme-nos das igrejas românicas, e onde as pessoas que não residiam no hotel tinham o direito de passar, os companheiros do groom "exter-no" não trabalhavam muito mais que ele mas executavam, pelo me-nos, alguns gestos. É provável que de manhã ajudassem na limpeza. Mas à tarde ficavam ali somente como coristas que, mesmo quando não servem para nada, permanecem no palco para aumentar a fi-guração. O diretor-geral, aquele que me dava tanto medo, contava aumentar consideravelmente o número deles no ano seguinte, pois "via em grande". E sua decisão afligia muito o diretor do hotel, que achava que todos aqueles garotos não passavam de "estorvos", que-rendo dizer que atravancavam a passagem e não serviam para nada. Pelo menos entre o almoço e o jantar, entre as saídas e os regres-sos dos hóspedes eles preenchiam o vazio da ação como aquelas alunas de madame de Maintenon que, vestidas de jovens israelitas, dançam um intermezzo toda vez que saem do palco Ester ou Joad.* Mas o groom de fora, com nuances preciosas, porte esguio e frágil, não longe de quem eu esperava que a marquesa descesse, mantinha uma imobilidade a que se somava melancolia, pois seus irmãos mais velhos tinham deixado o hotel para destinos mais brilhantes e ele se sentia isolado naquela terra estrangeira. Finalmente madame de Villeparisis chegou. Cuidar de seu carro e ajudá-la a subir talvez devesse fazer parte das funções do groom. Mas por um lado ele sa-bia que uma pessoa que traz consigo seus serviçais é por eles servida e em geral dá poucas gorjetas num hotel, e, por outro, que os nobres do antigo Faubourg Saint-Germain agem da mesma maneira. Mada-

---

* Em *Esther*, tragédia de Racine, peça escrita para as alunas de madame de Maintenon no colégio de Saint-Cyr.

me de Villeparisis pertencia a um só tempo a essas duas categorias. O groom arbóreo concluía que não tinha nada a esperar da marquesa; deixando o maître d'hôtel e a camareira dela instalarem seus pertences, sonhava tristemente com a sorte invejada de seus irmãos e conservava sua imobilidade vegetal.

Partíamos; algum tempo depois de termos rodeado a estação de trem, entrávamos por uma estrada campestre que logo me ficou tão familiar como as de Combray, desde o cotovelo em que se iniciava entre cercados encantadores até a curva onde a deixávamos, tendo de cada lado terras lavradas. Entre elas via-se aqui e ali uma macieira, é verdade que sem as flores e já com um só ramo de pistilos, mas suficiente para me encantar porque eu reconhecia aquelas folhas inimitáveis cuja ampla superfície, como o tapete de uma festa nupcial agora terminada, fora bem recentemente pisoteada pela cauda de cetim branco das flores avermelhadas.

Quantas vezes em Paris, no mês de maio do ano seguinte, aconteceu-me comprar um ramo de macieira no florista e em seguida passar a noite diante de suas flores em que desabrochava a mesma essência cremosa que ainda polvilhava com sua espuma os brotos das folhas e entre cujas brancas corolas parecia que o vendedor, por generosidade comigo, por gosto inventivo também e contraste engenhoso, tivesse acrescentado de cada lado, como prêmio, um botão rosa que ali ficava tão bem; olhava-as, fazia-as posar à luz do abajur — por tanto tempo que muitas vezes ainda estava ali quando a aurora lhes conferia o mesmo avermelhado que devia estar surgindo em Balbec — e procurava repô-las naquela estrada pela imaginação, multiplicá-las, estendê-las na moldura preparada, na tela já pronta formada por aqueles cercados cujo desenho eu conhecia de cor, e que tanto queria, e um dia conseguiria, rever, quando com a inspiração encantadora do gênio a primavera cobre a talagarça com suas cores.

Antes de subir no carro, eu tinha composto o quadro marinho que ia procurar, que esperava ver com o "sol radiante" e que em Balbec só avistava muito fragmentado entre tantos enclaves vulgares, e que meu sonho não admitia, de banhistas, cabines, iates de recreio. Mas quando o carro de madame de Villeparisis chegava ao alto de uma colina, e eu avistava o mar entre as folhagens das árvores, então, sem dúvida, desapareciam, de tão longe, aqueles detalhes contemporâneos que o haviam posto como que fora da natureza e da

— 278 —

história, e ao olhar as ondas eu podia pensar que eram as mesmas que Leconte de Lisle nos pinta na *Orestíada* quando "tal como um voo de aves de rapina na aurora" os guerreiros peludos da heroica Hélade "com cem mil remos batiam a onda sonora".* Em compensação, já agora estava muito longe do mar, que não me parecia vivo mas imobilizado, já não sentia força sob suas cores estendidas como as de uma pintura entre as folhas onde ele aparecia tão inconsistente como o céu, e apenas mais escuro.

Madame de Villeparisis, vendo que eu gostava das igrejas, me prometia que iríamos ver ora uma, ora outra, e sobretudo a de Carqueville "toda escondida sob sua hera antiga", disse com um gesto de mão que parecia envolver com gosto a fachada ausente numa folhagem invisível e delicada. Madame de Villeparisis costumava ter, com esse pequeno gesto descritivo, uma palavra exata para definir o encanto e a peculiaridade de um monumento, sempre evitando os termos técnicos mas sem conseguir disfarçar que sabia muito bem do que falava. Parecia tentar se desculpar porque como um dos castelos de seu pai, onde fora criada, ficava numa região onde havia igrejas do mesmo estilo que nas redondezas de Balbec, seria vergonhoso que não tivesse tomado gosto pela arquitetura, pois aquele castelo era, aliás, o mais belo exemplar da arquitetura do Renascimento. Mas como também era um verdadeiro museu, como por outro lado ali Chopin e Liszt tinham tocado, Lamartine recitado versos, todos os artistas conhecidos de todo um século escrito pensamentos, melodias, deixado desenhos no álbum familiar, madame de Villeparisis, por amabilidade, boa educação, modéstia real ou falta de espírito filosófico, atribuía apenas a essa origem meramente material o seu conhecimento de todas as artes, e acabava parecendo considerar a pintura, a música, a literatura e a filosofia como o apanágio de uma jovem educada da maneira mais aristocrática num monumento tombado e ilustre. Pelo visto, para ela não havia outros quadros além dos que se herdam. Ficou contente que minha avó gostasse de um colar que usava e que era mais comprido que seu vestido. Ele figurava no retrato de sua bisavó, pintado por Ticiano e que jamais saíra da família. Assim tinha-se certeza de que era um autêntico. Não queria ouvir fa-

---

* Início de *As Erínias*, tragédia antiga de Leconte de Lisle (1873), inspirada na trilogia de Ésquilo.

lar dos quadros comprados sabe-se lá como por um Creso qualquer, pois de antemão estava convencida de que eram falsos e não tinha a menor vontade de vê-los. Sabíamos que ela própria pintava aquarelas de flores, e minha avó, que ouvira elogios a respeito, falou-lhe deles. Madame de Villeparisis mudou de assunto por modéstia, mas sem mostrar mais espanto nem prazer do que uma artista suficientemente conhecida a quem os cumprimentos nada dizem de novo. Contentou-se em dizer que era um passatempo fascinante porque se as flores nascidas do pincel não eram grande coisa, pelo menos pintá-las a fazia viver em companhia das flores naturais, de cuja beleza, sobretudo quando éramos obrigados a olhá-las de mais perto para imitá-las, nunca nos cansávamos. Mas em Balbec madame de Villeparisis tirava umas férias para deixar os olhos descansarem.

Ficamos admirados, minha avó e eu, ao ver como era mais "liberal" do que a maior parte da burguesia. Espantava-se que ficássemos escandalizados com as expulsões dos jesuítas, dizendo que isso sempre se praticara, até sob a monarquia, até na Espanha. Defendia a República, cujo anticlericalismo só criticava nessa medida: "Eu acharia igualmente mau se me impedissem de ir à missa se quisesse ir quanto ser forçada a ir se não quiser!", lançando mesmo certas frases como: "Ah! a nobreza hoje, sabe-se lá o que é!", "Para mim, um homem que não trabalha não vale nada", talvez somente porque sentia como essas frases ficavam em sua boca mordazes, saborosas, memoráveis.

Ouvindo com tanta frequência opiniões avançadas expressas com franqueza — sem chegar, porém, ao socialismo, que era o bicho-papão de madame de Villeparisis — justamente por uma dessas pessoas cujo espírito temos em alta conta, o que leva nossa escrupulosa e tímida imparcialidade a não condenar as ideias dos conservadores, minha avó e eu não estávamos longe de crer que nossa agradável companhia tinha a medida e o modelo da verdade de todas as coisas. Acreditávamos na sua palavra quando ela julgava seus Ticianos, a colunata de seu castelo, o espírito de conversação de Luís Filipe. Mas — como esses eruditos que nos maravilham quando são postos para discorrer sobre pintura egípcia e inscrições etruscas, e que falam de modo tão superficial das obras modernas que nos perguntamos se não exageramos o interesse das ciências em que são versados, já que nelas não aparece a mesma mediocridade que deve, porém, marcar seus estudos simplórios sobre Baudelaire — madame de Villeparisis,

— 280 —

quando eu a interrogava sobre Chateaubriand, sobre Balzac, sobre Victor Hugo, todos recebidos outrora por seus pais e por ela mesma entrevistos, ria de minha admiração, contava a seu respeito chistes mordazes como acabava de fazer com os aristocratas e os políticos, e julgava severamente esses escritores, exatamente porque lhes faltaram essa modéstia, esse retraimento de si, essa arte sóbria que se contenta com um só traço exato e não insiste, e que foge, mais que tudo, ao ridículo da grandiloquência, esse senso de oportunidade, essas qualidades de moderação de julgamento e simplicidade que, lhe haviam ensinado, existe no verdadeiro valor: via-se que ela não hesitava em preferir-lhes homens que talvez possuindo realmente tais qualidades, levassem vantagem sobre um Balzac, um Hugo, um Vigny, num salão, numa academia, num conselho de ministros, Molé, Fontanes, Vitrolles, Bersot, Pasquier, Lebrun, Salvandy ou Daru.*

"É como os romances de Stendhal, que você parece admirar. Você o teria espantado muito falando nesse tom. Meu pai, que o via na

---

* Escritores e políticos que lembram de alguma forma o senhor de Norpois, o qual serviu a vários governos, adaptando-se às circunstâncias políticas e sendo, como dirá adiante a marquesa, homens "de bons modos". O conde Louis--Mathieu Molé (1781-1855) foi ministro do Império Napoleônico, da Restauração, da Monarquia de Julho e primeiro-ministro do rei Luís Filipe; fez parte, segundo Proust, do grupo de escritores que Sainte-Beuve julgaria superiores a Stendhal. Louis de Fontanes (1757-1821), poeta e político em quem Proust sentia essa "espécie de preguiça ou frivolidade" que "impede de descer espontaneamente às regiões profundas de si mesmo onde começa a verdadeira vida do espírito" (cf. *Contre Sainte-Beuve*, M. Proust), foi partidário da Revolução Francesa, exilado, depois participou do Segundo Império e foi ministro de Luís XVIII. O barão de Vitrolles (1774-1854) foi até o fim da vida fiel às opiniões legitimistas, pregando a volta dos Bourbon. Pierre-Ernest Bersot (1816-80), filósofo, pediu demissão da universidade após o golpe de Estado de Luís Napoleão, mas no Segundo Império aceitou dirigir a Escola Normal Superior. O barão Pasquier (1767-1862) foi ministro na Restauração e chanceler de Luís Filipe. Pierre-Antoine Lebrun (1785-1873), poeta e dramaturgo, foi conselheiro de Estado e par de França na Monarquia de Julho e senador no Segundo Império. O conde de Salvandy (1795-1856), ministro da Instrução Pública, autor de obras históricas e literárias que ele mesmo comparava às de Chateaubriand, atuou nos governos de Luís XVIII, Carlos X e Luís Filipe. O conde Daru (1767-1829), primo de Stendhal, é autor de uma *História da República de Veneza*, apoiou a Revolução Francesa e depois se ligou a Napoleão.

casa do senhor Mérimée — esse aí, pelo menos, um homem de talento —, disse-me várias vezes que Beyle (era seu nome) era de uma vulgaridade horrorosa mas espirituoso num jantar, e não se iludia quanto a seus livros. Por sinal, vocês mesmos devem ter visto com que indiferença ele respondeu aos elogios exagerados do senhor de Balzac. Nisso, ao menos, era homem de bons modos."* De todos esses grandes homens tinha autógrafos, e, prevalecendo-se das relações especiais de sua família com eles, parecia pensar que seu julgamento a respeito de todos era mais justo que o de jovens que, como eu, não convivera com eles.

"Creio que posso falar a respeito, pois vinham à casa de meu pai; e como dizia o senhor Sainte-Beuve, que tinha muito espírito, há que se acreditar, sobre eles, nos que os viram de perto e puderam julgar exatamente o que valiam."

Às vezes, quando o carro subia uma encosta entre terras cultivadas, tornando os campos mais reais, acrescentando-lhes uma marca de autenticidade, como a preciosa florzinha com que certos mestres antigos assinavam seus quadros, algumas centáureas hesitantes semelhantes às de Combray seguiam nosso carro. Logo nossos cavalos se distanciavam, mas depois de alguns passos avistávamos outra que à nossa espera espetara diante de nós, na relva, sua estrela azul; várias se atreviam a chegar a plantar-se à beira da estrada e era toda uma nebulosa que se formava junto com minhas lembranças distantes e suas flores domesticadas.

Tornávamos a descer a colina; então cruzávamos com alguma daquelas criaturas que subiam a pé, de bicicleta, de carroça ou de carro — flores do belo dia mas que não são como as flores dos campos, pois cada uma encerra algo que não existe na outra e impedirá que possamos contentar com suas semelhantes o desejo que fez nascer em nós —, alguma moça de uma granja tangendo sua vaca ou recostada numa charrete, uma filha de comerciante passeando, uma elegante senhorita sentada na banqueta de um landau, defronte de seus pais. É verdade que Bloch me abrira uma era nova e mudara para mim o valor da vida no dia em que me ensinara que os sonhos

---

*   Num artigo da *Revue Parisienne* de 25 de setembro de 1840, Balzac elogiara *A cartuxa de Parma*, de Stendhal, como "a obra-prima da literatura de ideias", embora expondo reservas sobre a composição e o estilo.

que eu afagava, solitário, para o lado de Méséglise, ao desejar que passasse uma camponesa para tomá-la nos braços, não eram uma quimera sem nenhuma correspondência fora de mim, mas que toda moça que se encontrasse, aldeã ou senhorita da cidade, estava pronta a satisfazer tais desejos. E agora que eu estava doente e não saía sozinho, embora jamais pudesse fazer amor com elas, mesmo assim era feliz como uma criança nascida numa prisão ou num hospital e que, tendo acreditado por muito tempo que o organismo humano só consegue digerir pão seco e remédios, aprendeu de repente que os pêssegos, os abricós, as uvas não são um simples enfeite do campo, mas alimentos deliciosos e digestíveis. Ainda que seu carcereiro ou seu enfermeiro não lhe permitam colher essas belas frutas, o mundo, porém, lhe parece melhor e a vida, mais clemente. Pois um desejo parece-nos mais belo, escoramo-nos nele com mais confiança quando sabemos que fora de nós a realidade lhe corresponde, ainda que não possamos realizá-lo. E pensamos com mais alegria numa vida em que podemos imaginar satisfazê-lo, contanto que afastemos de nosso pensamento por um instante o pequeno obstáculo acidental e específico que nos impede pessoalmente de realizá-lo. Quanto às belas moças que passavam, desde o dia em que eu soube que suas faces podiam ser beijadas, tornei-me curioso sobre suas almas. E o universo me pareceu mais interessante.

O carro de madame de Villeparisis andava depressa. Eu mal tinha tempo de ver a menina que vinha em nossa direção; e no entanto — como a beleza das criaturas não é como a das coisas, e sentimos que é de uma criatura única, consciente e voluntária —, assim que sua individualidade, alma vaga, vontade desconhecida de mim, retratava-se numa pequena imagem prodigiosamente reduzida mas completa, no fundo de seu olhar distraído, como misteriosa réplica dos polens já preparados para os pistilos, eu logo sentia despontar em mim o embrião tão vago, tão minúsculo, do desejo de não deixar passar aquela moça sem que seu pensamento tomasse consciência de minha pessoa, sem que eu impedisse seus desejos de irem para um outro qualquer, sem que eu viesse me fixar em seu devaneio e me apossar de seu coração. Nosso carro, porém, afastava-se, a bela moça já estava atrás de nós, e como não possuía de mim nenhuma das noções que constituem uma pessoa, seus olhos, que mal tinham me visto, já me haviam esquecido. Achara-a tão linda porque apenas a entrevira? Talvez. Primeiro, a impossibilidade de nos determos junto de uma mulher, o risco de não reencontrá-la noutro dia, dão-lhe abruptamente o mesmo encanto que a determinado país a doença ou a pobreza que nos impede de visitá-lo, ou aos dias tão insípidos que nos restam por viver o combate em que decerto sucumbiremos. De modo que, se não houvesse o hábito, a vida deveria parecer deliciosa para essas criaturas que estariam em todas as horas ameaçadas de morrer — isto é, para todos os homens. Depois, se a imaginação é arrastada pelo desejo do que não podemos possuir, seu ímpeto não é limitado por uma realidade completamente percebida nesses encontros em que os encantos da mulher que vai passando costumam ter relação direta com a rapidez da passagem. Por pouco que caia a noite e que o carro ande depressa, no campo, numa cidade, não há um busto feminino, mutilado como um mármore antigo pela velocidade que nos arrasta e pelo crepúsculo que o afoga, que não dispare contra o nosso coração, a cada curva da estrada, do fundo de cada loja, as flechas da Beleza, da Beleza que seríamos às vezes tentados a perguntar se é neste mundo outra coisa além de parte do complemento que nossa imaginação superexcitada pelo dissabor acrescenta a uma mulher que passa fragmentária e fugitiva.

Se eu pudesse descer para falar com a moça com quem cruzávamos, talvez me desiludisse por alguma imperfeição de sua pele que do carro não percebera. (E então, qualquer esforço para penetrar em sua vida me teria parecido, de súbito, impossível. Pois a beleza é uma sequência de hipóteses que a fealdade encolhe barrando o caminho que já víamos se abrir para o desconhecido.) Talvez uma só palavra que ela dissesse, um sorriso, me tivessem fornecido uma chave, um código inesperados para ler a expressão de seu rosto e de seu andar, que logo teriam se tornado banais. É possível, pois nunca encontrei na vida moças tão desejáveis como nos dias em que estava com uma pessoa séria e que, apesar dos mil pretextos que inventava, eu não podia abandonar: alguns anos depois de minha primeira ida a Balbec, fazendo em Paris um passeio de carro com um amigo de meu pai e tendo avistado uma mulher que caminhava depressa pela noite, pensei que era insensato perder por questão de conveniência minha parte de felicidade na única vida que sem dúvida existe, e pulando do carro para a rua sem me desculpar, fui à procura da desconhecida, perdi-a no cruzamento de duas ruas, reencontrei-a numa terceira, e então me vi, completamente sem fôlego, debaixo de um lampião, diante da velha madame Verdurin que eu sempre evitava e que, feliz e surpresa, exclamou: "Oh! quanta amabilidade ter corrido para me cumprimentar!".

Naquele ano, em Balbec, por ocasião daqueles encontros, eu explicava à minha avó e a madame de Villeparisis que, devido a uma grande dor de cabeça, era melhor que voltasse sozinho, a pé. Negaram-se a me deixar descer. E acrescentei a linda moça (bem mais difícil de reencontrar do que um monumento, pois era anônima e móvel) à coleção de todas as que eu prometia a mim mesmo ver de perto. Aconteceu, porém, de uma repassar diante de meus olhos, em tais condições que pensei que poderia conhecê-la como quisesse. Era uma leiteira que vinha de uma granja trazer um suplemento de creme ao hotel. Pensei que também me reconhecera e, de fato, olhava-me com uma atenção que talvez só fosse causada pelo espanto que lhe causava a minha. Ora, no dia seguinte, dia em que eu descansara toda a manhã, quando Françoise veio abrir as cortinas por volta do meio-dia entregou-me uma carta deixada para mim no hotel. Eu não conhecia ninguém em Balbec. Não duvidava que a carta fosse da leiteira. Infelizmente, era apenas de Bergotte que, de passagem, tentara me ver mas como soube que eu dormia me deixara um bilhete encantador que o ascensorista subscritara num envelope que eu imaginara escrito pela leiteira. Fiquei tremendamente decepcionado, e a ideia de que era mais difícil e mais lisonjeiro receber uma carta de Bergotte em nada me consolava que não fosse da leiteira. Não voltei a encontrar essa mesma moça, nem aquelas que eu somente avistava do carro de madame de Villeparisis. A visão e a perda de todas aumentavam o estado de agitação em que eu vivia, e encontrava alguma sabedoria nos filósofos que nos recomendam limitar nossos desejos (se é que querem falar do desejo que nos inspiram as pessoas, pois é o único que pode causar ansiedade por se aplicar ao desconhecido consciente. Supor que a filosofia quer falar do desejo das riquezas seria por demais absurdo). Porém, estava disposto a julgar incompleta essa sabedoria, pois dizia a mim mesmo que esses encontros me faziam achar ainda mais belo um mundo onde cresciam em todos os caminhos campestres flores ao mesmo tempo singulares e comuns, tesouros fugazes do dia, proveitos do passeio, que dão novo sabor à vida e só as circunstâncias contingentes, que provavelmente nem sempre se reproduziriam, me haviam impedido de aproveitar.

Mas talvez, esperando que um dia, mais livre, pudesse encontrar em outros caminhos moças semelhantes, eu já começasse a falsear o aspecto exclusivamente individual do desejo de viver junto a uma mulher que achamos bonita, e pelo simples fato de admitir a possibilidade de fazê-lo nascer artificialmente eu reconhecia, implicitamente, que era uma ilusão.

No dia em que madame de Villeparisis levou-nos a Carqueville, onde ficava aquela igreja coberta de hera da qual falara e que, construída num outeiro, domina a cidade, o rio que a cruza e que conservou sua pontezinha da Idade Média, minha avó, pensando que eu gostaria de ficar sozinho para ver o monumento, propôs à sua amiga irem lanchar na confeitaria da praça que se avistava nitidamente dali e que, sob sua pátina dourada, era como outra parte de um objeto bem antigo. Ficou combinado que eu iria encontrá-las. Para reconhecer uma igreja no bloco de vegetação diante do qual me deixaram, era preciso fazer um esforço que me levou a apreender mais de perto a ideia de igreja; com efeito, como acontece com os alunos que captam mais perfeitamente o sentido de uma frase quando os obrigam, pela versão ou pela tradução, a despi-la das formas com que estão acostumados, agora eu era obrigado a convocar permanentemente a ideia de igreja, que em geral eu dispensava diante dos campanários que se davam a conhecer por si mesmos, para não esquecer, aqui que o arco daquele tufo de hera vinha a ser o de um vitral em ogiva, ali que a saliência das folhagens se devia ao relevo de um capitel. Mas então soprava um ventinho que fazia fremir o pórtico móvel percorrido por ondulações múltiplas e trêmulas como um clarão; as folhas rebentavam umas contra as outras; e estremecendo, a fachada vegetal arrastava consigo os pilares ondulantes, acariciados e fugidios.

Quando estava saindo da igreja, vi diante da velha ponte moças da aldeia que, sem dúvida por ser domingo, estavam muito enfeitadas, interpelando os rapazes que passavam. Menos bem-vestida que as outras mas parecendo dominá-las por alguma ascendência — pois mal respondia ao que lhe diziam —, com o ar mais grave e mais voluntariosa, havia uma alta que, sentada no rebordo da ponte, e com as pernas balançando, tinha diante de si uma cestinha cheia de peixes que provavelmente ela acabava de pescar. Era de pele morena, olhos meigos, mas um olhar desdenhoso para o que a cercava, um narizinho de formato fino e encantador. Meus olhos se pousavam em sua pele e meus lábios, a rigor, podiam acreditar ter seguido meus olhares. Mas não era somente a seu corpo que eu gostaria de chegar, era também à pessoa que nele vivia e com quem só há uma espécie de contato, que é chamar sua atenção, e uma espécie de penetração, que é despertar-lhe uma ideia.

E esse ser interior da bela pescadora ainda parecia estar fechado para mim, que duvidava se nele havia entrado, mesmo depois de ter visto minha própria imagem refletir-se furtivamente no espelho de seu olhar, conforme um índice de refração que me era tão desconhecido como se me tivesse colocado no campo visual de uma corça. Mas assim como não bastaria que meus lábios sorvessem o prazer dos seus, e sim que lhes dessem esse prazer, da mesma forma gostaria que a ideia de mim que entrasse naquele ser, que a ele se agarrasse, me trouxesse não só sua atenção como sua admiração, seu desejo, e o forçasse a conservar a minha lembrança até o dia em que pudesse reencontrá-lo. No entanto, eu avistava a poucos passos a praça onde devia me esperar o carro de madame de Villeparisis. Não dispunha de mais que um instante; e já sentia que as moças começavam a rir ao me verem assim parado. Tinha cinco francos no bolso. Tirei-os, e antes de explicar à bela moça o serviço de que a encarregava, para ter mais chance de que me escutasse mostrei-lhe um instante a moeda:

"Já que parece ser aqui da terra, disse à pescadora, poderia ter a bondade de me fazer um favorzinho? Era para ir a uma confeitaria que fica, parece, numa praça, mas não sei onde, e lá um carro me aguarda. Espere!... Para não confundir, pergunte se é o carro da marquesa de Villeparisis. Aliás, logo verá, tem dois cavalos."

Era isso que eu queria que ela soubesse para ter um elevado conceito de mim. Mas quando pronunciei as palavras "marquesa" e "dois cavalos", de repente senti uma grande calma. Percebi que a pescadora se lembraria de mim e vi se dissipar, junto com meu pavor de não poder reencontrá-la, uma parte de meu desejo de reencontrá-la. Parecia-me que acabava de tocar sua pessoa com lábios invisíveis e que tinha lhe agradado. E essa posse à força de seu espírito, essa posse imaterial, lhe tirara mistério tanto quanto a posse física.

Descemos para Hudimesnil; de repente senti-me pleno dessa felicidade profunda que não costumava sentir desde Combray, uma felicidade análoga à que haviam me dado, entre outras coisas, os campanários de Martinville. Mas dessa vez ela ficou incompleta. Eu acabava de avistar, recuadas na estrada de lombadas por onde íamos, três árvores que deviam servir de entrada a uma alameda coberta e formavam um desenho que não era a primeira vez que eu via, e não conseguia reconhecer o lugar de onde tinham sido como que deslocadas, mas sentia que outrora aquilo me fora familiar; de modo que como se meu espírito tropeçasse entre um ano distante e o momento presente, os arredores de Balbec vacilaram e perguntei-me se todo aquele passeio não seria uma ficção, Balbec um lugar aonde eu jamais fora a não ser pela imaginação, madame de Villeparisis um personagem de romance e as três velhas árvores a realidade que encontramos ao levantar os olhos de um livro que estamos lendo e que nos descrevia um ambiente a que acabávamos acreditando termos de fato sido transportados.

Eu olhava para as três árvores, via-as com nitidez, mas meu espírito sentia que encobriam alguma coisa de incontrolável, como esses objetos colocados longe demais cujo invólucro nossos dedos esticados na ponta de nosso braço estendido apenas afloram por instantes, sem conseguir apanhá-los. Então descansamos um instante para jogar o braço para a frente com mais força e tentar alcançar mais longe. Mas para que meu espírito pudesse assim se concentrar, tomar impulso, eu precisaria estar só. Como gostaria de poder me afastar tal qual nos passeios para o lado de Guermantes quando me isolava de meus pais! Parecia-me até que deveria tê-lo feito. Reconhecia essa espécie de prazer que requer, é verdade, certo trabalho do pensamento debruçado sobre si mesmo, mas, em comparação com esse prazer, as satisfações da displicência que dele nos faz desistir parecem bem medíocres. Esse prazer, cujo objeto era apenas pressentido e que eu mesmo teria de criar, só raras vezes o sentia, mas em cada uma delas imaginava que as coisas ocorridas no intervalo possuíam pouca importância e que, me apegando unicamente à sua realidade, eu poderia começar enfim uma verdadeira vida. Pus um instante a mão diante dos olhos para poder fechá-los sem que madame de Villeparisis percebesse. Fiquei sem pensar em nada e depois, de meu pensamento concentrado, recuperado com mais força, saltei mais à frente na direção das árvores, ou melhor, naquela direção interior em cujo fim via-as em mim mesmo. Voltei a sentir atrás delas o mesmo objeto conhecido mas vago e que não consegui trazer até mim. No entanto, via as três se aproximarem à medida que o carro avançava. Onde já as teria visto? Não havia nenhum lugar nos arredores de Combray onde uma alameda se abrisse assim. O local que me relembravam tampouco poderia estar no campo alemão onde eu estivera com minha avó para uma estação de águas. Acaso vinham de anos já tão distantes de minha vida que a paisagem que as cercava fora inteiramente abolida de minha memória e que, como essas páginas que de repente nos emociona reencontrar numa obra que imaginávamos jamais ter lido, elas eram tudo o que sobrenadava do livro esquecido de minha primeira infância? Não pertenceriam, ao contrário, apenas a essas paisagens do sonho, sempre as mesmas, pelo menos para mim, em quem seu aspecto estranho não era mais do que a objetivação em meu sono do esforço que eu fazia durante a vigília, fosse para alcançar o mistério num lugar atrás do qual eu o pressentia, como isso me acontecera tantas vezes em meus passeios do lado de Guermantes, fosse para tentar reintroduzir o mistério num lugar que eu desejara conhecer e que desde o dia em que o conheci me parecera totalmente superficial, como Balbec? Não seriam apenas uma imagem totalmente nova retirada de um sonho da noite anterior, mas já tão apagada que me parecia vir de muito mais longe? Ou será que jamais as tinha visto e elas escondiam atrás de si, como certas árvores, certo tufo de vegetação que eu vira para o lado de Guermantes, um sentido tão obscuro, tão difícil de captar quanto um passado longínquo, de modo que, solicitado por elas a aprofundar um pensamento, eu julgava ter de reconhecer uma recordação? Ou, ainda, nem sequer escondiam pensamentos e seria um cansaço de minha vista que me fazia vê-las duplas no tempo, como vemos às vezes duplo no espaço? Não sabia. Mas vinham em minha direção; talvez aparição mítica, ronda de bruxas ou de Nornas* que me propunha seus oráculos. Preferi acreditar que eram fantasmas do passado, queridos companheiros de minha infância, amigos desaparecidos que invocavam nossas lembranças comuns.

---

*   As Nornas são três anciãs da mitologia nórdica que tecem o destino dos deuses e dos homens. Estão representadas em *As Valquírias*, de Richard Wagner.

Como sombras pareciam me pedir para levá-las comigo, devolvê-las à vida. Em sua gesticulação ingênua e apaixonada, eu reconhecia a tristeza impotente de um ser amado que perde o uso da palavra, sente que não poderá nos dizer o que quer e que não sabemos adivinhar. Logo, num cruzamento da estrada o carro as abandonou. Ele me arrastou para longe da única coisa que eu julgava verdadeira, daquilo que me teria tornado verdadeiramente feliz, ele parecia a minha vida.

Vi as árvores se afastarem agitando seus braços desesperados, parecendo me dizer: "O que hoje não aprenderes de nós jamais saberás. Se nos deixares recair no fundo deste caminho de onde procurávamos nos içar até ti, toda uma parte de ti que te levávamos cairá para sempre no nada". De fato, se em seguida reencontrei a espécie de prazer e de inquietação que eu acabava de sentir mais uma vez, e se uma noite — tarde demais, mas para sempre — agarrei-me a ele, nunca soube, em compensação, o que aquelas árvores em si queriam me trazer nem onde as vira. E quando, tendo o carro mudado de direção, virei as costas e parei de vê-las, enquanto madame de Villeparisis me perguntava por que eu tinha aquele ar sonhador, senti-me triste como se acabasse de perder um amigo, de morrer eu mesmo, de renegar um morto ou de desconhecer um deus.

Era preciso pensar no regresso. Madame de Villeparisis, que tinha um certo sentido da natureza, mais frio que o de minha avó, mas que sabia reconhecer, mesmo fora dos museus e das residências aristocráticas, a beleza simples e majestosa de certas coisas antigas, dizia ao cocheiro para pegar a velha estrada de Balbec, pouco frequentada mas plantada de velhos olmos que nos pareciam admiráveis.

Como já conhecíamos aquela velha estrada, voltávamos, para variar, a não ser que a tivéssemos pegado na ida, por outra que atravessava os bosques de Chantereine e de Canteloup. A invisibilidade dos inúmeros pássaros que se respondiam nas árvores bem ao nosso lado causava a mesma impressão de repouso que temos de olhos fechados. Acorrentado à minha banqueta como Prometeu a seu rochedo, eu escutava minhas oceânides. E quando via por acaso um desses pássaros passando de uma folha para debaixo de outra, havia tão pouca relação aparente entre ele e aqueles cantos que eu não pensava enxergar naquele corpinho saltitante, assustado e cego a causa dos trinados.

Aquela estrada era parecida com várias outras que encontramos na França, subindo em ladeira bastante íngreme, depois tornando a descer numa extensão bem longa. Naquele exato momento não lhe achei um grande encanto, apenas me alegrava em regressar. Mas em seguida tornou-se motivo de alegrias e ficou em minha memória como um ponto de partida em que todas as estradas semelhantes por onde eu passaria mais tarde durante um passeio ou uma viagem logo se entroncariam sem solução de continuidade e poderiam, graças a ela, comunicar-se imediatamente com o meu coração. Pois mal a carruagem ou o automóvel entrasse numa dessas estradas que pareceriam a continuação daquela que eu percorrera com madame de Villeparisis, minha consciência atual se apoiaria de imediato, como em meu passado mais recente (encontrando-se abolidos todos os anos intermediários), nas impressões que sentira naqueles fins de tarde, em passeio perto de Balbec, quando as folhas cheiravam bem, a bruma se levantava e mais além do próximo povoado avistava-se entre as árvores o pôr do sol como se fosse outra localidade, florestal, distante e a que não chegaríamos naquela mesma noite. Ligadas àquelas que agora eu sentia numa outra região, numa estrada parecida, cercando-se de todas as sensações acessórias de livre respiração, curiosidade, indolência, apetite, alegria que lhes eram comuns, excluindo todas as outras, essas impressões se reforçariam, ganhariam a consistência de um tipo especial de prazer e quase de um quadro de vida que, aliás, raramente tive ocasião de encontrar mas em que o despertar das lembranças punha no meio da realidade materialmente percebida uma parte bastante grande de realidade evocada, sonhada, inacessível, para me dar, nessas regiões por onde eu passava, mais que um sentimento estético, um desejo fugaz embora exaltado de agora viver ali e para sempre. Quantas vezes, simplesmente sentir um cheiro de folhagem, sentar-me num banquinho em frente a madame de Villeparisis, cruzar com a princesa de Luxemburgo que lhe acenava de seu carro, voltar para jantar no Grand-Hôtel, não me pareceu como uma dessas felicidades inefáveis que nem o presente nem o futuro podem nos proporcionar e que só saboreamos uma vez na vida!

Várias vezes a noite caíra antes que estivéssemos de volta. Timidamente eu citava para madame de Villeparisis, mostrando-lhe a lua no céu, alguma bela expressão de Chateaubriand, ou de Vigny, ou de Victor Hugo: "Ela espalhava aquele velho segredo de melancolia", ou "chorando como Diana à beira de suas fontes", ou "A sombra era nupcial, augusta e solene".*

"E você acha isso bonito?, ela me perguntava, 'genial', como diz? Vou lhe dizer que sempre fico surpresa ao ver que agora se levam a sério coisas de que os amigos desses senhores, mesmo fazendo plena justiça às suas qualidades, eram os primeiros a fazer graça. Não se desperdiçava o qualificativo de gênio como hoje, quando se você diz a um escritor que ele só tem talento, tomará isso como uma injúria. Você me cita uma grande frase do senhor de Chateaubriand sobre o luar. Pois vai ver como tenho minhas razões de lhe ser refratária. O senhor de Chateaubriand costumava vir bastante à casa de meu pai. De resto, era agradável quando estávamos sós, porque era simples e divertido, mas assim que havia gente, punha-se a fazer pose e tornava-se ridículo; diante de meu pai, afirmava ter atirado sua demissão na cara do rei e dirigido o conclave, esquecendo-se de que encarregara meu pai de suplicar ao rei que tornasse a aceitá-lo, e de que fizera sobre a eleição do papa os prognósticos mais insanos. Era preciso ouvir sobre aquele famoso conclave o senhor de Blacas, que era homem muito diferente do senhor de Chateaubriand.** Quanto às frases dele sobre o luar, pura e simplesmente se tornaram uma caricatura lá em casa. Sempre que havia luar em torno do castelo, se tivéssemos algum convidado novo o aconselhávamos a levar o senhor de Chateaubriand para dar um passeio depois do jantar. Quando voltavam meu pai não deixava de chamar à parte o convidado: 'O senhor de Chateaubriand foi bem eloquente? — Ah, sim! — Ele lhe falou do luar. — Sim, como sabe? — Espere, ele não lhe disse... e citava-lhe a frase. — Sim, mas por qual mistério? — E até lhe falou do luar no campo romano. — Mas o senhor é um bruxo!' Meu pai

---

* O primeiro verso está em *Atala*, de Chateaubriand: "Logo ela derramou nos bosques aquele grande segredo de melancolia". O segundo é extraído de "La Maison du berger", de *Les Destinées*, de Alfred de Vigny. O terceiro está em "Booz endormi", de *La Légende des siècles*, de Victor Hugo.

** Trata-se do conclave de fim de março de 1829, que levou à eleição de Pio VIII. Chateaubriand conta em *Memórias de além-túmulo* que essa eleição não o surpreendeu, pois o duque de Blacas, secretário da casa de Luís XVIII em 1814 e embaixador em Nápoles de 1815 a 1830, manteve sua fidelidade aos Bourbon, acompanhando o rei Carlos X no exílio.

não era bruxo, mas o senhor de Chateaubriand contentava-se em servir sempre o mesmo prato, já preparado."

Ao ouvir o nome de Vigny ela começou a rir.

"Aquele que dizia: 'Sou o conde Alfred de Vigny'. Ou se é conde ou não se é conde, isso não tem a menor importância."

E talvez achasse que isso, afinal de contas, tivesse um pouco de importância, pois acrescentava:

"Primeiro não tenho certeza de que fosse, e em todo caso era de uma linhagem muito baixa esse senhor que falou em seus versos de seu 'elmo de fidalgo'. Como é de bom gosto e como é interessante para o leitor! É como Musset, simples burguês de Paris, que dizia enfaticamente: 'O gavião de ouro que enfeita meu capacete'. Nunca um verdadeiro nobre diz uma coisa dessas. Pelo menos Musset tinha talento como poeta. Mas a não ser *Cinq-Mars*, jamais consegui ler nada do senhor de Vigny, o tédio me faz cair o livro das mãos. O senhor Molé, que tinha todo o espírito e o tato que o senhor de Vigny não tinha, empregou-os lindamente ao recebê-lo na Academia. Como, não conhece seu discurso? É uma obra-prima de malícia e impertinência."

Ela criticava em Balzac, que se espantava de ver seus sobrinhos admirarem, o fato de ter pretendido pintar uma sociedade "onde não era recebido", e da qual contou mil coisas inverossímeis. Quanto a Victor Hugo, dizia-nos que o senhor de Bouillon, pai dela, que tinha amigos entre a juventude romântica, entrara graças a eles na estreia de *Hernani* mas não conseguira ficar até o fim, de tal modo achara ridículos os versos desse escritor talentoso mas exagerado e que só recebeu o título de grande poeta em virtude de um trato feito e como recompensa da indulgência interesseira que professou pelas perigosas divagações dos socialistas.

Já avistávamos o hotel e suas luzes tão hostis na primeira noite, à chegada, e agora protetoras e suaves, anunciadoras do lar. E quando o carro se aproximava da porta, o porteiro, os grooms, o lift, solícitos, ingênuos, vagamente inquietos com nosso atraso, amontoados nos degraus a nos esperarem, tinham se tornado familiares, eram desses seres que mudam tantas vezes no curso de nossa vida como nós mesmos mudamos mas em quem, quando são por um tempo o espelho de nossos hábitos, temos a satisfação de nos vermos fiel e amicalmente refletidos. Preferimo-los a amigos que não vemos há tempos, pois contêm algo a mais do que somos atualmente. Só o groom, exposto ao sol durante o dia, havia entrado por não suportar o rigor da noite, e embrulhado em lãs, junto com o choroso alaranjado de sua cabeleira e a flor curiosamente rosada de suas faces, fazia pensar, no meio do hall envidraçado, numa planta de estufa que se protege do frio. Descíamos do carro ajudados por bem mais serviçais do que seria necessário, mas eles sentiam a importância da cena e julgavam-se obrigados a representar um papel. Eu estava faminto. De maneira que, para não atrasar a hora do jantar, muitas vezes não subia ao quarto que acabara se tornando tão realmente meu que rever as grandes cortinas violeta e as estantes baixas era reencontrar-me sozinho com aquele eu cuja imagem me era oferecida tanto pelas coisas como pelas pessoas, e esperávamos todos juntos no saguão que o maître d'hôtel viesse nos dizer que estávamos servidos. Para nós, era mais uma ocasião de escutar madame de Villeparisis.

"Estamos abusando da senhora, dizia minha avó.

— Mas qual o quê, estou muito feliz, isso me encanta", respondia sua amiga com um sorriso carinhoso, prolongando os sons num tom melodioso que contrastava com sua simplicidade costumeira.

É que, de fato, nesses momentos ela não era natural, lembrava-se de sua educação, dos modos aristocráticos com que uma grande dama deve mostrar a burgueses que está feliz por encontrá-los, que não é arrogante. E a única verdadeira falta de cortesia que nela se notava consistia no excesso de suas cortesias; pois aí se reconhecia essa marca profissional de uma dama do Faubourg Saint-Germain que sabe estar fadada a deixar certos dias alguns burgueses descontentes, e aproveita avidamente todas as ocasiões possíveis, no livro contábil de sua amabilidade com eles, para ganhar de antemão um saldo credor que lhe permitirá proximamente compensar no seu débito o jantar ou a festa para os quais não os convidará. Assim, o gênio de sua casta agira outrora sobre ela de uma vez por todas e não sabia que agora as circunstâncias eram muito diferentes e as pessoas eram outras, e que em Paris ela gostaria de nos ver seguidamente em sua casa; por isso, esse gênio impelia com ardor febril madame de Villeparisis a multiplicar conosco, como se o tempo que lhe era concedido para ser amável fosse curto, e enquanto estávamos em Balbec, as entregas de rosas e de melões, os empréstimos de livros, os passeios de carro e as efusões verbais. E então — tanto

— 294 —

quanto o esplendor ofuscante da praia, o fulgor multicolorido e os clarões suboceânicos dos quartos, tanto, até mesmo, quanto as aulas de equitação em que os filhos dos comerciantes eram deificados como Alexandre da Macedônia —, as amabilidades diárias de madame de Villeparisis e também a facilidade momentânea, estival, com que minha avó as aceitava, ficaram em minha lembrança como características da vida dos balneários.

"Mas deem os seus casacos para que os levem lá para cima."

Minha avó os passava ao diretor, e por causa de suas gentilezas comigo eu ficava aborrecido com essa falta de consideração de minha avó, que parecia magoá-lo.

"Creio que esse senhor está melindrado, dizia a marquesa. Provavelmente ele se acha muito aristocrata para pegar as suas capas. Lembro-me do duque de Nemours quando eu ainda era bem pequena, na casa de meu pai, que ocupava o último andar do palacete Bouillon; ele entrava com um grande pacote debaixo do braço, cartas e jornais. Ainda penso ver o príncipe em sua casaca azul no vão de nossa porta que tinha lindos adornos de madeira, acho que era Bagard que fazia aquilo, essas moldurinhas finas e flexíveis, sabem, com que às vezes o marceneiro formava umas conchinhas e flores, como fitas que atam um buquê. 'Tome, Cyrus, dizia ele a meu pai, aqui está o que o seu porteiro me deu para você. Ele me disse: Já que vai à casa do senhor conde, não vale a pena que eu suba os andares, mas tome cuidado para não arrebentar o barbante.' Agora que já entregou seus agasalhos, sente-se, olhe só, instale-se ali, ela dizia à minha avó pegando sua mão.

— Ah! Se não se importar, nesta poltrona não! É muito pequena para dois, mas grande demais só para mim, eu me sentiria mal.

— Faz-me pensar numa poltrona, pois era exatamente a mesma, que tive há muito tempo mas que acabei não podendo guardar porque tinha sido dada a minha mãe pela pobre duquesa de Praslin. Minha mãe, que era porém a pessoa mais simples do mundo mas ainda tinha ideias que vêm de outros tempos e eu já não compreendia muito bem, não quis, de início, ser apresentada a madame de Praslin, que ainda era senhorita Sebastiani, enquanto esta, por ser duquesa, achava que não cabia a ela ser apresentada. E na verdade, acrescentou madame de Villeparisis, esquecendo que minha avó não entendia esse gênero de nuances, fosse ela apenas a madame de

Choiseul, essa pretensão poderia ter fundamento. Os Choiseul são tudo o que há de mais notável, descendem de uma irmã do rei Luís, o Gordo, eram verdadeiros soberanos em Bassigny.* Admito que somos superiores pelas alianças e pelo renome, mas a antiguidade é quase a mesma. Dessa questão de precedência resultaram incidentes cômicos, como um almoço servido com atraso de bem mais de uma hora, tempo que levou uma dessas damas para aceitar ser apresentada. Apesar disso, elas se tornaram grandes amigas e a duquesa deu a minha mãe uma poltrona do tipo desta e na qual, como a senhora acaba de fazer, todos se recusavam a sentar. Um dia, minha mãe ouve um carro no pátio de seu palacete. Pergunta a um criado o que é. 'É a senhora duquesa de La Rochefoucauld, senhora condessa. — Ah! Bem, vou recebê-la.' Após quinze minutos, ninguém: 'E então, a senhora duquesa de La Rochefoucauld? Mas onde está? — Está na escada, sem fôlego, senhora condessa', responde o criadinho que fazia pouco chegara do campo, onde minha mãe tinha o bom hábito de buscá-los. Muitas vezes os vira nascer. É assim que se faz, em casa de gente decente. É o primeiro dos luxos. De fato, a duquesa de La Rochefoucauld subia a duras penas, pois era enorme, tão enorme que, quando ela entrou, minha mãe ficou um instante aflita, perguntando-se onde poderia instalá-la. Nesse momento, o móvel dado por madame de Praslin caiu-lhe diante dos olhos: 'Mas faça o favor de sentar-se', disse minha mãe, empurrando-lhe a poltrona. E a duquesa a encheu até as bordas. Apesar dessa imponência, era muito agradável. 'Quando ela entra ainda causa certo impacto', dizia um amigo nosso. 'Causa, sobretudo, quando sai', respondeu minha mãe, que tinha umas tiradas mais irreverentes do que hoje seria conveniente. Mesmo na casa de madame de La Rochefoucauld ninguém se constrangia em gracejar na frente dela, que era a primeira a rir de suas vastas proporções. 'Mas está sozinho?', perguntou um dia ao senhor de La Rochefoucauld minha mãe, que acabava de fazer uma visita à duquesa e, recebida à entrada pelo marido, não a vira, pois ela estava num vão do fundo da sala. 'Madame de La Rochefoucauld

---

* Os Choiseul eram senhores em Bassigny desde o século x. O duque de Choiseul-Praslin (1805-47) casou-se em 1824 com a filha do general Sebastiani, com quem teve dez filhos, e depois a abandonou, unindo-se à governanta. A duquesa foi encontrada apunhalada em 1847. Preso, o duque se envenenou.

não está? Não a estou vendo. — Como a senhora é amável!', respondeu o duque, que era um dos homens de menos discernimento que já conheci, mas não deixava de ter um certo espírito."

Depois do jantar, quando subi com minha avó, eu lhe dizia que as qualidades que nos fascinavam em madame de Villeparisis, o tato, a finura, a discrição, a recusa em se mostrar, talvez não fossem muito preciosas, pois os que as possuíram no mais alto grau não foram mais do que uns Molé ou uns Loménie,* e os que não as tinham, embora essa ausência possa ser desagradável para as relações cotidianas, nem por isso deixaram de se tornar Chateaubriand, Vigny, Hugo, Balzac, vaidosos de pouco discernimento e que era fácil ridicularizar, como Bloch o fez... Mas ao ouvir o nome de Bloch minha avó se indignava. E me louvava madame de Villeparisis. Assim como se diz que em matéria de amor é o interesse da espécie que guia as preferências de cada um, e que para que a criança seja normalmente constituída é esse interesse que leva os homens gordos a procurar as mulheres magras, e os magros, as gordas, assim também eram obscuramente as exigências de minha felicidade ameaçada pelo nervosismo, por minha tendência doentia à tristeza e ao isolamento, que levavam minha avó a pôr em primeiro lugar as qualidades de ponderação e julgamento, peculiares não só a madame de Villeparisis mas a uma sociedade em que eu poderia encontrar distração e calma, uma sociedade parecida com aquela onde se viu florescer o espírito de um Doudan, de um senhor de Rémusat, para não dizer de uma Beausergent, de um Joubert,** de uma Sévigné, pois esse espírito confere mais ventura, mais dignidade à vida do que os requintes opostos que levaram um Baudelaire, um Poe, um Verlaine, um Rimbaud a sofrimentos, a uma desconsideração que minha avó

---

* Louis-Mathieu Molé, ministro de vários governos desde o Império Napoleônico, foi um acadêmico sem relevância. Louis Léonard de Loménie (1815-78), também da Academia Francesa, escreveu *Galérie des contemporains illustres par un homme de rien*.

** Ximènes Doudan (1800-72), secretário particular do duque de Broglie, teve sua correspondência publicada post mortem em quatro volumes. O conde de Rémusat (1797-1875), ministro de Luís Filipe em 1840 e depois chanceler na Terceira República, escreveu obras filosóficas. Joseph Joubert (1754-1824) era amigo de Chateaubriand, que providenciou a publicação póstuma de seus *Pensamentos*. Madame de Beausergent é personagem imaginário.

não queria para seu neto. Eu a interrompia para abraçá-la e perguntava se ela observara determinada frase que madame de Villeparisis dissera e em que se notava a mulher que dava mais valor a seu nascimento do que confessava. Assim, submetia à minha avó minhas impressões, pois nunca sabia o grau de estima devido a alguém a não ser quando ela me indicava. Toda noite ia lhe levar os esboços que tinha desenhado durante o dia de todos aqueles seres inexistentes que não eram ela. Uma vez lhe disse: "Sem você não poderia viver. — Mas nada disso, ela me respondeu com voz perturbada. Temos de criar um coração mais duro que isso. Senão, o que seria de você se eu fosse viajar? Espero, ao contrário, que você seja muito ajuizado e muito feliz. — Eu seria muito ajuizado se você fosse embora por uns dias, mas contaria as horas. — Mas e se eu partisse por meses... (só essa ideia me deixava de coração apertado), por anos... por...".

Nós dois nos calávamos. Já não ousávamos nos olhar. No entanto, eu sofria mais com sua angústia do que com a minha. Por isso, aproximei-me da janela e lhe disse claramente, desviando os olhos:

"Você sabe como sou uma criatura de hábitos. Nos primeiros dias em que acabo de me separar das pessoas que mais amo, fico infeliz. Mas mesmo os amando igualmente, me acostumo, minha vida se torna calma, doce; aguentaria separar-me delas, meses, anos..."

Tive de me calar e olhar pela janela. Minha avó saiu um instante do quarto. Mas no dia seguinte comecei a falar de filosofia no tom mais indiferente, arranjando-me, porém, para que minha avó prestasse atenção em minhas palavras; disse que era curioso que depois das últimas descobertas da ciência o materialismo parecesse arruinado, e que o mais provável ainda era a eternidade das almas e sua futura união.

Madame de Villeparisis nos avisou que agora não poderia nos ver tão seguidamente. Um jovem sobrinho que se preparava para Saumur,* atualmente numa guarnição nas vizinhanças, em Doncières, devia ir passar uma licença de algumas semanas com ela, que lhe dedicaria muito de seu tempo. Durante nossos passeios, louvara-nos sua grande inteligência, sobretudo seu bom coração; eu já imaginava que ele ia simpatizar comigo, que eu seria seu amigo preferido e

---

* Escola de cavalaria de elite, por muito tempo privilégio quase exclusivo da nobreza.

quando, antes de sua chegada, sua tia deu a entender à minha avó que infelizmente ele caíra nas garras de uma mulher má por quem estava louco e que não o largaria, como eu estava convencido de que esse gênero de amor acabava fatalmente em alienação mental, em crime e suicídio, pensando no tempo tão curto que era reservado à nossa amizade, já tão grande no meu coração sem que eu ainda o tivesse visto, chorei por ela e pelas tristezas que a aguardavam como se chorasse por um ente querido de quem acabam de nos dizer que está gravemente doente e que seus dias estão contados.

Numa tarde de muito calor eu estava na sala de jantar do hotel que tinham deixado na penumbra para protegê-la do sol, puxando as cortinas que o sol amarelava e que por seus interstícios deixavam piscar o azul do mar, quando, no vão central que ia da praia à estrada, vi alto, esguio, pescoço à mostra, cabeça erguida e orgulhosa, passar um rapaz de olhos penetrantes, pele dourada e cabelos tão louros como se tivessem absorvido todos os raios do sol. Vestindo uma roupa de tecido macio e esbranquiçado como eu jamais imaginaria que um homem se atrevesse a usar, e cuja leveza evocava nada menos que o frescor da sala de jantar assim como o calor e o belo dia lá fora, ele andava depressa. Seus olhos eram da cor do mar, e de um deles caía a todo instante um monóculo. Todos o olhavam passar com curiosidade, sabia-se que esse jovem marquês de Saint-Loup-en-Bray era famoso por sua elegância. Todos os jornais tinham descrito o traje com que recentemente servira de testemunha do jovem duque de Uzès, num duelo. Pelo visto, a qualidade tão peculiar de seus cabelos, de seus olhos, de sua pele, de seu aspecto, que o teriam distinguido no meio de uma multidão como um precioso filão de opala azulada e luminosa, incrustado numa matéria grosseira, deveria correponder a uma vida diferente daquela dos outros homens. E por conseguinte quando, antes da relação de que madame de Villeparisis se queixava, as mais lindas mulheres da alta sociedade o haviam disputado, sua presença numa praia por exemplo, ao lado da beldade de renome a quem cortejava, não só a punha em absoluta evidência como atraía os olhares tanto para ele como para ela. Por seu "chic", por sua impertinência de jovem "leão", sobretudo por sua extraordinária beleza, alguns achavam até que tinha um jeito efeminado, sem por isso censurá-lo, pois sabiam como era viril e amava apaixonadamente as mulheres. Era desse sobrinho que madame de Villeparisis nos falara. Fiquei radiante ao pensar que íamos conviver por algumas semanas e certo de que me daria toda a sua afeição. Ele atravessou rapidamente o hotel em toda a sua largura, parecendo perseguir seu monóculo que ia volteando diante dele como uma borboleta. Vinha da praia, e o mar que enchia até meia altura as vidraças do hall formava um fundo contra o qual ele se destacava em pé, como certos retratos em que pintores pretendem, sem em nada trair a observação mais exata da vida atual mas escolhendo como modelo um quadro apropriado, campo de polo, de golfe, campo de corridas, convés de um iate, conferir um equivalente moderno dessas telas em que os primitivos colocavam a figura humana no primeiro plano de uma paisagem. Um carro de dois cavalos o esperava diante da porta; e enquanto seu monóculo recomeçava os folguedos pela estrada ensolarada, com a elegância e o domínio que um grande pianista consegue mostrar no trecho mais simples, em que não parecia possível que soubesse revelar-se superior a um intérprete de segunda ordem, o sobrinho de madame de Villeparisis, pegando as rédeas que o cocheiro lhe passou, sentou-se ao lado dele e, enquanto abria uma carta que o diretor do hotel lhe entregou, pôs os cavalos para andar.

Que decepção senti nos dias seguintes, sempre que o encontrei fora ou no hotel — pescoço erguido, equilibrando eternamente os gestos de seus membros em torno do monóculo fugidio e dançante que parecia seu centro de gravidade —, quando pude me dar conta de que não procurava se aproximar de nós e vi que não nos cumprimentava embora sem ignorar que éramos amigos de sua tia. E lembrando-me da amabilidade que tinham me manifestado madame de Villeparisis e antes dela o senhor de Norpois, pensei que talvez fossem nobres só de brincadeira, e que um artigo secreto das leis que governam a aristocracia talvez deva permitir às mulheres e a certos diplomatas que se furtem em suas relações com os plebeus, e por uma razão que me escapava, a essa soberba que, ao contrário, devia ser impiedosamente praticada por um jovem marquês. Minha inteligência poderia ter me dito o contrário. Mas a característica da idade ridícula que eu atravessava — idade nada ingrata, muito fecunda — é que não se consulta a inteligência e que os menores atributos das criaturas parecem fazer parte indivisível de sua personalidade. Totalmente cercados por monstros e deuses, é pouca a tranquilida-

— 300 —

de que conhecemos. Quase não há um dos gestos que então fizemos que não gostaríamos mais tarde de poder abolir. Mas o que mais deveríamos lamentar, inversamente, é já não possuir a espontaneidade que nos fazia realizá-los. Mais tarde vemos as coisas de modo mais prático, em plena conformidade com o resto da sociedade, mas a adolescência é o único tempo em que aprendemos alguma coisa.

Essa insolência que eu adivinhava no senhor de Saint-Loup, e tudo o que implicava de rudeza natural, foi confirmada por sua atitude sempre que passava ao nosso lado, com o corpo tão inflexivelmente empertigado, a cabeça sempre tão erguida, o olhar impassível, e não é exagero dizer, igualmente implacável, despojado desse vago respeito que se tem pelos direitos de outras criaturas, mesmo se elas não conhecem a sua tia, e que fazia com que eu não fosse totalmente o mesmo diante de uma senhora idosa como diante de um bico de gás. Essas maneiras gélidas estavam tão distantes das cartas encantadoras que, ainda poucos dias antes, eu o imaginava me escrevendo para me expressar sua simpatia, como está distante do entusiasmo da Câmara e do povo o discurso do homem imaginativo que, depois de devanear sozinho, por conta própria, em voz alta, vê-se, quando se acalmaram as aclamações imaginárias, na situação medíocre e obscura do mesmo João-Ninguém que era antes. Quando madame de Villeparisis, certamente para tentar desfazer a má impressão que nos causaram essas aparências reveladoras de uma natureza orgulhosa e má, voltou a nos falar da inesgotável bondade de seu sobrinho-neto (era filho de uma de suas sobrinhas e era um pouco mais velho que eu), admirei como em sociedade, desprezando toda a verdade, atribuem-se qualidades de coração aos que o têm tão seco, conquanto, aliás, sejam amáveis com pessoas brilhantes que fazem parte de seu ambiente. A própria madame de Villeparisis acrescentou, embora indiretamente, uma confirmação aos traços essenciais, já certos para mim, da personalidade de seu sobrinho num dia em que encontrei os dois num caminho tão estreito que ela não pôde deixar de nos apresentar. Ele pareceu não ouvir que lhe diziam o nome de alguém, nenhum músculo de seu rosto se mexeu; seus olhos, em que não brilhou o mais tênue vislumbre de simpatia humana, mostraram somente na insensibilidade, na inanidade do olhar um exagero sem o qual nada os diferenciaria de espelhos sem vida. Depois, fixando em mim aqueles olhos duros como se quisesse se informar a meu respeito, antes de retribuir meu cumprimento com um brusco trejeito que mais pareceu dever-se a um reflexo muscular que a um ato de vontade, pondo entre nós dois a maior distância possível, esticou o braço em todo o comprimento e me estendeu a mão, de longe. Quando no dia seguinte mandou me entregar seu cartão, pensei que se tratasse, no mínimo, de um duelo. Mas só me falou de literatura, declarou depois de uma longa conversa que tinha imensa vontade de me ver todos os dias, muitas horas. Durante essa visita, não só demonstrou um gosto muito ardoroso pelas coisas do espírito, como me testemunhou uma simpatia que combinava bem pouco com a saudação da véspera. Quando o vi refazê-la toda vez que lhe apresentavam alguém, compreendi que era um simples hábito mundano peculiar a certa parte da família e ao qual sua mãe, que fazia questão de que ele fosse admiravelmente bem-educado, submetera seu corpo; fazia aquelas saudações sem pensar no que fazia, como não pensava em suas belas roupas, em seus belos cabelos; era uma coisa destituída do significado moral que eu lhe conferira de início, uma coisa meramente aprendida, como esse outro hábito seu de fazer-se apresentar imediatamente aos pais de alguém que conhecia, e que nele se tornara tão instintivo que, vendo-me no dia seguinte ao nosso encontro, adiantou-se em minha direção e, sem me dar bom-dia, pediu-me para apresentá-lo à minha avó que estava ao meu lado, com a mesma rapidez febril que teria se esse pedido se devesse a algum instinto defensivo como o gesto de evitar um golpe ou fechar os olhos diante de um jato d'água fervendo, sem cuja proteção correria perigo se assim permanecesse por mais um segundo.

Cumpridos os primeiros ritos de exorcismo, assim como uma fada rabugenta despe-se da primeira aparência e enfeita-se com graças encantadoras, vi aquele ser desdenhoso tornar-se o mais amável, o mais atencioso rapaz que um dia encontrei. "Bem, pensei, já me enganei com ele, fui vítima de uma miragem, mas só venci a primeira para cair numa segunda, pois é um fidalgo apaixonado por sua nobreza e tentando dissimulá-la." Ora, toda a educação fascinante, toda a amabilidade de Saint-Loup devia, com efeito, passado pouco tempo, deixar-me ver outra criatura mas bem diferente da que eu supunha.

Aquele rapaz com jeito de aristocrata e de desportista pretensioso só tinha estima e curiosidade pelas coisas do espírito, sobretudo por essas manifestações modernistas da literatura e da arte que sua tia achava tão ridículas; por outro lado, estava imbuído do que ela chamava de declamações socialistas, cheio do mais profundo desprezo por sua casta, e passava horas a estudar Nietzsche e Proudhon. Era um desses "intelectuais" propensos à admiração, que se trancam num livro preocupados somente com o elevado pensamento. A expressão dessa tendência muito abstrata e que o afastava tanto de minhas preocupações habituais, embora me parecesse comovente, aborrecia-me um pouco, mesmo em Saint-Loup. Posso dizer que, quando soube enfim quem tinha sido seu pai, nos dias em que acabei de ler as Memórias recheadas de anedotas daquele famoso conde de Marsantes, em quem se resume a elegância tão especial de uma época já distante, com o espírito cheio de devaneios, desejoso de ter esclarecimentos sobre a vida que levara o senhor de Marsantes deu-me raiva que Robert de Saint-Loup, em vez de se contentar em ser o filho de seu pai, em vez de ser capaz de me guiar no romance antiquado que fora a vida dele, tivesse se elevado até o amor por Nietzsche e Proudhon. Seu pai não teria compartilhado meus pesares. Era ele mesmo um homem inteligente, que ultrapassava os limites de sua vida de homem mundano. Mal teve tempo de conhecer o filho, mas desejara que valesse mais que ele. E creio até que, contrariamente ao resto da família, o admiraria, se alegraria de que abandonasse em troca de austeras meditações aquilo que tinham sido seus escassos divertimentos e, sem dizer nada, na modéstia de fidalgo espirituoso, teria lido às escondidas os autores favoritos do filho para apreciar como Robert lhe era superior.

De resto, havia essa coisa bastante triste, que era que enquanto o senhor de Marsantes, de espírito muito aberto, teria apreciado um filho tão diferente dele próprio, Robert de Saint-Loup, sendo desses que acreditam que o mérito é ligado a certas formas de arte e de vida, tinha uma lembrança afetuosa mas um pouco depreciativa de um pai que se ocupou toda a vida de caçadas e corridas, bocejou ouvindo Wagner e adorou Offenbach. Saint-Loup não era inteligente o bastante para compreender que o valor intelectual nada tem a ver com a adesão a uma certa fórmula estética, e tinha pela intelectualidade do senhor de Marsantes um pouco o mesmo tipo de desdém que poderiam ter tido por Boieldieu ou por Labiche um filho de Boieldieu ou um filho de Labiche que tivessem sido adeptos da literatura mais simbolista e da música mais complicada. "Conheci muito pouco meu pai, dizia Robert. Dizem que era um homem requintado. Seu desastre foi a época deplorável em que viveu. Ter nascido no Faubourg Saint-Germain e ter vivido na época da *Belle Hélène*, isso é um cataclismo numa existência. Talvez um pequeno--burguês fanático pelo 'Ring' tivesse dado coisa bem diferente.* Dizem até que amava a literatura. Mas não se pode saber, pois o que entendia por literatura se compõe de obras ultrapassadas." E no que me dizia respeito, se eu achava Saint-Loup um pouco sério, ele não entendia que eu não o fosse ainda mais. Julgando cada coisa só pelo peso da inteligência que contém, não percebendo os encantamentos da imaginação que me causavam certas obras para ele frívolas, admirava-se que eu — eu a quem se imaginava tão inferior — pudesse me interessar por elas.

Desde os primeiros dias Saint-Loup conquistou minha avó, não só pela bondade incessante que se empenhava em demonstrar a nós dois como pela naturalidade que a isso conferia, como a todas as coisas. Ora, a naturalidade — sem dúvida porque nela se sente a natureza, sob a arte do homem — era a qualidade que minha avó preferia entre todas, tanto nos jardins onde não gostava que houvesse, como no de Combray, canteiros muito regulares, quanto na cozinha, onde detestava aqueles "bolos de noiva" enfeitados em que a gente custa a reconhecer os ingredientes que serviram para prepará-los, ou na interpretação pianística que ela não apreciava demasiado apurada, demasiado lambida, tendo até condescendência pelas notas enganchadas, pelas notas erradas de Rubinstein.** Ela saboreava essa naturalidade até nas roupas de Saint-Loup, de uma elegância ágil sem nada de "empetecado" nem de "afetado", sem armações nem engomados. Apreciava ainda mais esse rapaz rico pelo jeito negligente e livre que tinha de viver no luxo sem "cheirar a dinheiro", sem se dar ares de importância; encontrava o encanto dessa naturalidade até na incapacidade que Saint-Loup conservara — e que geralmente desaparece com a infância ao mesmo tempo que certas particularidades fisiológicas dessa idade — de impedir que seu rosto refletisse uma emoção. Alguma coisa que ele desejava, por

---

* *La Belle Hélène*, opereta de Offenbach; *Der Ring der Nibelung* (O anel dos nibelungos), tetralogia de Richard Wagner.

** Anton Rubinstein (1829-94), pianista e compositor russo.

— 304 —

exemplo, e com a qual não contara, ainda que fosse um cumprimento, realçava nele um prazer tão abrupto, tão ardente, tão volátil, tão expansivo, que lhe era impossível contê-lo e escondê-lo; um esgar de agrado apoderava-se irresistivelmente de seu rosto; a pele muito fina de suas faces deixava transparecer um vivo rubor, seus olhos refletiam o embaraço e a alegria; e minha avó era infinitamente sensível a essa graciosa aparência de franqueza e inocência, que aliás em Saint-Loup não enganava, ao menos na época em que me relacionei com ele. Mas conheci outra pessoa, e há muitas, em quem a sinceridade fisiológica desse rubor passageiro em nada excluía a duplicidade moral; muitas vezes ele prova somente a vivacidade com que essas pessoas ressentem o prazer, até se verem desarmadas diante dele e serem forçadas a confessá-lo aos outros, naturezas capazes das patifarias mais vis. Mas onde minha avó adorava sobretudo a naturalidade de Saint-Loup era em seu modo de confessar sem rodeios a simpatia que sentia por mim, quando para expressá-la recorria a essas palavras que nem a ela teriam ocorrido, conforme dizia, mais justas e verdadeiramente amorosas, palavras que "Sévigné e Beausergent" teriam subscrito; ele não se constrangia em gracejar sobre meus defeitos — que destrinchara com uma finura que a divertia —, mas como ela mesma teria feito, com ternura, exaltando ao contrário minhas qualidades com um calor, um desprendimento que não conhecia as reservas e a frieza com que os jovens de sua idade acreditam geralmente se dar importância. E para me evitar o menor incômodo, para ajeitar mantas sobre minhas pernas se o tempo refrescava sem que eu percebesse, para dar um jeito, sem dizer, de ficar à noite até mais tarde comigo se me sentisse triste ou indisposto, ele manifestava uma vigilância que, do ponto de vista de minha saúde, para a qual mais dureza talvez fosse preferível, minha avó achou quase excessiva mas que como prova de afeto por mim a tocava profundamente.

Muito depressa ficou estabelecido entre mim e ele que tínhamos nos tornado grandes amigos para sempre, e ele dizia "nossa amizade" como se tivesse falado de algo importante e delicioso que houvesse existido fora de nós e que logo ele chamou — excetuando seu amor pela amante — a melhor alegria de sua vida. Essas palavras me causavam uma espécie de tristeza e me sentia embaraçado para responder, pois quando eu estava com ele, conversava com ele — e sem dúvida teria sido o mesmo com qualquer outro —, nada sentia daquela felicidade que, ao contrário, me era possível sentir quando estava sem companhia. Sozinho, às vezes, sentia afluir do fundo de mim uma dessas impressões que me davam um delicioso bem-estar. Mas mal estava com alguém, mal falava com um amigo, meu espírito dava meia-volta, e era a esse interlocutor e não a mim mesmo que ele dirigia seus pensamentos, que quando seguiam esse sentido contrário não me proporcionavam nenhum prazer. Uma vez, quando deixei Saint-Loup, pus, com a ajuda de palavras, uma espécie de ordem nos minutos confusos que passara com ele; dizia-me que tinha um bom amigo, que um bom amigo é coisa rara, mas ao me ver cercado de coisas difíceis de adquirir, eu sentia justamente o oposto do prazer que me era natural, o oposto do prazer de ter extraído de mim e levado à luz algo que lá estava escondido na penumbra. Se tivesse passado duas ou três horas conversando com Robert de Saint-Loup e se ele tivesse admirado o que eu lhe dissera, sentia uma espécie de remorso, de desgosto, de cansaço por não ter ficado sozinho e disposto, enfim, a trabalhar. Mas me dizia que não somos inteligentes só para nós mesmos, que os maiores espíritos desejaram ser apreciados, que eu não podia considerar como perdidas as horas em que construíra uma elevada ideia de mim no espírito de meu amigo, e convencia-me facilmente de que devia estar feliz e desejava tão mais profundamente que essa felicidade jamais me fosse retirada na medida em que não a sentira. Tememos, mais que o desaparecimento de todos os outros bens, os que ficaram fora de nós, porque nosso coração ainda não se apropriou deles. Sentia-me capaz de exercer as virtudes da amizade melhor que muitos (porque sempre faria passar o bem de meus amigos à frente dos interesses pessoais a que outros são apegados e que para mim não contam), mas não de conhecer a alegria em virtude de um sentimento que, em vez de aumentar as diferenças que havia entre minha alma e a dos outros — como há entre as almas de cada um de nós —, as apagaria. Em contrapartida, por instantes meu pensamento detectava em Saint-Loup um ser mais geral do que ele mesmo, o "nobre", que tal qual um espírito interior movia seus membros, ordenava seus gestos e seus atos; então, nesses momentos, embora perto dele, estava sozinho como se estivesse diante de uma paisagem cuja harmonia eu compreendesse. Ele não era mais do que um objeto que meu devaneio tentava

— 306 —

aprofundar. Ao encontrar sempre nele esse ser anterior, secular, esse aristocrata que Robert aspirava justamente a não ser, eu sentia uma profunda alegria, mas de inteligência, não de amizade. Na agilidade moral e física que dava tanta graça à sua amabilidade, no desembaraço com que oferecia seu carro à minha avó e a ajudava a subir, em sua destreza ao saltar do assento quando temia que eu estivesse com frio para jogar sua própria capa sobre meus ombros, eu não sentia apenas a agilidade hereditária dos grandes caçadores que havia gerações tinham sido os ancestrais daquele rapaz que só aspirava à intelectualidade, nem apenas o desprezo que tinham pela riqueza, e que nele subsistia ao lado do amor a essa riqueza, pois assim poderia melhor festejar os amigos e pôr a seus pés, com tanta displicência, todo o luxo que ela lhe permitia; sentia sobretudo a certeza ou a ilusão que aqueles fidalgos tiveram de ser "mais que os outros", graças ao que não puderam legar a Saint-Loup esse desejo de mostrar que se é "tanto quanto os outros", esse medo de parecer muito solícito que, de fato, lhe era verdadeiramente desconhecido e que enfeia com tanta dureza e falta de tato a mais sincera amabilidade plebeia. Às vezes eu me censurava por sentir assim prazer em considerar meu amigo como uma obra de arte, isto é, por encarar a engrenagem de todas as partes de seu ser como harmoniosamente regulada por uma ideia geral a que estavam suspensas mas que ele não conhecia, e por conseguinte nada acrescentava às suas qualidades próprias, a esse valor pessoal de inteligência e de moralidade que ele tanto apreciava.

E no entanto, em certa medida tudo condicionava essa ideia. É porque ele era um fidalgo que essa atividade mental, essas aspirações socialistas, que o faziam procurar jovens estudantes pretensiosos e malvestidos, tinham nele algo de verdadeiramente puro e desinteressado que não tinham nos outros. Acreditando-se o herdeiro de uma casta ignorante e egoísta, buscava sinceramente que lhe perdoassem essas origens aristocráticas que, ao contrário, exerciam sobre eles uma sedução e por isso o procuravam, enquanto simulavam a seu respeito frieza e até insolência. Era ele assim levado a tomar a dianteira junto a pessoas de quem meus pais, fiéis à sociologia de Combray, ficariam estupefatos que não se afastasse. Um dia em que estávamos sentados na areia, Saint-Loup e eu, ouvimos de uma barraca de lona em que estávamos encostados saírem imprecações contra o formigueiro

— 307 —

de israelitas que infestava Balbec. "A gente não pode dar dois passos sem encontrá-los, dizia a voz. Por princípio não sou irredutivelmente hostil à nacionalidade judaica, mas aqui é um exagero. Só se ouve: 'Olá, Apraão, xou eu, o Xakop'. Parece até que a gente está na rua d'Aboukir." O homem que trovejava assim contra Israel saiu afinal da barraca, e levantamos os olhos para aquele antissemita. Era meu companheiro Bloch. Saint-Loup logo me pediu para lembrar-lhe que haviam se encontrado no Concurso Geral em que Bloch tivera o prêmio de honra, e depois numa universidade popular.*

Quando muito, às vezes eu sorria ao observar em Robert as lições dos jesuítas, como no constrangimento que o medo de magoar lhe provocava sempre que algum de seus amigos intelectuais cometia um erro mundano ou fazia algo ridículo a que ele, Saint-Loup, não atribuía a menor importância mas que teria ruborizado o outro, se alguém percebesse. E era Robert que ficava ruborizado como se tivesse sido ele o culpado, por exemplo no dia em que Bloch, ao lhe prometer ir vê-lo no hotel, acrescentou:

"Como não suporto ficar esperando em meio ao falso chique desses grandes caravançarás, e os ciganos me fariam me sentir mal, diga ao 'laift' que mande calá-los e que avise a você imediatamente."

Pessoalmente, eu não fazia muita questão de que Bloch fosse ao hotel. Ele estava em Balbec, não sozinho mas com suas irmãs que, por sua vez, tinham ali muitos parentes e amigos, hélas! Ora, essa colônia judaica era mais pitoresca que agradável. Acontecia em Balbec o mesmo que em certos países, a Rússia ou a Romênia, onde nos cursos de geografia nos ensinam que a população israelita não goza da mesma simpatia nem chegou ao mesmo grau de assimilação que em Paris, por exemplo. Sempre juntos, sem mistura de nenhum outro elemento, quando as primas e os tios de Bloch, ou seus correligionários machos ou fêmeas, iam ao Cassino, umas para o "baile", outros bifurcando para o bacará, formavam um cortejo homogêneo em si e inteiramente diverso das pessoas que os olhavam passar e ali os encontravam todos os anos sem jamais trocar um cumprimento com eles, fosse o grupo dos Cambremer, o clã do presidente do tribunal, ou grandes e pequenos burgueses, ou mesmo simples negocian-

---

* As universidades populares tinham sobretudo cursos noturnos e foram criadas em 1898, data em que se pode situar o episódio de "Nomes de terras: a terra".

tes de cereais de Paris, cujas filhas belas, orgulhosas, zombeteiras e francesas como as estátuas de Reims não gostariam de se misturar àquela horda de mocetonas mal-educadas, levando a preocupação das modas dos "banhos de mar" ao ponto de ficarem sempre com jeito de que acabavam de pescar camarão ou de dançar tango. Quanto aos homens, apesar do brilho dos smokings e dos sapatos de verniz, o exagero de seus tipos fazia pensar nessas pesquisas ditas "inteligentes" dos pintores que, tendo de ilustrar os Evangelhos ou as *Mil e uma noites*, pensam no país onde a cena se passa e dão a são Pedro ou a Ali Babá justamente o rosto que tinha o mais gordo "mandachuva" de Balbec. Bloch me apresentou suas irmãs, a quem ele calava o bico com a pior das grosserias e que riam às gargalhadas das menores tiradas do irmão, para elas motivo de admiração e seu ídolo. De modo que é provável que aquele ambiente devesse esconder como qualquer outro, talvez mais que qualquer outro, muitos encantos, qualidades e virtudes. Mas para conhecê-los seria preciso penetrá-lo. Ora, esse ambiente não agradava, sentia-o, e via nisso a prova de um antissemitismo a que fazia frente numa falange compacta e fechada em que ninguém, aliás, sonhava em abrir caminho.

Quanto ao "laift", tinha menos razão de surpreender na medida em que alguns dias antes Bloch me perguntara por que eu fora a Balbec (parecia-lhe, ao contrário, perfeitamente natural que ele mesmo lá estivesse) e se era "na esperança de fazer belos conhecimentos", e eu lhe dissera que aquela viagem respondia a um de meus mais antigos desejos, menos profundo, porém, que o de ir a Veneza; ele respondera: "Sim, naturalmente, para tomar uns sorvetes com as lindas senhoras e fazer de conta que lê ao mesmo tempo as *Stones of Venaice*, de Lord John Ruskin, um soturno enfadonho e um dos sujeitos mais chatos que existem". Portanto, era evidente que Bloch acreditava que na Inglaterra não só todos os indivíduos do sexo masculino são lordes, como também que a letra *i* sempre se pronuncia *ai*. Quanto a Saint-Loup, achava que esse erro de pronúncia não era grave, vendo-o sobretudo como ausência dessas noções quase mundanas que meu novo amigo desprezava tanto quanto as possuía. Mas o medo de que Bloch, vindo a saber um dia que se diz Venice e que Ruskin não era lorde, acreditasse retrospectivamente que Robert o achara ridículo despertou-lhe culpa, como se lhe tivesse mostrado a indulgência que tinha de sobra, e o rubor que sem dúvida iria um dia colorir o rosto de Bloch quando descobrisse seu erro, ele o sentiu no próprio rosto, por antecipação e reversibilidade. Pois pensava que Bloch dava mais importância que ele a esse erro. O que Bloch provou algum tempo depois, num dia em que me ouviu pronunciar "lift" e interrompeu: "Ah! Então se diz lift". E num tom seco e altivo: "Aliás, isso não tem a menor importância". Frase análoga a um reflexo, a mesma em todos os homens que têm amor-próprio, tanto nas mais graves circunstâncias como nas mais ínfimas; denunciando então, como neste caso, que a coisa em questão parece importante para quem a declara sem importância; frase trágica às vezes, a primeira a escapar, e por isso tão deplorável, dos lábios de todo homem um pouco orgulhoso a quem se acaba de tirar a última esperança a que se agarrava, recusando-lhe um favor: "Ah! bem, isso não tem a menor importância, vou dar um jeito, de outra maneira"; sendo que a outra maneira para a qual é impelido sem ter a menor importância é, às vezes, o suicídio.

Depois Bloch me disse coisas muito amáveis. Com certeza queria ser muito gentil comigo. Perguntou-me, porém: "É por gosto de se elevar à nobreza — uma nobreza, aliás, muito secundária, mas você continua ingênuo — que convive com Saint-Loup-en-Bray? Você deve estar passando por uma bela crise de esnobismo. Mas me diga, você é esnobe? É, não é mesmo?". Não é que seu desejo de amabilidade tivesse bruscamente mudado. Mas o que se chama num francês bastante incorreto "a má educação" era seu defeito, por conseguinte o defeito de que não se apercebia, com mais razão porque não imaginava que pudesse chocar os outros. Na humanidade, a frequência das virtudes idênticas para todos é tão maravilhosa como a multiplicidade dos defeitos específicos de cada um. Por certo, "a coisa mais espalhada no mundo" não é o bom senso, é a bondade. Nos recantos mais longínquos, mais perdidos, nos maravilhamos ao vê-la florir por si mesma, assim como num vale afastado uma papoula igual às do resto do mundo, ela que nunca as viu e jamais conheceu senão o vento que às vezes faz estremecer seu solitário capuz. Embora essa bondade, paralisada pelo interesse, não se exerça, ela existe, porém, e sempre que algum motivo egoísta a impeça de fazê-lo, por exemplo durante a leitura de um romance ou de um jornal, ela desabrocha e se volta, até no coração de quem, assassino na vida, mantém sua ternura de amante de folhetins, para o fraco, para o justo e para o perseguido. Mas a variedade dos defeitos não é menos admirável do que a semelhança das virtudes. A pessoa mais perfeita tem certo defeito que choca ou enfurece. Uma tem bela inteligência, vê tudo de um ponto de vista elevado, jamais fala mal de ninguém, mas esquece no bolso as cartas mais importantes que ela mesma disse a você que entregaria e depois faz você faltar a um encontro capital, sem lhe pedir desculpas, com um sorriso, porque para ela é questão de orgulho nunca saber que horas são. Outro tem tanta finura, doçura, procedimentos delicados, que jamais diz a seu respeito senão as coisas que podem fazê-lo feliz, mas você sente que ele silencia, enterra no coração, onde ficam azedando, coisas totalmente diferentes, e o prazer que sente em ver você lhe é tão caro que ele prefere matá-lo de cansaço a deixá-lo. Um terceiro tem mais sinceridade, mas leva-a a ponto de querer que você saiba que, quando deu a desculpa de seu estado de saúde para não ter ido vê-lo, você foi visto indo ao teatro e o acharam com boa cara ou lhe diz que não pôde aproveitar muito a providência que você tomou para ele, que aliás já outros três lhe propuseram tomar e que por isso mesmo tem pouco a lhe agradecer. Nas duas circunstâncias, o amigo anterior fingiria ignorar que você tinha ido ao teatro e que outras pessoas poderiam lhe prestar o mesmo favor. Quanto a este último amigo, sente a necessidade de repetir ou revelar a alguém aquilo que mais pode contrariar você, fica radiante com a própria franqueza e lhe diz enfático: "Eu sou assim". Ao passo que outros irritam pela curiosidade exagerada, ou por falta de curiosidade tão absoluta que você pode lhes falar dos acontecimentos mais sensacionais sem que saibam do que se trata; outros levam meses para lhe responder quando a sua carta tem a ver com um fato que diz respeito a você e não a eles, ou então lhe dizem que vêm lhe pedir alguma coisa e você não se atreve a sair de casa, temendo que não o encontrem, e eles não vêm e o deixam esperar semanas a fio porque dizem não ter recebido a sua resposta que a carta deles não exigia de jeito nenhum, e imaginam que você estava zangado. E alguns, consultando o próprio desejo e não o seu, lhe falam sem deixá-lo encaixar uma palavra caso estejam alegres e com vontade de vê-lo, por mais que você tenha um trabalho urgente a fazer, mas caso se sintam cansados por causa do tempo, ou de mau humor, você não consegue tirar-lhes uma só palavra, contrapõem aos seus esforços uma inerte languidez e já não se dão ao trabalho de responder, nem sequer por monossílabos, ao que você diz como se não o tivessem ouvido. Cada amigo nosso tem os seus defeitos e para continuar a estimá-lo somos obrigados a tentar nos resignar com esses defeitos — pensando em seu talento, em sua bondade, em sua ternura —, ou melhor, não levá-los em conta, demonstrando para isso toda a nossa boa vontade. Por infelicidade, nossa condescendente obstinação em não ver o defeito de nosso amigo é superada por aquela com que ele se dedica a esse defeito devido à sua cegueira ou à cegueira que atribui aos outros. Pois não o vê ou pensa que os outros não o veem. Como o risco de desagradar vem sobretudo da dificuldade em apreciar o que se passa ou o que passa desapercebido, deveríamos, ao menos por prudência, nunca falar de nós, porque é um assunto em que podemos ter certeza de que a visão dos outros e a nossa própria jamais concordam. Se ao descobrirmos a verdadeira vida dos outros, o universo real sob o universo aparente, temos tantas surpresas como ao visitar uma casa de aparência banal cujo interior está cheio de tesouros, pés de cabra e cadáveres, não as temos menos se, em vez da imagem que formamos de nós mesmos graças ao que cada um nos dizia, ficarmos sabendo pela linguagem que empregam a nosso respeito, em nossa ausência, como é inteiramente diversa a imagem que tinham de nós e de nossa vida. De modo que sempre que falamos de nós, podemos estar certos de que nossas palavras inofensivas e prudentes, ouvidas com uma polidez aparente e uma hipócrita aprovação, deram lugar aos comentários mais exasperados ou aos mais divertidos, em todo caso os menos favoráveis. O mínimo a que nos arriscamos é irritar os outros, pela desproporção que há entre nossa ideia de nós mesmos e nossas palavras, desproporção que costuma tornar as palavras das pessoas sobre elas tão risíveis quanto esses trauteios de falsos amantes de música que sentem necessidade de cantarolar uma melodia que apreciam compensando a insuficiência de seu murmúrio inarticulado com uma mímica enérgica e um ar de admiração que não se justifica pelo que nos fazem ouvir. E ao mau hábito de falar de si e de seus defeitos há que acrescentar, como formando um bloco com ele, esse de denunciar nos outros defeitos justamente análogos aos que temos. Ora, é sempre desses defeitos que falamos, como se fosse uma maneira enviesada de falar de nós, e que junta ao prazer de nos absolvermos o de nos confessarmos. Aliás, parece que nossa atenção,

— 312 —

sempre atraída para o que nos caracteriza, observa-o nos outros, mais que qualquer outra coisa. Um míope diz de outro: "Mas ele mal consegue abrir os olhos"; um doente do peito tem dúvidas sobre a integridade pulmonar do mais resistente; um sujo só fala dos banhos que os outros não tomam; um malcheiroso alega que o outro cheira mal; um marido enganado vê por todo lado maridos enganados; uma mulher leviana, mulheres levianas; o esnobe, esnobes. E depois, cada vício, como cada profissão, exige e desenvolve um saber especial que ninguém se zanga de exibir. O invertido descobre a pista dos invertidos, o costureiro convidado a uma reunião ainda nem conversou com você e já apreciou o tecido do seu traje, cujas qualidades seus dedos anseiam apalpar, e se depois de alguns instantes de conversa você perguntasse a um dentista sua verdadeira opinião a seu respeito, ele lhe diria o número de seus dentes ruins. Para ele, nada parece mais importante, e para você, que observou os dele, nada mais ridículo. E não é somente quando falamos de nós que julgamos os outros cegos; agimos como se o fossem. Para cada um de nós, existe ali um deus especial que lhe esconde ou lhe promete a invisibilidade de seu defeito, assim como fecha os olhos e as narinas das pessoas que não se lavam para o risco de sujeira que têm nas orelhas e o cheiro de suor que conservam nas axilas, e as convencem de que podem impunemente passear os dois defeitos pelo mundo porque ninguém se aperceberá deles. E os que usam ou dão de presente pérolas falsas imaginam que vão tomá-las por verdadeiras. Bloch era mal-educado, neurastênico, esnobe e, pertencendo a uma família pouco estimada, suportava como no fundo dos mares as incalculáveis pressões que faziam pesar sobre ele não só os cristãos da superfície como as camadas sobrepostas das castas judaicas superiores à sua, cada uma esmagando com seu desprezo a que lhe era imediatamente inferior. Ir furando até o ar livre, elevando-se de família judaica em família judaica, exigiria de Bloch vários milhares de anos. Era melhor tentar abrir caminho por outro lado.

Quando Bloch me falou da crise de esnobismo que eu devia estar atravessando e pediu-me que lhe confessasse que eu era esnobe, poderia ter lhe respondido: "Se fosse, não me daria com você". Disse-lhe somente que era pouco amável. Então ele quis se desculpar, mas da maneira que é justamente a do homem mal-educado, o qual fica contentíssimo em voltar atrás em suas palavras e encontrar uma ocasião de agravá-las. "Desculpe-me, dizia agora sempre que me encontrava, eu o entristeci, torturei, fui muito mau com você. E no entanto — o homem em geral e seu amigo em especial é um animal tão singular —, você não pode imaginar, eu que implico tão cruelmente com você, o afeto que tenho por você. Quando penso em você, costumo chegar às lágrimas." E fez ouvir um soluço.

Mais do que seus maus modos, o que me espantava em Bloch era como a qualidade de sua conversa era desigual. Esse rapaz tão exigente, que dizia dos escritores mais em voga: "É um sinistro idiota, é um perfeito imbecil", de vez em quando contava com grande vivacidade anedotas que não tinham nada de engraçado e citava como "alguém curioso de verdade" certo homem totalmente medíocre. Essa dupla balança para julgar o espírito, o valor, o interesse das pessoas não deixou de me surpreender até o dia em que conheci o senhor Bloch pai.

Eu não acreditava que algum dia teríamos o prazer de conhecê-lo, pois Bloch filho falara mal de mim a Saint-Loup e de Saint-Loup a mim. Especialmente, dissera a Robert que eu era (sempre) terrivelmente esnobe. "Sim, sim, ele está encantado porque conheceu o senhor LLLLegrandin", disse. Essa maneira de destacar uma palavra era em Bloch o sinal ao mesmo tempo de ironia e de literatura. Saint-Loup, que jamais ouvira falar no nome de Legrandin, admirou-se: "Mas quem é? — Ah! É uma pessoa *muito distinta*", respondeu Bloch rindo e pondo, friorento, as mãos nos bolsos do jaquetão, convencido de que estava nesse momento contemplando o aspecto pitoresco de um extraordinário fidalgo de província ao lado de quem os de Barbey d'Aurevilly não eram nada. Consolava-se por não saber retratar o senhor Legrandin pronunciando-lhe os vários *ll* e saboreando seu nome como um desses vinhos papas-finas. Mas essas fruições subjetivas permaneciam desconhecidas dos outros. Se falou mal de mim a Saint-Loup, por outro lado não me falou menos mal de Saint-Loup. Já no dia seguinte, cada um de nós conhecia os detalhes de suas maledicências, não que as tivéssemos repetido um ao outro, o que não acharíamos muito correto, mas isso parecia tão natural e quase tão inevitável que Bloch, em sua inquietação e dando por certo que apenas informaria a um ou a outro o que deveriam saber, preferiu tomar a dianteira e, puxando Saint-Loup à parte, confessou que tinha falado mal dele, de propósito, para que lhe dissessem isso

— 314 —

de novo, e jurou-lhe "por Cronion Zeus, guardião dos juramentos", que gostava dele, que daria a vida por ele, e enxugou uma lágrima. No mesmo dia, deu um jeito de me ver a sós, fez-me sua confissão, declarou que agira em meu interesse porque acreditava que certo tipo de relações mundanas me era nefasto e que eu "valia mais que isso". Depois, pegando minha mão com um enternecimento de bêbado, embora sua bebedeira fosse puramente nervosa, disse: "Acredite em mim, e que a negra Ker me agarre neste instante e me faça transpor as portas do Hades, odioso aos homens, se ontem, pensando em você em Combray, em minha infinita ternura por você, em certas tardes de colégio de que você nem se lembra, não solucei a noite toda. Sim, a noite toda, juro, e ai de mim, pois conheço as almas e sei que não vai acreditar em mim". De fato, não acreditava nele, e seu juramento "pela Ker" não acrescentava grande peso a essas palavras que eu sentia serem inventadas naquele mesmo instante e à medida que ele falava, pois o culto helênico era em Bloch puramente literário. Aliás, mal começava a se enternecer e desejava nos enternecer acerca de alguma mentira, dizia: "Juro a você", mais ainda pela volúpia histérica de mentir do que pelo interesse em fazer crer que dizia a verdade. Eu não acreditava no que me dizia e não o queria mal por isso, pois herdara de minha mãe e de minha avó a incapacidade de sentir rancor, mesmo contra culpados bem maiores, e de alguma vez condenar alguém.

Por sinal, Bloch nada tinha de um mau rapaz, e podia ser de grandes gentilezas. E desde que a raça de Combray, a raça de onde saíam seres absolutamente impolutos como minha avó e minha mãe, está quase extinta, como praticamente não tenho escolha senão entre brutos honestos, insensíveis e leais, cujo simples timbre de voz logo mostra que em nada se preocupam com a nossa vida — e outra espécie de homens que enquanto estão ao nosso lado nos compreendem, nos querem bem a ponto de chorar, e vão à forra horas mais tarde fazendo uma cruel troça conosco, mas voltam para nós, sempre tão compreensivos, tão encantadores, tão momentaneamente assimilados a nós mesmos, acho que é desta última espécie de homens que prefiro, se não o valor moral, pelo menos o convívio.

"Você não pode imaginar minha dor quando penso em você, Bloch recomeçou. No fundo, é um lado bastante judaico que existe em mim e que reaparece", acrescentou ironicamente contraindo a pupila como se se tratasse de dosar no microscópio uma quantidade infinitesimal de "sangue judeu" e como poderia tê-lo dito (mas não teria dito) um aristocrata francês que entre seus ancestrais todos cristãos tivesse, porém, contado Samuel Bernard ou, dantes ainda, a Virgem Maria, de quem os Lévy, dizem, pretendem descender. "Gosto muito, acrescentou, de separar em meus sentimentos a parte, aliás um tanto pequena, que pode ter relação com minhas origens judaicas." Pronunciou essa frase porque lhe parecia a um só tempo espirituoso e corajoso dizer a verdade sobre sua raça, verdade que ao mesmo tempo se esforçava para atenuar singularmente, como os avarentos que decidem liquidar suas dívidas mas não querem pagar mais que a metade. Esse gênero de fraude que consiste em ter a audácia de proclamar a verdade mas nela misturar, em boa parte, mentiras que a falsificam, é mais disseminado do que se pensa, e mesmo os que não costumam praticá-lo passam por certas crises na vida, em especial quando está em jogo uma relação amorosa, que lhes dão ensejo de fazê-lo.

Todas essas diatribes confidenciais de Bloch a Saint-Loup contra mim, a mim contra Saint-Loup acabaram com um convite para jantar. Não tenho muita certeza de que antes não tivesse feito uma tentativa de ficar só com Saint-Loup. A verossimilhança torna provável essa tentativa, o sucesso não a coroou, pois foi a mim e a Saint-Loup que Bloch disse um dia: "Caro mestre, e vós, cavaleiro amado de Ares, de Saint-Loup-en-Bray, domador de cavalos, visto que vos encontrei às margens de Anfitrite, ressoando de espuma, perto das tendas dos Menier,* os das naves velozes, quereis vir todos dois jantar um dia da semana na casa de meu ilustre pai de coração irrepreensível?". Formulava-nos esse convite porque desejava se relacionar mais estreitamente com Saint-Loup que o faria, esperava, penetrar nos meios aristocráticos. Se formulado por mim, para mim, Bloch julgaria esse desejo a marca do mais hediondo esnobismo, bem conforme à opinião que tinha de todo um aspecto de minha natureza que, pelo menos até ali, ele considerava secundário; mas o mesmo desejo, de sua parte, parecia-lhe a prova de uma bela curiosidade de sua inteligência ansiosa de certos exílios sociais que talvez pudesse lhe ser

---

* Na imitação que faz do estilo homérico, Bloch introduz uma referência aos Menier, fabricantes de chocolates e cujo iate *Ariane* era famoso.

de alguma utilidade literária. O senhor Bloch pai, quando o filho lhe dissera que levaria para jantar um de seus amigos, do qual declinara o título e o nome em tom de satisfação sarcástica: "O marquês de Saint-Loup-en-Bray", sentira uma comoção violenta. "O marquês de Saint-Loup-en-Bray! Ah! Com os diabos!", exclamara, usando a interjeição que nele era a marca mais forte da deferência social. E jogara sobre o filho capaz de ter feito aquelas relações um olhar admirativo que significava: "Ele é de fato surpreendente. Esse prodígio é meu filho?", e que causou tanto prazer a meu companheiro como se tivessem aumentado sua mesada em cinquenta francos. Pois Bloch sentia-se pouco à vontade em casa e seu pai o tratava como um extraviado porque passava a vida em admiração a Leconte de Lisle, Heredia e outros "boêmios". Mas relações com Saint-Loup-en-Bray, cujo pai era presidente do canal de Suez! (Ah! com os diabos!) era um resultado "indiscutível". Lamentaram mais ainda terem deixado em Paris, por receio de estragá-lo, o estereoscópio. Só o senhor Bloch pai tinha a arte, ou pelo menos o direito, de manejá-lo. Aliás, fazia-o raramente, conscientemente, nos dias de gala e quando se contratavam domésticos masculinos extras. De modo que daquelas sessões de estereoscópio emanavam para os assistentes como que uma distinção, um favor de privilegiados, e para o dono da casa que as oferecia um prestígio análogo ao que o talento confere, e que não poderia ser maior se as vistas tivessem sido tiradas pelo próprio senhor Bloch e o aparelho fosse invenção sua. "Não foi convidado ontem para a casa do Salomon?, diziam as pessoas da família. — Não, não estava entre os eleitos! O que havia por lá? — Muito espalhafato, o estereoscópio, a tralha toda. — Ah! Se havia o estereoscópio, lamento não ter ido, pois parece que Salomon é extraordinário quando mostra aquilo." Que se há de fazer, disse o senhor Bloch ao filho, não se deve dar tudo a ele ao mesmo tempo, assim ficará alguma coisa para desejar." Em sua ternura paterna, ele de fato pensara, para emocionar o filho, em mandar buscar o aparelho. Mas faltava "tempo material", ou melhor, pensaram que faltaria; mas tivemos de adiar o jantar porque Saint-Loup não pôde se deslocar, esperando um tio que iria passar quarenta e oito horas com madame de Villeparisis. Como esse tio era muito dado aos exercícios físicos, sobretudo às longas caminhadas, era em grande parte a pé, dormindo à noite em granjas, que ele iria percorrer o caminho desde o castelo onde estava a passeio, e o momento em que chegaria a Balbec era bastante incerto. E como Saint-Loup não se atrevia a se mover, encarregou-me até de ir levar a Incarville, onde ficava o posto telegráfico, o telegrama que mandava diariamente para a amante. O tio que era esperado chamava-se Palamède, nome herdado dos príncipes da Sicília, seus ancestrais. E mais tarde, quando reencontrei em minhas leituras históricas, como pertencendo a determinada podestade ou a tal príncipe da Igreja, esse mesmo nome, bela medalha do Renascimento — alguns diziam uma verdadeira antiguidade — que sempre permanecera na família, tendo passado de descendente a descendente desde o gabinete do Vaticano até o tio de meu amigo, eu sentia o prazer reservado aos que, não podendo por falta de dinheiro constituir uma coleção de medalhas, uma pinacoteca, procuram velhos nomes (nome de lugar, documentais e pitorescos como um mapa antigo, uma perspectiva militar, uma insígnia ou uma coleção de costumes, nomes de batismo em que ressoam e se ouvem, nas belas sílabas finais francesas, o defeito de prosódia, a entonação de uma vulgaridade étnica, a pronúncia viciosa pelos quais nossos antepassados submetiam as palavras latinas e saxônicas a mutilações duradouras que mais tarde se tornaram as augustas legisladoras das gramáticas) e, em suma, graças a essas coleções de sonoridades antigas dão concertos para si mesmos, à maneira dos que adquirem violas de gamba e violas de amor para tocar a música de outrora com instrumentos antigos. Saint-Loup me disse que mesmo na sociedade aristocrática mais fechada seu tio Palamède ainda se distinguia como alguém de acesso especialmente difícil, presumido, fanático pela nobreza, formando com a mulher de seu irmão e algumas outras pessoas escolhidas o que se chamava o círculo dos Fênix. Mesmo ali era tão temido por suas insolências, que outrora acontecera de pessoas de sociedade que desejavam conhecê-lo e se haviam dirigido a seu próprio irmão terem sofrido uma recusa. "Não, não me peça para apresentá-lo a meu irmão Palamède. Minha mulher, nós todos, ainda que nos empenhássemos, não conseguiríamos. Ou então correria o risco de ele não ser amável, o que me desagradaria." No Jockey, tinha com alguns amigos designado duzentos sócios a quem jamais se deixariam apresentar. E na casa do conde de Paris era conhecido pelo apelido de "Príncipe" por causa de sua elegância e de sua soberba.

Saint-Loup me falou da mocidade, havia muito passada, desse

— 318 —

seu tio. Todo dia levava mulheres a uma garçonnière que tinha em comum com dois amigos seus, belos como ele, o que fazia com que os chamassem "as três Graças".

"Certo dia, um dos homens que hoje é um dos mais bem-vistos no Faubourg Saint-Germain, como diria Balzac, mas que numa primeira fase um tanto constrangedora mostrava gostos esquisitos, pediu a meu tio para ir a essa garçonnière. Mas assim que chegou não foi às mulheres, e sim a meu tio Palamède, a quem começou a se declarar. Meu tio fez de conta que não estava entendendo, buscou com uma desculpa qualquer seus dois amigos, que voltaram, pegaram o culpado, o despiram, o espancaram até sangrar, e num frio de dez graus abaixo de zero o jogaram na rua, aos pontapés, onde foi encontrado semimorto, tanto assim que a Justiça abriu um inquérito e o infeliz teve a maior dificuldade para fazê-la desistir. Hoje, meu tio já não praticaria uma execução tão cruel e você não imagina o número de homens do povo a que ele, tão altivo com as pessoas de sociedade, se afeiçoa, protege, ainda que para ser pago com ingratidão. É um criado que lhe terá servido num hotel e para quem conseguirá uma colocação em Paris, é um camponês a quem fará aprender um ofício. Este, aliás, é seu lado muito gentil, em contraste com o lado mundano." De fato, Saint-Loup pertencia a esse gênero de moços de sociedade, situados numa altura em que é possível que brotem essas expressões: "É aliás o que ele tem de muito gentil, é seu lado muito gentil", sementes bastante preciosas, produzindo muito depressa um modo de conceber as coisas em que não se vale nada e o "povo" vale tudo; em suma, o exato contrário do orgulho plebeu. "Acho que não se consegue imaginar como, na juventude, ele dava as cartas, como ditava a lei para toda a sociedade. Em qualquer circunstância, fazia o que lhe parecia o mais agradável, o mais cômodo, mas logo era imitado pelos esnobes. Se sentia sede no teatro e mandava lhe levarem bebida no fundo de seu camarote, os salõezinhos que havia atrás de cada um se enchiam, na semana seguinte, de refrescos. Num verão chuvoso em que estava com um pouco de reumatismo, encomendou um sobretudo de vicunha macio mas quente que só se usa para mantas de viagem e cujas listras azuis e laranja ele respeitou. Os grandes alfaiates logo viram seus clientes encomendar sobretudos azuis e franjados, de pelo comprido. Se por uma razão qualquer desejava retirar todo o caráter de solenidade de um jantar num castelo onde passava o dia, e para marcar essa nuance não levava casaca e se sentava à mesa com o jaquetão da tarde, a moda passava a ser jantar no campo de jaquetão. Se para comer um doce ele usava, em vez de sua colher, um garfo ou um talher que inventara, encomendado por ele a um ourives, ou seus dedos, não era mais permitido fazer de outra maneira. Tinha vontade de reescutar certos quartetos de Beethoven (pois com todas as suas ideias extravagantes, está longe de ser idiota, e é muito talentoso) e mandava chamar artistas para tocá-los toda semana, para ele e alguns amigos. E naquele ano a suma elegância foi dar reuniões para uns poucos íntimos em que se ouvia música de câmara. Pensando bem, acho que não se aborreceu na vida. Belo como foi, deve ter tido muitas mulheres! Eu não seria capaz de lhe dizer, aliás, exatamente quais, porque é muito discreto. Mas sei que enganou um bocado minha pobre tia. O que não impede que tenha sido delicioso com ela, que o adorava, e que a tenha pranteado por muitos anos. Quando está em Paris, ainda vai ao cemitério quase todo dia."

Na manhã seguinte ao dia em que Robert me falara assim de seu tio enquanto o esperava, aliás em vão, ao passar sozinho na frente do cassino, voltando para o hotel, tive a sensação de ser olhado por alguém que não estava longe de mim. Virei a cabeça e avistei um homem de uns quarenta anos, muito alto e bastante gordo, de bigodes muito pretos e que, enquanto batia nervosamente nas calças com um chicotinho, fixava em mim olhos dilatados pela atenção. Por instantes, eles eram trespassados em todas as direções por olhares de extrema atividade como os têm somente diante de uma pessoa desconhecida homens a quem, por algum motivo, ela inspira pensamentos que não ocorreriam a nenhum outro — por exemplo loucos ou espiões. Lançou-me um último olhar ao mesmo tempo atrevido, prudente, rápido e profundo, como um derradeiro tiro que se dispara no momento de sair em fuga, e, depois de ter olhado em torno de si, assumindo de repente um ar distraído e altivo, com uma abrupta reviravolta de toda a sua pessoa virou-se para um cartaz em cuja leitura ficou absorto, cantarolando uma melodia e ajeitando a rosa esponjosa presa na botoeira. Tirou do bolso um caderninho no qual pareceu anotar o título do espetáculo anunciado, puxou duas ou três vezes seu relógio, baixou até os olhos um chapéu de palha preto cuja aba prolongou com a mão posta à guisa de viseira como

para ver se alguém estaria chegando, fez o gesto de descontentamento com que imaginamos demonstrar que estamos cansados de
esperar mas que nunca fazemos quando esperamos realmente, e
depois, jogando para trás o chapéu e deixando à mostra um cabelo
à escovinha cortado curto mas que admitia de cada lado umas aletas onduladas bem compridas, exalou o sopro ruidoso das pessoas
que sentem não muito calor, mas vontade de mostrar que sentem
muito calor. Tive a impressão de um ladrão de hotel que, talvez já
tendo notado a minha avó e a mim nos dias anteriores, e prepa-
rando algum golpe, acabava de se dar conta de que eu o flagrara
enquanto ele me espiava; para me tapear, talvez apenas tentasse,
com sua nova atitude, expressar a distração e a distância, mas era
com um exagero tão agressivo que seu objetivo parecia, pelo menos
tanto quanto dissipar as suspeitas que deveria ter tido, vingar uma
humilhação que, sem que eu soubesse, eu lhe teria infligido, e dar-
-me a ideia não tanto de que não tinha me visto como a de que eu
era um objeto de muito pouca importância para atrair sua atenção.
Empertigava-se com ares de bravata, comprimia os lábios, levantava
os bigodes e seu olhar se revestia de algo de indiferente, duro, quase
insultante. Tanto assim que a singularidade de sua expressão me
fazia confundi-lo ora com um ladrão ora com um alienado. Porém,
seu aspecto de grande esmero era muito mais grave e muito mais
simples do que o de todos os banhistas que eu via em Balbec, e uma
tranquilidade para meu jaquetão humilhado com tanta frequência
diante da brancura deslumbrante e banal de seus trajes de praia.
Mas minha avó vinha a meu encontro, demos uma volta juntos e
eu a esperava, uma hora depois, diante do hotel onde ela entrara
um instante, quando vi sair madame de Villeparisis com Robert de
Saint-Loup e o desconhecido que tanto me encarara na porta do
cassino. Com a rapidez de um raio seu olhar me atravessou assim
como quando eu o avistara, e como se não tivesse me visto voltou a
pôr diante dos olhos aquele olhar, um pouco mais baixo, embotado,
como o olhar neutro que finge não ver nada por fora e não é capaz
de ler nada por dentro, o olhar que apenas exprime a satisfação de
sentir em torno de si as pestanas que ele afasta com sua redondez
beatífica, o olhar devoto e derretido de certos hipócritas, o olhar
fátuo de certos idiotas. Vi que ele trocara de traje. O que usava era
ainda mais escuro; mas havia outra coisa: de um pouco mais perto,

sentia-se que se a cor estava praticamente ausente daquelas roupas, não era porque ele as banira por lhes ser indiferente, mas antes porque, por uma razão qualquer, as proibira a si mesmo. E a sobriedade que as roupas deixavam transparecer lembrava mais a que vem da obediência a um regime que da falta de apetite. Um debrum verde-escuro no tecido das calças harmonizava-se com a listra das meias com um requinte que revelava a vivacidade de um gosto reprimido em todos os outros pormenores e ao qual essa única concessão fora feita por tolerância, enquanto uma pinta vermelha na gravata era imperceptível como uma liberdade que mal nos atrevemos a tomar.

"Como vai? Apresento-lhe meu sobrinho, o barão de Guermantes", disse-me madame de Villeparisis, enquanto o desconhecido, sem me olhar, resmungando um vago: "Muito prazer", que fez seguir por um: "hã, hã, hã", para dar à sua amabilidade algo de forçado, e dobrando o mindinho, o indicador e o polegar, estendia-me o dedo médio e o anular, sem anel algum, que apertei protegidos por sua luva de pelica; depois, sem ter erguido os olhos para mim, virou-se para madame de Villeparisis.

"Meu Deus, onde estou com a cabeça?, disse ela, eis que o estou chamando de barão de Guermantes. Apresento-lhe o barão de Charlus. Afinal de contas, o erro não é tão grande, acrescentou, porque você é mesmo um Guermantes."

Enquanto isso, minha avó saíra e fomos andando juntos. O tio de Saint-Loup não me honrou, nem sequer com uma palavra, muito menos com um olhar. Se mirava os desconhecidos (e durante aquela curta caminhada lançou duas ou três vezes seu terrível e profundo olhar de sonda para pessoas insignificantes e da mais modesta extração que passavam), em contrapartida não olhava em nenhum momento, a julgar por mim, para as pessoas que conhecia — como um policial em missão secreta mas que mantém os amigos fora de sua vigilância profissional. Deixando-os conversar juntos, minha avó, madame de Villeparisis e ele, peguei Saint-Loup um pouco atrás:

"Mas me diga, eu ouvi bem? Madame de Villeparisis disse ao seu tio que ele era um Guermantes?

— Sim, claro, naturalmente, é Palamède de Guermantes.

— Mas dos mesmos Guermantes que têm um castelo perto de Combray e pretendem descender de Geneviève de Brabant?

— Perfeitamente: meu tio, que é tudo o que há de mais heráldico, lhe responderia que nosso *brado*, nosso grito de guerra, que em seguida se torna Passavant, era, de início, Combraysis, disse ele rindo para não parecer que se envaidecia dessa prerrogativa do grito, exclusiva das casas quase soberanas, dos grandes chefes de bandos armados. Ele é irmão do atual proprietário do castelo."

Assim era aparentada dos Guermantes, e de bem perto, aquela madame de Villeparisis que por tanto tempo permanecera para mim a senhora que me dera uma caixa de chocolate com um pato, quando eu era pequeno, então mais afastada do lado de Guermantes do que se estivesse do lado de Méséglise, menos brilhante, por mim situada mais abaixo que o oculista de Combray, e que agora passava por uma dessas valorizações fantásticas, paralelas às depreciações não menos imprevistas de outros objetos que possuímos, e que — tanto as valorizações como as depreciações — introduzem em nossa adolescência e nas partes de nossa vida em que persiste um pouco de nossa adolescência mudanças tão numerosas como as metamorfoses de Ovídio.

"Será que não há nesse castelo todos os bustos dos antigos senhores de Guermantes?

— Há, é um belo espetáculo, disse ironicamente Saint-Loup. Cá entre nós, acho todas essas coisas aí meio ridículas. Mas há em Guermantes o que é um pouco mais interessante!, um retrato muito tocante de minha tia, feito por Carrière.* É lindo como um Whistler ou Velázquez", acrescentou Saint-Loup, que em seu zelo de neófito nem sempre mantinha com muita exatidão a escala de grandezas. "Também há comoventes pinturas de Gustave Moreau. Minha tia é sobrinha de sua amiga madame de Villeparisis, foi educada por ela e casou-se com o primo dela, que também era sobrinho de minha tia Villeparisis, o atual duque de Guermantes.

— E então é esse seu tio que está aqui?

— Ele usa o título de barão de Charlus. Normalmente, quando meu avô morreu, meu tio Palamède deveria ter ficado com o título de príncipe des Laumes, que era o de seu irmão antes de se tornar duque de Guermantes, pois nessa família trocam de nome como de camisa. Mas meu tio tem quanto a tudo isso ideias peculiares. E

---

* Eugène Carrière (1849-1928) era, para Proust, um dos "artistas realmente inteligentes da França" (M. Proust, *Correspondance*, t. v, p. 261).

como acha que todos abusam um pouco dos ducados italianos, das grandezas espanholas etc., e embora tivesse a opção entre quatro ou cinco títulos de príncipe, conservou o de barão de Charlus, por protesto e com uma aparente simplicidade em que há muito orgulho. 'Hoje, diz ele, todo mundo é príncipe, mas é preciso termos algo que nos distinga; usarei um título de príncipe quando quiser viajar incógnito.' Segundo ele não há título mais antigo que o de barão de Charlus; para lhe provar que é anterior ao dos Montmorency, que diziam falsamente ser os primeiros barões da França, quando o eram somente da Île-de-France, onde era seu feudo, meu tio lhe dará explicações horas a fio e com prazer, porque, embora seja muito fino, muito talentoso, acha que isso é um tema de conversa absolutamente interessante, disse Saint-Loup com um sorriso. Mas como não sou igual a ele, você não vai me fazer falar de genealogia, não conheço nada mais enfadonho, mais antiquado, realmente a vida é curta demais."

Eu agora reconhecia no olhar duro que pouco antes me fizera virar a cabeça, perto do cassino, aquele que percebera fixado em mim em Tansonville quando madame Swann chamara Gilberte.

"Mas entre as numerosas amantes que você me dizia que seu tio, o senhor de Charlus, teve, será que não estaria madame Swann?

— Ah! De jeito nenhum! Quer dizer, ele é grande amigo de Swann e sempre o apoiou muito. Mas nunca se disse que tivesse sido amante de sua mulher. Você causaria muito espanto em sociedade se parecesse acreditar nisso."

Eu não me atrevia a lhe responder que causaria mais ainda em Combray se parecesse não acreditar nisso.

Minha avó ficou encantada com o senhor de Charlus. É verdade que ele dava extrema importância a todas as questões de berço e de posição social, o que minha avó notara, mas sem esse rigor em que costumam entrar uma secreta inveja e a irritação de ver o outro se gabar de vantagens que nos agradariam mas não podemos possuir. Como, ao contrário, minha avó estava contente com sua sorte e não se lamentava em absoluto por não viver numa sociedade mais brilhante, ela só se servia de sua inteligência para observar as imperfeições do senhor de Charlus, falava do tio de Saint-Loup com essa benevolência distante, sorridente, quase simpática com que recompensamos o objeto de nossa observação desinteressada

— 324 —

pelo prazer que nos proporciona, e tanto mais que dessa vez o objeto era um personagem cujas pretensões ela achava que, se não legítimas pelo menos pitorescas, o diferenciavam profundamente das pessoas que em geral tinha ocasião de ver. Mas era sobretudo graças à inteligência e à sensibilidade, que se pressentia serem extremamente alertas no senhor de Charlus, ao contrário de tantas pessoas da sociedade de quem Saint-Loup debochava, que minha avó lhe perdoara tão facilmente seu preconceito aristocrático. Este, porém, não fora sacrificado pelo tio como fora pelo sobrinho, em nome de qualidades superiores. O senhor de Charlus preferira conciliar as duas coisas. Possuindo, como descendente dos duques de Nemours e dos príncipes de Lamballe, arquivos, móveis, tapeçarias, retratos feitos para seus ancestrais por Rafael, Velázquez, Boucher, podendo dizer com justiça que "visitava" um museu e uma incomparável biblioteca apenas ao percorrer suas lembranças de família, ele colocava, ao contrário, no nível de onde seu sobrinho a fizera decair toda a herança da aristocracia. Talvez também, sendo menos ideólogo que Saint-Loup, contentando-se menos com palavras vãs, observador mais realista dos homens, não quisesse negligenciar um elemento essencial de prestígio ante os olhos deles e que, além de lhe dar à imaginação prazeres desinteressados, podia ser muitas vezes um auxiliar poderosamente eficaz para suas atividades utilitárias. Permanece aberto o debate entre os homens dessa espécie e os que obedecem ao ideal interior que os impele a se desembaraçar dessas vantagens para unicamente realizá-lo, semelhantes nisso aos pintores, aos escritores que renunciam a seu virtuosismo, aos povos artistas que se modernizam, aos povos guerreiros que tomam a iniciativa do desarmamento universal, aos governos absolutos que se fazem democráticos e revogam leis duras, com muita frequência sem que a realidade recompense seus nobres esforços; pois uns perdem seu talento, os outros, sua predominância secular; às vezes o pacifismo multiplica as guerras e a indulgência, a criminalidade. Se os esforços de sinceridade e de emancipação de Saint-Loup não podiam deixar de ser considerados muito nobres, a julgar pelo resultado exterior, era lícito congratular-se por eles faltarem ao senhor de Charlus, que assim mandara transportar para sua casa grande parte dos admiráveis entalhes do palacete Guermantes, em vez de trocá-los, como seu sobrinho, por um mobiliário modern style, uns Lebourg e Guillaumin.* Nem por isso deixava de ser verdade que o ideal do senhor de Charlus era muito artificial, se é que esse epíteto pode ser aproximado da palavra ideal, tanto em termos mundanos como artísticos. Havia certas mulheres de grande beleza e rara cultura cujas antepassadas tinham sido dois séculos antes ligadas a toda a glória e a toda a elegância do Antigo Regime, em quem ele observava uma distinção que o fazia sentir-se a gosto só em sua companhia, e sem dúvida a admiração que lhes devotava era sincera, mas inúmeras reminiscências de história e de arte evocadas por seus nomes em muito contribuíam para isso, da mesma forma que lembranças da Antiguidade são uma das razões do prazer que um letrado encontra em ler uma ode de Horácio talvez inferior a poemas de nossos dias que o deixariam indiferente. Cada uma dessas mulheres, comparada com uma linda burguesa, era para ele o que são, comparados com uma tela contemporânea representando uma estrada ou uma boda, aqueles quadros antigos cuja história se conhece, desde o Papa ou o Rei que as encomendaram, passando por muitos personagens junto a quem a presença desses quadros, por doação, compra, roubo ou herança, nos lembra algum acontecimento ou pelo menos alguma aliança de interesse histórico, e por conseguinte são conhecimentos que adquirimos e que vêm a ter nova utilidade, aumentando a sensação da riqueza dos recursos que nossa memória ou nossa erudição possuem. O senhor de Charlus congratulava-se porque um preconceito análogo, ao impedir que essas poucas grandes damas convivessem com mulheres de menor pureza de sangue, as oferecia a seu culto intactas e com sua nobreza inalterada, como uma fachada do século XVIII sustentada por colunas lisas de mármore rosa e na qual os tempos novos nada mudaram.

O senhor de Charlus celebrava a verdadeira *nobreza* de espírito e de coração dessas mulheres, jogando assim com a palavra por um equívoco que enganava a si mesmo e em que residia a mentira dessa concepção bastarda, dessa ambiguidade entre aristocracia, generosidade e arte, mas também sua sedução, perigosa para pessoas

---

* Albert Lebourg (1849-1928), pintor paisagista influenciado pelos impressionistas, tinha também pinturas acadêmicas. Armand Guillaumin (1841-1927), amigo de Cézanne e Pissarro, pintou telas mais modernas, algumas aparentadas ao fauvismo.

como minha avó, para quem o preconceito mais grosseiro porém mais inocente de um nobre que só olha para os seus brasões sem se preocupar com mais nada é um tanto ridículo, mas que se via sem defesa assim que alguma coisa se apresentava com aparência de superioridade espiritual, a ponto de achar os príncipes invejáveis, acima de todos os homens, porque puderam ter como preceptores um La Bruyère, um Fénelon.

Defronte do Grand-Hôtel os três Guermantes nos deixaram; iam almoçar na casa da princesa de Luxemburgo. Quando minha avó se despedia de madame de Villeparisis e Saint-Loup de minha avó, o senhor de Charlus, que até então não me dirigira a palavra, deu uns passos para trás e, chegando ao meu lado, disse: "Tomarei chá esta noite, depois do jantar, no apartamento de minha tia Villeparisis. Espero que me dê o prazer de vir com a senhora sua avó". E foi se juntar à marquesa.

Embora fosse domingo, havia tantos fiacres em frente ao hotel quanto no começo da temporada. A mulher do tabelião, em especial, achava que era muito caro isso de alugar, toda vez, um carro para não ir à casa dos Cambremer e contentava-se em ficar em seu quarto.

"Madame Blandais está adoentada?, perguntavam ao tabelião, não a vimos hoje.

— Ela está com um pouco de dor de cabeça, o calor, esse temporal. Basta-lhe uma coisinha de nada; mas acho que vai vê-la à noite. Aconselhei a ela que descesse. Isso só pode lhe fazer bem."

Pensei que, convidando-nos assim para ir encontrar sua tia, que eu não duvidava que tinha sido avisada, o senhor de Charlus gostaria de reparar a descortesia que me demonstrara durante o passeio da manhã. Mas quando, chegando ao salão de madame de Villeparisis, quis saudar o seu sobrinho, de nada adiantou andar em torno dele, que com uma voz aguda contava uma história maldosa para um de seus parentes, pois não consegui atrair seu olhar; decidi cumprimentá-lo, e bem alto, para adverti-lo de minha presença, mas compreendi que ele a notara porque antes mesmo que alguma palavra saísse de meus lábios, quando me inclinava vi seus dois dedos esticados para que eu os apertasse, sem que ele tivesse virado os olhos ou interrompido a conversa. É evidente que me viu, sem deixar transparecer, e então me dei conta de que seus olhos, que nunca se fixavam no interlocutor, passeavam eternamente em todas as direções, como os de certos animais assustados ou os desses ambulantes de praça que, enquanto soltam sua lenga-lenga e exibem sua mercadoria ilícita, escrutam, sem porém virar a cabeça, os diferentes pontos do horizonte por onde poderia chegar a polícia. No entanto, fiquei um pouco espantado de ver que madame de Villeparisis, feliz com nossa chegada, não parecia esperar por nós, e fiquei mais ainda ao ouvir o senhor de Charlus dizer à minha avó: "Ah! Foi uma ótima ideia que a senhora teve de vir, que encanto, não é, minha tia?". Com certeza ele tinha notado sua surpresa quando entramos e pensava, como homem acostumado a dar as cartas e o *tom*, que lhe bastava, para trocar essa surpresa por alegria, indicar que ele próprio a sentia, pois era essa a sensação que nossa vinda devia causar. No que calculou bem, já que madame de Villeparisis, que contava muito com seu sobrinho e sabia como era difícil agradá-lo, pareceu de súbito ter descoberto em minha avó novas qualidades e não parou de festejá-la. Mas eu não conseguia entender que o senhor de Charlus pudesse ter esquecido em poucas horas o convite tão breve mas aparentemente tão intencional, tão premeditado que me fizera na mesma manhã, e que chamasse uma "boa ideia" de minha avó uma ideia que era toda dele. Com o escrúpulo de rigor que me durou até a idade em que compreendi que não é ao exigi-la que se conhece a verdade da intenção de um homem, e que o risco de um mal-entendido que provavelmente passará despercebido é menor que o de uma ingênua insistência, eu lhe disse: "Mas lembra-se de que foi o senhor que me pediu para que viéssemos esta noite?". Nenhum som, nenhum gesto, traíram o fato de o senhor de Charlus ter ouvido minha pergunta. A qual repeti, ao ver aquilo, como os diplomatas ou esses jovens que brigam e que, com uma boa vontade incansável e inútil, se empenham em obter esclarecimentos que o adversário está decidido a não dar. Tampouco o senhor de Charlus me respondeu. Pareceu-me ver pairar em seus lábios o sorriso dos que julgam de muito alto o caráter e a educação dos demais.

Já que ele recusava qualquer explicação, tentei dar uma e só consegui hesitar entre várias, nenhuma podendo ser a boa. Talvez não se lembrasse ou talvez fosse eu que entendera mal o que me dissera de manhã... Mais provavelmente por orgulho ele não queria dar a impressão de atrair pessoas que desprezava, e preferia atribuir-lhes a iniciativa da visita. Mas então, se nos desprezava, por que fizera questão de que viéssemos, ou melhor, de que minha avó viesse, pois de nós dois foi só a ela que dirigiu a palavra naquela noite e nem uma só vez a mim. Conversando muito animado com ela e também com madame de Villeparisis, escondido de certa forma atrás delas como se estivesse no fundo de um camarote, contentava-se somente, desviando por momentos o olhar investigador de seus olhos penetrantes, em fixá-lo em meu rosto com a mesma seriedade, o mesmo ar preocupado como se ele fosse um manuscrito difícil de decifrar.

Sem dúvida, a não ser por aqueles olhos, o rosto do senhor de Charlus seria parecido com o de muitos belos homens. E quando Saint-Loup, falando-me de outros Guermantes, me disse mais tarde: "Ora, eles não têm esse ar de raça, de grande aristocrata até a raiz dos cabelos que tem meu tio Palamède", confirmando que o ar de raça e a distinção aristocráticos nada tinham de misterioso e de novo, mas consistiam em elementos que eu reconhecera sem dificuldade e sem ficar especialmente impressionado, eu iria sentir que se dissipava uma de minhas ilusões. Mas aquele rosto, a que uma leve camada de pó dava um pouco o aspecto de máscara teatral, por mais que o senhor de Charlus fechasse hermeticamente sua expressão, tinha olhos que eram como uma fenda, como uma seteira, a única que não conseguira tapar, e dali saíam, dependendo da posição onde estivéssemos em relação a ele, reflexos de algum engenho interior, que parecia um pouco alarmante até mesmo para aquele que, sem dominá-lo, o carregava dentro de si, em estado de equilíbrio instável e sempre prestes a explodir; e a expressão circunspecta e incessantemente inquieta daqueles olhos que, com todo o cansaço ao redor, até as olheiras bem profundas, se refletia no rosto, por mais composto e arranjado que fosse, lembrava alguma ideia de incógnito, algum disfarce de um homem poderoso em perigo, ou pelo menos de um indivíduo perigoso, mas trágico. Eu gostaria de adivinhar qual era esse segredo que os outros homens não traziam em si e que me tornara tão enigmático o olhar do senhor de Charlus quando o vira de manhã perto do cassino. Mas pelo que agora sabia de seu parentesco, já não podia acreditar que fosse o de um ladrão, nem, de acordo com o que ouvia de sua conversa, que fosse o de um louco. Se era frio comigo, enquanto era tão amável com minha avó, isso talvez não decorresse de uma antipatia pessoal, pois de maneira geral, assim como era bondoso com as mulheres, de cujos defeitos falava sem abrir mão, habitualmente, de grande indulgência, assim também tinha dos homens, em especial dos rapazes, um ódio de uma violência que lembrava o de certos misóginos pelas mulheres. De dois ou três "gigolôs" que eram da família ou do grupo íntimo de Saint-Loup e cujos nomes este citou por acaso, o senhor de Charlus disse com uma expressão quase feroz que contrastava com sua frieza habitual: "São uns canalhinhas". Compreendi que o que criticava sobretudo nos jovens de hoje era serem efeminados demais. "São umas verdadeiras mulheres", dizia com desprezo. Mas que vida não lhe teria parecido efeminada se comparada com a que ele queria que levasse um homem e que jamais achava enérgica e viril o suficiente? (Ele mesmo, em seus passeios a pé, depois das horas de caminhada, jogava-se, esfogueado, em rios gelados.) Não admitia sequer que um homem usasse um único anel. Mas esse preconceito de virilidade não o impedia de ter qualidades da mais fina sensibilidade. Quando madame de Villeparisis lhe pediu para descrever à minha avó um castelo em que estivera madame de Sévigné, acrescentando que via um pouco de literatura naquele desespero por estar separada da enfadonha madame de Grignan, respondeu:

"Nada, ao contrário, me parece mais verdadeiro. Aliás, tratava-se de uma época em que esses sentimentos eram bem compreendidos. O habitante do Monomotapa de La Fontaine,* correndo à casa do amigo que lhe apareceu um pouco triste durante seu sono, ou o pombo que considerava que a maior das desgraças é a ausência do outro pombo, talvez lhe pareçam, minha tia, tão exagerados quanto madame de Sévigné incapaz de esperar o momento em que estará a sós com a filha. E é tão lindo o que diz quando se separam: 'Essa separação causa-me na alma uma dor que sinto como um mal do corpo. Na ausência, somos liberais em horas. Adiantamo-nos para o tempo a que aspiramos.'" Minha avó estava encantada ao ouvir falar daquelas *Cartas* com a exatidão que ela teria. Admirava-se que um homem pudesse compreendê-las tão bem. Encontrava no senhor de Charlus delicadezas, uma sensibilidade feminina. Mais tarde, quando ficamos sozinhos e nós dois falamos dele, concordamos em que

---

* Alusão à fábula "Os dois amigos", que começa por "Dois amigos viviam no Monomotapa" (*Fábulas*, VIII, 11), e à fábula "Dois pombos" (IX, 2).

devia ter sofrido a influência profunda de uma mulher, sua mãe, ou mais tarde sua filha se é que tinha filhos. Pensei: "Uma amante", reportando-me à influência que a de Saint-Loup me parecia ter tido sobre ele e que me permitia dar-me conta de a que ponto as mulheres refinam os homens com quem vivem.

"Quando perto de sua filha provavelmente não tinha nada para lhe dizer, respondeu madame de Villeparisis.

— Certamente que sim, nem que fosse o que ela chamava 'coisas tão ligeiras que só vós e eu as notávamos'.* E, seja como for, estava perto dela. E La Bruyère nos diz que isso é tudo: 'Estar perto dos entes queridos, falar com eles, não lhes falar, dá no mesmo'.** Tem razão; falar é a única felicidade, acrescentou o senhor de Charlus em tom melancólico; e a vida é tão mal arranjada que só raramente saboreamos essa felicidade; madame de Sévigné foi, em suma, menos digna de compaixão do que outros. Passou grande parte da vida perto de quem amava.

— Você esquece que não era amor, tratava-se de sua filha.

— Mas o importante na vida não é quem amamos", ele retrucou num tom competente, peremptório e quase cortante, "é amar. O que sentia madame de Sévigné por sua filha pode muito mais tentar se parecer, justamente, com a paixão que Racine retratou em *Andrômaca* ou em *Fedra* do que com as banais relações que o jovem Sévigné tinha com suas amantes. Da mesma maneira, o amor deste ou daquele místico por Deus. As demarcações muito nítidas que traçamos em torno do amor vêm somente de nossa grande ignorância da vida.

— Então você gosta muito de *Andrômaca* e *Fedra*?, perguntou Saint-Loup ao tio, num tom de leve desdém.

— Há mais verdade numa tragédia de Racine do que em todos os dramas do senhor Victor Hugo, respondeu o senhor de Charlus.

— Pensando bem, esse mundo é assustador, disse-me Saint-Loup no ouvido. Preferir Racine a Victor Hugo é, afinal de contas, uma enormidade!" Estava sinceramente entristecido com as palavras do

---

*   Carta a madame de Grignan de 29 de maio de 1675.

**   "Estar com pessoas que amamos, basta isso; sonhar, falar com elas, quase não falar, pensar nelas, pensar em coisas mais indiferentes, mas perto delas, tudo é igual" (La Bruyère, *Les Caractères*, "Du cœur", 23).

tio, mas o prazer de dizer "afinal de contas" e sobretudo "enormidade" o consolava.

Nessas reflexões sobre a tristeza que havia em viver longe daquilo
que se ama (que deviam levar minha avó a me dizer que o sobrinho
de madame de Villeparisis compreendia de modo muito diferente
de sua tia certas obras, e sobretudo que tinha algo que o punha bem
acima da maioria das pessoas de sociedade), o senhor de Charlus
não só deixava transparecer uma sutileza de sentimento que, com
efeito, raramente os homens mostram; sua própria voz, lembrando certas vozes de contralto em quem não se cultivou o suficiente o
registro médio e cujo canto parece o dueto alternado de um jovem
e de uma mulher, situava-se, quando ele expressava esses pensamentos tão delicados, em notas altas, assumia uma doçura imprevista e
parecia conter coros de noivas, de irmãs, que espalhavam sua ternura. Mas a ninhada de mocinhas que o senhor de Charlus, com seu
horror a qualquer efeminação, ficaria tão consternado por parecer
abrigar assim em sua voz não se limitava à interpretação, à modu-
lação de trechos de sentimento. Volta e meia, enquanto o senhor de
Charlus conversava, ouvia-se o riso agudo e fresco de colegiais de
internato ou de coquetes estirando a língua para o próximo com
malícias de desbocadas e espertalhonas.

Contou que uma casa que pertencera à sua família, onde Maria
Antonieta dormira, e cujo parque era de Le Nôtre, pertencia agora
aos ricos banqueiros Israel, que a compraram. "Israel, pelo menos,
é o nome que essa gente usa, que me parece um termo genérico,
étnico, mais que um nome próprio. Talvez não se saiba que pessoas
desse tipo não usam nomes e são apenas designadas pela coletivi-
dade a que pertencem. Pouco importa! Ter sido a residência dos
Guermantes e pertencer aos Israel!!!, exclamou. Isso faz pensar
naquele quarto do castelo de Blois onde o guarda que o fazia visitar me disse: 'É aqui que Maria Stuart fazia suas orações; e agora é
onde guardo as minhas vassouras'. Naturalmente não quero saber
nada dessa residência que foi desonrada, como tampouco de minha
prima Clara de Chimay* que abandonou o marido. Mas guardo a fotografia da primeira ainda intacta, como a da princesa quando seus

---

* Clara Ward, depois de se casar com o príncipe Joseph de Chimay, fugiu em
1896 com um violinista. Seu casamento foi desfeito no ano seguinte.

grandes olhos ainda só se interessavam por meu primo. A fotografia ganha um pouco da dignidade que lhe falta quando deixa de ser uma reprodução do real e nos mostra coisas que não existem mais. Posso lhe dar uma, já que esse gênero de arquitetura lhe interessa", disse ele à minha avó. Nesse momento, percebendo que o lenço bordado que tinha no bolso deixava à mostra a ourela colorida, empurrou-o depressa para dentro, com o semblante assustado de uma mulher pudibunda mas nada inocente dissimulando atrativos que, por excesso de escrúpulo, julga indecentes. "Imagine, recomeçou, que essas pessoas começaram por destruir o parque de Le Nôtre, o que é tão digno de castigo quanto rasgar um quadro de Poussin. Só por isso, esses Israel deveriam estar na prisão. É verdade, acrescentou sorrindo depois de um momento de silêncio, que com certeza há muitas outras coisas pelas quais deveriam estar lá! Seja como for, imagine o efeito que um jardim inglês produziu diante daquelas arquiteturas.

— Mas a casa é do mesmo estilo que o Petit Trianon, disse madame de Villeparisis, e Maria Antonieta mandou fazer por lá um jardim inglês.

— Que da mesma maneira enfeia a fachada de Gabriel, respondeu o senhor de Charlus. Evidentemente, agora seria uma selvageria destruir o Hameau. Mas seja qual for o espírito de hoje, ainda assim duvido que uma fantasia de madame Israel tenha o mesmo prestígio que a lembrança da rainha."

Enquanto isso minha avó me fizera sinal para subir e me deitar, apesar da insistência de Saint-Loup que, para minha grande vergonha, aludira na frente do senhor de Charlus à tristeza que eu costumava sentir à noite antes de adormecer e que seu tio devia achar algo bem pouco viril. Ainda me demorei uns instantes, depois fui embora, e fiquei muito espantado quando, um pouco depois, ouvi baterem à porta de meu quarto e ao perguntar quem era ouvi a voz do senhor de Charlus que dizia num tom seco:

"É Charlus. Posso entrar? Cavalheiro, continuou no mesmo tom quando fechou a porta, meu sobrinho contava havia pouco que o senhor se sentia um pouco entediado antes de pegar no sono, e que por outro lado admirava os livros de Bergotte. Como tenho na minha mala um que provavelmente não conhece, trago-o para ajudá-lo a passar esses momentos em que não se sente feliz."

Agradeci ao senhor de Charlus com emoção e lhe disse que, ao contrário, temera que o que Saint-Loup contara de meu mal-estar quando a noite se aproxima me fizesse parecer aos seus olhos mais estúpido do que era.

"Qual o quê, respondeu num tom mais suave. Talvez o senhor não tenha mérito pessoal, o que poucas pessoas têm! Mas pelo menos terá por algum tempo a mocidade, e isso é sempre uma sedução. Aliás, a maior das tolices é achar ridículos ou censuráveis os sentimentos que não experimentamos. Gosto da noite e o senhor me diz que a teme; gosto de cheirar as rosas e tenho um amigo a quem esse odor causa febre. Acha que por isso penso que ele vale menos que eu? Esforço-me para tudo compreender e evito tudo condenar. Em suma, não se queixe muito, não direi que essas tristezas não são penosas, sei o que podemos sofrer por coisas que os outros não compreenderiam. Mas pelo menos o senhor aplicou muito bem o seu afeto em sua avó. E a vê muito. Além disso, é uma ternura permitida, quer dizer, uma ternura retribuída. Há tantas outras de que não se pode dizer o mesmo!"

Andava pelo quarto de um lado para outro, olhando cada objeto, levantando algum. Minha impressão era que tinha algo a me anunciar e não sabia em que termos fazê-lo.

"Tenho outro livro de Bergotte aqui, vou buscá-lo", acrescentou e tocou a campainha. Um groom veio pouco depois. "Vá me chamar o seu maître d'hôtel. Aqui é o único capaz de se desincumbir de uma tarefa com inteligência, disse o senhor de Charlus com altivez. — O senhor Aimé, cavalheiro?, perguntou o groom. — Não sei o nome dele, mas sim, lembro-me de que o ouvi chamarem Aimé. Vá logo, estou com pressa. — Ele vai estar aqui logo logo, senhor, acabo de vê-lo, justamente, lá embaixo", respondeu o groom, que queria parecer informado. Passou-se certo tempo. O groom voltou. "Cavalheiro, o senhor Aimé está deitado. Mas posso me encarregar da tarefa. — Não, você que trate de mandá-lo se levantar. — Senhor, não posso, ele não dorme aqui. — Então, deixe-nos em paz. — Mas, disse eu depois que o groom partiu, é muita bondade sua, um só volume de Bergotte me basta. — É o que também acho, pensando bem." O senhor de Charlus caminhava. Alguns minutos se passaram assim, e em seguida, depois de instantes de hesitação e recomeçando várias vezes, deu meia-volta e com sua voz de novo ferina lançou-me: "Boa noite, cavalheiro", e foi-se. Na manhã seguinte, dia de sua partida, o senhor de Charlus, depois de todos os sentimentos elevados que eu o ouvira expressar naquela noite, aproximou-se de mim na praia, de manhã, quando eu ia tomar meu banho, para me avisar que minha avó me esperava logo que eu saísse da água; fiquei muito espantado ao ouvi-lo me dizer, beliscando-me o pescoço com uma familiaridade e um riso vulgares:

"Mas você está pouco ligando para a velha vovó, hein? Seu pilantrinha!

— Como, eu adoro a vovó!

— Cavalheiro, disse-me ele afastando-se um passo e com um ar glacial, o senhor ainda é jovem, deveria aproveitar para aprender duas coisas: a primeira é abster-se de expressar sentimentos que se subentendem, por ser tão naturais; a segunda é não sair em guerra para responder às coisas que lhe dizem antes de ter penetrado em seu significado. Se tivesse tomado essa precaução, há pouco, teria evitado parecer falar a torto e a direito como um surdo e, assim, acrescentar a isso o segundo ridículo de ter âncoras bordadas no seu traje de banho. Emprestei-lhe um livro de Bergotte de que estou precisando. Mande-me entregá-lo daqui a uma hora por aquele maître de nome risível e inadequado, que, suponho, a essa hora não está deitado. O senhor me leva a perceber que lhe falei cedo demais, ontem à noite, das seduções da juventude, e que lhe teria prestado maior serviço assinalando-lhe o estouvamento, as inconsequências e a incompreensão da juventude. Espero que essa pequena ducha não lhe seja menos saudável que o seu banho. Mas não fique assim imóvel, poderá apanhar frio. Boa noite, cavalheiro."

Com certeza arrependeu-se dessas palavras, pois algum tempo depois recebi — numa encadernação de marroquim em cuja capa fora encastrada uma placa de couro lavrado que representava em semirrelevo um galho de miosótis — o livro que me emprestara e que eu lhe devolvera, não por Aimé, que estava "de folga", mas pelo ascensorista.

Quando o senhor de Charlus partiu, pudemos enfim, Robert e eu, ir jantar na casa de Bloch. Ora, durante aquela festinha compreendi que as histórias que tão facilmente nosso colega achava engraçadas eram histórias do senhor Bloch pai, e que o homem "muito curioso" era sempre um dos amigos do pai, que assim ele julgava. Há muita gente que admiramos na infância, um pai mais espirituoso que o resto da família, um professor que traz em si a metafísica que nos revela, um colega mais adiantado que nós (como Bloch em relação a mim) que despreza o Musset de "A esperança em Deus" quando nós ainda o amamos, e que quando tivermos chegado ao bom Leconte ou a Claudel já se extasiará apenas com

Em Saint-Blaise, na Zuecca,
Ah, estavas, estavas bem contente...

a isso acrescentando:

Pádua é um lugar muito belo
Onde grandes doutores em direito...
Mas gosto mais da polenta...
... Passa em seu dominó negro
A Toppatella.

e de todas as "Noites" fica apenas com estas:

No Havre, de frente para o Atlântico,
Em Veneza, no Lido horroroso,
Onde vem sobre a grama de um túmulo
Morrer o pálido Adriático. *

Ora, de alguém que admiramos com confiança, recolhemos, citamos com admiração coisas muito inferiores às que, entregues a nosso próprio gosto, recusaríamos severamente, assim como um escritor usa num romance, a pretexto de que são verdadeiras, "frases", personagens, que no conjunto vivo são, ao contrário, peso morto,

---

* Todas as estrofes são de Alfred de Musset: "*À Saint-Blaise, à la Zuecca,/ Vous étiez, vous étiez bien aise...*" é o início de "Chanson" (1834); "*Padoue est un fort bel endroit/ Où de très grands docteurs en droit.../ Mais j'aime mieux la polenta.../ ... Passe dans son domino noir/ La Toppatelle*" são versos de "À Mon Frère revenant d'Italie" (1844); "*Au Havre, devant l'Atlantique,/ À Venise, à l'affreux Lido,/ Où vient sur l'herbe d'un tombeau/ Mourir la pâle Adriatique*" são de "La Nuit de décembre" (1835). Os três poemas figuram em *Poésies nouvelles*.

coisa medíocre. Os retratos de Saint-Simon escritos por ele sem admirar-se são admiráveis, mas as tiradas que cita como encantadoras de pessoas espirituosas que conheceu continuam a ser medíocres ou tornaram-se incompreensíveis. Ele não se dignaria a inventar o que relata como tão refinado ou tão colorido acerca de madame Cornuel ou de Luís XIV, fato que de resto se nota em vários outros escritores e que comporta diversas interpretações, e por ora basta reter esta: no estado de espírito em que "observamos" estamos muito abaixo do nível em que nos encontramos ao criar.

Havia, portanto, encravado em meu colega Bloch um pai Bloch, atrasado quarenta anos em relação ao filho, que contava anedotas extravagantes e que no fundo de meu amigo ria tanto quanto o pai Bloch exterior e verdadeiro, já que ao riso que este último soltava, não sem repetir duas ou três vezes a última palavra para que seu público saboreasse bem a história, somava-se o riso barulhento com que o filho não deixava de saudar, à mesa, as histórias do pai. Por isso, o Bloch moço, depois de dizer as coisas mais inteligentes, e manifestando a herança que recebera de sua família, contava-nos pela trigésima vez algumas das tiradas que Bloch pai exibia somente (junto com a sobrecasaca) nos dias solenes em que Bloch filho levava um convidado que valia a pena deslumbrar: um de seus professores, um "coleguinha" que ganhava todos os prêmios, ou, naquela noite, Saint-Loup e eu. Por exemplo: "Pensem num crítico militar muito competente, que sabiamente deduzira a partir de provas por quais razões infalíveis na Guerra Russo-Japonesa os japoneses seriam derrotados e os russos vencedores",* ou então: "É um homem eminente com fama de grande financista nos meios políticos e de grande político nos meios financeiros". Essas histórias eram revezadas com uma do barão de Rothschild e uma de sir Rufus Israel, personagens postos em cena de modo ambíguo a fim de que se entendesse que o senhor Bloch os conhecera pessoalmente.

Eu mesmo caí na história e, pela maneira como o senhor Bloch pai falou de Bergotte, também acreditei que era um de seus velhos amigos. Ora, o senhor Bloch conhecia todas as pessoas famosas "sem

---

* No fim do século XIX, época provável do relato do Narrador, Bloch não podia ter lido comentários sobre a Guerra Russo-Japonesa, que ocorreu em 1905 e terminou com a vitória dos japoneses.

conhecê-las", só por tê-las visto de longe no teatro, nos bulevares. Aliás, imaginava que sua própria figura, seu nome, sua personalidade não lhes eram desconhecidos e que, ao avistá-lo, muitas vezes os outros eram obrigados a conter um furtivo desejo de cumprimentá--lo. Gente de sociedade que conhece pessoas de talento, originais, e as recebe para jantar, nem por isso as compreende melhor. Mas para quem viveu um pouco em sociedade, a estupidez de seus habitantes dá vontade de viver em ambientes mais obscuros em que conhecemos as pessoas "sem conhecer" e lhes atribuímos mais inteligência do que têm. Disso eu ia me dar conta ao falar de Bergotte. O senhor Bloch não era o único a ter sucesso em casa. Ainda mais tinha meu colega, ao lado das irmãs, que ele não parava de interpelar num tom resmungão, enfiando a cabeça no prato, e elas riam até as lágrimas. Aliás, elas haviam adotado a língua do irmão, que falavam correntemente, como se fosse obrigatória e a única que as pessoas inteligentes pudessem empregar. Quando chegamos, a mais velha disse a uma das mais moças: "Vá avisar ao nosso pai prudente e a nossa mãe venerável. — Cadelas, disse-lhes Bloch, apresento-lhes o cavaleiro Saint-Loup, o dos dardos velozes, que veio por alguns dias de Doncières, a vila das casas de pedra polida, fecunda em cavalos". Por ser igualmente vulgar e culto, seu discurso terminava em geral por alguma brincadeira menos homérica: "Vejamos, fechem um pouco mais os seus peplos de lindos colchetes, deixem de não me toques! Afinal, não se trata de meu pai!".* E as senhoritas Bloch desabavam numa tempestade de gargalhadas. Eu disse ao irmão delas que alegria me dera ao recomendar-me a leitura de Bergotte cujos livros eu adorava.

O senhor Bloch pai, que só conhecia Bergotte de vista, e a vida de Bergotte por mexericos do povo, tinha um modo igualmente indireto de tomar conhecimento de suas obras, graças a julgamentos de aparência literária. Vivia no mundo do pouco mais ou menos, em que se cumprimenta no vazio, em que se julga em falso. A inexatidão, a incompetência aí não diminuem a segurança, pelo contrário. Como poucas pessoas podem ter amizades brilhantes e co-

---

* Alusão a uma réplica famosa da comédia *A dama do Maxim's*, de Georges Feydeau (1899), várias vezes repetida na peça pela heroína, uma jovem leviana, para significar: "Não há nada de mais nisso!".

nhecimentos profundos, as que não os têm acham-se, pelo milagre benéfico do amor-próprio, mais favorecidas ainda, porque o prisma das escalas sociais faz com que qualquer nível pareça o melhor para quem o ocupa e, assim, considera menos favorecidos, mal aquinhoados e dignos de pena os que são muito superiores, que ele nomeia e calunia sem conhecer, julga e despreza sem compreender. E mesmo nos casos em que a multiplicação dos tênues méritos pessoais pelo amor-próprio não bastasse para garantir a cada um a dose de felicidade que lhe é necessária, superior à conferida aos outros, a inveja está aí para preencher a diferença. É verdade que se a inveja se expressa em frases de desprezo, há que traduzir "não quero conhecê-lo" por "não posso conhecê-lo". É esse o sentido intelectual. Mas o sentido passional é de fato "não quero conhecê-lo". Sabe-se que isso não é verdade mas não é dito por simples artifício, é dito porque assim se sente, o que basta para suprimir a distância, isto é, para trazer a felicidade.

Como o egocentrismo permite assim a cada ser humano ver o universo estendido em degraus abaixo dele, e a si mesmo como rei, o senhor Bloch dava-se ao luxo de ser um rei implacável quando de manhã, tomando seu chocolate, vendo a assinatura de Bergotte ao pé de um artigo no jornal apenas entreaberto, concedia-lhe desdenhosamente uma rápida audiência, pronunciava sua sentença e outorgava-se o confortável prazer de repetir entre dois goles da bebida fervendo: "Esse Bergotte tornou-se ilegível. Como esse animal pode ser enfadonho! É de se suspender a assinatura. Como é atrapalhado! Que lenga-lenga!". E pegava mais uma fatia de pão com manteiga.

Essa importância ilusória do senhor Bloch pai, aliás, estendia-se um pouco além do círculo de sua própria percepção. Primeiro, seus filhos o consideravam um homem superior. Os filhos sempre têm uma tendência seja a depreciar seja a exaltar os pais, e para um bom filho o pai é sempre o melhor dos pais, fora mesmo de todas as razões objetivas que tenha para admirá-lo. Ora, estas não faltavam em absoluto ao senhor Bloch, que era instruído, fino, afetuoso com os seus. Na família mais chegada, todos se sentiam bem com ele, tanto mais que se na "sociedade" julgamos as pessoas de acordo com um padrão, aliás absurdo, e conforme regras falsas mas fixas, por comparação com a totalidade das outras pessoas elegantes, em compensação na vida burguesa fragmentada os jantares, as noites em família giram em torno de pessoas que dizemos ser agradáveis, divertidas, e que na alta-roda não ficariam nem duas noites em cartaz. Por fim, nesse ambiente em que as grandezas artificiais da aristocracia não existem, as substituímos por distinções ainda mais alucinantes. Por isso, para sua família, e até um grau de parentesco muito afastado, todos chamavam o senhor Bloch de "falso duque de Aumale" por causa de uma pretensa semelhança no modo de usar os bigodes e no formato do nariz. (No mundo dos "grooms" de clubes, um que usa o boné de banda e a jaqueta muito apertada para ficar com jeito, como pensa, de oficial estrangeiro, não é também, para os colegas, uma espécie de personagem?)

A semelhança era das mais vagas, mas pareceria um título. Repetia-se: "Bloch? Qual? O duque de Aumale?". Como quem diz: "A princesa Murat? Qual? A rainha (de Nápoles)?".* Alguns outros ínfimos indícios acabavam de lhe dar, aos olhos da parentela, uma pretensa distinção. Sem chegar ao ponto de ter uma carruagem, o senhor Bloch alugava certos dias uma vitória descoberta com dois cavalos, da Companhia, e atravessava o Bois de Boulogne, indolentemente recostado no assento, com dois dedos na têmpora, dois outros sob o queixo, e se as pessoas que não o conheciam achavam-no, por causa disso, um "pernóstico", na família estavam convencidos de que em matéria de chiquê o tio Salomon poderia dar lição até a Gramont--Caderousse. Era dessas pessoas que, quando morrem, e por causa de uma mesa compartilhada com o redator-chefe do *Radical*, são qualificadas de "fisionomia muito conhecida dos parisienses" pela crônica mundana dessa folha. O senhor Bloch disse a Saint-Loup e a mim que Bergotte sabia tão bem por que ele, senhor Bloch, não o cumprimentava, por que mal o avistava no teatro ou no clube, logo desviava o olhar. Saint-Loup corou, pois refletiu que aquele clube não podia ser o Jockey que seu pai presidira. Por outro lado, devia ser um clube relativamente fechado, no qual, disse o senhor Bloch, hoje em dia Bergotte já não seria aceito. Assim, foi tremendo de medo por "subestimar o adversário" que Saint-Loup perguntou se aquele

---

* A princesa de Wagram, cujo salão Proust frequentava, era chamada "rainha de Nápoles" depois de se casar com o neto de Murat. Marie-Sophie-Amélie era rainha de Nápoles por seu casamento com Francisco II, que dará sua proteção ao barão de Charlus em *A prisioneira*, romance de *À procura do tempo perdido*.

clube era o Círculo da Rua Royale, julgado "desclassificatório" pela família de Saint-Loup e onde ele sabia que certos israelitas eram admitidos. "Não, respondeu o senhor Bloch com ar distraído, orgulhoso e envergonhado, é um pequeno círculo, mas muito mais agradável, o Círculo dos Paspalhos.* Ali se julga severamente a galeria. — Acaso sir Rufus Israel não é o presidente?", perguntou Bloch filho ao pai, para lhe fornecer a ocasião de uma mentira honrosa e sem desconfiar que aos olhos de Saint-Loup esse banqueiro não tinha o mesmo prestígio que aos seus. Na verdade, estava no Círculo dos Paspalhos, não sir Rufus Israel, mas um de seus empregados. Mas como ele se entendia muito bem com o patrão, tinha à disposição cartões do grande financista e dava um deles ao senhor Bloch quando este saía em viagem numa linha férrea de que sir Rufus era administrador, o que fazia o velho Bloch dizer: "Vou passar no Círculo para pedir uma recomendação a sir Rufus". E o cartão lhe permitia deslumbrar os chefes de trem. As senhoritas Bloch ficaram mais interessadas em Bergotte, voltando a ele em vez de prosseguir com os "Paspalhos", e a caçula perguntou ao irmão no tom mais sério do mundo, pois acreditava que para designar pessoas de talento não havia no mundo outras expressões além das que ele empregava: "É um fulaninho realmente assombroso, esse Bergotte? É da categoria dos sujeitos de primeira, um fulano como Villiers ou Catulle?** — Encontrei-o em várias estreias, disse o senhor Nissim Bernard. É canhestro, é uma espécie de Schlemihl".*** Essa alusão ao conto de Chamisso não tinha nada de muito grave, mas o epíteto de Schlemihl fazia parte daquele dialeto meio alemão meio judeu cujo emprego encantava o senhor Bloch na intimidade, embora o achasse vulgar e inoportuno na frente de estranhos. Por isso, lançou um olhar severo para o tio. "Sim, ele tem talento, disse Bloch. — Ah!,

---

* O nome derivava provavelmente da peça de Victorien Sardou *Les Ganaches* (1862), isto é, os tolos que defendiam as finadas monarquias. Quanto ao Círculo da Rua Royale, só tinha um sócio judeu, Charles Haas, provável modelo de Proust para o personagem de Charles Swann.

** Auguste Villiers de l'Isle-Adam (1838-89) e Catulle Mendès (1841-1909), ambos autores parnasianos.

*** Herói de *A história maravilhosa de Peter Schlemihl*, de Adalbert Chamisso (1814). O termo iídiche *Schlemihl* significa "sem sorte", "que anda com azar".

disse gravemente sua irmã como para afirmar que nessas condições a minha admiração podia ser desculpada. — Todos os escritores têm talento, disse com desprezo o senhor Bloch pai. — Parece até", disse o filho levantando o garfo e apertando os olhos de um jeito diabolicamente irônico, "que vai se candidatar à Academia. — Ah, essa não! Ele não tem bagagem suficiente", respondeu o senhor Bloch pai, que não aparentava ter pela Academia o desprezo do filho e das filhas. "Não tem o calibre necessário. — Aliás, a Academia é um salão e Bergotte não tem os recursos para isso", declarou o tio que deixaria a herança para madame Bloch, personagem inofensivo e suave cujo sobrenome, Bernard, teria talvez por si só despertado os dotes de diagnóstico de meu avô, mas parecia insuficientemente em harmonia com um rosto que aparentava ter saído do palácio de Dario e ter sido reconstituído por madame Dieulafoy* se, escolhido por algum amador sequioso de dar um remate oriental àquela figura de Susa, o nome de Nissim não tivesse feito pairar acima de sua pessoa as asas de algum touro androcéfalo de Khorsabad. Mas o senhor Bloch não parava de insultar seu tio, fosse porque se irritasse com a bonomia indefesa de seu saco de pancada, fosse porque, sendo aquela residência paga pelo senhor Nissim Bernard, o beneficiário quisesse mostrar que mantinha sua independência e, sobretudo, não buscava por adulações garantir a herança que lhe viria do ricaço. Este ficava especialmente melindrado de que o tratassem tão grosseiramente diante do mordomo. Murmurou uma frase ininteligível em que apenas se distinguia: "Quando os Mexores estão presentes". Mexores designa na Bíblia o servo de Deus. Os Bloch se serviam desse termo, entre eles, para designar os criados e sempre se divertiam, porque a certeza que tinham de não serem entendidos nem pelos cristãos nem pelos próprios criados estimulava no senhor Nissim Bernard e no senhor Bloch sua dupla peculiaridade de "patrões" e de "judeus". Mas este último motivo de satisfação tornava-se descontentamento quando havia gente de fora. Então, o senhor Bloch, ao ouvir o tio dizer "Mexores", achava que ele deixava transparecer demais seu lado oriental, da mesma maneira que uma cocote que convida as

---

* Foi entre 1881 e 1886 que Jane Dieulafoy, famosa arqueóloga francesa, fez na Pérsia escavações que resultaram na reconstituição da "frisa dos arqueiros" levada para o Louvre.

amigas junto com pessoas de bem se irrita se fazem alusão a seu ofício de cocote, ou empregam palavras indecorosas. Por isso, não só o pedido do tio não produziu nenhum efeito no senhor Bloch, como o deixou fora de si, já não conseguindo se conter. Não perdeu mais uma ocasião de lançar invectivas contra o pobre tio. "Naturalmente, quando há alguma besteira prudhommesca a dizer, pode-se ter certeza de que o senhor não vai perdê-la. Seria o primeiro a lhe lamber os pés se Bergotte estivesse aqui", gritou o senhor Bloch enquanto o senhor Nissim Bernard, desconsolado, inclinava para o prato a barba encaracolada do rei Sargão. Meu amigo, desde que usava barba, também crespa e azulada, parecia muito com o tio-avô. "Como? O senhor é o filho do marquês de Marsantes? Mas o conheci muito", disse a Saint-Loup o senhor Nissim Bernard. Pensei que ele queria dizer "conheci" no sentido de que o pai de Bloch dizia conhecer Bergotte, isto é, de vista. Mas acrescentou: "O seu pai era um de meus bons amigos". Enquanto isso, Bloch ficara excessivamente corado, seu pai parecia profundamente contrariado, as senhoritas Bloch se sufocavam de rir. É que no senhor Nissim Bernard o gosto pela ostentação, contido no senhor Bloch pai e em seus filhos, gerara o hábito da mentira perpétua. Por exemplo, em viagem, quando hospedado no hotel, o senhor Nissim Bernard, como poderia ter feito o senhor Bloch pai, mandava que seu criado de quarto lhe levasse na sala de jantar todos os seus jornais, no meio do almoço, para que todos vissem que viajava com um criado de quarto. Mas às pessoas com quem se relacionava no hotel o tio dizia que era senador, o que o sobrinho jamais teria feito. Por mais que tivesse certeza de que um dia se saberia que o título era usurpado, não conseguia, naquele exato momento, resistir à tentação de outorgá-lo a si mesmo. O senhor Bloch sofria muito com as mentiras do tio e com todas as amolações que lhe causavam. "Não ligue não, ele é muito brincalhão", disse ele a meia-voz a Saint-Loup, que ficou ainda mais interessado, sendo muito curioso sobre a psicologia dos mentirosos. "Mais mentiroso ainda que o itacense Odisseu que, porém, Atenas chamava de o mais mentiroso dos homens, completou nosso colega Bloch. — Ah, veja só!, exclamou o senhor Nissim Bernard, quem diria que eu esperava jantar com o filho de meu amigo! Mas tenho na minha casa em Paris uma fotografia de seu pai, e quantas cartas dele! Sempre me chamava 'meu tio', nunca soube por quê. Era um homem encantador, resplandecente. Lembro-me de um jantar em minha casa, em Nice, onde estavam Sardou, Labiche, Augier... — Molière, Racine, Corneille, continuou ironicamente o senhor Bloch pai, cujo filho terminou a enumeração acrescentando: Plauto, Menandro, Kalidasa." O senhor Nissim Bernard, ofendido, parou de repente o relato e, privando-se asceticamente de um grande prazer, ficou mudo até o fim do jantar.

"Saint-Loup de brônzeo capacete, disse Bloch, repita um pouco deste pato de pesadas coxas de gordura sobre as quais o ilustre vitimário das aves derramou numerosas libações de vinho tinto."

Em geral, depois de ter tirado do fundo da cartola para um colega de alto nível as histórias sobre sir Rufus Israel e outras, o senhor Bloch, ao sentir que tocara o filho até o enternecimento, retirava-se para não se "rebaixar" aos olhos do "pupilo". Mas se havia uma razão absolutamente capital, como por exemplo quando o filho foi aprovado no concurso da *agrégation*,* o senhor Bloch acrescentava à série habitual das anedotas esta reflexão irônica que preferia reservar aos amigos pessoais e que Bloch o jovem ficou extremamente orgulhoso de vê-lo lançar para seus próprios amigos: "O governo foi imperdoável. Não consultou o senhor Coquelin!** O senhor Coquelin deu a entender que ficou descontente". (O senhor Bloch gabava-se de ser reacionário e desprezar gente de teatro.)

Mas as senhoritas Bloch e seu irmão coraram até as orelhas de tão impressionados ficaram quando Bloch pai, para se mostrar leal até o fim com os dois "camaradas" do filho, mandou trazer champanhe e anunciou, displicente, que para nos "obsequiar" reservara três poltronas para a apresentação que uma trupe do Opéra Comique fazia naquela mesma noite no Cassino. Lamentava não ter conseguido um camarote. Estavam todos ocupados. Aliás, várias vezes os havia experimentado, e ficava-se melhor na plateia. Simplesmente, se o defeito do filho, isto é, o que o filho imaginava ser invisível aos outros, era a grosseria, o do pai era a avareza. Assim, foi com o nome de champanhe que mandou servir num jarro um vinhozinho espu-

---

* Concurso, considerado muito difícil, para professor de ensino secundário e liceu ou de certos cursos universitários.

** Constant Coquelin (1841-1909), ator francês citado como uma das paixões platônicas do jovem Proust.

mante, e com o nome de poltronas de plateia que reservou umas cadeiras que custavam metade do preço, milagrosamente convencido pela intervenção divina de seu defeito de que nem à mesa nem no teatro (em que todos os camarotes estavam vazios) ninguém perceberia a diferença. Depois que o senhor Bloch nos deixou molhar os lábios nas taças largas que o filho enfeitava com o nome de "crateras de flancos profundamente abertos", ele nos fez admirar um quadro de que gostava tanto que levava consigo para Balbec. Disse-nos que era um Rubens. Saint-Loup perguntou-lhe ingenuamente se estava assinado. O senhor Bloch respondeu, corando, que mandara cortar a assinatura por causa da moldura, o que não tinha importância, pois não queria vendê-lo. Depois, despediu-se de nós rapidamente para mergulhar no *Diário Oficial* cujos exemplares atulhavam a casa e cuja leitura tornara-se necessária, disse-nos, "por sua posição parlamentar" sobre cuja natureza exata não nos forneceu luzes. "Vou pegar uma echarpe, disse-nos Bloch, pois Zéfiro e Bóreas disputam em desafio o mar piscoso, e por pouco que nos demoremos depois do espetáculo, só voltaremos com os primeiros clarões de Eos de dedos de púrpura. A propósito", perguntou a Saint-Loup quando já estávamos na rua (e tremi ao compreender depressa que era do senhor de Charlus que Bloch falava naquele tom irônico), "quem era aquele excelente fantoche de traje escuro que vi com você passear anteontem de manhã pela praia? — É meu tio", respondeu Saint-Loup, agastado. Infelizmente, uma "gafe" estava muito longe de parecer a Bloch coisa a evitar. Ele se torceu de rir: "Meus sinceros parabéns, eu devia ter adivinhado, ele é esplendidamente chique e tem uma impagável fuça de gagá da mais alta linhagem. — Você se engana redondamente, é muito inteligente, retrucou Saint-Loup, furioso. — Sinto muito, pois então é menos completo. Aliás, gostaria muito de conhecê-lo, pois tenho certeza de que escreveria umas coisas bem adequadas sobre homenzinhos assim. Esse aí, só de vê-lo passar, é de morrer de rir. Mas dispensaria o lado caricatural, no fundo bastante desprezível para um artista apaixonado pela beleza plástica das frases, daquela cara que, desculpe, me fez rebentar de rir por um bom tempo, e poria em relevo o lado aristocrático do seu tio, que, em suma, faz um baita efeito, e passada a primeira galhofa impressiona pelo fantástico estilo. Mas, disse ele agora se dirigindo a mim, há uma coisa, numa ordem de ideias totalmente diferente, sobre a qual quero interrogá-lo, e sempre que estamos juntos algum deus, bem-aventurado habitante do Olimpo, me faz esquecer totalmente de lhe pedir essa informação que já me poderia ter sido e certamente me será muito útil. Quem é então aquela bela pessoa com quem o encontrei no Jardin d'Acclimatation e que estava acompanhada por um senhor que creio conhecer de vista e de uma moça de cabelo comprido?" Eu tinha notado que madame Swann não se lembrava do nome de Bloch, já que me dissera outro e qualificara meu colega de adido de um ministério, o que desde então eu jamais havia pensado em verificar se era verdade. Mas como Bloch, que, pelo que madame Swann então me dissera, se fizera apresentar a ela, podia ignorar seu nome? Eu estava tão admirado que fiquei um instante sem responder. "Em todo caso, meus parabéns, disse-me, você não deve ter se aborrecido com ela. Eu a havia encontrado dias antes, no trem da Cintura. Pois ela quis soltar a própria cintura em benefício deste seu criado, e nunca passei tão bons momentos, e íamos tomar todas as providências para nos rever quando um conhecido dela teve o mau gosto de subir na penúltima estação." Pelo visto, o silêncio que mantive não agradou a Bloch. "Eu esperava, disse-me, saber graças a você o endereço dela e ir saborear em sua casa, várias vezes por semana, os prazeres de Eros, grato aos deuses, mas não insisto, já que você prefere a discrição quanto a uma profissional que se entregou a mim três vezes seguidas e da maneira mais requintada entre Paris e o Point-du-Jour. Hei de reencontrá-la uma noite dessas."

Fui ver Bloch em seguida a esse jantar, ele me retribuiu a visita, mas eu tinha saído e ao perguntar por mim foi visto por Françoise, que casualmente nunca o tinha visto até então, embora ele tivesse ido a Combray. De modo que sabia apenas que um "dos senhores" que eu conhecia passara para me ver, não sabia "com que fim", vestido de um jeito corrente e que não lhe causara grande impressão. Ora, por mais que eu soubesse que certas ideias sociais de Françoise me permaneceriam para sempre impenetráveis, baseadas talvez parcialmente em confusões entre palavras e nomes que ela trocara uma vez, e para sempre, não pude me impedir, eu que havia tempo desistira de fazer perguntas nesses casos, de conjecturar, em vão aliás, o que o nome de Bloch podia representar de tão imenso para Françoise. Pois mal lhe disse que aquele rapaz que avistara era o senhor Bloch, ela recuou uns passos, de tão grandes foram seu estupor e sua decepção. "Como, então é isso o senhor Bloch!", exclamou com ar aterrado como se um personagem tão prestigioso devesse possuir uma aparência que "revelasse" imediatamente que se estava em presença de um grande da terra, e com jeito de quem acha que um personagem histórico não está à altura de sua reputação repetiu num tom impressionado em que se sentiam para o futuro os germes de um ceticismo universal: "Como, então é isso o senhor Bloch? Ah! Realmente, vendo-o, ninguém diria". Parecia me guardar rancor como se eu algum dia lhe tivesse "superestimado" Bloch. Mas teve a bondade de acrescentar: "Pois é, por mais senhor Bloch que seja, o senhor pode dizer que é tão distinto quanto ele".

Com relação a Saint-Loup, que ela adorava, logo teve uma desilusão de outro tipo e mais passageira: soube que ele era republicano. Ora, se bem que ao mencionar, por exemplo, a rainha de Portugal, ela dissesse com essa falta de respeito que no povo é o respeito supremo "Amélia, a irmã de Filipe", Françoise era monarquista. Mas que um marquês, mais ainda um marquês que a deslumbrava, fosse pela República não lhe parecia plausível. Demonstrava diante disso o mesmo mau humor que se eu lhe tivesse dado uma caixa que ela imaginasse ser de ouro, pela qual tivesse me agradecido efusivamente e que em seguida um joalheiro lhe revelasse ser folheada. Logo retirou sua estima por Saint-Loup, mas pouco depois lhe devolveu, pois refletiu que, sendo o marquês de Saint-Loup, não podia ser republicano e que apenas fazia de conta por interesse, já que com o governo que tínhamos isso podia lhe ser muito lucrativo. Desse dia em diante sua frieza com ele, seu despeito contra mim cessaram. E quando falava de Saint-Loup, dizia: "É um hipócrita", com um largo e bom sorriso que bem dava a entender que o "considerava" de novo, tanto quanto no primeiro dia, e o perdoara.

Ora, a sinceridade e o desinteresse de Saint-Loup eram, ao contrário, absolutos; e essa grande pureza moral, que não conseguia se satisfazer inteiramente num sentimento egoísta como o amor, e, por outro lado, nele não encontrava a impossibilidade que por exemplo existia em mim de encontrar seu alimento espiritual a não ser em si mesmo, era o que o tornava verdadeiramente capaz, tanto como a mim incapaz, de amizade.

Françoise também não se enganava quando dizia que Saint-Loup tinha, portanto, um jeito de não desdenhar o povo mas que isso não era verdade e que bastava vê-lo quando se enfurecia com o seu cocheiro. De fato, acontecera algumas vezes a Robert repreendê-lo com certa aspereza, que nele provava menos o sentimento da diferença do que da igualdade entre as classes. "Mas, dizia-me em resposta às críticas que eu lhe fazia por ter tratado um pouco duramente o cocheiro, por que fingiria lhe falar cortesmente? Acaso não é ele meu igual? Não é tão próximo de mim quanto meus tios ou meus primos? Pelo visto, você acha que eu deveria tratá-lo com considerações, como a um inferior! Fala como um aristocrata", acrescentou com desdém.

De fato, se havia uma classe contra a qual ele tinha prevenção e parcialidade era a aristocracia, e a tal ponto que dificilmente acreditava na superioridade de um mundano, como tão facilmente acreditava na de um homem do povo. Como eu lhe falasse da princesa de Luxemburgo que eu encontrara com a tia dele, disse-me:

"Uma toupeira, como todas as suas semelhantes. Aliás, é minha prima afastada".

Tendo um preconceito contra as pessoas que a frequentavam, raramente aparecia na alta sociedade e a atitude de desprezo ou hostilidade que ali tomava aumentava ainda mais em todos os seus parentes próximos o desgosto por sua relação com uma mulher "de teatro", relação que acusavam de lhe ser fatal e especialmente de ter desenvolvido nele esse espírito de difamação, esse espírito do contra, de tê-lo "desviado", enquanto estavam à espera de que ele se "desclassificasse" por completo. Por isso, muitos homens levianos do Faubourg Saint-Germain eram impiedosos quando falavam da amante de Robert. "As marafonas, afinal, exercem seu ofício, valem tanto quanto as outras, diziam; mas essa aí, não! Não vamos perdoá-la! Ela fez muito mal a uma pessoa a quem queremos." Sem dúvida, não era o primeiro a ter se metido numa encrenca amorosa. Mas os outros se divertiam como homens mundanos, continuavam a pensar como homens mundanos a respeito da política e de tudo o mais. Ele, sua família o achava "azedo". Não se dava conta de que para muitos jovens da aristocracia, que sem isso permaneceriam incultos de espírito, rudes em suas amizades, ásperos e sem bom gosto, é a amante que costuma ser o verdadeiro mestre e as ligações desse tipo são a única escola moral em que são iniciados numa cultura superior, em que aprendem o valor dos conhecimentos desinteressados. Mesmo em gente baixa (que em matéria de grosseria costuma se parecer tanto com a alta sociedade), a mulher, mais sensível, mais fina, mais ociosa, tem a curiosidade de certas delicadezas, respeita certas belezas de sentimento e de arte que, embora não as compreenda, coloca acima do que o homem julgava ser o mais desejável, o dinheiro, a posição. Ora, que se trate da amante de um jovem aristocrata como Saint-Loup ou da de um jovem operário (os eletricistas, por exemplo, hoje integram as fileiras da verdadeira Cavalaria), seu amante tem por ela demasiada admiração e respeito para não estendê-los ao que ela mesma respeita e admira; e assim, inverte-se para ele a escala de valores. Por causa de seu próprio sexo, ela é fraca, tem distúrbios nervosos, inexplicáveis, que num homem, e até em outra mulher, numa mulher de quem ele é sobrinho ou primo, teriam feito esse jovem robusto sorrir. Mas ele não consegue ver sofrer aquela a quem ama. O jovem nobre que como Saint-Loup tem uma amante acostuma-se a ter no bolso, quando vai jantar com ela num bistrô, o valerianato de que ela pode precisar, e a dizer ao garçom, com autoridade e sem ironia, que tome cuidado para fechar as portas sem ruído, não ponha musgo úmido à mesa, a fim de evitar à amiga essas indisposições que, de seu lado, ele jamais sentiu e que compõem para ele um mundo oculto em cuja realidade ela lhe ensinou a acreditar, indisposições que ele agora lamenta sem precisar para isso conhecê-las e que lamentará ainda mais quando outras que não ela as sentirem. A amante de Saint-Loup — como os primeiros monges da Idade Média, à cristandade — lhe ensinara a piedade com os animais, por quem tinha paixão, nunca viajando sem seu cachorro, seus canários, seus papagaios; Saint-Loup tratava deles com cuidados maternais e chamava de brutos os que não são bons com os bichos. Por outro lado, uma atriz, ou tida como tal, como a que vivia com ele — fosse ou não inteligente, o que eu ignorava —, ao fazê-lo achar enfadonha a sociedade das mundanas e considerar como uma xaropada ter de ir a uma soirée, preservara-o do esnobismo e o curara da frivolidade. Se graças a ela as relações mundanas ocupavam menos espaço na vida de seu jovem amante, ela lhe ensinara, em compensação, a tratar com nobreza e requinte suas amizades, ao passo que se ele fosse um simples homem de salão a vaidade ou o interesse teriam guiado essas amizades, assim como a rudeza as teria marcado. Com seu instinto de mulher e apreciando nos homens certas qualidades de sensibilidade que, talvez sem ela, seu amante teria desconhecido ou ridicularizado, ela sempre distinguira rapidamente e preferira, entre os outros amigos de Saint-Loup, quem nutria por ele verdadeira afeição. Sabia forçá-lo a sentir por esse amigo o reconhecimento, a demonstrá-lo, a observar as coisas que lhe agradavam, as que o desgostavam. E já sem precisar que ela o advertisse, Saint-Loup não custou a preocupar-se com tudo isso, e em Balbec, onde ela não estava, ele tomava comigo, a quem ela jamais vira e de quem porventura ele nem sequer lhe tivesse falado em suas cartas, o cuidado de fechar a janela de um carro onde eu estava, de retirar as flores que me faziam mal, e quando ao partir teve de se despedir ao mesmo tempo de várias pessoas, deu um jeito de deixá-las um pouco mais cedo a fim de ficar por último e a sós comigo, para acentuar essa diferença entre mim e elas e me dar um tratamento diverso. A amante abrira seu espírito ao invisível, pusera seriedade em sua vida, delicadezas em seu coração, mas tudo isso escapava à família em lágrimas que repetia: "Essa sem-vergonha vai matá-lo, e enquanto isso o desonra". É verdade que ele já terminara de lhe tirar todo o bem que ela podia lhe fazer; e agora ela era somente causa de um sofrimento incessante, pois lhe tomara horror e o torturava. Começara, um belo dia, por achá-lo idiota e ridículo porque os amigos que tinha entre os jovens autores e atores lhe haviam garantido que ele o era, o que ela por sua vez repetia com paixão, com essa ausência de reserva que a gente sempre demonstra quando recebe de fora e adota opiniões e costumes até então ignorados por completo. Confessava de bom grado, como aqueles atores, que entre ela e Saint-Loup o fosso era intransponível porque eram de raças diferentes, que ela era uma intelectual e ele, apesar do que pretendia, era um inimigo nato da inteligência. Essa visão parecia-lhe profunda e ela buscava verificá-la nas palavras mais insignificantes, nos menores gestos de seu amante. Mas quando os mesmos amigos também a convenceram de que ela destruía em companhia tão pouco feita para ela as grandes esperanças que, diziam, despertara, quando diziam que seu amante acabaria por contaminá-la e que vivendo com ele estragaria seu futuro de artista, ao desprezo que sentia por Saint-Loup juntou-se o mesmo ódio que sentiria se ele tivesse se obstinado em querer inocular-lhe uma doença mortal. Via-o o menos possível, embora ainda postergando o momento de uma ruptura definitiva, o que me parecia bem pouco verossímil.

— 350 —

Saint-Loup fazia por ela tais sacrifícios que, a não ser que fosse arrebatadora (mas jamais quis me mostrar sua fotografia, dizendo-me: "Primeiro, não é uma beldade, e depois, sai mal nas fotos, são instantâneos que eu mesmo faço com a minha Kodak* e eles lhe dariam uma ideia falsa dela"), parecia difícil que encontrasse um segundo homem que consentisse fazer sacrifícios semelhantes. Eu nem imaginava que um certo capricho de fazer nome, mesmo quando não se tem talento, e que a estima, nada mais que a estima privada, de pessoas que se impõem a nós (o que, aliás, talvez não fosse o caso da amante de Saint-Loup) podem ser, mesmo para uma pequena cocote, motivos mais determinantes que o prazer de ganhar dinheiro. Saint-Loup, que sem compreender muito bem o que se passava no pensamento de sua amante não a julgava totalmente sincera nem nas críticas injustas nem nas promessas de amor eterno, tinha, porém, em certos momentos a sensação de que ela romperia quando pudesse, e por isso, movido sem dúvida pelo instinto de conservação de seu amor, talvez mais clarividente que o próprio Saint-Loup, e usando aliás de uma habilidade prática que ele conciliava com os maiores e mais cegos impulsos do coração, recusara-se a lhe constituir um capital, tomara de empréstimo uma quantia enorme para que ela não se privasse de nada, mas só lhe entregava dinheiro no dia a dia. E sem dúvida, caso ela tivesse de verdade pensado em deixá-lo, esperaria friamente ter "feito seu pé-de-meia", o que com as somas dadas por Saint-Loup demandaria com certeza muito pouco tempo, mas mesmo assim concedido como um suplemento para prolongar a felicidade do meu novo amigo — ou sua infelicidade.

Esse período dramático da relação deles — e que agora chegara ao ponto mais agudo, mais cruel para Saint-Loup, pois ela o proibira de ficar em Paris onde sua presença a exasperava, e o forçara a gozar sua licença em Balbec, ao lado da guarnição — começara uma noite em casa de uma tia de Saint-Loup, de quem obtivera que sua amante fosse recitar para vários convidados fragmentos de uma peça simbolista que ela representara uma vez num palco de vanguarda e com a qual o levara a partilhar a admiração que ela mesma sentia.

Mas quando ela apareceu, com um grande lírio na mão, dentro de

---

* As primeiras Kodak datam de 1888 e logo o nome da marca foi usado como sinônimo de aparelho fotográfico.

um vestido copiado da "Ancilla Domini"* e que convencera Robert de que era uma verdadeira "visão de arte", sua entrada foi acolhida naquela assembleia de homens elegantes e duquesas por sorrisos que o tom monótono da salmodia, a esquisitice de certas palavras, sua frequente repetição tinham transformado em risos alucinantes, primeiro abafados, depois tão irresistíveis que a pobre recitante não conseguiu continuar. No dia seguinte, a tia de Saint-Loup foi unanimemente criticada por ter deixado aparecer em sua casa uma artista tão grotesca. Um duque muito conhecido não lhe escondeu que ela só podia culpar a si mesma por estar sendo criticada.

"Também, que diabo, por que nos vem com uns números pesados assim! Ainda se essa mulher tivesse talento, mas não tem e nunca terá nenhum. Oaris não é tão ingênua como dizem, ora bolas! A sociedade não é composta de imbecis. É evidente que essa senhoritazinha imaginou maravilhar Paris. Mas Paris não é tão fácil de se deixar maravilhar, e afinal de contas há coisas que não vão nos fazer engolir."

Quanto à artista, saiu dizendo a Saint-Loup: "Entre que patetas, entre que peruas sem educação, entre que broncos você foi me meter? Prefiro ir logo lhe dizendo, não havia um só homem presente que não tivesse me piscado o olho, se esfregado no meu pé, e foi porque não dei confiança a esses galanteios que tentaram se vingar".

Palavras que tinham transformado a antipatia de Robert pelas pessoas mundanas num horror muito mais profundo e doloroso e que lhe era inspirado especialmente pelos que menos o mereciam, parentes devotados que, delegados pela família, haviam tentado convencer a amiga de Saint-Loup a romper com ele, iniciativa que ela lhe apresentava como inspirada pelo amor que sentiam por ela. Embora tivesse logo deixado de conviver com eles, Robert pensava que, quando estava longe de sua amiga, como agora, eles ou outros se aproveitavam para voltar à carga e talvez tivessem recebido seus favores. E quando falava dos farristas que enganam os amigos, procuram corromper as mulheres, tentam levá-las a casas de rendez-vous, seu rosto respirava sofrimento e ódio.

---

* Quando o Anjo da Anunciação aparece e diz a Maria que ela terá um filho, ela lhe responde: *"Ecce ancilla Domini"* (Eis a serva do Senhor). Nas cenas religiosas da Idade Média, a Virgem está representada com uma túnica e um lírio na mão.

"Eu os mataria com menos remorso do que a um cão, que pelo menos é um bicho simpático, leal e fiel. Eis quem merece a guilhotina, mais que os infelizes que foram levados ao crime pela miséria e pela crueldade dos ricos."

Passava quase o tempo todo a enviar à amante cartas e telegramas. Sempre que, embora o impedindo de ir a Paris, ela encontrava à distância um jeito de brigar com ele, eu ficava sabendo por seu semblante desfigurado. Como sua amante jamais dizia o que tinha a lhe censurar, desconfiando de que se não dizia era porque não sabia e simplesmente estava farta dele, mesmo assim gostaria de ter explicações e lhe escrevia: "Diga-me o que fiz de errado. Estou pronto a reconhecer meus erros", e a tristeza que sentia acabava por convencê-lo de que agira mal.

Mas ela o fazia esperar indefinidamente as respostas, aliás sem sentido. Assim, era quase sempre com o semblante preocupado e muitas vezes de mãos vazias que eu via Saint-Loup voltar do correio, onde, de todo o hotel além de Françoise, era o único que ia buscar ou levar pessoalmente suas cartas, ele por impaciência de amante, ela por desconfiança de criada. (Os telegramas o forçavam a percorrer um caminho muito maior.)

Alguns dias depois do jantar na casa dos Bloch, quando minha avó me disse com ar alegre que Saint-Loup acabava de lhe perguntar se antes de deixar Balbec ela não queria que ele a fotografasse, e quando vi que ela vestira para isso sua mais bela toalete e hesitava entre diversos chapéus, senti-me um pouco irritado com essa criancice de sua parte que tanto me espantava. Cheguei até a me perguntar se não tinha me enganado sobre minha avó, se não a colocara alto demais, se ela era tão indiferente como eu sempre pensara no tocante à sua pessoa, se não teria o que eu acreditava lhe ser o mais alheio, a coqueteria.

Infelizmente, deixei suficientemente visível esse descontentamento que me causavam o projeto da sessão fotográfica e, sobretudo, a satisfação que minha avó parecia sentir, a ponto de Françoise notá-lo e se apressar involuntariamente em aumentá-lo me fazendo um discurso sentimental e enternecido a que eu não quis parecer aderir.

"Ah, senhor!, essa pobre senhora ficará tão feliz que tirem seu retrato e vai até pôr o chapéu que sua velha Françoise lhe arranjou, deixe-a fazer isso, senhor."

Convenci-me de que eu não era cruel ao caçoar da sensibilidade de Françoise, lembrando-me de que minha mãe e minha avó, meus modelos em tudo, também costumavam fazê-lo. Mas ao perceber que eu estava com ar aborrecido, minha avó me disse que se aquela sessão de pose pudesse me contrariar ela desistiria. Eu não quis e garanti-lhe que não via o menor inconveniente nisso e deixei-a se embelezar, mas imaginei dar provas de sagacidade e força dizendo--lhe algumas palavras irônicas e ferinas destinadas a neutralizar o prazer que parecia ter em ser fotografada, de modo que se fui obrigado a ver o magnífico chapéu de minha avó consegui, pelo menos, apagar de seu rosto aquela expressão alegre que deveria me fazer feliz e que, como costuma acontecer muitas vezes enquanto ainda estão em vida os entes que mais amamos, nos aparece como a manifestação exasperante de uma singularidade mesquinha mais que como a forma preciosa da felicidade que tanto gostaríamos de lhes proporcionar. Meu mau humor vinha sobretudo de que naquela semana minha avó parecera fugir de mim, e de que eu não conseguira tê-la um instante para mim, nem de dia nem de noite. Quando voltava, de tarde, para ficar um pouco a sós com ela, me diziam que não estava; ou então se trancava com Françoise para longos conciliábulos que não me era permitido perturbar. E quando, tendo passado a tarde fora com Saint-Loup, eu sonhava no trajeto de volta com o momento em que ia poder reencontrar e beijar minha avó, por mais que esperasse que ela desse na divisória aquelas pancadinhas que me diriam para entrar e lhe dar boa-noite, eu nada ouvia; acabava indo me deitar, um pouco zangado com ela por ter me privado com uma indiferença tão nova de uma alegria com que eu tanto contara, e ainda ficava, com o coração palpitante como na minha infância, escutando a parede que permanecia muda e eu adormecia em prantos.

*

Naquele dia, como nos anteriores, Saint-Loup fora obrigado a ir a Doncières onde sempre precisariam dele agora, até o fim da tarde, enquanto não regressasse definitivamente. Eu me lamentava por ele não estar em Balbec. Vira descer do carro e entrar, umas na sala de baile do Cassino, outras na sorveteria, moças que, de longe, tinham me parecido encantadoras. Estava eu num desses períodos da mocidade, desprovidos de um amor específico, vazios, em que por toda parte — assim como um apaixonado na mulher que ama — desejamos, buscamos, enxergamos a Beleza. Que um só traço real — o pouco que distinguimos de uma mulher vista de longe, ou de costas — nos permita projetar a Beleza diante de nós, logo imaginamos tê-la reconhecido, nosso coração dispara, apertamos o passo, e ficaremos para sempre convencidos de que era ela, contanto que a mulher tenha desaparecido: só quando pudermos alcançá-la é que compreenderemos nosso engano.

Aliás, cada vez mais adoentado, eu era tentado a sobrevalorizar os prazeres mais simples por causa das próprias dificuldades que sentia para atingi-los. Acreditava avistar mulheres elegantes em toda parte, pois para me aproximar delas, onde quer que fosse, na praia me sentia demasiado cansado, e no Cassino ou numa confeitaria, demasiado tímido. No entanto, se breve eu fosse morrer, gostaria de saber como eram feitas de perto, na realidade, as mais lindas moças que a vida pudesse oferecer, ainda que fosse outro que não eu, ou até mesmo ninguém, que devesse aproveitar essa oferta (de fato, não me dava conta de que havia um desejo de posse na origem de minha curiosidade). Teria ousado entrar no salão de baile se Saint-Loup estivesse comigo. Sozinho, simplesmente fiquei diante do Grand-Hôtel esperando o momento de ir encontrar minha avó, quando, quase na ponta do dique onde elas se moviam numa mancha estranha, vi avançar cinco ou seis meninas, tão diferentes pelo aspecto quanto pelas maneiras, de todas as pessoas com quem estávamos acostumados em Balbec, como poderia ser, desembarcado sabe-se lá de onde, um bando de gaivotas que executa na praia a passos medidos — com as retardatárias esvoaçando para alcançar as outras — um passeio cujo objetivo parece tão obscuro aos banhistas que elas não aparentam notar, como claramente determinado por seu espírito de pássaros.

Uma daquelas desconhecidas empurrava diante de si, pela mão, sua bicicleta; duas outras seguravam tacos de golfe; e seus trajes contrastavam com o das outras moças de Balbec, entre as quais, é verdade, algumas se dedicavam aos esportes mas sem por isso adotar uma roupa especial.

Era a hora em que damas e cavalheiros vinham todos os dias dar uma volta pelo dique, expostos aos reflexos implacáveis do lorgnon que neles fixava, como se fossem portadores de alguma tara que ela fazia questão de respeitar nos mínimos detalhes, a mulher do presidente do tribunal, orgulhosamente sentada em frente ao quiosque de música, no meio daquela temida fila de cadeiras onde dali a pouco eles mesmos, transformados de atores em críticos, viriam se instalar para, por sua vez, julgarem os que desfilariam diante deles. Todos os que percorriam o dique, balançando-se tanto como se ele fosse o convés de um navio (pois não sabiam levantar uma perna sem ao mesmo tempo mexer o braço, revirar os olhos, endireitar os ombros, compensar com um gesto gingado para o lado o gesto que acabavam de fazer para o outro lado, e congestionar o rosto), fazendo de conta que não viam as pessoas, para dar a entender que não se preocupavam com elas, mas olhando disfarçadamente para não correr o risco de se chocarem com as que andavam a seu lado ou vinham em sentido contrário, esbarravam, ainda assim, nelas, davam encontrões uns nos outros, porque tinham sido reciprocamente objeto da mesma atenção secreta, oculta sob o mesmo desdém aparente; o amor — por conseguinte o temor — à multidão é uma das mais poderosas motivações para todos os homens, seja porque procuram agradar aos outros ou surpreendê-los, seja para lhes mostrar que os desprezam. No homem solitário, a reclusão, mesmo absoluta e durando até o fim da vida, costuma ter por princípio um amor desmedido à multidão, que domina de tal forma qualquer outro sentimento que ele, não podendo conquistar, quando sai, a admiração da porteira, dos passantes, do cocheiro ali parado, prefere que jamais o vejam e renunciar por isso a qualquer atividade que o obrigue a sair.

No meio de todas aquelas pessoas, dentre as quais umas pensavam em alguma coisa mas então traíam a mobilidade por uma série de gestos bruscos, uma divagação de olhares, tão pouco harmoniosos como o circunspecto titubeio de seus vizinhos, as meninas que eu observara, com o domínio de gestos que vem de uma perfeita flexibilidade do próprio corpo e de um desprezo sincero pelo resto da humanidade, iam andando sempre em frente, sem hesitação nem rigidez, executando à perfeição os movimentos que queriam, numa plena independência de cada membro em relação aos outros, com quase todo o corpo mantendo essa imobilidade tão admirável nas boas dançarinas de valsa. Já não estavam longe de mim. Se bem que

— 356 —

cada uma fosse um tipo absolutamente diferente das outras, todas tinham beleza; mas a bem da verdade fazia tão poucos instantes que as vira, e sem ousar encará-las, que ainda não tinha individualizado nenhuma delas. Com exceção de uma, cujo nariz reto e cuja pele morena criavam um contraste em meio às outras como em um quadro do Renascimento um rei Mago de tipo árabe, eu não conhecia nenhuma a não ser uma por um par de olhos duros, teimosos e zombeteiros; outra, pelas faces em que o rosa tinha esse tom acobreado que evoca a ideia de gerânio; e nem sequer essas feições eu já havia ligado indissoluvelmente mais a uma do que a outra moça; e quando (conforme a ordem em que se desdobrara aquele conjunto, maravilhoso porque ali conviviam os aspectos mais diferentes, todas as gamas de cores estavam próximas, mas confuso como uma música cujas frases eu não soubesse isolar e reconhecer à medida que passavam, distinguidas mas esquecidas logo depois) eu via emergir um oval branco, olhos pretos, olhos verdes, não sabia se eram os mesmos que pouco antes já me haviam trazido o encanto, não conseguia relacioná-los a determinada jovem que tivesse isolado das outras e reconhecido. E essa ausência, em minha visão, das demarcações que eu logo estabeleceria entre elas propagava através de seu grupo uma flutuação harmoniosa, a translação contínua de uma beleza fluida, coletiva e móvel.

Talvez não fosse só o acaso que, na vida, para reunir aquelas amigas as escolhera todas tão belas; talvez aquelas moças (cuja atitude bastava para revelar a natureza atrevida, frívola e dura), extremamente sensíveis a qualquer ridículo e a qualquer feiura, incapazes de se seduzirem por um atrativo de ordem intelectual ou moral, tivessem naturalmente sentido, entre as colegas da mesma idade, repulsa por todas as outras em quem pendores meditativos ou sensíveis são traídos pela timidez, pelo embaraço, pelo acanhamento, pelo que deviam chamar "um gênero antipático" e as tivessem mantido à distância; ao passo que elas, ao contrário, teriam se ligado a outras em quem as atraía uma certa mistura de graça, ligeireza e elegância física, única forma como podiam imaginar a franqueza de um caráter sedutor e a promessa de boas horas de convívio. Talvez também a classe a que pertenciam e que eu seria incapaz de definir estivesse nesse ponto de sua evolução em que — fosse graças ao enriquecimento e ao lazer, fosse graças aos novos hábitos do esporte, difundidos até em certos meios populares, e da cultura física a que ainda não se juntou a da inteligência — um meio social parecido com as escolas de escultura harmoniosas e fecundas que ainda não buscam a expressão atormentada produz naturalmente e em abundância belos corpos de belas pernas, belos quadris, rostos sadios e descansados, com ar de agilidade e malícia. E não eram nobres e calmos modelos de beleza humana que eu via ali, diante do mar, como estátuas expostas ao sol num litoral da Grécia?

Como se julgassem, do meio de seu bando que avançava ao longo do dique como um luminoso cometa, que a multidão ao redor era composta de seres de outra raça e cujo próprio sofrimento não tivesse conseguido despertar-lhes um sentimento de solidariedade, elas não pareciam vê-la, forçavam as pessoas paradas a se afastarem como que à passagem de uma máquina que tivesse sido largada e da qual não era de esperar que evitasse os pedestres, e no máximo se contentavam em se entreolhar, rindo, se algum velho cavalheiro cuja existência não admitiam e cujo contato repeliam tivesse fugido com movimentos amedrontados ou furiosos, precipitados ou risíveis. Quanto a tudo o que não fosse de seu grupo, não tinham nenhuma afetação de desprezo, pois bastava seu desprezo sincero. Mas não podiam ver um obstáculo sem se divertir em transpô-lo, tomando impulso ou de pés juntos, pois estavam plenas e exuberantes dessa juventude que precisamos tanto gastar que, mesmo tristes ou doentes, obedecendo mais às necessidades da idade que ao humor do dia, jamais deixamos passar uma ocasião de saltar ou deslizar, sem aproveitá-la conscienciosamente, interrompendo, semeando nossa marcha lenta — como Chopin a frase mais melancólica — com graciosos desvios em que o capricho se mescla ao virtuosismo. A mulher de um velho banqueiro, depois de hesitar entre diversas exposições para seu marido, sentara-o num banquinho dobrável, de frente para o dique, abrigado do vento e do sol pelo coreto dos músicos. Vendo-o bem instalado, acabava de deixá-lo para ir lhe comprar um jornal que leria para ele e o distrairia, pequenas ausências durante as quais deixava-o sozinho e que ela nunca prolongava além de cinco minutos, o que lhe parecia bastante longo mas que ela renovava com muita frequência para que o velho esposo a quem ao mesmo tempo prestava e disfarçava seus cuidados tivesse a impressão de que ele ainda estava em condições de viver como todo mundo e não tinha a menor necessidade de proteção. O tablado dos músicos formava, acima dele, um trampolim natural e tentador sobre o qual, sem a menor hesitação, a mais velha do pequeno bando começou a correr: saltou por cima do velhote apavorado, cujo boné de marinheiro foi roçado pelos pés ágeis, para grande diversão das outras moças, sobretudo dos dois olhos verdes num rosto de boneca que expressaram por esse ato uma admiração e uma alegria em que pensei identificar um pouco de timidez, uma timidez envergonhada e fanfarrona, que não existia nas outras. "Esse velho coitado é de dá pena, já tá com cara de meio morto", disse uma dessas moças com voz roufenha e em tom meio irônico. Elas deram mais uns passos, depois pararam um instante no meio do caminho sem se importar em atravancar a circulação dos passantes, num conciliábulo, num agregado de forma irregular, compacto, insólito e pipilante, como pássaros que se juntam na hora de levantar voo; depois retomaram seu lento passeio ao longo do dique, acima do mar.

Agora, suas feições graciosas já não eram indistintas e misturadas. Eu as repartira e aglomerara (à falta do nome de cada uma, que eu ignorava) em torno da alta que pulara por cima do velho banqueiro; da baixa que destacava contra o horizonte do mar suas faces bochechudas e rosadas, seus olhos verdes; daquela da pele morena, do nariz reto, que contrastava no meio das outras; de uma outra, de rosto branco como um ovo em que um narizinho formava um arco de círculo como um bico de pintinho, rosto como têm certas criaturas muito jovens; de mais outra, alta, coberta por uma pelerine (que lhe dava um aspecto tão pobre e desmentia tanto seu jeito elegante que a explicação que se apresentava ao espírito era a de que aquela moça devia ter pais muito brilhantes e que punham seu amor-próprio bastante acima dos banhistas de Balbec e da elegância indumentária dos próprios filhos para que lhes fosse absolutamente igual deixá-la passear no dique num traje que a gente do povo teria julgado excessivamente modesto); de uma moça de olhos brilhantes, risonhos, de grandes bochechas opacas, debaixo de uma boina preta enfiada na cabeça, que empurrava uma bicicleta num saracoteio de quadris tão desengonçado, usando termos de gíria tão típicos da vadiagem e gritados tão alto, quando passei ao seu lado (entre os quais distingui, porém, a frase infeliz de "viver sua vida"), que, abandonando a hipótese que a pelerine de sua colega me fizera

— 359 —

arquitetar, preferi concluir que todas aquelas meninas pertenciam à população que frequenta os velódromos e deviam ser as amantes muito jovens dos ciclistas. Em todo caso, em nenhuma de minhas suposições figurava a de que pudessem ser virtuosas. À primeira vista — na maneira como se olhavam, rindo, no olhar insistente daquela de faces sem brilho — compreendi que não o eram. Aliás, minha avó sempre cuidara de mim com uma delicadeza por demais timorata para que eu acreditasse que o conjunto das coisas que não devemos fazer é indivisível e que moças que faltam com o respeito à velhice eram, de repente, detidas por escrúpulos quando se trata de prazeres mais tentadores do que pular por cima de um octogenário.

Agora eu já as individualizara, mas a réplica que davam umas às outras com os olhares animados pela presunção e pelo espírito de camaradagem, e nos quais se reacendiam de instante em instante, ora o interesse, ora a insolente indiferença que em cada uma brilhava, conforme encarassem uma das amigas ou os veranistas, e também essa consciência de se conhecerem bastante intimamente para passearem sempre juntas, formando um "bando à parte", criava entre seus corpos independentes e separados, enquanto avançavam lentamente, uma ligação invisível mas harmoniosa como uma mesma sombra cálida, uma mesma atmosfera, fazendo deles um todo tão homogêneo em suas partes como diverso da multidão em meio à qual se desenrolava lentamente seu cortejo.

Por um instante, enquanto eu passava ao lado da morena de bochechas grandes que empurrava a bicicleta, cruzei com seus olhares oblíquos e risonhos, dirigidos do fundo daquele mundo desumano que encerrava a vida daquela pequena tribo, inacessível mundo desconhecido onde a ideia do que eu era decerto não podia chegar nem encontrar seu lugar. Muito absorta no que diziam suas amigas, aquela jovem usando uma boina que descia muito baixa em sua testa acaso me viu no momento em que o raio negro emanado de seus olhos me encontrara? Se me viu, o que pude representar para ela? Do seio de que universo ela me distinguia? Para mim, teria sido tão difícil saber como, quando certas peculiaridades de um astro vizinho nos são reveladas pelo telescópio, é difícil concluir a partir disso que humanos lá habitam, que nos veem, e que ideias essa visão pôde lhes despertar.

Se pensássemos que os olhos daquela moça são apenas uma brilhante rodela de mica, não ficaríamos ávidos para conhecê-la e unir

— 360 —

sua vida à nossa. Mas sentimos que o que reluz naquele disco refletor não se deve unicamente à sua composição material; que são, desconhecidas de nós, as negras sombras das ideias que aquele ser possui sobre as pessoas e os lugares que conhece — gramados dos hipódromos, areia dos caminhos para onde, pedalando por campos e bosques, teria me arrastado essa feiticeira, para mim mais sedutora que a do paraíso persa —, e também as sombras da casa onde vai entrar, projetos que constrói ou que construíram para ela; e sobretudo que é ela, com seus desejos, suas simpatias, suas repulsas, sua obscura e incessante vontade. Eu sabia que não possuiria aquela jovem ciclista se não possuísse também o que havia em seus olhos. E, por conseguinte, era toda a sua vida que me inspirava desejo; desejo doloroso, porque o sentia irrealizável, mas inebriante, porque o que até então fora minha vida deixara bruscamente de ser minha vida total, não sendo mais do que uma pequena parcela do espaço estendido diante de mim que eu morria de vontade de transpor, e que era feito da vida daquelas moças, oferecia-me aquele prolongamento, aquela multiplicação possível de nós mesmos, que é a felicidade. E, sem dúvida, que não houvesse entre nós nenhum hábito — como nenhuma ideia — em comum devia me tornar mais difícil ligar-me a elas e agradá-las. Mas talvez também fosse graças a essas diferenças, à consciência de que não entrava na composição da natureza e das ações daquelas moças um só elemento que eu conhecesse ou possuísse, que em mim acabava de suceder, à saciedade, a sede — semelhante àquela com que arde uma terra esturricada — de uma vida que minha alma, porque dela até então jamais recebera uma só gota, com tanto mais avidez beberia em longos haustos, na mais perfeita absorção.

Eu olhava tanto para aquela ciclista de olhos brilhantes que ela pareceu se dar conta e disse à mais alta uma palavra que não ouvi mas que a fez rir. A bem da verdade, aquela morena não era a que mais me agradava, justamente por ser morena, e porque (desde o dia em que eu vira Gilberte na ladeira de Tansonville) uma moça ruiva de pele dourada permanecera, para mim, o ideal inacessível. Mas acaso eu não amara a própria Gilberte sobretudo porque me aparecera nimbada por essa auréola de ser amiga de Bergotte, de ir visitar com ele as catedrais? E do mesmo modo não podia eu me alegrar por ter visto aquela morena me olhando (o que me levava a esperar que seria mais fácil relacionar-me com ela primeiro), já que me apresentaria às outras, à impiedosa que saltara por cima do velhote, à cruel que dissera: "Ele me dá pena, o coitado desse velho", a todas sucessivamente, das quais tinha, aliás, o prestígio de ser a inseparável companheira? No entanto, a suposição de que eu poderia um dia ser amigo desta ou daquela moça, de que aqueles olhos, cujos olhares desconhecidos às vezes me impressionavam brincando comigo sem saber, como um reflexo do sol numa parede, poderiam algum dia por uma alquimia milagrosa deixar transpenetrar entre suas parcelas inefáveis a ideia de minha existência, de alguma amizade por minha pessoa, de que eu mesmo poderia um dia ter um lugar entre elas no desfile que formavam ao longo do mar — essa suposição me parecia conter em si uma contradição tão insolúvel como se, diante de uma frisa antiga ou de um afresco figurando um cortejo, eu pensasse ser possível, eu, espectador, amado por elas, ter um lugar entre as divinas processionárias.

A felicidade de conhecer aquelas moças era, então, irrealizável? É verdade que não seria a primeira desse gênero a que eu tivesse renunciado. Bastava me lembrar de tantas desconhecidas que, mesmo em Balbec, o carro ao se afastar a toda a velocidade me fizera abandonar para sempre. E até o prazer que me dava o pequeno grupo, nobre como se fosse composto de virgens helênicas, decorria de ter ele algo da fuga das passantes pela estrada. Essa fugacidade das criaturas que não conhecemos, que nos forçam a nos desatracar da vida habitual em que as mulheres que frequentamos acabam revelando seus vícios, põe-nos nesse estado de perseguição em que nada mais detém a imaginação. Ora, despojar de imaginação os nossos prazeres é reduzi-los a si mesmos, a nada. Oferecidas na casa de uma dessas alcoviteiras que, por sinal, já se viu que eu não desprezava, retiradas do elemento que lhes conferia tantas nuances e indefinição, aquelas moças teriam encantado menos. É preciso que a imaginação, despertada pela incerteza de poder atingir seu objetivo, crie uma finalidade que nos esconda a outra, e substituindo o prazer sensual pela ideia de penetrar numa vida impeça-nos de reconhecer esse prazer, de sentir seu gosto verdadeiro, de restringi-lo ao seu âmbito. É preciso que entre nós e o peixe que, se o víssemos pela primeira vez servido numa mesa, não pareceria valer as mil astúcias e rodeios necessários para o apanharmos, se interponha nas tardes de pescaria o remoinho a cuja superfície venham aflorar, sem saber-

— 362 —

mos muito bem o que queremos fazer com isso, o brilho de uma carne e a indecisão de uma forma na fluidez de um transparente e movediço azul.

Aquelas moças beneficiavam-se também dessa mudança das proporções sociais características da vida dos balneários. Todas as vantagens que em nosso meio habitual nos prolongam e nos engrandecem ali se encontram invisíveis, na verdade suprimidas; em compensação, os seres em quem supomos indevidamente tais vantagens só avançam se ampliados por uma extensão artificial. Isso tornava mais fácil que desconhecidas, e naquele dia as moças, tomassem a meus olhos uma importância enorme, e também impossibilitava que viessem a conhecer a importância que eu poderia ter.

Mas se o passeio do grupinho tinha a seu favor ser apenas um trecho da fuga numerosa de passantes, que sempre me perturbara, essa fuga era aqui reduzida a um movimento tão lento que se aproximava da imobilidade. Ora, justamente, que numa fase tão pouco rápida os rostos, já não arrastados num turbilhão mas calmos e distintos, me parecessem ainda belos era algo que me impedia de crer, como tantas vezes fizera ao ser transportado na carruagem de madame de Villeparisis, que de mais perto, se eu parasse um instante, certos detalhes, uma pele bexigosa, um defeito nas asas do nariz, um olhar banal, o muxoxo do sorriso, um talhe feio, substituiriam no rosto e no corpo da mulher os que eu porventura imaginara; pois bastava uma bonita linha de corpo, uma pele fresca entrevista para que de muito boa-fé eu acrescentasse um ombro encantador, um olhar delicioso cuja lembrança ou ideia preconcebida sempre trazia comigo, pois essas decifrações rápidas de uma criatura vista de relance nos expõem assim aos mesmos erros que as leituras rápidas demais em que, a partir de uma só sílaba ou sem tomar tempo para identificar as outras, pomos no lugar da palavra que está escrita uma totalmente diferente que nossa memória nos fornece. Agora não podia ser assim. Eu olhara muito bem os rostos delas; tinha visto cada um, não em todos os seus perfis, e raramente de frente, mas, ainda assim, conforme dois ou três aspectos bem diferentes para que pudesse fazer, fosse a retificação, fosse a verificação e a "prova" das diversas linhas e cores supostas à primeira vista, e para ver que neles subsistia, através das expressões sucessivas, algo inalteravelmente material. Por isso, podia me dizer com toda a certeza que nem em Paris nem em Balbec, nas hipóteses mais favoráveis do que poderiam ter sido, e ainda que pudesse ter ficado conversando com elas, nunca percebera passantes que me tivessem imobilizado os olhos e cujo aparecimento e depois desaparecimento, sem que eu as tivesse conhecido, me houvessem causado mais pesar do que causariam aquelas, e nem me tivessem dado a ideia de que sua amizade pudesse ser tão inebriante. Nem entre as atrizes, ou as camponesas, ou as moças do pensionato religioso nunca vira nada tão belo, impregnado de algo tão desconhecido, tão inestimavelmente precioso, tão provavelmente inacessível. Elas eram, da felicidade desconhecida e possível da vida, um exemplar tão delicioso e em tão perfeito estado, que era quase por motivos intelectuais que eu estava desesperado, de medo de não poder fazer em condições únicas, sem nenhum possível erro, a experiência do que nos oferece de mais misterioso a beleza que desejamos, e que nos consolamos de jamais possuir, pedindo prazer — como Swann sempre se recusara a fazer, antes de Odette — a mulheres que não desejamos, de tal modo que morremos sem nunca termos sabido o que era esse outro prazer. Sem dúvida, era possível que ele não fosse na realidade um prazer desconhecido, que de perto seu mistério se dissipasse, que fosse apenas uma projeção, apenas uma miragem do desejo. Mas nesse caso, eu só poderia incriminar a necessidade de uma lei da natureza — que, caso se aplicasse àquelas moças, se aplicaria a todas — e não a imperfeição do desejo. Pois ele era o que eu escolheria entre todos, dando-me conta, de fato, com uma satisfação de botânico, de que era impossível encontrar reunidas espécies mais raras que as daquelas jovens flores que interrompiam àquela altura, diante de mim, a linha do mar com sua sebe ágil, semelhante a um bosquezinho de rosas da Pensilvânia, ornamento de um jardim sobre a falésia, entre as quais cabe todo o trajeto do oceano percorrido por algum vapor, tão lento ao deslizar sobre o traço horizontal e azul que vai de um caule a outro, que uma borboleta preguiçosa, atrasando-se no fundo da corola que o casco do navio há muito ultrapassou, pode, para levantar voo, na certeza de chegar antes do barco, esperar que apenas um fragmento azulado ainda separe a proa dele e a primeira pétala da flor rumo à qual navega.

Voltei porque devia ir jantar em Rivebelle com Robert e minha avó exigia que, nessas noites, antes de sair eu me deitasse por uma hora em minha cama, sesta que o médico de Balbec logo me mandou praticar todas as outras noites.

Aliás, para voltar, nem sequer era preciso deixar o dique e entrar no hotel pelo hall, isto é, por trás. Em virtude de uma mudança comparável à do sábado, quando em Combray almoçávamos uma hora mais cedo, agora, no auge do verão, os dias tinham se tornado tão longos que o sol ainda estava alto no céu, como na hora do lanche, quando punham a mesa para o jantar no Grand-Hôtel de Balbec. Por isso os janelões envidraçados e corrediços ficavam abertos no mesmo nível do quebra-mar. Bastava-me pular por cima de um estreito caixilho de madeira para me ver na sala de jantar, de onde eu logo saía para pegar o elevador.

Passando pelo escritório dirigi um sorriso ao diretor, e sem sombra de desagrado recolhi outro em seu rosto, pois desde que estava em Balbec minha atenção compreensiva fora se injetando naquela cara e transformando-a pouco a pouco, como uma preparação de história natural. Suas feições tinham se tornado correntes, carregadas de um significado medíocre mas inteligível como uma escrita que se lê, e já em nada se assemelhavam a esses caracteres estranhos, intoleráveis que seu rosto me apresentara naquele primeiro dia, quando vi diante de mim um personagem agora esquecido, ou, se conseguia evocá-lo, irreconhecível, difícil de identificar com a personalidade insignificante e polida de que não era mais que a caricatura, hedionda e sumária. Sem a timidez nem a tristeza da noite de minha chegada, chamei o lift e ele já não ficava em silêncio enquanto eu ia subindo a seu lado no elevador, como numa caixa torácica móvel que tivesse se deslocado ao longo da coluna vertebral, mas me repetindo: "Já não temos tanta gente como há um mês. Vão começar a ir embora, os dias estão encurtando". Dizia isso, não porque fosse verdade, mas porque, tendo uma contratação para um lugar mais quente na costa, gostaria que nós todos partíssemos o quanto antes a fim de que o hotel fechasse e ele tivesse uns dias de folga, antes de "recomeçar" na sua nova colocação. "Recomeçar" e "nova" não eram, por sinal, expressões contraditórias, pois para o lift "recomeçar" era a forma usual do verbo "começar". A única coisa que me espantava era que condescendesse em dizer "colocação", pois pertencia a esse proletariado moderno que deseja apagar da linguagem o vestígio do regime de trabalho doméstico. Aliás, no instante seguinte me fez saber que, na "posição" em que ia "recomeçar", teria uma "túnica" mais bonita e um "ordenado" melhor; as palavras "libré" e "paga" lhe pareciam antiquadas e inconvenientes. E como, por uma contradição absurda, o vocabulário, apesar de tudo, sobreviveu entre os "patrões" à concepção da desigualdade, eu continuava a entender errado o que o lift me dizia. Por isso, a única coisa que me interessava era saber se minha avó estava no hotel. Ora, antecipando-se às minhas perguntas, o lift me dizia: "Essa senhora acaba de sair do seu quarto". Eu sempre caía nessa história, e pensava que era minha avó. "Não, essa senhora que é, creio, empregada dos senhores." Como na antiga linguagem burguesa, que bem deveria ser abolida, uma cozinheira não era chamada de empregada, eu pensava um instante: "Mas ele está enganado, não possuímos fábrica nem empregados". De repente, lembrava-me de que o nome de empregado é, como o uso do bigode para os garçons de café, uma satisfação de amor-próprio dada aos domésticos e que aquela senhora que acabava de sair era Françoise (provavelmente indo visitar a cafeteria ou olhar a camareira da senhora belga costurar), satisfação que para o lift ainda não bastava, pois costumava dizer de sua própria classe, condoído: "o operário" ou "o pequeno", servindo-se do mesmo singular de Racine quando diz: "o pobre…". Mas habitualmente, pois meu zelo e minha timidez do primeiro dia estavam longe, eu já não falava com o lift. Era ele, agora, que ficava sem receber respostas na curta travessia cujos pontos ele ia costurando através do hotel, oco como um brinquedo e que desenrolava à nossa volta, andar por andar, suas ramificações de corredores em cujas profundezas a luz se aveludava, se degradava, adelgaçava as portas de comunicação ou os degraus das escadas internas que ela convertia nesse âmbar dourado, inconsistente e misterioso como um crepúsculo, em que Rembrandt recorta ora o parapeito de uma janela ora a manivela de um poço. E em cada andar um clarão de ouro refletido no tapete anunciava o pôr do sol e a janela dos banheiros.

Eu perguntava a mim mesmo se as moças que acabava de ver moravam em Balbec e quem podiam ser. Quando o desejo é assim orientado para uma pequena tribo humana que ele seleciona, tudo o que pode se ligar a ela torna-se motivo de emoção, e depois, de devaneio. Ouvira uma senhora dizer, no dique: "É uma amiga da pequena Simonet", com ar de pretensiosa certeza de quem explica:

"É o amigo inseparável do pequeno La Rochefoucauld". E logo se sentia na cara da pessoa a quem era prestada essa informação uma curiosidade de olhar mais atentamente a pessoa favorecida "amiga da pequena Simonet". Um privilégio que, certamente, não parecia dado a todo mundo. Pois a aristocracia é uma coisa relativa. E há uns cafundós perdidos onde o filho de um vendedor de móveis é o príncipe das elegâncias e reina sobre uma corte como um jovem príncipe de Gales. Desde então, várias vezes tentei rememorar como ressoara em mim, na praia, aquele nome de Simonet, ainda incerto em sua forma que eu mal distinguira e também em seu significado, na designação que atribuía a esta ou talvez àquela pessoa; em suma, marcado por essa vaguidão e essa novidade que nos serão tão comoventes no futuro, quando aquele nome cujas letras são a cada segundo mais profundamente gravadas em nós por nossa atenção incessante tornou-se (o que para mim só devia acontecer, com relação à pequena Simonet, alguns anos mais tarde) o primeiro vocábulo que encontramos (fosse na hora de acordar, fosse depois de um desmaio), mesmo antes da noção das horas, do lugar onde estamos, e quase antes da palavra "eu", como se a criatura que ele designa fosse mais que nós mesmos, e como se depois de alguns momentos de inconsciência a trégua que expira antes de qualquer outra fosse aquela em que não pensamos nele. Não sei por que disse a mim mesmo desde o primeiro dia que uma das moças devia se chamar Simonet; nunca mais deixei de me perguntar como poderia conhecer a família Simonet; e conhecê-la por pessoas que ela julgasse superiores a si mesma, o que não devia ser difícil se elas não passassem de umas pequenas sem-vergonha do povo, para que não pudesse ter de mim uma ideia depreciativa. Pois não é possível ter um conhecimento perfeito, não é possível praticar a absorção completa de quem nos despreza enquanto não vencemos esse desprezo. Ora, sempre que a imagem de mulheres tão diferentes penetra em nós, a não ser que o esquecimento ou a concorrência com outras imagens a elimine não temos descanso até converter essas estranhas em algo parecido conosco, pois a esse respeito nossa alma é dotada do mesmo gênero de reação e de atividade que nosso organismo físico, que por sua vez não consegue tolerar em si a intromissão de um corpo estranho sem que logo se exercite em digerir e assimilar o intruso; a pequena Simonet devia ser a mais linda de todas — aquela que aliás eu achava que poderia se tornar minha amante, pois era a única que por duas ou três vezes, virando um pouco a cabeça, parecera tomar consciência de meu olhar fixo. Perguntei ao lift se não conhecia em Balbec uns Simonet. Como não gostava de dizer que ignorava alguma coisa, respondeu que tinha ouvido falar desse nome. Chegando ao último andar, pedi-lhe que mandasse levarem para mim as listas dos hóspedes recentes.

Saí do elevador, mas em vez de ir para meu quarto peguei, mais adiante, o corredor, pois àquela hora o camareiro do andar, embora temesse as correntezas, abrira a janela do fundo que dava, não para o mar, mas para o lado da colina e do vale, embora nunca os deixasse ver porque as vidraças, de um vidro opaco, costumavam estar fechadas. Parei rapidamente diante da janela, a tempo de fazer minhas devoções à "vista" que, pelo menos dessa vez, revelava, mais além da colina em que se encostava o hotel, uma casa postada a certa distância mas à qual a perspectiva e a luz da tarde, conservando-lhe o volume, conferiam um cinzelado precioso e um escrínio de veludo, como a uma dessas arquiteturas em miniatura, pequeno templo ou pequena capela de ourivesaria e de esmaltes que servem de relicários e só em raros dias se expõem à veneração dos fiéis. Mas esse instante de adoração já durara demais, pois o camareiro, que segurava numa das mãos um molho de chaves e com a outra me cumprimentava tocando seu solidéu de sacristão, embora sem erguê-lo por causa do ar puro e fresco da tarde, vinha fechar os dois batentes da janela como os de um relicário e furtava à minha adoração o monumento reduzido e a relíquia de ouro. Entrei no meu quarto. À medida que o verão avançava, o quadro que eu via na janela foi mudando. De início, havia muita claridade, e sombra só se fizesse mau tempo; então, no vidro glauco e que parecia intumescido com suas ondas arredondadas, o mar, engastado entre os alizares de ferro de minha janela como entre os caixilhos de chumbo de um vitral, desfiava por toda a profunda orla rochosa da baía triângulos empenachados de uma espuma imóvel delineada com a delicadeza de uma pluma ou de uma penugem desenhadas por Pisanello e fixadas por esse esmalte branco, inalterável e cremoso que representa uma camada de neve nas obras de vidro de Gallé.

Logo os dias encurtaram e quando eu entrava no quarto o céu violeta parecia estigmatizado pela figura hirta, geométrica, passageira e fulgurante do sol (semelhante à representação de algum sinal milagroso, de alguma aparição mística), inclinava-se para o mar na dobradiça do horizonte como um quadro religioso acima do altar-mor, enquanto as diversas partes do poente expostas nos espelhos das estantes baixas de mogno que corriam ao longo das paredes e que eu remetia pelo pensamento à maravilhosa pintura de que tinham sido destacadas, pareciam essas cenas diferentes que algum mestre antigo executou outrora para uma confraria num relicário e cujos painéis separados se exibem numa sala de museu, uns ao lado dos outros, e que só a imaginação do visitante repõe em seu lugar sobre as predelas do retábulo. Semanas mais tarde, quando eu subia o sol já tinha se posto. Lembrando a que eu via em Combray acima do Calvário ao retornar do passeio e quando me preparava para descer à cozinha antes do jantar, havia uma faixa de céu vermelho acima do mar compacto e cortada como gelatina de carne, e depois, logo em seguida, sobre o mar já frio e azulado como o peixe chamado tainha, o céu, do mesmo rosado de um desses salmões que dali a pouco mandaríamos nos servir em Rivebelle, reavivava o prazer que eu teria em vestir a casaca para ir jantar. Sobre o mar, bem perto da margem, tentavam se levantar, uns por cima dos outros, em camadas cada vez mais amplas, vapores de um negro de fuligem mas também de um brunido, de uma consistência de ágata, de um peso visível, tanto assim que os mais altos, inclinando-se acima da haste deformada e até para fora do centro de gravidade dos que até então os sustentaram, pareciam prestes a arrastar já a meia altura do céu aquele andaime e precipitá-lo no mar. A visão de um navio que se afastava como um viajante noturno dava-me a mesma impressão que eu tivera no trem, de estar livre das necessidades do sono e da clausura de um quarto. Aliás, não me sentia prisioneiro naquele em que estava, pois dali a uma hora ia deixá-lo para entrar no carro. Jogava-me na cama; e me via rodeado por todos os lados de imagens do mar, como se estivesse na caminha de um dos barcos que via bem perto de mim e que à noite nos espantaríamos de ver mover-se lentamente no breu, como cisnes escuros e silenciosos mas que não dormem.

Mas muitas vezes eram, de fato, apenas imagens; eu esquecia que sob sua cor cavava-se o triste vazio da praia, varrido pelo vento inquieto da noite, que tão ansiosamente eu sentira na minha chegada a Balbec; aliás, mesmo em meu quarto, totalmente absorto com as moças que vira passar, já não me sentia com o ânimo calmo ou desinteressado o bastante para que pudessem se produzir em mim impressões realmente profundas de beleza. A espera pelo jantar em Rivebelle tornava meu humor mais frívolo ainda e meu pensamento, residindo nesses momentos na superfície de meu corpo que eu ia vestir para tentar parecer o mais agradável possível aos olhares femininos que me encarassem no restaurante iluminado, era incapaz de imaginar alguma profundidade no colorido das coisas. E se, debaixo de minha janela, o voo incansável e suave dos martinetes e das andorinhas não subisse como um repuxo, como um fogo de artifício de vida, unindo o intervalo de seus foguetes ascendentes pela fiada imóvel e branca dos longos sulcos horizontais, sem o milagre encantador desse fenômeno natural e local que ligava à realidade as paisagens diante de meus olhos, eu poderia ter pensado que elas eram apenas uma seleção, cada dia renovada, de pinturas mostradas arbitrariamente no lugar onde eu me encontrava e sem que tivessem uma necessária relação com ele. Às vezes era uma exposição de estampas japonesas: junto ao delgado recorte do sol vermelho e redondo como a lua, uma nuvem amarela parecia um lago contra o qual gládios negros se perfilavam como as árvores de sua margem, uma barra de um rosado suave que eu nunca mais tinha visto desde minha primeira caixa de lápis de cor inflava-se como um rio em que, nas duas margens, barcos pareciam esperar em seco os que viessem puxá-los para pô-los a flutuar. E com o olhar desdenhoso, entediado e frívolo de um amador ou de uma mulher que percorresse uma galeria, entre duas visitas mundanas, eu me dizia: "É curioso este pôr do sol, é diferente, mas afinal já vi outros tão delicados, tão admiráveis como este". Sentia mais prazer nas tardes em que aparecia, como numa tela impressionista, um navio absorvido e fluidificado pelo horizonte, aparentando ser da mesma cor e da mesma matéria, como se sua proa e os cordames fossem apenas recortes no azul vaporoso do céu, que ali se tivesse adelgaçado e filigranado. Às vezes o oceano enchia quase toda a minha janela, sobrelevada que estava por uma franja de céu limitada no alto somente por uma linha do mesmo azul do mar mas que por isso eu imaginava ser ainda o mar, e que só devia sua cor diferente a um efeito de luz. Outros dias, o mar só aparecia pintado na parte inferior da janela, estando todo o resto repleto de tantas nuvens amontoadas umas contra as outras

— 370 —

por faixas horizontais, que as vidraças pareciam, por premeditação ou especialidade do artista, apresentar um "estudo de nuvens", enquanto os diversos vidros da estante, mostrando nuvens semelhantes mas de outra parte do horizonte e diversamente coloridas pela luz, pareciam oferecer como que a repetição, cara a certos mestres contemporâneos, de um só e mesmo efeito, tomado sempre em horas diferentes, mas que agora podiam, com a imobilidade da arte, ser todos vistos em conjunto numa só peça, executados em pastel e postos atrás de um vidro. E às vezes, sobre o céu e o mar uniformemente cinzentos juntava-se um pouco de rosa com um raro requinte, enquanto uma borboletinha adormecida debaixo da janela parecia apor com suas asas na base dessa "harmonia cinza e rosa" ao gosto de Whistler a assinatura favorita do mestre de Chelsea. Até o rosa desaparecia, não havia mais nada a olhar. Eu me punha em pé um instante e antes de voltar a me deitar fechava as grandes cortinas. Por cima delas, via de minha cama o risco de claridade que ainda permanecia, escurecendo, afinando-se progressivamente, mas era sem tristeza nem pesar que eu deixava assim morrer, no alto das cortinas, a hora em que costumava estar à mesa, pois sabia que aquele dia era diferente dos outros, mais longo como os do polo que a noite interrompe apenas por alguns minutos; sabia que da crisálida desse crepúsculo preparava-se para sair, por uma radiosa metamorfose, a luz deslumbrante do restaurante de Rivebelle. Dizia-me: "É hora"; me espreguiçava na cama, me levantava, terminava de me preparar; e descobria encanto nesses instantes inúteis, aliviados de qualquer fardo material, em que, enquanto lá embaixo os outros jantavam, eu empregava as forças acumuladas durante a inatividade daquele fim de dia só em secar meu corpo, vestir um smoking, dar o nó na gravata, fazer todos esses gestos já guiados pelo prazer esperado de rever aquela mulher que eu observara da última vez em Rivebelle, que parecera olhar para mim e que talvez só tivesse saído um instante da mesa na esperança de que eu a seguisse; era com alegria que envergava todos esses atrativos para me oferecer, inteiro e disposto, a uma vida nova, livre, sem preocupação, em que eu apoiaria minhas hesitações na calma de Saint-Loup e escolheria, entre as espécies da história natural originárias de todas as terras, aquelas que, compondo os pratos inusitados logo pedidos por meu amigo, iriam tentar minha gulodice ou minha imaginação.

E bem no final, vieram os dias em que eu já não podia regressar do dique entrando pela sala de jantar, pois suas vidraças já não estavam abertas, porque lá fora fazia noite e o enxame dos pobres e dos curiosos atraídos pelo esplendor que não conseguiam alcançar pendia, em negros cachos fustigados pela ventania, das paredes luminosas e escorregadias da colmeia de vidro.

Bateram; era Aimé, que fizera questão de me trazer, ele mesmo, as últimas listas dos hóspedes.

Antes de se retirar, Aimé insistiu em me dizer que Dreyfus era mil vezes culpado. "Tudo se saberá, disse-me, não este ano, mas no ano que vem: foi um senhor muito ligado ao estado-maior que me contou." Eu lhe perguntava se não se decidiriam a descobrir tudo imediatamente antes do fim do ano. "Ele pousou o cigarro", continuou Aimé, imitando a cena e sacudindo a cabeça e o indicador como fizera seu cliente querendo dizer: não se deve ser muito exigente. "Este ano, não, Aimé, disse-me tocando o meu ombro, não é possível. Mas na Páscoa, sim!" E Aimé bateu de leve no meu ombro me dizendo: "Está vendo? Mostro-lhe exatamente como ele fez", fosse por ter se sentido lisonjeado com essa familiaridade de um grande personagem, fosse para que eu pudesse apreciar melhor, em pleno conhecimento de causa, o valor do argumento e nossas razões de esperar.

Não foi sem um leve choque no coração que na primeira página da lista dos hóspedes li as palavras: "Simonet e família". Tinha em mim velhos devaneios que datavam de minha infância e em que toda a ternura que havia em meu coração mas que, sentida por ele, dele não se diferenciava, era-me trazida por um ser tão diferente de mim quanto possível. Esse ser, mais uma vez eu o fabricava utilizando para isso o nome de Simonet e a lembrança da harmonia que reinava entre os jovens corpos que eu vira desfilar na praia numa procissão esportiva digna da Antiguidade e de Giotto. Não sabia qual das meninas era a senhorita Simonet, se alguma delas se chamava assim, mas sabia que era amado pela senhorita Simonet e que graças a Saint-Loup ia tentar conhecê-la. Infelizmente, Saint-Loup era obrigado a voltar todos os dias a Doncières, pois só assim conseguira uma prorrogação da licença: mas para fazê-lo faltar às obrigações militares pensei que poderia contar, mais ainda que com sua amizade por mim, com aquela mesma curiosidade de naturalista humano que tantas vezes eu sentira ao travar conhecimento com uma nova

— 372 —

variedade da beleza feminina — mesmo sem ter visto a pessoa de quem se falava e só por ouvir dizer que numa casa de frutas havia uma linda caixeira. Ora, enganei-me quando pensei excitar essa curiosidade em Saint-Loup falando-lhe de minhas moças. Pois havia muito tempo ela estava paralisada pelo amor que devotava àquela atriz de quem era amante. E ainda que a sentisse ligeiramente a teria reprimido por causa de uma espécie de crença supersticiosa de que a fidelidade de sua amante podia depender da sua. Assim, foi sem que ele me tivesse prometido se ocupar ativamente de minhas moças que saímos para jantar em Rivebelle.

Nos primeiros tempos, quando chegávamos o sol acabava de se pôr, mas ainda estava claro; no jardim do restaurante cujas luzes ainda não estavam acesas o calor do dia declinava, depositava-se, como no fundo de um vaso tendo ao longo das paredes a geleia transparente e escura do ar que parecia tão consistente quanto uma grande roseira e que, agarrada ao muro escuro que ela estriava de cor-de-rosa, lembrava a arborização que se vê no fundo de uma pedra de ônix. Não demorou a que só descêssemos do carro já de noite, e até, muitas vezes, era noite quando partíamos de Balbec, se fizesse mau tempo e atrasássemos o momento de mandar atrelar, na esperança de uma estiagem. Mas nesses dias, era sem tristeza que eu ouvia o vento soprar, sabia que isso não significava o abandono de meus projetos, a reclusão num quarto, sabia que, na grande sala de jantar do restaurante onde entraríamos ao som da música dos ciganos, as inúmeras lâmpadas venceriam facilmente a escuridão e o frio aplicando-lhes seus vastos cautérios de ouro, e sentava-me alegremente ao lado de Saint-Loup no cupê que nos esperava debaixo do aguaceiro. Fazia algum tempo que as palavras de Bergotte, dizendo-se convencido de que, apesar de minhas alegações, eu era feito para saborear muito em especial os prazeres da inteligência, me devolveram ao tema do que eu poderia fazer mais tarde, uma esperança diariamente desmentida pelo tédio que eu sentia ao me sentar diante de uma mesa, ao começar um estudo crítico ou um romance. "Afinal de contas, pensava eu, talvez o prazer que se teve ao escrever uma bela página não seja o critério infalível de seu valor; talvez seja apenas um estado acessório que costuma lhe ser acrescentado mas cuja falta não pode condená-la. Talvez certas obras-primas tenham sido compostas entre bocejos." Minha avó apaziguava minhas dúvidas dizendo-me que eu trabalharia bem e com alegria se estivesse bem de saúde. E como nosso médico achou mais prudente advertir-me dos graves riscos a que meu estado de saúde podia me expor, e tendo me descrito todas as precauções de higiene a seguir para evitar um acidente, eu subordinava todos os prazeres ao objetivo que considerava infinitamente mais importante, o de tornar-me bastante forte para poder realizar a obra que talvez eu carregasse em mim, e desde que estava em Balbec exercia sobre mim mesmo um controle minucioso e constante. Ninguém conseguiria me fazer tocar na xícara de café que iria me privar de sono de noite, necessário para não estar cansado no dia seguinte. Mas quando chegávamos a Rivebelle, imediatamente — por causa da, excitação de um prazer novo e me achando nessa zona diferente em que o excepcional nos faz entrar depois de ter cortado o fio, pacientemente urdido tantos dias antes, que nos conduzia à sabedoria —, como se jamais tivesse de haver amanhã, nem fins elevados a realizar, logo desaparecia esse mecanismo preciso de prudente higiene que funcionava para salvaguardá-los. Enquanto um criado de libré me pedia meu capote, Saint-Loup me dizia:

"Não vai sentir frio? Talvez fosse melhor ficar com ele, não está fazendo muito calor."

Eu respondia: "Não, não", e talvez não sentisse o frio, mas em todo caso já não sabia o que era o medo de adoecer, a necessidade de não morrer, a importância de trabalhar. Entregava o meu capote; entrávamos na sala do restaurante ao som de alguma marcha guerreira tocada pelos ciganos, avançávamos entre as fileiras de mesas servidas como se fôssemos por um fácil caminho de glória e, sentindo o ardor alegre gravado em nosso corpo pelos ritmos da orquestra que nos outorgava suas honras militares e aquele triunfo imerecido, o dissimulávamos sob uma expressão grave e gelada, com um andar cheio de indolência, para não imitar aquelas cantoras empetecadas de café-concerto que, vindo cantar um refrão indecoroso com ares beligerantes, entram correndo no palco com a postura de um general vitorioso.

A partir daquele momento, eu era um homem novo, que já não era o neto de minha avó e dela só se lembraria à saída, mas o irmão momentâneo dos garçons que iam nos servir.

A dose de cerveja, e com mais razão ainda de champanhe, que em Balbec eu não gostaria de alcançar numa semana, quando porém o sabor dessas bebidas representava para minha consciência calma e lúcida um prazer claramente apreciável mas facilmente sacrificado, eu a absorvia em uma hora, acrescentando-lhe umas gotas de porto, muito distraído para poder saboreá-lo, e dava ao violinista que acabava de tocar os dois "luíses" que estava economizando havia um mês para uma compra de que já não me lembrava. Alguns dos garçons que serviam, soltos entre as mesas, corriam a toda, levando nas palmas estendidas um prato, e tudo indicava que não deixá-lo cair era o objetivo desse gênero de corridas. E, de fato, os suflês de chocolate chegavam ao destino sem terem sido derramados, as batatas à inglesa, apesar do galope que devia tê-las sacudido, chegavam arrumadas como na partida em torno do cordeiro de Pauillac. Observei um daqueles criados, muito alto, emplumado de fantásticos cabelos pretos, o rosto marcado por uma pele que mais lembrava certas espécies de pássaros raros do que a espécie humana e que, correndo sem trégua e, pelo visto, sem objetivo de um canto a outro da sala assemelhava-se a uma dessas "araras" que enchem as grandes gaiolas dos jardins zoológicos com seu colorido ardente e sua incompreensível agitação. Logo o espetáculo se ordenou, ao menos a meus olhos, de modo mais nobre e mais sossegado. Toda aquela atividade vertiginosa fixava-se numa calma harmonia. Eu olhava as mesas redondas, cujo numeroso conjunto enchia o restaurante, como outros tantos planetas, tal como estes são representados nos quadros alegóricos de antigamente. Aliás, uma força de atração irresistível se exercia entre esses astros diversos e em cada mesa os comensais só tinham olhos para as mesas onde eles não estavam, com exceção de algum rico anfitrião que, tendo conseguido levar um escritor célebre, empenhava-se em tirar dele, graças às virtudes da mesa giratória, frases insignificantes com que as damas se maravilhavam. A harmonia dessas mesas astrais não impedia a incessante revolução dos inúmeros garçons, os quais, por estarem de pé, em vez de sentados como os comensais, evoluíam numa zona superior. É verdade que corriam para levar os hors-d'œuvre, renovar o vinho, acrescentar copos. Mas apesar dessas razões específicas, a corrida perpétua deles entre as mesas redondas acabava por evidenciar a lei de sua circulação vertiginosa e regulada. Sentadas atrás de um maciço de flores, duas horríveis moças na caixa, entregues a cálculos sem fim, pareciam duas mágicas ocupadas em prever por cálculos astrológicos as transformações que às vezes podiam se produzir naquela abóbada celeste concebida de acordo com a ciência da Idade Média.

E eu tinha um pouco de pena de todos os comensais porque sentia que para eles as mesas redondas não eram planetas e que não tinham praticado nas coisas o corte que nos livra de sua aparência costumeira e nos permite perceber analogias. Pensavam estar jantando com esta ou aquela pessoa, que a refeição custaria aproximadamente tanto e que recomeçariam no dia seguinte. E pareciam absolutamente insensíveis ao desenrolar de um cortejo de jovens empregados que, provavelmente sem ter naquele momento tarefa urgente, levavam em procissão pães dentro de cestas. Alguns bem jovens, embrutecidos pelos cascudos que lhes davam, de passagem, os maîtres d'hôtel, fixavam melancolicamente os olhos num sonho distante e só se consolavam se algum cliente do hotel de Balbec onde outrora tinham trabalhado os reconhecia, lhes dirigia a palavra e lhes pedia pessoalmente para levar o champanhe que estava intragável, o que os enchia de orgulho.

Eu ouvia o ronco de meus nervos em que havia bem-estar independente dos objetos exteriores que podem causá-lo, e que o menor deslocamento que eu provocasse em meu corpo, em minha atenção, bastava para me fazer sentir, assim como uma leve compressão num olho fechado dá a sensação da cor. Eu já tinha bebido muito porto e se pedia para beber mais era pensando menos no bem-estar que os novos copos me trariam do que no efeito de bem-estar produzido pelos copos anteriores. Deixava a própria música conduzir meu prazer em cada nota na qual, docilmente, ele ia então pousar. Por um lado, se como essas indústrias químicas graças às quais são vendidos em grandes quantidades corpos que só se encontram na natureza de modo acidental e muito raramente, aquele restaurante de Rivebelle reunia num mesmo momento mais mulheres em cujo íntimo me solicitavam perspectivas de felicidade que o acaso dos passeios ou das viagens não me faria encontrar durante um ano, por outro lado aquela música que ouvíamos — arranjos de valsas, de operetas alemãs, de canções de cafés-concerto, todas novas para mim — era em si mesma como um local de prazer aéreo superposto a outro e mais inebriante que ele. Pois cada motivo, particular como uma mulher, não reservava, como ela o faria, para algum privilegiado o segredo de volúpia que continha: ela o propunha a mim, olhava-me de soslaio, vinha a mim de um jeito caprichoso ou canalha, abordava-me, acariciava-me, como se de repente eu tivesse me tornado mais sedutor, mais poderoso ou mais rico; de fato eu encontrava naquelas músicas algo de cruel; é que todo sentimento desinteressado da beleza, todo reflexo da inteligência lhes eram desconhecidos; para elas só existe o prazer físico. E são o inferno mais implacável, mais destituído de saídas para o pobre ciumento a quem apresentam esse prazer — esse prazer que a mulher amada saboreia com outro — como a única coisa que existe no mundo para aquela que o preenche por inteiro. Mas enquanto eu repetia a meia-voz as notas daquela música e lhe retribuía seu beijo, a volúpia especial que me fazia sentir tornou-se tão cara, que eu teria abandonado meus pais para seguir o motivo no mundo singular que ela construía no invisível, em linhas alternadamente cheias de languidez e vivacidade. Embora tal prazer não seja de uma espécie que dê mais valor à criatura a quem se une, pois só é percebido por ela, e embora sempre que em nossa vida desagradamos a uma mulher que reparou em nós, ela ignorasse naquele momento se possuíamos ou não essa felicidade interior e subjetiva que, por conseguinte, nada teria mudado o juízo que fez de nós, eu me sentia mais poderoso, quase irresistível. Parecia-me que meu amor já não era algo de desagradável e que se prestava ao riso, mas tinha justamente a beleza tocante, a sedução daquela música, por sua vez semelhante a um ambiente simpático em que a minha amada e eu teríamos nos encontrado, de súbito nos tornando íntimos.

O restaurante não era frequentado somente por mulheres de reputação duvidosa, mas também por gente da sociedade mais elegante, que ali ia tomar um chá por volta das cinco horas ou oferecer grandes jantares. O chá acontecia numa comprida galeria envidraçada, em forma de corredor que, indo do vestíbulo à sala de jantar, beirava de um lado o jardim do qual só era separada, excetuando algumas colunas de pedra, pelas vidraças abertas aqui e acolá. Isso provocava, além de inúmeras correntezas, bruscas e intermitentes entradas de sol, uma iluminação ofuscante que quase impedia de distinguir as senhoras que tomavam chá, o que fazia com que, quando lá estavam, empilhadas de duas em duas mesas em todo o comprimento do estreito gargalo, cintilassem em todos os gestos que faziam para beber o chá ou se cumprimentarem; parecia um reservatório, uma nassa onde o pescador amontoou os reluzentes peixes que pescou e que, metade fora da água e banhados pelos raios, resplandecem aos nossos olhos com seu brilho furta-cor.

Algumas horas mais tarde, durante o jantar que naturalmente era servido no salão acendiam-se as luzes, embora ainda estivesse claro lá fora, de modo que víamos diante de nós, no jardim, ao lado de pavilhões iluminados pelo crepúsculo e que pareciam pálidos espectros da noite, alamedas arborizadas cuja glauca vegetação era atravessada pelos últimos raios e que, da sala iluminada pelas lâmpadas onde jantávamos, surgiam mais além das vidraças — não mais numa rede cintilante e úmida, como se diria das senhoras que lanchavam no fim da tarde ao longo do corredor azulado e dourado — mas como a vegetação de um pálido e verde aquário gigante banhado em luz sobrenatural. Levantavam-se da mesa; e se os convivas, durante a refeição, enquanto passavam o tempo olhando, reconhecendo, dizendo o nome dos comensais da mesa vizinha, haviam sido retidos numa coesão perfeita ao redor da própria mesa, a força de atração que os fazia gravitar em torno do anfitrião de uma noite perdia seu poder quando iam tomar café naquele mesmo corredor que servia aos lanches; costumava acontecer que, no momento da passagem, certo jantar em andamento perdesse um ou vários de seus corpúsculos, que tendo sofrido fortemente a atração do jantar rival se separavam um instante do seu, onde eram substituídos por cavalheiros ou damas que tinham ido cumprimentar amigos, dizendo antes de retornar: "Tenho de ir embora, encontrar o senhor X, que me convidou esta noite". E por um instante pareciam dois buquês separados que tivessem intercambiado algumas de suas flores. Depois, o próprio corredor se esvaziava. Muitas vezes, como mesmo depois do jantar ainda estava um pouco claro, não se acendia aquele longo corredor que, ladeado pelas árvores que se inclinavam lá fora do outro lado da vidraça, parecia uma alameda num jardim arborizado e tenebroso. Às vezes, na sombra, uma senhora demorava-se ali. Numa noite, atravessando-o para sair, avistei, sentada no meio de um grupo desconhecido, a bela princesa de Luxemburgo. Tirei o chapéu sem me deter. Ela me reconheceu, inclinou a cabeça sorrindo; muito acima desse cumprimento, emanando do próprio gesto, elevaram-se melodiosamente algumas palavras em minha direção, que deviam ser um boa-noite um pouco longo, não para que eu me detivesse, mas somente para completar a saudação, torná-la uma saudação falada. Mas as palavras ficaram tão indistintas e o som que só eu notei prolongou-se tão docemente e pareceu-me tão musical, que foi como se na ramagem sombreada das árvores um rouxinol tivesse começado a cantar. Se para terminar a noite com certo grupo de amigos dele que tínhamos encontrado, acaso Saint-Loup resolvia que íamos ao Cassino de uma praia vizinha, e se, partindo com ele, me punha sozinho num carro, eu recomendava ao cocheiro ir a toda a velocidade a fim de que fossem mais curtos os instantes que eu passaria sem a ajuda de ninguém para me dispensar de eu próprio fornecer à minha sensibilidade — dando marcha a ré e saindo da passividade em que estava preso como numa engrenagem — essas mudanças que recebia dos outros desde minha chegada a Rivebelle. O choque possível com um carro vindo em sentido contrário por aquelas trilhas onde só havia lugar para um e fazia noite escura, a instabilidade do chão frequentemente desmoronado da falésia, a proximidade de sua vertente a pique sobre o mar, nada disso encontrava em mim o pequeno esforço necessário para me levar à razão a representação e o medo do perigo. É que, assim como não é o desejo de se tornar célebre mas o hábito de ser laborioso que nos permite produzir uma obra, não é o júbilo do momento presente mas as sábias reflexões do passado que nos ajudam a preservar o futuro. Ora, se já ao chegar a Rivebelle eu jogara para longe de mim essas muletas do raciocínio, do controle de si mesmo que ajudam nossa fraqueza a seguir o caminho certo, e me via às voltas com uma espécie de ataraxia moral, o álcool, ao contrair excepcionalmente meus nervos, dera aos minutos atuais uma qualidade, um encanto cujo efeito não me deixava mais apto e nem sequer mais decidido a defendê-los; pois fazendo-me preferi-los mil vezes ao resto de minha vida, minha exaltação isolava-os dela; eu estava fechado no presente como os heróis, como os bêbados; momentaneamente eclipsado, meu passado já não projetava diante de mim essa sombra de si mesmo a que chamamos nosso futuro; pondo o objetivo de minha vida, não mais na realização dos sonhos desse passado, mas na felicidade do minuto presente, eu não via mais longe do que esse minuto. De modo que, por uma contradição apenas aparente, era quando eu sentia um prazer excepcional, quando sentia que minha vida podia ser feliz, e que deveria ter a meus olhos mais valor, era nesse momento que, livre das preocupações que até então ela pudera me inspirar, eu a entregava sem hesitação ao acaso de um acidente. Aliás, tudo o que fazia era, em suma, concentrar numa noite a incúria que para os outros homens é diluída em sua inteira existência, quando diariamente enfrentam sem necessidade o risco de uma viagem no mar, de um passeio de aeroplano ou de automóvel, quando em casa os espera a criatura que sua morte destruiria, ou quando ainda está ligado à fragilidade de seu cérebro o livro cuja próxima publicação é a única razão de sua vida. E do mesmo modo, no restaurante de Rivebelle, nas noites em que lá ficávamos, se alguém tivesse vindo com a intenção de me matar, como eu já não via senão num longínquo irreal a minha avó, a minha vida futura, os meus livros a escrever, como eu aderia inteiramente ao cheiro da mulher que estava na mesa vizinha, à polidez dos maîtres d'hôtel, ao contorno da valsa que tocavam, como eu estava colado à sensação presente, já sem mais extensão que ela nem outro objetivo além de não ser separado dela, eu morreria encostado nela, me teria deixado massacrar sem oferecer resistência, sem me mexer, abelha entorpecida pela fumaça do tabaco que já não tem a preocupação de preservar a provisão de seus esforços e a esperança de sua colmeia.

Aliás, devo dizer que essa insignificância em que caíam as coisas mais graves, por contraste com a violência de minha exaltação, acabava por abranger até a senhorita Simonet e suas amigas. A iniciativa de conhecê-las parecia-me, agora, fácil mas indiferente, pois para mim só tinha importância minha sensação presente, graças à sua extraordinária força, à alegria provocada por suas menores mudanças e até sua simples continuidade; todo o resto, parentes, trabalho, prazeres, moças de Balbec, não pesava mais do que um floco de espuma numa ventania que não o deixa pousar, já só existia em relação a esse poder interior; a embriaguez realiza por algumas horas o idealismo subjetivo, o fenomenismo puro; tudo não é mais do que aparências e já não existe a não ser em função de nosso sublime eu. De resto, não é que um amor verdadeiro, se temos um, não possa subsistir em semelhante estado. Mas sentimos tão bem, como num ambiente novo, que pressões desconhecidas mudaram as dimensões desse sentimento, que não o podemos considerar da mesma maneira. Esse mesmo amor, bem que o reencontramos, mas deslocado, já não pesando sobre nós, satisfeito com a sensação que o presente lhe confere e que nos basta, pois não nos preocupamos com o que não é atual. Infelizmente o coeficiente que muda assim os valores só os muda nessa hora de embriaguez. As pessoas que não tinham mais importância e sobre as quais soprávamos como sobre bolas de sabão recuperarão, no dia seguinte, sua densidade; será preciso tentar retornar aos trabalhos que não significavam mais nada. Coisa ainda mais grave, essa matemática do dia seguinte, a mesma de ontem e a cujos problemas voltaremos a nos expor inexoravelmente é a que nos rege mesmo durante essas horas, exceto para nós mesmos. Caso esteja perto de nós uma mulher virtuosa ou hostil, essa coisa tão difícil na véspera — a saber, que conseguíssemos agradar-lhe — nos parece agora um milhão de vezes mais fácil sem que o tenha ficado em nada, pois só a nossos próprios olhos, a nossos próprios olhos interiores é que mudamos. E ela fica tão descontente no exato instante em que nos permitimos uma familiaridade quanto ficaremos, no dia seguinte, por ter dado cem francos ao moço de recados, e pela mesma razão que para nós foi somente postergada: a ausência de embriaguez.

Eu não conhecia nenhuma das mulheres que estavam em Rivebelle e que, por fazerem parte de minha embriaguez assim como os reflexos fazem parte do espelho, me pareciam mil vezes mais desejáveis do que a cada vez menos existente senhorita Simonet. Uma jovem loura, sozinha, de semblante triste, sob seu chapéu de palha enfeitado de flores do campo, me olhou um instante com ar sonhador e me pareceu agradável. Depois, foi a vez de outra, e depois, de uma terceira; por fim, de uma morena de pele deslumbrante. Quase todas eram conhecidas, se não de mim, de Saint-Loup.

Antes de conhecer sua amante atual, tinha ele, de fato, vivido de tal modo no mundo restrito da boemia que de todas as mulheres que jantavam naquelas noites em Rivebelle, muitas das quais lá estavam por acaso, tendo vindo à praia, algumas para reencontrar o amante, outras para tentar encontrar um, não havia praticamente nenhuma que ele não conhecesse por ter passado — ele mesmo ou algum amigo seu — ao menos uma noite em sua companhia. Não as cumprimentava se estivessem com um homem, e elas, embora olhando para ele mais que para outro porque a indiferença que se sabia que tinha por qualquer mulher que não fosse sua atriz dava-lhe, aos olhos delas, um prestígio singular, fingiam não conhecê-lo. E uma cochichava: "É o pequeno Saint-Loup. Pelo visto, continua a amar aquela rameira. É o grande amor. Que bonito rapaz! Acho-o extraordinário; e como é chique! Pensando bem, há mulheres que têm uma sorte tremenda. E um sujeito notável em tudo. Conheci-o bem quando eu estava com o D'Orléans. Os dois eram inseparáveis. Ele era um farrista naquela época! Mas já não é mais; já não o passa para trás. Ah! Ela pode dizer que tem sorte. E me pergunto o que é que ele acha nela. Pois é, só mesmo sendo um trouxa. Ela tem uns pés que parecem umas lanchas, uns bigodes à americana e umas roupas de baixo sujas! Acho que uma operariazinha não ia querer as calcinhas dela. Repare só que olhos ele tem, é de se atirar no fogo por um homem assim. Pronto, fique quieta, ele me reconheceu, está rindo, ah, ele me conhecia bem. Basta lhe falarem de mim". Entre elas e ele eu flagrava um olhar de entendimento. Gostaria que me apresentasse àquelas mulheres, de poder lhes pedir um encontro que me concedessem mesmo se eu não pudesse aceitá-lo. Pois sem isso o seu rosto permaneceria eternamente desfalcado, em minha memória, dessa parte de si mesmo — e como se estivesse oculta por um véu — que varia em todas as mulheres, que não podemos imaginar numa quando não a vimos, e que aparece somente no olhar que se dirige a nós e aceita o nosso desejo e nos promete que ele será satisfeito. E no entanto, mesmo tão limitado, o rosto delas era para mim bem mais que o de mulheres que eu saberia virtuosas e que não me parecia como o delas, plano, sem nada por trás, composto de uma peça única e sem espessura. Com certeza ele não era para mim o que devia ser para Saint-Loup que pela memória, sob a indiferença, para ele transparente, das feições imóveis que fingiam não conhecê-lo ou sob a banalidade do mesmo cumprimento que poderiam ter dirigido a qualquer outro, lembrava-se, via, entre cabelos desalinhados, uma boca arfante e olhos semicerrados, todo um quadro silencioso como aqueles que os pintores, para enganar a maioria de seus visitantes, cobrem com um pano decente. Sem dúvida, para mim que, ao contrário, sentia que nada de meu ser penetrara nesta ou em outra daquelas mulheres e não seria por aí levado pelos caminhos desconhecidos que ela seguiria vida afora, esses rostos permaneciam fechados. Mas já bastava saber que se abriam para que me parecessem de um valor que não lhes atribuiria se só tivessem sido belas medalhas, em vez de medalhões sob os quais escondiam-se lembranças de amor. Quanto a Robert, mal se mantendo quieto quando estava sentado, disfarçando atrás de um sorriso de homem de corte a avidez de agir como homem de guerra, a observá-lo bem eu me dava conta de quanto a ossatura enérgica de seu rosto triangular devia ser a mesma de seus ancestrais, feita mais para um ardoroso arqueiro do que para um letrado delicado. Sob a pele fina, a construção ousada, a arquitetura feudal apareciam. Sua cabeça fazia pensar nessas torres de antigos bastiões cujas seteiras inutilizadas permanecem visíveis mas que interiormente foram acomodadas como biblioteca.

De volta a Balbec, sobre uma daquelas desconhecidas a quem ele me apresentara eu repetia para mim mesmo, sem parar um segundo, e quase sem me dar conta: "Que mulher deliciosa!", como quem canta um refrão. Com certeza, essas palavras eram mais ditadas por disposições nervosas do que por um julgamento duradouro. Nem por isso deixa de ser verdade que se tivesse mil francos comigo e ainda houvesse joalherias abertas àquela hora, eu teria comprado um anel para a desconhecida. Quando as horas de nossa vida se desenrolam assim em planos um tanto diferentes, vemo-nos dando muito de nós mesmos para pessoas diversas que no dia seguinte nos parecem sem interesse. Mas nos sentimos responsáveis pelo que lhes dissemos na véspera e queremos honrar nossa palavra.

Como naquelas noites eu voltava mais tarde, reencontrava com prazer em meu quarto, que não era mais hostil, a cama em que, no dia de minha chegada, eu pensara que sempre me seria impossível repousar e em que agora meus membros tão cansados buscavam apoio; de modo que sucessivamente minhas coxas, meus quadris, meus ombros tentavam aderir em todos os pontos aos lençóis que envolviam o colchão, como se meu cansaço, semelhante a um escultor, desejasse tirar um molde completo de um corpo humano. Mas não conseguia dormir, sentia aproximar-se a manhã; a calma, a boa saúde já não estavam em mim. Em meu desespero, parecia-me que nunca mais as reencontraria. Precisaria dormir muito tempo para recuperá-las. Ora, tivesse eu cochilado, de qualquer maneira seria acordado duas horas depois pelo concerto sinfônico. De repente eu adormecia, caía naquele sono pesado em que se revelam o retorno à juventude, a retomada dos anos passados, os sentimentos perdidos, a desencarnação, a transmigração das almas, a evocação dos mortos, as ilusões da loucura, a regressão para os reinos mais elementares da natureza (pois diz-se que costumamos ver animais em sonho, mas quase sempre esquecemos que nele somos nós mesmos um animal privado dessa razão que projeta sobre as coisas uma claridade de certeza; nele, ao contrário, só oferecemos ao espetáculo da vida uma visão duvidosa e a cada minuto aniquilada pelo esquecimento, pois a realidade anterior se esvanece diante daquela que lhe sucede como uma projeção de lanterna mágica diante da seguinte quando se mudou a chapa de vidro), todos esses mistérios que pensamos não conhecer e em que somos, na verdade, iniciados todas as noites assim como no outro grande mistério do aniquilamento e da ressurreição. Agora mais errante pela digestão difícil do jantar de Rivebelle, a iluminação sucessiva e vagabunda de zonas escuras de meu passado fazia de mim um ser cuja suma felicidade teria sido encontrar Legrandin com quem eu acabava de conversar em sonho.

Depois, até minha própria vida me era inteiramente escondida por um cenário novo, como o que se põe na beira do palco na frente do qual, enquanto atrás se procede às mudanças de quadro, os atores representam um entreato. Aquele em que eu tinha então meu papel era ao gosto dos contos orientais, ali eu nada sabia de meu passado nem de mim mesmo, por causa daquela extrema proximidade de um cenário interposto; eu era apenas um personagem que recebia pauladas e sofria castigos variados por uma falta que eu não percebia mas que era ter bebido porto demais. De repente eu despertava, me dava conta de que devido a um longo sono não tinha ouvido o concerto sinfônico. Já era de tarde, o que eu verificava por meu relógio, depois de alguns esforços para me erguer, esforços infrutíferos, primeiro, e interrompidos por quedas sobre o travesseiro, mas dessas quedas curtas que se seguem ao sono como às outras bebedeiras, que fosse o vinho a proporcioná-las ou uma convalescença; aliás, antes mesmo de ter olhado a hora eu tinha certeza de que já passava do meio-dia. Ontem à noite, eu não era mais do que um ser vazio, sem peso, e (assim como é preciso ter se deitado para ser capaz de se sentar e ter dormido para ser capaz de se calar) não conseguia parar de me mexer nem de falar, não tinha mais consistência, centro de gravidade, estava como que lançado e parecia-me poder continuar minha taciturna corrida até a Lua. Ora, se dormindo meus olhos não tinham visto a hora, meu corpo soubera calculá-la, medira o tempo, não num quadrante superficialmente representado mas no peso

— 384 —

progressivo de todas as minhas forças refeitas que ele, como um poderoso relógio, deixara descer, degrau por degrau, de meu cérebro para o resto do corpo, onde agora elas amontoavam até acima de meus joelhos a abundância intacta de suas provisões. Se é verdade que o mar foi outrora nosso ambiente vital onde é preciso remergulhar nosso sangue para recuperar nossas forças, o mesmo acontece com o esquecimento, com o nada mental; parecemos, então, ausentes do tempo por algumas horas; mas as forças que enquanto isso se instalaram sem serem despendidas o medem pela quantidade delas com tanta exatidão como os pesos do relógio ou os montículos da ampulheta desmoronando. Aliás, não se sai mais facilmente de um sono desses que da vigília prolongada, de tal forma todas as coisas tendem a durar, e se é verdade que certos narcóticos fazem dormir, dormir muito tempo é um narcótico ainda mais poderoso, depois do qual temos muita dificuldade para acordar. Semelhante ao marujo que vê muito bem o cais onde atracar seu barco, ainda sacudido porém pelas ondas, eu de fato tinha a ideia de olhar as horas e me levantar, mas meu corpo era a todo instante devolvido ao sono; a aterrissagem era difícil, e antes de me pôr de pé para apanhar meu relógio e confrontar sua hora com a indicada pela riqueza de materiais de que dispunham minhas pernas quebradas, eu tornava a cair mais duas ou três vezes sobre o travesseiro.

Por fim, eu via claramente: "Duas horas da tarde!", tocava a campainha, mas logo entrava num sono que, dessa vez, devia ser infinitamente mais longo, a julgar pelo repouso e pela visão de uma imensa noite ultrapassada, que eu encontrava ao despertar. No entanto, como este despertar era causado pela entrada de Françoise, entrada que fora, por sua vez, motivada por meu toque de campainha, esse novo sono, que me parecia ter sido mais longo que o outro e me trouxera tanto bem-estar e esquecimento, só durara meio minuto.

Minha avó abria a porta do quarto, eu lhe fazia umas perguntas sobre a família Legrandin.

Não é exagero dizer que eu tinha recuperado a calma e a saúde, pois fora mais que uma simples distância que, na véspera, as separara de mim, e eu tivera a noite toda de lutar contra uma onda contrária, e depois não apenas me reencontrava ao lado delas como tinham entrado em mim. Em pontos precisos e ainda um pouco doloridos de minha cabeça vazia e que um dia seria quebrada, deixando minhas ideias escaparem para sempre, estas tinham mais uma vez retomado o seu lugar e reencontrado essa existência que até então, hélas!, não tinham sabido aproveitar.

Mais uma vez eu escapara à impossibilidade de dormir, ao dilúvio, ao naufrágio das crises nervosas. Já não temia o que me ameaçava na noite da véspera, quando estava privado de repouso. Uma nova vida abria-se diante de mim; sem fazer um só movimento, pois ainda estava alquebrado embora já bem-disposto, saboreava meu cansaço com alegria; ele isolara e rompera os ossos de minhas pernas, de meus braços, que eu sentia reunidos na minha frente, prestes a se juntarem, e que eu ia reerguer apenas cantando, como o arquiteto da fábula.*

De repente lembrei-me da jovem loura de ar triste que tinha visto em Rivebelle e que me olhara um instante. Durante toda a noite, várias outras tinham me parecido agradáveis, agora só ela acabava de se elevar do fundo de minha lembrança. Parecia-me que ela me observara, eu esperava que um dos garçons de Rivebelle viesse me dar um recado de sua parte. Saint-Loup não a conhecia e acreditava que era direita. Seria muito difícil vê-la, vê-la constantemente. Mas para isso eu estava disposto a tudo, agora só pensava nela. A filosofia costuma falar de atos livres e de atos necessários. Talvez não haja nenhum mais completamente sofrido por nós do que esse que, em virtude de uma força ascensional comprimida durante a ação, faz assim subir, quando nosso pensamento está em repouso, uma lembrança até então nivelada com as outras pela força opressiva da distração, e lançar-se porque, sem sabermos, continha um encanto que só percebemos vinte e quatro horas depois. E talvez também não haja ato tão livre, visto que ainda desprovido de hábito, dessa espécie de mania mental que, no amor, favoreça o renascimento exclusivo da imagem de certa pessoa.

Esse dia era justamente o seguinte àquele em que eu vira desfilar diante do mar o belo cortejo de moças. Interroguei a respeito

---

*   Referência ao músico Anfíon, que preferia sua arte aos esportes viris praticados pelo irmão gêmeo Zeto. Durante a construção das muralhas de Tebas, Anfíon tocava lira enquanto Zeto carregava pedras. Foi, porém, Anfíon que conseguiu mover as pedras só com os acordes de sua lira. Ruskin, em sua obra, faz várias alusões a essa história, para ele o símbolo da harmonia entre as classes sociais.

delas vários clientes do hotel, que iam quase todo ano a Balbec. Não souberam me informar. Mais tarde, uma fotografia me explicou por quê. Quem poderia agora reconhecer nelas, apenas saídas, mas já saídas de uma idade em que se muda tão completamente, aquela massa amorfa e deliciosa ainda bem infantil de meninas que, somente alguns anos antes, a gente podia ver sentadas em círculo na areia, em volta de uma barraca: uma espécie de branca e vaga constelação em que não se distinguiriam dois olhos mais brilhantes que os outros, um rosto malicioso, cabelos louros, senão para tornar a perdê-los e confundi-los muito depressa no centro da nebulosa indistinta e láctea?

Talvez naqueles anos ainda tão pouco distantes, não era, como na véspera, em sua primeira aparição diante de mim, à visão do grupo mas ao próprio grupo que faltava nitidez. Então, aquelas crianças ainda tão jovens estavam nesse grau elementar de formação em que a personalidade não imprimiu sua marca em cada rosto. Como esses organismos primitivos em que o indivíduo ainda não existe por si próprio, e é, antes, constituído mais pelo polipeiro do que por cada um dos pólipos que o compõem, elas permaneciam espremidas umas contra as outras. Às vezes uma fazia a vizinha cair, e então uma gargalhada, que parecia a única manifestação de suas vidas pessoais, agitava a todas ao mesmo tempo, apagando, confundindo aqueles rostos indecisos e careteiros na geleia de um só cacho cintilante e trêmulo. Numa fotografia antiga que haveriam de me dar um dia, e que guardei, sua trupe infantil já oferece o mesmo número de figurantes que mais tarde teria seu cortejo feminino; sente-se que já deviam formar na praia uma mancha singular que forçava a olhá-las, mas ali não é possível reconhecê-las individualmente senão pelo raciocínio, deixando espaço livre para todas as transformações possíveis durante a juventude até o limite em que essas formas reconstituídas invadiriam outra individualidade que também é preciso identificar e cujo belo rosto, por causa da concomitância de uma grande estatura e de cabelos crespos, tem a possibilidade de haver sido outrora a redução da careta miúda apresentada na fotografia do álbum; e como a distância percorrida em pouco tempo pelas características físicas de cada uma daquelas moças tornava essas características um critério muito vago, e por outro lado como já era muito acentuado o que tinham em comum e como que de coletivo, às vezes acontecia que as suas melhores amigas confundissem uma com outra naquela fotografia, tanto assim que a dúvida só podia, afinal, ser desfeita por certo acessório da toalete que uma tinha certeza de ter usado, com exclusão das outras. Desde aqueles dias tão diferentes do dia em que eu acabava de vê-las no dique, tão diferentes e no entanto tão próximos, elas ainda se deixavam levar pelo riso conforme eu notara na véspera, mas um riso que não era aquele intermitente e quase automático da infância, distensão espasmódica que outrora fazia a todo momento aquelas cabeças darem um mergulho assim como os cardumes de carpas no Vivonne se dispersavam e desapareciam para tornarem a se formar um instante depois; agora suas fisionomias tinham se tornado senhoras de si, seus olhos estavam fixos no objetivo que perseguiam; e ontem foram necessários a indecisão e o tremor de minha primeira percepção para confundir indistintamente, como o haviam feito a hilaridade antiga e a velha fotografia, as espórades* hoje individualizadas e desunidas da pálida madrépora.

É verdade que várias vezes, à passagem de moças bonitas, eu me fizera a promessa de revê-las. Em geral, não reapareciam; aliás, a memória que esquece depressa sua existência dificilmente reencontraria suas feições; nossos olhos talvez não as reconhecessem, e já vimos passar novas moças que também não reveremos. Mas outras vezes, e é assim que isso devia acontecer para o grupinho insolente, o acaso as traz com insistência à nossa frente. Então, o acaso parece-nos belo, pois nele identificamos como um começo de organização, de esforço, para compor nossa vida; ele nos torna fácil, inevitável e às vezes — depois de interrupções que puderam nos dar a esperança de parar de nos lembrarmos — cruel a fidelidade das imagens a cuja posse pensaremos mais tarde ter sido predestinados, e que sem ele teríamos esquecido tão facilmente, bem no início, como tantas outras.

Breve a licença de Saint-Loup chegou ao fim. Eu não tinha revisto aquelas moças na praia. Ele ficava muito pouco em Balbec à tarde para poder prestar atenção nelas e tentar conhecê-las pensando em mim. À noite, ficava mais livre e muitas vezes continuava a me levar a Rivebelle. Há nesses restaurantes, como nos jardins públicos e nos

---

* As espórades, termo da antiga astronomia, são estrelas esparsas que não pertencem a nenhuma constelação. A palavra dá nome a um arquipélago da Grécia, no mar Egeu.

trens, pessoas envoltas numa aparência banal e cujo nome nos espanta se, quando casualmente o perguntamos, descobrimos que são elas, não o inofensivo pobre coitado que supúnhamos, mas nada menos que o ministro ou o duque de quem tantas vezes ouvimos falar. Já duas ou três vezes no restaurante de Rivebelle, tínhamos, Saint-Loup e eu, visto sentar-se a uma mesa, quando todos começavam a sair, um homem de alta estatura, muito musculoso, de feições regulares, barba grisalha, mas cujo olhar sonhador permanecia fixo, aplicadamente, no vazio. Uma noite em que perguntávamos ao patrão quem era aquele comensal obscuro, isolado e retardatário, ele nos respondeu: "Como, não conhecem o célebre pintor Elstir?". Swann uma vez pronunciara seu nome na minha frente, eu já não lembrava a propósito de quê; mas a omissão de uma lembrança, como a de um pedaço de frase numa leitura, às vezes favorece, não a incerteza, mas a eclosão de uma certeza prematura. "É um amigo de Swann e um artista muito conhecido, de grande valor", disse eu a Saint-Loup. Logo passou por ele e por mim, como um arrepio, o pensamento de que Elstir era um grande artista, um homem célebre, e depois, o de que nos confundindo com os outros comensais ele não desconfiava da exaltação em que nos jogara a ideia de seu talento. É claro que o fato de ignorar nossa admiração e de conhecermos Swann não nos seria desagradável se não estivéssemos numa estação balneária. Mas parados numa idade em que o entusiasmo não consegue ficar calado, e transportados para uma vida em que o incógnito parece sufocante, escrevemos uma carta assinada por nossos nomes, em que revelávamos a Elstir os dois comensais sentados a alguns passos dele, dois amadores apaixonados por seu talento, dois amigos de seu grande amigo Swann, e em que pedíamos para lhe prestar nossas homenagens. Um garçom encarregou-se de levar essa missiva ao homem célebre.

Célebre, Elstir nessa época talvez ainda não fosse tanto quanto pretendia o dono do estabelecimento, mas o foi, aliás, poucos anos mais tarde. Porém, fora um dos primeiros a frequentar aquele restaurante, quando ali ainda havia pouco mais de uma granja e para lá levou uma colônia de artistas (que, por sinal, tinham todos emigrado para outro lugar assim que a granja, onde se comia ao ar livre sob um simples telheiro, se tornara um centro elegante; o próprio Elstir só voltava nesse momento a Rivebelle por causa de uma ausência de sua mulher, com quem morava ali perto). Mas um grande talento, mesmo quando ainda não é reconhecido, provoca necessariamente alguns fenômenos de admiração, tal como o dono da granja tivera oportunidade de perceber nas perguntas de mais de uma inglesa de passagem, ávida por informações sobre a vida que Elstir levava, ou pelo número de cartas que ele recebia do estrangeiro. Então o dono observara mais ainda que Elstir não gostava de ser incomodado enquanto trabalhava, que se levantava à noite para levar um pequeno modelo a posar nu na beira do mar, quando havia luar, e pensara que tantos esforços não eram perdidos, nem a admiração dos turistas injustificada quando num quadro de Elstir reconheceu uma cruz de madeira fincada à entrada de Rivebelle. "É ela mesma, ele repetia, estupefato. Tem os quatro braços! Ah! Mas também, ele trabalha tanto!"

E não sabia se um pequeno "nascer do sol sobre o mar" que Elstir lhe dera não valeria uma fortuna.

Nós o vimos ler nossa carta, guardá-la no bolso, continuar a jantar, começar a pedir suas coisas, levantar-se para ir embora, e tínhamos tanta certeza de tê-lo chocado com nossa iniciativa que agora desejaríamos (tanto quanto havíamos receado) ir embora sem que ele nos observasse. Não pensávamos um só instante numa coisa que, porém, poderia ter nos parecido a mais importante; é que nosso entusiasmo por Elstir, de cuja sinceridade não permitiríamos que se duvidasse e do qual poderíamos, de fato, dar como testemunho nossa respiração entrecortada pela expectativa, não era, como pensávamos, admiração, pois nunca tínhamos visto algo de Elstir; nosso sentimento podia ter como objeto a ideia oca de um "grande artista", e não de uma obra que nos era desconhecida. Era, quando muito, admiração no vazio, o quadro nervoso, a estrutura sentimental de uma admiração sem conteúdo, isto é, alguma coisa tão indissoluvelmente ligada à infância como certos órgãos que não existem mais no homem adulto; ainda éramos crianças. Elstir, porém, ia chegar à porta, quando de repente deu meia-volta e veio até nós. Eu estava transportado por um delicioso terror como não conseguiria sentir alguns anos mais tarde, porque ao mesmo tempo que a idade diminui nossa capacidade o hábito da vida social retira toda ideia de provocar ocasiões tão estranhas, de sentir emoções desse gênero.

Elstir veio nos dizer, sentado à nossa mesa, poucas palavras, mas nada me respondeu nas diversas vezes em que lhe falei de Swann. Comecei a acreditar que não o conhecia. Nem por isso deixou de me pedir que fosse vê-lo em seu ateliê em Balbec, convite que não formulou a Saint-Loup e ao qual fiz jus, o que talvez a recomendação de Swann não teria obtido se Elstir estivesse ligado a ele (pois na vida dos homens a parte dos sentimentos desinteressados é maior do que se crê), graças a umas palavras que o fizeram pensar que eu gostava das artes. Não me poupou uma amabilidade, que era tão superior à de Saint-Loup como esta era à afabilidade de um pequeno-burguês. Ao lado da amabilidade de um grande artista, a de um aristocrata, por mais encantadora que seja, tem ares de um desempenho de ator, de uma simulação. Saint-Loup procurava agradar, Elstir gostava de dar, de se dar. Tudo o que possuía, ideias, obras e o resto que para ele contava muito menos, teria dado com alegria a alguém que o tivesse compreendido. Mas na ausência de uma companhia suportável, vivia num isolamento, com uma selvageria que as pessoas de sociedade chamavam de pose e de má educação, os poderes públicos, de insubordinação, seus vizinhos, de loucura, sua família, de egoísmo e orgulho.

E com certeza nos primeiros tempos, em sua própria solidão, ele pensara com prazer que por intermédio de suas obras dirigia-se à distância, dava uma ideia mais elevada de si, aos que o tinham ignorado ou magoado. Talvez então vivesse sozinho, não por indiferença, mas por amor aos outros, e assim como eu renunciara a Gilberte para lhe reaparecer um dia com cores mais amáveis, ele destinava sua obra a alguns, como um retorno a eles, que sem tornarem a vê-lo o amariam, o admirariam, falariam dele; nem sempre uma renúncia é total desde o início quando a decidimos com nossa alma antiga e antes que, por reação, ela aja sobre nós, que se trate da renúncia de um doente, de um monge, de um artista, de um herói. Mas se tinha desejado produzir visando algumas pessoas, ao produzir vivera para si mesmo, longe da sociedade à qual era indiferente; a prática da solidão dera-lhe o amor por ela, como acontece com toda grande coisa que de início tememos, porque sabemos que é incompatível com as coisas menores a que nos apegávamos e de que ela nos priva mais do que nos separa. Antes de conhecê-la, toda a nossa preocupação é saber em que medida poderemos conciliá-la com certos prazeres que deixam de sê-lo assim que a conhecemos.

Elstir não ficou muito tempo conversando conosco. Eu me prometia ir a seu ateliê dali a dois ou três dias, mas no dia seguinte a esse jantar, como eu acompanhara minha avó até a ponta do dique, em direção às falésias de Canapville, ao voltar, na esquina de uma das ruazinhas transversais que desembocam na praia, cruzamos com uma moça que, de cabeça baixa como um animal que fazemos entrar no estábulo contra a sua vontade, e carregando tacos de golfe, andava na frente de uma pessoa autoritária, provavelmente a sua "inglesa" ou a de suas amigas, a qual se parecia com o retrato de *Jeffries*, de Hogarth, de rosto vermelho como se sua bebida favorita fosse gim em vez de chá, e prolongando na ponta retorcida preta de um resto de fumo de mascar um bigode grisalho mas bem espesso. A menina que a precedia parecia-se com a do pequeno bando que, debaixo de uma boina preta, tinha olhos risonhos num rosto imóvel e bochechudo. Ora, a que retornava naquele momento também tinha uma boina preta, mas me parecia ainda mais bonita que a outra, a linha do nariz era mais reta, na base as aletas eram mais largas e mais carnudas. Além disso, a outra me aparecera como uma orgulhosa moça pálida, esta como uma criança domada e de pele rosada. No entanto, como empurrava uma bicicleta semelhante e como usava as mesmas luvas de pele de rena, concluí que as diferenças decorriam talvez de como eu estava colocado e das circunstâncias, pois era pouco provável que houvesse em Balbec uma segunda moça de rosto apesar de tudo tão semelhante e que em seus trajes juntasse as mesmas particularidades. Lançou um olhar rápido em minha direção; nos dias que se seguiram, quando revi o pequeno grupo na praia e até mesmo mais tarde, quando conheci todas as moças que o compunham, nunca tive a certeza absoluta de que alguma delas — mesmo a que, entre todas, mais se parecia com ela, a garota da bicicleta — fosse de verdade a que eu vira naquela noite na ponta da praia, na esquina da rua, moça que não era muito diferente mas que era, ainda assim, um pouco diferente da que eu reparara no cortejo.

A partir daquela tarde, eu, que nos dias anteriores tinha sobretudo pensado na mais alta, foi aquela dos tacos de golfe, a presumível senhorita Simonet, que voltou a me preocupar. Ela costumava parar no meio das outras, forçando as amigas, que pareciam respeitá-la muito, a também interromper a marcha. É assim, fazendo pausas, com os olhos brilhantes sob a boina "polo" que a revejo ainda agora, com sua silhueta contra a tela que lhe forma o mar, ao fundo, e separada de mim por um espaço transparente e azulado — o tempo decorrido desde então —, primeira imagem, bem diminuta em minha memória, desejada, perseguida, depois esquecida, depois reencontrada, de um rosto que desde então várias vezes projetei no passado para poder me dizer de uma moça que estava no meu quarto: "É ela!".

Mas talvez ainda fosse aquela da pele de gerânio, de olhos verdes, que eu mais gostaria de conhecer. Aliás, fosse qual fosse a que eu preferia avistar num determinado dia, as outras, sem esta, bastavam para me emocionar; meu próprio desejo, mesmo se voltando ora mais para uma ora mais para a outra, continuava — como no primeiro dia minha confusa visão — a reuni-las, a torná-las o pequeno mundo à parte, animado por uma vida comum que, por sinal, elas tinham sem dúvida a pretensão de constituir; tornando-me amigo de uma delas — como um pagão requintado ou um cristão escrupuloso entre os bárbaros —, eu penetraria numa sociedade rejuvenescedora em que reinavam a saúde, a inconsciência, a volúpia, a crueldade, a falta de intelectualidade e a alegria.

Minha avó, a quem eu contara minha conversa com Elstir e que se alegrava de todo o proveito intelectual que eu podia tirar de sua amizade, achava absurdo e nada gentil que eu ainda não tivesse ido lhe fazer uma visita. Mas eu só pensava no pequeno bando, e sem a certeza da hora em que aquelas moças passariam pelo dique eu não ousava me afastar. Minha avó também se espantava com minha elegância, pois de repente eu me lembrara dos ternos que até então deixara no fundo da mala. Cada dia punha um diferente, e até mesmo escrevera a Paris para que me enviassem novos chapéus e novas gravatas.

Numa estação balneária como Balbec, um grande encanto somado à vida é se o rosto de uma linda moça, uma vendedora de conchinhas, de bolos e de flores, pintado em cores vivas em nosso pensamento, for diariamente para nós, logo de manhã, o objetivo de cada um desses dias ociosos e luminosos que passamos na praia. Eles são então, e por isso mesmo, embora desocupados, ágeis como dias de trabalho, orientados, magnetizados, levemente transportados para um instante próximo, aquele em que, enquanto compramos *sablés*, rosas, amonites, nos deleitamos em ver num rosto feminino as cores expostas de modo tão puro como numa flor. Mas pelo menos, com aquelas pequenas vendedoras podemos falar, o que evita ter de construir com a imaginação os outros aspectos além dos que nos fornece uma simples percepção visual, e recriar sua vida, exagerar seu charme, como diante de um retrato; sobretudo, justamente porque falamos com elas, podemos aprender onde e a que horas encontrá-las. Ora, não era nada disso que me acontecia em relação às moças do pequeno grupo. Como seus hábitos me eram desconhecidos, quando certos dias não as avistava, ignorando a causa de sua ausência eu procurava saber se esta era algo fixo, se só eram vistas a cada dois dias, ou quando fazia um tempo específico, ou se em certos dias nunca eram vistas. Imaginava-me antecipadamente sendo amigo delas, dizendo-lhes: "Mas vocês não estavam lá tal dia? — Ah! Sim, é porque era um sábado, no sábado nunca viemos porque...". Ainda assim, se fosse tão simples como saber que no triste sábado é inútil insistir, que poderíamos percorrer a praia em todas as direções, sentar diante da vitrine da pastelaria, fingir comer um éclair, entrar no vendedor de curiosidades, esperar a hora do banho, o concerto, a chegada da maré, o pôr do sol, a noite, sem ver o pequeno bando desejado! Mas o dia fatal talvez não voltasse uma vez por semana. Talvez não caísse forçosamente num sábado. Talvez certas condições atmosféricas o influenciassem ou lhe fossem inteiramente alheias. Quantas observações pacientes mas nada serenas é preciso colher sobre os movimentos aparentemente irregulares desses mundos desconhecidos até poder ter certeza de que não nos deixamos enganar pelas coincidências, de que nossas previsões não serão frustradas, antes de estabelecer as leis certas, formuladas à custa de experiências cruéis, dessa astronomia apaixonada! Lembrando-me de que não as vira no mesmo dia da semana que hoje, eu me dizia que elas não viriam, que era inútil permanecer na praia. E justamente, as avistava. Em contrapartida, num dia em que, na medida em que podia supor que leis regulavam a volta daquelas constelações, eu calculava que devesse ser um dia fausto, elas não vinham. Mas a essa primeira incerteza sobre vê-las ou não naquele mesmo dia vinha se somar outra mais grave, que era saber se algum dia tornaria a vê-las, pois ignorava, em suma, se não iriam partir para a América ou retornar a Paris. Bastava isso para me fazer começar a amá-las. Pode-se ter interesse por uma pessoa. Mas para desencadear essa tristeza, esse sentimento do irreparável, essas angústias que preparam o amor, é preciso — e talvez isso, mais do que uma pessoa, seja o próprio objeto que a paixão busca ansiosamente abraçar — o risco de uma impossibilidade.

Já iam agindo assim essas influências que se repetem no curso dos amores sucessivos (podendo aliás se produzir, mas nesse caso, mais na vida das grandes cidades, a respeito de operárias cujos dias de folga não conhecemos e que nos assustamos por não tê-las visto à saída da fábrica), ou pelo menos que se renovaram no curso dos meus. Talvez sejam inseparáveis do amor; talvez tudo o que foi uma especificidade do primeiro venha se juntar aos seguintes, por lembrança, sugestão, hábito, e, através dos períodos sucessivos de nossa vida, dê a seus aspectos diferentes um caráter geral.

Eu agarrava todos os pretextos para ir à praia nas horas em que esperava poder encontrá-las. Tendo-as avistado uma vez durante nosso almoço, agora só chegava atrasado, esperando indefinidamente no dique que elas passassem; ficando a interrogar com os olhos o azul da vidraça durante o pouco tempo em que estava sentado na sala do almoço; levantando-me bem antes da sobremesa para não perdê-las caso fossem passear em outra hora, e me irritando com minha avó, inconscientemente malvada, quando ela me prendia além da hora que me parecia propícia. Tentava prolongar o horizonte pondo minha cadeira atravessada; se por acaso avistava qualquer uma das moças, como todas participavam da mesma essência especial era como se tivesse visto projetado à minha frente numa alucinação movente e diabólica um pouco do sonho inimigo e, porém, apaixonadamente cobiçado que ainda no instante anterior só existia no meu cérebro, onde aliás se estagnava em permanência.

Não amava nenhuma, amando-as todas, e no entanto o possível encontro com elas era para meus dias o único elemento delicioso, o único que fazia nascer em mim essas esperanças em que se quebrariam todos os obstáculos, esperanças em geral seguidas de raiva se eu não as tivesse visto. Nesse momento, aquelas moças eclipsavam minha avó; uma viagem me teria sorrido de imediato se fosse para ir a um lugar onde elas deviam se encontrar. Era a elas que meu pensamento estava agradavelmente suspenso quando eu acreditava pensar em outra coisa ou em nada. Mas quando, mesmo sem sabê-lo, pensava nelas, mais inconscientemente ainda elas eram para mim as ondulações montanhosas e azuis do mar, o perfil de um desfiladeiro diante do mar. Era o mar que eu esperava reencontrar, se fosse a alguma cidade onde estariam. O amor mais exclusivo por uma pessoa é sempre o amor por outra coisa.

Minha avó, agora que eu me interessava imensamente pelo golfe e pelo tênis e deixava escapar a ocasião de ver trabalhar e ouvir um artista que ela sabia ser um dos grandes, me demonstrava um desprezo que aparentava originar-se em visões um pouco estreitas. Eu entrevira outrora nos Champs-Élysées e desde então percebera melhor que, estando apaixonado por uma mulher, nela projetamos simplesmente um estado de nossa alma; que por conseguinte o importante não é o valor da mulher mas a profundidade do estado; e que as emoções que uma moça medíocre nos provoca podem permitir que subam à nossa consciência as partes mais íntimas de nós mesmos, mais pessoais, mais distantes, mais essenciais, como não proporcionaria o prazer que nos dá a conversa de um homem superior ou até a contemplação admirativa de suas obras.

Tive de acabar obedecendo à minha avó tanto mais amolado por Elstir morar bem longe do dique, numa daquelas avenidas mais novas de Balbec. O calor do dia obrigou-me a pegar o bonde que passava pela rua de La Plage, e para pensar que estava no antigo reino dos cimérios, na pátria talvez do rei Mark ou na floresta de Brocéliande, esforçava-me em não olhar o luxo de pacotilha das construções que se desenrolavam à minha frente e entre as quais o casarão de Elstir era talvez o mais suntuosamente feio, e apesar disso alugado por ele, porque de todos os que existiam em Balbec era o único que podia lhe oferecer um vasto ateliê.

Foi também desviando os olhos que atravessei o jardim com um gramado — o mesmo, em tamanho menor, da casa de qualquer burguês no subúrbio de Paris —, uma pequena estatueta de jardineiro galante, umas bolas de vidro onde nos olhávamos, cercas de begônias e um pequeno caramanchão sob o qual cadeiras de balanço estavam enfileiradas diante de uma mesa de ferro. Mas depois de todo esse entorno marcado por uma feiura citadina, já não prestei atenção nos frisos cor de chocolate dos lambris quando entrei no ateliê; senti-me perfeitamente feliz, pois por todos os estudos que estavam ao meu redor acreditava-me capaz de me elevar a um conhecimento poético, fecundo em alegrias, de muitas formas que até então eu não isolara do espetáculo total da realidade. E o ateliê de Elstir apareceu-me como o laboratório de uma espécie de nova criação do mundo, onde, do caos que são todas as coisas que vemos, ele tirara, pintando-as sobre diversos retângulos de tela dispostos em todos os sentidos, aqui uma colérica onda do mar esmagando na areia sua espuma lilás, ali um rapaz de cotim branco acotovelado no convés de um barco. O casaco do rapaz e a onda salpicante tinham assumido uma dignidade nova por continuarem a sê-lo, embora privados do que supostamente eram, pois a onda já não podia molhar, nem o casaco já não podia vestir ninguém.

Quando entrei, o criador estava terminando, segurando o pincel na mão, a forma do sol em seu poente.

Os estores estavam baixados de quase todos os lados, o ateliê estava bastante fresco e escuro, a não ser num lugar em que a luz do dia apunha na parede sua decoração deslumbrante e passageira; só estava aberta uma janelinha retangular enquadrada de madressilvas que, depois de uma faixa de jardim, dava para uma avenida; de modo que a atmosfera da maior parte do ateliê era de penumbra, transparente e compacta na massa mas úmida e brilhante nas fendas onde a luz a engastava, como um bloco de cristal de rocha de que uma face já lapidada e polida, aqui e ali, reluz como um espelho e se irisa. Enquanto Elstir, a meu pedido, continuava a pintar, eu circulava no claro-escuro, parando diante de um quadro e depois diante de outro.

A maioria dos que me cercavam não era o que eu mais gostaria de ver dele, pois as pinturas pertenciam às suas primeira e segunda maneiras, como dizia uma revista de arte inglesa jogada na mesa do salão do Grand-Hôtel, a maneira mitológica e aquela em que ele sofrera influência do Japão, ambas admiravelmente representadas, dizia-se, na coleção de madame de Guermantes. Naturalmente, o que ele tinha no ateliê não era muito mais do que marinas pintadas aqui, em Balbec. Mas nelas eu conseguia distinguir que o encanto de cada uma consistia numa espécie de metamorfose das coisas representadas, análoga à que, em poesia, chama-se metáfora, e que se Deus Pai tinha criado as coisas dando-lhes nomes, era tirando-lhes seu nome, ou dando-lhes outro que Elstir as recriava. Os nomes que designam as coisas sempre respondem a uma noção da inteligência, alheia às nossas impressões verdadeiras, e que nos força a eliminar delas tudo o que não se refere a essa noção.

Às vezes, de minha janela no hotel de Balbec, de manhã, quando Françoise abria as cortinas que escondiam a luz, e à noite, quando eu esperava o momento de sair com Saint-Loup, acontecera-me confundir, graças a um reflexo do sol, uma parte mais escura do mar com uma costa afastada, ou de olhar com alegria uma zona azul e fluida sem saber se pertencia ao mar ou ao céu. Bem depressa minha inteligência restabelecia entre os elementos a separação que minha impressão abolira. Era assim que me acontecia no meu quarto em Paris ouvir uma altercação, quase um tumulto, até que os relacionasse com sua causa, por exemplo um carro que se aproximava, aquele ruído de que eu então eliminava as vociferações agudas e discordantes que meu ouvido realmente ouvira mas que minha inteligência sabia que as rodas não produziam. Porém, a obra de Elstir era feita desses raros momentos em que se via a natureza tal como ela é, poeticamente. Uma de suas metáforas mais frequentes nas marinas que tinha a seu lado naquele momento era justamente aquela que, comparando a terra ao mar, suprimia entre uma e outra qualquer demarcação. Era essa comparação, tácita e incansavelmente repetida numa mesma tela, que introduzia essa unidade multiforme e poderosa, causa, às vezes não claramente percebida por eles, do entusiasmo que a pintura de Elstir provocava entre certos amadores.

Era por exemplo para uma metáfora desse tipo — num quadro representando o porto de Carquethuit, quadro que ele terminara fazia poucos dias e que observei longamente — que Elstir preparara o espírito do espectador, empregando para a cidadezinha apenas termos marinhos, e para o mar apenas termos urbanos. Fosse porque as casas escondessem uma parte do porto, ou uma doca de calafetagem, fosse talvez o próprio mar se insinuando em golfo pelas terras, como acontecia constantemente naquela região de Balbec, do outro lado da ponta avançada onde estava construída a cidade, os telhados eram ultrapassados (como o seriam por chaminés ou campanários) pelos mastros que pareciam dar aos barcos a que pertenciam algo de urbano, de construído em terra, impressão ampliada por outros barcos mantidos ao longo do quebra-mar mas em fileiras tão apertadas que os homens conversavam de uma embarcação à outra sem que se conseguisse distinguir a separação entre eles e o interstício da água, e assim aquela flotilha de pesca parecia pertencer menos ao mar do que, por exemplo, as igrejas de Criquebec que, ao longe, cercadas de água por todos os lados porque as víamos sem a cidade, numa pulverização de sol e de ondas, pareciam sair das águas, feitas de alabastro ou de espuma e, encerradas na curva de um arco-íris multicor, formar um quadro irreal e místico. No primeiro plano da praia, o pintor soubera habituar os olhos a não reconhecer fronteira fixa, demarcação absoluta entre a terra e o oceano. Homens que empurravam barcos para o mar corriam tanto entre as ondas como pela areia, que, molhada, já refletia os cascos como se fosse água. O próprio mar não subia regularmente, mas seguia os acidentes da praia deserta, que a perspectiva enviesava ainda mais, tanto assim que um navio em pleno mar, metade escondido pelas construções avançadas do arsenal, parecia vogar no meio da cidade; mulheres que catavam camarões nos rochedos pareciam, por estarem cercadas de água e por causa da depressão que, depois da barreira circular das rochas, rebaixava a praia (dos dois lados mais próximos da terra) ao nível do mar, estar numa gruta marinha tendo ao alto barcos e ondas, aberta e protegida no meio das vagas afastadas milagrosamente. Se todo o quadro dava essa impressão de portos em que o mar entra na terra, em que a terra já é marinha, e a população é anfíbia, a força do elemento marinho explodia por toda parte; e perto dos rochedos, à entrada do quebra-mar, onde o mar estava agitado, sentia-se pelos esforços dos marinheiros e pela obliquidade dos barcos inclinados em ângulo agudo diante da calma verticalidade do entreposto, da igreja, das casas da cidade, para onde uns retornavam, de onde outros partiam para a pesca, que eles trotavam rudemente sobre a água como sobre um animal fogoso e rápido cujos pinotes, não fosse a sua destreza, os jogariam no chão. Um grupo de passantes saía alegremente num barco sacolejando como uma carroça; um marinheiro jovial, mas atento também, governava-o como se com rédeas, manejava a vela fogosa, cada um se segurava bem no seu lugar para não fazer muito peso de um lado e não emborcar, e corriam assim pelos campos ensolarados, por lugares sombrios, degringolando pelas ladeiras. Era uma bela manhã apesar do temporal que se formara. E ainda se sentiam, até mesmo, as poderosas ações que o belo equilíbrio dos barcos imóveis devia neutralizar, desfrutando do sol e do frescor, nas partes onde o mar estava tão calmo que os reflexos tinham quase mais solidez e realidade do que os cascos vaporizados por um efeito do sol e que a perspectiva encavalava uns sobre os outros. Melhor dizendo, não se poderia pensar em outras partes do mar. Pois entre essas partes havia tanta diferença quanto entre uma delas e a igreja saindo das águas, e os barcos atrás da cidade.

A inteligência criava em seguida um só elemento com o que era, aqui, negro por um efeito de tempestade, mais longe, tudo de uma cor junto com o céu e tão envernizado como ele, e acolá, tão branco de sol, de bruma e de espuma, tão compacto, tão terrestre, tão cercado de casas, que pensávamos numa calçada de pedras ou num campo de neve, em que nos espantávamos de ver um navio levantar-se num declive íngreme e a seco como um carro arfando ao sair de um vau mas que um instante depois, ao vermos uns barcos titubeantes sobre a vastidão alta e desigual do planalto sólido, compreendíamos que ainda era o mar, idêntico em todos esses aspectos diversos.

Embora se diga com razão que não há progresso, não há descobertas em arte, mas somente nas ciências, e que cada artista recomeçando por conta própria um esforço individual não pode ser ajudado nem entravado pelos esforços de qualquer outro, há que se reconhecer que na medida em que a arte ilumina certas leis, tão logo uma indústria as vulgariza, a arte anterior perde retrospectivamente um pouco de sua originalidade. Desde os começos de Elstir, conhecemos o que se chama de "admiráveis" fotografias de paisagens e cidades. Se procurarmos esclarecer o que nesse caso os amadores designam por esse epíteto, veremos que se aplica via de regra a alguma imagem singular de uma coisa conhecida, imagem diferente das que estamos habituados a ver, singular e, porém, verdadeira, e que por isso é para nós duplamente surpreendente porque ela nos espanta, faz-nos sair de nossos hábitos, e ao mesmo tempo faz-nos entrar em nós mesmos lembrando-nos uma impressão. Por exemplo, uma dessas fotografias "magníficas" ilustrará uma lei da perspectiva, nos mostrará uma catedral que estamos acostumados a ver no meio da cidade, tomada ao contrário de um ponto escolhido de onde parecerá trinta vezes mais alta do que as casas e formando como que um esporão à beira do rio que na verdade está distante. Ora, o esforço de Elstir para não expor as coisas tais como sabia que eram, mas de acordo com essas ilusões de óptica de que é feita nossa primeira visão, levara-o justamente a iluminar algumas dessas leis de perspectiva, então mais surpreendentes, pois a arte era a primeira a revelá-las. Um rio, por causa da curva de seu curso, um golfo, por causa da aproximação aparente das falésias, pareciam escavar no meio da planície ou das montanhas um lago inteiramente fechado de todos os lados. Num quadro de Balbec durante um tórrido dia de verão, uma reentrância do mar encerrada entre muralhas de granito rosa parecia não ser o mar, que começava mais longe. A continuidade do oceano era sugerida apenas pelas gaivotas que, voejando sobre o que ao espectador parecia pedra, aspiravam, ao contrário, a umidade da onda. Outras leis extraíam-se dessa mesma tela, como, ao pé das imensas falésias, a graça liliputiana das velas brancas contra o espelho azul onde pareciam borboletas adormecidas, e certos contrastes entre a profundidade das sombras e a palidez da luz. Esses jogos de sombras, que a fotografia também banalizou, tinham interessado a Elstir a tal ponto que outrora ele se deleitara em pintar verdadeiras miragens, em que um castelo com a sua torre aparentava um castelo circular, prolongado no topo por uma torre e embaixo por uma torre invertida, fosse porque a pureza extraordinária de um bom tempo conferisse à sombra que se refletia na água a dureza e o brilho da pedra, fosse porque as brumas da manhã tornassem a pedra tão vaporosa como a sombra. Da mesma maneira, mais além do mar, atrás de uma fiada de árvores outro mar começava, rosado pelo pôr do sol, e que era o céu. A luz, inventando como que novos sólidos, empurrava o casco do barco em que se refletia, recuado em relação à outra parte que ficava na sombra, e dispunha assim, como os degraus de uma escada de cristal, a superfície materialmente plana mas quebrada pela iluminação do mar matinal. Um rio que passa sob as pontes de uma cidade era pintado de tal ponto de vista que parecia inteiramente desconjuntado, aqui extenso como um lago, ali adelgaçado como um filete, acolá quebrado pela interposição de uma colina coroada de árvores aonde o morador da cidade vai à tardinha respirar a fresca da noite; e o próprio ritmo daquela cidade transtornada só era assegurado pela vertical inflexível dos campanários que não subiam, mas, antes, conforme o fio de prumo da gravidade marcando a cadência como numa marcha triunfal, pareciam manter em suspenso abaixo deles toda a massa mais confusa das casas sobrepostas na bruma, ao longo do rio esmagado e incoerente. E (como as primeiras obras de Elstir datavam da época em que se enfeitavam as paisagens com a presença de um personagem) na falésia ou na montanha, o caminho, essa parte semi-humana da natureza, sofria, como o rio ou o oceano, os eclipses da perspectiva. E porque uma crista montanhosa, ou a bruma de uma cascata, ou o mar, impedia de seguir a continuidade da estrada, visível para o passante mas não para nós, o pequeno personagem humano em trajes de antigamente, perdido naquelas solidões, muitas vezes parecia parado diante de um abismo, a trilha que ele seguia acabava ali, enquanto trezentos metros adiante, naqueles bosques de pinheiros, era com olhar enternecido e coração apaziguado que víamos reaparecer a diminuta brancura de sua areia acolhedora para os passos do viajante, mas cujos zigue-zagues intermédios a encosta da montanha nos ocultara, contornando a cascata ou o golfo.

O esforço que Elstir fazia para se despojar em presença da realidade de todas as noções de sua inteligência era tanto mais admirável quanto esse homem, que antes de pintar se fazia de ignorante e esquecia tudo por probidade (pois o que sabemos não nos pertence), tinha justamente uma inteligência excepcionalmente cultivada. Como eu lhe confessasse a decepção que tivera diante da igreja de Balbec, ele me disse: "Como se decepcionou com aquele pórtico? Mas é a mais bela Bíblia historiada que um povo já pôde ler. Aquela Virgem e todos os baixos-relevos que contam sua vida são a expressão mais terna, mais inspirada desse longo poema de adoração e de louvores que a Idade Média exporá à glória da Madona. Além da precisão mais minuciosa ao traduzir o texto sagrado, se soubesse que achados de delicadeza fez o velho escultor, que profundos pensamentos, que deliciosa poesia! A ideia desse grande véu em que os Anjos carregam o corpo da Virgem, demasiado sagrado para que ousem tocá-lo diretamente (digo a ele que o mesmo tema era tratado em Saint-André-des-Champs; ele vira fotografias do pórtico dessa igreja, mas me observou que o desvelo daqueles pequenos camponeses que acorrem, todos, a um só tempo em torno da Virgem era diferente da gravidade dos dois grandes anjos quase italianos, tão esguios, tão suaves); o anjo que carrega a alma da Virgem para uni-la a seu corpo; o encontro da Virgem e de Isabel e o gesto desta tocando o seio de Maria e se maravilhando ao senti-lo intumescido; e o braço esticado da parteira, que não quis acreditar, sem tocar, na Imaculada Conceição; e o cinto jogado pela Virgem a são Tomé para lhe dar a prova de sua ressurreição; também aquele véu que a Virgem arranca do seio para cobrir a nudez do filho, de um lado do qual a Igreja recolhe o sangue, licor da Eucaristia, enquanto do outro a Sinagoga, cujo reinado terminou, tem os olhos vendados, segura um cetro quebrado ao meio e deixa escapar, com

— 402 —

sua coroa que lhe cai da cabeça, as tábuas da antiga Lei; e o esposo que, na hora do Juízo Final, ajudando sua jovem mulher a sair do túmulo encosta-lhe a mão contra o próprio coração para sossegá--la e provar-lhe que está realmente batendo, isso não é igualmente engenhoso, não é um achado? E o anjo que leva o sol e a lua, agora inúteis, já que está dito que o Esplendor da Cruz será sete vezes mais forte que o dos astros; e aquele que mergulha a mão na água do banho de Jesus para ver se está quente o bastante; e aquele que sai das nuvens para pousar sua coroa na fronte da Virgem, e todos os que, inclinados do alto do céu, entre os balaústres da Jerusalém celeste, levantam os braços de pavor ou de alegria ao ver os suplícios dos maus e a felicidade dos eleitos! Pois são todos os círculos do céu, todo um gigantesco poema teológico e simbólico que você tem ali. É louco, é divino, é mil vezes superior a tudo o que verá na Itália, onde aliás esse tímpano foi literalmente copiado por escultores de gênio bem menor. Porque, sabe, tudo isso é uma questão de gênio. Não houve época em que todos tiveram gênio, tudo isso é uma mentira, e seria mais difícil do que na Idade do Ouro. O sujeito que esculpiu aquela fachada, acho que era tão bom, tinha ideias tão profundas como as pessoas de agora que você mais admira. É o que vou lhe mostrar, se formos juntos até lá. Há certas palavras do ofício da Assunção que já foram traduzidas com uma sutileza que um Redon* não igualou".

Essa vasta visão celeste de que me falava, esse gigantesco poema teológico que eu compreendia ter sido escrito ali, porém, quando meus olhos cheios de desejos se abriram diante da fachada, não foram eles que eu vi. Eu lhe falava daquelas grandes estátuas de santos que, em cima de pernas de pau, formam uma espécie de avenida.

"Ela parte dos confins das eras para chegar a Jesus Cristo, disse--me. São, de um lado, seus ancestrais segundo o espírito, de outro, os Reis de Judá, seus ancestrais segundo a carne. Todos os séculos estão ali. E se você tivesse olhado melhor o que lhe pareceu serem pernas de pau, poderia ter nomeado os que ali estavam empoleirados. Pois sob os pés de Moisés, teria reconhecido o bezerro de ouro, sob os pés de Abraão, o carneiro, sob os de José, o demônio aconselhando a mulher de Putifar."

---

* Referência a *O apocalipse de são João* (1899), de Odilon Redon (1840-1916).

Eu também lhe disse que esperara encontrar um monumento quase persa e talvez essa tivesse sido uma das causas de minha decepção. "Que nada, ele me respondeu, há ali muito de verdade. Certas partes são totalmente orientais; um capitel reproduz tão exatamente um tema persa que a persistência das tradições orientais não basta para explicá-lo. O escultor deve ter copiado algum cofre trazido pelos navegadores." E, de fato, ele iria me mostrar mais tarde a fotografia de um capitel em que vi dragões quase chineses que se devoravam, mas em Balbec aquele pedacinho de escultura me passara despercebido no conjunto do monumento que não se parecia com o que tinham me mostrado as seguintes palavras: "igreja quase persa".

As alegrias intelectuais que eu saboreava naquele ateliê não me impediam de maneira nenhuma de sentir, embora elas nos cercassem como que contra a nossa vontade, as mornas transparências, a penumbra cintilante do salão, e ao fundo da janelinha enquadrada de madressilvas, na avenida bem rústica, a resistente secura da terra crestada pelo sol e velada somente pela transparência da distância e da sombra das árvores. Porventura o inconsciente bem-estar que me causava aquele dia de verão iria aumentar como um afluente a alegria que me causava a vista do *Porto de Carquethuit*.

Eu pensara que Elstir era modesto, mas compreendi que me enganara ao ver seu rosto com uma nuance de tristeza quando numa frase de agradecimento pronunciei a palavra "glória". Os que acreditam que suas obras são duradouras — e era o caso de Elstir — se habituam a situá-las numa época em que eles mesmos não serão mais que pó. E assim, forçando-os a refletir no nada, a ideia de glória os entristece porque é inseparável da ideia de morte. Mudei de conversa para dissipar essa nuvem de orgulhosa melancolia com que, sem querer, eu carregara a fronte de Elstir. "Tinham me aconselhado", disse-lhe pensando na conversa que tivéramos com Legrandin em Combray e sobre a qual me agradaria saber sua opinião, "não ir à Bretanha, porque era nocivo para um espírito já propenso ao sonho. — Nada disso, ele me respondeu, quando um espírito é propenso ao sonho, não se deve mantê-lo afastado deste, racioná-lo. Enquanto você desviar o espírito de seus sonhos, ele não os conhecerá; você será o joguete de mil aparências porque não terá compreendido sua natureza. Se um pouco de sonho é perigoso, a cura não é menos sonho, mas mais sonho, todo o sonho. Importa conhecer inteiramente seus sonhos para não mais sofrer por eles; há uma certa separação entre o sonho e a vida que costuma ser tão útil fazer que eu me pergunto se não se deveria, por via das dúvidas, praticá-la preventivamente, como certos cirurgiões alegam que seria preciso, para evitar a possibilidade de uma apendicite futura, remover o apêndice de todas as crianças."

Elstir e eu tínhamos ido até o fundo do ateliê, defronte da janela que dava, atrás do jardim, para uma estreita alameda transversal, quase um caminhozinho rústico. Tínhamos ido ali para respirar o ar mais fresco da tarde avançada. Eu me imaginava bem longe das moças do pequeno grupo, e foi sacrificando ao menos uma vez a esperança de vê-las que terminei por obedecer ao pedido de minha avó para ir ver Elstir. Pois não sabemos onde encontrar o que procuramos, e várias vezes fugimos por muito tempo do lugar para onde, por outras razões, todos nos convidam. Mas não suspeitamos que ali veríamos, justamente, o ser em quem pensamos. Fiquei olhando vagamente o caminho campestre que, externo ao ateliê, passava pertinho mas não pertencia a Elstir. De repente ali apareceu, a passos rápidos, a jovem ciclista do pequeno grupo, tendo sobre os cabelos pretos a boina abaixada quase sobre suas faces redondas, seus olhos alegres e um pouco insistentes; e naquela trilha afortunada milagrosamente repleta de doces promessas eu a vi sob as árvores dirigir a Elstir uma saudação sorridente de amiga, arco-íris que para mim uniu nosso mundo terráqueo a regiões que até então eu considerava inacessíveis. Ela até se aproximou para estender a mão ao pintor, sem parar, e vi que tinha um sinalzinho no queixo. "Conhece essa moça?", perguntei a Elstir, compreendendo que poderia me apresentar a ela, convidá-la à sua casa. E aquele ateliê sossegado com seu horizonte rural encheu-se de um delicioso algo mais, como acontece numa casa em que uma criança já se divertia e onde é informada de que, ademais, pela generosidade que têm as belas coisas e as nobres pessoas em aumentar indefinidamente seus dons, prepara-se para ela um magnífico lanche. Elstir me disse que ela se chamava Albertine Simonet e também me nomeou suas outras amigas que eu lhe descrevi com bastante exatidão para que ele não hesitasse. Eu cometera um erro quanto à situação social delas, mas não no mesmo sentido que habitualmente em Balbec. Confundia facilmente com príncipes os filhos de comerciantes que montavam a cavalo. Dessa vez, eu situara num meio equivocado moças de uma pequena burguesia muito rica, do mundo da indústria e dos negócios. Era aquele que, ao primeiro contato, menos me interessava, não tendo para mim o mistério nem do povo nem de uma sociedade como a dos Guermantes. E sem dúvida, se a vacuidade resplandecente da vida de praia já não lhes tivesse conferido um prestígio prévio que elas não perderiam, diante de meus olhos deslumbrados, talvez eu não tivesse chegado a lutar vitoriosamente contra a ideia de que eram filhas de grandes negociantes. Não pude deixar de admirar o quanto a burguesia francesa era um maravilhoso ateliê das mais generosas e variadas esculturas. Quantos tipos imprevistos, que invenção no formato dos rostos, que decisão, que frescor, que ingenuidade nas feições! Os velhos burgueses avaros de onde tinham saído essas Dianas e essas ninfas me pareciam os maiores estatuários. Antes que eu tivesse tempo de me dar conta da metamorfose social dessas moças, e de tal maneira essas descobertas de um engano, essas mudanças da noção que fazemos de uma pessoa têm a instantaneidade de uma reação química, já se instalara por trás do rosto de um tipo tão arteiro daquelas moças que eu tomara por amantes de corredores ciclistas, de campeões de boxe, a ideia de que podiam muito bem ser ligadas à família de certo notário que conhecíamos. Eu mal sabia quem era Albertine Simonet. Ela por certo ignorava o que deveria ser um dia para mim. Até esse sobrenome, Simonet, que eu já tinha ouvido na praia, caso me pedissem para escrevê-lo o teria ortografado com dois *n*, sem desconfiar da importância dada por essa família a grafá-lo com um só. À medida que se desce na escala social, o esnobismo agarra-se a ninharias que talvez não sejam mais inúteis do que as distinções da aristocracia mas que, mais obscuras, mais específicas de cada um, surpreendem mais. Quem sabe se não teriam existido uns Simonet envolvidos em maus negócios, ou ainda pior. O fato é que, tudo indica, os Simonet sempre se irritaram, como com uma calúnia, quando alguém dobrava o seu *n*. Pareciam ser os únicos Simonet com um *n* em vez de dois, talvez com tanto orgulho como os Montmorency de serem os primeiros barões da França. Perguntei a Elstir se aquelas moças moravam em Balbec, respondeu-me sim, algumas delas. A casa de uma ficava justamente bem no final da praia, ali onde começam as falésias de Canapville. Como essa moça era grande amiga de Albertine Simonet, para mim

— 406 —

foi uma razão a mais de acreditar que era mesmo esta última que eu encontrara quando estava com minha avó. Por certo, havia tantas daquelas ruazinhas transversais à praia, e formando com ela um ângulo semelhante, que eu não conseguiria especificar exatamente qual era. Gostaríamos de ter uma lembrança exata, mas naquele mesmo momento a visão estava turva. No entanto, era praticamente uma certeza que Albertine e aquela moça voltando para a casa da amiga fossem uma só e mesma pessoa. Apesar disso, se é verdade que as inúmeras imagens que me apresentou mais tarde a morena jogadora de golfe, por mais diferentes que sejam umas das outras, se sobrepõem (porque sei que todas lhe pertencem), e que se remonto o fio de minhas lembranças posso, a coberto dessa identidade e como num caminho de comunicação interior, repassar por todas essas imagens sem me afastar de uma mesma pessoa, por outro lado se eu quiser remontar até a moça com quem cruzei no dia em que estava com minha avó, preciso voltar ao ar livre. Estou convencido de que é Albertine que reencontro, a mesma que costumava parar seu passeio, entre todas as amigas, pondo-se contra o horizonte do mar; mas todas essas imagens permanecem separadas daquela outra porque não posso conferir-lhe retrospectivamente uma identidade que não tinha para mim no momento em que impressionou meus olhos; pouco importa o que possa me garantir o cálculo das probabilidades, pois aquela moça de bochechas redondas que me olhou tão atrevidamente na esquina da ruazinha e da praia e por quem creio que eu poderia ter sido amado, nunca mais a revi, no sentido estrito da palavra "rever".

Minha indecisão entre as diversas moças do pequeno grupo, em que todas conservavam um pouco do encanto coletivo que de início me perturbara, também se juntou a essas causas para me deixar mais tarde, até no tempo de meu maior — de meu segundo — amor por Albertine, uma espécie de liberdade intermitente, e muito breve, de não amá-la? Por ter perambulado entre todas as suas amigas antes de se fixar definitivamente nela, às vezes meu amor manteve entre ele e a imagem de Albertine certo "jogo" que lhe permitia, como uma iluminação mal-adaptada, pousar em outras antes de voltar a se deter nela; a relação entre a dor que eu sentia no coração e a lembrança de Albertine não me parecia necessária, eu talvez pudesse coordená-la com a imagem de outra pessoa. Isso me permitia, no clarão de um instante, fazer a realidade desaparecer, não só a realidade exterior como a de meu amor por Gilberte (que eu reconhecera como um estado interior em que tirava somente de mim a qualidade peculiar, a característica especial do ser amado, tudo o que o tornava indispensável à minha felicidade), mas até mesmo a realidade interior e puramente subjetiva.

"Não há dia em que uma ou outra delas passe defronte do ateliê e não entre para me fazer uma visitinha", disse-me Elstir, desesperando-me também ao pensar que se eu tivesse ido vê-lo logo que minha avó me pedira, provavelmente já teria desde muito tempo conhecido Albertine.

Ela se afastara; do ateliê já não a víamos. Pensei que fora se juntar às amigas, no dique. Se eu pudesse ir até lá com Elstir, as teria conhecido. Inventei mil pretextos para que ele aceitasse dar uma volta na praia comigo. Já não tinha a mesma calma anterior à aparição da jovem na moldura da janelinha tão encantadora até então, sob suas madressilvas, e agora tão vazia. Elstir causou-me uma alegria misturada à tortura ao me dizer que daria uns passos comigo mas era obrigado a terminar, primeiro, a peça que estava pintando. Eram flores, mas não daquelas cujo retrato eu preferiria lhe encomendar, mais que o de uma pessoa, a fim de aprender pela revelação de seu gênio o que tantas vezes buscara em vão diante delas — pilriteiros, espinheiros rosados, centáureas, flores de macieira. Enquanto pintava, Elstir me falava de botânica, mas eu pouco o escutava; ele já não se bastava a si mesmo, agora era apenas o intermediário necessário entre mim e aquelas moças; o prestígio que, ainda alguns instantes antes, seu talento lhe dava, agora só valia na medida em que me conferia um pouco dele aos olhos do pequeno grupo a quem me apresentaria.

Eu ia e voltava, impaciente que ele acabasse de trabalhar; pegava e olhava muitos estudos que, virados para a parede, estavam empilhados uns sobre os outros. Vi-me assim pondo na claridade uma aquarela que devia ser de uma época bem mais antiga da vida de Elstir e que me causou essa espécie peculiar de encantamento propiciado por obras não só deliciosamente executadas mas também com um tema tão singular e tão sedutor que é ao pintor que atribuímos parte de seu encanto, como se ele apenas tivesse que descobrir, que observar esse encanto materialmente já realizado na natureza e por ele reproduzido. Que tais objetos possam existir, belos até mesmo fora da interpretação do pintor, é algo que conforta em nós um materialismo inato, combatido pela razão, e serve de contrapeso às abstrações da estética. Era — essa aquarela — o retrato de uma jovem não bonita mas de um tipo curioso, que trazia no cabelo um bandó bastante parecido com um chapéu-coco enfeitado por uma fita de seda cor de cereja; uma de suas mãos calçadas com mitenes segurava um cigarro aceso, enquanto a outra erguia à altura do joelho uma espécie de chapelão de jardim, simples barreira de palha contra o sol. A seu lado, um vaso de flores cheio de rosas, sobre uma mesa. Muitas vezes, e era o caso aqui, a singularidade dessas obras decorre sobretudo de que foram executadas em condições específicas que, a princípio, não notamos, como por exemplo se a toalete estranha de um modelo feminino é um disfarce de baile a fantasia, ou se, ao contrário, a capa vermelha de um velho, que parece tê-la vestido para se prestar a uma fantasia de pintor, é sua toga de professor ou de conselheiro, ou sua murça de cardeal. O caráter ambíguo da criatura cujo retrato eu tinha diante dos olhos resultava, sem que eu o compreendesse, de que era uma jovem atriz de antigamente, meio travesti. Porém, seu chapéu-coco, sob o qual seus cabelos eram armados mas curtos, seu paletó de veludo sem lapela, abrindo para um peitilho branco, fizeram-me hesitar sobre a data da moda e sobre o sexo do modelo, de maneira que eu não sabia exatamente o que tinha diante dos olhos, senão que era a mais clara das obras de pintura. E o prazer que me causava era perturbado apenas pelo medo de que Elstir, demorando ainda mais, me fizesse perder as moças, pois o sol já estava oblíquo e baixo na janelinha. Nada na aquarela simplesmente estava ali como um fato e pintado por causa de sua utilidade na cena, a roupa, porque a mulher precisava estar vestida, o vaso, por causa das flores. O vidro do vaso, apreciado por si mesmo, parecia conter a água em que mergulhavam as hastes dos cravos em alguma coisa de tão límpida, quase tão líquida como ela; o traje da mulher a envolvia de uma maneira que tinha um encanto independente, fraternal, e como se as obras da indústria pudessem rivalizar em fascínio com as maravilhas da natureza, tão delicadas, tão saborosas ao toque do olhar, pintadas com tanto frescor como o pelo de uma gata, as pétalas de um cravo, as penas de uma pomba. A brancura do peitilho, de uma finura de granizo e cujo pregueado frívolo tinha campânulas como as do muguet, se iluminava com os claros reflexos do quarto, por sua vez penetrantes e finamente matizados como buquês de flores que houvessem recamado o pano. E o veludo do casaco, brilhante e nacarado, tinha aqui e ali algo de eriçado, de rasgado e de felpudo que fazia pensar no desalinho dos cravos no vaso. Mas, sobretudo, sentia-se que Elstir, despreocupado com o que podia apresentar de imoral aquele disfarce de uma jovem atriz, para quem o talento com que representaria seu papel era por certo menos importante do que a atração excitante que ofereceria aos sentidos indiferentes ou degenerados de certos espectadores, aferrara-se, ao contrário, àquelas feições de ambiguidade como a um elemento estético que valia ser realçado e que ele tudo fizera para salientar. Ao longo das linhas do rosto, o sexo parecia prestes a confessar que era o de uma moça um pouco masculinizada, desvanecia-se e mais longe reaparecia, sugerindo de preferência a ideia de um jovem efeminado depravado e sonhador, e depois fugia de novo, ficando inacessível. O caráter de tristeza sonhadora do olhar, por seu próprio contraste com os acessórios que pertenciam ao mundo da esbórnia e do teatro, não era o menos perturbador. Aliás, pensava-se que ele devia ser artificial e que a jovem criatura que parecia oferecer-se às carícias naquela roupa provocante achara provavelmente picante acrescentar-lhe a expressão romanesca de um sentimento secreto, de uma tristeza inconfessa. Ao pé do retrato estava escrito: *Miss Sacripant*, outubro de 1872. Não consegui conter minha admiração. "Ah! não é nada, é um esboço de juventude, era uma fantasia para uma revista do Variétés.* Tudo isso está bem distante. — E que fim levou o modelo?" Um espanto provocado por minhas palavras precedeu no rosto de Elstir o ar indiferente e distraído que um segundo depois ele esboçou. "Olhe, me passe logo esta tela, disse, ouço que madame Elstir está chegando e embora a jovem criatura de chapéu-coco não tenha representado, garanto-lhe, nenhum papel na minha vida, é inútil que minha mulher tenha essa aquarela diante dos olhos. Só a guardei como um documento

---

* A opereta *Sacripant*, de Gille e Duprato, foi criada em Paris em 1866. Seu protagonista, Giovanino, representava fantasiado de mulher. O Théâtre des Variétés foi inaugurado em 1807, no bulevar Montmartre, e se especializou em apresentar vaudevilles.

divertido sobre o teatro daquela época." E antes de esconder a aquarela atrás de si, Elstir, que talvez não a tivesse visto desde muito tempo, fixou-lhe um olhar atento. "Terei que guardar só a cabeça, murmurou, a parte de baixo é realmente muito mal pintada, as mãos são as de um principiante." Eu estava consternado com a chegada de madame Elstir, que ia nos atrasar mais. A beira da janela logo ficou cor-de-rosa. Nossa saída seria inútil. Não havia nenhuma chance de ver as moças, por conseguinte mais nenhuma importância que madame Elstir nos deixasse mais cedo ou mais tarde. Aliás, não ficou muito tempo. Achei-a muito maçante; poderia ser bela se tivesse vinte anos, conduzindo um boi pelo campo romano; mas seus cabelos pretos embranqueciam; e era comum sem ser simples, porque acreditava que a solenidade das maneiras e a majestade da atitude eram exigidas por sua beleza escultural, de que, aliás, a idade retirara todas as suas seduções. Estava vestida com a maior simplicidade. E ficávamos tocados mas surpresos de ouvir Elstir dizer aos quatro ventos, e com respeitosa doçura, como se só pronunciar essas palavras lhe causasse ternura e veneração: "Minha bela Gabriela!". Mais tarde, quando conheci a pintura mitológica de Elstir, madame Elstir também ganhou beleza para mim. Compreendi que a certo tipo ideal resumido em determinadas linhas, a certos arabescos que se reencontravam incessantemente em sua obra, a um certo cânone, ele atribuíra, na verdade, um caráter quase divino, pois todo o seu tempo, todo o esforço de pensamento de que era capaz, toda a sua vida, em suma, dedicara à tarefa de distinguir melhor essas linhas, de reproduzi-las mais fielmente. O que esse ideal inspirava a Elstir era realmente um culto tão grave, tão exigente, que jamais lhe permitia estar satisfeito, era a parte mais íntima de si mesmo, por isso não podia considerá-lo com distância, extrair-lhe emoções, até o dia em que o encontrou, realizado exteriormente no corpo de uma mulher, o corpo daquela que adiante se tornara madame Elstir e em quem ele pudera — como só nos é possível com o que não é nosso próprio ser — achá-lo meritório, comovedor, divino. Que descanso, aliás, pousar seus lábios naquele Belo que até então devia extrair de si a duras penas, e que agora, misteriosamente encarnado, oferecia-se a ele por uma sequência de comunhões eficazes! Nessa época Elstir já não estava na primeira juventude em que só se espera da força do pensamento a realização do próprio ideal.

Aproximava-se da idade em que contamos com as satisfações do corpo para estimular a força do espírito, em que o cansaço deste, inclinando-nos ao materialismo, e a diminuição da atividade à possibilidade de influências passivamente recebidas começam a nos fazer admitir que talvez haja mesmo certos corpos, certos ofícios, certos ritmos privilegiados que realizem tão naturalmente nosso ideal que, mesmo sem gênio, só copiando o movimento de um ombro, a tensão de um colo, faríamos uma obra-prima; é a idade em que amamos acariciar a Beleza com o olhar, fora de nós, perto de nós, numa tapeçaria, num belo esboço de Ticiano descoberto num antiquário, numa amante tão bela quanto o esboço de Ticiano. Quando compreendi isso, não pude deixar de ver com prazer madame Elstir, e seu corpo perdeu a deselegância, pois o preenchi com uma ideia, a ideia de que era uma criatura imaterial, um retrato de Elstir. Era-o para mim, e para ele também, com certeza. Os dados da vida não contam para o artista, são apenas uma ocasião de desnudar seu gênio. Bem se percebe, ao ver uns ao lado dos outros dez retratos de pessoas diferentes pintadas por Elstir, que antes de tudo são Elstir. Simplesmente, depois dessa maré cheia do gênio que cobre a vida, quando o cérebro se cansa, pouco a pouco se rompe o equilíbrio e, como um rio que retoma seu curso depois do contrafluxo de uma grande maré, é a vida que se recupera. Ora, enquanto durava o primeiro período, o artista, pouco a pouco, resgatou a lei, a fórmula de seu dom inconsciente. Sabe quais situações, se for romancista, quais paisagens, se for pintor, lhe fornecem a matéria, indiferente em si mesma mas necessária às suas pesquisas como seria um laboratório ou um ateliê. Sabe que fez suas obras-primas com efeitos de luz atenuada, com remorsos que modificam a ideia de um pecado, com mulheres pousadas sob as árvores ou metade imersas na água, como estátuas. Virá um dia em que, pelo desgaste de seu cérebro, ele já não terá diante desses materiais de que seu gênio se servia a força de fazer o esforço intelectual que é o único capaz de produzir sua obra, e continuará, porém, a buscá-los, feliz de se ver junto deles por causa do prazer espiritual, início de seu trabalho, que despertam em seu espírito; e de resto, cercando-os de uma espécie de superstição como se fossem superiores a outra coisa, como se neles já se depositasse boa parte da obra de arte pronta e que de certa forma trariam, ele não irá mais longe do que o convívio e a adoração dos modelos.

Conversará indefinidamente com criminosos arrependidos, cujo remorso e regeneração foram objeto de seus romances; comprará uma casa de campo num lugar onde a bruma atenue a luz; passará longas horas a olhar mulheres se banhando; colecionará os belos tecidos. E assim, a beleza da vida, expressão de certa forma sem significado, estágio situado aquém da arte e no qual eu vira Swann se deter, seria aquela a que, pelo enfraquecimento do gênio criador, pela idolatria às formas que ele favorecera, pelo desejo do menor esforço, Elstir deveria um dia, pouco a pouco, retroceder.

Finalmente, ele acabava de dar a última pincelada em suas flores; perdi um instante em olhá-las; não tinha mérito ao fazê-lo, pois sabia que as moças já não se encontrariam na praia; mas mesmo se acreditasse que ainda estivessem e que esses minutos perdidos me faziam perdê-las, teria igualmente olhado, conjecturando que Elstir se interessava mais por suas flores do que pelo meu encontro com as moças. A natureza de minha avó, natureza que era justamente o oposto de meu total egoísmo, refletia-se, porém, na minha. Numa circunstância em que alguém que me fosse indiferente mas por quem eu sempre fingira afeto ou respeito não arriscasse mais do que uma contrariedade, enquanto eu corria perigo, eu não poderia ter outra atitude a não ser lastimar seu aborrecimento, como se fosse coisa considerável, e ver meu perigo como uma insignificância, porque me parecia que para esse alguém as coisas deviam se apresentar nessas proporções. Para dizer as coisas como são, é até um pouco mais que isso: não apenas não deplorava o perigo que eu corria, mas ia-lhe ao encontro, e ao contrário, quanto ao perigo que dizia respeito aos outros, tentava afastá-los, ainda que tivesse mais probabilidades de ser eu mesmo o atingido. Isso resulta de várias razões que não me são honrosas. Uma é que se, enquanto eu ficava apenas a raciocinar, eu acreditava ter apego à vida, mas sempre que no curso de minha existência vi-me obcecado por preocupações morais ou somente por inquietações nervosas, às vezes tão pueris que não ousaria relatá-las, caso surgisse então uma circunstância imprevista trazendo-me o risco de morrer, essa nova preocupação era tão leve relativamente às outras que eu a acolhia com um sentimento de alívio que beirava a alegria. Ocorre-me assim ter conhecido, embora sendo o homem menos corajoso do mundo, essa coisa que me parecia, quando eu raciocinava, tão estranha à minha natureza, tão inconcebível, e que era a embriaguez do perigo. Mas, esteja eu numa fase inteiramente calma e feliz, quando se apresenta um perigo, e mortal, eu não poderia, se estivesse com outra pessoa, deixar de pô-la ao abrigo e escolher para mim o lugar perigoso. Quando um número considerável de experiências me fez entender que eu agia sempre assim, e com prazer, descobri para minha grande vergonha que contrariamente ao que sempre pensara e afirmara, eu era muito sensível à opinião dos outros. Essa espécie de amor-próprio inconfesso não tem, contudo, nenhuma relação com a vaidade nem com o orgulho. Pois o que pode contentar uma ou outro não me causaria nenhum prazer e disso sempre me abstive. Mas diante das pessoas de quem consegui esconder mais completamente os pequenos méritos que poderiam ter lhes dado uma ideia menos lastimável de mim, jamais consegui me negar o prazer de lhes mostrar que tomo mais cuidado em afastar a morte do caminho delas do que do meu. Como o meu motivo é então o amor-próprio e não a virtude, acho muito natural que em qualquer circunstância elas ajam de outra forma. Estou muito longe de criticá-las por isso, o que porventura faria se estivesse movido pela ideia de um dever que me pareceria, nesse caso, ser obrigatório para elas tanto quanto para mim. Ao contrário, acho-as muito sensatas por preservarem sua vida, já que não podem me impedir de fazer passar a minha ao segundo plano, o que é especialmente absurdo e culposo, desde que pensei descobrir que a vida de muitas pessoas diante de quem me coloco quando estoura uma bomba vale menos que a minha. Aliás, no dia daquela visita a Elstir, ainda estavam longe os tempos em que eu deveria tomar consciência dessa diferença de valor, e não se tratava de nenhum perigo, mas simplesmente, qual um sinal precursor do pernicioso amor-próprio, de não parecer atribuir ao prazer que eu desejava tão ardentemente mais importância do que ao trabalho de aquarelista que ele não havia terminado. Terminou-o, enfim. E, uma vez lá fora, percebi que — de tão longos eram os dias naquela estação — era menos tarde do que eu pensava; fomos para o dique. Quantas astúcias eu empregava para fazer Elstir permanecer no lugar onde eu acreditava que aquelas moças ainda poderiam passar. Mostrando-lhe as falésias que se elevavam ao nosso lado, eu não parava de lhe pedir para me falar delas a fim de fazê-lo esquecer da hora e ficar. Parecia-me que tínhamos mais possibilidade de encontrar o pequeno bando indo para a extremidade da praia. "Eu gostaria de ver essas falésias de um pouquinho mais perto, com o senhor", disse a Elstir, tendo observado que uma daquelas moças costumava ir para aquele lado. "E enquanto isso, fale-me de Carquethuit. Ah! Como gostaria de ir a Carquethuit!", acrescentei sem pensar que o caráter tão novo que se manifestava com tanta força no *Porto de Carquethuit* de Elstir decorria talvez mais da visão do pintor do que de um mérito especial daquela praia. "Desde que vi esse quadro, talvez seja o lugar que mais deseje conhecer, além da Ponta do Raz que, aliás, seria, a partir daqui, uma longa viagem. — E além disso, mesmo se não fosse mais perto, eu talvez preferiria lhe aconselhar, pensando bem, Carquethuit, disse-me Elstir. A Ponta do Raz é admirável, mas, afinal, é a mesma grande falésia normanda ou bretã que você conhece. Carquethuit é uma coisa totalmente diferente, com suas rochas numa praia rasa. Não conheço nada semelhante na França, isso mais me lembra certos aspectos da Flórida. É muito curioso, e aliás extremamente selvagem também. Fica entre Clitourps e Nehomme e você sabe como essas paragens são ermas; a linha das praias é deslumbrante. Aqui, a linha da praia é banal; mas lá, não consigo lhe dizer a graça que ela tem, a suavidade."

Caía a noite; tivemos de voltar; eu levava Elstir para sua vila quando, de repente, tal como Mefistófeles surgindo diante de Fausto, apareceram no final da avenida — como uma simples objetivação irreal e diabólica do temperamento oposto ao meu, da vitalidade quase bárbara e cruel que faltava à minha fraqueza, ao meu excesso de sensibilidade dolorosa e de intelectualidade — algumas manchas da matéria impossível de confundir com qualquer coisa, algumas espórades do bando zoofítico das moças, que pelo visto não me viam mas, sem a menor dúvida, estavam fazendo um julgamento irônico a meu respeito. Sentindo que era inevitável o encontro entre elas e nós, e que Elstir ia me chamar, virei de costas como um banhista que vai receber a onda; parei de chofre e, deixando meu ilustre companheiro seguir seu caminho, fiquei para trás, inclinado, como se subitamente estivesse interessado na vitrine do vendedor de antiguidades diante da qual passávamos naquele momento; não estava aborrecido por parecer pensar em outra coisa e não naquelas moças, e já sabia obscuramente que quando Elstir me chamasse para me apresentar eu faria esse olhar interrogativo que denota não a surpresa, mas o desejo de parecer surpreso — de tal forma somos todos maus atores ou o nosso vizinho é um bom fisiognomonista —, que eu levaria a ponto de apontar meu peito com o dedo para perguntar: "É a mim que está chamando?", e acorreria depressa, de cabeça baixa por obediência e docilidade, o rosto disfarçando friamente o tédio de ser arrancado da contemplação das velhas faianças para ser apresentado a pessoas que não desejava conhecer. Enquanto isso, observava a vitrine esperando o momento em que meu nome gritado por Elstir viria me acertar como uma bala esperada e inofensiva. A certeza da apresentação àquelas moças resultara, não só em me fazer fingir, mas em sentir indiferença por elas. Doravante inevitável, o prazer de conhecê-las foi comprimido, reduzido, pareceu-me menor que o de conversar com Saint-Loup, de jantar com minha avó, de fazer pelas redondezas excursões que eu lamentaria ser obrigado a dispensar devido à convivência com pessoas que deviam se interessar pouco pelos monumentos históricos. Aliás, o que diminuía o prazer que eu ia ter não era somente a iminência mas a incoerência de sua realização. Leis tão exatas como as da hidrostática mantêm a sobreposição das imagens que formamos numa ordem fixa que a proximidade do acontecimento altera. Elstir ia me chamar. Não era de jeito nenhum a maneira como tantas vezes, na praia, no meu quarto, eu imaginava que conheceria aquelas moças. O que ia ocorrer era outro acontecimento para o qual não estava preparado. Não reconhecia nem meu desejo nem seu objeto; quase me lamentava por ter saído com Elstir. Mas, sobretudo, a contração do prazer que antes eu imaginava ter devia-se à certeza de que nada mais podia roubá-lo de mim. E ele recuperou todo o seu alcance quando, como em virtude de uma força elástica, deixou de sofrer o aperto dessa certeza, no momento em que, tendo me decidido a virar a cabeça, vi Elstir parado alguns passos adiante, despedindo-se das moças. O rosto daquela que estava mais perto dele, redondo e iluminado pelos seus olhares, parecia um bolo em que se tivesse reservado lugar para nacos de céu. Seus olhos, mesmo impassíveis, davam a impressão de mobilidade, como acontece nesses dias de muito vento em que o ar, embora invisível, deixa perceber a velocidade com que passa contra o fundo do azul. Por um instante seus olhares cruzaram os meus, como esses céus viandantes dos dias de temporal que se aproximam de uma nuvem menos rápida, a ladeiam, a tocam, a ultrapassam. Mas eles não se conhecem e se vão, um para longe do outro. Assim nossos olhares ficaram um instante frente a frente, cada um ignorando o que o continente celeste diante de si continha de promessas e ameaças para o futuro. Só quando seu olhar passou exatamente em frente ao meu, sem diminuir a marcha, é que se velou ligeiramente. Assim como, numa noite clara, a lua levada pelo vento passa atrás de uma nuvem e vela um instante seu brilho, e depois reaparece bem depressa. Mas Elstir já se afastara das moças sem ter me chamado. Elas pegaram uma rua transversal, ele veio até mim. Tudo dera errado.

Eu disse que Albertine não tinha me parecido naquele dia a mesma que nos anteriores, e que a cada vez iria me parecer diferente. Mas senti naquele momento que certas mudanças no aspecto, a importância, a grandeza de uma criatura podem também decorrer da variabilidade de certos estados interpostos entre essa criatura e nós. A esse respeito, um dos que desempenham o papel mais considerável é a crença em alguma coisa (naquela noite, a crença, e depois o desaparecimento da crença, de que eu ia conhecer Albertine, tornara-a, com poucos segundos de intervalo, quase insignificante e depois infinitamente preciosa para mim; alguns anos mais tarde, a crença, e depois o desaparecimento da crença, de que Albertine me era fiel, produziu mudanças análogas).

Por certo, já em Combray eu vira diminuir ou crescer, dependendo das horas, dependendo se eu estivesse entrando num ou noutro dos dois grandes modos que partilhavam entre si minha sensibilidade, a tristeza de não estar perto de minha mãe, tão imperceptível durante toda a tarde como a luz da lua enquanto brilha o sol, e que, chegada a noite, reinava sozinha em minha alma ansiosa, ocupando o lugar de lembranças apagadas e recentes. Mas naquele dia, ao ver que Elstir se afastava das moças sem ter me chamado, soube que as variações da importância que têm aos nossos olhos um prazer ou uma tristeza podem decorrer não somente dessa alternância de dois estados, mas do deslocamento de crenças invisíveis, as quais por exemplo fazem a morte nos parecer indiferente porque sobre ela espalham uma luz de irrealidade e assim nos permitem atribuir importância ao fato de irmos a um sarau musical que perderia seu encanto se, diante do anúncio de que seremos guilhotinados, a crença que impregna esse sarau se dissipasse de repente; é verdade que algo em mim conhecia esse papel das crenças, e era a vontade, a qual o conhece em vão quando a inteligência e a sensibilidade continuam a ignorá-lo; estas agem de boa-fé quando acreditam que desejamos largar uma amante a quem só nossa vontade sabe que estamos afeiçoados. É que essas faculdades são obscurecidas pela crença de que voltaremos a reencontrá-la depressa. Mas que essa crença se dissipe, que elas saibam de súbito que aquela amante partiu para sempre, e então a inteligência e a sensibilidade, perdendo sua regulagem, como que enlouquecem, e o prazer ínfimo cresce ao infinito.

Variação de uma crença, e também vazio do amor, o qual, preexistente e movediço, se detém na imagem de uma mulher simplesmente porque essa mulher será quase inalcançável. Por conseguinte, pensa-se menos na mulher, que dificilmente imaginamos, do que nos meios de conhecê-la. Desenvolve-se todo um processo de angústias que basta para fixar nosso amor naquela que é o seu objeto, que só nós conhecemos. O amor torna-se imenso, não imaginamos quanto a mulher real aí ocupa lugar tão pequeno. E se de repente, como no momento em que eu vira Elstir conversar com as moças, deixamos de ficar inquietos, de sentir angústia, como todo o nosso amor é ela, parece bruscamente que ele se desvaneceu quando agarramos a presa em cujo valor não pensamos o suficiente. Que conhecia eu de Albertine? Um ou dois perfis contra o mar, certamente menos bonitos que os das mulheres de Veronese que eu deveria preferir se obedecesse a razões meramente estéticas. Ora, será que era a outras razões que eu podia obedecer já que, desfeita a ansiedade, só conseguia encontrar esses perfis mudos, e não possuía mais nada? Desde que vira Albertine fizera todo dia milhares de reflexões a seu respeito, prosseguira, com o que eu chamava "ela", toda uma conversa interior em que a fazia perguntar, responder, pensar, agir, e na série infinita de Albertines imaginadas que se sucediam em mim hora a hora, a Albertine real, avistada na praia, só figurava à frente assim como a "criadora" de um papel, a estrela, só aparece bem nas primeiras de uma longa série de representações. Essa Albertine era pouco mais que uma silhueta, tudo o que estava sobreposto era de minha lavra, de tal maneira no amor os aportes que vêm de nós vencem — ainda que nos situemos apenas no ponto de vista da quantidade — os que nos vêm do ser amado. E isso é verdade nos amores mais efetivos. Há os que podem não só se formar mas subsistir em torno de bem pouca coisa — e mesmo entre aqueles que receberam sua aprovação carnal. Um antigo professor de desenho de minha avó teve uma filha com uma amante obscura. A mãe morreu pouco tempo depois do nascimento da criança e o professor de desenho sentiu tamanha tristeza que não lhe sobreviveu muito tempo. Nos últimos meses de sua vida, minha avó e algumas senhoras de Combray, que jamais quiseram fazer sequer alusão, diante de seu professor, àquela mulher, com quem aliás ele não vivera oficialmente e tivera poucas relações, pensaram em garantir o destino da menina cotizando-se para lhe assegurar uma renda vitalícia. Foi minha avó que o propôs, e certas amigas fizeram-se de rogadas; aquela menina valeria realmente esse interesse, seria pelo menos a filha de quem se considerava seu pai? Com mulheres como aquela mãe, nunca se tem certeza. Finalmente, decidiram-se. A menina foi agradecer. Era feia e tão parecida com o velho mestre de desenho que dissipou todas as dúvidas; como seus cabelos eram tudo o que tinha de bonito, uma senhora disse ao pai, que a levara: "Que lindos cabelos ela tem". E ao imaginar que agora, estando morta a mulher culpada e quase morto o professor, uma alusão àquele passado que sempre tinham fingido ignorar já não tinha consequência, minha avó acrescentou: "Deve ser de família. Será que a mãe dela tinha esses cabelos bonitos? — Não sei, respondeu ingenuamente o pai. Nunca a vi, a não ser de chapéu".

Precisava ir encontrar Elstir. Olhei-me numa vidraça. Além do desastre de não ter sido apresentado, observei que minha gravata estava toda torta, meu chapéu deixava visível meu cabelo comprido, o que me caía mal; mas, pensando bem, era uma sorte que elas tivessem, mesmo assim, me encontrado com Elstir e não pudessem me esquecer; era outra sorte que naquele dia eu tivesse, a conselho de minha avó, posto meu bonito colete que por pouco não tinha substituído por um horroroso, e pegado minha bengala mais bela; pois como um acontecimento que desejamos nunca se produz como pensamos, na falta das vantagens com as quais pensávamos poder contar, outras que não esperávamos se apresentam e uma coisa compensa a outra; e temíamos tanto o pior que finalmente ficamos propensos a achar que, no conjunto tomado em bloco, o acaso, no fim das contas, nos favoreceu. "Eu gostaria muito de conhecê-las", disse a Elstir chegando perto dele. "Então por que fica a léguas?" Foram as palavras que ele pronunciou, não que expressassem seu pensamento, pois se seu desejo tivesse sido satisfazer o meu, chamar-me lhe teria sido bem fácil, mas talvez porque ouvira frases desse gênero, familiar às pessoas vulgares flagradas em erro, e porque até os grandes homens são, em certas coisas, parecidos com as pessoas vulgares e pegam as desculpas cotidianas no mesmo repertório que elas, como o pão cotidiano no mesmo padeiro; ou porque essas palavras, que devem de certo modo ser lidas pelo avesso, já que a letra significa o contrário da verdade, são o efeito necessário, o gráfico negativo de um reflexo. "Elas estavam apressadas." Pensei que, sobretudo, o haviam impedido de chamar alguém que lhes era pouco simpático; sem isso ele não deixaria de fazê-lo, depois de todas as perguntas que eu lhe fizera sobre elas e do interesse que bem vira que me despertavam. "Eu estava lhe falando de Carquethuit, disse-me antes que eu o deixasse em sua porta. Fiz um pequeno esboço em que vemos bem melhor os contornos da praia. O quadro não é nada ruim, mas é outra coisa. Se me permite, em recordação de nossa amizade vou lhe dar meu esboço, acrescentou, pois as pessoas que nos recusam as coisas que desejamos nos dão outras."

"Eu gostaria muito, se o senhor tiver, de uma fotografia desse retratinho de Miss Sacripant. Mas o que é mesmo esse nome? — É o de um personagem que representou o modelo numa operetazinha estúpida. — Mas o senhor sabe que não a conheço, e parece acreditar no contrário." Elstir calou-se. "Pois não se trata de madame Swann antes de seu casamento", disse eu num desses bruscos encontros fortuitos com a verdade, que são, em suma, bastante raros mas suficientes, depois, para dar certo fundamento à teoria dos pressentimentos se tomarmos o cuidado de esquecer todos os erros que a invalidariam. Elstir não me respondeu. Era de fato um retrato de Odette de Crécy. Ela não desejara guardá-lo por diversas razões, sendo algumas muito evidentes. Havia outras. O retrato era anterior ao momento em que Odette, disciplinando suas feições, fizera de seu rosto e de seu corpo aquela criação cujas grandes linhas, através dos anos, seus cabeleireiros, seus costureiros, e ela mesma — em seu modo de se comportar, de falar, de sorrir, de pousar as mãos, os olhares, de pensar — iriam respeitar. Era necessária a depravação de um amante saciado para que Swann preferisse, às numerosas fotografias da Odette *ne varietur* que era sua mulher encantadora, a fotografiazinha que tinha no quarto e em que, sob um chapéu de palha enfeitado de amores-perfeitos, via-se uma moça magra bastante feia, de cabelo armado e feições abatidas.

Mas, aliás, ainda que o retrato fosse, não anterior, como a fotografia preferida de Swann, à sistematização das feições de Odette num tipo novo majestoso e encantador, e sim posterior, a visão de Elstir teria bastado para desorganizar esse tipo. O gênio artístico age à maneira dessas temperaturas extremamente elevadas que têm o poder de dissociar as combinações de átomos e agrupá-los conforme uma ordem absolutamente contrária, correspondendo a outro tipo. Toda essa harmonia artificial que a mulher impôs às suas feições e cuja persistência ela vigia no espelho diariamente, antes de sair, mudando a inclinação do chapéu, o alisamento do cabelo, a jovialidade do olhar, a fim de garantir-lhes a continuidade, essa harmonia é destruída num segundo pelo olhar do grande pintor, que em seu lugar cria um reagrupamento das feições da mulher de maneira a satisfazer a certo ideal feminino e pictórico que carrega dentro de si. Da mesma maneira, costuma acontecer que a partir de certa idade o olho de um grande investigador encontre por todo lado os elementos necessários para estabelecer as únicas relações que lhe interessam. Como esses operários e esses jogadores que não se fazem de difíceis e contentam-se com o que lhes cai nas mãos poderiam dizer de qualquer coisa: isso já resolve. Assim, uma prima da princesa de Luxemburgo, beldade das mais altivas, tendo outrora se apaixonado por uma arte que naquela época era nova, pedira ao maior dos pintores naturalistas que fizesse o seu retrato. Logo o olho do artista encontrou o que procurava em toda parte. E na tela havia, no lugar da grande dama, um moço de recados, e atrás dele um vasto cenário inclinado e violeta que fazia pensar na praça Pigalle. Mas mesmo sem ir tão longe, não só o retrato de uma mulher por um grande artista não procurará de modo algum satisfazer a certas exigências da mulher — como as que por exemplo, quando ela começa a envelhecer, a fazem ser fotografada em trajes quase de menina que valorizam seu porte jovem e a deixam parecida com a irmã ou até com a filha de sua filha, esta, se necessário, "mal-ajambrada", ao lado dela — como, ao contrário, realçará as desvantagens que ela procura esconder e que, como uma tonalidade febril, quiçá esverdeada, o tentam mais ainda porque têm "personalidade"; mas bastam para desencantar o espectador vulgar e lhe reduzem a migalhas o ideal cuja estrutura a mulher sustentava tão orgulhosamente e que a colocava em sua forma única, irredutível, tão fora, tão acima do resto da humanidade. Agora destronada, situada fora de seu próprio tipo onde reinava invulnerável, ela não é mais do que uma mulher qualquer, em cuja superioridade perdemos toda a fé. Atribuíamos de tal forma a esse tipo não só a beleza de uma Odette, mas sua personalidade, sua identidade, que diante do retrato que dele a despojou somos tentados a exclamar não apenas: "Como enfeou!", mas: "Como é pouco parecido!". Custamos a acreditar que seja ela. Não a reconhecemos. No entanto, há ali uma pessoa que sentimos muito bem que já vimos. Mas aquela pessoa não é Odette; o rosto daquela pessoa, seu corpo, seu aspecto, nos são bem conhecidos. Lembram-nos, não a mulher, que jamais se vestia assim, cuja pose habitual não desenha de modo nenhum um arabesco tão estranho e provocativo, mas outras mulheres, todas as que Elstir pintou e que sempre, por mais diferentes que possam ser, ele gostou de colocar assim de frente, com o pé arqueado saindo da saia, o largo chapéu redondo na mão, correspondendo simetricamente, na altura do joelho que ele cobre, àquele outro disco visto de frente, o rosto. E por fim, um retrato genial não só desarticula o tipo de uma mulher, tal como o definiram sua coqueteria e sua concepção egoísta da beleza, como, se for antigo, não se contenta em envelhecer o original da mesma maneira que a fotografia, mostrando-o com ornamentos antiquados. No retrato, não é só a maneira de se vestir da mulher que indica o tempo, é também a maneira que o artista tinha de pintar. Essa maneira, a primeira maneira de Elstir, era a certidão de nascimento mais terrível de Odette, não só porque a transformava, como suas fotografias de então, na irmã caçula de cocotes conhecidas, como porque tornava seu retrato contemporâneo de um dos inúmeros retratos que Manet ou Whistler pintaram de tantos modelos desaparecidos que já pertencem ao esquecimento ou à história.

Era para esses pensamentos silenciosamente ruminados ao lado de Elstir, enquanto eu o levava até sua casa, que me arrastava a descoberta recém-feita em relação à identidade de seu modelo, quando essa primeira descoberta me levou a outra, ainda mais perturbadora para mim, referente à identidade do artista. Ele fizera o retrato de Odette de Crécy. Seria possível que esse homem de gênio, esse sábio, esse solitário, esse filósofo de conversa magnífica e que

dominava todas as coisas, fosse o pintor ridículo e perverso, adotado outrora pelos Verdurin? Perguntei-lhe se os havia conhecido,
se por acaso na época não o apelidavam de Monsieur Biche.* Ele
me respondeu que sim, sem constrangimento, como se se tratasse
de uma parte já um pouco antiga de sua vida e que ele não desconfiasse da decepção extraordinária que despertava em mim, mas
levantando os olhos leu-a em meu rosto. O seu fez uma expressão de
descontentamento. E como já estávamos quase chegando à sua casa,
um homem menos eminente pela inteligência e pelo coração talvez
tivesse simplesmente se despedido de mim secamente, e depois disso teria evitado me rever. Mas não foi assim que Elstir agiu comigo;
como verdadeiro mestre — e sê-lo talvez fosse do ponto de vista da
criação pura seu único defeito, no sentido da palavra "mestre", pois
para um artista situar-se plenamente na verdade da vida espiritual
deve estar sozinho, e não prodigalizar seu próprio eu, nem mesmo
a seus discípulos —, ele buscava extrair de qualquer circunstância,
relativa a ele ou a outros, a parte de verdade que continha, para
melhor ensinamento dos jovens. Por isso, às palavras que poderiam
ter vingado seu amor-próprio preferiu as que podiam me instruir.
"Não há homem, por mais sábio que seja, disse-me, que não tenha
em determinada época de sua mocidade proferido palavras, ou até
levado uma vida cuja lembrança não lhe seja desagradável e que
ele não desejasse ver abolida. Mas ele não deve absolutamente se
lamentar, porque só pode se assegurar de ter se tornado um sábio,
na medida em que isso é possível, se passou por todas as encarna-
ções ridículas ou odiosas que devem preceder a última encarnação.
Sei que há jovens, filhos e netos de homens distintos, a quem seus
preceptores ensinaram a nobreza do espírito e a elegância moral,
desde o colégio. Talvez não tenham nada que suprimir de sua vida,
possam publicar e assinar tudo o que disseram, mas são umas pobres almas, descendentes sem força de doutrinários e cuja sabedoria
é negativa e estéril. Não se recebe a sabedoria, é preciso descobri-la
por si mesmo depois de um trajeto que ninguém pode fazer por nós,

---

*   Elstir já figurava no primeiro volume de *À procura do tempo perdido*, como
convidado do salão dos Verdurin, quando Swann se apaixonou por Odette de
Crécy. Ele aparece com um nome diferente, um pseudônimo: Biche (que significa "corça", e é também um tratamento afetuoso).

não pode nos poupar, pois é um ponto de vista sobre as coisas. As vidas que você admira, as atitudes que você acha nobres não foram preparadas pelo pai de família ou pelo preceptor, foram precedidas de inícios bem diferentes, tendo sido influenciadas pelo mal ou pela banalidade que reinavam a seu redor. Representam um combate e uma vitória. Compreendo que a imagem do que nós fomos num período primeiro não seja mais reconhecível e se mostre, em todos os casos, desagradável. Ela não deve, porém, ser renegada, pois é um testemunho de que vivemos de verdade, de que foi segundo as leis da vida e do espírito que extraímos dos elementos comuns da vida, da vida dos ateliês, dos círculos artísticos quando se trata de um pintor, alguma coisa que os ultrapassa." Tínhamos chegado defronte de sua porta. Eu estava decepcionado por não ter conhecido aquelas moças. Mas, afinal, agora haveria uma possibilidade de reencontrá--las na vida; tinham deixado de somente passar num horizonte em que pude acreditar que nunca mais as veria surgir. Ao seu redor já não flutuava como que aquele grande remoinho que nos separava e que não era mais que a tradução do desejo em perpétua atividade, móvel, urgente, alimentado por inquietações despertadas em mim pela inacessibilidade delas, por sua fuga talvez para sempre. Meu desejo, agora podia pô-lo em repouso, mantê-lo em reserva ao lado de tantos outros cuja realização, de vez que a sabia possível, eu adiava. Deixei Elstir, encontrei-me só. Então, de repente, apesar de minha decepção, vi em meu espírito todos esses acasos que não supunha que pudessem se produzir: que Elstir estivesse justamente ligado àquelas moças, que elas, embora ainda pela manhã fossem para mim figuras num quadro tendo o mar como fundo, tivessem me visto, tivessem me visto ligado a um grande pintor, o qual sabia agora de meu desejo de conhecê-las e decerto o favoreceria. Tudo isso me dera prazer, mas esse prazer me ficara escondido; era ele desses visitantes que nos fazem saber que estão ali, que esperam que os outros tenham ido embora, ou que estejamos sozinhos. Então nós os avistamos, podemos lhes dizer: sou todo seu, e escutá-los. Às vezes, entre o momento em que esses prazeres entraram em nós e o momento em que nós mesmos podemos neles entrar, passaram-se tantas horas, vimos tanta gente no intervalo, que tememos que não tenham nos esperado. Mas são pacientes, não se cansam e assim que todos foram embora nós os encontramos diante de nós. Às vezes somos nós,

— 424 —

então, que estamos tão cansados que, tudo indica, não mais teremos em nosso pensamento desfalecido força suficiente para reter essas lembranças, essas impressões, para as quais nosso frágil eu é o único lugar habitável, o único modo de realização. E o lamentaríamos, pois a vida não tem interesse a não ser nos dias em que o pó das realidades vem mesclado com areia mágica, em que qualquer vulgar incidente da vida torna-se uma engrenagem romanesca. Todo um promontório do mundo inacessível surge então da luz do sonho e entra em nossa vida, em nossa vida na qual, como quem despertou de um sono, vemos as pessoas com quem tínhamos tão ardentemente sonhado que acreditávamos nunca mais vê-las senão em sonho.

O sossego trazido pela probabilidade de agora conhecer aquelas moças, quando eu quisesse, me foi tão mais precioso porque eu já não poderia continuar a espiá-las nos dias seguintes, que foram ocupados com os preparativos da partida de Saint-Loup. Minha avó andava desejosa de demonstrar a meu amigo sua gratidão por tantas gentilezas que ele tivera com ela e comigo. Eu lhe disse que ele era grande admirador de Proudhon e dei-lhe a ideia de mandar vir várias cartas manuscritas desse filósofo que haviam sido compradas por ela; Saint-Loup veio vê-las no hotel no dia em que chegaram, véspera de sua partida. Leu-as avidamente, manuseando cada folha com respeito, tentando memorizar as frases, e depois, tendo se levantado, já se desculpava com minha avó por ter permanecido tanto tempo, quando a ouviu lhe responder:

"Mas leve-as, ora, são suas, foi para dá-las a você que as mandei buscar."

Ele foi tomado de uma alegria que já não dominava, tanto quanto de um estado físico que se produz sem intervenção da vontade, ficou vermelho como uma criança que acabam de castigar, e minha avó sentiu-se muito mais tocada com todos os esforços que ele fizera (sem conseguir) para conter a alegria que o sacudia do que com todos os agradecimentos que ele poderia ter proferido. Mas como ele receava não ter demonstrado muito bem o seu reconhecimento, no dia seguinte ainda me pedia para desculpá-lo, debruçado à janela do trenzinho local que pegou para voltar à sua guarnição. Esta não era, de fato, muito distante. Ele pensara em ir de carro, como costumava fazer quando devia retornar à noite e não se tratava de uma partida definitiva. Mas dessa vez teria de pôr no trem sua volumosa bagagem. E achou mais simples ir ele mesmo no vagão, seguindo nisso a opinião do diretor que, consultado, respondeu que, carro ou trem, "seria mais ou menos equívoco". Ele pretendia significar com isso que seria equivalente (em suma, mais ou menos o que Françoise expressaria dizendo que "tanto faz como tanto fez"). "Está bem, concluíra Saint-Loup, vou pegar esse pequeno 'zigue-zague'." Eu também o teria pegado se não estivesse cansado e teria acompanhado meu amigo até Doncières; prometi-lhe, pelo menos, todo o tempo que ficamos na estação de Balbec — isto é, o tempo que o maquinista do trenzinho esperou os amigos retardatários, sem os quais não queria partir, e também tomou uns refrescos —, que ia vê-lo várias vezes por semana. Como Bloch também tinha ido à estação — para grande contrariedade de Saint-Loup —, este último, ao ver que nosso camarada o tinha ouvido ao me convidar para ir almoçar, jantar, morar em Doncières, acabou lhe dizendo num tom extremamente frio, destinado a corrigir a amabilidade forçada do convite e impedir que Bloch o levasse a sério: "Se acaso passar por Doncières uma tarde em que eu esteja livre, pode perguntar por mim no quartel, mas livre, praticamente nunca cstou". Talvez Robert receasse que eu não iria sozinho, e pensando que eu era mais ligado a Bloch do que dizia, punha-me assim em condições de ter um companheiro de viagem, alguém que me levasse.

Eu tinha medo de que esse tom, essa maneira de convidar alguém aconselhando-o a não ir, magoasse Bloch, e achava que Saint-Loup melhor faria se nada dissesse. Mas me enganara, porque depois da partida do trem, enquanto fizemos o caminho juntos até o cruzamento de duas avenidas onde tínhamos de nos separar, pois uma ia ao hotel, a outra à casa de Bloch, ele não parou de me perguntar que dia iríamos a Doncières, já que depois "de todas as amabilidades que Saint-Loup lhe fizera", seria "uma grosseria de sua parte" não aceitar o convite. Alegrei-me por ele não ter notado o tom menos que insistente, apenas bem-educado, do convite que lhe fora feito e que nem tivesse se aborrecido a ponto de desejar fingir não ter reparado. Eu gostaria, porém, que Bloch evitasse o ridículo de ir logo a Doncières. Mas não me atrevia a lhe dar um conselho que não poderia deixar de desagradá-lo, ao mostrar que Saint-Loup fizera tão pouca pressão quanto ele parecia apressado. E de fato estava, demais, e embora todos os defeitos que tivesse nesse aspecto fossem compensados por notáveis qualidades que outros mais reservados não teriam, ele levava a indiscrição a um ponto que nos irritava. Ao ouvi-lo, a semana não poderia se passar sem que nós fôssemos a Doncières (dizia "nós" pois acho que contava um pouco com minha presença para desculpar a sua). Ao longo do caminho, diante do ginásio perdido entre suas árvores, diante da quadra de tênis, diante da casa, diante do vendedor de mariscos, ele me parou, suplicando-me para marcar o dia, e como eu não o fizesse despediu-se zangado, dizendo: "Como queira, Cavalheiro. Eu, em todo caso, sou obrigado a ir já que ele me convidou".

Saint-Loup tinha tanto medo de ter agradecido indevidamente à minha avó, que dois dias depois ainda me encarregava de lhe transmitir toda a sua gratidão, numa carta que me enviou da cidade onde estava aquartelado e que parecia, pelo envelope em que o correio havia carimbado o nome de Doncières, estar correndo depressa até mim para me dizer que entre suas paredes, no quartel de cavalaria Luís xvi, pensava em mim. O papel tinha as armas dos Marsantes, em que distingui um leão tendo acima uma coroa fechada por um barrete de par de França.

"Depois de um trajeto que, dizia-me, se passou bem, lendo um livro comprado na estação, de Arvède Barine* (é um autor russo, penso, e me pareceu notavelmente bem escrito para um estrangeiro, mas dê-me sua apreciação, pois você deve conhecer isso, você, poço de ciência, que leu tudo), eis-me de volta a essa vida grosseira em que, hélas!, sinto-me um tanto exilado, pois aqui não tenho o que deixei em Balbec; essa vida em que não reencontro nenhuma lembrança de afeto, nenhum encanto intelectual; vida cujo ambiente você com certeza desprezaria e que, porém, não deixa de ter seu charme. Aqui tudo me parece ter mudado desde que parti, pois no intervalo começou uma das épocas mais importantes de minha vida, essa de que data nossa amizade. Espero que jamais venha a terminar. Só falei dela, de você, a uma pessoa, minha amiga que me fez a surpresa de vir passar uma hora ao meu lado. Ela gostaria muito de conhecê-lo e acho que vocês iam se entender, pois ela é muito

---

* Arvède Barine era o pseudônimo de madame Charles Vincens (1840-1908), historiadora e crítica literária que escreveu sobre Bernardin de Saint-Pierre e Alfred de Musset.

ligada à literatura. Em compensação, para repensar em nossas conversas, para reviver essas horas que jamais esquecerei, isolei-me de meus colegas, excelentes rapazes mas que seriam bem incapazes de compreender isso. Essa lembrança dos instantes passados com você, eu quase preferiria, por ser o primeiro dia, evocá-la só para mim e sem lhe escrever. Mas receei que você, espírito sutil e coração ultrassensível, criasse desassossego na cabeça ao não receber carta, se todavia se dignou a baixar seu pensamento até o rude cavaleiro que você custará muito para lustrar e tornar um pouco mais sutil e mais digno de você."

No fundo, essa carta muito se parecia, pela ternura, com aquelas que, quando eu ainda não conhecia Saint-Loup, imaginara que ele me escreveria, naqueles devaneios de que a frieza de sua primeira acolhida me retirara, pondo-me em presença de uma realidade glacial que não seria definitiva. Depois que a recebi, toda vez que na hora do almoço traziam a correspondência eu logo reconhecia quando havia uma carta dele, pois sempre tinha esse segundo rosto que uma criatura mostra quando está ausente e em cujas feições (os caracteres da escrita) não há nenhuma razão para não pensarmos em captar uma alma individual tanto quanto no formato do nariz ou nas inflexões da voz.

Agora, de bom grado permanecia à mesa enquanto tiravam o serviço, e se não fosse a hora em que as moças do pequeno grupo pudessem passar, já não era unicamente para os lados do mar que eu olhava. Desde que vira essas coisas nas aquarelas de Elstir, eu procurava encontrar na realidade, e amava como algo poético, o gesto interrompido das facas ainda cruzadas, a redondez fofa de um guardanapo desdobrado em que o sol intercala um retalho de veludo amarelo, o copo semivazio que assim mostra melhor a nobre amplidão de suas formas, e no fundo de seu vidro translúcido e lembrando uma condensação do dia, um resto de vinho escuro mas cintilando de luzes, o deslocamento dos volumes, a transmutação dos líquidos pela iluminação, a alteração das ameixas que passam do verde ao azul e do azul ao dourado na compoteira já meio vazia, o passeio das cadeiras antiquadas que duas vezes ao dia vêm se instalar ao redor da toalha esticada sobre a mesa assim como sobre um altar onde são celebradas as festas da gula, e sobre a qual permanecem no fundo das ostras alguns pingos de água lustral como em pequenas pias de água benta; eu tentava encontrar a beleza ali onde jamais imaginara que ela estivesse, nas coisas mais usuais, na vida profunda das "naturezas-mortas".

Quando, alguns dias depois da partida de Saint-Loup, consegui que Elstir desse uma festinha à tarde onde eu encontraria Albertine, o encanto e a elegância perfeitamente momentâneos que observaram em mim quando eu saía do Grand-Hôtel (e que se deviam a um repouso prolongado, a gastos especiais de toalete), lamentei não poder reservá-los (e também o prestígio de Elstir) para a conquista de alguma outra pessoa mais interessante, lamentei consumir tudo isso para o simples prazer de conhecer Albertine. Minha inteligência julgava esse prazer muito pouco precioso, desde que o teve garantido. Mas em mim a vontade não participou nem um instante dessa ilusão, essa vontade que é a servidora perseverante e imutável de nossas personalidades sucessivas; escondida na sombra, desprezada, incansavelmente fiel, trabalhando sem cessar, e sem se preocupar com as variações de nosso eu, para que nunca lhe falte o necessário. Quando vamos fazer uma viagem ansiada, a inteligência e a sensibilidade começam a indagar se realmente vale a pena realizá-la, e a vontade que sabe que essas mestras ociosas logo recomeçariam a achar maravilhosa essa viagem caso não pudesse ser feita, a vontade deixa-as discutir diante da estação, multiplicar as hesitações; mas trata de pegar os bilhetes e nos introduzir no vagão para a hora da partida. Ela é tão invariável quanto a inteligência e a sensibilidade são inconstantes, mas como é calada, não dá suas razões, parece quase inexistente; é sua firme determinação que as outras partes do nosso eu seguem, mas sem se darem conta, ao passo que elas distinguem nitidamente suas próprias incertezas. Por isso, minha sensibilidade e minha inteligência promoveram uma discussão sobre o valor do prazer que haveria em conhecer Albertine, enquanto eu olhava no espelho os vãos e frágeis adornos que elas gostariam de manter intactos para outra ocasião. Mas minha vontade não deixou passar a hora em que era preciso sair, e foi o endereço de Elstir que ela deu ao cocheiro. Como a sorte estava lançada, minha inteligência e minha sensibilidade tiveram tempo de achar que era uma pena. Se minha vontade tivesse dado outro endereço, ficariam bem decepcionadas.

Quando cheguei à casa de Elstir, um pouco mais tarde, primeiro pensei que a senhorita Simonet não estava no ateliê. Havia de fato uma moça sentada, de vestido de seda, sem chapéu, mas de quem eu não conhecia a magnífica cabeleira, nem o nariz, nem aquela pele, e em quem não reencontrava a entidade que eu extraíra de uma jovem ciclista passeando de boina na cabeça, ao longo do mar. Era, porém, Albertine. Mas mesmo quando soube, não me dediquei a ela. Quando somos jovens, ao entrarmos em qualquer reunião mundana morremos para nós mesmos, tornamo-nos homens diferentes, pois qualquer salão é um novo universo onde, submetidos à lei de outra perspectiva moral, dardejamos nossa atenção, como se fossem nos importar para sempre, em pessoas, danças, jogos de cartas que no dia seguinte teremos esquecido. Obrigado a seguir, para conseguir uma conversa com Albertine, um caminho que de maneira nenhuma eu havia traçado e que primeiro parava diante de Elstir, passava por outros grupos de convidados a quem diziam meu nome, e depois ao longo do bufê, onde me eram oferecidas e eu comia tortas de morango enquanto escutava imóvel uma música que começavam a executar, vi-me dando a esses diversos episódios a mesma importância de minha apresentação à senhorita Simonet, apresentação que era apenas um deles e que, minutos antes, eu havia completamente esquecido ser o objetivo único de minha vinda. Aliás, não é assim mesmo, na vida ativa, com nossas verdadeiras felicidades, com nossas grandes infelicidades? No meio de outras pessoas, recebemos daquela a quem amamos a resposta favorável ou mortal que esperávamos havia um ano. Mas é preciso continuar a conversar, as ideias se somam umas às outras, desenvolvendo uma superfície em que mal e mal de vez em quando vem aflorar, surdamente, a lembrança, muito mais profunda mas muito exígua, de que nos chegou a desgraça. Se, no lugar da infelicidade, é a felicidade, pode ocorrer que só muitos anos depois nos lembremos de que o maior acontecimento de nossa vida sentimental produziu-se sem que tivéssemos tempo de lhe prestar detida atenção, quase de tomar consciência dele, numa reunião mundana por exemplo, à qual só tínhamos ido na expectativa desse acontecimento.

Quando Elstir me chamou para me apresentar a Albertine, sentada um pouco mais longe, primeiro acabei de comer um éclair de café e pedi com interesse a um senhor idoso que eu acabava de conhecer e a quem pensei poder oferecer a rosa que ele admirava na minha botoeira, que me desse detalhes sobre certas feiras normandas. Não se pode dizer que a apresentação que se seguiu não me causou nenhum prazer e não ofereceu, a meus olhos, uma certa gravidade. Quanto ao prazer, só o conheci naturalmente um pouco mais tarde, quando, de volta ao hotel e sozinho, tornei a ser eu mesmo. Há prazeres que são como fotografias. O que se capta em presença da pessoa amada é apenas um negativo, que revelamos mais tarde, já em casa, quando reencontramos à nossa disposição essa câmara escura interior cuja entrada está "proibida" enquanto há gente à vista.

Se o conhecimento do prazer foi assim retardado por mim algumas horas, em contrapartida senti de imediato a gravidade daquela apresentação. No momento da apresentação, pouco adianta nos sentirmos de repente gratificados e portadores de um "vale" apto para prazeres futuros, atrás do qual corríamos semanas a fio, pois compreendemos muito bem que sua obtenção conclui para nós, não só trabalhosas buscas — o que não poderia deixar de nos encher de alegria — como também a existência de uma certa pessoa, aquela que nossa imaginação desnaturara e que nosso temor ansioso de que jamais pudesse nos conhecer ampliara. Quando nosso nome ressoa na boca de quem nos apresenta, sobretudo se ele o envolve, como fez Elstir, em comentários elogiosos — esse momento sacramental, análogo àquele em que, numa fantasia, o gênio ordena a uma pessoa que seja subitamente outra —, a criatura de quem desejamos nos aproximar desvanece; primeiro, como permaneceria semelhante a si mesma, já que — devido à atenção que a desconhecida deve prestar em nosso nome e manifestar à nossa pessoa — nos olhos ontem situados no infinito (e que temíamos que os nossos, errantes, mal focados, desesperados, divergentes, jamais conseguissem encontrar) o olhar consciente, o pensamento incognoscível que buscávamos acaba de ser milagrosamente e muito simplesmente substituído por nossa própria imagem pintada como que no fundo de um espelho que sorrisse? Se a encarnação de nós mesmos, no que nos parecia o mais diferente, é o que mais modifica a pessoa a quem acabam de nos apresentar, a forma dessa pessoa ainda permanece bastante vaga; e podemos nos perguntar se será deus, mesa ou bacia.* Mas tão ágeis como esses ceroplastas que fazem um

---

* Alusão à fábula de La Fontaine "O estatuário e a estátua de Júpiter" (*Fábulas*, IX, 6): "O que dele fará, disse ele, o meu cinzel? Será ele deus, mesa ou bacia?".

busto na nossa frente em cinco minutos, as poucas palavras que a desconhecida vai nos dizer esclarecerão essa forma e lhe darão algo definitivo que excluirá todas as hipóteses a que, na véspera, se entregavam nosso desejo e nossa imaginação. Por certo, mesmo antes de ir àquela reunião vespertina, Albertine já não me era absolutamente aquele único fantasma digno de assombrar nossa vida como o de uma passante de quem nada sabemos e que mal avistamos. Seu parentesco com madame Bontemps já restringira essas hipóteses maravilhosas, barrando uma das vias pelas quais podiam se espalhar. À medida que eu me aproximava da jovem e a conhecia mais, esse conhecimento se fazia por subtração, pois cada parte de imaginação e de desejo era substituída por uma noção que valia infinitamente menos, noção à qual, é verdade, acabava de se somar uma espécie de equivalente, no domínio da vida, ao que as sociedades financeiras dão depois do reembolso da ação primitiva, e que elas chamam de ação de usufruto. Seu nome, seus parentescos tinham sido um primeiro limite imposto às minhas suposições. Outro limite foi sua amabilidade, enquanto bem perto dela eu reencontrava seu sinalzinho na face, abaixo do olho; por fim, espantei-me ao ouvi-la usar o advérbio "perfeitamente" em vez de "completamente", ao falar de duas pessoas, dizendo de uma: "ela é perfeitamente louca, mas, afinal, muito simpática" e da outra: "é um senhor perfeitamente vulgar e perfeitamente maçante". Por pouco agradável que seja esse emprego de "perfeitamente", ele indica um grau de civilização e de cultura a que eu não poderia imaginar que tivesse atingido a bacante de bicicleta, a musa orgíaca do golfe. Aliás, isso não quer dizer que depois daquela primeira metamorfose Albertine ainda não viesse a mudar muitas vezes para mim. As qualidades e os defeitos que uma pessoa apresenta dispostos no primeiro plano de seu rosto arrumam-se de acordo com uma formação muito diversa se o abordamos por um lado diferente — como numa cidade os monumentos espalhados em ordem dispersa numa só linha, de outro ponto de vista se escalonam em profundidade e trocam suas grandezas relativas. Para começar, achei que Albertine tinha um jeito bastante intimidado, em vez de implacável; pareceu-me mais cordata que mal-educada, a julgar pelos epítetos de "ela tem maus modos, tem modos esquisitos" que aplicou a todas as moças de quem lhe falei; tinha, enfim, como ponto de atração do rosto umas têmporas bastante esfogueadas e pouco agradáveis de ver, e não mais o olhar singular em que até então eu sempre repensara. Mas era apenas uma segunda visão e provavelmente havia outras, pelas quais eu deveria sucessivamente passar. Assim, só depois de ter reconhecido, não sem algumas tentativas, os erros de óptica do início é que se poderia chegar ao conhecimento exato de uma criatura se é que esse conhecimento seria possível. Mas não o é; pois enquanto retificamos a visão que dele temos, ele mesmo, que não é um objetivo inerte, muda por conta própria; pensamos em agarrá-lo e ele se desloca, e, julgando vê-lo enfim mais claramente, só conseguimos aclarar as imagens antigas que havíamos captado mas que não mais o representam.

No entanto, por mais que deva causar algumas decepções inevitáveis, essa iniciativa na direção de quem apenas entrevimos, daquilo que tivemos o prazer de imaginar, essa iniciativa é a única saudável para os sentidos, que neles alimenta o apetite. De que melancólico tédio é marcada a vida das pessoas que por preguiça ou timidez dirigem-se diretamente de carro à casa de amigos que conheceram sem primeiro ter sonhado com eles, sem jamais se atrever, no caminho, a parar junto do que desejam!

Voltei para casa pensando naquela reunião, revendo o éclair de café que terminara de comer antes de me deixar levar por Elstir para junto de Albertine, a rosa que dera ao velho senhor, todos esses detalhes escolhidos sem sabermos pelas circunstâncias e que compõem para nós, num arranjo especial e fortuito, o quadro de um primeiro encontro. Mas tive a impressão de rever esse quadro de outro ponto de vista, de muito distante de mim mesmo, compreendendo que não existira apenas para mim quando alguns meses mais tarde, para minha grande surpresa, ao falar com Albertine sobre o primeiro dia em que a conhecera, ela me lembrou o éclair, a flor que eu dera, tudo o que eu julgava, não posso dizer que importante só para mim, mas só por mim notado, e que assim eu reencontrava transcrito numa versão de cuja existência eu nem desconfiava, no pensamento de Albertine. Desde aquele primeiro dia, quando, ao voltar, pude ver a lembrança que trazia comigo, compreendi qual passe de mágica fora perfeitamente executado, e como eu conversara por um momento com uma pessoa que, graças à habilidade do prestidigitador, sem ter nada daquela que eu seguira por tanto tempo à beira-mar, a substituíra. Aliás, poderia ter adivinhado de antemão, pois a moça da praia fora fabricada por mim. Apesar disso, como em minhas conversas com Elstir eu a identificara com Albertine, sentia-me em relação a ela na obrigação moral de cumprir as promessas de amor feitas à Albertine imaginária. Noivamos por procuração, e em seguida nos sentimos obrigados a casar com a pessoa interposta. Aliás, se provisoriamente desaparecera, pelo menos de minha vida, uma angústia que a lembrança dos modos corretos, daquela expressão "perfeitamente vulgar" e das têmporas esfogueadas bastaria para acalmar, essa lembrança despertava em mim outro tipo de desejo, que embora suave e nada doloroso, semelhante a um sentimento fraterno, podia a longo prazo tornar-se igualmente perigoso fazendo-me sentir a todo momento a necessidade de beijar aquela pessoa nova de quem os bons modos e a timidez, a disponibilidade inesperada, detinham a corrida inútil de minha imaginação mas davam origem a uma gratidão enternecida. E depois, como a memória logo começa a fixar imagens independentes umas das outras, suprime toda ligação, toda progressão entre as cenas que nela figuram e na coleção das que ela expõe, a última não destrói forçosamente as anteriores. Em face da medíocre e tocante Albertine com quem eu falara, eu via a misteriosa Albertine diante do mar. Agora, eram as lembranças, isto é, quadros que não me pareciam um mais verdadeiro que o outro. Para terminar com aquela primeira tarde da apresentação, procurando rever aquele sinalzinho na face, abaixo do olho, lembrei-me de que na casa de Elstir, quando Albertine tinha partido, eu vira aquele sinalzinho no queixo. Em suma, quando a via eu observava que tinha um sinalzinho, mas minha memória errante o passeava em seguida pelo rosto de Albertine e o colocava ora aqui ora ali.

Por mais que eu estivesse bastante desapontado de ter visto na senhorita Simonet uma moça muito pouco diferente de tudo o que eu conhecia, assim como minha decepção diante da igreja de Balbec não me impedia de desejar ir a Quimperlé, a Pont-Aven e a Veneza, eu me dizia que pelo menos por intermédio de Albertine eu poderia conhecer suas amigas do pequeno bando, embora ela mesma não fosse o que eu esperara.

Primeiro, pensei que fracassaria nesse intento. Como ela devia ficar ainda muito tempo em Balbec e eu também, achei que o melhor era não procurar muito vê-la e esperar uma ocasião que me fizesse encontrá-la. Mas se isso acontecia todos os dias, era de temer fortemente que ela se contentasse em responder de longe ao meu cumprimento, que nesse caso, repetido diariamente durante toda a estação, de nada me adiantaria.

Pouco tempo depois, numa manhã em que chovera e fazia quase frio, fui abordado no dique por uma moça usando um gorro e um regalo, tão diferente da que eu vira na reunião de Elstir que nela reconhecer a mesma pessoa parecia uma operação impossível para o espírito; o meu conseguiu, porém, mas depois de um segundo de surpresa que, creio, não escapou a Albertine. Por outro lado, lembrando-me então dos "bons modos" que tinham me impressionado, ela me fez sentir o espanto inverso por seu tom rude e suas maneiras de moça do "pequeno bando". Aliás, a têmpora deixara de ser o centro óptico e sereno do rosto, fosse porque eu estivesse do outro lado, fosse porque o gorro a cobria, fosse porque o rubor não era constante. "Que tempo!, disse-me ela, no fundo o verão sem fim de Balbec é uma pilhéria. Você não faz nada aqui? Nunca nos vemos no golfe, nos bailes do Cassino; você tampouco monta a cavalo. Que xaropada deve ser para você! Não acha que a gente se embrutece ficando o tempo todo na praia? Ah! Você gosta de se fazer de lagarto? Aliás, você tem tempo para isso. Vejo que não é como eu, adoro os esportes! Você não estava nas corridas de La Sogne? Nós fomos de *tram* e compreendo que pegar um calhambeque daqueles não diverte! Levamos duas horas! Eu teria feito três vezes ida e volta com a minha bicicleta." Eu, que admirara Saint-Loup quando muito naturalmente ele chamara o trenzinho local de "zigue-zague", por causa dos inúmeros meandros que fazia, fiquei intimidado com a facilidade com que Albertine dizia o "tram", o "calhambeque". Sentia sua maestria num modo de designações em que temia que ela verificasse e desprezasse minha inferioridade. A riqueza de sinônimos que o pequeno bando possuía para designar aquele trem ainda não me tinha sido revelada. Ao falar, Albertine mantinha a cabeça imóvel, as narinas apertadas, só deixava mover a extremidade dos lábios. Disso resultava um som arrastado e nasal em cuja composição entravam talvez heranças provincianas, uma afetação juvenil de fleuma britânica, as lições de uma preceptora estrangeira e uma hipertrofia congestiva da mucosa do nariz. Essa emissão de voz, que aliás cedia muito depressa quando ela conhecia mais as pessoas e tornava a ser, naturalmente, infantil, poderia ter passado por desagradável. Mas era especial e me encantava. Toda vez que eu passava uns dias sem encontrá-la, exaltava-me repetindo: "Nunca o vemos no golfe", com o tom nasal em que ela o dissera, bem empertigada, sem mexer a cabeça. E então pensava que não existia pessoa mais desejável.

Formávamos naquela manhã um desses pares que despontam aqui e ali no dique com seus encontros, suas paradas, justo o tempo de trocar umas palavrinhas antes de se separarem para retomar, cada um por si, seu caminho divergente. Aproveitei essa imobilidade para olhar e saber definitivamente onde ficava seu sinalzinho. Ora, como uma frase de Vinteuil que me encantara na Sonata e que minha memória fazia vaguear entre o andante e o finale até o dia em que, com a partitura na mão, pude encontrá-la e imobilizá-la em minha lembrança no seu lugar, no scherzo, assim também o sinal de que me lembrava ora na face ora no queixo parou para sempre sobre o lábio superior, abaixo do nariz. É assim também que encontramos com surpresa versos que sabemos de cor, numa peça em que não desconfiávamos que estivessem.

Naquele momento, como para que diante do mar se multiplicasse em liberdade, na variedade de suas formas, todo o rico conjunto decorativo que era o belo desfilar das virgens, a um só tempo douradas e rosadas, crestadas pelo sol e pelo vento, as amigas de Albertine, de belas pernas, silhueta ágil, mas tão diferentes umas das outras, mostraram seu grupo que se desenrolou, avançando em nossa direção, mais perto do mar, numa linha paralela. Pedi licença a Albertine para acompanhá-la por alguns instantes. Infelizmente ela se limitou a lhes acenar um bom-dia com a mão. "Mas suas amigas vão se queixar se você abandoná-las", disse-lhe, esperando que passearíamos juntos. Um rapaz de feições regulares, que levava raquetes na mão, aproximou-se de nós. Era o jogador de bacará cujas loucuras indignavam tanto a mulher do presidente do tribunal. De um jeito frio, impassível, em que evidentemente imaginava consistir a distinção suprema, deu bom-dia a Albertine. "Está vindo do golfe, Octave?, ela lhe perguntou. Foi tudo bem? Você estava em forma? — Ah! Aquilo é uma estopada, estou fora do páreo, ele respondeu. — Andrée estava lá? — Sim, ela fez setenta e sete. — Ah! Mas isso é um recorde. — Eu tinha feito oitenta e dois ontem." Era filho de um riquíssimo

— 436 —

industrial que iria ter um papel bem importante na organização da próxima Exposição Universal.* Impressionou-me ver a que ponto naquele rapaz e nos outros raríssimos amigos masculinos daquelas moças o conhecimento de tudo o que se referia a roupas, maneira de usá-las, charutos, bebidas inglesas, cavalos — e que ele possuía até em seus menores detalhes com uma infalibilidade orgulhosa que alcançava a silenciosa modéstia do sábio — se desenvolvera isoladamente sem ser acompanhado da mínima cultura intelectual. Ele não tinha a menor hesitação sobre a oportunidade do smoking ou do pijama, mas não fazia ideia do caso em que se pode ou não empregar determinada palavra, e nem sequer das regras mais simples do francês. Essa disparidade entre as duas culturas devia ser a mesma de seu pai, presidente do Sindicato dos Proprietários de Balbec, pois numa carta aberta aos eleitores, que ele acabava de mandar afixar nos muros, dizia: "Eu quis ver o prefeito para conversar sobre isso, ele não quis escutar minhas queixas justas". Octave obtinha, no Cassino, prêmios em todos os concursos de bóston, de tango etc., o que o levaria a fazer, se quisesse, um lindo casamento naquele ambiente dos "banhos de mar", em que não é no sentido figurado mas literal que as moças se casam com o seu "par". Acendeu um charuto dizendo a Albertine: "Você me dá licença?", como se pede autorização para terminar um trabalho apressado enquanto se conversa. Pois jamais conseguia "ficar sem fazer nada", embora, aliás, nunca fizesse alguma coisa. E como a inatividade completa acaba por ter os mesmos efeitos que o trabalho exagerado, tanto no terreno moral como na vida do corpo e dos músculos, a constante nulidade intelectual que habitava atrás da fronte sonhadora de Octave terminou lhe dando, apesar de seu jeito calmo, inócuas comichões de pensamento, que à noite o impediam de dormir, como poderia acontecer com um metafísico estafado.

Pensando que se eu conhecesse seus amigos teria mais ocasiões de ver aquelas moças, estive prestes a lhe pedir para ser apresentado. Disse-o a Albertine, assim que ele se foi repetindo: "Estou fora do páreo". Imaginava lhe inculcar assim a ideia de me apresentar a ele na próxima vez. "Mas ora essa, ela exclamou, não posso apresentá-lo

---

* Como a cena se passa no verão de 1898, o comentário deve se referir à Exposição Universal de 1900.

a um gigolô! Aqui está pululando de gigolôs. Mas eles não iam se atrever a conversar com você. Esse aí joga golfe muito bem, e ponto-final. Eu entendo disso, ele não seria, nem de longe, o seu gênero. — As suas amigas vão se queixar se você as abandonar assim, eu lhe disse, esperando que ela fosse me propor acompanhá-la até perto delas. — Pois sim, elas não precisam de mim para nada." Cruzamos com Bloch, que me deu um sorriso fino e insinuante e, constrangido quanto a Albertine, que ele não conhecia ou pelo menos conhecia "sem conhecê-la", baixou a cabeça para o peito com um gesto rígido e rebarbativo. "Como se chama aquele ostrogodo ali?, perguntou-me Albertine. Não sei por que me cumprimenta, já que não me conhece. Por isso não lhe retribuí o cumprimento." Não tive tempo de responder a Albertine, pois andando reto em nossa direção, ele disse: "Desculpe interrompê-lo, mas queria lhe avisar que amanhã vou a Doncières. Não consigo mais esperar sem cometer uma descortesia e me pergunto o que Saint-Loup-en-Bray deve pensar de mim. Aviso-lhe que pego o trem das duas horas. Ao seu dispor". Mas agora eu só pensava em rever Albertine e em tentar conhecer suas amigas, e Doncières, como elas não iam lá e eu regressaria depois da hora em que iam à praia, me parecia no fim do mundo. Disse a Bloch que me era impossível. "Pois bem, irei sozinho. Segundo os dois ridículos alexandrinos do 'seu' Arouet, direi a Saint-Loup, para agradar seu clericalismo:

Sabe que meu dever não depende do seu,
*Que ele não o cumpra, se quer, vou cumprir o meu.**

— Reconheço que é um lindo rapaz, mas como me repugna!", disse Albertine.

Eu nunca tinha pensado que Bloch fosse um lindo rapaz; era, de fato. Com a cabeça um pouco proeminente, o nariz muito arrebitado, um ar de extrema finura e de estar convencido de sua finura, tinha um rosto agradável. Mas não podia agradar a Albertine. Aliás, talvez fosse por causa dos aspectos negativos dela, a dureza, a in-

---

* Arouet é Voltaire. Mas os versos são de Corneille (*Polyeucte*, iii, 2): "*Apprends que mon devoir ne dépend pas du sien;/ Qu'il y manque, s'il veut; je dois faire le mien*".

sensibilidade do pequeno bando, sua grosseria com tudo o que não fosse ele. De resto, mais tarde, quando os apresentei, a antipatia de Albertine não diminuiu. Bloch pertencia a um meio em que, entre a piada praticada contra a alta sociedade e o pretensioso respeito pelas boas maneiras que deve ter um homem de "mãos limpas", fez-se uma espécie de compromisso especial que difere das maneiras da alta sociedade e é, apesar de tudo, um tipo especialmente odioso de mundanismo. Quando era apresentado a alguém, inclinava-se ao mesmo tempo com um sorriso de ceticismo e um respeito exagerado, e se era a um homem dizia: "Encantado, cavalheiro", com uma voz que zombava das palavras que essa voz pronunciava mas que tinha consciência de pertencer a alguém que não era um malandro. Dedicado esse primeiro instante a um costume que ele seguia e que ao mesmo tempo ironizava (como dizia no Primeiro de Janeiro: "Que o ano novo lhe seja bom e feliz"), assumia um ar fino e astucioso e "proferia coisas sutis" que costumavam ser cheias de verdade mas "davam nos nervos" de Albertine. Quando eu lhe disse naquele primeiro dia que ele se chamava Bloch, ela exclamou: "Eu apostaria que era um judeuzinho. É bem o jeito deles de ficarem chaleirando". Aliás, mais tarde Bloch iria irritar Albertine de outra maneira. Como muitos intelectuais, ele não conseguia dizer simplesmente as coisas simples. Achava para cada uma delas um qualificativo precioso e depois generalizava. Albertine, que não gostava muito que se preocupassem com o que ela fazia, se aborreceu que Bloch lhe dissesse, quando ela torcera o pé e estava em repouso: "Ela está na espreguiçadeira, mas por ubiquidade não para de frequentar simultaneamente uns vagos golfes e uns tênis por aí". Isso era só "literatura", mas pelas dificuldades que Albertine sentia que poderia lhe criar junto a pessoas cujo convite recusara, dizendo que não podia se mexer, bastou para que ela ficasse de pirraça com a cara e o som da voz do rapaz que dizia essas coisas. Albertine e eu nos separamos prometendo-nos sair juntos um dia. Tinha conversado com ela sem saber onde caíam minhas palavras, que fim levariam, como se tivesse jogado pedras num abismo sem fundo. Que em geral elas sejam preenchidas pela pessoa a quem as dirigimos com um significado tirado de sua substância pessoal e muito diferente do que pusemos nessas mesmas palavras, é um fato que a vida corrente nos revela eternamente. Mas se além disso estamos ao lado de uma pessoa cuja educação (como para mim a de Albertine) nos é inconcebível, e cujos pendores, leituras, princípios desconhecemos, não sabemos se nossas palavras despertam nela alguma coisa que se assemelhe ao que dissemos, mais do que num animal ao qual, porém, tivéssemos de fazer compreender certas coisas. De modo que tentar me ligar a Albertine parecia-me como que entrar em contato com o desconhecido, se não com o impossível, um exercício tão árduo quanto domar um cavalo, tão repousante quanto criar abelhas ou cultivar rosas.

Poucas horas antes eu pensara que Albertine não responderia ao meu cumprimento, senão de longe. Acabávamos de nos deixar fazendo o plano de uma excursão juntos. Prometi a mim mesmo, quando encontrasse Albertine, ser mais ousado com ela e me traçara de antemão o plano de tudo o que lhe diria e até (agora que tinha a clara impressão de que devia ser leviana) de todos os prazeres que lhe pediria. Mas o espírito é influenciável como a planta, como a célula, como os elementos químicos, e são circunstâncias, é um quadro novo o meio que o modifica se nele mergulhamos. Tornando-me diferente pelo fato de sua própria presença, quando me revi com Albertine disse-lhe coisa totalmente distinta do que havia planejado. Depois, lembrando-me da têmpora esfogueada, perguntei-me se Albertine não apreciaria mais uma gentileza que ela julgasse ser desinteressada. Por fim, senti-me constrangido diante de certos olhares, sorrisos seus. Podiam significar costumes fáceis, mas também a alegria um pouco tola de uma moça travessa que tinha um fundo de honestidade. Uma mesma expressão, de semblante como de linguagem, podia comportar diversas acepções; eu estava hesitante como um aluno diante das dificuldades de uma versão do grego.

Dessa vez nos encontramos quase de imediato com Andrée, aquela alta que pulara por cima do presidente do tribunal; Albertine teve de me apresentar. Os olhos de sua amiga eram extraordinariamente claros, lembrando num apartamento sombrio a entrada, pela porta aberta, para um quarto onde batem o sol e o reflexo esverdeado do mar iluminado.

Passaram cinco senhores que eu conhecia muito de vista desde que estava em Balbec. Várias vezes tinha me perguntado quem seriam. "Não é uma gente muito chique, disse-me Albertine debochando com ar de desprezo. O velhinho de cabelo pintado, que está de luvas amarelas, tem uma pinta, hein? Bela estampa, é o dentista de Balbec, é boa gente; o gordo é o prefeito, não o gordo baixinho, esse aí você deve ter visto, é o professor de dança, e é feio pra chuchu, ele não suporta a gente porque a gente faz barulho demais no Cassino, porque destruímos as cadeiras de lá e queremos dançar sem tapete, por isso ele nunca nos deu o prêmio embora só a gente saiba dançar. O dentista é um boa-praça, eu o cumprimentaria só para dar raiva ao professor de dança, mas não posso porque está com eles o senhor de Sainte-Croix, o conselheiro-geral, homem de uma família muito boa que ficou do lado dos republicanos, por dinheiro; mais nenhuma pessoa correta o cumprimenta. Ele conhece meu tio, por causa do governo, mas o resto da família lhe virou as costas. O magro de impermeável é o maestro. Como, não o conhece? Ele toca divinamente. Você não foi ouvir *Cavalleria rusticana*? Ah! Acho aquilo ideal! Ele dá um concerto esta noite, mas não podemos ir porque vai acontecer na sala da Prefeitura. No Cassino, não faz mal, mas na sala da Prefeitura, de onde tiraram o Cristo, a mãe da Andrée teria um ataque apoplético se nós fôssemos. Você vai me dizer que o marido de minha tia está no governo. Mas o que se há de fazer? Minha tia é minha tia. Não é por isso que gosto dela! Ela sempre só teve um desejo, se livrar de mim. A pessoa que realmente me serviu de mãe, e que teve mérito dobrado, pois não é nada minha, foi uma amiga que amo, aliás, como se fosse minha mãe. Vou lhe mostrar sua foto." Fomos abordados um instante pelo campeão de golfe e jogador de bacará, Octave. Pensei ter descoberto um laço entre nós, pois soube pela conversa que ele era meio aparentado com os Verdurin, e além disso muito estimado por eles. Mas falou com desprezo das famosas quartas-feiras, e acrescentou que o senhor Verdurin ignorava o uso do smoking, o que tornava muito constrangedor encontrá-lo em certos "music halls" onde adoraríamos não precisar ouvir um senhor de casaco e gravata preta de tabelião de aldeia gritando: "Olá, seu malandrinho". Depois Octave nos deixou, e logo em seguida foi a vez de Andrée, ao chegar defronte de seu chalé, onde entrou sem que durante todo o passeio tivesse me dito uma só palavra. Lamentei muito sua partida, tanto mais que, enquanto eu observava a Albertine a frieza de sua amiga comigo e aproximava dentro de mim essa dificuldade que Albertine parecia ter em me ligar às suas amigas e a hostilidade contra a qual Elstir parecia ter esbarrado no primeiro dia para satisfazer meu desejo, passaram umas moças que cumprimentei, as senhoritas d'Ambresac, a quem Albertine também deu bom-dia.

Pensei que depois disso minha posição diante de Albertine ia melhorar. Elas eram filhas de uma parente de madame de Villeparisis e que também conhecia madame de Luxemburgo. O senhor e a senhora d'Ambresac, que tinham uma pequena vila em Balbec e eram riquíssimos, levavam uma vida das mais simples, estavam sempre trajando, o marido o mesmo casaco, a mulher um vestido escuro. Os dois dirigiam à minha avó imensos cumprimentos, que não levavam a nada. As filhas, muito bonitas, vestiam-se com mais elegância, mas uma elegância de cidade e não de praia. Em seus vestidos compridos, sob seus grandes chapéus, pareciam pertencer a outra humanidade que não a de Albertine. Esta sabia muito bem quem elas eram. "Ah! Você conhece as pequenas d'Ambresac? Pois é, você conhece gente muito chique. Aliás, eles são muito simples, acrescentou como se fosse contraditório. Elas são muito simpáticas, mas tão bem-educadas que não as deixam ir ao Cassino, sobretudo por causa de nós, já que temos maus modos demais. Elas lhe agradam? Arre, depende. São umas perfeitas patetinhas. Isso talvez tenha seu charme. Se você gosta de patetinhas, está muito bem servido. Pelo visto, conseguem agradar, pois uma já está noiva do marquês de Saint-Loup. E isso causa muita tristeza à caçula, que estava apaixonada por esse rapaz. Eu, só o jeito delas de falar meio cheias de reticências já me enerva. E além disso, vestem-se de um modo ridículo. Vão jogar golfe de vestidos de seda. Na idade delas, se apresentam mais pretensiosamente do que mulheres idosas que sabem se vestir. Veja madame Elstir, essa aí é uma mulher elegante." Respondi que me parecera vestida com muita simplicidade. Albertine começou a rir. "Ela se apresenta muito simplesmente, é verdade, mas se veste maravilhosamente e para chegar ao que você acha simplicidade gasta um dinheiro alucinante." Os vestidos de madame Elstir passavam despercebidos aos olhos de quem não tinha o gosto seguro e sóbrio das coisas da toalete. Esse gosto me faltava. Elstir o possuía em grau máximo, pelo que me disse Albertine. Eu não duvidara nem sequer que as coisas elegantes mas simples que enchiam seu ateliê eram maravilhas desejadas por ele, que as perseguira de leilão em leilão, conhecendo toda a sua história, até o dia em que ganhara dinheiro bastante para possuí-las. Mas sobre isso, Albertine, tão ignorante como eu, nada podia me ensinar. Ao passo que em relação às toaletes, orientada por um instinto de coquete e talvez por um desgosto de moça pobre que saboreia com mais desinteresse e delicadeza nos ricos aquilo com que não poderá se enfeitar, ela soube me falar muito bem dos requintes de Elstir, tão exigente que achava toda mulher malvestida, e que, pondo todo um mundo numa proporção, numa nuance, mandava fazer para a mulher, a preços alucinantes, sombrinhas, chapéus, mantôs que ele ensinara a Albertine a achar encantadores e em que uma pessoa sem bom gosto não teria reparado mais do que eu. De resto, Albertine, que fizera um pouco de pintura sem ter aliás, como confessava, nenhuma "disposição", tinha grande admiração por Elstir, e graças ao que ele lhe dissera e mostrara, entendia de quadros de um modo que contrastava muito com seu entusiasmo pela *Cavalleria rusticana*. É que na verdade, embora isso ainda pouco se visse, era muito inteligente e nas coisas que dizia a tolice não era dela, mas de seu ambiente e de sua idade. Elstir tivera sobre ela uma influência feliz mas parcial. Nem todas as formas da inteligência tinham alcançado Albertine com o mesmo grau de desenvolvimento. O gosto pela pintura quase se equiparara ao gosto pela toalete e por todas as formas de elegância, mas não fora seguido pelo gosto por música, que ficava muito atrás.

Por mais que Albertine soubesse quem eram os Ambresac, e assim como quem pode o mais não pode necessariamente o menos, não a achei mais disposta a me apresentar às suas amigas depois de eu ter cumprimentado aquelas moças. "Você é muito bom em lhes dar importância. Não preste atenção, elas são nada vezes nada. O que essas garotas podem significar para um homem do seu valor? Andrée pelo menos é notavelmente inteligente. É uma boa menina, embora perfeitamente fantasista, mas as outras são de fato umas idiotas." Depois de deixar Albertine, senti de repente muita tristeza por Saint-Loup ter me escondido seu noivado, e que fizesse algo tão incorreto como se casar sem ter rompido com a amante. Poucos dias depois, porém, fui apresentado a Andrée e como ela falou bastante tempo, aproveitei para lhe dizer que gostaria muito de vê-la no dia seguinte, mas ela me respondeu que era impossível, porque encontrara sua mãe bastante mal e não queria deixá-la sozinha. Dois dias depois, quando fui ver Elstir, ele me falou da simpatia muito grande que Andrée tinha por mim; eu lhe respondi: "Mas sou eu que tenho muita simpatia por ela desde o primeiro dia, pedi para revê-la no dia seguinte, mas ela não podia. — É, eu sei, ela me contou, disse Elstir, ela sentiu bastante, mas tinha aceitado um piquenique a dez léguas daqui, onde devia ir num break, e não podia mais desistir". Embora essa mentira fosse, com Andrée me conhecendo tão pouco, algo insignificante, eu não poderia continuar a frequentar uma pessoa que fosse capaz disso. Pois o que as pessoas fizeram, recomeçam a fazer indefinidamente. E se todo ano você vai ver um amigo que das primeiras vezes não pôde ir a um encontro com você porque estava resfriado, você vai encontrá-lo com outro resfriado que ele apanhou, vai marcar outro encontro a que ele não irá, por uma mesma razão permanente em lugar da qual ele acredita ver razões variadas, causadas pelas circunstâncias.

Numa das manhãs que se seguiram àquela em que Andrée me dissera que era obrigada a ficar junto da mãe, eu dava um pequeno passeio com Albertine quando a avistei, levantando na ponta de uma cordinha um objeto estranho que a deixava parecida com a "Idolatria" de Giotto;* aliás, chama-se "diabolô" e caiu tanto em desuso que, diante do retrato de uma moça com um deles, os comentaristas do futuro poderão dissertar, como que diante de determinada figura alegórica da Arena,** sobre o que ela tem na mão. Um momento depois, a amiga delas, de aspecto pobre e duro, que escarnecera no primeiro dia com ares tão malvados dizendo: "Esse pobre velho me dá pena" para falar do senhor que Andrée roçara com os pés ligeiros, veio dizer a Albertine: "Bom dia, estou incomodando?". Ela tirara seu chapéu, que a atrapalhava, e seus cabelos, como uma variedade vegetal deslumbrante e desconhecida, repousavam em sua fronte com a minuciosa delicadeza de sua foliação. Albertine, talvez irritada ao vê-la sem chapéu, nada respondeu, ficou num silêncio glacial, mas apesar disso a outra permaneceu ali, mantida à distância de

---

* Referência a uma das figuras de *Alegorias das virtudes e dos risos*, da capela Scrovegni em Pádua. Vê-se um homem segurando na mão direita um ídolo que lhe põe a corda no pescoço, dando as costas a Deus. No alto do painel, lê-se o nome do vício assim figurado: *Infidelitas*, que em francês se traduziria por "idolatria".

** A capela Scrovegni foi construída no lugar de um teatro antigo, daí o nome que também lhe dão de capela dell'Arena.

mim por Albertine, que em certos instantes dava um jeito de ficar sozinha com ela, e em outros de caminhar comigo, deixando-a para trás. Para que ela me apresentasse, tive de lhe pedir, diante da outra. Então, quando Albertine disse meu nome, no rosto e nos olhos azuis daquela moça em quem eu vira um ar tão cruel quando ela dissera: "Esse pobre velho me dá pena", vi passar e brilhar um sorriso cordial, amoroso, e ela me estendeu a mão. Seus cabelos eram dourados, e não só eles; pois se suas faces eram rosadas e seus olhos azuis, era como o céu ainda purpúreo da manhã onde por toda parte desponta e brilha o ouro.

Logo me entusiasmando, pensei que era uma criança tímida quando amava e que era por mim, por amor a mim, que ela ficara conosco apesar das respostas grosseiras de Albertine, e que devia estar feliz de poder enfim me confessar, por aquele olhar risonho e bom, que seria tão meiga comigo como terrível com os outros. Tinha decerto reparado em mim na praia mesmo quando eu ainda não a conhecia, e pensara em mim depois; talvez fosse para ser admirada por mim que ela zombara do velho senhor e porque não conseguia me conhecer é que andara nos dias que se seguiram com um ar melancólico. Do hotel eu a avistara muitas vezes passeando na praia. Era provavelmente com a esperança de me encontrar. E agora, constrangida pela presença de Albertine tanto quanto ficaria pela de todo o bando, evidentemente ela só se grudava aos nossos passos, apesar da atitude cada vez mais fria da amiga, na esperança de ficar por último, de marcar encontro comigo para um momento em que daria um jeito de escapar sem que sua família e suas amigas soubessem, e marcá-lo num lugar seguro antes da missa ou depois do golfe. Era ainda mais difícil vê-la porque Andrée estava de mal com ela e a detestava. "Aguentei muito tempo sua terrível falsidade, disse-me, sua baixeza, as inúmeras grosserias que ela me fez. Aguentei tudo por causa das outras. Mas a última foi a gota d'água que fez tudo transbordar." E me contou um mexerico que aquela moça contara e que, de fato, podia prejudicar Andrée.

Mas as palavras a mim prometidas pelo olhar de Gisèle para o momento em que Albertine nos tivesse deixado juntos não puderam me ser ditas, porque Albertine, pondo-se obstinadamente entre nós dois, continuou a responder cada vez mais laconicamente, e depois deixou de responder de vez às palavras de sua amiga, que acabou nos abandonando. Critiquei Albertine por ter sido tão desagradável. "Isso lhe ensinará a ser mais discreta. Não é uma moça má, mas é maçante. Não precisa vir meter o nariz em tudo. Por que se gruda em nós sem que a gente tenha pedido? Por um triz não a mando plantar batatas. Aliás, detesto que ela use os cabelos assim, fica esquisito." Eu olhava as faces de Albertine enquanto ela falava e me perguntava que perfume, que gosto elas podiam ter: naquele dia ela estava, não fresca, mas lisa, de um rosa uniforme, violáceo, cremoso, como certas rosas que têm um verniz de cera. Eu estava apaixonado por elas como às vezes ficamos por uma espécie de flores. "Eu não tinha reparado, respondi. — Mas você a olhou bastante, parecia que queria fazer o retrato dela", ela me disse sem ter sossegado pelo fato de que naquele momento era para ela mesma que eu olhava tanto. "Não acho que ela lhe agradaria. Não é nem um pouco do gênero flerte. Você deve gostar das moças flerte. Em todo caso, ela não vai ter outra ocasião de se grudar e de se oferecer, porque volta breve para Paris. — As suas outras amigas vão junto com ela? — Não, só ela, ela e a Miss, porque ela tem exames de segunda época, vai queimar as pestanas, a pobre garota. Não é nada engraçado, garanto. Pode acontecer que a gente caia num bom tema. O acaso é tão grande. Uma das nossas amigas, sabe, tirou: 'Conte um acidente ao qual você assistiu'. Isso é que é sorte. Mas conheço uma moça que teve de tratar (e no escrito, ainda por cima) de: 'Entre Alceste ou Filinto, quem você preferiria ter como amigo?'. Nesse aí eu ia me dar mal! Primeiro, antes de mais nada, não é uma pergunta que se faça a moças. As moças são ligadas a outras moças e supostamente não são amigas de cavalheiros. (Essa frase, mostrando-me que eu tinha pouca chance de ser admitido no pequeno bando, me fez tremer.) Mas seja como for, mesmo se a pergunta fosse feita a rapazes, o que é que você quer que se pudesse encontrar para dizer a respeito? Várias famílias escreveram ao *Gaulois* para se queixar da dificuldade de perguntas assim.* O mais incrível é que numa coletânea das melhores provas de alunas premiadas o assunto foi tratado duas vezes de um modo absolutamente oposto. Tudo depende do examinador. Um queria que se dissesse que Filinto era um homem bajulador e

---

* O jornal *Le Gaulois*, fundado em 1868, se vangloriava de que as moças da alta sociedade lessem seu noticiário.

velhaco, o outro, que não era possível negar a admiração a Alceste, mas que ele era rabugento demais e que como amigo se devia preferir Filinto. Como você quer que as pobres alunas se orientem quando os professores não estão de acordo entre si? E isso ainda não é nada, cada ano fica mais difícil. Gisèle só conseguiria se safar com um bom pistolão."

Voltei para o hotel, minha avó não estava lá, esperei-a um bom tempo; finalmente, quando regressou, supliquei-lhe que me deixasse ir fazer em condições inesperadas uma excursão que duraria talvez quarenta e oito horas, almocei com ela, mandei chamar um carro e fui para a estação. Gisèle não ficaria surpresa em me ver ali; depois de fazermos a baldeação em Doncières, no trem para Paris havia um vagão-corredor onde, enquanto a Miss cochilasse, eu poderia levar Gisèle para algum canto escuro e marcar um encontro com ela para a minha volta a Paris, que eu tentaria apressar o mais possível. Dependendo da vontade que ela me expressasse, eu a acompanharia até Caen ou até Évreux e tomaria o trem seguinte. Mesmo assim, o que teria pensado se soubesse que eu hesitara muito tempo entre ela e suas amigas, que tanto quanto por ela eu gostaria de estar apaixonado por Albertine, pela jovem de olhos claros, e por Rosemonde! Eu sentia remorsos, agora que um amor recíproco ia me unir a Gisèle. Por sinal, poderia ter lhe garantido muito veridicamente que Albertine já não me agradava. Eu a vira de manhã afastar-se, quase me dando as costas, para falar com Gisèle. Com a cabeça inclinada e ar amuado, seus cabelos, que usava presos para trás, eram diferentes e ainda mais pretos, e brilhavam como se ela acabasse de sair da água. Pensei numa galinha molhada, e seus cabelos me fizeram encarnar em Albertine outra alma diferente até então do rosto violáceo e do olhar misterioso. Aqueles cabelos luzidios jogados para trás da cabeça eram tudo o que podia ver dela por um instante, e era somente isso que eu continuava a ver. Nossa memória se assemelha a essas lojas, que, em suas vitrines, expõem de certa pessoa ora uma fotografia ora outra. E em geral só a mais recente fica visível por algum tempo. Enquanto o cocheiro apressava seu cavalo, eu escutava as palavras de reconhecimento e ternura que Gisèle me dizia, todas nascidas de seu bom sorriso e de sua mão estendida: é que nos períodos de minha vida em que eu não estava apaixonado e desejava estar, trazia em mim não só um ideal físico de beleza que, viu-se, eu reconhecia de longe em toda mulher que passasse a certa distância para que suas feições confusas não se opusessem a essa identificação, mas também o fantasma moral — sempre pronto para ser encarnado — da mulher que ia se apaixonar por mim, dar-me a réplica na comédia amorosa que eu trazia totalmente escrita na cabeça desde minha infância e que toda moça que merece ser amada parecia-me ter a mesma vontade de representar, contanto que também tivesse um pouco o físico para o seu papel. Nessa peça, fosse qual fosse a nova "estrela" que eu chamava para criar ou ensaiar o papel do personagem, o roteiro, as peripécias, o próprio texto mantinham uma forma *ne varietur*.

Alguns dias depois, apesar do pouco empenho de Albertine em nos apresentar, eu conhecia todo o pequeno bando do primeiro dia, que continuava completo em Balbec (a não ser por Gisèle, que devido a uma longa parada diante da barreira da estação, e uma mudança no horário, eu não conseguira encontrar no trem, que saíra cinco minutos antes de minha chegada, e em quem, aliás, eu já não pensava), e, além disso, duas ou três de suas amigas que, a meu pedido, elas me apresentaram. E assim, como a esperança do prazer que eu reencontraria com uma nova moça viria de outra moça por quem eu a tivesse conhecido, a mais recente era, então, como uma dessas variedades de rosas que obtemos graças a uma rosa de outra espécie. E subindo de corola em corola por essa cadeia de flores, o prazer de conhecer uma diferente me fazia retornar àquela a quem a devia, com uma gratidão mesclada tanto de desejo como de minha nova esperança. Logo passei todos os meus dias com aquelas moças.

Hélas!, na flor mais fresca é possível distinguir os pontos imperceptíveis que para o espírito alerta já desenham o que será, pela dissecação ou frutificação das carnes hoje em flor, a forma imutável e já predestinada da semente. Seguimos deliciados um nariz parecido com uma ondazinha deliciosamente dilatada por uma água matinal e que parece imóvel, desenhável, porque o mar é tão calmo que não se percebe a maré. Os rostos humanos não aparentam mudar quando os olhamos, porque a revolução que realizam é muito lenta para percebermos. Mas bastava ver ao lado daquelas moças sua mãe ou sua tia, para medir as distâncias que, por atração interna de um tipo geralmente horroroso, aquelas feições teriam atravessado em menos de trinta anos até a hora do declínio dos olhares, até aquela em que o rosto que ultrapassou inteiramente o horizonte já não recebe luz. Eu sabia que tão profundo, tão inelutável quanto o patriotismo judeu ou o atavismo cristão naqueles que se creem os mais libertos de sua raça, habitavam sob a rósea inflorescência de Albertine, de Rosemonde, de Andrée, delas desconhecidos, mantidos em reserva pelas circunstâncias, um nariz grande, uma boca saliente, uma gordura que surpreenderia, mas na verdade estavam nos bastidores, prontos para entrar em cena, tal como um certo dreyfusismo, um certo clericalismo súbito, imprevisto, fatal, um certo heroísmo nacionalista e feudal, repentinamente respondendo ao apelo das circunstâncias de uma natureza anterior ao próprio indivíduo, pela qual ele pensa, vive, evolui, se fortalece e morre sem que possa distingui-la dos motivos específicos com que a confunde. Mesmo mentalmente, dependemos das leis naturais mais do que pensamos e nosso espírito possui de antemão como certo criptógamo, como certa gramínea, as particularidades que acreditamos escolher. Mas só captamos as ideias segundas, sem perceber a causa primeira (raça judia, família francesa etc.) que as produzia necessariamente e que manifestamos no momento desejado. E talvez, enquanto umas nos parecem resultado de uma deliberação, outras, de uma imprudência em nossa higiene, herdamos de nossa família, como as papilionáceas a forma de sua semente, tanto as ideias de que vivemos como a doença de que morreremos.

Como numa plantação em que as flores amadurecem em épocas diferentes, eu vira, como velhas senhoras, naquela praia de Balbec, essas duras sementes, esses macios tubérculos que minhas amigas seriam um dia. Mas que importava? Naquele momento era a estação das flores. Por isso, quando madame de Villeparisis me convidava para um passeio, eu procurava uma desculpa para não estar livre. As únicas visitas que fiz a Elstir foram aquelas em que minhas novas amigas me acompanharam. Não consegui nem sequer encontrar uma tarde para ir a Doncières ver Saint-Loup, como lhe prometera. As reuniões mundanas, as conversas sérias, quem sabe até um diálogo amistoso, se tivessem ocupado o lugar de minhas saídas com aquelas moças teriam me causado o mesmo efeito que se na hora do almoço nos levassem não para comer, mas para folhear um álbum. Os homens, os jovens, as mulheres velhas ou maduras com quem julgamos nos divertir só são levados por nós para uma superfície plana e inconsistente porque tomamos consciência deles apenas pela percepção visual reduzida a si própria; mas quando a percepção se dirige às moças, é como que delegada dos outros sentidos; eles vão buscar, uma atrás da outra, as diversas qualidades odoríferas, táteis, saborosas, que assim eles provam, mesmo sem o auxílio das mãos e dos lábios; e capazes, graças às artes da transposição e ao gênio de síntese em que o desejo é exímio, de reconstituir sob a cor das faces ou do peito o toque, a degustação, os contatos proibidos, eles dão a essas moças a mesma consistência de mel que às rosas e às uvas quando estão vagueando por um roseiral, ou por um vinhedo a cujos cachos comem com os olhos.

Embora o mau tempo não assustasse Albertine, que costumava ser vista com seu impermeável fugindo de bicicleta debaixo dos aguaceiros, se chovesse passávamos o dia no Cassino aonde naqueles dias me parecia impossível não ir. Eu sentia o maior desprezo pelas senhoritas d'Ambresac que nunca tinham entrado lá. E de bom grado ajudava minhas amigas a pregar peças no professor de dança. Em geral, sofríamos algumas admoestações do gerente ou dos empregados que usurpavam um poder de direção, porque minhas amigas — até mesmo Andrée, que por isso eu pensara ser, no primeiro dia, uma criatura tão dionisíaca, e que era, ao contrário, frágil, intelectual, e naquele ano estava muito doente, mas ainda assim obedecia menos ao estado de saúde do que ao gênio dessa idade, que a tudo se impõe e confunde na alegria os doentes e os vigorosos — não podiam ir ao vestíbulo ou ao salão de festas sem tomar impulso, pular por cima de todas as cadeiras, voltar escorregando e mantendo o equilíbrio por um gracioso movimento de braços, cantando, misturando todas as artes nessa primeira juventude, à maneira desses poetas das priscas eras para quem os gêneros ainda não estão separados, e que misturam num poema épico os preceitos agrícolas com os ensinamentos teológicos.

Essa Andrée que me parecera a mais fria no primeiro dia era infinitamente mais delicada, mais afetuosa, mais sutil que Albertine, por quem mostrava uma ternura carinhosa e doce de irmã mais velha. No Cassino vinha sentar-se ao meu lado e sabia — ao contrário de Albertine — recusar uma valsa ou até, se eu estivesse cansado, desistir de ir ao Cassino para vir ao hotel. Expressava sua amizade por mim, por Albertine, com nuances que provavam a mais deliciosa compreensão das coisas do coração, a qual talvez se devesse em parte a seu estado doentio. Tinha sempre um sorriso alegre para desculpar a infantilidade de Albertine que expressava com uma violência ingênua a tentação irresistível que para ela ofereciam as diversões, a que não sabia, como Andrée, preferir decididamente uma conversa comigo... Quando se aproximava a hora de ir a um lanche oferecido no golfe, se estávamos todos juntos naquele momento ela se preparava e depois ia até Andrée: "E então, Andrée, o que está esperando para vir? Você sabe que vamos tomar lanche no golfe. — Não, vou ficar conversando com ele, respondia Andrée, me apontando. — Mas você sabe que madame Durieux a convidou", exclamava Albertine, como se a intenção de Andrée de ficar comigo só pudesse se explicar pela ignorância em que devia estar de que fora convidada. "Ora essa, menina, não seja tão idiota", respondia Andrée. Albertine não insistia, de medo que lhe propusessem também ficar. Sacudia a cabeça: "Faça o que quiser", respondia, como se diz a um doente que por prazer vai se matando a fogo lento, "eu vou caindo fora, pois acho que meu relógio está atrasado", e dava no pé. "Ela é um amor, mas inconcebível", dizia Andrée envolvendo sua amiga com um sorriso que ao mesmo tempo a acariciava e a julgava. Se, nesse gosto pelo divertimento, Albertine tinha algo da Gilberte dos primeiros tempos, é que certa semelhança existe, embora evoluindo, entre as mulheres que amamos sucessivamente, semelhança que decorre da firmeza de nosso temperamento porque é ele que as escolhe, eliminando todas aquelas que não nos fossem a um só tempo opostas e complementares, isto é, apropriadas para satisfazer nossos sentidos e fazer nosso coração sofrer. Essas mulheres são um produto de nosso temperamento, uma imagem, uma projeção invertida, um "negativo" de nossa sensibilidade. De modo que um romancista poderia, no curso da vida de seu herói, pintar quase exatamente iguais os seus sucessivos amores e com isso dar a impressão, não de imitar a si próprio, mas de criar, visto que há menos força numa inovação artificial do que numa repetição destinada a sugerir uma verdade nova. E ele ainda deveria notar no caráter do apaixonado um índice de variação que se acentua à medida que se chega a novas regiões, sob outras latitudes da vida. E talvez ainda exprimisse mais uma verdade se, pintando caracteres para seus outros personagens, ele se abstivesse de conferir algum caráter à mulher amada. Acaso conhecemos o caráter dos indiferentes, como poderíamos captar aquele de um ser que se confunde com nossa vida, que breve já não separaremos de nós mesmos, sobre cujos motivos não cessamos de elaborar ansiosas hipóteses, perpetuamente remanejadas? Lançando-se para além da inteligência, nossa curiosidade sobre a mulher que amamos ultrapassa, na corrida, o caráter dessa mulher. Poderíamos parar aí, mas com certeza não quereríamos. O objeto de nossa inquieta investigação é mais essencial do que essas particularidades de caráter, parecidas com esses pequenos losangos de epiderme cujas combinações variadas fazem a originalidade florida da carne. Nossa radiação intuitiva as atravessa e as imagens que ela nos traz não são as de um rosto específico, mas representam a melancólica e dolorosa universalidade de um esqueleto.

Como Andrée era extremamente rica, Albertine pobre e órfã, Andrée, com grande generosidade, a fazia aproveitar seu luxo. Quanto a seus sentimentos por Gisèle, não eram exatamente os que eu imaginara. Logo tivemos, de fato, notícias da estudante, e quando Albertine mostrou a carta que dela recebera, carta destinada por Gisèle a dar ao pequeno bando notícias de sua viagem e de sua chegada, desculpando-se pela preguiça de ainda não escrever às outras, fiquei surpreso ao ouvir Andrée, que eu supunha estar mortalmente zangada com ela, dizer: "Vou lhe escrever amanhã, porque se esperar primeiro sua carta, posso esperar muito tempo, ela é tão negligente". E virando-se para mim acrescentou: "É claro que você não a acharia notável, mas é uma moça tão boa, e além disso tenho de fato grande afeto por ela". Concluí que as desavenças com Andrée não duravam muito.

A não ser naqueles dias de chuva, como devíamos ir de bicicleta até a falésia ou para o campo, eu procurava me aprontar com uma hora de antecedência e gemia se Françoise não tivesse preparado direito as minhas coisas.

Ora, mesmo em Paris ela empertigava, orgulhosa e furiosa, sua silhueta que a idade começava a curvar quando a pegávamos na menor falta, ela tão humilde, ela modesta e encantadora quando seu amor-próprio era lisonjeado. Como ele era a grande mola de sua vida, a satisfação e o bom humor de Françoise eram diretamente proporcionais à dificuldade das coisas que lhe pediam. As que tinha de fazer em Balbec eram tão fáceis que ela quase sempre mostrava um descontentamento que era de súbito centuplicado, ao qual se aliava uma irônica expressão de orgulho quando eu me queixava, antes do encontro com minhas amigas, de que meu chapéu não estivesse escovado nem minhas gravatas em ordem. Ela, que podia trabalhar tanto, sem por isso achar que tivesse feito muito, diante da simples observação de que um casaco não estava no lugar, não só se gabava, com que cuidado, de tê-lo "guardado em vez de não deixá-lo na poeira", como, proferindo um elogio em regra de suas tarefas, deplorava que não fossem propriamente férias que ela tirava em Balbec, e que não encontraríamos uma segunda pessoa igual a ela para levar uma vida daquelas. "Não entendo é como é que alguém pode deixar suas coisas assim, e vá lá ver se outra pessoa vai conseguir se encontrar nessa barafunda. Até o diabo ia perder aqui o seu latim." Ou então ela se contentava em adotar um semblante de rainha, lançando-me olhares inflamados, e mantinha um silêncio quebrado assim que ela fechava a porta e pegava o corredor; este então ressoava frases que eu adivinhava serem injuriosas mas que permaneciam tão indistintas como as dos personagens que soltam suas primeiras palavras na coxia antes de entrar em cena. Aliás, quando eu me preparava assim para sair com minhas amigas, mesmo se nada faltasse e Françoise estivesse de bom humor, ela se mostrava, ainda assim, insuportável. Pois se servindo dos gracejos que em minha necessidade de falar daquelas moças eu lhe fizera, ela assumia ares de me revelar o que eu saberia melhor que ela se fosse verdade mas que não era, pois Françoise compreendera mal. Tinha, como todo mundo, sua índole própria; uma pessoa nunca se assemelha a um caminho reto, mas nos surpreende com seus meandros singulares e inevitáveis que os outros não percebem e por onde nos é difícil ter de passar. Toda vez que eu chegava ao ponto: "Chapéu fora do lugar", ou "nome de Andrée ou de Albertine", era obrigado por Françoise a me perder por caminhos desviados e absurdos que me atrasavam muito. O mesmo acontecia quando eu mandava preparar sanduíches de queijo chester e alface, e comprar tortas que eu comeria na hora do lanche, na falésia, com as moças, e que elas poderiam muito bem pagar, uma de cada vez, se não fossem tão interesseiras, declarava Françoise, que então apelava para todo um atavismo de rapacidade e de vulgaridade provincianas, e para quem se diria que a alma dividida da finada Eulalie encarnara, mais graciosamente do que em santo Elói, nos corpos encantadores de minhas amigas do pequeno bando. Eu ouvia essas acusações com a fúria de me sentir tropeçar num dos lugares a partir dos quais o caminho rústico e familiar que era o temperamento de Françoise tornava-se impraticável, não por muito tempo, felizmente. Depois, encontrado o casaco e prontos os sanduíches, eu ia ver Albertine, Andrée, Rosemonde, outras às vezes, e, a pé ou de bicicleta, partíamos.

Antes, eu preferia que esse passeio ocorresse com mau tempo. Então, procurava reencontrar em Balbec "o país dos cimérios" e os belos dias eram uma coisa que não deveria ter existido por lá, uma intrusão do vulgar verão dos banhistas naquela antiga região velada pelas brumas. Mas agora, tudo o que eu desdenhara, afastara de minha visão, não só os reflexos do sol como também as regatas, as corridas de cavalos, eu procuraria com paixão pelo mesmo motivo de outrora eu só querer mares procelosos, e que era o fato de que se ligavam, uns agora como antigamente os outros, a uma ideia estética. É que com minhas amigas tínhamos às vezes ido ver Elstir, e nos dias em que as moças estavam lá o que ele preferiu mostrar foram alguns croquis de lindas yachtswomen ou então um esboço feito num hipódromo perto de Balbec. Primeiro, eu tinha confessado timidamente a Elstir que não desejara ir às reuniões organizadas por lá. "Fez mal, ele me disse, é tão bonito e tão curioso também! Primeiro, essa criatura especial, o jóquei, em quem tantos olhares estão fixados, e que diante do paddock está ali taciturno, abatido, em sua casaca deslumbrante, formando um só com o cavalo que caracola e ele segura; como seria interessante destacar seus gestos profissionais, mostrar a mancha brilhante que ele forma, ele e o pelo dos cavalos, no campo de corridas! Que transformação de todas as coisas naquela imensidão luminosa de um campo de corridas onde nos surpreendemos com tantas sombras, reflexos, que só vemos por lá! Como as mulheres podem ser bonitas ali! A primeira reunião, sobretudo, foi maravilhosa, e havia mulheres de extrema elegância, numa luz úmida, holandesa, em que se sentia subir até no próprio sol o frio penetrante da água. Nunca vi mulheres chegando de carro ou com seus binóculos nos olhos, numa luz como aquela, que sem dúvida resulta da umidade marinha. Ah! Como gostaria de reproduzi--la; voltei alucinado daquelas corridas, com imenso desejo de trabalhar!" Depois extasiou-se ainda mais com as reuniões de yachting do que com as corridas de cavalos, e compreendi que regatas, que meetings esportivos onde mulheres bem-vestidas banhavam-se na luz glauca de um hipódromo marinho podiam ser para um artista moderno motivos tão interessantes quanto as festas que um Veronese ou um Carpaccio tanto gostavam de descrever. "Sua comparação é mais exata ainda, disse-me Elstir, porque, na cidade onde eles pintavam, essas festas eram em parte náuticas. Simplesmente, a beleza das embarcações daquele tempo residia no mais das vezes em sua solidez, em sua complicação. Havia torneios na água, como aqui, organizados geralmente em honra de alguma embaixada parecida com a que Carpaccio representou em *A lenda de santa Úrsula*. Os navios eram pesados, construídos como arquiteturas, e pareciam quase anfíbios como Venezas menores no meio da outra, quando atracados com a ajuda de pontes movediças, cobertos de cetim carmesim e de tapetes persas, levavam mulheres de brocado cereja ou de adamascado verde até bem perto das sacadas incrustadas de mármores multicoloridos onde outras mulheres se debruçavam para olhar, dentro de seus vestidos de mangas pretas com fendas brancas debruadas de pérolas ou rendilhadas de guipures. Já não se sabia onde terminava a terra, onde começava a água, o que ainda era o palácio ou já o navio, a caravela, a galeaça, o Bucentauro."* Albertine escutava com uma atenção apaixonada esses pormenores da toalete, essas imagens de luxo que Elstir nos descrevia. "Ah! Eu bem que gostaria de ter as guipures de que me fala, é tão bonito o ponto de Veneza, ela exclamava; aliás, adoraria ir a Veneza! — Talvez possa ir em breve, disse-lhe Elstir, contemplar os tecidos maravilhosos que lá se usavam. Só era possível vê-los nos quadros dos pintores venezianos, ou então, muito raramente, nos tesouros das igrejas, às vezes havia até um deles que ia a leilão. Mas dizem que um artista de Veneza, Fortuny, descobriu o segredo de sua fabricação e que daqui a uns anos as mulheres poderão passear, e sobretudo ficar em casa, envoltas em brocados tão magníficos como os que Veneza enfeitava com desenhos do Oriente, para suas patrícias. Mas não sei se gostaria muito disso, se não seria um traje um bocado anacrônico para as mulheres de hoje, mesmo exibindo-se nas regatas, pois para voltar

---

*   O Bucentauro era o galeão em que embarcava o doge de Veneza nas festas de gala.

aos nossos barcos modernos de recreio, são exatamente o contrário dos tempos de Veneza, 'Rainha do Adriático'. O maior encanto de um iate, do mobiliário de um iate, das toaletes do yachting, é sua simplicidade das coisas do mar, e gosto tanto do mar! Confesso-lhe que prefiro as modas de hoje às modas do tempo de Veronese e até de Carpaccio. O que há de bonito em nossos iates — e nos iates médios sobretudo, não gosto dos enormes, que lembram navios, é como com os chapéus, há uma medida a respeitar — é a coisa lisa, simples, clara, cinza, que com o tempo encoberto, azulado, fica de uma imprecisão cremosa. É preciso que o aposento onde estivermos tenha o jeito de um pequeno café. Com as toaletes das mulheres num iate é a mesma coisa; o que é gracioso são essas toaletes leves, brancas e lisas, de algodão, de linho, de seda chinesa, de cotim, que no sol e contra o azul do mar formam um branco tão resplandecente como uma vela branca. Aliás, há muito poucas mulheres que se vestem bem, algumas, porém, são maravilhosas. Nas corridas, a senhorita Léa usava um chapeuzinho branco e uma sombrinha branca que eram um encanto. Não sei o que daria para ter aquela pequena sombrinha." Eu adoraria saber em que se diferenciava das outras aquela pequena sombrinha, e por outras razões, de coquetismo feminino, Albertine gostaria mais ainda. Mas como dizia Françoise dos suflês: "É preciso ter mão", a diferença estava no corte. "Era", dizia Elstir, "bem pequeno, bem redondo, como um guarda-sol chinês." Citei as sombrinhas de certas mulheres, mas não era nada disso. Elstir achava horrorosas todas aquelas sombrinhas. Homem de gosto difícil e refinado, fazia consistir num nada, que era tudo, a diferença entre o que usavam três quartos das mulheres e que o horrorizava e uma coisa bonita que o encantava, e ao contrário do que acontecia comigo, para quem todo luxo era esterilizante, exaltava seu desejo de pintar "para tentar fazer coisas igualmente bonitas". "Veja, ali está uma menina que já entendeu como eram o chapéu e a sombrinha", disse-me Elstir mostrando Albertine, cujos olhos brilhavam de cobiça. "Como eu gostaria de ser rica para ter um iate, disse ela ao pintor. Eu lhe pediria conselhos para arrumá-lo. Que belas viagens eu faria! E como seria lindo ir às regatas de Cowes! E um automóvel! Você acha que são bonitas as modas das mulheres para automóveis? — Não, respondia Elstir, mas vão ser. Aliás, há poucos costureiros, um ou dois, Callot, embora exagerando um pouco demais nas rendas, Doucet, Cheruit, às vezes Paquin. O resto são uns horrores. — Mas então, há uma diferença imensa entre uma toalete de Callot e a de um costureiro qualquer?, perguntei a Albertine. — Mas enorme, meu rapazinho, ela me respondeu. Ah! Desculpe. Simplesmente, hélas!, o que custa trezentos francos em qualquer lugar custa dois mil francos com eles. Mas as coisas não se parecem, só têm jeito parecido para as pessoas que não entendem nada. — Perfeitamente, respondeu Elstir, sem porém ir a ponto de dizer que a diferença seja tão profunda quanto entre uma estátua da catedral de Reims e outra da igreja Saint-Augustin... Veja, a respeito de catedrais", ele disse dirigindo-se especialmente a mim, porque isso se referia a uma conversa de que aquelas moças não tinham participado e que, aliás, não lhes teria interessado, "eu lhe falava outro dia da igreja de Balbec como de uma grande falésia, uma grande erupção de pedras da região, mas inversamente, disse-me mostrando uma aquarela, olhe estas falésias (é um esboço feito pertinho daqui, em Les Creuniers), olhe como estes rochedos poderosamente e delicadamente recortados fazem pensar numa catedral." De fato, lembravam imensos arcos cor-de-rosa. Mas pintados num dia tórrido, pareciam reduzidos a pó, volatilizados pelo calor, o qual bebera a metade do mar, que quase passara, em toda a extensão da tela, ao estado gasoso. Nesse dia em que a luz tinha como que destruído a realidade, esta se concentrara em criaturas escuras e transparentes que por contraste davam uma impressão de vida fascinante, mais próxima: as sombras. Sedentas de frescor, a maioria delas, desertando o largo incendiado, se haviam refugiado ao pé dos rochedos, ao abrigo do sol; outras, nadando lentamente nas águas como golfinhos, agarravam-se aos flancos de barcos em passeio cujo casco elas alargavam, na água pálida, com seu corpo envernizado e azul. Era, quem sabe, a sede de frescor comunicada por elas que mais dava a sensação do calor daquele dia e que me fez exclamar como eu lamentava não conhecer os Creuniers. Albertine e Andrée garantiram que eu devia ter ido lá cem vezes. Nesse caso, foi sem saber e sem nem desconfiar de que um dia sua visão poderia me inspirar tamanha sede de beleza, não exatamente natural como a que eu buscara até então nas falésias de Balbec, mas de preferência arquitetônica. Sobretudo eu que, tendo saído para ver o reino das tempestades, em meus passeios com madame de Villeparisis, onde costumávamos só avistá-lo de longe, pintado no intervalo entre as árvores, jamais encontrava o oceano bastante real, bastante líquido, bastante vivo, dando bastante a impressão de lançar suas massas de água, e que não gostaria de vê-lo imóvel senão sob uma mortalha invernal de névoa, eu não poderia acreditar que agora sonharia com um mar que não era mais do que um vapor esbranquiçado que perdera a consistência e a cor. Mas Elstir, como os que sonhavam naquelas barcas entorpecidas pelo calor, tinha saboreado o encantamento daquele mar com tamanha profundidade que soubera reconstituir e fixar em sua tela o imperceptível refluxo da água, a pulsação de um minuto feliz; e vendo aquele retrato mágico, de súbito ficávamos tão apaixonados que agora só pensávamos em correr o mundo para reencontrar o dia que desvanecera, em toda a sua graça instantânea e adormecida.

De modo que se antes dessas visitas a Elstir, antes de ter visto numa marina sua uma jovem mulher com vestido de barege ou linho, num iate arvorando a bandeira americana, e que pôs o "duplo" espiritual de um vestido de linho branco e de uma bandeira em minha imaginação, que logo alimentou um desejo insaciável de ver imediatamente vestidos de linho branco e bandeiras perto do mar, como se isso nunca tivesse me acontecido até então, eu sempre me esforçara, diante do mar, em expulsar de meu campo de visão, tanto quanto os banhistas do primeiro plano, os iates de velas muito brancas como uma roupa de praia, tudo o que me impedisse de me persuadir de que estava contemplando a onda imemorial que já desenrolava a sua mesma vida misteriosa antes do aparecimento da espécie humana, e se até os dias radiosos me pareciam conferir o aspecto frívolo do verão universal àquele litoral de névoas e tempestades e nele marcar um simples tempo de pausa, o equivalente do que em música se chama um compasso de espera, agora era o mau tempo que me parecia tornar-se um acidente funesto, que já não tinha lugar no mundo da beleza: eu desejava profundamente ir reencontrar na realidade o que tanto me exaltava, e esperava que o tempo fosse bastante favorável para ver do alto da falésia as mesmas sombras azuis que havia no quadro de Elstir.

Ao longo da estrada, aliás, eu já não fazia uma viseira com as mãos como naqueles dias em que, concebendo a natureza como animada por uma vida anterior ao aparecimento do homem, e em oposição a todos esses fastidiosos aperfeiçoamentos da indústria que até então haviam me feito bocejar de tédio nas exposições universais ou nas modistas, eu tentava ver do mar apenas a parte onde não havia barco a vapor, de modo a imaginá-lo como imemorial, ainda contemporâneo das eras em que estivera separado da terra, ou pelo menos contemporâneo dos primeiros séculos da Grécia, o que me permitia repetir a mim mesmo, com toda a verdade, os versos do "velho Leconte" caros a Bloch:

Partiram, os reis das naves esporeadas,
Levando para o mar tempestuoso, hélas!
Os homens cabeludos da heroica Hélade.*

Eu já não podia desprezar as modistas porque Elstir me dissera que lhe interessava reproduzir tanto o gesto delicado com que dão um último franzido, fazem uma suprema carícia nos laços ou nas penas de um chapéu pronto, como o gesto dos jóqueis (o que encantara Albertine). Mas quanto às modistas, seria preciso esperar meu regresso a Paris, e quanto às corridas e às regatas, a Balbec onde só no próximo ano seriam de novo realizadas. Já não se achava nem mesmo um iate com mulheres vestidas de linho branco.

Costumávamos encontrar as irmãs de Bloch, que eu era obrigado a cumprimentar desde que jantara na casa do pai delas. Minhas amigas não as conheciam. "Não me deixam jogar com as israelitas", dizia Albertine. O modo como pronunciava "issraelita" em vez de "izraelita" bastaria para indicar, mesmo caso não se tivesse ouvido o começo da frase, que não eram sentimentos de simpatia pelo povo eleito que moviam essas jovens burguesas de famílias devotas, e que deviam acreditar facilmente que os judeus degolavam as crianças cristãs. "Aliás, as suas amigas parecem sujas", dizia-me Andrée com um sorriso que significava que ela bem sabia que não eram minhas amigas. "Como tudo o que tem a ver com a tribo", respondia Albertine no tom sentencioso de uma pessoa experiente. A bem da verdade, as irmãs de Bloch, ao mesmo tempo demasiado vestidas

---

* *"Ils sont partis, les rois des nefs éperonnées,/ Entraînant sur la mer tempétueuse, hélas!/ Les hommes chevelus de l'héroïque Hellas"*, Leconte de Lisle, *Les Érynnies* (1873). No segundo verso, Proust troca o início do original, *entraînant*, por *emmenant*.

e seminuas, com o ar lânguido, atrevido, fastuoso e porcalhão, não causavam uma excelente impressão. E uma de suas primas, de apenas quinze anos, escandalizava o Cassino pela admiração que exibia pela senhorita Léa, cujo talento de atriz o senhor Bloch pai apreciava muitíssimo, mas cujo gosto não tinha a fama de pender sobretudo para os homens.

Havia dias em que lanchávamos numa das granjas-restaurantes da vizinhança. São as granjas chamadas de Écorres, Marie-Thérèse, da Croix-d'Heuland, de Bagatelle, de Californie, de Marie-Antoinette. Era esta última que o pequeno bando tinha adotado.

Mas ocasionalmente, em vez de ir a uma granja, subíamos até o alto da falésia, e lá chegando e sentados na grama, desfazíamos o nosso embrulho de sanduíches e bolos. Minhas amigas preferiam os sanduíches e se espantavam ao me ver comer somente um bolo de chocolate goticamente enfeitado de açúcar ou uma torta de damasco. É que com os sanduíches de queijo chester e alface, alimento ignorante e novo, eu não tinha nada para dizer. Mas os bolos eram instruídos, as tortas eram tagarelas. Nos primeiros havia sensaborias de creme, e nas segundas, frescores de frutas que muito sabiam sobre Combray, sobre Gilberte, não só a Gilberte de Combray como a de Paris em cujos lanches eu os havia encontrado. Lembravam-me aqueles pratos de petits-fours das *Mil e uma noites*, que distraíam tanto de seus "assuntos" minha tia Léonie quando Françoise lhe trazia, um dia, *Aladim ou A lâmpada maravilhosa*, outro, *Ali Babá, o dorminhoco acordado* ou *Simbá, o marujo embarcando em Bassora com todas as suas riquezas*. Eu adoraria revê-los, mas minha avó não sabia que fim tinham levado e, aliás, acreditava que eram pratos vulgares comprados ali na região. Pouco importa, na cinzenta Combray da Champanhe, eles e suas vinhetas multicoloridas se encastravam, assim como na negra igreja os vitrais de moventes pedrarias, assim como no crepúsculo de meu quarto as projeções da lanterna mágica, assim como diante da vista da estação e da estrada de ferro do departamento os botões-de-ouro da Índia e os lilases da Pérsia, assim como a coleção de velhas porcelanas da China de minha tia-avó em sua casa escura de velha senhora da província.

Estendido na falésia, eu só via prados à minha frente, e acima deles, não os sete céus da física cristã, mas a superposição de dois apenas, um mais escuro — o mar — e no alto um mais pálido. Lanchávamos, e se eu também tivesse levado alguma lembrancinha que pudesse agradar a uma ou outra de minhas amigas, a alegria enchia com uma violência tão repentina seus rostos translúcidos e por um instante vermelhos, que suas bocas não tinham a força de retê-la, e para deixá-la passar, estouravam de rir. Estavam reunidas ao meu redor; e entre os rostos pouco afastados uns dos outros, o ar que os separava traçava trilhas de azul como que abertos por um jardineiro que quisesse pôr um pouco de luz para que ele mesmo pudesse circular no meio de um roseiral.

Esgotadas as nossas provisões, brincávamos de jogos que até então teriam me parecido tediosos, às vezes tão infantis como "A Torre, cuidado!" ou "Quem rir primeiro" mas aos quais eu já não teria renunciado nem por um império; a aurora de juventude que ainda enrubescia o rosto daquelas moças e fora da qual eu já me encontrava, na minha idade, iluminava tudo à frente delas, e como a fluida pintura de certos primitivos fazia destacar-se os detalhes mais insignificantes de suas vidas, contra um fundo dourado. Na maioria, os próprios rostos daquelas moças se confundiam no rubor confuso da aurora do qual as verdadeiras feições ainda não tinham brotado. Via-se apenas uma cor encantadora sob a qual ainda não se conseguia distinguir o perfil que deveria existir dali a alguns anos. O de hoje nada tinha de definitivo e podia ter apenas uma semelhança momentânea com algum membro falecido da família a que a natureza fizera essa gentileza comemorativa. Vem tão depressa o momento em que não se tem mais nada a esperar, em que o corpo está fixo numa imobilidade que já não promete surpresas, em que se perde toda esperança ao ver, como nas árvores em pleno verão folhas já mortas, em torno de rostos ainda jovens cabelos que caem ou embranquecem, é tão curta essa manhã radiosa, que acabamos amando apenas as moças muito novas, essas em quem a carne, qual uma massa preciosa, ainda está fermentando. Elas não são mais do que uma onda de matéria dúctil, trabalhada a todo instante pela impressão passageira que as domina. Pareceria que cada uma é sucessivamente uma pequena estatueta da alegria, da seriedade juvenil, da meiguice, do espanto, modelada por uma expressão franca, completa, mas fugidia. Essa plasticidade dá muita variedade e charme às simpáticas atenções que nos demonstra uma mocinha. Por certo, são indispensáveis também na mulher, e aquela a quem não agradamos ou que não nos deixa ver que lhe agradamos assume aos nossos olhos algo tediosamente uniforme. Mas essas mesmas genti- lezas, a partir de certa idade, já não trazem suaves flutuações a um rosto que as lutas da existência endureceram, tornaram para sem- pre militante ou extático. Um — pela força contínua da obediência que submete a esposa a seu marido — parece, mais que de uma mu- lher, o rosto de um soldado; o outro, esculpido pelos sacrifícios que todo dia a mãe aceita pelos filhos, é de um apóstolo. Ainda outro é, depois de anos de reveses e tempestades, o rosto de um velho lobo do mar, numa mulher cujo sexo só as roupas revelam. E sem dúvida, as atenções que uma mulher tem conosco ainda podem, quando a amamos, semear de encantos novos as horas que passamos a seu lado. Mas ela não é sucessivamente para nós uma mulher diferente. Sua alegria permanece externa a um rosto imutável. Mas a adoles- cência é anterior à solidificação completa e daí resulta que se sin- ta junto às moças esse refrigério dado pelo espetáculo das formas em incessante mudança, brincando numa instável oposição que faz pensar nessa perpétua recriação dos elementos primordiais da na- tureza que contemplamos diante do mar.

Não era somente uma tarde mundana, um passeio com madame de Villeparisis que eu teria sacrificado à "brincadeira do passa-anel" ou às "adivinhas" de minhas amigas. Várias vezes Robert de Saint- -Loup mandara me dizer que como eu não ia vê-lo em Doncières, ele pedira uma licença de vinte e quatro horas e a passaria em Balbec. Todas as vezes lhe escrevi para não fazer isso, evocando a desculpa de ser obrigado a me ausentar justamente naquele dia para ir cum- prir na vizinhança um dever de família. Com certeza ele me julgou mal ao saber por sua tia em que consistia o dever de família e que pessoas desempenhavam, no caso, o papel de avó. Mas talvez eu não estivesse errado em sacrificar os prazeres não só da mundanidade, como também da amizade, ao de passar o dia todo naquele jardim. Os seres que têm essa possibilidade — é verdade que são os artistas e fazia tempo que eu estava convencido de que jamais o seria — também têm o dever de viver para si próprios; ora, a amizade lhes é uma dispensa desse dever, uma abdicação de si. A própria conversa que é o modo de expressão da amizade é uma divagação superficial, que nada nos propicia ganhar. Podemos conversar durante toda uma vida sem fazer nada a não ser repetir infinitamente a vacuidade de um minuto, enquanto a marcha do pensamento no trabalho solitário da criação artística faz-se no sentido da profundidade, a única direção que não nos está vedada, em que podemos progredir, certamente com mais dificuldade, para um resultado de verdade. E a amizade não é apenas destituída de virtude como a conversação, ela é, além disso, funesta. Pois para aqueles de nós cuja lei de desenvolvimento é puramente interna, a impressão de tédio que não podemos deixar de sentir junto ao amigo, isto é, a de ficarmos na superfície de nós mesmos, em vez de prosseguir nossa viagem de descobertas nas profundezas, essa impressão de tédio, a amizade nos convence a retificá-la quando nos vemos sozinhos, a nos lembrar com emoção as palavras que nosso amigo nos disse, a considerá-las como uma preciosa contribuição, se bem que não somos como edifícios a que se possam acrescentar pedras vindas de fora, mas como árvores que extraem de sua própria seiva o nó seguinte de seu caule, o patamar superior de sua frondescência. Eu mentia a mim mesmo, interrompia o crescimento no sentido em que podia, de fato, crescer de verdade e ser feliz, quando me felicitava por ser amado, admirado, por uma criatura tão boa, tão inteligente, tão requintada como Saint-Loup, quando eu adaptava minha inteligência, não a minhas próprias obscuras impressões que seria meu dever destrinchar, mas às palavras de meu amigo em quem, ao repeti-las para mim mesmo — ao fazer que fossem repetidas por esse outro eu que vive em nós e sobre quem sempre estamos tão contentes de descarregar o fardo de pensar —, eu me esforçava para encontrar uma beleza, bem diferente da que eu perseguia calado quando estava verdadeiramente só mas que conferiria mais mérito a Robert, a mim mesmo, à minha vida. Na vida que um amigo assim me proporcionava, eu surgia para mim mesmo como delicadamente preservado da solidão, nobremente ansioso de me sacrificar por ele, em suma, incapaz de me realizar. Junto daquelas moças, ao contrário, se o prazer que eu saboreava era egoísta, pelo menos não se baseava na mentira que procura nos fazer crer que não estamos irremediavelmente sozinhos e que, quando conversamos com um outro, nos impede de confessar a nós mesmos que já não somos nós que falamos, que nos modelamos então à semelhança dos estranhos e não à de um eu que difere deles. As palavras trocadas entre mim e as moças do pequeno bando eram pouco interessantes, raras aliás, cortadas de minha parte por longos silêncios. Isso não me impedia de ter, ao ouvi-las quando falavam comigo, tanto prazer como a olhá-las, a descobrir na voz de cada uma delas um quadro intensamente colorido. Era deliciado que eu escutava seu chilreio. Amar ajuda a discernir, a diferenciar. Num bosque o amante de pássaros logo distingue aqueles gorjeios específicos de cada pássaro, que o vulgo confunde. O amante de moças sabe que as vozes humanas são bem mais variadas ainda. Cada uma possui mais notas do que o mais rico instrumento. E as combinações segundo as quais a voz as agrupa são tão inesgotáveis como a infinita variedade das personalidades. Quando conversava com uma de minhas amigas, eu me dava conta de que o quadro original e único de sua individualidade me era engenhosamente desenhado, tiranicamente imposto, tanto pelas inflexões de sua voz como pelas de seu rosto, e que os dois espetáculos traduziam, cada um em seu plano, a mesma realidade singular. Decerto as linhas da voz, como as do rosto, ainda não estavam definitivamente fixadas; a primeira ainda mudaria, bem como o segundo se transformaria. Assim como as crianças possuem uma glândula cujo líquido as ajuda a digerir o leite e que não existe mais nas pessoas adultas, havia no chilreio daquelas moças notas que as mulheres não têm mais. E esse instrumento mais variado, elas tocavam com os lábios, com essa aplicação, esse ardor dos anjinhos músicos de Bellini, que são também apanágio exclusivo da juventude. Mais tarde aquelas moças perderiam o toque de convicção entusiasta que dava encanto às coisas mais simples, fosse que Albertine num tom de autoridade fizesse trocadilhos que as mais jovens ouviam com admiração até serem tomadas por um acesso de riso com a violência irresistível de um espirro, fosse que Andrée começasse a falar dos trabalhos escolares delas, ainda mais infantis que suas brincadeiras, com uma gravidade essencialmente pueril; e suas palavras desafinavam, semelhantes àquelas estrofes dos tempos antigos em que a poesia ainda pouco diferenciada da música era declamada em notas diferentes. Apesar de tudo, a voz daquelas moças já acusava nitidamente as opiniões que cada uma daquelas criaturinhas tinha sobre a vida, opinião tão individual que seria excessivamente genérico dizer de uma: "ela leva tudo na brincadeira"; de outra: "ela vai de afirmação em afirmação"; da terceira: "ela se detém numa dúvida expectante". As feições de nosso rosto são pouco mais que gestos transformados, pelo hábito, em definitivos. A natureza, como a catástrofe de Pompeia, como uma metamorfose de ninfa, nos imobilizou no movimento costumeiro. Da mesma maneira, nossas entonações contêm nossa filosofia da vida, o que a pessoa se diz a todo instante sobre as coisas. É verdade que aquelas feições não eram apenas das moças. Eram de seus pais. O indivíduo está imerso em algo mais geral que ele. Sendo assim, os pais não fornecem apenas esse gesto habitual que são as feições do rosto e da voz, mas também certas maneiras de falar, certas frases consagradas, que quase tão inconscientes como uma entonação, quase tão profundas, indicam, como essa, um ponto de vista sobre a vida. É verdade que para as moças há certas expressões que seus pais não lhes dão antes de certa idade, geralmente não antes de se tornarem mulheres. São guardadas em reserva. Assim, por exemplo, caso se falasse dos quadros de um amigo de Elstir, Andrée, que ainda usava o cabelo solto nas costas, não podia fazer uso pessoal da expressão empregada por sua mãe ou por sua irmã casada: "Parece que *o homem* é encantador". Mas isso viria, junto com a autorização para ir ao Palais-Royal. E já desde sua primeira comunhão, Albertine dizia como uma amiga de sua tia: "Eu acharia isso terrível". Tinham também lhe dado de presente o hábito de repetir o que se dizia para parecer que estava interessada e procurava formar uma opinião pessoal. Caso se dissesse que a pintura de um pintor era boa, ou sua casa bonita: "Ah! É boa, sua pintura? Ah! É bonita, sua casa?". Enfim, ainda mais geral do que o legado familiar era a saborosa matéria imposta pela província de origem, de onde tiravam sua voz e na qual mordiam diretamente suas entonações. Quando Andrée dedilhava secamente uma nota grave, não conseguia impedir que a corda do Périgord de seu instrumento vocal reproduzisse um som cantante, muito em harmonia, aliás, com a pureza meridional de suas feições; e às eternas criancices de Rosemonde a matéria de seu rosto e de sua voz do Norte respondiam, fosse ela qual fosse, com o sotaque de sua província. Entre essa província e o temperamento da jovem que ditava as inflexões, eu percebia um belo diálogo. Diálogo, e não discórdia. Nenhuma discórdia conseguiria separar a moça de sua terra natal. Aquela ainda é esta. Aliás, essa reação dos materiais locais sobre o gênio que os utiliza e ao qual dá mais frescor não torna a obra menos individual, e seja a de um arquiteto, de um ebanista, ou de um músico, a obra continua a refletir minuciosamente os traços mais sutis da personalidade do artista, porque ele foi forçado a trabalhar na pedra molar de Senlis ou na argila vermelha de Estrasburgo, respeitou os nós específicos do freixo, levou em conta em sua escrita recursos e limites da sonoridade, possibilidades da flauta ou da viola.

Disso me dava conta e, no entanto, conversávamos tão pouco! Enquanto com madame de Villeparisis ou Saint-Loup eu teria demonstrado em minhas palavras muito mais prazer do que realmente sentia, pois me separava deles cansado, entre aquelas moças, ao contrário, a plenitude do que eu sentia excedia infinitamente a pobreza e a raridade de nossas frases e transbordava de minha imobilidade e de meu silêncio em ondas de felicidade que, marulhando, ia morrer ao pé daquelas jovens rosas.

Para um convalescente que descansa o dia todo num jardim florido ou num pomar, um cheiro de flores e de frutas não impregna mais profundamente os mil nadas de que se compõe seu farniente do que para mim essa cor, esse aroma que meus olhares iam buscar naquelas moças e cuja doçura eu acabava incorporando. Assim as uvas adoçam ao sol. E por sua lenta continuidade, aqueles jogos tão simples também tinham me trazido, como àqueles que não fazem outra coisa além de ficar estendidos à beira do mar, respirando o sal, se bronzeando, um alívio, um sorriso de beatitude, um deslumbramento vago que chegara até meus olhos.

Às vezes, uma atenção gentil desta ou daquela despertava em mim amplas vibrações que afastavam por um tempo o desejo das outras. Assim, um dia Albertine dissera: "Quem é que tem um lápis?". Andrée o fornecera, Rosemonde, o papel, e Albertine lhes dissera: "Minhas mulherzinhas, é proibido olharem o que vou escrever". Depois de ter se aplicado em traçar direito cada letra, com o papel apoiado nos joelhos, ela o passara a mim dizendo: "Cuidado para que não vejam". Então o desdobrei e li estas palavras que ela me escrevera: "Gosto muito de você".

"Mas em vez de escrever bobagens", ela gritou virando-se com ar impetuoso e grave para Andrée e Rosemonde, "preciso lhes mostrar a carta que Gisèle me escreveu de manhã. Mas estou louca, está aqui no meu bolso, e pensar que pode nos ser tão útil!" Gisèle achara que devia dirigir à amiga, a fim de que a comunicasse às outras, a composição que fizera para seu exame de fim do ginasial. Os temores de Albertine sobre a dificuldade dos temas propostos tinham novamente sido superados pelos dois entre os quais Gisèle tivera de optar. Um era: "Sófocles escreve dos Infernos a Racine para consolá-lo do insucesso de *Athalie*"; o outro: "Suponha que depois da estreia de *Esther*, madame de Sévigné escreve a madame de La Fayette para lhe dizer como lamentou a sua ausência".* Ora, por um excesso de zelo que devia ter tocado os examinadores, Gisèle escolhera o primeiro, o mais difícil dos dois temas, e o tratara tão notavelmente que tivera nota 7 e fora parabenizada pelo júri. Teria obtido a menção "muito bom" se não tivesse "levado bomba" na prova de espanhol. A composição cuja cópia Gisèle enviara a Albertine nos foi imediatamente lida por ela, pois, como ela própria devia fazer o mesmo exame, desejava muito ter a opinião de Andrée, muito mais capaz do que todas as outras e que podia lhe revelar uns bons truques. "Que sorte ela teve, disse Albertine. É justamente um tema que sua professora de francês lhe deu para queimar as pestanas aqui." A carta de Sófocles a Racine, redigida por Gisèle, começava assim: "Meu caro amigo, desculpe-me por lhe escrever sem ter a honra de ser pessoalmente conhecido seu, mas acaso sua nova tragédia de *Athalie* não mostra que estudou perfeitamente minhas modestas obras? O senhor não apenas pôs versos na boca dos protagonistas, ou personagens principais do drama, como escreveu outros, e maravilhosos, permita-me dizê-lo sem lisonja, para os coros que, ao que dizem, não estavam tão mal na tragédia grega mas que são na França uma verdadeira novidade. Ademais, seu talento, tão sutil, tão esmerado, tão encantador, tão fino, tão delicado, atingiu uma energia pela qual o felicito. Athalie, Joad, eis os personagens que seu rival, Corneille, não soube estruturar melhor. Os caracteres são viris, a intriga é simples e forte. Eis uma tragédia cuja mola não é o amor e dirijo-lhe por isso meus cumprimentos mais sinceros. Os preceitos mais famosos nem sempre são os mais verdadeiros. Citar-lhe-ei como exemplo:

Desta paixão a sensível pintura
*É para ir ao coração a estrada mais segura.***

---

* Em carta de 26 de janeiro de 1689 endereçada a madame de Grignan, madame de Sévigné relata a estreia de *Esther*, de Racine, à qual ela de fato assistiu.
** Boileau, *Ars poetica*, iii, v. 95 e 96.

O senhor mostrou que o sentimento religioso de que os seus coros transbordam não é menos capaz de enternecer. O grande público pode ter se sentido desconcertado, mas os verdadeiros entendidos lhe prestam justiça. Fiz questão de lhe enviar todas as minhas congratulações às quais junto, meu caro confrade, a expressão de meus mais elevados sentimentos."

Os olhos de Albertine não pararam de cintilar enquanto ela fazia essa leitura. "É de crer que ela copiou isso, exclamou ao terminar. Nunca imaginaria Gisèle capaz de parir um trabalho desses. E esses versos que ela cita! De onde é que conseguiu desencavar isso?" A admiração de Albertine, mudando, é verdade, de objeto, não parou de crescer, assim como a atenção mais firme, deixando-a "de olhos arregalados" todo o tempo em que Andrée, consultada como mais velha e mais sabida, primeiro falou do trabalho de Gisèle com certa ironia, e depois, com um ar de leviandade que mal disfarçava uma seriedade verdadeira, refez ao seu modo a mesma carta. "Não está ruim, ela disse a Albertine, mas se eu fosse você e se me dessem o mesmo tema, o que pode acontecer, pois o dão com frequência, eu não faria assim. Veja como eu faria. Primeiro, se eu fosse Gisèle não me teria deixado embalar e começaria escrevendo meu plano numa folha à parte. Em primeiro lugar, a colocação da pergunta e a exposição do tema, depois as ideias gerais a incluir no desenvolvimento. Por fim, a apreciação, o estilo, a conclusão. Assim, inspirando-se num sumário a gente sabe aonde vai. Desde a exposição do tema, ou se você prefere, Titine, já que é uma carta, desde o início da conversa Gisèle cometeu uma gafe. Escrevendo a um homem do século XVII, Sófocles não devia escrever: meu caro amigo. — De fato, ela deveria fazê-lo dizer: meu caro Racine, exclamou, impetuosa, Albertine. Seria bem melhor. — Não, respondeu Andrée num tom um pouco trocista, ela deveria ter posto: 'Senhor'. Da mesma maneira, para terminar deveria ter encontrado algo como: 'Permita, senhor (no máximo, caro senhor), que lhe expresse aqui os sentimentos de estima com que tenho a honra de ser seu servidor'. Por outro lado, Gisèle diz que os coros são em *Athalie* uma novidade. Ela esquece *Esther*, e duas tragédias pouco conhecidas mas que foram justamente analisadas este ano pelo professor, de modo que, como são a mania dele, só por citá-las temos certeza de ser aprovadas. São *Les Juives*, de Robert Garnier, e o *Aman*, de Montchrestien." Andrée citou esses dois títulos sem conseguir esconder um sentimento de benevolente superioridade que se expressou num sorriso, bastante gracioso, aliás. Albertine não aguentou mais: "Andrée, você é um assombro, exclamou. Você vai me escrever esses dois títulos aí. Já imaginou? Que sorte se me caísse isso, mesmo no oral, eu ia logo citá-los e faria um baita efeito." Mais tarde, porém, toda vez que Albertine pediu a Andrée para lhe repetir os nomes das duas peças a fim de anotá-los, a amiga tão sabida alegou tê-los esquecido e nunca os relembrou. "Em seguida", recomeçou Andrée num tom de imperceptível desdém pelas companheiras mais infantis, mas feliz de ser admirada e dando à maneira como teria feito sua composição mais importância do que queria demonstrar, "Sófocles nos Infernos deve estar bem informado. Portanto, deve saber que não foi diante do grande público, mas diante do Rei Sol e alguns cortesãos privilegiados, que foi representada *Athalie*. O que Gisèle disse a respeito da estima dos entendidos não está nada mau, mas poderia ser completado. Sófocles, já imortal, pode muito bem ter o dom da profecia e anunciar que segundo Voltaire *Athalie* não será somente 'a obra-prima de Racine, mas a do espírito humano." Albertine bebia todas essas palavras. Suas pupilas estavam em fogo. E foi com a indignação mais profunda que rejeitou a proposta de Rosemonde de começarem a jogar. "Por último", disse Andrée no mesmo tom distante, desenvolto, um pouco zombeteiro e ardorosamente convicto, "se Gisèle tivesse pausadamente anotado, primeiro, as ideias gerais que tinha para desenvolver, talvez pensasse no que eu teria feito, mostrar a diferença que há na inspiração religiosa dos coros de Sófocles e nos de Racine. Eu faria Sófocles observar que se os coros de Racine são entranhados de sentimentos religiosos como os da tragédia grega, não se trata, porém, dos mesmos deuses. O de Joad não tem nada a ver com o de Sófocles. E isso, muito naturalmente, leva, depois do fim do desenvolvimento, à conclusão: 'Que importa que as crenças sejam diferentes?'. Sófocles teria escrúpulo em insistir nesse ponto. Temeria ferir as convicções de Racine e, insinuando a esse propósito algumas palavras sobre os mestres de Port-Royal, prefere felicitar seu êmulo pela elevação de seu gênio poético."

A admiração e a atenção tinham dado tanto calor a Albertine que ela suava em bicas. Andrée mantinha a fleuma sorridente de um dândi feminino. "Também não será mau citar alguns famosos julgamentos de críticos", disse ela antes de recomeçarmos a jogar. "Sim, respondeu Albertine, me disseram isso. Em geral os mais recomendáveis são os julgamentos de Sainte-Beuve e de Merlet, não é? — Você não se engana nem um pouco", replicou Andrée, que aliás se recusou a lhe escrever os dois outros nomes apesar das súplicas de Albertine, "Merlet e Sainte-Beuve não são maus. Mas é preciso citar, antes de tudo, Deltour e Gasc-Desfossés."

Enquanto isso eu sonhava com a pequena folha de bloco que Albertine tinha me passado: "Gosto muito de você", e uma hora depois, enquanto descia os caminhos, um pouco íngremes demais para o meu gosto, que levavam a Balbec, eu pensava que era com ela que teria meu romance.

O estado caracterizado pelo conjunto dos sinais segundo os quais costumamos reconhecer que estamos apaixonados, tais como as ordens que eu dava no hotel de não me acordarem para nenhuma visita, a não ser a de uma ou outra daquelas moças, essas palpitações do coração ao esperá-las (fosse qual fosse a que devesse vir) e, naqueles dias, minha raiva quando não conseguia encontrar um barbeiro para me barbear e devia aparecer mais feio perante Albertine, Rosemonde ou Andrée, esse estado, sem dúvida, renascendo alternadamente para uma ou para outra, era tão diferente do que chamamos de amor como é diferente da vida humana a dos zoófitos, em que a existência, a individualidade, se o podemos dizer, é dividida entre diferentes organismos. Mas a história natural nos ensina que é possível observar essa organização animal, e que nossa própria vida, por pouco que já esteja meio avançada, não é menos afirmativa sobre a realidade de estados que outrora nos eram insuspeitos e pelos quais devemos passar, ainda que os abandonando em seguida. Assim era para mim esse estado amoroso dividido simultaneamente entre várias moças. Dividido, ou melhor, indiviso, pois no mais das vezes o que me era delicioso, diferente do resto do mundo, o que começava a me ser tão caro a ponto de que a esperança de reencontrá-lo no dia seguinte era a maior alegria de minha vida, era, antes, todo o grupo daquelas moças, visto no conjunto daquelas tardes na falésia, durante aquelas horas ventosas, naquela faixa de relva onde estavam pousados aqueles rostos, tão excitantes para minha imaginação, de Albertine, de Rosemonde, de Andrée; e isso, sem que eu pudesse dizer qual delas me tornava aquele lugar tão precioso, qual eu tinha mais vontade de amar. No começo de um amor, como em seu término, não estamos exclusivamente afeiçoados ao objeto desse amor, mas, antes, é o desejo de amar de que ele se originará (e, mais tarde, a lembrança que deixa) que vagueia voluptuosamente numa zona de encantos intercambiáveis — encantos às vezes simplesmente de natureza, de gula, de moradia — bastante harmônicos entre si para que ele não se sinta, junto a nenhum deles, em terra estrangeira. Aliás, como diante delas o hábito ainda não me tornara insensível, tinha a capacidade de vê-las, vale dizer, de sentir um espanto profundo sempre que estava em sua presença. É claro que, em parte, esse espanto resulta de que a criatura nos apresenta então uma nova face de si mesma; mas tão grande é a multiplicidade de cada uma, a riqueza das linhas de seu rosto e de seu corpo, linhas das quais tão poucas se encontram, assim que já não estamos junto da pessoa, na simplicidade arbitrária de nossa lembrança, pois a memória escolheu determinado pormenor que nos impressionou, o isolou, o exagerou, fazendo de uma mulher que nos pareceu alta um estudo em que a estatura é exagerada, ou de uma mulher que nos pareceu rosada e loura uma pura "Harmonia em rosa e ouro", que quando essa mulher está de novo ao nosso lado todas as outras qualidades esquecidas, que equilibram aquela, nos invadem em sua complexidade confusa, diminuindo a altura, afogando o tom rosado e substituindo o que viemos exclusivamente procurar por outras particularidades que nos lembramos de ter observado na primeira vez e que não compreendemos que pudéssemos esperar rever. Nós nos lembramos, vamos ao encontro de um pavão e encontramos uma peônia. E esse espanto inevitável não é o único; pois a seu lado há outro nascido da diferença, não mais entre as estilizações da lembrança e da realidade, mas entre a criatura que vimos da última vez e aquela que hoje nos aparece sob outro ângulo, mostrando-nos um novo aspecto. O rosto humano é realmente como o do Deus de uma teogonia oriental, é todo um cacho de rostos justapostos em planos diferentes que não vemos ao mesmo tempo.

Mas em grande parte, nosso espanto vem sobretudo de que a criatura nos apresenta também uma mesma face. Precisaríamos de um esforço tão grande para recriar tudo o que nos foi fornecido pelo que não somos nós — ainda que seja o gosto de uma fruta — que, mal recebemos a impressão, descemos insensivelmente a ladeira da lembrança e sem nos darmos conta em pouquíssimo tempo estamos muito longe do que tínhamos sentido. De modo que cada encontro é uma espécie de correção que nos leva ao que tínhamos mesmo visto. Já não nos lembrávamos, de tal maneira o que chamamos lembrar-se de uma criatura é, na verdade, esquecê-la. Mas enquanto ainda soubermos ver, no momento em que o traço esquecido nos aparece nós o reconhecemos, somos obrigados a retificar a linha desviada, e assim a perpétua e fecunda surpresa que tornava tão saudáveis e suavizantes para mim aqueles encontros diários com as belas moças à beira-mar era feita, tanto quanto de descobertas, de reminiscência. Acrescentando a isso a agitação despertada pelo que elas eram para mim, que nunca era exatamente o que eu imaginara e que fazia com que a esperança da próxima reunião já não fosse semelhante à esperança anterior, mas à lembrança ainda vibrante do último encontro, há de se compreender que cada passeio dava uma violenta mudança de rumo a meus pensamentos, e não, de jeito nenhum, no sentido que na solidão de meu quarto eu traçara de cabeça descansada. Essa direção era esquecida, abolida, quando eu regressava vibrando como uma colmeia com as palavras que tinham me perturbado e ressoavam muito tempo em mim. Toda criatura é destruída quando cessamos de vê-la; depois, sua aparição seguinte é uma criação nova, diferente da que a precedeu imediatamente, se não de todas. Pois duas são, no mínimo, as variedades que podem reinar nessas criações. Lembrando-nos de um olhar enérgico, de um jeito atrevido, inevitavelmente da próxima vez são um perfil quase lânguido, uma espécie de doçura sonhadora, coisas desprezadas por nós na lembrança anterior, que no próximo encontro nos surpreenderão, ou seja, é quase só isso que nos impressionará. No confronto de nossa lembrança com a nova realidade, é isso que marcará nossa decepção ou nossa surpresa, nos aparecerá como o retoque da realidade advertindo-nos que estávamos mal lembrados. Por sua vez, o aspecto do rosto, no último encontro desprezado, e por isso mesmo o mais impressionante desta vez, o mais real, o mais retificativo, se tornará matéria de devaneio, de lembranças. É um perfil langoroso e arredondado, uma expressão doce, sonhadora que desejaremos rever. E então, de novo, na próxima vez, o que há de voluntarioso nos olhos penetrantes, no nariz pontiagudo, nos lábios apertados, virá corrigir a distância entre nosso desejo e o objeto a que ele pensou corresponder. Evidentemente, essa fidelidade às impressões primeiras e puramente físicas, reencontradas a cada vez junto de minhas amigas, não se referia apenas às feições de seu rosto, pois já se viu como eu também era sensível à sua voz, mais perturbadora talvez (pois não oferece somente as mesmas superfícies singulares e sensuais que o rosto, e faz parte do abismo inacessível que dá a vertigem dos beijos sem esperança), à sua voz parecida com o som único de um pequeno instrumento em que cada uma se punha por inteiro e que era só seu. Traçada por uma inflexão, certa linha profunda de uma daquelas vozes me espantava quando a reconhecia depois de tê-la esquecido. Tanto assim que as retificações que a cada novo encontro eu era obrigado a fazer, para o retorno à perfeita exatidão, eram tanto de um afinador ou de um professor de canto como de um desenhista.

Quanto à harmoniosa coesão em que, fazia algum tempo, se neutralizavam as diversas ondas sentimentais em mim propagadas por aquelas moças, devido à resistência que cada uma fazia à expansão das outras, ela foi rompida em favor de Albertine, numa tarde em que brincávamos de passa-anel. Foi num bosquezinho, na falésia. Colocado entre duas moças estranhas ao pequeno bando e que ela trouxera porque naquele dia devíamos ser muitos, eu olhava com inveja para o vizinho de Albertine, um rapaz, dizendo-me que se estivesse no seu lugar poderia tocar as mãos de minha amiga durante aqueles minutos inesperados que talvez não voltassem e poderiam ter me levado muito longe. Já por si só e mesmo sem as consequências que certamente acarretaria, o contato com as mãos de Albertine me teria sido delicioso. Não que eu jamais tivesse visto mãos mais belas que as suas. Mesmo no grupo de suas amigas, as de Andrée, magras e bem mais finas, tinham como que uma vida particular, dócil ao seu comando mas independente, e costumavam se alongar diante dela como nobres galgos, com gestos de preguiça, longos sonhos, uma falange a se esticar bruscamente, o que levara Elstir a fazer vários estudos dessas mãos. E num em que se via Andrée aquecê-las diante do fogo, elas pareciam, sob aquela luminosidade, diafanamente douradas como duas folhas de outono. Porém, mais gordas, as mãos de Albertine cediam um instante, depois resistiam à pressão da mão que as apertava, dando uma sensação muito peculiar. A pressão da mão de Albertine tinha uma doçura sensual que estava como que em harmonia com a coloração rósea, levemente malva, de sua pele. Essa pressão parecia nos fazer penetrar na jovem, na profundeza de seus sentidos, como a sonoridade de seu riso, indecente como um arrulhar ou certos gritos. Ela era dessas mulheres cuja mão dá tanto prazer apertar que ficamos gratos à civilização por ter feito do shake-hand um ato permitido entre rapazes e moças que se aproximam. Se os hábitos arbitrários da cortesia tivessem substituído o aperto de mão por outro gesto, eu teria todos os dias observado as mãos intangíveis de Albertine com uma curiosidade tão ardente de conhecer seu contato como a de sentir o sabor de suas faces. Mas no prazer de manter muito tempo suas mãos entre as minhas, se eu tivesse sido seu vizinho na brincadeira de passa-anel eu não teria pensado apenas nesse prazer em si: quantas confissões, declarações até então silenciadas pela timidez eu poderia ter confiado a certas pressões de mãos; de seu lado, como lhe teria sido fácil, respondendo com outras pressões, mostrar-me que as aceitava; que cumplicidade, que começo de volúpia! Meu amor podia fazer mais progressos em alguns minutos passados assim ao lado dela do que fizera desde que a conhecia. Sentindo que durariam pouco, que logo chegariam ao fim, pois certamente não continuaríamos muito tempo aquele joguinho e quando ele terminasse seria tarde demais, eu não parava quieto. Deixei de propósito que me pegassem o anel e, no meio da roda, quando ele passou fiz de conta que não percebia e o segui com os olhos esperando o momento em que chegaria às mãos do vizinho de Albertine, a qual, rindo para valer, e em meio à animação e à alegria do jogo, estava toda cor-de-rosa. "Estamos justamente no bosque bonito", disse-me Andrée apontando-me as árvores que nos cercavam, com um sorriso no olhar que era só para mim e me parecia passar por cima dos jogadores, como se só nós dois fôssemos bastante inteligentes para nos desdobrarmos e fazer a propósito do jogo uma observação de caráter poético. Ela levou a delicadeza de espírito a ponto de cantar, sem vontade: "Por aqui passou o anel do Bosque, minhas senhoras, por aqui passou o anel do Bosque bonito", como as pessoas que não podem ir ao Trianon sem dar ali uma festa Luís xvi ou que acham divertido mandar cantar uma música no ambiente para o qual foi escrita. Eu certamente me entristeceria, ao contrário, por não enxergar encanto nessa realização, se tivesse tido tempo para pensar nisso. Mas meu espírito estava bem distante. Jogadores e jogadoras começavam a se surpreender com minha estupidez e por eu não ter apanhado o anel. Eu olhava para Albertine tão bela, tão indiferente, tão alegre, que, sem prevê-lo, ia se tornar minha vizinha de jogo quando enfim eu apanhasse o anel das mãos adequadas, graças a uma artimanha de que ela não desconfiava e que, sem isso, a irritaria. Na febre do jogo, os cabelos compridos de Albertine tinham se soltado um pouco e mechas encaracoladas caíam sobre suas faces cuja carnação rosada a secura castanha do cabelo realçava ainda melhor. "Você tem as tranças de Laura Dianti, de Éléonore de Guyenne, e de sua descendente tão amada por Chateaubriand.* Deveria usar sempre os cabelos meio caídos", disse-lhe eu no ouvido para me aproximar. De repente o anel passou para o vizinho de Albertine. Logo me lancei, abri-lhe brutalmente as mãos, apanhei o anel; ele teve de ir para o meu lugar no meio da roda e peguei o dele ao lado de Albertine. Poucos minutos antes, eu invejava aquele rapaz quando via que suas mãos deslizando pelo barbante encontravam a todo momento as de Albertine. Agora que chegara a minha vez, muito tímido para procurar aquele contato, muito emocionado para saboreá-lo, eu não sentia mais nada além do rápido e doloroso batimento de meu coração. A certa altura, Albertine inclinou para mim, com ar de inteligência, seu rosto cheio e rosado, fazendo de conta estar com o anel, a fim de enganar quem estava no meio da roda e impedi-lo de olhar para o lado onde o anel estava passando. Logo entendi que era a essa artimanha que se referiam os subentendidos do olhar de Albertine, mas fiquei perturbado vendo assim passar em seus olhos a imagem, meramente simulada pelas exigências do jogo, de um segredo e de um entendimento que não existiam entre nós mas que desde então me pareceram possíveis e me seriam divinamente doces. Como esse pensamento me exaltasse, senti uma leve pressão da mão de Albertine sobre a minha e seu dedo acariciante que deslizava sob o meu dedo, e vi que ao mesmo tempo me dirigia um olhar que ela tentava tornar imperceptível. De uma só

---

* Laura Dianti era a favorita de Alfonso i d'Este (1476-1534), marido de Lucrécia Bórgia. Éléonore de Guyenne (Leonor da Aquitânia, 1122-1204) tinha uma cabeleira famosa, mas o Narrador deve confundi-la com Marguerite de Provence, antepassada de Delphine de Sabran (1770-1826), que foi amante de Chateaubriand.

vez, uma multidão de esperanças até então invisíveis para mim mesmo se cristalizaram: "Ela se aproveita do jogo para me fazer sentir que gosta de mim", pensei no auge de uma alegria que logo perdi ao ouvir Albertine me dizer com raiva: "Mas pegue-o, ora, faz uma hora que o estou passando para você". Atordoado de tristeza, larguei o barbante, o do meio da roda avistou o anel, jogou-se sobre ele, eu tive de voltar para o meio, desesperado, olhando para a ronda desenfreada em que o jogo prosseguia, interpelado pelas caçoadas de todas as jogadoras, obrigado, para responder-lhes, a rir quando tinha tão pouca vontade, enquanto Albertine não parava de dizer: "Não se joga quando não se quer prestar atenção e para fazer os outros perderem. Não vamos mais convidá-lo nos dias em que formos jogar, Andrée, ou então eu não venho". Andrée, superior no jogo e que cantava seu "Bosque bonito" que Rosemonde, por espírito de imitação, repetia sem convicção, quis me desviar das críticas de Albertine dizendo-me: "Estamos a dois passos desses Creuniers que você tanto queria ver. Pois é, vou levá-lo até lá por um lindo caminhozinho enquanto essas loucas se comportam como crianças de oito anos". Como Andrée era muito boazinha comigo, no caminho lhe contei de Albertine tudo o que me parecia adequado para que esta viesse a gostar de mim. Respondeu-me que também gostava muito dela, achava-a um amor; porém, meus elogios dirigidos à sua amiga não pareciam agradá-la. De repente, no caminhozinho arborizado, parei, tocado no coração por uma doce lembrança de infância: eu acabava de reconhecer, pelas folhas recortadas e brilhantes que avançavam na entrada, um arbusto de espinheiros, sem flores, infelizmente, desde o fim da primavera. Ao redor pairava uma atmosfera de antigos meses de Maria, de tarde de domingo, de crenças, de erros esquecidos. Gostaria de captá-la. Parei um segundo e Andrée, com uma clarividência encantadora, deixou-me conversar um instante com as folhas do arbusto. Pedi-lhes notícias das flores, essas flores de espinheiro parecidas com alegres moças travessas, faceiras e piedosas. "Essas senhoritas se foram já há muito tempo", me diziam as folhas. E vai ver que pensavam que para o grande amigo delas que eu pretendia ser, parecia muito pouco informado sobre seus hábitos. Um grande amigo mas que não as revira desde tantos anos apesar das promessas. E no entanto, assim como Gilberte fora meu primeiro amor por uma menina, elas tinham sido meu primeiro amor por uma flor. "Sim, eu sei, elas vão embora por volta de meados de junho", respondi, "mas me dá prazer ver o lugar onde moravam aqui. Foram me ver em Combray no meu quarto, levadas por minha mãe quando eu estava doente. E nos encontrávamos no sábado à tardinha no mês de Maria. Aqui elas podem ir? — Ah! Naturalmente! Aliás, fazemos questão de ter essas senhoritas na igreja de Saint-Denis do Deserto, que é a paróquia mais próxima. — Então, agora, como posso vê-las? — Ah! Não antes do mês de maio do próximo ano. — Mas posso ter certeza de que estarão aqui? — Regularmente todos os anos. — Só que não sei bem se reencontrarei o lugar. — Mas sim! Essas senhoritas são tão alegres, só param de rir para entoar os cânticos, de modo que não há erro possível e já do início do caminho você reconhecerá seu perfume."

Fui para perto de Andrée, recomecei a lhe fazer elogios de Albertine. Parecia-me impossível que ela não os repetisse a Albertine, tendo em vista a insistência que demonstrei. Mas nunca soube se Albertine os ouviu. Andrée tinha, porém, bem mais que ela a inteligência das coisas do coração, o refinamento na gentileza; encontrar o olhar, a palavra, a ação, que mais engenhosamente pudessem dar prazer, calar uma reflexão que corria o risco de desgostar, fazer o sacrifício (e aparentando não ser um sacrifício) de uma hora de jogo, e mesmo de uma tarde, de uma garden party, para ficar junto de um amigo ou de uma amiga triste e lhe mostrar assim que preferia sua simples companhia a prazeres frívolos, estas eram suas delicadezas costumeiras. Mas quando a conhecíamos um pouco mais, diríamos que se passava com ela o mesmo que se passa com esses heroicos poltrões que não querem ter medo e cuja bravura é especialmente meritória; diríamos que no fundo de sua natureza não havia nada dessa bondade que ela manifestava a todo momento por distinção moral, por sensibilidade, por nobre vontade de se mostrar boa amiga. A escutar as coisas encantadoras que me dizia sobre uma afeição possível entre mim e Albertine, parecia que ela devia agir com todas as suas forças para realizá-la. Ora, talvez por acaso, jamais fez uso do menor dos nadas de que dispunha e que poderiam ter me unido a Albertine, e eu não juraria que meu esforço para ser amado por Albertine não tivesse, se não provocado por parte de sua amiga manobras secretas destinadas a contrariá-lo, pelo menos despertado nela uma raiva bem escondida, aliás, e contra a qual por delicadeza ela mesma porventura lutasse. Albertine teria sido incapaz dos mil requintes que tinha Andrée, de cuja bondade profunda eu não estava seguro, como estive mais tarde da bondade daquela. Mostrando-se ternamente indulgente com a exuberante frivolidade de Albertine, Andrée trocava com ela palavras, sorrisos que eram de uma amiga, mais ainda, agia como amiga. Dia após dia, para fazê-la aproveitar seu luxo, para tornar feliz essa amiga pobre, eu a vi ter, sem o menor interesse nisso, mais trabalho do que um cortesão que quer captar a simpatia do soberano. Era encantadora de doçura, de palavras tristes e deliciosas, quando se queixavam na sua frente da pobreza de Albertine, e dava-se mil vezes mais ao trabalho por ela do que o faria para uma amiga rica. Mas se alguém conjecturava que Albertine quiçá não fosse tão pobre como se dizia, uma nuvem apenas perceptível velava a fronte e os olhos de Andrée; parecia de mau humor. E se alguém chegasse até a dizer que, afinal de contas, ela quiçá não fosse tão difícil de se casar como se pensava, ela o contradizia com força e repetia quase raivosa: "Sim, infelizmente, ela não é casável! Bem sei, isso me dá muita pena!". Até mesmo, no que me diz respeito, era a única daquelas moças que jamais me teria repetido algo desagradável que pudessem ter dito de mim; mais ainda, se fosse eu que o contasse, fingia não acreditar ou dava uma explicação que tornasse inofensivo o comentário; é ao conjunto dessas qualidades que chamamos tato. Ele é o apanágio das pessoas que, se formos para o campo do duelo, nos felicitam e acrescentam que não havia razão para fazê-lo, a fim de aumentar ainda mais, aos nossos olhos, a coragem de que demos prova sem termos sido obrigados a isso. São o oposto das pessoas que na mesma circunstância dizem: "Você deve ter se aborrecido muito por duelar, mas por outro lado não podia engolir essa afronta, não podia fazer outra coisa". Mas como em tudo há prós e contras, se o prazer ou pelo menos a indiferença de nossos amigos em nos repetir algo ofensivo dito sobre nós prova que não se põem totalmente em nossa pele no momento em que nos falam, e enfiam-lhe o alfinete e a faca como num balão, a arte de sempre esconder o que pode nos ser desagradável naquilo que ouviram dizer sobre nossos atos ou na opinião que estes inspiraram a eles pode provar na outra categoria de amigos, os amigos cheios de tato, uma forte dose de dissimulação. Não há inconveniência se, de fato, não são capazes de pensar mal de nós e se o que lhes dizem apenas os faz sofrer como o faria a nós mesmos. Eu pensava que esse era o caso de Andrée, sem porém estar absolutamente seguro.

Tínhamos saído do bosquezinho e seguido um labirinto de caminhos bem pouco frequentados onde Andrée se localizava muito bem. "Veja, disse-me de repente, aqui estão os seus famosos Creuniers, e você ainda tem sorte, pois estão na hora e na luz em que Elstir os pintou." Mas eu ainda estava muito triste de ter caído, durante a brincadeira de passa-anel, de tão alto cume de esperanças. Por isso, não foi com o prazer que certamente teria sentido que pude distinguir de repente a meus pés, emboscadas entre as rochas onde se protegiam contra o calor, as Deusas marinhas que Elstir espiara e flagrara, sob uma escura velatura tão bela quanto teria sido a de um Leonardo, as maravilhosas Sombras abrigadas e furtivas, ágeis e silenciosas, prontas, ao primeiro remoinho de luz, a se esgueirarem sob a pedra, a se esconderem num buraco, e prontas, passada a ameaça do raio, a retornar para perto da rocha ou da alga, sob o sol que esfarelava as falésias e o Oceano descolorido, cujo dono pareciam velar, guardiãs imóveis e leves, deixando aparecer à flor da água seu corpo viscoso e o olhar atento de seus olhos escuros.

Fomos encontrar as outras moças, para regressar. Agora eu sabia que amava Albertine; mas, hélas!, não me preocupava em fazê-la saber. É que, desde o tempo dos jogos nos Champs-Élysées, minha concepção do amor mudara, embora as criaturas a quem se ligava sucessivamente meu amor permanecessem quase idênticas. De um lado, a confissão, a declaração de minha ternura àquela que eu amava já não me parecia uma das cenas capitais e necessárias do amor; nem este, uma realidade externa mas somente um prazer subjetivo. E esse prazer, eu sentia que Albertine tanto mais faria o que era preciso para alimentá-lo na medida em que ignorasse que eu o sentia.

Durante todo aquele regresso, a imagem de Albertine afogada na luz que emanava das outras moças não foi a única a existir para mim. Mas como a lua, que durante o dia não passa de uma nuvenzinha branca de uma forma mais caracterizada e mais fixa e mostra toda a sua força quando o dia se apagou, assim, ao retornar ao hotel foi só a imagem de Albertine que se elevou de meu coração e se pôs a brilhar. Meu quarto parecia-me repentinamente novo. É verdade que fazia muito tempo que já não era o quarto inimigo da primeira noite. Modificamos incansavelmente nossa morada ao nosso redor; e à medida que o hábito nos dispensa de sentir, suprimimos os elementos nocivos de cor, de dimensão e de odor que objetivavam o nosso mal-estar. Também já não era o quarto, ainda bastante poderoso sobre minha sensibilidade, não decerto para me fazer sofrer, mas para me dar alegria, a tina dos belos dias, semelhante a uma piscina semicheia cujo azul molhado de luz os dias faziam reverberar, e que um véu refletido e fugidio, impalpável e branco como uma emanação do calor cobria por um momento; nem o quarto meramente estético das noites pictóricas; era o quarto onde eu estava fazia tantos dias que já não o via. Ora, eis que eu acabava de abrir os olhos para ele, mas dessa vez, desse ponto de vista egoísta que é o do amor. Pensava que o belo espelho oblíquo, as elegantes estantes envidraçadas dariam a Albertine, se ela viesse me ver, uma boa ideia de mim. Em vez de um lugar de transição onde eu passava uns instantes antes de me evadir para a praia ou para Rivebelle, meu quarto tornava a me ser real e querido, renovava-se, pois eu olhava e apreciava cada móvel com os olhos de Albertine.

Alguns dias depois da brincadeira de passa-anel, quando nos deixamos levar para longe demais num passeio, ficamos muito felizes de encontrar em Maineville dois pequenos "tonneaux"* de dois lugares que nos permitiriam voltar para a hora do jantar, e a vivacidade já grande de meu amor por Albertine teve como efeito que eu propusesse sucessivamente a Rosemonde e a Andrée subirem comigo, e nem uma só vez a Albertine; e em seguida, que embora convidando de preferência Andrée ou Rosemonde, levasse todo mundo, por considerações secundárias de hora, de caminho e de casacos, a decidir contra minha vontade que o mais prático era trazer comigo Albertine, a cuja companhia fingi mal ou bem me resignar. Infelizmente, como o amor tende à assimilação completa de um ser, como nenhum é comestível apenas pela conversa, por mais que Albertine tivesse sido tão simpática quanto possível naquele regresso, quando a acompanhei à sua casa fiquei feliz, porém ainda mais faminto dela do que à partida, e contando os momentos que acabávamos de passar juntos apenas como um prelúdio, sem grande importância em si,

---

* Carro puxado a cavalo, descoberto, de duas rodas, no qual se entrava pela parte traseira.

àqueles que se seguiriam. Tinha ele, porém, esse primeiro encanto que não tornamos a encontrar. Eu ainda não tinha pedido nada a Albertine. Ela podia imaginar o que eu desejaria, mas, não tendo certeza, suporia que eu só me inclinava a relações sem objetivo preciso, nas quais minha amiga devia encontrar essa indefinição deliciosa, rica de surpresas esperadas, que é o romanesco.

Na semana seguinte quase não procurei ver Albertine. Fazia de conta que preferia Andrée. O amor começa, gostaríamos de permanecer para quem amamos o desconhecido que ela pode amar, mas precisamos dela, precisamos tocar menos seu corpo do que sua atenção, seu coração. Insinuamos numa carta uma maldade que forçará a indiferente a nos pedir uma gentileza, e o amor, seguindo uma técnica infalível, aperta para nós, com um movimento alternado, a engrenagem sem a qual já não podemos amar nem ser amados. Eu dava a Andrée as horas em que as outras iam a alguma festa que eu sabia que Andrée sacrificaria por mim, com prazer, e que ela teria sacrificado até mesmo por tédio, por elegância moral, para não dar às outras nem a si mesma a ideia de que valorizava um prazer relativamente mundano. Eu me arranjava assim para tê-la toda tarde inteiramente para mim, pensando não em deixar Albertine com ciúme, mas em crescer a seus olhos meu prestígio ou pelo menos não perdê-lo ao fazer Albertine saber que era ela que eu amava e não Andrée. Tampouco dizia isso a Andrée, temendo que ela fosse lhe repetir. Quando falava de Albertine com Andrée, afetava uma frieza pela qual Andrée se deixou talvez menos enganar do que eu por sua credulidade aparente. Ela fingia acreditar em minha indiferença por Albertine, desejar a união mais completa possível entre mim e Albertine. É provável que, ao contrário, não acreditasse na primeira nem desejasse a segunda. Enquanto eu lhe dizia preocupar-me bem pouco com sua amiga, só pensava numa coisa, tentar entrar em relação com madame Bontemps que estava por uns dias perto de Balbec e em cuja casa Albertine devia breve ir passar três dias. Naturalmente, eu não deixava transparecer esse desejo a Andrée, e quando lhe falava da família de Albertine era com o ar mais desatento. As respostas explícitas de Andrée não pareciam pôr em dúvida minha sinceridade. Por que então lhe escapou num daqueles dias a frase: "*Justamente*, vi a tia de Albertine"? Com toda a certeza não tinha me dito: "Eu bem que destrinchei em suas palavras, jogadas como por acaso, que você só pensava em se relacionar com a tia de Albertine". Mas de fato era à presença no espírito de Andrée de uma ideia dessas, a qual ela achava mais cortês me esconder, que parecia se ligar a palavra "justamente". A palavra era da família de certos olhares, de certos gestos, que embora sem ter uma forma lógica, racional, diretamente elaborada para a inteligência de quem escuta, chegam-lhe, porém, com seu significado verdadeiro, assim como a palavra humana, transformada em eletricidade no telefone, refaz-se palavra para ser ouvida. A fim de apagar do espírito de Andrée a ideia de que eu me interessava por madame Bontemps, não falei mais dela apenas com distração, mas com maledicência; disse ter encontrado, antigamente, essa espécie de louca e que de fato esperava que isso nunca mais me acontecesse. Ora, eu buscava, ao contrário, reencontrá-la de qualquer maneira.

Tentei obter de Elstir, mas sem dizer a ninguém que lhe havia solicitado, que ele falasse de mim e me reunisse com ela. Prometeu-me apresentá-la, espantando-se todavia que eu o desejasse, pois a julgava uma mulher desprezível, intrigante e tão desinteressante como interesseira. Imaginando que, se eu visse madame Bontemps, Andrée o saberia cedo ou tarde, achei melhor avisá-la. "As coisas de que mais tentamos fugir são as que não conseguimos evitar, disse-lhe. Nada no mundo pode me enfastiar tanto quanto reencontrar madame Bontemps, e no entanto não vou escapar. Elstir deve me convidar junto com ela. — Disso nunca duvidei nem um só instante", exclamou Andrée num tom amargo, enquanto seu olhar arregalado e alterado pelo descontentamento ligava-se a um não sei quê de invisível. Essas palavras de Andrée não constituíam a exposição mais ordenada de um pensamento que pode se resumir assim: "Sei muito bem que você ama Albertine e que faz das tripas coração para se aproximar da família dela". Mas elas eram os destroços informes e reconstituíveis desse pensamento que eu fizera explodir ao abalroá-lo, contra a vontade de Andrée. Assim como o "justamente", essas palavras só tinham um significado no segundo grau, isto é, eram as que (e não as afirmações diretas) nos inspiram estima ou desconfiança de uma pessoa, fazem-nos brigar com ela.

Se Andrée não acreditara em mim quando eu lhe dizia que a família de Albertine me era indiferente, é porque pensava que eu amava Albertine. E provavelmente não estava feliz com isso.

Geralmente, ela era a terceira pessoa em meus encontros com sua amiga. No entanto, certos dias eu devia ver Albertine sozinha, dias que esperava febril, que transcorriam sem nada me trazer de decisivo, sem ter sido aquele dia capital, cujo papel eu confiava imediatamente ao dia seguinte, que tampouco o desempenharia; assim desmoronavam, um após outro, como ondas esses cumes logo substituídos por outros.

Cerca de um mês depois do dia em que tínhamos brincado de passa-anel, disseram-me que Albertine devia ir embora na manhã seguinte para passar quarenta e oito horas com madame Bontemps, e que, tendo de pegar o trem bem cedinho, iria dormir na véspera no Grand-Hôtel, de onde, com o ônibus, poderia, sem incomodar as amigas com quem morava, pegar o primeiro trem. Falei disso com Andrée. "Não acredito em nada disso, respondeu-me Andrée descontente. Aliás, para você não adiantaria nada, pois tenho certeza de que Albertine não vai querer vê-lo, se for sozinha para o hotel. Não seria protocolar", acrescentou usando um adjetivo que muito apreciava, fazia pouco, no sentido de "o que se faz". "Digo-lhe isso porque conheço as ideias de Albertine. E acha que me importo em você vê-la ou não? Para mim, tanto faz."

Juntou-se a nós Octave, que não se acanhou em contar a Andrée o número de pontos que fizera na véspera no golfe, e depois Albertine, que passeava manipulando seu diabolô como uma religiosa o seu terço. Graças a esse jogo ela podia ficar horas sozinha sem se aborrecer. Assim que se juntou a nós apareceu-me a ponta traquinas de seu nariz, que eu omitira pensando nela nesses últimos dias; sob seu cabelo preto, a verticalidade da fronte se opôs, e não era a primeira vez, à imagem indecisa que eu guardara, enquanto por sua brancura aquela fronte mordiscava fortemente meus olhares; saindo da poeira da lembrança, Albertine se reconstituía na minha frente. O golfe cria o hábito dos prazeres solitários. O que o diabolô proporciona é seguramente um deles. No entanto, depois de ter se juntado a nós, Albertine continuou a manobrá-lo enquanto conversava conosco, como uma senhora que recebe a visita das amigas e nem por isso suspende o trabalho do seu crochê. "Consta que madame de Villeparisis, disse ela a Octave, fez uma reclamação junto a seu pai" (e ouvi por trás dessa palavra uma daquelas notas que eram próprias de Albertine; toda vez que eu percebia que as esquecera, lembrava-me ao mesmo tempo de já ter entrevisto por trás delas a cara decidida e francesa de Albertine. Eu poderia ser cego e reconhecer igualmente bem certas qualidades suas, ágeis e um pouco provincianas, tanto naquelas notas como na ponta de seu nariz. Umas e outra se equivaliam e poderiam se substituir, e sua voz era como essa que, dizem, o fototelefone do futuro realizará: no som recortava-se nitidamente a imagem visual). "Aliás, ela não escreveu somente a seu pai, mas também ao prefeito de Balbec para que não se jogue mais diabolô no dique, pois lhe atiraram uma bola na cara.

— É, ouvi falar dessa reclamação. É ridículo. Pois se já não há tantas distrações por aqui!"

Andrée não se meteu na conversa, não conhecia, como tampouco Albertine e Octave, madame de Villeparisis. "Não sei por que essa senhora criou tanto caso, disse, porém, Andrée; na véspera, madame de Cambremer também recebeu uma bola e não se queixou. — Vou lhe explicar a diferença, respondeu gravemente Octave riscando um fósforo, é que a meu ver madame de Cambremer é uma mulher da sociedade e madame de Villeparisis é uma arrivista. Vocês vão ao golfe à tarde?", e nos deixou, assim como Andrée. Fiquei a sós com Albertine. "Viu, ela me disse, agora arrumo meu cabelo como você gosta, olhe minha mecha. Todo mundo caçoa disso e ninguém sabe para quem eu faço assim. Minha tia também vai zombar de mim. Tampouco lhe direi a razão." Eu via de lado as faces de Albertine que costumavam parecer pálidas mas que estavam irrigadas por um sangue claro que as iluminava, dava-lhes esse brilho que têm certas manhãs de inverno em que as pedras parcialmente ensolaradas parecem granito rosa e exalam alegria. A que me dava naquele momento a visão das faces de Albertine era igualmente profunda, mas levava a outro desejo que não era o do passeio, e sim do beijo. Perguntei se os planos que lhe atribuíam eram verdadeiros: "Sim, ela me disse, passo esta noite no seu hotel e até como estou um pouco resfriada vou me deitar antes do jantar. Você poderá vir assistir a meu jantar ao lado de minha cama e depois jogaremos o que você quiser. Eu ficaria contente se você fosse à estação amanhã de manhã, mas receio que isso pareça esquisito, não digo para Andrée, que é inteligente, mas para os outros que lá estarão; ia render histórias se repetissem isso à minha tia; mas poderíamos passar esta noite juntos. Isso, minha tia não vai saber. Vou me despedir de Andrée. Então, até logo. Venha

— 484 —

cedo para termos umas boas horas nossas", acrescentou sorrindo. Diante dessas palavras recuei, mais longe do que aos tempos em que amava Gilberte, àqueles em que o amor me parecia uma entidade não apenas exterior mas realizável. Enquanto a Gilberte que eu via nos Champs-Élysées era outra, diferente da que eu reencontrava em mim desde que estava sozinho, de repente na Albertine real, a que eu via todos os dias, que eu julgava cheia de preconceitos burgueses e tão franca com sua tia, acabava de se encarnar a Albertine imaginária, aquela por quem, quando ainda não a conhecia, eu me imaginara furtivamente observado no dique, aquela que parecera voltar a contragosto enquanto me via afastar-me.

Fui jantar com minha avó, sentia em mim um segredo que ela não conhecia. Da mesma maneira, para Albertine, amanhã suas amigas estariam com ela sem saber o que havia de novo entre nós, e madame Bontemps, quando beijasse a sobrinha na testa, ignoraria que eu estava entre as duas, naquele arranjo de cabelo que tinha como objetivo, escondido de todos, me agradar, a mim, a mim que até então tanto invejara madame Bontemps porque, aparentada das mesmas pessoas que sua sobrinha, tinha que usar os mesmos lutos, fazer as mesmas visitas de família; ora, eu achava que era para Albertine mais do que era sua própria tia. Ao lado de sua tia, era em mim que ela pensaria. O que ia se passar dali a pouco eu não sabia muito bem. Em todo caso, o Grand-Hôtel e a noite já não me pareceriam vazios; continham minha felicidade. Chamei o lift para subir ao quarto que Albertine pegara, do lado do vale. Os menores movimentos, como sentar-me na banqueta do elevador, me eram doces porque estavam em ligação imediata com meu coração; nas cordas graças às quais o aparelho se elevava, nos poucos degraus que me restavam subir, eu só via as engrenagens, os patamares materializados de minha alegria. Eu não tinha mais que dois ou três passos a dar no corredor antes de chegar àquele quarto onde estava encerrada a substância preciosa daquele corpo rosado — aquele quarto que, mesmo se ali atos deliciosos tivessem de acontecer, guardaria essa permanência, esse ar de ser para um passante não informado semelhante a todos os outros, que fazem das coisas as testemunhas obstinadamente mudas, os escrupulosos confidentes, os invioláveis depositários do prazer. Esses poucos passos do patamar ao quarto de Albertine, esses poucos passos que já ninguém podia deter, dei-os com delícia, com prudência, como que mergulhado num elemento novo, como se, avançando, lentamente eu deslocara a felicidade, e ao mesmo tempo com uma sensação desconhecida de onipotência, e de entrar enfim em posse de uma herança que desde sempre tivesse me pertencido. Depois, de repente, pensei que estava errado em ter dúvidas, ela me dissera para ir quando estivesse deitada. Era claro, eu batia os pés de alegria, quase derrubei Françoise que estava no meu caminho, eu corria, de olhos cintilantes, para o quarto de minha amiga. Encontrei Albertine na cama. Deixando à mostra o pescoço, sua camisa branca mudava as proporções de seu rosto, que congestionado pela cama ou pelo resfriado, ou pelo jantar, parecia mais rosa; pensei nas cores que tinha visto algumas horas antes ao meu lado, no dique, e cujo gosto eu ia enfim saber; sua face estava atravessada de alto a baixo por uma de suas longas tranças pretas e encaracoladas que, para me agradar, ela desfizera inteiramente. Ela me olhou, sorrindo. A seu lado, na janela, o vale estava iluminado pelo luar. A visão do pescoço nu de Albertine, daquelas faces muito rosadas me jogara em tal embriaguez (isto é, pusera de tal modo para mim a realidade do mundo não mais na natureza, mas na torrente das sensações que eu custava a conter), que essa visão rompera o equilíbrio entre a vida imensa, indestrutível que rolava em meu ser e a vida do universo, tão reles em comparação. O mar, que pela janela eu avistava ao lado do vale, os seios arredondados das primeiras falésias de Maineville, o céu onde a lua ainda não subira ao zênite, tudo isso parecia mais leve de carregar do que plumas para os globos de minhas pupilas que entre minhas pálpebras eu sentia dilatados, resistentes, prestes a levantar muitos outros fardos, todas as montanhas do mundo, sobre sua superfície delicada. Seu orbe já não estava suficientemente preenchido pela própria esfera do horizonte. E tudo o que a natureza pudesse me trazer de vida me pareceria bem insignificante, os sopros do mar me pareceriam bem curtos para a imensa aspiração que soerguia meu peito. Tivesse a morte me atingido nesse momento, isso me pareceria indiferente, ou melhor, impossível, pois a vida não estava fora de mim, estava em mim; eu sorriria de piedade se um filósofo tivesse emitido a ideia de que um dia mesmo distante eu teria de morrer, de que as forças eternas da natureza sobreviveriam a mim, as forças dessa natureza sob cujos pés divinos eu era apenas um grão de poeira; de que depois de mim ainda haveria aquelas falésias arredondadas e arqueadas, aquele mar, aquele luar, aquele céu! Como isso poderia ser possível, como o mundo poderia durar mais que eu, visto que eu não estava perdido nele, visto que era ele que estava encerrado dentro de mim, de mim que ele estava bem longe de preencher, de mim onde, sentindo o lugar para ali amontoar tantos outros tesouros, eu jogava com desprezo, para um canto, céu, mar e falésias. "Pare com isso ou eu toco a campainha", exclamou Albertine vendo que eu me jogava sobre ela para beijá-la. Mas eu me dizia que não era para não fazer nada que uma moça manda vir um rapaz às escondidas, arranjando-se para que a tia não saiba, e que aliás a audácia dá certo para os que sabem aproveitar as ocasiões; no estado de exaltação em que eu estava, o rosto redondo de Albertine, iluminado por um fogo interior como por uma lamparina, assumia para mim tal relevo que, imitando a rotação de uma esfera ardente, me parecia girar, tal como essas figuras de Michelangelo levadas por um imóvel e vertiginoso turbilhão. Eu ia saber o cheiro, o gosto, que tinha aquele fruto rosado desconhecido. Ouvi um som precipitado, prolongado e estridente. Albertine tocara a campainha com todas as suas forças.

Eu pensara que o amor que tinha por Albertine não se fundava na esperança da posse física. No entanto, quando me pareceu resultar da experiência daquela noite que essa posse era impossível, e depois de não ter duvidado no primeiro dia, na praia, que Albertine fosse uma despudorada, e de ter passado em seguida por suposições intermediárias, pareceu-me incontestável, de maneira definitiva, que ela era absolutamente virtuosa; quando, ao retornar da casa da tia, oito dias depois, ela me disse com frieza: "Eu o perdoo, e até lamento tê-lo magoado, mas nunca mais recomece", ao contrário do que se produzira quando Bloch me dissera que podíamos ter todas as mulheres, e como se, em vez de uma moça real, eu tivesse conhecido uma boneca de cera, aconteceu que pouco a pouco distanciou-se o meu desejo de penetrar em sua vida, de segui-la pelas terras onde passara a infância, de ser iniciado por ela numa vida de esporte; minha curiosidade intelectual sobre o que ela pensava a respeito deste ou daquele assunto não sobreviveu à crença de que poderia beijá-la. Meus sonhos a abandonaram assim que deixaram de ser alimentados pela esperança de uma posse da qual eu os julgara independentes. A partir de então eles se reencontraram livres para se reportar — dependendo do encanto que eu lhe encontrara um certo dia, sobretudo dependendo da possibilidade e das chances que eu entrevia de ser por ela amado — a esta ou àquela das amigas de Albertine e primeiro a Andrée. No entanto, se Albertine não tivesse existido, quem sabe eu não teria sentido o prazer que comecei a sentir, cada vez mais, nos dias que se seguiram, com a gentileza que Andrée me demonstrava. Albertine não contou a ninguém o fracasso que eu tinha sofrido ao lado dela. Era uma dessas lindas moças que desde a extrema juventude, por sua beleza mas sobretudo por uma graça, um encanto que permanecem bastante misteriosos, e que acaso têm sua fonte em reservas de vitalidade em que os menos favorecidos pela natureza vão se saciar, sempre — em sua família, no meio de suas amigas, em sociedade — agradaram mais que as mais belas, mais ricas; era dessas criaturas a quem, antes da idade do amor e bem mais ainda quando ele chega, pedimos mais do que elas pedem e até do que podem dar. Desde a infância Albertine sempre tivera a admirá-la quatro ou cinco coleguinhas, entre as quais estava Andrée, que lhe era superior e o sabia (e talvez essa atração que Albertine exercia um tanto involuntariamente estivesse na origem e tivesse servido à criação do pequeno bando). Essa atração se exercia mesmo bastante longe, em ambientes relativamente mais brilhantes, onde, se houvesse uma pavana a dançar, chamava-se Albertine de preferência a uma moça mais bem-nascida. A consequência era que, não tendo um tostão de dote, vivendo bastante mal, aliás, à custa do senhor Bontemps que se dizia ser desonesto e que desejava se livrar dela, era ela, porém, convidada não só para jantar, mas para morar na casa de pessoas que, aos olhos de Saint-Loup, não teriam nenhuma elegância mas que para a mãe de Rosemonde ou para a mãe de Andrée, mulheres muito ricas mas que não conheciam aquelas pessoas, representavam algo extraordinário. Assim, todos os anos Albertine passava umas semanas com a família de um dirigente do Banco de França, presidente do Conselho Administrativo de uma grande Companhia de estradas de ferro. A mulher desse financista recebia personagens importantes e jamais dissera seu "dia" de receber à mãe de Andrée, que achava essa senhora indelicada mas nem por isso se sentia menos prodigiosamente interessada em tudo o que acontecia na casa dela.

Por isso, todos os anos exortava Andrée a convidar Albertine para o seu casarão, porque, dizia, era uma boa ação oferecer uma temporada à beira-mar a uma moça que não tinha pessoalmente meios de viajar e cuja tia pouco se preocupava com isso; provavelmente a mãe de Andrée não era movida pela esperança de que o conselheiro do Banco e sua mulher, ao saberem que Albertine era mimada por ela e pela filha, formassem acerca de ambas uma boa opinião; com mais razão ainda não esperava que Albertine, tão boa e tão engenhosa, porém, soubesse fazer com que a convidassem, ou pelo menos convidassem Andrée para as garden parties do financista. Mas toda noite no jantar, embora de um jeito desdenhoso e indiferente, ela se encantava ao ouvir Albertine lhe contar o que se passara no castelo durante sua temporada, as pessoas que foram recebidas e que, quase todas, ela conhecia de vista ou de nome. Só a ideia de que as conhecia apenas dessa maneira, isto é, não as conhecia (ela chamava a isso conhecer as pessoas "desde sempre"), dava à mãe de Andrée uma ponta de melancolia enquanto fazia a Albertine perguntas sobre elas com ar altivo e distraído, como quem não quer nada, o que poderia deixá-la insegura e inquieta quanto à importância de sua própria posição se ela mesma não se tranquilizasse e se recolocasse na "realidade da vida" dizendo ao mordomo: "Diga ao chef que essas ervilhas não estão suficientemente macias". Então, recuperava sua serenidade. Estava bem decidida a que Andrée só se casasse com um homem de excelente família, naturalmente, mas rico o bastante para que ela também pudesse ter um chef e dois cocheiros. Era isso o positivo, a verdade efetiva de uma posição. Mas que Albertine tivesse jantado no castelo do conselheiro do Banco com esta ou aquela senhora, que essa senhora até a tivesse convidado para o inverno seguinte, isso não deixava de dar à jovem, para a mãe de Andrée, uma espécie de consideração especial que se aliava muito bem à piedade e até ao desprezo provocados por seu infortúnio, desprezo ampliado pelo fato de que o senhor Bontemps tivesse traído a sua bandeira — até mesmo sendo vagamente panamista, dizia-se* — e se aliado ao

---

* Os "panamistas" eram os envolvidos no escândalo do Panamá, que estourou em 1890, quando a companhia constituída para a construção do canal fez uma subscrição pública cujo dinheiro irrigou uma vasta rede de corrupção de políticos e industriais franceses.

governo. O que, de resto, não impedia a mãe de Andrée, por amor à verdade, de fulminar com seu desprezo as pessoas que pareciam acreditar que Albertine era de baixa extração. "Como assim, é tudo o que há de melhor, são Simonet, com um só *n*." É claro que, por causa do ambiente onde tudo isso acontecia, onde o dinheiro desempenha tamanho papel, e onde a elegância leva a convidar mas não a desposar, nenhum casamento "passável" parecia ser para Albertine a consequência útil da consideração tão distinta de que desfrutava e que ninguém acharia compensatória de sua pobreza. Mas por si mesmos, e sem trazer a esperança de uma consequência matrimonial, esses "êxitos" excitavam a inveja de certas mães maledicentes, furiosas de ver Albertine ser recebida como "a menina da casa" pela mulher do conselheiro do Banco, e até pela mãe de Andrée, que elas mal conheciam. Por isso, diziam a amigos comuns que essas duas senhoras ficariam indignadas se soubessem a verdade, isto é, que Albertine contava na casa de uma (e "vice-versa") tudo o que a intimidade em que a admitiam imprudentemente lhe permitia descobrir na casa da outra, mil pequenos segredos que teria sido infinitamente desagradável para a interessada ver revelados. Essas mulheres invejosas o diziam para que isso fosse repetido e para indispor Albertine com suas protetoras. Mas esses recadinhos, como costuma acontecer, não tinham nenhum êxito. Sentia-se demais a maldade que os ditava e isso só aumentava um pouco mais o desprezo pelas que tinham tomado essa iniciativa. A mãe de Andrée estava muito segura quanto a Albertine para mudar de opinião. Considerava-a uma "infeliz" mas de excelente índole e que não sabia o que inventar para agradar.

Se essa espécie de moda que Albertine conquistara não parecia comportar nenhum resultado prático, ela imprimira à amiga de Andrée o caráter distintivo das criaturas que sempre procuradas nunca precisam se oferecer (caráter que também se encontra, por motivos análogos, na outra extremidade da sociedade, em mulheres de grande elegância), e que é o de não exibirem os sucessos que têm, antes o de escondê-los. Jamais dizia de alguém: "Ele tem vontade de me ver", falava de todos com grande benevolência e como se tivesse sido ela a correr atrás, a procurar os outros. Caso se falasse de um rapaz que poucos minutos antes acabava de lhe dar a sós o maior carão porque ela lhe recusara um encontro, bem longe de se gabar disso publicamente ou de zangar-se com ele, ela o elogiava: "É um rapaz tão simpático!". Até se aborrecia por agradar tanto, porque isso a obrigava a magoar, ao passo que por natureza gostava de contentar. Gostava mesmo de dar prazer, a ponto de ter chegado a praticar uma mentira especial com certas pessoas interesseiras, com certos homens bem-sucedidos. Esse gênero de insinceridade, que existe, aliás, em estado embrionário numa quantidade enorme de gente, consiste em não saber se contentar com um só ato e em dar, graças a ele, prazer a uma só pessoa. Por exemplo, se a tia de Albertine desejava que a sobrinha a acompanhasse a uma reunião pouco divertida, Albertine, indo lá, poderia achar suficiente o proveito moral de ter dado um prazer à sua tia. Mas, recebida gentilmente pelos donos da casa, preferia lhes dizer que fazia tanto tempo que desejava vê--los que escolhera aquela ocasião e pedira autorização à tia. Isso ainda não bastava: naquela reunião encontrava-se uma das amigas de Albertine que tivera uma grande tristeza. Albertine lhe dizia: "Não quis deixá-la só, pensei que lhe faria bem ter-me ao seu lado. Se quiser ir embora da reunião, ir a outro lugar, farei o que quiser, desejo acima de tudo vê-la menos triste" (o que, aliás, também era verdade). Porém, ocorre que às vezes o objetivo fictício destruía o objetivo real. Assim, tendo um favor a pedir para uma de suas amigas, Albertine ia para isso ver uma determinada dama. Mas ao chegar à casa dessa senhora boa e simpática, a moça, obedecendo sem querer ao princípio da utilização múltipla de uma só ação, achava mais afetuoso mostrar ter ido somente pelo prazer que imaginava que sentiria ao rever essa senhora. A qual ficava infinitamente tocada por Albertine ter feito um longo trajeto por pura amizade. Ao ver a senhora quase emocionada, Albertine gostava ainda mais dela. Só que acontecia o seguinte: ela sentia tão profundamente o prazer da amizade pelo qual alegara falsamente ter vindo, que temia que a senhora duvidasse de sentimentos sinceros se lhe pedisse o favor para a amiga. A senhora acreditaria que Albertine tinha vindo por isso, o que era verdade, mas concluiria que Albertine não tinha um prazer desinteressado em vê-la, o que era falso. De modo que Albertine ia embora sem pedir o favor, assim como os homens que foram tão bons com uma mulher na esperança de obter seus favores e que não fazem sua declaração para preservar nessa bondade um caráter de nobreza. Em outros casos, não se pode dizer que o verdadeiro objetivo fosse sacrificado ao objetivo acessório e imaginado depois, mas o primeiro era tão oposto ao segundo que se a pessoa que Albertine enternecia ao lhe declarar um também soubesse do outro, seu prazer logo se transformaria no mais profundo desgosto. A continuação deste relato fará, muito mais adiante, que se compreenda melhor esse gênero de contradições. Digamos, por um exemplo tirado de uma ordem de fatos bem diferentes, que elas são muito frequentes nas situações mais diversas que a vida apresenta. Um marido instalou sua amante na cidade em que está aquartelado. Sua mulher, que ficou em Paris, e está um pouco a par da verdade, se desconsola e escreve ao marido cartas de ciúmes. Ora, a amante é obrigada a ir passar um dia em Paris. O marido não consegue resistir a seus pedidos para acompanhá-la e obtém uma licença de vinte e quatro horas. Mas como ele é bom e sofre por causar desgosto à sua mulher, vai à casa dela, diz-lhe, derramando algumas lágrimas sinceras, que, aflito com suas cartas, deu um jeito de escapar para ir consolá-la e beijá-la. Encontrou assim o meio de dar, com uma só viagem, uma prova de amor ao mesmo tempo à amante e à mulher. Mas se esta última soubesse a razão que o levou a Paris, sua alegria certamente se tornaria dor, a menos que ver o ingrato a deixasse, apesar de tudo, mais feliz do que ele a fizera sofrer com suas mentiras. Entre os homens que tive a impressão de praticarem com mais assiduidade o sistema dos fins múltiplos encontra-se o senhor de Norpois. Às vezes aceitava intrometer-se na desavença de dois amigos, e isso o fazia ser chamado de o mais obsequioso dos homens. Mas não lhe bastava parecer prestar um favor àquele que fora solicitá-lo, pois apresentava ao outro a providência que tomara junto dele como sendo um gesto, não a pedido do primeiro, mas no interesse do segundo, e assim convencia facilmente um interlocutor sugestionado de antemão pela ideia de que tinha diante de si "o mais prestativo dos homens". De maneira que, jogando nos dois tabuleiros, fazendo o que em termos de linguagem de pregão os corretores não autorizados chamam de "jogar contra o próprio cliente", ele jamais deixava sua influência correr nenhum risco e os favores que prestava não constituíam uma alienação, mas uma frutificação de parte de seu crédito. Por outro lado, cada serviço, parecendo duplamente prestado, aumentava ainda mais a sua reputação de amigo prestativo, e mais, de amigo prestativo eficiente, que não fica dando murro em ponta de faca e para quem todas as providências dão certo, o que demonstrava o reconhecimento dos dois interessados. Essa duplicidade na obsequiosidade era, e com desmentidos como em toda criatura humana, uma parte importante do caráter do senhor de Norpois. Ele se serviu de meu pai, que era bastante ingênuo, fazendo-o acreditar que o servia.

Agradando mais do que queria e não precisando alardear seus êxitos, Albertine manteve silêncio sobre a cena que tivera comigo ao lado de sua cama e que uma moça feiosa teria desejado dar a conhecer ao universo. Aliás, eu não conseguia me explicar sua atitude nessa cena. No que se refere à hipótese de uma virtude absoluta (hipótese à qual eu atribuíra de início a violência com que Albertine recusara ser beijada e agarrada por mim, e que de resto não era nada indispensável à minha concepção da bondade e da honestidade profunda de minha amiga), não deixei de remanejá-la várias vezes. Essa hipótese era de tal forma o contrário da que eu construíra no primeiro dia em que vi Albertine! Além disso, tantos atos diferentes, todos de gentileza comigo (uma gentileza carinhosa, às vezes inquieta, alarmada, invejosa de minha predileção por Andrée), banhavam de todos os lados o gesto de rudeza com que, para escapar a mim, ela puxara a campainha. Por que então me pedira para ir passar a noite ao lado de sua cama? Por que falava o tempo todo a linguagem da ternura? Em que repousa o desejo de ver um amigo, de temer que ele prefira a sua amiga, de tentar agradar-lhe, de lhe dizer romanescamente que as outras não saberão que ele passou a noite a seu lado, se você lhe recusa um prazer tão simples e se isso não é um prazer para você? Afinal de contas, eu não podia acreditar que a virtude de Albertine chegasse a esse ponto e me perguntava se não houvera em sua violência uma razão de coqueteria, por exemplo um cheiro desagradável que ela imaginasse exalar e que temia me desagradar, ou de pusilanimidade, se por exemplo pensasse, em sua ignorância das realidades do amor, que meu estado de fraqueza nervosa podia ter algo de contagioso pelo beijo.

Certamente ficou desconsolada por não ter podido me agradar e deu-me um pequeno lápis de ouro, por essa virtuosa perversidade das pessoas que, enternecidas com nossa gentileza e não aceitando nos conceder o que ela exige, querem porém fazer em nosso favor outra coisa: o crítico cujo artigo lisonjearia o romancista convida-o, em vez disso, para jantar, a duquesa não leva o esnobe ao teatro mas lhe oferece o seu camarote por uma noite em que não o ocupará. Mesmo os que menos fazem e poderiam não fazer nada são levados pelo escrúpulo a fazer alguma coisa! Disse a Albertine que, dando-me esse lápis, ela me dava um grande prazer, menor porém do que eu teria se na noite em que ela viera dormir no hotel tivesse me permitido beijá-la. "Isso teria me deixado tão feliz! Que mal podia lhe fazer? Espantou-me que tenha me recusado. — O que me espanta, ela me respondeu, é que você ache isso espantoso. Pergunto-me que moças você pode ter conhecido para que minha conduta o tenha surpreendido. — Sinto muito se a contrariei, mas mesmo agora não consigo achar que agi mal. Minha opinião é que são coisas que não têm nenhuma importância, e não entendo que uma moça, que pode tão facilmente dar prazer, não o consinta. Entendamo-nos, acrescentei para dar uma semissatisfação às suas ideias morais, lembrando-me de que ela e suas amigas tinham difamado a amiga da atriz Léa, não quero dizer que uma moça possa fazer tudo e que não haja nada imoral. Por isso, veja bem, essas relações de que você falava outro dia a propósito de uma menina que mora em Balbec e que existiriam entre ela e uma atriz, acho isso ignóbil, tão ignóbil que penso que são inimigos da moça que terão inventado e que isso não é verdade. Isso me parece improvável, impossível. Mas deixar-se beijar e além do mais por um amigo, já que você diz que sou seu amigo... — Você é, mas tive outros antes de você, conheci rapazes que, garanto-lhe, tinham por mim a mesma amizade. Pois bem, não há um só que tivesse se atrevido a uma coisa dessas. Sabiam as duas bofetadas que receberiam. Aliás, nem sequer imaginavam isso, nós nos apertávamos as mãos com toda a franqueza, com toda a amizade, como bons companheiros, jamais falaríamos de nos beijar e nem por isso éramos menos amigos. Olhe, se você quer mesmo a minha amizade, pode ficar contente, pois é preciso que eu goste imensamente de você para perdoá-lo. Mas tenho certeza de que está pouco ligando para mim. Confesse que é Andrée que lhe agrada. No fundo, tem razão, ela é muito mais simpática do que eu, e é um encanto! Ah! Os homens!" Apesar de minha decepção recente, essas palavras tão francas, dando-me grande estima por Albertine, causavam-me uma impressão muito doce. E, quem sabe, essa impressão tenha tido para mim, mais tarde, grandes e desagradáveis consequências, porque foi por ela que começou a se formar esse sentimento quase

— 494 —

familiar, esse núcleo moral que sempre deveria subsistir no meio de meu amor por Albertine. Tal sentimento pode ser a causa dos maiores desgostos. Pois para sofrer de verdade por uma mulher é preciso ter acreditado completamente nela. Por ora, esse embrião de estima moral, de amizade, permanecia em minha alma como uma pedra de espera.* Por si só, ele nada poderia contra minha felicidade se tivesse permanecido assim sem aumentar, numa inércia que iria manter no ano seguinte e com mais razão durante essas últimas semanas de minha primeira temporada em Balbec. Ele estava em mim como um desses hóspedes que, apesar de tudo, seria mais prudente expulsarmos mas que deixamos onde estão, sem inquietá-los, de tal maneira sua fraqueza e seu isolamento no meio de uma alma estranha os tornam provisoriamente inofensivos.

Meus sonhos estavam agora livres para se reportar a esta ou àquela amiga de Albertine e primeiro a Andrée, cujas gentilezas teriam porventura me tocado menos se eu não tivesse certeza de que seriam conhecidas por Albertine. É claro que a preferência que muito antes eu fingira por Andrée forneceu-me — em hábitos de conversas, de declarações de ternura — como que a matéria de um amor totalmente pronto para ela, a que até então só faltara acrescentar um sentimento sincero que agora meu coração, novamente livre, poderia fornecer. Mas Andrée era demasiado intelectual, demasiado nervosa, demasiado doentia, demasiado parecida comigo, para que eu pudesse amá-la de verdade. Se Albertine agora me parecia vazia, Andrée era repleta de alguma coisa que eu conhecia bem demais. Eu pensara ver, no primeiro dia na praia, a amante de um corredor, inebriada pelo amor aos esportes, e Andrée me dizia que se começara a praticá-los era por ordem de seu médico, para tratar de sua neurastenia e dos distúrbios de nutrição, mas que suas melhores horas eram aquelas em que traduzia um romance de George Eliot. Minha decepção, depois de um erro inicial sobre quem era Andrée, não teve na verdade nenhuma importância. Mas o erro era desses que, se permitem ao amor nascer e só são reconhecidos como erros quando ele já não pode mudar, tornam-se causa de sofrimentos. Esses erros — que podem ser diferentes do que cometi com Andrée,

---

* Pedra deixada em ressalto na extremidade de um muro em que poderão se imbricar as pedras de outro muro a ser construído posteriormente.

e mesmo inversos — costumam resultar, no caso de Andrée em especial, em que assumimos suficientemente o aspecto e os modos de quem não somos mas gostaríamos de ser, para que se crie uma ilusão à primeira vista. À aparência externa, à afetação, à imitação, ao desejo de ser admirado, seja pelos bons, seja pelos maus, juntam--se as aparências enganosas das palavras, dos gestos. Há cinismos, crueldades que não resistem à prova mais do que certas bondades, certas generosidades. Assim como costumamos descobrir um avarento vaidoso num homem conhecido por suas caridades, a presunção do vício nos faz supor uma Messalina numa moça honesta cheia de preconceitos. Eu julgara encontrar em Andrée uma criatura saudável e primitiva, quando ela não passava de um ser buscando a saúde, como eram talvez muitos daqueles em quem ela acreditara encontrá-la e que não a possuíam, tanto quanto um gordo artrítico de rosto vermelho e casaco de flanela branca não é forçosamente um Hércules. Ora, existem tais circunstâncias em que não é indiferente para a felicidade que a pessoa que amamos pelo que parecia ter de saudável não passasse na realidade de um desses doentes que só dos outros recebem sua saúde, como os planetas tomam emprestada sua luz, como certos corpos que apenas deixam passar a eletricidade.

Pouco importa, Andrée, tal como Rosemonde e Gisèle, e mesmo mais que elas, era ainda assim uma amiga de Albertine, partilhando sua vida, imitando seus modos a ponto de, primeiro, eu não ter distinguido uma da outra. Entre essas moças, hastes de rosas cujo principal encanto era se destacarem contra o mar, reinava a mesma indivisão que no tempo em que não as conhecia e em que o aparecimento de qualquer uma causava-me tanta emoção, anunciando-me que o pequeno bando não estava longe. Ainda agora, a visão de uma dava-me uma alegria em que entrava, numa proporção que eu não saberia dizer, a de ver as outras segui-la mais tarde, e, ainda que não viessem naquele dia, de falar com elas e saber que alguém lhes diria que eu tinha ido à praia.

Não era mais simplesmente a atração dos primeiros dias, era uma verdadeira veleidade de amar que hesitava entre todas, de tal forma cada uma era naturalmente o resultado da outra. Minha maior tristeza não consistiria em ser abandonado pela moça preferida, mas eu logo preferiria aquela que me tivesse abandonado, por nela ter fixado a soma de tristeza e de sonho que pairava indistintamente

— 496 —

entre todas. Se bem que, nesse caso, seriam todas as suas amigas, junto a quem eu logo perderia todo o prestígio, que naquela moça eu lamentaria inconscientemente, dedicando-lhes essa espécie de amor coletivo que o político ou o ator dedicam ao público por quem não se conformam de terem sido abandonados, depois de terem recebido todos os seus favores. Mesmo os que eu não conseguira obter de Albertine, esperava-os de repente de uma que tivesse me deixado à tarde dizendo-me uma palavrinha ou jogando-me um olhar ambíguos, graças aos quais para ela se voltaria o meu desejo durante um dia inteiro.

Esse desejo vagueava entre elas tão mais voluptuosamente quanto naqueles rostos movediços uma fixação relativa das feições se iniciara o suficiente para que se pudesse distinguir, ainda que viesse a mudar, a maleável e flutuante efígie. Às diferenças que havia entre os rostos estavam sem dúvida bem longe de corresponder iguais diferenças, em comprimento e largura, das feições, que talvez fossem quase sobrepostas de uma a outra daquelas moças, por mais dessemelhantes que parecessem. Mas nosso conhecimento dos rostos não é matemático. Primeiro, ele não começa por medir as partes, pois tem como ponto de partida uma expressão, um conjunto. Em Andrée por exemplo, a delicadeza dos olhos doces parecia combinar com o nariz estreito, tão delgado como uma simples curva traçada para que fosse possível prosseguir numa só linha a intenção de delicadeza divisada anteriormente no duplo sorriso dos olhares gêmeos. Uma linha igualmente fina era traçada em seu cabelo, flexível e profunda como aquela com que o vento sulca a areia. E devia ser hereditária, pois o cabelo todo branco da mãe de Andrée era fustigado da mesma maneira, formando aqui um calombo, acolá uma depressão como a neve que se levanta ou desce conforme as desigualdades do terreno. É claro que, comparado com o fino delineamento do nariz de Andrée, o de Rosemonde parecia oferecer largas superfícies como uma torre alta assentada sobre uma base poderosa. Ainda que a expressão baste para fazer crer em enormes diferenças entre coisas separadas por um infinitamente pequeno — e que um infinitamente pequeno possa, por si só, criar uma expressão absolutamente específica, uma individualidade —, não eram apenas o infinitamente pequeno da linha e a originalidade da expressão que faziam esses rostos parecer irredutíveis uns aos outros. Entre os de minhas amigas a coloração criava uma separação ainda mais profunda, não tanto pela beleza variada dos tons que ela lhes fornecia, tão opostos que eu sentia diante de Rosemonde — inundada por um rosa sulfúreo a que ainda reagia a luz esverdeada dos olhos — e diante de Andrée — cujas faces brancas recebiam tão austera distinção de seu cabelo preto — o mesmo gênero de prazer como se tivesse olhado alternadamente um gerânio à beira do mar ensolarado e uma camélia na noite; mas sobretudo porque as diferenças infinitamente pequenas das linhas achavam-se excessivamente aumentadas, e as relações entre as superfícies, inteiramente mudadas por esse elemento novo da cor, que é tanto um fornecedor dos tons como um grande gerador ou pelo menos modificador das dimensões. De maneira que rostos talvez construídos de modo pouco dessemelhante, conforme fossem iluminados pelas chamas de uma ruiva cabeleira ou de uma pele rosada, ou pela luz branca de uma palidez fosca, estendiam-se ou alargavam-se, tornavam-se outra coisa, como esses acessórios dos balés russos que às vezes consistem, se vistos em pleno dia, numa simples rodela de papel e que o gênio de um Bakst,* dependendo da iluminação encarnada ou lunar em que ele mergulha o cenário, transforma numa turquesa duramente incrustada na fachada de um palácio ou numa rosa de Bengala molemente desabrochada no meio de um jardim. Por isso, tomando conhecimento dos rostos, nós os medimos bem, mas como pintores, não como agrimensores.

Isso acontecia com Albertine e com suas amigas. Em certos dias, magrinha, a pele acinzentada, o jeito rabugento, uma transparência violeta descendo oblíqua no fundo de seus olhos como às vezes se observa no mar, ela parecia sentir uma tristeza de exilada. Outros dias, seu rosto mais liso colava os desejos na sua superfície envernizada e os impedia de ir adiante; a não ser quando a via de repente de lado, pois suas faces foscas como uma cera branca na superfície eram rosadas por transparência, o que dava tanta vontade de beijá-las, de atingir aquela pele diferente que se esquivava. Outras vezes a felicidade banhava suas faces com uma claridade tão movediça

---

* Léon Bakst (1866-1924) era o principal cenarista dos balés russos de Diaghilev, a que Proust assistiu pela primeira vez em junho de 1910. No ano seguinte, assistiu ao ensaio geral de *Martyre de Saint Sébastien*, de Gabriele D'Annunzio, música de Debussy, figurinos e cenários de Bakst.

que a pele, então fluida e vaga, deixava passar como que olhares subjacentes que a faziam parecer de outra cor, mas não de matéria diferente da dos olhos; às vezes, sem pensar nisso, quando se olhava seu rosto salpicado de pintinhas castanhas e onde pairavam somente duas manchas mais azuis, era como se olhássemos um ovo de pintassilgo, muitas vezes como uma ágata opalina trabalhada e polida em dois pontos apenas, onde, no meio da pedra castanha, luziam como as asas transparentes de uma borboleta-azul os olhos em que a carne se torna espelho e nos dá a ilusão de nos deixar, mais que nas outras partes do corpo, acercarmo-nos da alma. Porém, quase sempre tinha mais cor e então era mais animada; às vezes, em seu rosto branco só estava rosada a ponta do nariz, fino como o de uma gatinha sorrateira com quem tivéssemos vontade de brincar; às vezes suas faces eram tão lisas que o olhar deslizava, como o de uma miniatura, sobre o seu esmalte rosa, que a tampa entreaberta e sobreposta dos cabelos pretos fazia parecer ainda mais delicado, mais interior; acontecia de a pele de suas faces chegar ao rosa violáceo do ciclâmen, e às vezes até, quando estava congestionada ou febril, ao púrpura escuro de certas rosas, de um vermelho quase negro, dando então ideia de uma compleição doentia que rebaixava meu desejo a algo mais sensual e fazia seu olhar expressar alguma coisa mais perversa e malsã; e cada uma dessas Albertines era diferente como é diferente cada uma das aparições da bailarina de que vão se transmudando as cores, a forma, o caráter conforme os jogos infinitamente variados de um projetor luminoso. Talvez porque fossem tão diversas as criaturas que eu contemplava em Albertine naquela época é que mais tarde acostumei-me a me tornar eu mesmo outro personagem conforme as Albertines em quem eu pensava: um ciumento, um indiferente, um voluptuoso, um melancólico, um furioso, recriados não só ao acaso da lembrança que renascia, mas de acordo com a força da crença interposta por uma mesma lembrança, pela maneira diferente como eu a apreciava. Pois era sempre a isso que se devia voltar, a essas crenças que quase o tempo todo enchem nossa alma sem sabermos mas que têm mais importância para nossa felicidade do que determinada pessoa que vemos, já que é através delas que a vemos, são elas que atribuem sua grandeza passageira à criatura contemplada. Para ser exato, eu deveria dar um nome diferente a cada um dos "eus" que em seguida pensou em Albertine; mais ainda, deveria dar um nome diferente a cada uma daquelas Albertines que apareciam na minha frente, jamais a mesma, como — chamados por mim, para maior comodidade, simplesmente de mar — aqueles mares que se sucediam e diante dos quais, outra ninfa, ela se destacava. Mas sobretudo — da mesma maneira embora bem mais utilmente do que quando se diz num relato o tempo que fazia em determinado dia — eu deveria dar sempre seu nome à crença que reinava em minha alma em determinado dia em que via Albertine, crença que criava a sua atmosfera, o aspecto das criaturas, assim como o aspecto dos mares dependia dessas nuvens apenas visíveis que mudam a cor de cada coisa por sua concentração, sua mobilidade, sua disseminação, sua fuga — como a que Elstir rompera numa tarde, ao não me apresentar às moças com quem se detivera e cujas imagens me haviam parecido de súbito mais belas quando se afastavam —, nuvem que tornara a formar-se alguns dias mais tarde, quando as conhecera, velando-lhes o brilho, interpondo-se muitas vezes entre elas e meus olhos, opaca e doce, semelhante à Leucoteia de Virgílio.*

É verdade que os rostos de todas tinham mudado bastante de sentido para mim desde que a maneira como devia lê-los me fora em certa medida indicada por suas palavras, palavras às quais eu podia atribuir um valor tanto maior quanto as provocava à vontade com minhas perguntas, fazia-as variar como um experimentador que submete a contraprovas a verificação do que ele supôs. E, em suma, é uma maneira como qualquer outra de resolver o problema da existência, a de acercar-se o suficiente das coisas e das pessoas que de longe nos pareceram belas e misteriosas para nos darmos conta de que não têm mistério e beleza; é uma das higienes entre as quais se pode optar, uma higiene que talvez não seja muito recomendável mas nos dá uma certa calma para passar a vida, e também — como permite não lamentarmos nada, convencendo-nos de que atingimos o melhor, e que o melhor não era grande coisa — para nos resignar à morte.

No fundo do cérebro daquelas moças eu substituíra o desprezo pela castidade e a lembrança de cotidianas aventuras por honestos princípios capazes, quem sabe, de ceder mas tendo até ali preserva-

---

* Leucoteia era uma antiga deusa branca do mar, que aparecia na forma de ninfa. Cf. Virgílio, *Eneida*, canto v, v. 241 e 823.

do de qualquer desvio aquelas que os tinham recebido de seu meio burguês. Ora, quando nos enganamos desde o início, mesmo para as pequenas coisas, quando um erro de suposição ou de memória nos faz procurar numa direção equivocada o autor de um mexerico maledicente ou o lugar onde perdemos um objeto, pode acontecer de só descobrirmos o erro para substituí-lo, não pela verdade, mas por outro erro. No que dizia respeito ao seu modo de vida e ao comportamento a ter com elas, eu tirava todas as consequências da palavra "inocência" que lera em seus rostos, conversando familiarmente com elas. Mas talvez a tivesse lido levianamente, no lapso de uma decifração rápida demais, e lá ela estivesse tão pouco escrita como o nome de Jules Ferry no programa da matinê em que eu ouvira pela primeira vez a Berma, o que não havia me impedido de afirmar ao senhor de Norpois que Jules Ferry, sem nenhuma dúvida possível, escrevia peças curtas encenadas antes da principal.

Quanto a qualquer das minhas amigas do pequeno bando, como é que o último rosto que eu vira não seria o único de que eu me lembrasse, já que de nossas lembranças relativas a uma pessoa a inteligência elimina tudo o que não concorre para a utilidade imediata de nossas relações cotidianas (mesmo e sobretudo se essas relações são impregnadas de amor, o qual, sempre insatisfeito, vive no momento que há de vir)? A inteligência deixa fugir a cadeia dos dias passados, só conserva fortemente o último elo, muitas vezes de um metal de todo diferente dos elos desaparecidos na noite, e na viagem que fazemos através da vida, só considera real a terra onde estamos no presente. Todas as minhas primeiras impressões, já tão longínquas, não podiam encontrar em minha memória um recurso contra sua deformação diária; durante as longas horas que eu passava conversando, merendando, jogando com aquelas moças, não me lembrava sequer de que eram as mesmas virgens impiedosas e sensuais que eu vira desfilar como num afresco diante do mar.

Os geógrafos, os arqueólogos de fato nos conduzem à ilha de Calipso, de fato exumam o palácio de Minos. Só que Calipso não é mais que uma mulher, e Minos, um rei sem nada de divino. Até as qualidades e os defeitos que a história nos ensina terem sido então o apanágio dessas pessoas bem reais costumam diferir muito daqueles que atribuíramos aos seres fabulosos que tinham o mesmo nome. Assim se dissipara toda a graciosa mitologia oceânica que eu compusera nos primeiros dias. Mas não é de todo indiferente que nos aconteça pelo menos às vezes passarmos nosso tempo na familiaridade do que julgamos inacessível e que desejamos. Na convivência com pessoas que de início achamos desagradáveis sempre persiste, mesmo em meio ao prazer artificial que podemos acabar saboreando ao lado delas, o gosto adulterado dos defeitos que conseguiram disfarçar. Mas em relações como as que eu tinha com Albertine e suas amigas o prazer verdadeiro que existe em sua origem deixa esse perfume que nenhum artifício consegue dar aos frutos forçados, às uvas que não amadureceram ao sol. As criaturas sobrenaturais que elas tinham sido um instante para mim ainda introduziam, embora eu não notasse, algo de maravilhoso nas relações mais banais que mantinha com elas, ou melhor, preservavam essas relações de jamais terem o que quer que fosse de banal. Meu desejo procurara com tanta avidez a significação dos olhos que agora me conheciam e me sorriam mas que, no primeiro dia, haviam cruzado meus olhares como raios de outro universo, distribuíra ele tão ampla e minuciosamente a cor e o perfume sobre as superfícies carnosas daquelas moças que, estendidas na falésia, simplesmente me entregavam sanduíches ou brincavam de adivinhas, que muitas vezes, à tarde, enquanto eu estava deitado, como esses pintores que buscam a grandeza do antigo na vida moderna e dão a uma mulher que corta uma unha do pé a nobreza do *Rapaz extraindo espinho** ou que, como Rubens, fazem deusas com mulheres conhecidas suas para compor uma cena mitológica,** eu olhava para aqueles lindos corpos de morenas e louras, de tipos tão opostos, espalhados na relva ao meu redor, talvez sem esvaziá-los de todo o medíocre conteúdo com que a expe-

---

* A estátua de bronze *O tirador de espinho* representa um rapaz extraindo um espinho do calcanhar, data da época helenística e está exposta no palácio dos Conservadores, em Roma. A "mulher que corta uma unha do pé" é referência a pastéis de Degas. Cf. carta de Proust a Gabriel Astruc, de 1913: "Quero dizer que o que é verdadeiramente antigo, o que é o equivalente na arte moderna do jovem herói arrancando o espinho, não é certo quadro acadêmico que imita o antigo mas uma mulher moderna de Degas que arranca uma unha ou uma pele do pé". (M. Proust, *Correspondance*, t. xii, p. 390.)

** Alusão à série de telas representando a vida de Maria de Médici, que fazem intervir, ao lado da rainha, Juno, Minerva e as três Graças; e também a telas mais especificamente mitológicas como *A oferenda a Vênus*, em que se reconhece Helena Fourment, mulher do pintor.

riência diária os enchera e sem me lembrar expressamente, porém, de sua origem celeste, como se, semelhante a Hércules ou a Telêmaco, estivesse brincando no meio das ninfas.

Depois os concertos terminaram, o mau tempo chegou, minhas amigas se foram de Balbec, não todas juntas, como as andorinhas, mas na mesma semana. Albertine foi a primeira a ir embora, bruscamente, sem que nenhuma de suas amigas conseguisse entender, nem então nem mais tarde, por que retornara de repente para Paris, onde nem estudos nem distrações a chamavam. "Ela não disse nem quê nem por quê, e depois se foi", resmungava Françoise que, aliás, gostaria que fizéssemos igual. Ela nos achava indiscretos diante dos empregados, já porém bastante reduzidos em número mas retidos pelos raros hóspedes que permaneciam, e diante do diretor que "comia dinheiro". É verdade que fazia muito tempo que o hotel, que não ia demorar a fechar, vira partir quase todo mundo; mas nunca tinha sido tão agradável. Não era a opinião do diretor; ao longo dos salões onde congelávamos e em cuja porta já não vigiava nenhum groom, ele andava para lá e para cá pelos corredores, vestindo uma sobrecasaca nova, tão cuidado pelo barbeiro que seu rosto insípido parecia consistir numa mistura em que para uma parte de carne houvesse três de cosmético, mudando sem parar de gravata (essas elegâncias custam mais barato do que assegurar o aquecimento e manter o pessoal, e quem já não pode enviar dez mil francos a uma obra de caridade ainda se faz, sem dificuldade, de generoso dando cem vinténs de gorjeta ao telegrafista que lhe traz um telegrama). Ele tinha jeito de quem inspecionava o nada, de querer dar, graças à sua boa aparência pessoal, um ar provisório à miséria que se sentia naquele hotel onde a temporada não havia sido boa, e parecia o fantasma de um soberano que volta para assombrar as ruínas do que outrora foi seu palácio. Ficou sobremodo descontente quando o trem local, que não tinha passageiros suficientes, parou de funcionar até a primavera seguinte. "O que falta aqui", dizia o diretor, "são os meios de comoção." Apesar do prejuízo que registrava, fazia projetos grandiosos para os anos seguintes. E como era, mesmo assim, capaz de memorizar com exatidão belas expressões, quando se aplicavam à indústria hoteleira e tinham como efeito magnificá-la, dizia: "Eu não estava suficientemente secundado embora na sala de jantar tivesse uma boa equipe; mas os estafetas deixavam um pouco a desejar; vão ver que falange saberei reunir no ano que vem". Enquanto isso, a interrupção dos serviços do trenzinho local obrigava-o a mandar buscar as cartas e às vezes a conduzir os viajantes numa carroça. Eu costumava pedir para subir ao lado do cocheiro e isso me proporcionou passeios em qualquer tempo, como no inverno que passara em Combray.

Às vezes, porém, como o Cassino estava fechado, a chuva torrencial nos prendia, a minha avó e a mim, em salas quase completamente vazias como no fundo do porão de um barco quando o vento sopra, e em que todo dia, como durante uma travessia, uma nova pessoa daquelas ao lado de quem havíamos passado três meses sem conhecê-las, o presidente do tribunal de Rennes, o bâtonnier de Caen, uma senhora americana e suas filhas, vinham nos ver, entabulavam conversa, inventavam alguma maneira de achar as horas menos longas, revelavam um talento, ensinavam-nos um jogo, convidavam-nos a tomar chá, ou a tocar música, a nos reunirmos a tal hora, para combinarmos juntos essas distrações que possuem o verdadeiro segredo de nos darem prazer, o qual consiste não em pretendermos tê-lo mas apenas em nos ajudar a passar o tempo de nosso tédio, em suma, travavam conosco, no final de nossa temporada, amizades que no dia seguinte seus regressos sucessivos iriam interromper. Conheci até o jovem rico, um de seus dois amigos nobres e a atriz que retornara por alguns dias; mas agora o grupinho só se compunha de três pessoas, pois o outro amigo voltara para Paris. Pediram-me para ir jantar com eles no seu restaurante. Creio que ficaram muito contentes por eu não ter aceitado. Mas tinham feito o convite com a maior amabilidade possível, e embora tivesse sido feito, na verdade, pelo jovem rico, já que as outras pessoas eram apenas seus hóspedes, e como o amigo que o acompanhava, o marquês Maurice de Vaudémont, era de altíssima estirpe, instintivamente a atriz, ao me perguntar se eu não gostaria de ir, disse-me para me lisonjear:

"Isso dará tanto prazer a Maurice."

E quando, no saguão, encontrei os três, foi o senhor de Vaudémont, enquanto o jovem rico se punha de lado, que me disse:

"Não vai nos dar o prazer de jantar conosco?"

Em suma, eu aproveitara bem pouco de Balbec, o que apenas me dava mais desejo de voltar. Parecia-me que ficara lá muito pouco tempo. Não era a opinião de meus amigos que me escreviam para perguntar se eu contava viver ali definitivamente. E vendo que era o nome de Balbec que eram obrigados a escrever no envelope, como minha janela dava, não para uma campina ou para uma rua, e sim para os campos do mar, e eu ouvia durante a noite o seu rumor a que antes de dormir eu confiara, como uma barca, meu sono, eu tinha a ilusão de que essa promiscuidade com as ondas deveria materialmente, sem que eu soubesse, fazer penetrar em mim a noção de seu encanto, à maneira dessas lições que aprendemos dormindo.

O diretor me oferecia para o próximo ano quartos melhores, mas agora eu estava apegado ao meu, onde entrava já sem sentir o cheiro do vetiver, e cujas dimensões meu pensamento, que outrora tão dificilmente ali se elevava, terminara assumindo tão exatamente que fui obrigado a submetê-lo a um tratamento inverso quando tive de dormir em Paris no meu antigo quarto, que era de teto baixo.

De fato, foi preciso deixar Balbec, pois o frio e a umidade se tornaram um tanto penetrantes para ficar mais tempo naquele hotel sem lareiras nem calefação. Aliás, praticamente logo esqueci aquelas últimas semanas. O que revi quase invariavelmente quando pensei em Balbec foram os momentos em que toda manhã, com bom tempo, minha avó, por ordem do médico, me forçava a ficar deitado no escuro, pois à tarde eu devia sair com Albertine e suas amigas. O diretor dava ordens para que não fizessem barulho no meu andar e cuidava pessoalmente para que fossem cumpridas. Por causa da luz muito forte eu mantinha fechadas o mais tempo possível as grandes cortinas violeta que na primeira noite me haviam manifestado tanta hostilidade. Mas apesar dos alfinetes com que, para que a claridade não passasse, Françoise as prendia toda noite, e que só ela sabia tirar, apesar dos cobertores, da toalha de mesa de cretone vermelho, dos panos apanhados aqui e ali que prendia nas cortinas, ela não conseguia juntá-las perfeitamente, a escuridão não era completa e as cortinas deixavam espalhar-se pelo tapete como que um escarlate desfolhar de anêmonas, entre as quais eu não podia deixar de ir um instante pousar meus pés descalços. E na parede em frente à janela e que ficava parcialmente iluminada, um cilindro dourado apoiado em nada estava verticalmente pousado e deslocava-se lentamente como a coluna luminosa que precedia os hebreus no deserto. Eu tornava a me deitar; obrigado a saborear, sem me mexer, pela imaginação apenas, e todos ao mesmo tempo, os prazeres do jogo, do banho, da caminhada, que a manhã aconselhava, a alegria fazia meu coração bater ruidosamente como uma máquina em pleno funcionamento mas imóvel, e que só pode descarregar sua velocidade girando sobre si mesma, sem sair do lugar.

Eu sabia que minhas amigas estavam no dique, mas não as via, enquanto elas passavam diante das serranias desiguais do mar, em cujo fundo, e empoleirada no meio de seus cumes azulados como um povoado italiano, distinguia-se às vezes numa nesga do céu a cidadezinha de Rivebelle, minuciosamente recortada pelo sol. Não via minhas amigas, mas (enquanto chegavam até o meu miradouro o pregão dos vendedores de jornais, "dos jornalistas", como Françoise os chamava, as vozes dos banhistas e das crianças que brincavam, pontuando à maneira desses gritos dos pássaros marinhos o ruído da onda que quebrava suavemente) adivinhava sua presença, ouvia seu riso envolto como o das Nereidas na suave arrebentação que subia até meus ouvidos. "Espiamos, dizia-me à noite Albertine, para ver se você desceria. Mas suas janelas ficaram fechadas, até na hora do concerto." De fato, às dez horas ele explodia debaixo das minhas janelas. Nos intervalos dos instrumentos, se era maré cheia, recomeçava fluido e contínuo o deslizar da água de uma onda que parecia envolver as arcadas do violino em suas volutas de cristal e fazer jorrar sua espuma por cima dos ecos intermitentes de uma música submarina. Impacientava-me que ainda não tivessem vindo trazer as minhas coisas para que eu pudesse me vestir. Dava meio-dia, finalmente Françoise chegava. E durante meses seguidos, naquele Balbec que eu tanto desejara porque não o imaginava senão batido pela tempestade e perdido nas brumas, o bom tempo fora tão deslumbrante e tão constante que, quando ela vinha abrir a janela, eu podia, sem nunca me enganar, ter a esperança de encontrar a mesma nesga de sol dobrada no ângulo do muro externo, e de uma cor imutável que era menos comovente como um sinal de verão do que melancólica como a de um esmalte inerte e artificial. E enquanto Françoise retirava os alfinetes das bandeiras das janelas, despregava os panos, puxava as cortinas, o dia de verão que ela ia descobrindo parecia tão morto, tão imemorial como uma múmia suntuosa e milenar que nossa velha criada apenas tivesse cautelosamente desenfaixado de todas as suas bandagens, antes de fazê-la surgir embalsamada em sua veste de ouro.

INDICAÇÕES DE LEITURA

ASSOULINE, Pierre. *Proust par lui-même*. Paris: Éditions Tallandier, 2019.

CITATI, Pietro. *Proust*. São Paulo: Companhia das Letras, 1999.

ENTHOVEN, Jean-Paul; ENTHOVEN, Raphaël. *Dictionnaire amoureux de Marcel Proust*. Paris: Plon, 2013.

LAGET, Thierry. *Proust, prix Goncourt: Une émeute littéraire*. Paris: Gallimard, 2019.

OLIVEIRA, Paulo Gustavo de. *A tartaruga e a borboleta: Um caminho para Proust*. Recife: Ed. Bagaço, 2011.

PAINTER, George D. *Marcel Proust*. Rio de Janeiro: Editora Guanabara, 1990.

SAUTHIER, Étienne. *Sous le Tropiques: Diffusion, réceptions, appropriations et traduction de Marcel Proust au Brésil (1913-1960)*. Lille: Septentrion, 2021.

SOBRE O AUTOR

Marcel Proust nasceu no bairro parisiense de Auteuil, em 1871. Filho de pai médico e de mãe herdeira de casas de câmbio, frequenta os salões da alta sociedade francesa da época, experiência que influencia sua produção literária. Em 1890, quando volta do serviço militar, publica artigos e contos em revistas, e trabalha no romance *Jean Sauteil*, que permanece inacabado. Com a saúde debilitada e cada vez mais recluso, Proust dedica-se integralmente à sua obra-prima, *À procura do tempo perdido*, cujo lançamento se dá entre 1913 e 1927 em sete volumes — os três últimos postumamente. Pelo tomo *À sombra das moças em flor*, ganha o Goncourt em 1919. Morreu em Paris, em 1922, aos 51 anos.

ESTA OBRA FOI COMPOSTA POR ACOMTE EM LE MONDE JOURNAL E IMPRESSA EM OFSETE PELA IPSIS GRÁFICA SOBRE PAPEL PÓLEN SOFT DA SUZANO S.A. PARA A EDITORA SCHWARCZ EM NOVEMBRO DE 2022

A marca FSC® é a garantia de que a madeira utilizada na fabricação do papel deste livro provém de florestas que foram gerenciadas de maneira ambientalmente correta, socialmente justa e economicamente viável, além de outras fontes de origem controlada.